Judith Lennox
Tildas Geheimnis

SERIE PIPER

## Zu diesem Buch

Die begabte junge Rebecca aus London, gerade verlassen und auch sonst nicht vom Glück verwöhnt, glaubt zu träumen: Für einen renommierten Verlag darf sie die Biographie der Tilda Franklin niederschreiben, die ihr Leben ganz in den Dienst von Waisen und unehelichen Kindern gestellt hat. Rebecca aber hat nicht geahnt, worauf sie sich einläßt: Durch ihre Besuche bei Tilda in deren malerischem Haus in Oxfordshire, durch die Gespräche mit der faszinierenden alten Dame und nicht zuletzt durch ihre Gefühle für Tildas Enkel Patrick läßt Rebecca sich immer tiefer in ein tragisches Familiengeheimnis hineinziehen, dessen Wurzeln bis in die Zeit des Ersten Weltkriegs zurückreichen. Bis sie erkennt, daß der Schatten eines schrecklichen Verbrechens auf Tildas Vergangenheit lastet ... Eine bewegende Familiengeschichte, deren dramatischem Sog man sich nicht entziehen kann.

*Judith Lennox* wurde in Salisbury im Südwesten Englands geboren. Nach ihrem Englischstudium in Lancester arbeitete sie unter anderem als Pianistin in einer Ballettschule, bevor sie sich ganz aufs Schreiben verlegte und zur Bestsellerautorin avancierte. Sie lebt mit ihrem Mann und dem jüngsten ihrer drei Söhne auf dem Land bei Cambridge. Auf deutsch liegen von ihr außerdem vor: »Serafinas später Sieg«, »Der Garten von Schloß Marigny«, »Das Winterhaus«, »Picknick im Schatten« und »Am Strand von Deauville«.

# Judith Lennox
# Tildas Geheimnis

Roman

Aus dem Englischen von
Mechtild Sandberg

Piper München Zürich

Von Judith Lennox liegen in der Serie Piper außerdem vor:
Das Winterhaus (2962)
Serafinas später Sieg (3391)
Picknick im Schatten (3463)
Der Garten von Schloß Marigny (6024)
Am Strand von Deauville (Piper Original, 7019)

Taschenbuchsonderausgabe
Piper Verlag GmbH, München
Januar 2002

Titel der englischen Originalausgabe:
»Some Old Lover's Ghost«,
Doubleday / Transworld Publishers Ltd,
London 1997

Umschlag: Büro Hamburg
Isabel Bünermann, Meike Teubner
Umschlagabbildung: Jean Baptiste Camille Corot (»Pont de Martes«, Musée du Louvre, SuperStock)
Foto Umschlagrückseite: Peter von Felbert
Satz: KCS Buchholz / Hamburg
Druck und Bindung: Clausen & Bosse, Leck
Printed in Germany ISBN 3-492-23481-X

Für Iain, in Liebe

# Teil I

# Prolog

SEIT ZWEI TAGEN überzog Rauhreif wie Silberfiligran Schilf und Gras. Eisperlen auf jedem Blatt und Ast glitzerten in den letzten Strahlen der untergehenden Sonne. Eis bedeckte die Ufer des Kanals. Ein glanzloser weißlicher Mantel rund um die Stengel der Pflanzen am Wasserrand verbarg die Verwesung darunter. Dort, wo das Wasser frei strömte, stieg Dunst in kleinen wirbelnden Wölkchen auf wie Dampf von einem heißen Bad, als flösse in den schwarzen Tiefen ein warmer Strom.

Schnurgerade zog sich der Kanal durch die flache Landschaft East Anglias. Zu beiden Seiten waren weite, konturlose Felder, deren Grenzen von einem gefurchten Feldweg oder niedrigem struppigen Buschwerk gekennzeichnet waren. Die Sonne berührte den Kirchturm und die kahlen Äste der Bäume, die ihn umgaben, und wanderte langsam weiter zum offenen Land dahinter, wo sie die langen Furchen, die der Pflug hinterlassen hatte, in Licht und Schatten tauchte. Alles war still; kein Lüftchen raschelte im froststarren Gras oder wirbelte ein Häufchen toter Blätter auf, um die nackte Erde darunter bloßzulegen.

Sein Atem bildete graue Wölkchen in der kalten Abendluft, während er auf dem Deich entlangging. Obwohl der Mensch dieses Land dem Meer entrissen hatte, obwohl die tiefen Einschnitte der Kanäle und Gräben von der Hartnäckigkeit und Findigkeit des Menschen zeugten, war dieses Land, so schien ihm, nie Eigentum geworden, immer nur Leihgabe gewesen. Der tiefe Horizont, die endlose Weite des Himmels ließen den Menschen zu rastloser Bedeutungslosigkeit schrumpfen. Wenn es einen Gott gab, dann gab dieser Gott sich durch Überschwemmung und Sturm nur als Mahner an die Ohnmacht des Menschen zu erkennen. Wenn das Land selbst nichts Beständiges war, was für eine Chance hatten dann vergängliches Fleisch und Gebein? Manche hatten geglaubt, die Herrschaft über dieses Land zu besitzen; sie waren von der Übermacht des Wassers vertrieben worden.

Als er den Blick geradeaus richtete, sah er das Haus, das allein etwa anderthalb Kilometer von der Kirche entfernt stand. In den Strahlen der untergehenden Sonne leuchteten die Fensterscheiben rotgolden, und die schroffen Mauern verloren etwas von ihrer Trostlosigkeit, so daß das Haus wieder lebendig zu werden schien. Er blieb stehen und erinnerte sich. Die Worte *Ach, wenn nur* durchschnitten sein kältestarres Herz, wie der Kanal die kalte Erde durchschnitt. Dann sank die Sonne hinter den Horizont, und das Haus zog sich in die Schatten zurück.

Er kehrte um, ging den Weg zurück, den er gekommen war. Es war jetzt ganz dunkel. Eine dünne Wolkenschicht bedeckte den Mond, die Sterne leuchteten nur schwach. Sich des Wassers an der Seite bewußt, bewegte er sich vorsichtig und wünschte, er hätte eine Fackel oder Laterne mitgenommen. Allein der Gedanke, in den Kanal zu stürzen – knackendes Eis und dann Stille – machte ihn schaudern. Ertrinken war der schlimmste Tod: Wasser in Lunge, Mund und Nase, das einen erstickte. Wie lebendig begraben zu werden.

Das Geräusch eines Schrittes und ein keuchender Atemzug erschreckten ihn, der sich allein geglaubt hatte, und er stolperte. Sein Herz hämmerte gegen seine Rippen, während er suchend nach rechts und links blickte, halb in der Erwartung, daß die Dampfwirbel, die vom Wasser aufstiegen, Körper und Gestalt gewonnen, sich in die Irrlichter verwandelt hätten, die in den Fens spukten.

Aber dann lichtete sich die Wolke, und der Mond zeigte ihm den Hund, der an der schräg abfallenden Böschung des Deiches scharrte: scharfe Krallen, die an der beinharten Erde kratzten, feuchte Nase, die Geheimnisse aufspürte.

Er bückte sich, nahm eine Handvoll Kiesel und warf sie nach dem Hund, bis dieser aufjaulend in der Dunkelheit verschwand.

# 1

ALS TOBY GEGANGEN war, nahm ich die Blumen, die er mir mitgebracht hatte, und spülte sie eine nach der anderen in der Toilette hinunter. Ein paar Blütenblätter blieben auf dem Wasser zurück, glatt, rosig, süß duftend. Ich ging wieder in das triste kleine Zimmer am Ende des Korridors und starrte zum Fenster hinaus. Feiner Oktoberregen legte einen dunklen Glanz auf die Straßen vor dem Krankenhaus. Der Fernsehapparat lief, aber ich hörte nichts. Ich hörte nur Tobys Stimme: *Ich denke, wir sollten uns in Zukunft nicht mehr so häufig sehen, Rebecca.*

»Toby, bitte! Nicht *jetzt*«, hatte ich schwach gesagt, und er war zusammengezuckt. Dann hatte er entgegnet: »Es stimmt doch schon seit einer Weile nicht mehr zwischen uns. Aber wegen des Kindes …« Er war rot geworden und hatte weggesehen, und ich hatte kühl gesagt: »Natürlich. Wenn du es so empfindest.« Nur das nicht, nur nicht zum unerwünschten, lästigen, bemitleideten Anhängsel werden!

Ich wandte mich vom Fenster ab. Im Fernsehen lief *EastEnders*. Ein sehr junges Mädchen in einem schäbigen Morgenrock saß vor dem Apparat und rauchte. Sie bot mir eine Zigarette an, und ich nahm sie, obwohl ich seit dem Studium nicht mehr geraucht hatte. Auf der Packung stand RAUCHEN KANN DER GESUNDHEIT IHRES UNGEBORENEN KINDES SCHADEN, aber das spielte jetzt keine Rolle mehr. Das Kind, das ich erwartet hatte, gab es nicht mehr. Ich zündete die Zigarette an und schloß einen Moment die Augen. Ich sah Blütenblätter auf Wasser treiben, rosig und wie Föten geformt.

Nach der Entlassung aus dem Krankenhaus kehrte ich in meine Wohnung in Teddington zurück. Ich bewohnte das Erdgeschoß eines der vielen viktorianischen Häuser, die für das Straßenbild im Westen Londons so typisch sind. Die Räume – Küche, Badezimmer und Wohn-Schlaf-Zimmer – wirkten fremd und verstaubt. Unter dem Briefkastenschlitz in der Wohnungstür lag ein Stapel Post, und der Anrufbeantworter blinkte wie verrückt. Ich ließ beides, wie es war, und legte mich im Mantel auf das Bett.

Ich dachte an Toby. Ich hatte ihn vor anderthalb Jahren in South Kensington kennengelernt. Von einem Platzregen überrascht, stand ich ohne Schirm und Mantel da, als auf einmal ein Mann neben mich trat und anbot, seinen Schirm mit mir zu teilen. Ich nahm dankbar an. Toby Carne wirkte vom Scheitel bis zur Sohle wie der vollendete Gentleman im besten altmodischen Sinn des Wortes – Burberry und schwarzer Regenschirm; dunkles Haar, das gerade noch seinen Kragen streifte; eine alte, aber unverkennbar teure lederne Aktentasche. Meiner Schätzung nach mußte er ungefähr zehn Jahre älter sein als ich. Seite an Seite gingen wir weiter, und ich war so fasziniert von seinem Lächeln und dem unmißverständlichen Interesse in seinem Blick, daß ich vergaß, auf die Pfützen auf der Straße zu achten. Als er vorschlug, irgendwo gemeinsam ein Glas zu trinken, um dem Regen zu entkommen, willigte ich ein. Und als wir uns später trennten, hatte er meinen Namen und meine Telefonnummer. Ich erwartete nicht, daß er sich melden würde, aber er tat es wenige Tage später. Ich hätte ihn zum Lachen gebracht, erklärte er. Ich sei erfrischend, so anders.

Toby war für mich das große Abenteuer. Er kam aus einer anderen Welt, und ich bildete mir ein, durch ihn würde ich eine andere werden. Eine Zeitlang war das auch so. In der Zeit mit Toby wurde ich schlanker, kleidete mich pfiffiger und ließ mein langes Haar aufhellen. Ich trug hohe Absätze, ohne bei jedem Schritt zu stolpern, und ich kaufte mir teures Make-up, das wirklich hielt. Ich besuchte Tobys Eltern in Surrey und tat so, als wären Sofas ohne Flecken und Badezimmer mit farblich aufeinander abgestimmten Handtüchern alltäglich für mich.

Wir reisten nach Amsterdam, Paris und Brüssel; wir aßen in teuren Restaurants und wurden zu schicken Partys eingeladen. Er stellte mich seinen Freunden, die meisten von ihnen Anwälte wie er, als »Rebecca Bennett, die Biographin« vor; eine Reaktion blieb häufig aus, was ihm nach einiger Zeit auffiel. Er schlug vor, ich solle einen Roman schreiben; ich erklärte, daß ich zum Schreiben das feste historische Gerüst brauchte. In einer von Alkohol verklärten Sommernacht sagte er, er wolle ein Kind von mir, und als ich ihm zwei Monate später eröffnete, daß ich schwanger sei, feierte er das Ereignis mit dem besten Champagner. Aber er sagte kein Wort davon, daß wir nun zusammenziehen sollten. Und als ich mehrere Wochen später bei einem langweiligen, aber wichtigen geschäftlichen Abendessen Blutungen bekam und danach eine Fehlgeburt hatte, war er nur verärgert, daß ich mir ausgerechnet diesen Zeitpunkt und diesen Ort dafür ausgesucht hatte.

Ich hatte geglaubt, die Verwandlung, die er bei mir bewirkt hatte, werde von Dauer sein. Aber mit einem einzigen Satz – *Ich denke, wir sollten uns in Zukunft nicht mehr so häufig sehen* – hatte er mich daran erinnert, wer ich wirklich war. Mein »Anderssein« war lästig geworden, schlimmer noch, peinlich. Und ich hatte ihn seit einer Ewigkeit nicht mehr zum Lachen gebracht.

Nach meiner Entlassung aus dem Krankenhaus setzte ich tagelang keinen Fuß vor die Tür meiner Wohnung. Ich trank eine Tasse Tee nach der anderen und ernährte mich, wenn ich schon mal Appetit hatte, von alten Konserven, die ganz hinten auf dem Küchenregal schon eine Staubschicht angesetzt hatten. Ich ging nicht ans Telefon, und ich machte die Post nicht auf. Der dumpfe Schmerz in meinem Unterleib verging langsam. Die innere Panik, das Gefühl des totalen Zusammenbruchs, blieb. Ich schlief, soviel ich konnte, fast nie ohne Alpträume.

Dann kam Jane. Jane ist meine ältere Schwester. Sie hat zwei kleine Söhne, ein Jahr und drei Jahre alt, und ein Haus in Berkshire. Immer hat leiser Neid von beiden Seiten unsere Beziehung mit geprägt.

Jane hämmerte an die Tür, bis ich aufmachte, warf einen Blick auf die verwahrloste Wohnung und ihre verwahrloste Schwester und rief: »Also wirklich, Becca, du bist unmöglich.« Ich fing an zu weinen, und wir umarmten einander mit täppischer Verlegenheit, Kinder einer Familie, in der zärtliche Gefühle selten gezeigt worden waren.

Ich verbrachte eine Woche bei Jane, dann kehrte ich nach London zurück. »Du mußt anfangen, dein Leben wieder in die Hand zu nehmen«, sagte sie, als sie mich zum Zug brachte. Aber ich hatte das Gefühl, als wäre nichts übrig von meinem Leben. Meine Zukunftspläne hatten sich um Toby und das Kind und die Weiterführung meiner schriftstellerischen Arbeit gedreht. Toby und das Kind hatte ich verloren, und schreiben konnte ich nicht, obwohl ich mich jeden Tag gewissenhaft an den Schreibtisch setzte und den Computer anstarrte. Mir fiel nichts ein, worüber zu schreiben sich gelohnt hätte. Jeder Satz, den ich zusammenbastelte, klang hölzern und leer. Ideen schossen mir durch den Kopf, und ich notierte sie mir in meinem Heft, aber am nächsten Morgen erschienen sie mir unweigerlich belanglos und oberflächlich.

Zu Weihnachten luden Jane und Steve mich zu sich ein. Das fröhliche Lärmen der beiden kleinen Jungen füllte die Lücken, die der Tod meiner Mutter vor vier Jahren hinterlassen hatte, und half über die Lieblosigkeit meines Vaters hinweg.

Zurück in London, ließ ich mich von Charles und Lucy Lightman auf eine Silvesterfete schleppen. Ich kenne Charles seit vielen Jahren. Er und seine Schwester Lucy haben beide blaßgrüne Augen und sehr feines hellbraunes Haar, das sich nicht bändigen läßt. Charles und ich kennen uns seit der Uni, inzwischen hat er seine eigene Produktionsfirma, Lighthouse Productions, die auf Fernsehsendungen mit archäologischem oder historischem Schwerpunkt spezialisiert ist. Im vergangenen Sommer hatten wir gemeinsam einen Dokumentarfilm mit dem Titel *Mondschwestern* gemacht.

Alles auf der Party erschien mir künstlich, die üblichen Annäherungsrituale – *Was arbeiten Sie?* und *Kann ich Ihnen etwas zu trinken holen?* – fand ich nur albern. Im Badezimmer sah ich mich im Spiegel. Rundes Gesicht, kurzes mausbraunes Haar (Ich hatte es einige Wochen zuvor schneiden lassen und machte mir nicht mehr die Mühe, es zu tönen), blaßblaue Augen mit einem Ausdruck fassungsloser Verwirrtheit, der mir für meine einunddreißig Jahre unangemessen schien. Einen Moment lang starrte ich dieses jämmerliche Spiegelbild angewidert an, dann nahm ich meinen Mantel und fuhr nach Hause. Aber, dachte ich, als ich mir im Bett die Decke über den Kopf zog, um das ausgelassene Treiben auf der Straße nicht hören zu müssen, ich bin auf dem Weg der Besserung. Es war Wochen her, seit ich mich das letzte Mal in den Schlaf geweint, seit ich das letzte Mal beim Anblick eines dunkelhaarigen Mannes oder eines Kinderwagens Schmerz verspürt hatte. Ich übte mich darin, nicht zu fühlen. Und ich machte gute Fortschritte.

Vierzehn Tage später hängte ich im Laden um die Ecke eine Anzeige aus, in der ich Nachhilfeunterricht in Geschichte für die Oberstufe anbot. Ich hatte früher an einer Schule unterrichtet, diese Tätigkeit jedoch nach dem ersten bescheidenen Erfolg meiner Biographie über Ellen Wilkinson frohen Herzens an den Nagel gehängt. Leider schien nun jeder Funke von Kreativität in mir erloschen zu sein, und mein Bankkonto war weit überzogen. Ich erhielt mehrere Antworten auf meinen Aushang, doch als ich die vereinbarten Stunden in meinen Terminkalender eintrug, überfielen mich nervöse Bedenken, ein ängstlicher Verdacht, daß ich auf diese unbekannten Schüler langweilig wirken und es mir nicht gelingen würde, sie zu begeistern.

Eines Abends Mitte Februar läutete Charles bei mir. Er brachte ein komplettes Abendessen vom Chinesen und eine Flasche Rotwein mit. Um neun sollte *Mondschwestern* gesendet werden. Er sah sich erstaunt um, als er eintrat, und sagte: »Aber du bist doch sonst immer die Ordnung in Person, Darling«, und einen Moment lang waren mir die Stapel ungespülten Geschirrs und die Staubflusen, die sich in den Zimmerecken gesammelt hatten, peinlich.

Wir setzten uns auf mein Bett und sahen uns bei Zitronenhühnchen mit gebratenem Reis unseren Film an. Mein Name wurde im Vorspann genannt, und obgleich ich den Film natürlich kannte, erschien er mir jetzt so fremd, als hätte ich mit ihm überhaupt nichts zu tun. Eine andere hatte mit diesen gebrechlichen alten Frauen gesprochen, eine andere hatte diese erschütternden Berichte von Verlassenwerden und Verrat auf Tonband aufgezeichnet. *Mondschwestern* erzählte die Geschichten einer Gruppe von Frauen, die zu den Opfern des 1913 erlassenen Gesetzes über die Unterbringung von Geisteskranken gehörten. Dieses Gesetz hatte die örtlich zuständigen Behörden berechtigt, schwangere Frauen, die mittellos oder, nach Meinung irgendeiner von persönlichen Interessen geleiteten männlichen Autorität, unmoralisch waren – mit anderen Worten, ledige Mütter –, für geisteskrank zu erklären und in eine Anstalt einzuweisen. Das Gesetz wurde erst in den fünfziger Jahren aufgehoben, doch da war den Frauen die Anstalt längst zum Zuhause geworden, und die Welt draußen fremd und unverständlich.

Bei den Recherchen für den Film lernte ich in einem Altersheim in Nottingham Ivy Lunn kennen. Sie war fast neunzig, blitzgescheit und bei klarem Verstand. Ich lud sie in ein Café ein. Halb erfreut, halb ängstlich kam sie mit. Als sie sich bei Tee und Kuchen ein wenig entspannt hatte, erzählte sie mir ihre Geschichte. Kurz nach dem Ende des Ersten Weltkriegs war sie mit vierzehn Jahren als Dienstmädchen in einem vornehmen Haus in London in Stellung gegangen. Eines Morgens, als sie im Badezimmer gerade die Wanne geputzt hatte, war der älteste Sohn der Familie hereingekommen, hatte ihren Rock hochgeschlagen, sie gepackt und vergewaltigt. Aus Angst hatte sie nicht geschrien, hatte auch nicht gewagt, sich irgend jemandem anzuvertrauen. Sie hatte überhaupt nicht begriffen, was er ihr angetan hatte, und von den möglichen Folgen keine Ahnung gehabt. Aber sie hatte gewußt, daß er sie verletzt und erniedrigt hatte. Als ihre Schwangerschaft offenkundig geworden war, hatte man sie entlassen. Auf ihren Versuch einer Erklärung war ihr klargemacht worden, daß sie allein die Verantwortung trage. Der Sohn kehrte ins Internat zurück, Ivy kam in eine Anstalt.

Ich hatte geweint, als Ivy mir ihre Geschichte erzählt hatte. Ich hatte ihr in dem schäbigen kleinen Café gegenübergesessen und Tränen des Mitleids geweint. Ivy hatte *mich* trösten müssen. Aber jetzt, als ich neben Charles auf meinem Bett saß, fühlte ich gar nichts.

Der Nachspann lief ab, die Musik verklang, und Charles sprang mit einem Triumphschrei auf. Seine grünen Augen blitzten erregt, und er sprach sehr schnell.

»Toll, findest du nicht, Becca? Das gibt bestimmt großartige Besprechungen. Ich geh morgen gleich in aller Frühe los und kauf sämtliche Zeitungen. Wir sind doch ein prima Team, hm?« Mit einem Schritt war er bei mir und küßte mich.

»Ich mach uns einen Kaffee«, sagte ich kurz und befreite mich von ihm.

»Ich hab schon eine Idee für einen neuen Film«, rief er, während ich in der Küche Kaffee mahlte. »Internate zu Beginn des Jahrhunderts. Du weißt schon, Prügelstrafe und Homosexualität. Das Ganze verknüpft mit dem Ersten Weltkrieg, mit dem Abbröckeln des Empire und dem ganzen Krempel ...«

Er sprudelte weiter, während ich kochendes Wasser in die Cafetiere goß und Geschirr auf ein Tablett stellte. Nach einer Weile hörte ich ihm nicht mehr zu. Um einen Dokumentarfilm zu schaffen, der den Zuschauer wirklich berührt, muß man mit den Menschen fühlen, deren Geschichten man erzählt. Wenn das Schicksal Ivy Lunns, die vergewaltigt und eingesperrt und fast ein Leben lang von ihrem einzigen Kind getrennt worden war, mich nicht mehr erschüttern konnte, was dann?

Eine Woche später rief mich meine Agentin, Nancy Walker, an. »Ich habe *phantastische* Neuigkeiten, Rebecca«, rief sie. »Du wirst es nicht *glauben!*« Nancy ist immer sehr dramatisch. »Eben hat Sophia Jennings von Crawford mich angerufen. Sie würde sich gern mal mit dir zusammensetzen, um ein mögliches Projekt zu besprechen.« Ich hörte sie förmlich lächeln.

Crawford ist ein angesehener und gutgehender Londoner Verlag. »Sie haben vor«, fuhr Nancy fort, »eine Lebensgeschichte Dame Tilda Franklins rauszubringen.«

Bis vor wenigen Jahren war für jeden ernstzunehmenden Zeitungs- oder Fernsehbericht über Kinder- und Jugendfürsorge ein Gespräch mit Dame Tilda, die dieser Aufgabe ihr Leben geweiht hatte, unerläßlich. Sie hatte zahllose Waisenkinder adoptiert oder in Pflege genommen, hatte psychiatrische Kliniken zur Betreuung gestörter Kinder eingerichtet, wohltätige Vereine, Notrufdienste und Kinderhäuser für mißbrauchte und gefährdete Kinder ins Leben gerufen. Liebevoll, aber energisch; sanft, aber entschieden. An Tilda Franklins Gesicht hatte ich nur eine vage Erinnerung – nur ein flüchtiger Eindruck charismatischer Schönheit gepaart mit der Ausstrahlung von Intelligenz und Kraft war mir im Gedächtnis geblieben.

»Die wollen mit *mir* reden?« fragte ich ungläubig. »Bist du sicher?«

»Offenbar versuchen sie schon seit Jahren Dame Tilda für so ein Projekt zu gewinnen, aber sie hat bisher stets abgelehnt. Nun hat sie selbst beim Verlag angerufen und besteht darauf, daß du die Sache übernimmst. Jemand anders käme für sie nicht in Frage.«

Es trat eine Pause ein. Nancy wartete auf meinen Kommentar. Aber ich sagte nichts. Mir hatte es buchstäblich die Sprache verschlagen. Ich konnte mir nicht vorstellen, aus welchem Grund Tilda Franklin ihre Lebensgeschichte ausgerechnet von mir schreiben lassen wollte, und ich hatte immer noch den Verdacht, daß es sich um ein Mißverständnis handeln müsse. Trotzdem war mir, als gewahrte ich weit entfernt am Ende eines langen dunklen Tunnels plötzlich einen Lichtschimmer. Ich wußte, ich sollte Nancy sagen, daß ich nicht mehr schreiben konnte, aber aus irgendeinem Grund – aus Stolz wahrscheinlich – tat ich es nicht.

»... eine faszinierende Geschichte«, hörte ich Nancy sagen. »Sie hat, glaube ich, im Krieg irgendwas sehr Heldenhaftes getan – Rebecca?« Ein besorgter Ton schwang in ihrer Stimme. »Freut dich das denn nicht?«

»Doch, doch«, murmelte ich und sah mich wie gelähmt vor meinem Computer sitzen, unfähig, auch nur einen einzigen zusammenhängenden Satz zu produzieren. »Aber ich weiß nicht recht, Nancy«, sagte ich vorsichtig. »Die vielen Kinder ... Könnte ich ihr wirklich gerecht werden? Und es wäre ein Haufen Arbeit ...«

»Na, davon hast du dich doch früher nicht abhalten lassen«, entgegnete Nancy energisch. »Du würdest das bestimmt glänzend hinkriegen. Überleg's dir, Rebecca. Ruf mich an, dann vereinbare ich einen ersten Termin mit Sophia.«

Nach dem Gespräch saß ich erst mal eine Weile da und starrte die Wand an. Ich hätte Nancy erklären sollen, daß ich mein ganzes Vertrauen in meine schriftstellerischen Fähigkeiten verloren hatte. Und daß es eigentlich überhaupt nicht mein Fall war, die Biographie einer Heiligen zu schreiben. Ich zeige lieber das, was sich hinter der Fassade verbirgt. Geschichte interessiert mich erst, wenn die Glasur springt und der rohe Ton zum Vorschein kommt.

Wie sollte ich die glücklichen Familien beschreiben, die Tilda Franklin geschaffen hatte, wo ich selbst solche Geborgenheit nie erlebt hatte? Wie sollte ich über die Freuden des täglichen Sorgens für Kinder schreiben, wo mein einziger Versuch, ein Kind in die Welt zu setzen, kläglich gescheitert war? Ich griff zum Telefon, um Nancy zurückzurufen und ihr zu sagen, daß es sinnlos sei, eine Verbindung zwischen mir und dem Verlag herzustellen, aber ich legte den Hörer zurück, ohne die Wähltasten berührt zu haben. Der Funke der Zuversicht, der gedämpfte Schimmer wiedergekehrten Selbstvertrauens waren eben doch noch da.

Ich nahm meine Wagenschlüssel und fuhr hinaus nach Twickenham. Dort machte ich einen langen Spaziergang und sah zu, wie die Nebel von der Themse aufstiegen. Ein nasser, kläffender Hund rannte mir am Ufer entgegen und schüttelte sich, daß die Wassertropfen glitzernd in alle Richtungen flogen. Die Wolken hatten sich endlich gelichtet, und ich konnte die Sonne sehen, ein wenig trübe, aber dennoch leuchtend. Das Wasser leckte an meinen Stiefelspitzen, doch ich kehrte dem

Fluß den Rücken zu, bevor die Wolken zurückkehren und erneut die Sonne verdunkeln konnten. Zu Hause rief ich Nancy an und sagte ihr, ich sei mit einem Termin bei Crawford in der nächsten Woche einverstanden.

Dame Tilda Franklin lebte in Woodcott St. Martin, einem Dorf in Oxfordshire. Auf der Fahrt zu ihr, eingekeilt zwischen zischenden Transportern und ungeduldigen Handlungsreisenden, wünschte ich beinahe, ich könnte umkehren. Aber ich tat es nicht, sondern kroch, vom einschläfernden Summen der Scheibenwischer begleitet, weiter im endlosen Troß.

Ich hatte das Projekt mit meiner zukünftigen Lektorin erörtert. Sie hatte vorgeschlagen, ich solle zunächst einmal mit Tilda Franklin sprechen und danach, falls der Auftrag mich immer noch reizte, dem Verlag meine Ideen vorlegen. Bei Gefallen würde man mir einen anständigen, wenn auch nicht übermäßig großzügigen Vorschuß zahlen.

Ich war froh, als ich die Autobahn verlassen konnte, um in eine Landschaft sanft gewellter Hügel und schmaler, gewundener Straßen einzutauchen, in deren Tälern noch Nebel lag. Ich mußte mehrmals anhalten und mich anhand der Karte des Wegs vergewissern. Es war früh am Tag, noch nicht einmal neun, die Welt noch halb im Schlaf. Nach ungefähr einer halben Stunde erreichte ich Woodcott St. Martin, ein auseinandergezogenes Dorf mit einem Marktplatz, einem Ententeich und zwei Geschäften. Vor dem Zeitungsladen hielt ich an, um mich nach dem Weg zu Dame Tildas Haus, dem sogenannten Roten Haus, zu erkundigen. »Es geht ihr nicht besonders gut«, sagte der Zeitungshändler. »Sie bekommt um diese Jahreszeit leicht mal eine Bronchitis.«

Das Rote Haus stand etwas abseits vom Dorf. Auf seiner einen Seite sah ich den Schimmer eines Flusses, auf der anderen Spielplätze, deren Schaukeln still und verlassen im grauen Licht hingen. Das Haus war groß und alt, mit steinumrandeten Giebelfenstern. Die Mauern waren aus dunkelrotem Backstein, die Dachschindeln von Flechten verfärbt. Buchsbäume, zu gewaltigen Kugeln und Pyramiden geschnitten, standen wie

Mauern zu beiden Seiten des schmalen Fußwegs. Der Nebel bleichte ihr dunkelgrünes Laub und sprenkelte die weitgespannten Spinnweben in ihrem Geäst mit Glitzer. Kalt und unverrückbar schlossen mich die großen gestalteten Büsche ein und schnitten mich vom Garten ab. Mich fröstelte: Dies war nicht die liebliche Wildnis von Rosen und Astern, die ich erwartet hatte. Diese Bäume waren dunkel und geheimnisvoll, ihre Formen von einer Symbolik, die mir verschlossen blieb. Ich war froh, als ich den kleinen gekiesten Vorplatz des Hauses erreichte. Hastig wischte ich mir die Spinnweben ab, die sich auf meiner Jacke verfangen hatten, und läutete.

Drinnen folgte ich Dame Tildas Haushälterin durch Korridore und Zimmer. Kindergesichter – gemalt, gezeichnet, fotografiert – blickten von den Wänden zu mir herab. Alles Kinder, vermutete ich, die Tilda Franklin unter ihre Fittiche genommen hatte. Kleinkinder und Halbwüchsige, Mädchen mit Schleifen im Haar, Jungen in ausgebeulten Cordhosen und heruntergerutschten Söckchen. Verblassende Kinderzeichnungen, ein mühsam gearbeitetes Stickdeckchen, der unscharfe Schnappschuß eines Jungen mit einer Haartolle im Stil der fünfziger Jahre, der neben einem blitzenden Motorroller stand. Die goldenen Rahmen der Bilder erhellten die dunklen, eichengetäfelten Wände.

Die Haushälterin führte mich zu einem Raum ganz hinten im Haus und klopfte. »Miss Bennett ist hier, Tilda.«

Der Wintergarten war mit alten bequemen Möbeln eingerichtet. Pflanzen – Wachsblume, Bleiwurz, Bougainvillea – rankten sich an den Wänden empor. In einer Ecke des Raumes stand eine Frau mit einer Gartenschere in der Hand. Sie drehte sich herum.

»Miss Bennett? Wie schön, daß Sie kommen konnten! Sie müssen entschuldigen, daß ich Sie schon so früh am Tag hierhergelockt habe, aber nachmittags kann ich, so schrecklich das ist, manchmal schlecht die Augen offenhalten.«

»Mrs. …« Mir fiel der Adelstitel ein. »Ich meine, Dame Matilda …« prompt geriet ich ins Stocken.

Sie legte die Gartenschere weg. »Nennen Sie mich bitte einfach Tilda. Der Titel ist so steif, und Matilda hat mich nie jemand genannt. Der Name ist ziemlich abschreckend, finden Sie nicht auch?« Sie lächelte.

Tilda Franklin war achtzig Jahre alt, aber die Schönheit des gutgeschnittenen Gesichts war auch jetzt noch im Schwung der hohen Wangenknochen und in der Linie der geraden, schmalen Nase zu erkennen. Die zarten, blaugeäderten Augenlider wirkten beinahe durchsichtig, die hellen Augen lagen tief in den Höhlen des klargemeißelten ovalen Gesichts. Sie hielt sich trotz ihres Alters kerzengerade. Neben ihr kam ich mir klein und plump und mopsgesichtig vor. Sie trug einen weichen Tweedrock, einen Kaschmirpullover, Perlen; ich einen langen schwarzen Rock und eine zerknautschte Wildlederjacke, die ich bis zu diesem Moment lässig elegant gefunden hatte. Ich hätte mein gutes Kostüm anziehen sollen.

Ich bat sie, mich Rebecca zu nennen, und wir gaben einander die Hand. Ihre Finger waren leicht, beinahe schwerelos, wie die Knochen eines kleinen Vogels. Wenn ich zu fest zugreifen würde, dachte ich, müßten sie brechen.

»Sie trinken doch eine Tasse Kaffee mit mir, Rebecca? Nach dieser langen Fahrt! Es ist wirklich lieb von Ihnen, daß Sie sich die Mühe gemacht haben.«

Sie erzählte mir von den Pflanzen im Wintergarten, bis die Haushälterin mit dem Kaffee und einem Teller selbstgebackener Plätzchen kam.

»Die Wachsblume ist schon in voller Blüte. Sie hat einen köstlichen Duft, aber leider nur nachts. Ich verstehe bis heute nicht, wieso manche Pflanzen nur zu einer bestimmten Tageszeit duften und sonst nicht. Patrick, mein Enkel, hat einmal versucht, es mir zu erklären.« Sie setzte hinzu: »Ich freue mich sehr, daß Sie sich zu diesem Gespräch mit mir bereit gefunden haben, Rebecca. Wissen Sie eigentlich, warum ich mir ausbedungen habe, daß Sie meine Biographie schreiben?«

»Ich vermute, Sie haben mein Buch gelesen«, antwortete ich unsicher.

Sie schüttelte den Kopf. »Ich muß leider gestehen, daß ich kaum noch lese. Meine Augen haben schrecklich nachgelassen.

Aber ich sehe fern. Und ich habe mir Ihre Dokumentation angeschaut.«

Alles an ihr und um sie herum – ihre Erscheinung, dieses Haus, selbst die Kaffeetassen – zeugte davon, daß sie einer anderen Zeit angehörte. Ich konnte mir nicht vorstellen, daß sie im Wohnzimmer auf dem Sofa saß und mit der Fernbedienung die Programme durchzappte.

»Sie haben *Mondschwestern* gesehen?«

Sie nickte. »Ja. Und ein paar Tage später war ich in der Buchhandlung, um meiner Enkelin ein Geburtstagsgeschenk zu besorgen, und da fiel mir Ihr Name auf einem Buchumschlag ins Auge. Wenn das nicht Vorsehung ist!« Sie hielt einen Moment inne. »Ich habe Ihren Film sehr, sehr anrührend gefunden.«

Mit Bestürzung sah ich die Tränen in ihren Augen.

»Sehr anrührend und sehr intelligent. Keine unnötige Sentimentalität. Keine Effekthascherei. Sie haben sich ganz im Hintergrund gehalten und diese Frauen einfach erzählen lassen. Das hat mir sehr gefallen. Solche Zurückhaltung beweist Klugheit und ein Bewußtsein für die eigene beschränkte Wichtigkeit im größeren Rahmen der Dinge. Und sie beweist Gerechtigkeitsgefühl. Ich glaube an Gerechtigkeit, Rebecca.« Ihr Gesicht nahm einen anderen Ausdruck an, die hellen grauen Augen verdunkelten sich. »Die Menschen haben diese Frauen vergessen. Sie haben vergessen, wieviel Macht Männer wie Edward de Paveley besaßen. Niemand sollte über so viel Macht verfügen dürfen.«

»Wer ist – war – Edward de Paveley?«

»Er war mein Vater. Er hat meine Mutter, die in seinem Haus angestellt war, vergewaltigt, und ließ sie, als sie schwanger wurde, in ein Armenhaus mit Arbeitszwang einweisen. Von dort kam sie in eine Nervenheilanstalt in Peterborough.«

Ich war überrascht. Es war schwer zu glauben, daß diese stolze, elegante Frau aus so elenden Verhältnissen stammte.

»Man sagt mir nach, ich hätte ein interessantes Leben geführt«, fuhr Tilda fort, »aber mein Privatleben war mir immer heilig. Erst als ich neulich Ihren Film sah, kam mir der Gedanke, daß man mir das eher als Feigheit denn als Bescheidenheit auslegen könnte. Und danach habe ich mit mir selbst eine Vereinbarung getroffen: Ich werde meine Lebensgeschichte erzählen, damit die Geschichte meiner Mutter publik wird.«

Sie stellte ihre Tasse nieder. »Ich würde mich sehr freuen, wenn Sie sich entschließen könnten, meine Biographie zu schreiben, Rebecca. Ich erwarte selbstverständlich nicht, daß sie mir sofort eine Antwort geben. Aber Sie werden darüber nachdenken, hoffe ich.«

Ich murmelte etwas Unverbindliches. Ich brachte es nicht fertig, ihr rundheraus zu sagen, daß ich nicht mehr schreiben konnte; daß Toby mir mit meiner Selbstachtung auch die Kreativität genommen hatte.

Sie faßte mein Schweigen als Zustimmung auf. »Darf ich Ihnen etwas mehr erzählen? Sowohl die Familie meiner Mutter – die Greenlees – als auch die de Paveleys lebten in Southam, einem Ort in den Fens von Cambridgeshire. Die kleinen Ortschaften in dieser ländlichen Gegend waren damals sehr einsam und abgelegen, kleine Welten für sich. Meine Mutter ist über Ely nie hinausgekommen, und selbst diese kurzen Fahrten zur Stadt waren eine Seltenheit. Ein reicher Großgrundbesitzer hatte in einer solchen Welt natürlich großen Einfluß.« Ihre Augen wurden schmal. »Die Familie meiner Mutter hat seit Generationen in Southam gelebt und gearbeitet. Meine Großmutter starb jung, und mein Großvater – der Vater meiner Mutter – war als Arbeiter bei den de Paveleys beschäftigt. Sie hatten zwei Töchter, Sarah war die ältere, Deborah die jüngere. Ihr kleines Arbeiterhaus gehörte der Familie de Paveley, und Wohnrecht hatten sie nur, solange mein Großvater für diese Familie arbeitete. Als er 1912 starb, verloren die Schwestern daher nicht nur den Vater, sondern auch das Zuhause. Deborah, die damals sechzehn war, ging bei den de Paveleys in Stellung; Sarah verließ das Dorf, sie wollte versuchen, anderswo ihr Glück zu machen.«

Als sie innehielt, warf ich einen kurzen Blick zum Fenster hinaus. Die Sonne hatte den Nebel aufgelöst. Vom facettierten Glas des Kristallüsters gebrochen, der von der Zimmerdecke herabhing, wanderte ihr Licht in regenbogenfarbenen Kringeln über die Wand.

»Ich weiß nicht genau, was geschah, sicher ist aber, daß Edward de Paveley meine Mutter vergewaltigt hat und sie vor die Tür setzte, als sich zeigte, daß sie schwanger war. Sie wußte nicht, wohin, und landete im Armenhaus. Ich vermute ... ich vermute, meine Mutter hat de Paveley um Hilfe gebeten. Sie wird ihm gesagt haben, daß das Kind von ihm sei, und auf seine Unterstützung gehofft haben.«

Ich sah eine düstere, konturlose Landschaft, von schmalen geraden Wassergräben durchzogen. Ich sah eine junge Frau, deren beinahe noch kindlicher Körper von der Schwangerschaft entstellt war; und einen Mann – zu Pferd vielleicht oder am Steuer eines dieser kastenförmigen Automobile der Jahrhundertwende –, der anhielt, um mit ihr zu sprechen.

»Ich weiß nicht, was meine Mutter zu de Paveley sagte, aber er lehnte es ab, ihr zu helfen«, fuhr Tilda fort. »Im Mai 1914 brachte sie mich im Armenhaus zur Welt, unmittelbar danach wurde sie in die Nervenheilanstalt eingewiesen. Ich besitze eine Kopie der behördlichen Verfügung. Sie trägt die Unterschrift Edward de Paveleys. Er war der Bezirksrichter.«

Sie schwieg, und als ich die tiefe Traurigkeit in ihrem Blick sah, ahnte ich, was es sie gekostet haben mußte, mir, einer Fremden, diesen Blick in ihr Privatleben zu gestatten, das ihr bisher so heilig gewesen war. Aber dann veränderte sich plötzlich ihr Gesicht; es war, als hätte sie sich einen inneren Ruck gegeben.

»Ich bin im Armenhaus geboren«, sagte sie, »aber dann sofort in ein Waisenhaus gekommen. Uneheliche Kinder wurden ihren Müttern damals immer gleich nach der Geburt weggenommen. Adoptiert wurden solche Kinder selten; man glaubte, die ›Sittenlosigkeit‹ der Mütter würde sich auf sie vererben.«

Das ungewollte Kind, das die Wunde der eigenen Geburt zu heilen suchte, indem es sein Leben der Rettung anderer verlassener Kinder weihte. Eine schöne runde Geschichte, dachte ich.

»Ich lebte ungefähr ein Jahr lang in dem Waisenhaus. Dann kam Sarah.« Tilda lächelte. »Meine Tante Sarah. Ich habe ein Bild von ihr.«

Sie schlug das Album auf, das auf dem Tisch lag. Ich sah mir das Foto an. Das Gesicht, das mir entgegenblickte, zeigte diesen feierlich ernsten, ein wenig befangenen Ausdruck, den man von so vielen Porträtaufnahmen aus den frühen Jahren des Jahrhunderts kennt. Vermutlich wurde er von dem erzwungenen langen Stillsitzen vor der Kamera hervorgerufen. Tildas Tante Sarah trug eine hochgeschlossene Bluse über einem üppigen, formlos wirkenden Busen. In ihrem reizlosen, kräftigen Gesicht konnte ich keine Spur Tildas erkennen.

»Deborah war die Hübsche, Sarah die Kluge«, sagte Tilda, als hätte sie meine Gedanken gelesen. »Leider habe ich von Deborah kein Foto.«

»Sie sagten, daß Sarah nach dem Tod ihres Vaters fortging. Wohin, wissen Sie das?«

»Ach, so wie ich Sarah kannte, war sie wohl bald hier, bald dort. Sie hielt es nie lange an einem Ort aus. Als ich nach Cambridgeshire zurückkam, war meine Mutter schon auf den Tod krank. Das Leben in den Armenhäusern und Nervenheilanstalten war hart, und Deborah war nie besonders kräftig gewesen.«

Tilda schlug das Album zu. Flüchtig berührte ihre magere Hand die meine. »Sarah erfuhr erst, was ihrer Schwester zugestoßen war, als sie ins Dorf zurückkam. East Anglia war zu Beginn des Jahrhunderts praktisch aus der Welt. Kaum jemand hatte Telefon, und meine Mutter, die mit zehn Jahren die Schule abgebrochen hatte, um für ihren Vater zu sorgen, konnte kaum lesen und schreiben. Nun, kurz und gut, Sarah besuchte meine Mutter im Asyl und konnte kurz vor ihrem Tod noch mit ihr sprechen. Deborah berichtete ihr, was passiert war. Manchmal … manchmal stelle ich mir vor, was in Sarah vorgegangen sein muß. Wie tief ihr Zorn und ihre Schuldgefühle gewesen sein müssen.«

»Schuldgefühle?«

»Ja, weil sie nicht da war, als ihre Schwester sie brauchte.

Sarah war eine starke Frau, Rebecca. Sarah wäre eine Lösung eingefallen. Niemals hätte sie Deborah im Armenhaus enden lassen.«

»Und Sarah hat Sie dann adoptiert?«

»Ja. Sie begrub ihre Schwester und adoptierte ihre Nichte. Ich erinnere mich natürlich nicht an das Waisenhaus – ich war ja kaum ein Jahr alt, als Sarah mich dort herausholte. Aber sie hat nie vorgegeben, meine Mutter zu sein. Ich habe sie für diese Ehrlichkeit immer bewundert. Sobald ich alt genug war, um es zu verstehen, erklärte sie mir, daß ich das Kind ihrer jüngeren Schwester sei. Mehr sagte sie mir natürlich nicht.«

*Dein Vater hat deine Mutter vergewaltigt.* Unmöglich, eine solche Ungeheuerlichkeit zu erklären.

»Und wo haben Sie gelebt?« fragte ich.

»Überall in East Anglia und Südengland. In Suffolk, Norfolk, meistens in Kent. Sarah verdiente sich ihr Geld als Saisonarbeiterin auf dem Land.«

Ich lächelte. »Wie Tess von d'Urbervilles?«

»So ähnlich, ja. Im Sommer haben wir in Kent bei der Ernte und beim Hopfenpflücken geholfen, im Winter haben wir Näharbeiten angenommen. Meine Tante Sarah war im Nähen sehr geschickt, ihre Stiche konnte man überhaupt nicht sehen. Von ihr habe ich das Nähen gelernt. Von ihr habe ich überhaupt alles gelernt.«

»Sind Sie nicht zur Schule gegangen?«

»Doch, hin und wieder, wenn wir länger als ein paar Wochen in einem Dorf geblieben sind. Aber Schreiben und Lesen hat Sarah mich gelehrt, und sie war eine wahre Rechenkünstlerin. Wenn ich wirklich einmal zur Schule ging, wurde ich immer mehrere Klassen über meinem Jahrgang eingestuft.«

Das hörte sich nach einem bunten Zigeunerleben an, bis mir einfiel, daß Tilda im verhängnisvollen Jahr 1914 geboren, und ihre Kindheit in die hektischen, unsicheren zwanziger Jahre gefallen war. »Das muß manchmal sehr schwer gewesen sein«, sagte ich vorsichtig.

»O ja. Ich habe nie wieder in meinem Leben so sehr gefroren wie damals. Ich kann mich heute noch an die beißende

Kälte erinnern, die sich in meine Hände und Füße hineingefressen hat. Und an die Wölkchen, die in die Luft aufstiegen, wenn ich morgens meinen ersten Atemzug tat. Und ich bin natürlich von anderen Kindern gehänselt worden. Weil ich anders war.«

Sie sprach ganz sachlich, ohne eine Spur von Wehleidigkeit. Sie saß noch immer so aufrecht wie die Frau auf der Sepiafotografie, die Tante, die sie aus dem Waisenhaus gerettet hatte.

»Ich bin ein bißchen müde«, sagte sie unvermittelt. »Ach, das Alter ist schon eine Last.« Sie wandte sich mir zu und sah mich mit ihren klaren grauen Augen an. »Möchten Sie mehr hören, Rebecca? Soll ich Ihnen von Jossy erzählen?«

»Jossy?«

»Jossy de Paveley. Edward de Paveleys Tochter.« Wieder veränderte sich ihr Gesicht unter dem Einfluß eines jener plötzlichen Stimmungswechsel, die, wie ich mit der Zeit lernte, typisch waren für sie. »Sie war meine Halbschwester ...«

Als ihr Vater im Jahr 1918 verwundet wurde, betete Joscelin de Paveley jeden Abend darum, daß er sterben würde. Als er dann doch nach Hause zurückkehrte und sich auf Krücken von seinem Bentley zur Haustür schleppte, erfuhr Jossys kindlicher Glaube an Gott eine heftige Erschütterung, von der er sich nie wieder so recht erholte.

Zweifellos hatten die Kriegserlebnisse, der Verlust eines Beins in den letzten Monaten erbitterter Kämpfe und die ständige Bedrohung durch den Tod Eward de Paveley gezwungen, seiner eigenen Hinfälligkeit ins Auge zu sehen, aber auf sein despotisches Wesen hatte diese Erfahrung nicht mildernd gewirkt. Soweit Jossy sehen konnte, hatte dieser Krieg, der Europa für immer aus seiner selbstzufriedenen Beschaulichkeit gerissen hatte, nur eine bleibende Wirkung bei ihrem Vater hinterlassen: Er war nicht mehr so beweglich wie früher. Es war leichter, vor ihm davonzulaufen.

Jossys ganze Kindheit hindurch führten sie, ihr Vater und ihr Onkel Christopher im Verwalterhaus getrennte Leben, Planeten, die sich um einen gemeinsamen Mittelpunkt – das

Gut und das Herrenhaus – drehten, ohne einander zu berühren. Onkel Christophers Sphäre waren die Felder, die Deiche und die Pachthöfe, Jossys Sphäre die Schule und das alte Kinderzimmer.

Das Haus der de Paveleys hieß allgemein das Herrenhaus. (Es hatte früher vielleicht einmal einen anderen Namen gehabt, aber der war lang vergessen.) Das nächste Dorf hieß Southam. Southam und das Herrenhaus waren auf kleinen, voneinander getrennten flachen Inseln schweren Lehmbodens erbaut. In feuchten Wintern leckte das Überschwemmungswasser an den Schoten und Sämlingen in Jossys Garten.

Jossys Leben war beherrscht von dem Bestreben, ihrem Vater aus dem Weg zu gehen, seinen verächtlichen Blick und den kalten Sarkasmus, der ihr die Tränen in die Augen trieb, zu meiden. Ab und zu jedoch kreuzten sich ihre Wege, jedes Mal mit katastrophaler Wirkung. Einmal wollte er ihr das Reiten beibringen. Die Lektion dauerte keine Stunde. Jossy hing wie ein Häufchen Elend im Sattel, während ihr Vater sie anbrüllte und mit der Reitgerte auf sein Holzbein einschlug. Einem anderen hätte sie vielleicht zu erklären versucht, daß sie das Pony zwar liebte, aber auch ein wenig Angst vor ihm hatte. Bei ihrem Vater, der vor nichts Angst hatte, hätte das nichts gefruchtet. Als ihr aufging, daß er vorhatte, das Pony, an dem sie nun schon hing, zu verkaufen, begann sie zu weinen, und das steigerte noch seine Wut. Die Gerte traf brennend ihre Hände an den Zügeln, und Edward de Paveley wütete gegen das Schicksal, das ihn mit einer Tochter geschlagen hatte, die eine Memme war.

In der Schule fühlte Jossy sich wohl, zu Hause hing ihr Wohlbefinden vom Erfolg ihrer Vermeidungsstrategien ab. Sie hatte ihr eigenes kleines Reich, das Kinderzimmer, wo sie mit ihren Puppen Schule spielte und Teekränzchen veranstaltete, und den Garten mit der alten Schaukel. Sie hatte den Schreibtisch ihrer Mutter im Damenzimmer, an dem sie Geschichten schrieb und zeichnete. Sie erfand sich eine Familie, malte Bilder von ihr. Sie waren drei Schwestern: Rosalie, die älteste, Claribel, die jüngste, und dazwischen Jossy selbst. Ihr Vater war tot, und ihre Mutter war ein verklärter Schatten.

Als Jossy ungefähr elf war, wurde ihr klar, daß ihr Vater nicht wieder heiraten würde. Zum Tee bei ihrer Freundin Marjorie in Ely hörte sie die Mutter des Mädchens zu einer anderen Frau sagen: »Ich habe Marjorie vorgeschlagen, die arme kleine Joscelin de Paveley einzuladen. Ich kannte Alicia, ihre Mutter. Ihr Vater wird nicht wieder heiraten, ich habe gehört, daß seine Kriegsverletzung es nicht zuläßt.« Jossy hatte die Ohren gespitzt, um mehr zu hören, aber Mrs. Lyons hatte die Stimme zu einem Flüstern gesenkt.

Es wunderte Jossy nicht, daß ihr Vater wegen seines Holzbeins nicht wieder heiraten wollte. Es war ein grausiges Ding. Der Klang seines unregelmäßigen Schrittes auf den Steinfliesen des Herrenhauses war der Klang des Schreckens. Sie hatte einmal gehört, wie die Köchin zu Nana gesagt hatte, das Bein des Herrn sei ganz oben an der Hüfte abgerissen worden; und ein andermal, als sie in einem Flur gestolpert war, war sie gegen das Holzbein ihres Vaters gestoßen. Es hatte sie gegraust, ein totes Ding, das an einem lebendigen Körper hing.

Jossy neigte zur Rundlichkeit, ihr Haar und ihre Augen bezeichnete sie selbst als schmutzig braun. Mit fünfzehn begann sie, ihr Haar mit Zitronensaft zu spülen, stand hinterher stundenlang vor dem Spiegel und schaffte es beinahe, sich einzureden, es würde heller.

Mit neunzehn ging sie von der Schule ab. Sie hatte zwei Anläufe genommen, die Abschlußprüfung zu machen, und war beide Male durchgefallen. Aber so erging es den meisten Mädchen an ihrer Schule, die ihr Vater als Bewahranstalt für die dummen Gänse aus reichem Haus bezeichnete. Sie erwartete, daß am Tag ihres Schulabgangs ein besonderes Ereignis davon künden würde, daß sie nun erwachsen war, eine junge Dame. Sie würde über Nacht zur Schönheit erblühen. Sie würde so souverän die Herrschaft im Haus übernehmen, daß selbst ihr Vater beeindruckt wäre. Und sie würde, natürlich, dem Märchenprinzen begegnen.

Der Märchenprinz war groß, dunkel und anmutig. Er saß so

sicher und unerschrocken im Sattel eines Pferdes wie am Steuer eines Automobils. Er hatte eine geheimnisvolle, unergründliche Vergangenheit, und er liebte Jossy mehr als alles in der Welt. Sie würden einander unter romantischen Umständen begegnen: Um dem Trubel und der Hitze eines Balls zu entkommen, würde sie in den nächtlichen Park hinauswandern, und dort würde er sie das erste Mal sehen. Ihre Schönheit würde ihn augenblicklich in Bann schlagen. Sie würden allein durch die süß duftende Nacht tanzen, im milden Schein des Mondes blumengesäumte Pfade hinunterwirbeln ...

Aber es änderte sich nichts. Mrs. Bradley und die Köchin führten weiterhin das Regiment im Haus, und Jossys Haar blieb trotz allen Zitronensafts hartnäckig schmutzig braun. Sie besuchte Tanzveranstaltungen und Feste bei Freunden, aber die jungen Männer waren tolpatschig, hatten picklige Gesichter und redeten nur von Kricket und Automobilen. Nana fuhr fort, Jossys Kleider zu schneidern, die keine Ähnlichkeit mit den raffinierten hautengen Satinroben in den Journalen hatten, die Jossy sich regelmäßig kaufte. Ihre Tage verliefen im altgewohnten Wechsel zwischen Kinderzimmer, Damenzimmer und Garten, und es gab nicht einmal mehr Schulferien, um das Einerlei zu unterbrechen. Ihre Ausflüge führten sie in die Kirche oder zu ihrem Vetter Kit ins Verwalterhaus. Die Tage zogen sich endlos. Doch sie hielt an ihrem Glauben fest: Sie wußte, daß er kommen würde. Zwei Jahre nach ihrem letzten Schultag wartete Jossy de Paveley immer noch auf den Märchenprinzen.

Ich nahm die Finger von den Computertasten und lehnte mich zurück. Ich war erschöpft und fühlte mich trotzdem wie neugeboren. Vier Seiten! Ich war von Oxfordshire nach Hause gefahren und hatte, ohne auch nur den Mantel auszuziehen, vier Seiten am Stück geschrieben. Und es war ganz leicht gewesen. Es war, als hätte sich das Seil um meinen Hals, das monatelang jeden Satz abgewürgt hatte, plötzlich gelockert.

Ungewöhnlich war, daß ich das Gehörte in Form einer romanhaften Erzählung niedergeschrieben hatte. Normalerweise brachte Rebecca Bennett nur sorgfältig überprüfte Fakten zu Papier, sachlich und objektiv. Aber die Vergangenheit ist eben nicht mit Sicherheit zu erfassen, sie schillert wie die Lichtreflexe des Kristallüsters in Tilda Franklins Wintergarten.

Später traf ich mich mit Charles Lightman. Bei Risotto und einer Flasche Pinot Grigio setzte er mir seine neueste Idee auseinander.

»Die Veränderung der Arbeitswelt, das Ende der industriellen Revolution, verstehst du, Darling. Man kann zeigen, wie ähnlich das Leben des modernen Telearbeiters dem seiner vorindustriellen Vorfahren ist.« Er gestikulierte mit seiner Gabel. »Früher kriegten die Leute von der ewigen Arbeit am Webstuhl chronische Sehnengeschichten oder so was und kamen ihr Leben lang nicht über ihren Heimatort raus.« Wieder stach die Gabel zu. »Heute kriegen sie HWS-Syndrom und kommen höchstens raus, wenn sie sich ein Auto leisten können. Ist doch gut, oder?«

»Ich dachte, du wolltest was über die Internate machen«, sagte ich. »Du hast doch …«

»Das Thema ist ziemlich abgelutscht, findest du nicht?« Charles zuckte wegwerfend die Achseln. »Das hier wäre wesentlich *relevanter.*«

Ich berichtete ihm meine Neuigkeiten, und er brauchte einen Moment, um den Namen Tilda Franklin einzuordnen.

»Ach, die Retterin der Witwen und Waisen«, sagte er dann.

»Es waren nur Waisen.«

»Ist an dem Stoff denn genug dran für dich?«

Der Kellner schenkte uns Kaffee ein. Ich runzelte die Stirn. »Ich denke schon. Wenn das auch natürlich alles ziemlich lang her ist …«

»Na ja … Ellen Wilkinson … Es ist die Aufgabe des Biographen«, fügte Charles ziemlich sentenziös hinzu, »die Relevanz der Geschichte seiner Hauptfigur für die heutige Zeit herauszuarbeiten.«

»*Ihrer* Hauptfigur«, verbesserte ich automatisch. Ich dachte daran, mit welchem Schwung ich Jossys Geschichte niedergeschrieben hatte, die Worte waren mir förmlich aus den Fingern geflossen. Aber jetzt dämpfte schon wieder Furcht meine Hochstimmung. Vielleicht war das nur ein vorübergehendes Wiederaufflackern gewesen. Vielleicht würde sich das nächste Mal, wenn ich schreiben wollte, die Lähmung wieder einstellen.

»Und ...?« hakte Charles nach.

»Und ich habe noch nie über eine lebende Person geschrieben. Ellen Wilkinson ist 1947 gestorben.«

Er zuckte die Achseln. »Aber von den Frauen in *Mondschwestern* sind noch welche am Leben.«

»Das stimmt.« Ich goß Sahne in meinen Kaffee. »Aber es kommt dazu, daß sie allem Anschein nach die reinste Heilige ist.«

Die Lebensgeschichte einer solchen Stütze der Gesellschaft zu schreiben, würde viel Zeit kosten und viel Frustration bedeuten. Tilda hatte selbst darauf hingewiesen, wie wichtig ihre Privatsphäre ihr war – welche Türen zu ihrem Leben würde sie mir verschlossen halten? Sie war alt und hinfällig, dennoch hatte ich hinter der Gebrechlichkeit eine große Kraft gespürt. Sie hatte den Aufstieg aus dem Armenhaus in dieses vornehme alte Landhaus geschafft, das ich heute besucht hatte. Einem schwachen Menschen wäre das nicht gelungen. Ihre Kraft faszinierte mich und rief gleichzeitig eine große Scheu hervor.

»Ja, ja, Heilige sind langweilig«, sagte Charles mitten in meine Gedanken hinein. »Darum ist ja Satan in *Das verlorene Paradies* die interessanteste Figur.«

»Weißt du, diese vielen geretteten Waisenkinder – diese Kinderzeichnungen, mit denen sie ihre Wände gepflastert hat – das alles wirkt wie eine Barriere. Ich frage mich, wie ich es schaffen soll, zu ihr selbst durchzudringen.«

Tildas Güte und Schönheit waren wie ein strahlender Panzer, vor dem ich schrumpfte und der sie unberührbar machte. Mein Blick würde nur den Glanz dieses Panzers einfangen, und ich würde meinem eigenen Spiegelbild nicht trauen können.

»Vielleicht«, meinte Charles verschmitzt, »entdeckst du ja

doch noch irgendwas Pikantes. So ein richtig schönes klapperndes Skelett im Keller. Das wäre doch was, hm?«

Das Wochenende verbrachte ich bei Jane. Am Sonntag packten wir die Jungen warm ein und machten alle zusammen eine lange Wanderung. Winterstern blühte gelb in den Hecken, und Jack und Lawrie planschten vergnügt in Matsch und Pfützen. Jane klagte mir ihr Leid über das Einerlei ländlichen Lebens und die Unmöglichkeit, einmal eine Nacht durchzuschlafen, und ich erzählte ihr von Tilda Franklin.

»Besuch sie wieder, bleib im Gespräch mit ihr«, sagte sie sehr vernünftig. »Du hast doch nichts zu verlieren.«

Also rief ich am Montag morgen Tilda an und fuhr schon am Dienstag wieder zum Roten Haus. Wir saßen im oberen Wohnzimmer am Feuer. Der Raum war ursprünglich eine Sonnenterrasse gewesen: Ein großes, halbrundes Fenster blickte zum vorderen Garten hinaus und ließ die Sonne von allen Seiten herein. Hitze staute sich im Zimmer. Ich zog meine Kostümjacke aus und krempelte meine Ärmel hoch. Die Alten sind viel kälteempfindlicher.

Aber Tildas Stimmung hatte sich seit der vergangenen Woche verändert. Sie war reizbar und schwierig, wich meinen Fragen aus oder gab nur kurze Antworten. Sie schien über Nacht zarter und gebrechlicher geworden zu sein, und ihre Haut hatte die durchsichtige Blässe hohen Alters. Draußen fegte der Wind von einem vorausgegangenen Sturm abgerissene Äste und Blätter durch den Garten. Sein Pfeifen und das Knallen der Zweige, die gegen Fensterscheiben schlugen, schienen sie noch nervöser zu machen. Ich sprach sie auf Jossy an und auf Sarah Greenlees, aber sie blieb einsilbig und kurz. Hätte ich sie nicht in der Woche zuvor als eine Frau von großer Geradlinigkeit und Kultiviertheit kennengelernt, ich hätte ihre abwehrende Haltung als Ungezogenheit auffassen müssen. Ich verspürte Zorn und Enttäuschung. Die Biographie zu schreiben war schließlich ihre Idee gewesen, nicht meine.

Bemüht, den Tag irgendwie zu retten, bat ich sie, mir noch

einmal das Fotoalbum zu zeigen. Ich blätterte ihr um, und sie betrachtete ohne Interesse die Bilder. Eine Aufnahme fiel mir besonders ins Auge, sie zeigte einen Mann und ein Kind von auffallender Schönheit. Gerade wollte ich Tilda fragen, wer die beiden seien, da hob sie den Kopf und sagte: »Kommt da nicht jemand den Weg herauf? Würden Sie mir sagen, wer es ist, Rebecca?«

Ich stand auf und schaute aus dem Fenster hinunter zum Fußweg zwischen den mächtigen Buchsbäumen. »Ein Mann ... blond ... ziemlich groß. Jung.«

»Patrick«, sagte Tilda und lächelte zum ersten Mal an diesem Tag. Ich erinnerte mich, daß sie bei meinem letzten Besuch einen Enkel namens Patrick erwähnt hatte.

»Patrick!« rief sie, als der Besucher die Tür zum Sonnenzimmer öffnete. »Warum hast du nicht vorher angerufen? Du hättest mit uns Mittagessen können.«

Er umarmte sie. »Ach, das war so eine plötzliche Eingebung. Ich mußte zu einem Mandanten in Oxford.«

Tilda wandte sich mir zu. »Ich möchte dich mit Miss Bennett bekannt machen. Rebecca, das ist mein Enkel Patrick Franklin.«

Wir tauschten einen Händedruck. »Ich habe heute morgen eine Karte von Dad bekommen«, berichtete Patrick seiner Großmutter. »Aus Ulan Bator.«

Tilda rümpfte die Nase. »Joshua muß doch immer die Gefahr herausfordern. Und so ganz unnötig.«

»Das liegt wohl in der Familie.«

Patrick Franklin trug Jeans und eine Lederjacke. Nach Mandantenbesuch sah das nicht aus, fand ich.

»Würdest du Joan bitten, uns eine Tasse Tee zu machen, Patrick? Oder hast du noch nicht gegessen? Joan würde dir sicher ein Omelett machen, wenn du möchtest.«

Ich sagte schnell: »Ich kann Ihrer Haushälterin Bescheid sagen, wenn ich jetzt gehe, Tilda.«

Sie drehte sich nach mir herum. »Aber Sie können doch jetzt nicht schon gehen, Rebecca! Wir haben ja noch gar nicht richtig angefangen.«

Ich hatte einige Mühe, meine Ungeduld zu unterdrücken. »Sie und Patrick haben sich bestimmt einiges zu erzählen ...«

»Patrick und mir bleibt noch Zeit genug zum Reden. Es wäre wirklich albern, wenn Sie jetzt schon nach London zurückfahren würden. Die ganze Fahrt umsonst.«

Aber nach dem Tee nickte Tilda ein. Ihr Mund blieb hübsch geschlossen, die Augen zuckten hinter den geschlossenen Lidern, während sie träumte. Patrick Franklin legte ihr eine Decke über.

»Sie wird jetzt vielleicht zehn Minuten schlafen«, sagte er. »Es ist wahnsinnig heiß hier drinnen. Ich muß unbedingt eine Weile raus. Hat meine Großmutter Ihnen schon den Garten gezeigt, Rebecca?«

Der Garten des Roten Hauses, den ich bei meinem letzten Besuch vom Wintergarten aus gesehen hatte, lockte mit verwunschenen Wegen und überwachsenen alten Bäumen. Ich folgte Patrick hinaus. Es hatte aufgehört zu regnen, aber die Luft war feucht, und der Wind blies kräftig. »Tilda hat mir erzählt, daß Sie Schriftstellerin sind«, bemerkte Patrick, als wir die Stufen der Terrasse hinunterstiegen.

»Ich habe eine Biographie Ellen Wilkinsons geschrieben.«

»Nur das eine Buch?«

»Und eine Fernsehdokumentation.«

»Ach ja, über die Nervenheilanstalten. Sind Sie Journalistin?«

Er schien erleichtert, als ich den Kopf schüttelte. »Die Wilkinson-Biographie war eine Fortführung meiner Magisterarbeit«, erklärte ich. »Ich habe verschiedene Artikel für *History Today* geschrieben.« Das hörte sich alles ziemlich dürftig und wenig beeindruckend an. Von meiner Tätigkeit als Nachhilfelehrerin sagte ich nichts; das hätte zu armselig geklungen.

Unter tropfenden Bäumen, an rotem Hartriegel mit gekalkten Stämmen vorbei gingen wir durch den Garten. Krokusse schoben violett und goldgelb ihre Köpfe aus der Erde. Auf gewundenen, mit Ziegeln ausgelegten Wegen gelangten wir zu einer kleinen kreisrunden Lichtung, die mit moosbewachsenen Backsteinen in spiraliger Anordnung gepflastert war. Eine steinerne Nymphe, von Flechten dunkel gefleckt, stand auf einem Sockel in der Mitte des Rondells.

»Ich hätte nie gedacht, daß Tilda einmal ihre Biographie schreiben lassen würde.« Patricks Hand ruhte auf dem Kopf der Nymphe. »Im Lauf der Jahre haben immer wieder Verlage bei ihr angefragt, aber sie hat sie alle abgewiesen.«

Ich sagte ihm klipp und klar, wie ich zu dem Vorhaben stand. »Es ist noch nichts entschieden. Tilda hat mich zwar gebeten, die Biographie zu schreiben, aber ich bin mir noch nicht sicher.«

»Und warum nicht?«

»Es ist eine große Verpflichtung. Ich muß erst sicher sein, daß ich die Richtige für diese Aufgabe bin.«

Patricks Augen waren von einem tieferen Blau als die Tildas. Ein kleines Lächeln spielte um seine Mundwinkel. »Tilda scheint aber fest zu glauben, daß Sie sie übernehmen werden. Ich muß allerdings zugeben, daß ich erleichtert wäre, wenn Sie ihr einen Korb gäben. Ich habe versucht, sie von der Idee abzubringen, aber sie ist manchmal so störrisch wie ein Esel.«

Verärgert fragte ich mich, ob dies der Grund für Tildas heutige veränderte Haltung war. Hatte die ungebetene Einmischung ihres Enkels Bedenken wachgerufen? »Was haben Sie denn dagegen? Liegt es an meiner Person? Bin ich Ihnen nicht renommiert genug?« Ich wußte, daß mein Ton sarkastisch war.

Wieder das kleine Lächeln. »Sie sind sicher so gut wie jeder andere. Vielleicht besser als die meisten.«

Ich wußte nicht, was ich von dieser Antwort halten sollte. Ein Kompliment war sie jedenfalls nicht. »Ja, aber ...«

»Tilda ist alt und schwach. Sie will das nicht glauben, aber es ist so. Ich habe Angst, das alles wird ihr zuviel werden. Die ganze Vergangenheit wieder aufzuwühlen, noch einmal zu durchleben. Sie hat in vieler Hinsicht ein schweres Leben gehabt.«

»Sind Sie darum heute hergekommen? Um mich abzuwimmeln?«

Der Blick, mit dem er mich ansah, war kalt. »Ich bin hergekommen, um Sie unter die Lupe zu nehmen.« Seine Schroffheit wirkte wie eine kalte Dusche.

Er machte kehrt, um zum Haus zurückzugehen, und ich folgte ihm, mußte laufen, um mit ihm Schritt halten zu können.

»Ich könnte mir vorstellen, daß das verdammt harte Arbeit wird«, bemerkte er, halb nach rückwärts gewandt, und die Worte wurden vom Wind fortgerissen. »Meine Großmutter ist nämlich nicht gerade sehr mitteilsam.«

»Es gibt ja auch noch andere Quellen. Tagebücher, Zeitungsartikel, die Familie …«

Er lachte. »Na, da wünsche ich Ihnen viel Vergnügen!«

»Wie meinen Sie das?« keuchte ich, immer noch hinter ihm herlaufend.

»Einige von uns sind ziemlich unstete Gesellen, immer auf Wanderschaft. Und wir sind eine sehr große Familie, wenn Sie alle Adoptiv- und Pflegekinder mit einbeziehen. Und jeder hat seinen eigenen Kopf.«

Ich hatte den Eindruck, daß er es darauf anlegte, mich zu reizen. Der Blick, mit dem er mich ansah, war eine einzige Herausforderung. Es war teuflisch, daß er so gut aussah. Ich war mir seiner Nähe bewußt und zugleich einer prickelnden Erregung. Ein ähnliches Gefühl hatte ich gehabt, als ich mit der Arbeit zu *Mondschwestern* angefangen hatte … als ich Toby das erste Mal begegnet war. Wütend auf mich selbst, drängte ich mich durch Brombeergestrüpp und Waldrebe und übergoß Patrick mit einem Tropfenschauer.

Tilda war wach, als wir ins Sonnenzimmer zurückkamen. Das Fotoalbum lag aufgeschlagen vor ihr.

»Rebecca, das ist Daragh«, sagte sie, als wollte sie mich mit dem Mann auf dem Foto bekannt machen, das mir zuvor bei der Durchsicht des Albums aufgefallen war. Daragh hatte dunkles, unregelmäßig geschnittenes Haar, und seine tiefliegenden, ein wenig schräggeschnittenen Augen lachten mir über die Jahre hinweg entgegen. Er hatte ein ungewöhnliches Gesicht, unschuldig und räuberisch zugleich im Ausdruck.

»Zunächst einmal muß ich klarstellen«, begann Tilda zögernd, »daß ich natürlich vieles nicht mit Sicherheit weiß. In vielen Dingen kann ich nur raten und vermuten. Teile von Daraghs Geschichte ... von Jossys ... Aber ich habe vierzig Jahre lang Zeit gehabt, darüber nachzudenken, wie es gewesen sein *könnte* ... wie es wahrscheinlich gewesen ist ...«

»Natürlich«, stimmte ich aufmunternd zu. »Und ich kann nur versuchen, die Bruchstücke aufzugreifen und zu einem Bild zusammenzufügen. Aber einiges wird unweigerlich immer Vermutung bleiben.«

Tilda nickte nachdenklich. »Ja«, sagte sie vage. »Ja ...« Dann wurde sie energischer. »Patrick, du mußt uns jetzt in Ruhe arbeiten lassen. Sieh doch mal nach dem Wasserhahn in der Spülküche. Er tropft. Dichtungen sind im Unterschrank. Sie zeigte sich wieder bestimmt und entschlossen. Dennoch hatte ich den Eindruck einer gewissen gespielten Forschheit. Es war, als hätte sie einen inneren Kampf abgeschlossen und wäre endlich zu einer Entscheidung gelangt. Ich schluckte meinen Ärger über Patrick Franklin hinunter und bemühte mich, meine Gedanken auf die Vergangenheit zu konzentrieren.

»Ich möchte Ihnen erzählen«, begann Tilda, »wie es dazu kam, daß Sarah und ich uns in den Fens niederließen. Damals wußte ich natürlich nicht, daß ich mit den de Paveleys verwandt war. Sarah hat mir nie etwas von meinem Vater erzählt, und ich habe sie nie gefragt – so etwas tat man damals einfach nicht. Man respektierte die Älteren. Nun, wie dem auch sei, Tante Sarah teilte mir mit, daß sie ein kleines Haus in Southam gemietet hatte.«

Southam, erinnerte ich mich, war das Dorf in den Fens, wo die de Paveleys lebten.

Tilda war sichtlich aufgewühlt. »Sie müssen bedenken, Rebecca, daß Sarah zwei Gründe hatte, Edward de Paveley zu hassen. Er hatte ihr die Schwester und das Zuhause genommen.«

»Und trotzdem ist sie dorthin zurückgekehrt, an einen Ort, wo sie ihm jeden Tag begegnen konnte?«

»Er war damals schon krank. Wie viele Männer seiner Generation hat sich Edward de Paveley von den Greueln des Kriegs nie wieder richtig erholt. Und das Herrenhaus war ja mehr als anderthalb Kilometer vom Dorf entfernt.« Tilda blätterte im

Album, hielt dann plötzlich stirnrunzelnd inne. »Sarah veränderte sich, als wir wieder in Southam lebten. Sie war immer anders gewesen, unkonventionell, aber als wir in unser kleines Haus zogen, das Long Cottage, wurde sie praktisch zur Einsiedlerin. Sie lehnte es ab, mit den Leuten im Dorf zu verkehren. Heute weiß ich natürlich, warum, aber damals verstand ich es nicht.« Sie blätterte weiter. »Da«, sagte sie und schob mir das Album über den Tisch zu. »Das war unser Haus.«

Die Schwarzweißaufnahme zeigte ein niedriges kleines Backsteinhaus mit einem Reetdach.

»Es war früher einmal ein Bauernhaus gewesen, aber der größte Teil des Hofs war verkauft worden. Trotzdem hatten wir immer noch fast einen Morgen Land. Ich fand es herrlich. Im Frühling, wenn die Apfelbäume blühten, war es besonders schön.«

Ich versuchte, mir Tilda vorzustellen, wie sie damals gewesen sein mußte, hellhaarig, mit grauen Augen und klarem Gesicht, in einem dieser Kleider mit fallender Taille, wie sie die jungen Mädchen zwischen den Kriegen zu tragen pflegten. »Wie alt waren Sie?«

»Ich war siebzehn. Sarah und ich sind Ende 1931 nach Southam gezogen.«

Es klopfte, und Patrick schaute zur Tür herein. Ich sah auf meinen Block hinunter.

»Ich habe den Wasserhahn repariert«, sagte er, »und Joan hat Kaffee gemacht.«

Tildas liebevoller Blick folgte ihm, als er das Tablett ins Zimmer trug und auf den Tisch stellte. Ich sah rasch auf meine Uhr, es war schon vier. Für sechs hatte ich mich mit einer Freundin zum Essen verabredet.

Ich lehnte die Einladung zum Kaffee dankend ab und verabschiedete mich. Tilda sagte: »Das nächste Mal erzähle ich Ihnen von Daragh.«

Ich spürte, daß Patrick mich ansah, doch ich wich seinem Blick aus. Aber meine Entscheidung stand nun fest. In meinem Kopf bildeten sich schon die ersten Sätze; am liebsten hätte ich auf der Stelle angefangen. Tildas Geschichte hatte mich in ihren Bann geschlagen, mich mit so feinen Fäden eingesponnen wie die Spinnen die Buchsbäume im Garten des Roten Hauses.

Als ich in meinen Wagen stieg, störten mich auf einmal der kühle graue Kunststoff im Inneren, die vielen Hebel und Knöpfe des Armaturenbretts, der Wust leerer Chipsbeutel und Saftbehälter. Sie schienen aus einer anderen Zeit, einer anderen Welt zu sein.

# 2

DARAGH CANAVAN BRACH so bald es möglich war von Liverpool nach London auf. In Liverpool waren zu viele Iren.

Er war Hals über Kopf aus Irland geflohen, nachdem er sich mit den falschen Leuten eingelassen hatte. Erst als das Lastauto davonfuhr, das ihn an einem regnerischen Abend mitten im Lichterglanz und Verkehrsgetöse Londons abgesetzt hatte, verließ ihn endlich das Gefühl, ständig auf der Hut sein zu müssen. Er hatte die Vergangenheit endgültig hinter sich gelassen; jetzt, dachte er in einem Anfall von Freude, war alles möglich.

Zur Vergangenheit gehörten Mutter und Vater und ein halbes Dutzend jüngerer Geschwister. Daraghs Freude trübte sich ein wenig, als er an seine Mutter dachte. Doch er schüttelte das aufkommende Heimweh ab, faßte das braune Paket, das seinen ganzen Besitz enthielt, fester und machte sich auf den Weg. Ihn fror, und seine Füße waren wund, weil die Sohlen seiner Stiefel durchgelaufen waren. Er hatte nur ein paar Schillinge in der Tasche. Als erstes mußte er sehen, daß er etwas zu essen bekam und ein Bett für die Nacht. Morgen würde er sich nach einer Arbeit umschauen. England war das Land, wo Milch und Honig flossen, das wußte jeder. Und er war der geborene Glückspilz, das hatte seine Mutter immer gesagt.

Vor einem Restaurant blieb er stehen und starrte hungrig durch die Fensterscheiben. Der Regen prasselte auf seine Schultern, die appetitlichen Düfte, die herausströmten, als ein Gast die Tür öffnete, machten ihm den Mund wäßrig. Aber dann schaute mit finsterem Blick ein Kellner heraus, und Daragh ging weiter. Ein Stück straßabwärts blieb er erneut stehen und spielte mit den Münzen in seiner Tasche, während er eine Speisekarte las. Die Preise entsetzten ihn. Vier Schillinge verlangten die hier für ein Stück Fisch und eine Mehlspeise.

Er stieß die Tür auf. Der Kellner kam auf ihn zu, und er wartete nervös, seine nasse Mütze in den Händen.

»Ja ... Sir?«

Daragh vermerkte die Pause zwischen den beiden Worten, lächelte dennoch freundlich. »Ich wollte fragen, ob ich hier auch einfach eine Kanne heißen Tee und ein Butterbrot bekommen kann.« Das Menü, das aus zwei Gängen bestand, konnte er sich nicht leisten.

Der Kellner, ein käsiger kleiner Bursche, rieb sich die behandschuhten Hände. »Tut mir leid, Tee servieren wir nicht.«

Daragh wartete auf das »Sir«, aber es kam nicht. »Dann eben nur Brot und Butter.«

Der Kellner musterte ihn von Kopf bis Fuß. Ein herablassendes Lächeln verzog seine schmalen Lippen. »Soviel ich weiß, betreibt die Kirche zum Heiligen Herzen, ungefähr einen Kilometer von hier, eine Suppenküche für Leute wie Sie.«

Daragh klopfte das Herz bis zum Hals. Einige der Gäste starrten ihn an, und er fing den Blick einer schönen jungen Frau mit rabenschwarzem Haar auf, die in einem Kleid, das schamlos ihre Schultern und den Ansatz ihres Busens zeigte, zwischen zwei dümmlich aussehenden Männern mit hohen steifen Kragen und brillantineglänzendem Haar saß. Er wandte sich zum Gehen.

Ausgerechnet in diesem Moment riß das vom Regen durchweichte Papier seines Pakets, und sein ganzes Hab und Gut ergoß sich in einem Schwall auf den Fußboden des Restaurants. Als er sich hastig bückte, um alles wieder einzusammeln – den Emailbecher, den Rosenkranz, den grünen Pullover, den seine Lieblingsschwester Caitlin ihm gestrickt hatte, die von seiner Mutter vielmals geflickten alten Unterhosen –, hörte er das trillernde Gelächter der schwarzhaarigen jungen Frau. Mit starrem Gesicht raffte er alles zusammen und lief davon.

Durch den Regen marschierte er zu der großen katholischen

Kirche am Ende der Straße. Der Altar, das Kreuz, die Statuen der Heiligen, alles so vertraut, trösteten ihn. Er machte sich nicht gleich auf die Suche nach der Suppenküche, sondern kniete zuerst nieder und betete. Er betete für seine Mutter, seine Geschwister und für seinen alten Großvater, der draußen auf dem Land lebte. Und er beschwor Gott, ihm zu helfen, daß er sich nie wieder so lächerlich machen würde wie an diesem Abend.

Daragh Canavan entdeckte, daß London zwei Gesichter hatte. Das eine besaß einen strahlenden, magischen Glanz – imposante Gebäude, elegante Theater und Lichtspielhäuser, große Kaufhäuser mit glitzernden Schaufenstern –, das andere war düster und bedrückend – Obdachlosenheime, Suppenküchen, endlose Schlangen vor der Arbeitsvermittlung. Wochen vergingen, und er fand keine Arbeit. Seine Kleider verlotterten, und er hatte kein Geld mehr für die öffentlichen Bäder. Bald verwehrten ihm die Türsteher vor den großen Kaufhäusern den Eintritt, wenn er versuchte, hineinzukommen, um sich aufzuwärmen. Er stand draußen in der rauhen Märzluft und schlug mit den Armen, um sich warm zu halten. Zaungast. Er fühlte sich so einsam und isoliert wie nie zuvor in seinem Leben.

Nach einem Monat packte ihn Verzweiflung. Er wußte, daß seine Aussichten, Arbeit zu finden, mit jedem Tag geringer wurden. Der Anblick seines Spiegelbilds in den Schaufenstern widerte ihn an. Am Tag, nachdem sie den Tabakladen ausgeraubt hatten, verließ er London. Er selbst stahl nichts, er stand draußen auf der Straße Schmiere, während die zwei Männer, die er im Obdachlosenheim kennengelernt hatte, den Laden ausräumten. Doch das schäbige kleine Geschäft erinnerte ihn an den Laden des alten Paddy Meeghan daheim, in Irland, und bohrende Scham setzte sich in ihm fest, als er sah, wie tief er in diesen Monaten in England gesunken war.

Mit zwei Pfund in der Tasche, Lohn für seine Aufpasserdienste, stellte sich Daragh an die Great North Road und wartete, bis ein Auto ihn mitnahm. Endlich einmal hatte er Glück;

der Fahrer des Lieferwagens, der ihn auflas, sagte, er könne ihm ein paar Tage Aushilfsarbeit als Torfstecher verschaffen. Daragh dachte an County Clare, wo sein Großvater lebte und er selbst viele glückliche Sommer verbracht hatte. Aber ihn empfingen nicht der sachte fallende Regen und die sanften Hügel, die er erwartet hatte. Diese weite flache Landschaft, die sich vor den Torfstechern dehnte, der grenzenlose Himmel darüber gaben ihm das Gefühl, unbedeutend und winzig zu sein. Als eine goldgefiederte Wolke sich vor die Sonne schob, und das Licht in gewaltigen blaß leuchtenden Strahlen zur Erde herabfiel, bekreuzigte Daragh sich unwillkürlich voller Ehrfurcht vor solch herber Schönheit.

Als er nach einer Woche ausbezahlt wurde, wanderte er weiter in die Fens hinein. Das Wetter war milder geworden, ein Hauch von Wärme lag in der Luft, der den Frühling ankündigte. In Ely ging er in die Kathedrale und blickte lange zu den steinernen Bögen hinauf, die sich hoch über ihm wölbten. Er schloß einen Handel mit Gott: Ein Jahr lang würde er regelmäßig zur Messe gehen, wenn er noch an diesem Tag Arbeit fände.

Gott nahm den Handel an. Als Daragh aus der Kathedrale trat und über die Grünanlage ging, sah er einen Mann, der unter großen Mühen Bierfässer die Treppe zu seinem Keller hinunterrollte. Er rannte über den Rasen, um seine Hilfe beim Abladen der schweren Fässer vom Karren anzubieten. Als das letzte Faß verstaut war, und der dicke, rotgesichtige Gastwirt sich keuchend den Schweiß von der Stirn wischte, fragte Daragh nach einer Anstellung. Er sei fleißig und ehrlich und scheue sich vor keiner Arbeit, versicherte er. Der Wirt solle es doch ein paar Wochen mit ihm versuchen.

Am nächsten Morgen fing Daragh an der Bar des *Fox and Hounds* an. Vierzehn Tage später sah er das Mädchen. Sie schob, im Gespräch mit einer Freundin, ein Fahrrad durch die Grünanlage vor der Kathedrale. Sie war groß und schlank und hielt sich kerzengerade, und das lichtbraune Haar fiel ihr fast bis zur Taille herab. Ihre großen Augen hatten die Farbe nasser Flußkiesel. Alle anderen Mädchen, die er je gesehen hatte, waren reizlos im Vergleich zu ihr. Ein seltsames Gefühl des

Wiedererkennens durchzuckte ihn, ein Blitz freudiger Erwartung, als hätte er nach Hause gefunden.

Kurz nach ihrem Umzug nach Southam hatte Tilda ihrer Tante Sarah erklärt, daß sie sich gern zur Krankenschwester ausbilden lassen wollte. Sarah hatte nicht direkt nein gesagt, hatte jedoch vorgeschlagen, Tilda solle ein Jahr abwarten. Sie hatte ihr einige Hühner gekauft und sie in Miss Clares Handelsakademie in Ely angemeldet.

Tilda fuhr die zehn Kilometer bis Ely täglich mit dem Fahrrad. Der Unterricht an der Akademie begann morgens um neun. Jeden Morgen, wenn sie die Fahrt antrat, klangen ihr Sarahs Warnungen in den Ohren – vor Männern, Fremden, Alkohol.

Miss Clares Akademie war nicht so großartig, wie der Name vermuten ließ. Der Unterricht fand in einem kleinen Haus in einer abgelegenen Straße statt. Miss Clare war groß und knochig und roch nach Pfefferminz. Tag für Tag trug sie eine lange gestreifte Strickjacke, die die Mädchen, ihre Schülerinnen, ihre Uniform nannten. Den Unterricht erteilte sie stets stehend, wobei sie mit einem langen Stock zur Tafel zu weisen pflegte und oft zur Straße hinaussah, als erwartete sie jemanden – ihren Liebsten, tuschelten die Mädchen. Emily Potter, Tildas Freundin, zeichnete in den Unterrichtsstunden freche Karikaturen von Miss Clares imaginärem Liebsten und schob sie Tilda zu. Der Unterricht war ungeheuer langweilig. Es hätte sehr viel Phantasie und Pfiffigkeit bedurft, um die Lektionen in Kurzschrift und Buchhaltung interessant zu gestalten, aber beides hatte Miss Clare nie besessen. Tildas Gedanken schweiften unweigerlich ab. Ihre Tagträume wurden häufig von Miss Clares bemüht kultivierten Tönen oder ihrer irritierenden Gewohnheit, in einem Satz das falsche Wort zu betonen, gestört. »Miss Greenlees, wie wollen Sie in Ihrem zukünftigen Beruf Erfolg haben, wenn Sie sich nicht angewöhnen *können*, Ihrem Arbeitgeber uneingeschränkte Aufmerksamkeit zu zollen?«

Eines Tages lud Emily Tilda zum Tee ein. Nach dem Unterricht gingen sie durch die Stadt. Es war ein angenehm sonniger Tag, und Tilda hatte ihren Mantel in den Korb an ihrem Fahrrad gestopft.

»Willst du wirklich mal Stenotypistin werden, Em?«

Emily zuckte die Achseln. »Das machen doch viele Mädchen. Und was andres fällt mir nicht ein.«

»Du könntest Malerin werden.«

»Malerin?« Emily lachte geringschätzig. »Das würden meine Eltern nie erlauben. Außerdem« – sie nahm einen Apfel aus ihrer Tasche und biß hinein – »werde ich für einen ganz tollen Mann arbeiten. Groß und dunkel und schwerreich. Er wird sich unsterblich in mich verlieben und mich aus diesem öden alten Nest hier entführen. Willst du mal beißen?«

Tilda nahm den Apfel und biß ab. Sie gingen an einer Reihe Geschäfte und einem Pub vorüber.

Emily flüsterte plötzlich: »Ich hab eben einen absolut traumhaften Mann gesehen – nein, schau dich noch nicht um Tilda, *bitte!* Jetzt! Da drüben.«

Tilda warf einen Blick auf den jungen Mann vor dem *Fox and Hounds*. Er lehnte rauchend an der Hauswand. Sein dunkles, leicht lockiges Haar glänzte im Frühlingssonnenschein.

»Starr ihn doch nicht so an«, zischte Emily aufgeregt. »Er schaut zu uns rüber. O Gott, er sieht *himmlisch* aus! Einfach himmlisch.«

Sie begannen beide zu kichern und bogen schnell in die Straße ein, die zum Haus der Potters führte.

Sarah war in der Küche beim Brotbacken, als Tilda nach Hause kam. Sie trug einen langen blauen Rock und eine hochgeschlossene weiße Bluse, darüber eine steife braune Schürze.

»Dein Essen steht im Rohr, Tilda.«

Tilda setzte sich an den Küchentisch, um ihren Kartoffelauflauf zu essen. Die Greenlees hatten kein separates Eßzimmer wie die Potters, sie nahmen ihre Mahlzeiten in der Küche ein. In den sechs Monaten seit ihrer Ankunft hatte das Long Cottage für Tilda eine wunderbare Vertrautheit gewonnen. Nie zuvor hatte sie so lange Zeit an einem Ort gelebt. Nichts in dem kleinen Haus war neu; die Küchenvorhänge waren aus Überbleibseln alter Kinderkleider Tildas zusammengestückelt; auf Wohltätigkeitsbasaren ergatterte Stoffreste und Teile eines der weiten Unterröcke Sarahs hatten die Kissen auf dem Sofa geliefert. Tilda mußte an das Badezimmer der Familie Potter denken: flauschige rosarote Badetücher, teure Seife und Körperpuder derselben Marke. Der Duft der Seife war noch an ihren Händen; sie roch verstohlen an ihnen. Sie und Sarah wuschen sich mit kaltem Wasser aus dem Krug auf dem Waschtisch und badeten in einer Zinnwanne in der Küche.

Tilda stocherte mit der Gabel in ihrem Auflauf herum und kippelte auf ihrem Stuhl.

»Iß auf, Kind. Spare in der Zeit, dann hast du in der Not.« Sarah Greenlees knetete energisch den Brotteig.

»Spare in der Zeit, dann hast du in der Not«, war Sarahs Lieblingsspruch. Tilda schlang hastig die Reste ihres Auflaufs hinunter und spülte den Teller unter dem Wasserhahn. Dann lief sie nach draußen.

Sie fütterte ihre Hühner und sammelte die Eier ein, die sie am folgenden Morgen an den Dorfladen verkaufen wollte. Die Hälfte des Eiergeldes durfte sie behalten. Danach jätete sie, vergnügt vor sich hin summend, das Unkraut zwischen den Gemüsebeeten. Als sie mit der Arbeit fertig war, zogen schon die ersten langen Schatten der Dunkelheit am Himmel auf. Schnell riß sie sich die Schürze herunter und rannte aus dem Garten, lief durch das Dorf, den Weg an der Kirche vorbei, der zum Kanal führte. Oben auf der Uferböschung legte sie sich ins Gras und starrte in den Himmel. Die rosigen Abendwolken, gemustert wie der Schuppenpanzer eines Fisches, spiegelten sich unten im Wasser des Kanals. Tilda schloß die Augen und ließ sich, zuerst langsam, dann mit zunehmendem Tempo, die Böschung hinunterrollen ins Feld. Langsam und ein wenig schwindlig stemmte sie die Hände in die Erde, um sich aufzusetzen. Eine Fingerspitze berührte etwas Hartes, Kaltes. Sie scharrte in der Erde und brachte eine kleine Metallscheibe zum Vorschein.

Als sie die verklebte Erde abgekratzt und das Metall mit

ihrem Rockzipfel blank gerieben hatte, sah sie, daß es eine Münze war. Sie war ziemlich schwer und nicht gleichmäßig dick. Tilda kannte weder das aufgeprägte Gesicht noch die verwitterte alte Schrift. Dicht unter dem Rand hatte die Münze ein kleines Loch. Tilda kramte in ihrer Tasche nach einem Stück Schnur und fädelte die Münze daran auf. »Hilf, daß kein böser Geist sich nahe, kein Teufel aus der Hölle fahre«, murmelte sie, als sie sich die Schnur um den Hals band. Dann legte sie sich wieder im duftenden Gras nieder und dachte an den Mann, den sie vor dem *Fox and Hounds* gesehen hatte.

Jeden Abend mußte sie nun Emily auf deren Geheiß nach Hause begleiten, ehe sie sich auf ihr Rad setzte, um nach Southam zu fahren. Drei Tage vergingen so, aber sie sahen immer nur den dicken Wirt, der den Brauereiwagen erwartete. Emily war verzweifelt.

»Er war wahrscheinlich nur auf der Durchreise nach London. Wer will schon in Ely versauern.«

Aber am vierten Tag sahen sie ihn wieder.

»Jesus Maria«, murmelte Emily. »Tilda, komm, stell dich vor mich, damit ich mir die Lippen anmalen kann, ohne daß er's sieht.« Emily wühlte in ihrer Tasche, zog Lippenstift und Puderdose heraus. »›Geranie!‹« flüsterte sie Tilda zu, bevor sie ihre Lippen nachzog. »Ist die Farbe nicht toll? Mama würde mich umbringen. Da – nimm – nein!« Emily stieß einen hysterischen kleinen Schrei aus. »Zu spät. Er kommt her. O *Gott!*«

»Kann ich den Damen behilflich sein?« fragte jemand. »Sie haben ja furchtbar schwer zu tragen, wie ich sehe.«

»Ire«, hauchte Emily. »*Himmlisch!*«

Er war groß, mit grünen Augen und lockigem schwarzen Haar, das bis zum Kragen seines weißen Hemdes reichte. »Ich möchte nicht aufdringlich sein«, sagte er, »aber ich habe Sie beide ein paarmal gesehen, und mir kommt's beinahe so vor, als würde ich Sie schon kennen. Mein Name ist Daragh Canavan.« Er streckte eine Hand aus. »Darf ich Ihnen die Tasche abnehmen, Miss ...!«

»Potter.« Emily reichte ihm ihren Einkaufskorb. »Emily

Potter. Und das ist Miss Greenlees.« Tilda und Daragh gaben einander die Hand. »Wir gehen auf die Handelsschule. Es ist gräßlich langweilig. Im Dezember war ich ein Wochenende in London, das war einfach himmlisch.« Emilys Gesicht war beinahe so rot wie ihre Lippen, und sie plapperte wild drauflos.

»Ich bin mehr fürs Land. In diesen großen Städten kann man furchtbar einsam sein. Wo wohnen Sie, Miss Greenlees?«

»In Southam, das ist ein Dorf ungefähr zehn Kilometer von hier.«

Daragh Canavan ließ sich von ihnen in die Mitte nehmen und begleitete sie. Vor dem Haus der Potters angekommen, setzte sich Tilda auf ihr Fahrrad, rief einen Abschiedsgruß und sauste den Hang hinunter.

An diesem Abend nach dem Essen machte Tilda die Wäsche, und Sarah hackte draußen im Hof Holz. Tilda wrang die nassen Strümpfe aus, warf sie in den Weidenkorb und öffnete die Tür der Waschküche. Als sie in den Garten hinausgehen wollte, hörte sie Stimmen.

»Soll ich Ihnen nicht das Holz hacken? Ich hätte das im Nu erledigt.«

Tilda, die Daragh Canavans Stimme erkannte, hätte beinahe den Korb fallen lassen.

»Ich kann mein Holz schon selbst hacken, besten Dank, junger Mann.«

»Ja, klar können Sie das, ich hab nur gedacht, ich könnte Ihnen die Arbeit abnehmen.«

»Und warum sollten Sie das tun?« Sarahs Ton klang argwöhnisch.

»Weil meine Mutter mich zu einem guten Christenmenschen erzogen hat.«

Tilda hörte das ungläubige Prusten ihrer Tante und gleich darauf das Krachen der Axt, die das Holz spaltete. Sie trat aus der Waschküche und ging über den Hof.

»Guten Abend, Mister Canavan.«

Sarah, die gerade die Axt wieder emporgeschwungen hatte, hielt inne. »Du kennst diesen jungen Mann, Tilda?«

»Ich habe ihn heute nachmittag in Ely kennengelernt.«

»Aha. Diesen guten Christenmenschen.« Sarah sprach in dem Ton, den sie anzuschlagen pflegte, wenn ein Händler ihr etwas aufschwatzen wollte. Der Händler wurde dann meist sehr kleinlaut.

Daragh Canavan ließ sich nicht einschüchtern. »Und ich bin zufällig durch Southam gekommen ...«

»Niemand kommt zufällig durch Southam.« Sarah hob wieder die Axt. »Versuchen Sie nicht, mich für dumm zu verkaufen.«

»Na schön. Sie haben mich durchschaut. Ich geb's zu. Ich bin weit fort von zu Hause, und die junge Dame war heute sehr nett zu mir, und ich wollte einfach ein freundliches Gesicht sehen. Ich vermisse meine Eltern und Geschwister – am meisten fehlt mir meine Mutter. Und meine Schwester Caitlin. Sie ist ein feines Mädchen, genau wie Miss Greenlees. Und da heute mein freier Abend ist, und das Wetter so schön, hab ich mir gedacht, ein Spaziergang würde mir guttun.«

Sarah sah ihn mit zusammengekniffenen Augen an. »Wo arbeiten Sie, Mr. Canavan?«

»Im *Fox and Hounds* in Ely.«

Die Axt sauste abwärts, traf mit zornigem Krachen den Holzklotz und spaltete ihn. Sarah warf Holzscheite in den Korb.

»Im März hab ich beim Torfstechen geholfen, und im Winter war ich in London und hab dies und das gearbeitet. Aber London ist eine schlimme Stadt. Ich wollte nur noch weg. So bin ich hierhergekommen, auf der Suche nach Landarbeit.«

»Ja, die Zeiten sind hart«, meinte Sarah ein wenig freundlicher.

Daragh sah auf die Axt in ihren Händen. »Ich könnte Ihnen den Holzstoß da wirklich ruck, zuck zusammenhauen, wenn Sie's mir erlauben würden, Mrs. Greenlees. Als Dank für das nette Gespräch.«

Sarah entgegnete unwirsch: »Ich bin *Miss* Greenlees, junger Mann. Tilda ist meine Nichte, nicht meine Tochter.« Sie trat zur Seite und reichte Daragh die Axt.

Die stählerne Klinge sauste auf den Holzklotz hinunter.

Splitter flogen. Die beiden Frauen gingen ins Haus. Daragh zog seine Jacke aus und krempelte die Ärmel seines Hemdes hoch. Sein Körper streckte sich, und seine Muskeln spannten sich, als er die Axt hochschwang und wieder runterzog.

Er kam jede Woche einmal vorbei, um das Holz zu hacken. Nach drei Wochen ließ Sarah sich erweichen und lud ihn nach der Arbeit ins Haus ein. Daragh trank seinen Tee im Stehen und wurde eiligst hinauskomplimentiert, sobald seine Tasse leer war.

Nachdem Sarah die Tür hinter ihm geschlossen hatte, drehte sie sich zu Tilda um und sagte: »Er ist ein Halunke. Ja, ein Halunke. Schreib dir das hinter die Ohren.«

Da in Sarahs Augen alle Männer Halunken waren, nahm Tilda sich die Mahnung nicht sonderlich zu Herzen. Aber sie erzählte zu Hause nichts von Daragh Canavan. Ab und zu fragte Sarah argwöhnisch: »Er belästigt dich doch nicht, Tilda? Dieser junge Mann belästigt dich doch hoffentlich nicht?«

Und Tilda versicherte dann, durchaus aufrichtig, daß er sie überhaupt nicht belästige. Er erwartete sie und Emily ein-, zweimal die Woche nach der Schule und schwatzte mit ihnen, während er sie nach Hause begleitete. Vor kurzem hatte er sie sogar einmal zu einer Tasse Tee in ein Café eingeladen, eine ganz neue Erfahrung für Tilda. Sarah fand, Cafébesuche seien nur hinausgeworfenes Geld.

Daragh war lustig und witzig und machte es ihnen leichter, die Langeweile in Miss Clares Handelsakademie zu ertragen. An einem Nachmittag gingen sie zusammen ins Kino und sahen sich *Hindle Wakes* an. Emily schluchzte in ihr Taschentuch, und Tilda, versunken in burgunderroten Plüsch, während sie das Schauspiel auf der Leinwand verfolgte, war überwältigt. Als der Film zu Ende war und sie aus dem Lichtspielhaus traten, blendete sie das Tageslicht, und das Getöse auf der Straße war im ersten Moment fast erschreckend.

Emily seufzte schwer. »Ach, war das traurig. Vielen Dank, Daragh.«

Auf der anderen Straßenseite hielt ein Automobil an. Ein

junger Mann beugte sich heraus. »Em!« rief er. »Emily. Ich habe dich schon überall gesucht.«

Emily riß die Augen auf, dann kreischte sie: »*Roland!* Oh – Roland!« Sie schoß zwischen Fahrzeugen hindurch über die Straße. »Warum hast du mir nicht gesagt, daß du nach Hause kommst, du Ekel? Komm, ich mach dich mit meinen Freunden bekannt.«

Roland war klein und rundlich wie Emily. »Rollo«, sagte Emily, nachdem sie ihn umarmt hatte, »das ist Tilda Greenlees, meine beste Freundin. Tilda, das ist mein großer Bruder, Roland.« Roland gab Tilda die Hand.

»Und das ist Daragh Canavan. Wir waren gerade im Kino.« Roland nickte Daragh zu, bot ihm jedoch nicht die Hand.

»War der Film gut?«

»Toll! Beinahe so gut wie *The Constant Nymph*. Das ist mein Lieblingsfilm.«

»Das weiß ich nur zu gut.« Roland schnitt eine Grimasse. »Dreimal hat Em mich da reingeschleppt, Miss Greenlees, als er hier in Ely lief.«

»Tilda war noch nie vorher im Kino«, bemerkte Emily.

»Aber es hat dir doch gefallen?« fragte Daragh Tilda mit einem ängstlich begierigen Blick.

Tilda antwortete lächelnd: »Es war einer der schönsten Nachmittage meines Lebens.«

Daragh strahlte. »Na, wunderbar. Wir können ja nächste Woche wieder gehen, wenn ihr Lust habt.«

»Das wäre schön, Daragh«, begann Tilda, wurde aber von Roland unterbrochen.

»Habt ihr Mädchen nicht Lust auf eine kleine Spritztour?«

Emily sah zu dem Auto hinüber. »Gehört es dir, Rollo?«

»Ich hab's mir mit Onkel Jacks Geld gekauft. Komm, ich zeig dir, wie es läuft.« Roland überquerte die Straße und öffnete die Tür auf der Mitfahrerseite. Emily lief ihm nach.

»Ich muß wieder ins Pub.« Daragh beobachtete die beiden Potters. »Es ist fast fünf.«

Emily rief: »Tilda, komm rüber«, und Daragh ging pfeifend, die Hände in den Hosentaschen, davon.

Tilda rannte über die Straße. Emily streckte den Kopf aus dem Wagenfenster. »Wo ist Daragh?«

»Er mußte zur Arbeit.«

»Ach, *Mist!* Ich wollte mit ihm hinten sitzen.«

Der Wagen, ein Coupé, hatte nur einen schmalen Rücksitz, der zwei Personen kaum Platz bot.

Roland hielt ihr die Tür auf seiner Seite auf. »Tut mir leid, es ist ein bißchen eng, Miss Greenlees.«

»Vielleicht sollte ich besser nach Hause fahren.« Tilda hatte den Blick in Daraghs Augen gesehen, als er sich abgewandt hatte.

»Sei keine Gans! Komm, beeil dich, Tilda.«

Sie ließ sich überreden. Sie war noch nie in einem Automobil gefahren. Sobald Roland die schmalen, gewundenen Straßen Elys hinter sich gelassen hatte und die offene Landstraße erreichte, trat er das Gaspedal durch.

»Wo habt ihr denn den Kerl aufgegabelt?« rief er laut, um das Knattern des Motors zu übertönen.

»Auf dem Heimweg von der Schule«, schrie Emily zurück. »Er hat gesagt, er hätte das Gefühl, uns schon zu kennen. Richtig romantisch, nicht?«

»Eher kitschig, finde ich. Das hat er wahrscheinlich aus irgendeinem zweitklassigen Film.«

»*Roland!* Daragh ist der tollste Mann, der mir je begegnet ist.«

Roland Potter warf seiner Schwester einen Blick zu und fuhr langsamer. »Aber nicht ganz passend, Em. Er hatte *Stiefel* an, Herrgott noch mal. So richtig klobige Arbeitertreter.«

In der folgenden Woche trafen sie sich nach der Schule zum Picknick am Fluß. Das Schilf raschelte an den Ufern, und auf dem Wasser trieben Seerosen. Roland erzählte den Mädchen von seiner Arbeit bei einer Londoner Zeitung. »Im Grunde bin ich nur ein besserer Laufbursche. Es wird wahrscheinlich noch Jahre dauern, eh die mich auch nur einen Satz schreiben lassen.«

Sie aßen gekochte Eier und belegte Brote und einen Pudding, der auseinanderlief, sobald Emily ihn aus der Form auf einen Teller stürzte. Roland hatte ein Koffergrammophon mitgebracht und tanzte abwechselnd mit Tilda und Emily auf der Wiese am Fluß. Später setzte sich Tilda ans Ufer und ließ die Füße ins Wasser baumeln. Schlamm wirbelte auf, und kleine Fische schossen durch das seichte Wasser am Rand. Die Sonne lag heiß auf ihren Schultern und ihrem Nacken.

Emily setzte sich neben sie. »Daragh hat mich immer noch nicht um ein Rendezvous gebeten, und dabei habe ich es ihm so leichtgemacht. Beinahe hätte ich ihn gefragt, ob er mit mir zum Rummel in Southam geht.«

Tilda dachte daran, daß Roland Potter Daragh nicht für würdig befunden hatte, ihm die Hand zu geben. Und sie erinnerte sich an Rolands Bemerkung über Daraghs Stiefel. Sie wußte, daß Daragh genau gemerkt hatte, wie schnell Roland Potter ihn taxiert und als nicht gesellschaftsfähig verworfen hatte.

»Ich hab einen Plan. Sag nichts.« Emily hob die Stimme. »Wir könnten noch was trinken gehen, Roland. Das *Fox and Hounds* hat einen schönen Garten.«

Rolands Miene drückte Zweifel aus. »Ich weiß nicht ... Mutter würde damit wahrscheinlich –«

»Ach, sei kein Langweiler. Komm schon.« Emily stand auf und fegte die Grashalme von ihrem Rock.

Auf unebener Straße fuhren sie holpernd zurück nach Ely. Im Garten des *Fox and Hounds* fand Roland einen freien Tisch.

»Da ist er.« Emily lächelte, höchst zufrieden mit sich. In einer Ecke des Gartens war Daragh Canavan gerade dabei, Gläser auf ein Tablett zu laden.

»*Em!*« Rolands Stimme klang gereizt.

Emily stand auf und winkte. »Daragh! Hallo, Daragh!«

Daragh kam an ihren Tisch. Sein Lächeln war flüchtig. »Miss Potter. Miss Greenlees.« Er wandte sich Roland zu. »Sir?«

Roland zündete sich eine Zigarette an. »Ein Bier und zwei Zitronenlimonaden. Und –« Daragh hatte sich schon zum Gehen gewandt – »beeilen Sie sich ein bißchen, ja?«

Tilda sah, wie Daragh einen kurzen Moment den Schritt verhielt, wie seine Knöchel weiß wurden, als er das Tablett fester faßte.

Emily zupfte Roland am Ärmel. »Gib mir auch eine Zigarette, Rollo, mein Schatz.«

Roland schüttelte den Kopf. »Dazu bist du wirklich zu jung, Em. Außerdem gehört es sich nicht für Frauen, in der Öffentlichkeit zu rauchen.«

»Mensch, bist du spießig!« Emily nahm sich eine Zigarette aus seinem Etui. »Ich hab letztes Weihnachten schon mal eine geraucht. Von Daddys.« Sie schob die Zigarette zwischen ihre Lippen und riß ein Streichholz an.

»Du mußt inhalieren, Dummchen«, sagte Roland.

Emily übte. Tilda hielt nach Daragh Ausschau. Roland trommelte mit den Fingern auf die Tischkante. »Wo bleibt der Kerl? Es ist absolut lächerlich.«

Daragh kam mit einem Tablett aus dem Pub. Als er den Tisch erreichte, sagte Roland: »Sie haben sich ganz schön Zeit gelassen.«

Daragh wurde bleich. Er stellte die Gläser mit der Zitronenlimonade vor den beiden Mädchen nieder und nahm den Bierkrug vom Tablett. Im selben Moment schien er auszurutschen, und das Bier ergoß sich über Rolands weiße Hemdbrust.

»Entschuldigen Sie vielmals, Sir. Wie ungeschickt von mir.« Daragh ging ins Pub zurück.

Roland sprang nach Luft schnappend auf. Emily tupfte das Hemd mit ihrem Taschentuch ab. Tilda warf ihren Stuhl um und rannte durch den Garten.

Im Schankraum war es dunkel und laut. Bauern tranken am Tresen und an den Tischen, der Boden war staubig vom Schmutz ihrer Stiefel. Daragh war nirgends zu sehen. Männer pfiffen Tilda nach; einer packte sie und zog sie zu sich heran. Mit einem ärgerlichen Wort schüttelte sie ihn ab und drängte sich zur vorderen Tür durch, um suchend straßauf und straßab zu blicken. Aber sie sah niemanden, nur die dunstblauen Schatten der Häuser.

Roland und Emily gingen aus dem Garten hinaus auf die Straße. Als sie das Auto erreichten, sagte Emily zaghaft: »Rollo ...?«

»Wir gehen besser zu Fuß nach Hause. Ich will keine Bierflecken auf den Sitzen.« Er tropfte immer noch. »Ich habe mich wie ein Idiot benommen«, sagte er mit einem Blick zu Emily. »Ich weiß selbst nicht, warum. Ich hab diese kalte Dusche wahrscheinlich verdient.« Er wand sein Hemd aus.

»Daragh ist kein so übler Kerl, Rollo. Er ist nett und lustig. Und er hat nie was versucht ... du weißt schon.«

Roland nickte langsam. »Trotzdem solltest du nicht mit ihm verkehren, Em.«

»Aber ich *liebe* ihn!« protestierte sie heftig.

Er schüttelte den Kopf. »Sei nicht albern.«

»Doch! Du hast ja keine Ahnung, wie das ist, Roland.«

»Emily«, sagte er liebevoll beschwichtigend, »er paßt nun mal nicht zu uns. Und außerdem ist er bis über beide Ohren in Tilda verliebt.«

Sie starrte ihn sprachlos an. Es war schmerzvoll, sich einzugestehen, daß er recht hatte, und im selben Moment verstand sie die häßliche kleine Szene im Wirtsgarten.

»Genau wie du, liebster Bruder.«

»Ja.« Roland kramte in seiner Tasche und zog sein Zigarettenetui heraus. Weinend, mit zuckenden Schultern, nahm Emily die Zigarette an, die er ihr reichte.

Er drückte ihr sein Taschentuch in die Hand. »Komm, wisch dir das Gesicht ab, Schwesterchen. Ohren steifhalten, du weißt schon. Er wird sie nicht glücklich machen, das kann ich dir jetzt schon sagen. Nie im Leben wird er sie glücklich machen. Keine Chance.«

Tilda spürte Daragh schließlich auf dem Weg nach Southam auf. Er stand auf einer Brücke und sah, ans Geländer gelehnt, ins Wasser hinunter. Sie bremste ab, rief seinen Namen, sprang vom Fahrrad.

Er hob den Kopf. »Wo sind denn deine piekfeinen Freunde, Tilda?«

»Keine Ahnung. Wie fühlst du dich, Daragh? Geht's dir gut?«

Seine verschränkten Arme ruhten auf dem Geländer. »Mir geht's glänzend.«

»Im Pub …«

»Im Pub hab ich mich wie ein Affe benommen. Ich war neidisch.«

»Auf Roland?«

Er warf mit einer ärgerlichen Geste die Hände in die Höhe. »Auf das Auto … den Anzug … das Geld, das der Kerl in der Tasche hat … sogar auf seine verdammten Socken war ich neidisch.«

Tilda lachte. »Auf die Socken?«

Daraghs Mund verzog sich zu einem Lächeln. »Du weißt schon, diese edlen Dinger mit den Karos. Ganz anders als die hier.«

Er schleuderte einen Stiefel vom Fuß. In dem selbstgestrickten Socken war ein Loch von der Größe einer Kartoffel.

»Ach, *Daragh!*«

»Heilige Maria Mutter Gottes, meine Füße sind schwarz wie die Nacht.« Er watete in den Bach. Das Wasser stieg ihm bis über die Knie. »Komm rein, Tilda, es ist großartig.«

Tilda zog ihre Stiefel aus und tauchte eine nackte Fußspitze ins Wasser. »Es ist eiskalt, Daragh.«

»Ach, komm, sei nicht so zimperlich.« Er watete zum Ufer zurück und hob sie hoch. Sie schrie, aber dann schlang sie ihre Beine um ihn und lachte.

»Du bist eine richtige Hexe, Tilda Greenlees«, sagte er leise. Dann neigte er den Kopf hinunter und küßte sie. Sein Mund war warm und hungrig, und in seiner Umarmung an ihn gedrückt wünschte sie, er würde sie nie wieder loslassen. Als sie sich schließlich doch voneinander lösten, sagte er wieder: »Du bist eine Hexe, Tilda, und du hast mich verzaubert.« Dann ließ er sie langsam aus seinen Armen gleiten, und sie fiel lachend und protestierend ins kühle grüne Wasser.

Wenn Daragh nachmittags freihatte, erwartete er Tilda nach der Schule, und sie radelten zusammen nach Southam. Einmal hatte sie eine Reifenpanne, und sie mußten das Fahrrad in einem Graben liegenlassen. Daragh hob Tilda auf die Querstange seines Rads und sauste laut singend mit ihr die Straße hinunter. Die Männer, die auf den Feldern bei der Arbeit waren, hoben die Köpfe und schauten ihnen nach, während er in immer engeren Zickzackbögen die Straße entlangfegte, bis Tilda lachend schrie, er solle aufhören. Da hörte er auf, und sie fiel ihm in die Arme, und er küßte sie wieder.

Ein andermal lieh er sich ein Pferd, Tilda erfuhr nie, von wem, und sie ritten endlos über das weite, flache Land, sie vor ihm im Sattel, seine Arme um ihren Körper. Als sie die lange Grenze des Hundred-Foot-Kanals erreichten, brachte er das Pferd mit einem Zungenschnalzen zum Stehen. Die Hände um Tildas Taille beugte er sich vor und küßte ihren Hals. Als er begann, ihren Busen zu streicheln, hätte sie am liebsten alle Warnungen Tante Sarahs in den Wind geschlagen und sich ihm hingegeben, aber statt dessen gab sie dem Pferd die Sporen, und sie flogen über das Feld, wobei Daragh so tat, als rutschte er langsam aus dem Sattel, während Tilda sich an der Pferdemähne festhielt.

Sie hatte nie jemanden wie Daragh Canavan gekannt. Eines Tages führte er sie in einen eleganten Tea-Room und bestellte, ein Monokel (von einem Gast des Pubs an der Bar vergessen) im spöttisch blitzenden grünen Auge, mit gestochenem englischen Akzent Kuchen. An ihrem achtzehnten Geburtstag im Mai fand sie, als sie aus dem Haus trat, große Sträuße aus Himmelschlüsseln und Wiesenschaumkraut rund um die Tür gelegt, und auf dem kleinen Rasenzipfel des Vorgärtchens war ihr Name in Blumen geschrieben. Einen Nachmittag schwänzte sie den Unterricht, und er ging mit ihr zum Fünfuhrtee und führte sie mit lockerer Anmut über die Tanzfläche, bis er plötzlich mitten im Gedränge anhielt und sie vor all den Matronen und Ladenmädchen so leidenschaftlich küßte, daß es ihr den Atem nahm. Die älteren Frauen zischelten mißbilligend, aber in den Augen der jungen Mädchen sah Tilda Neid.

In der Kirche von Southam machte er sich so lange am Schloß der kleinen Tür zu schaffen, die zum Glockenturm hinaufführte, bis er es offen hatte, und dann kletterten sie die steile, schmale Wendeltreppe hinauf. Vom Turm aus konnten sie kilometerweit über die flachen Felder sehen, bis hin zur geraden Linie des Kanals und dem großen, kastenförmigen Haus in der Ferne.

»Was ist das?« fragte Daragh mit ausgestrecktem Arm.

»Das ist das Herrenhaus«, erklärte Tilda. »Da wohnen die de Paveleys. Sie sind nur noch zu zweit, der Alte und seine Tochter. Es muß merkwürdig sein, nur zu zweit in einem so großen Haus zu leben. Ich kann mir das gar nicht vorstellen.«

Daragh stand hinter ihr. Er hatte die Arme um sie geschlungen, und seine Hände lagen auf ihrem Busen. Ihr Kopf paßte in die Mulde seines Halses unter seinem Kinn, aber er küßte sie nicht, weil sie sich in einer Kirche befanden, und er es nicht richtig fand, sich in einer Kirche zu küssen.

»Oh, ich schon«, sagte er. »Ich kann mir das gut vorstellen.«

Im Juli, als weißer Staub sich über die Felder legte, bekam Sarah ein schweres Fieber, und Edward de Paveley lag auf seinem Sterbebett. Die Vorahnung vom Tod des Gutsherrn hing wie ein schwarzer Schleier über dem Dorf. Es lag eine Stille in der Luft, eine nervöse Erwartung. Der Grundbesitz der Familie de Paveley war in den anderthalb Jahrzehnten seit dem Weltkrieg geschrumpft, doch gehörten Edward de Paveley immer noch eine Reihe Arbeiterhäuser in Southam und viele der Felder rund um das Dorf. Obwohl der Gutsherr und seine Tochter für Tilda Fremde waren, deren Gesichter sie ab und zu flüchtig in einem vorüberfahrenden Wagen zu sehen pflegte, empfand auch sie das Unbehagen, das sich mit der Hitze und dem Staub des Hochsommers über dem Land ausgebreitet hatte.

Tilda erzählte Daragh von ihrem Ziel, Krankenschwester zu werden; und er seinerseits vertraute ihr seinen Plan an, ein kleines Stück Land zu kaufen, das ihm ganz allein gehören würde. Tilda, und einzig ihr, berichtete er auch von den letzten widrigen Monaten in Irland – wie er sich dort in Schwierigkeiten gebracht und daraufhin beschlossen hatte, fortzugehen und einen neuen Anfang zu machen.

Sarah erholte sich nur langsam von ihrer Krankheit. Als Tilda eines Nachmittags nach einer gestohlenen halben Stunde mit Daragh ins Long Cottage zurückkam, erwartete sie die Tante an der Tür, noch im Nachtgewand, ein Tuch um die Schultern, und fragte: »Ist es vorbei mit ihm?«

Tilda stand wie erstarrt, mit hämmerndem Herzen. Ihre Gedanken überschlugen sich, als sie krampfhaft überlegte, wie sie der Tante beibringen sollte, was Daragh ihr bedeutete. Aber ehe sie antworten konnte, fuhr Sarah fort:

»Haben sie den Trauerflor schon rausgehängt?«

Im ersten Moment begriff Tilda nicht, dann wurde ihr klar, wovon ihre Tante sprach, und sie schüttelte den Kopf.

»Nein, im Ladenfenster ist nichts. Mr. de Paveley ist offenbar noch am Leben.«

Erleichterung mischte sich mit Verwunderung darüber, daß Sarah, die sich nie im geringsten um Dorfangelegenheiten gekümmert hatte, plötzlich Interesse an dem kranken alten Gutsherrn zeigte. Tilda wollte die Tante bei der Hand nehmen, um sie wieder ins Haus zu führen, aber Sarah schüttelte sie ab.

Als Tilda später nach hinten in den Garten ging, um Bohnen für das Abendessen zu pflücken, merkte sie, daß sie heftig zitterte. Sie legte sich eine Weile ins Gras und überließ sich dem warmen Sonnenlicht. Die Zimmer des Hauses waren ihr klein und düster erschienen, und Sarah war ihr einen erschreckenden Moment lang wie eine Fremde vorgekommen.

Als Edward de Paveley am letzten Julitag starb, holte Sarah Greenlees den Hexenzauber aus seinem Versteck unter den Bodendielen und küßte das Zauberfläschchen. Danach ging sie zu Bett und schlief zwölf Stunden durch. Es war die erste Nacht ungestörten, ruhigen Schlafes seit ihrer Rückkehr nach Southam.

Beim Erwachen am folgenden Tag hörte sie das Läuten der Kirchenglocken, vierundfünfzig Schläge, einer für jedes Lebensjahr des Toten. Ihr war, als wäre ihr eine Last von den Schultern genommen. Sie hatte sich nie klargemacht, wie bedrückend die Rückkehr an den Ort ihrer Geburt für sie sein würde. Sie war Deborahs wegen zurückgekommen. Und der Gerechtigkeit wegen. Sarah glaubte an Gerechtigkeit. Wenn auch nicht religiös im konventionellen Sinn, so sah sie doch, daß es in der Welt eine natürliche Ordnung gab und Zukunft ebenso wie Vergangenheit aus der Bahn geraten mußten, wenn diese Ordnung gestört wurde. Als kleines Mädchen hatte Sarah einmal eine Flasche Holunderwein umgestoßen, die auf einem Bord stand, und diese Flasche hatte die daneben mitgerissen, und diese die nächste und so fort, bis unter dem entsetzten Blick des Kindes ein halbes Dutzend Flaschen krachend zu Boden gefallen war. Sarah wußte, daß das, was Edward de Paveley getan hatte, ähnlich wirken würde; daß die Folgen seines Handelns noch lange nicht abgeschlossen waren, sondern sich über Generationen fortpflanzen würden.

Am nächsten Morgen setzte sie einen flachen schwarzen Hut auf, der vom langen Liegen etwas modrig war, und rief Tilda aus dem Garten herein, um ihr zu sagen, daß sie zusammen zur Kirche gehen würden. Auf Tildas erstaunte Proteste reagierte sie nicht. Sie würden zur Kirche gehen und an der Beerdigung Mr. de Paveleys teilnehmen, damit basta.

In der Kirche führte sie Tilda kühn durch den Mittelgang nach vorn. Die Dorfbewohner starrten ihnen mit aufgerissenen Augen nach, unter ihnen viele, die vor neunzehn Jahren keinen Finger gerührt hatten, um Deborah zu helfen. In der dritten Reihe, hinter dem Gastwirt und seiner Frau, setzte sich Sarah mit Tilda nieder. Sie mochte Kirchen nicht. Gott war draußen in der Natur, in den Wolken, den Meeren, den Wiesen und Feldern, nicht eingesperrt in einem kalten, düsteren Steinbau. Sie saß kerzengerade, ohne sich um die neugierigen Blicke der Dorfbewohner zu kümmern. Als der Geistliche eintrat, standen alle auf. Dann wurde der Sarg vor den Altar geschoben, und Sarah begann zu lachen. Tilda zupfte sie am Ärmel, und sie bemühte sich, aus dem Lachen ein Husten zu machen.

Was für eine blutleere, schwächliche Gesellschaft diese de

Paveleys, dachte sie mit einem Blick voller Verachtung zum vorderen Betstuhl. Christopher de Paveley war groß und hager, mit seinen ungefähr fünfzig Jahren schon krumm und gebeugt, das Gesicht ausgemergelt, das Haar schütter. Sein Sohn war eine etwas hellere, kleinere Ausgabe des Vaters. Von Joscelin de Paveley, vermummt in einen häßlichen schwarzen Mantel, Hut und Schleier, war kaum etwas zu sehen.

Später, auf dem Friedhof, blies der Wind Joscelin de Paveleys Schleier in die Höhe und entblößte ihr Gesicht. Runde Wangen, braune Augen, krauses braunes Haar, das über einen schwarzen Samtkragen fiel. Sie konnte Edward de Paveleys zweiter Tochter, die in einem verwaschenen alten Baumwollkleid und einer Jacke, die Sarah ihr gestrickt hatte, neben ihrer Tante stand, nicht das Wasser reichen. Jetzt, da Edward de Paveley tot war, dachte Sarah, würde Deborah endlich in Frieden ruhen können. Nur ihrem Kind mußte noch Gerechtigkeit verschafft werden. Sarah stellte sich vor, was für ein Leben Joscelin de Paveley dort oben im Herrenhaus führte. *Sie* mußte sich nie um die nächste Mahlzeit sorgen, brauchte, stets von Bediensteten umgeben, keinen Handschlag zu tun. Als der Sarg in die Grube hinuntergelassen wurde, erfaßte Sarah ein so heißer Zorn, daß ihr fast schwindlig wurde.

Dann war es vorbei, die Trauergäste gingen langsam vom Friedhof zur Straße hinaus. Sarah befand sich nur wenige Schritte hinter Joscelin de Paveley, als diese plötzlich haltmachte und wie angewurzelt stehenblieb.

Im ersten Moment hatte Sarah keine Ahnung, was das junge Mädchen so faszinierte, daß sie es offenen Mundes, mit aufgerissenen Augen anstarrte. Dann sah sie den jungen Iren. Der Taugenichts lehnte in lässiger Haltung an der Pforte zum Long Cottage. Es war sein Tag zum Holzhacken.

Joscelin de Paveleys brennender Blick war auf Daragh Canavan gerichtet. Sarah hatte nie so unverhülltes Begehren im Blick einer Frau gesehen. Einen Moment lang tat das Mädchen ihr beinahe leid. Dann nahm sie Tilda beim Arm und zog sie mit sich die Straße hinauf.

Tilda hätte längst zu Hause sein müssen. Immer wieder trat Sarah zum Fenster, um nach ihr Ausschau zu halten. Das Surren eines Fahrrads erlöste sie endlich von ihrer Sorge, und sie kehrte zu ihrem Brotteig zurück, knetete und zog ihn, klopfte mit kräftigen Händen die Luft aus ihm heraus.

Tilda warf den Einkaufskorb auf den Tisch. Sarah sah den Inhalt durch und sagte: »Wo ist die Tinte?«

»Die Tinte?«

»Ich habe dich ausdrücklich gebeten, Tinte mitzubringen, Tilda. Ich muß Briefe schreiben.«

»Oh, die habe ich vergessen. Entschuldige, Tante Sarah.«

Sarah sah auf und erschrak über den Ausdruck träumerischen Glücks auf Tildas Gesicht. Als Tilda durch die Küche ging, um sich aus dem Krug einen Becher Wasser einzugießen, beobachtete Sarah sie. Sie kannte ihre Nichte gut; sie hatte sie großgezogen. Tildas schönes Gesicht wirkte wie verwischt, verändert, verklärt.

Verklärt durch die Liebe, dachte Sarah intuitiv. Tilda war verliebt.

Sarah mußte sich an den Tisch lehnen. Mit bemehlten Händen stützte sie sich an der Kante ab. Es war nicht schwer zu erraten, wem Tildas Liebe galt. Obwohl Sarah für Männer nie viel übrig gehabt hatte, sie waren bestenfalls eine Plage und schlimmstenfalls ein Fluch, konnte sie sich vorstellen, daß ein Mann wie Daragh Canavan mit seiner hübschen Fratze und seiner flinken Zunge ein junges Mädchen einwickeln konnte. Daragh war jung und kräftig, und seine hungrigen grünen Augen folgten Tilda mit einem Blick, der Sarah an einen Hund erinnerte, den sie einst aus einer Fußangel befreit hatte. Sie hatte nichts mehr für den Hund tun können, seine Verletzungen waren zu schwer gewesen, sie hatte ihm nur noch sanft in den Tod helfen können. Das gleiche hätte sie gern mit Daragh Canavan getan, allerdings weniger sanft. Sie wußte, daß er Tilda das Herz brechen würde, wenn sie da nicht eingriff.

Der Gedanke, daß Tildas Leben eine ähnlich schreckliche Wendung nehmen könnte wie das ihrer Mutter, machte Sarah angst. Von Beginn an hatte sie um dieses Kind gebangt. Alles, was sie getan hatte, um Tilda zu behüten, alle Pläne, die sie mit ihr hatte, konnten von einem Mann wie Daragh Canavan zunichte gemacht werden. Sarah durchschaute ihn, sah ihm bis in das eitle, wankelmütige Herz hinein, und wußte, daß er Tilda niemals haben durfte.

Während Tilda draußen im Garten die Hühner fütterte, überlegte Sarah fieberhaft. Sie könnte Tilda natürlich verbieten, diesen Menschen je wiederzusehen, aber ihr war klar, was für Gefahren das in sich barg. Sie könnte jetzt, da Edward de Paveley tot war, Southam wieder verlassen. Sie könnte Daragh zur Rede stellen, ihn nach seinen Absichten fragen, aber wenn er Tilda heiraten wollte, was sollte sie dann tun?

Sie erinnerte sich an die Beerdigung, sah vor sich den Blick, mit dem Joscelin de Paveley Daragh Canavan förmlich verschlungen hatte, und ein wilder, wahnsinniger Gedanke entspann sich nebelhaft in ihrem Hirn, zu vage noch, um erfaßt und in Form gebracht zu werden. Aber dann stand der Gedanke plötzlich klar vor ihr, und ihr Herz begann so rasend zu klopfen, daß sie eine Faust auf die schmerzende Brust drücken und sich setzen mußte. Joscelin de Paveley ist reich, flüsterte sie vor sich hin. Joscelin de Paveley hat große Ländereien. Keuchend starrte sie auf die Einkaufsliste hinunter, die sie Tilda an diesem Morgen geschrieben hatte. »Tinte«, stand da als letzter Punkt.

Ach, und welch süße Rache!

Am nächsten Markttag begleitete Sarah Tilda nach Ely. Sie gingen zu Fuß; Sarah wollte nicht mit dem Fahrrad fahren und hielt es für Geldverschwendung, den Bus zu nehmen. Auf dem Weg durch die Felder, ein ockergelbes Getreidemeer, das der Wind kräuselte, marschierte Sarah in ihren schweren Stiefeln zielstrebig durch Mohn und Ackerröte voran; Tilda, die ihr mit dem Korb am Arm folgte, sah nichts und wälzte unaufhörlich Pläne.

In Ely kaufte Sarah eine Rolle Garn, feilschte mit dem Händler um ein Paar Schnürsenkel und gab ihren Brief auf. Tilda wußte, daß Daragh vor dem Kino auf sie wartete. Aber

Sarah ließ sie nicht eine Minute aus den Augen. Sie ging mit ihr zum Trinkbrunnen, als sie Durst vorschützte, und ließ sie nicht einmal allein zur Toilette gehen. Unglücklich stapfte Tilda ihr auf dem staubigen Weg nach Hause hinterher.

Sarah beschloß, das heiße, trockene Wetter zu nutzen, um Vorhänge, Decken und Bettwäsche zu waschen. Wasserdampf rann an den Wänden der Waschküche hinunter, Unmengen kochenden Wassers wurden gebraucht, und Tilda tat der Rücken weh vom vielen Kohleschaufeln. In allen Räumen des kleinen Hauses roch es nach Kernseife und Stärke, in langen Reihen hingen die Wäschestücke schlaff in der windstillen Luft, es gab den ganzen Tag keine Verschnaufpause.

Als Daragh zum Holzhacken kam, sah Tilda die Frage in seinem Blick. Aber Sarah beobachtete ihn mit Argusaugen, gab acht, daß er ordentlich seine Arbeit tat, kehrte ihm erst den Rücken, als er sein Hemd ablegte, um sich unter der Pumpe im Garten zu waschen.

Nach dem Tod ihres Vaters empfand Joscelin de Paveley vor allem ungeheure Erleichterung. Das Haus erschien ihr plötzlich freundlicher. Sie zuckte nicht mehr zusammen, wenn sie im Korridor Schritte hörte, der Gedanke an das Abendessen erfüllte sie nicht mehr mit Angst. Sie trug zwar Schwarz, aber sie fühlte sich beschwingt.

Sie räumte die Zimmer ihres Vaters aus und verbrannte all seine Besitztümer auf einem großen Scheiterhaufen. Das Holzbein, das jetzt, da es nicht mehr dem Körper ihres Vaters zugehörig war, etwas von seinem Schrecken verloren hatte, schwelte in der Tiefe der Flammen. An einem langen, öden Nachmittag verlas Mr. Verney, der Notar, das Testament Edward de Paveleys. »Meiner Tochter Joscelin hinterlasse ich das Haus mit allem Inventar sowie den noch verbliebenen Grundbesitz. Meinem Bruder Christopher und seinem Sohn wird der Nießbrauch am Verwalterhaus auf Lebenszeit eingeräumt.« Kleine Vermächtnisse für Nana, die Köchin und den Gärtner, nicht ein liebevolles Wort. Jossy war es egal. Sie hatte den Märchenprinzen gesehen.

Der Märchenprinz hatte jetzt ein Gesicht. Grüne Augen und schwarzes Haar. Sie hatte ihn nach der Beerdigung ihres Vaters auf der Straße gesehen. Mehrmals war sie seitdem in Southam gewesen, stets in der Hoffnung, ihm wiederzubegegnen, aber sie hatte ihn nicht gesehen. Doch er blieb in ihren Gedanken und in ihrer Phantasie. Jeden Tag stellte sie sich ein dutzendmal ihr nächstes Zusammentreffen vor. Er würde sie aus den Händen von Räubern oder Entführern befreien; oder sie würde auf einen Ball gehen, ihr Blick würde durch den Saal schweifen und dem seinen begegnen. Jeden Tag kleidete sie sich mit großer Sorgfalt an und verbrachte Stunden vor dem Spiegel, um ihr Gesicht und ihr Haar zurechtzumachen. Die Zeit dehnte und verdichtete sich mit Jossys fiebriger Erwartung. Sie dachte sich Namen für ihn aus: Charles oder Leo oder David oder Rupert …

Als sie eines Tages von einem Spaziergang nach Hause kam, wartete auf dem Tisch im Foyer ein Brief auf sie. Die Handschrift war ihr unbekannt. Sie riß den Umschlag auf, starrte auf die Unterschrift am Ende des Blattes und war verwirrt. Dann begann sie zu lesen.

*Seit dem Tag, an dem ich Sie gesehen habe, kann ich an nichts anderes mehr denken. Ich muß Sie wiedersehen, mit Ihnen sprechen …*

Daragh. Was für ein schöner und ungewöhnlicher Name. Er hieß Daragh.

Er hatte im Schilf verborgen ein Boot gefunden; er streifte die Fangleine vom Poller, und das Ruderboot glitt langsam auf den Fluß hinaus. Tilda lag im Bug, eine Hand ins Wasser getaucht. Als Daragh neben ihr niederkniete, schaukelte das Boot ein wenig. Zuerst küßte er sie, dann öffnete er, einen nach dem anderen, die Knöpfe ihrer Bluse. Sie ließ ihn gewähren, als er ihren Hals und ihren Busen küßte, dann jedoch entwand sie sich seinen Armen und setzte sich hastig auf. Das Boot schwankte heftig, und Wasser spritzte auf.

»Gleich liegen wir beide im Wasser, Liebes.«

»Gib mir die Ruder, Daragh.«

Er schüttelte den Kopf. »Nein. Setz dich, Tilda Greenlees.«
Sie stand auf. Er strich mit den Fingerspitzen ihr nacktes Bein hinauf bis zum Oberschenkel. Ihr Herz klopfte zum Zerspringen. Sie sah ihr Spiegelbild im Wasser: das Haar wirr von seinen Liebkosungen, die Bluse geöffnet.

Daragh lag im Boot und sah, die Augen gegen die Sonne zusammengezogen, zu ihr hinauf. »Ich habe dich in den letzten Wochen kaum zu Gesicht bekommen.«

»Ich konnte nicht weg, Daragh. Tante Sarah ist gestern wieder mitgekommen, als ich in die Stadt wollte.«

Er suchte in seiner Tasche nach seinen Zigaretten und klappte die Packung mit einer Hand auf. »Glaubst du, sie weiß was?«

Tilda sah zu ihm hinunter. »Dann hätte sie sicher was gesagt. Und wir waren doch wirklich vorsichtig.«

Er riß an der Bootswand ein Streichholz an. »Ich komme heute nacht nach der Arbeit zu dir«, sagte er. »In dem Schuppen, in dem ich immer das Holz hacke, steht eine alte Leiter. Ich werfe ein paar Steine an dein Fenster.«

»Daragh«, unterbrach Tilda. »Tante Sarah hat Ohren wie ein Luchs.«

Er streckte sich rauchend im Boot aus. Seine unternehmungslustigen Finger hatten das Gummiband von Tildas Schlüpfer erreicht. Sie stieg über ihn hinweg und ergriff die Ruder. Das Boot kippte, und Daraghs Streichhölzer und Zigaretten, die er auf dem Dollbord abgelegt hatte, rutschten ins Wasser. »Maria, Mutter Gottes, Tilda!« rief Daragh und setzte sich auf.

»Ich muß nach Hause.« Sie wendete hastig das Boot und ruderte zum Ufer zurück. »Tante Sarah wird sich schon wundern, wo ich bleibe.« Tildas Gesicht brannte. Sie stand in Flammen.

Auch Daragh stand in Flammen. Er begehrte sie seit Monaten; nie hatte er so lange auf ein Mädchen gewartet. Aber er war bereit gewesen zu warten, weil sie so jung war – sechs Jahre jünger als er – und weil sie irgendwie anders war, etwas an sich hatte, das Behutsamkeit gebot. Wenn ihm einmal jemand gesagt hätte, daß er eines Tages vor einem achtzehnjährigen Mädchen so etwas wie Ehrfurcht empfinden würde, hätte er dem Betreffenden ins Gesicht gelacht, aber so war es.

Der Wirt vom *Fox and Hounds* brachte Daragh den Brief, als dieser am folgenden Morgen den Keller ausfegte. Seine sowieso schon trübe Stimmung verdüsterte sich, als er einen Blick auf das gefaltete Blatt Papier warf und sah, daß es sich um eine Einladung zum Tee bei irgendeiner Person namens Joscelin de Paveley handelte. Er knüllte den Brief zusammen und schleuderte ihn zu Boden. Wütend warf er leere Flaschen in Kisten, stieß ungestüm Fässer über den gefliesten Boden. Er hatte gemeint, sein Verlangen nach Tilda beherrschen zu können, aber es war zur Höllenqual geworden. Für sie war es leichter; Frauen hatten nicht die gleichen heftigen Begierden.

Während er Spinnweben aus den Ecken fegte und arglose Spinnen aus friedlichem Schlaf riß, gestand er sich ein, daß er nicht fair war. Es gab schließlich zwei Arten von Frauen. Es gab die losen Frauenzimmer, und es gab die anderen, denen ein Mann Achtung entgegenbringen konnte. Tilda gehörte wie seine Schwester Caitlin in die zweite Kategorie. Niemals hätte er zugelassen, daß Caitlin sich diesem grobschlächtigen Bauernflegel hingab, der sie umworben hatte. Eher hätte er den Kerl mit eigenen Händen umgebracht.

Es gab für ihre Schwierigkeiten nur eine Lösung, auch wenn sie ihm noch so sehr widerstrebte. Er war nach England gekommen, um sein Glück zu machen, und eine frühe Heirat würde nichts als Kinder und Kosten bringen. Eine Familie würde ihn in eine Tretmühle zwingen, seine Freiheit beschneiden, seiner Zukunft Grenzen setzen. Aber er sah keine andere Möglichkeit. Er brauchte Tilda so sehr.

Der Keller war aufgeräumt, der Staub zusammengekehrt, Daraghs Zorn verflogen. Er hob das zerknüllte Papier von dem Häufchen Schmutz und Spinnweben auf, glättete es und überflog noch einmal das Geschriebene. Er erinnerte sich, wie er neben Tilda auf dem Kirchturm gestanden und zum Fenster hinaus zum Herrenhaus hinübergesehen hatte. »Da wohnen die de Paveleys«, hatte Tilda gesagt.

An der Straßengabelung nahm Daragh den Weg, der zum Herrenhaus führte. Dort begleitete ihn ein Bediensteter in den Salon. Daragh wartete stehend, seine Mütze in den Händen. Er konnte sich nicht vorstellen, was Miss de Paveley veranlaßt hatte, ihn zum Tee einzuladen, dennoch hatte er sich neue Socken gekauft und mit einiger Mühe die durchgescheuerten Ellbogen seiner Jacke geflickt. Als er den Kopf senkte, sah er im polierten, rötlich schimmernden Holz eines Beistelltisches sein Gesicht. Die Möbel im Raum waren dunkel und wuchtig, Kaminsims und Kredenz vollgestellt mit gerahmten Fotografien, Nippes und allerlei Schnickschnack. Schwere Vorhänge wehrten das helle Sonnenlicht ab. Daragh berührte vorsichtig den glatten, seidigen Damast eines Sesselbezugs und zog hastig die Hand zurück, als er hinter sich Schritte hörte.

Eine junge Frau stand an der Tür. »Mr. Canavan?«

»Miss de Paveley?« Er hatte eine vornehme alte Schachtel erwartet, der es ein lebenslanges Anliegen war, junge Leute aus ärmlichen Verhältnissen zu fördern. Diese Frau aber war jung, groß und kräftig, mit einem ziemlich nichtssagenden Gesicht, das ein Paar schöner dunkler Augen vor der Unscheinbarkeit rettete.

Sie lächelte nicht. Sie wirkte zu Tode geängstigt. Auf die ersten Worte folgte langes, verlegenes Schweigen. Schließlich stieß Joscelin de Paveley hervor: »Ihr Brief war so reizend, Mr. Canavan.«

Er glaubte, sie spräche von seiner Antwort auf ihre Einladung. »Ach, nicht der Rede wert.«

»Doch, *mir* bedeutet er viel.« Die Heftigkeit, mit der sie sprach, verwunderte ihn. Dann sagte sie: »Verzeihen Sie ... ich wollte nicht ...« Sie sah wieder verängstigt drein.

Daragh war halb verlegen, halb ungeduldig, aber die Frau tat ihm auch leid und, so absurd es war, er bemühte sich, ihr die Befangenheit zu nehmen.

»Sie haben ein wunderbares Haus, Miss de Paveley.« Beinahe hätte er gesagt, *meine Mutter hat zu Hause auch so ähnliche Kerzenleuchter*, aber er verkniff es sich. England hatte ihn Vorsicht gelehrt. Zu oft schon hatte er sich lächerlich gemacht.

Wieder versiegte das Gespräch. Daragh überlegte krampfhaft, was er noch sagen könnte. »Mein Beileid zum Tod Ihres Vaters, Miss de Paveley«, sagte er schließlich. »Das ist sicher eine traurige Zeit für Sie.«

»Oh!« Ein Lächeln erhellte ihr blasses, rundes Gesicht. »Ich habe Sie in Southam gesehen, nach der Beerdigung meines Vaters.«

Womit wenigstens erklärt war, woher sie ihn kannte. Daragh witterte plötzlich eine günstige Gelegenheit hinter diesem sonderbaren Rendezvous, und eine leichte Erregung packte ihn.

»Die Leute, mit denen Sie zusammen waren«, fuhr sie fort, »sind das Verwandte von Ihnen?«

»Freunde Miss. Alte Freunde.«

Sie schien allmählich eine gewisse Sicherheit zu gewinnen. »Wollen wir vor dem Tee noch einen Spaziergang über das Gelände machen, Mr. Canavan? Ich hole nur rasch meinen Hut.«

Sie zeigte ihm das alte Automobil in der Remise, ihren Blumengarten, den Tennisplatz. Zwischen dem Küchengarten und den Feldern gab es keine Begrenzung, Kohlstrünke und reife gelbe Weizenhalme gingen einfach ineinander über. Ein staubiger Trampelpfad führte parallel zum Kanal in die Felder hinaus. In der Ferne konnte Daragh ein langes, niedriges Haus erkennen, dessen weiß gekalkte Wände mit dem hellen Himmel verschmolzen.

Als sie sagte, »Das Gut gehört jetzt mir«, durchzuckte ihn Neid darüber, daß der ganze große Besitz diesem faden, zaghaften Ding gehören sollte, das zweifellos jünger war als er selbst. Der Nachmittag erschien ihm mit einem Mal sinnlos und vergeudet. Er wünschte, sie würde zur Sache kommen – ihm eine Anstellung als Arbeiter auf dem Gut anbieten oder was sie sonst eben vorhatte.

Aber als er den Kopf drehte, um sie anzusehen, begriff er

und bekam heftiges Herzklopfen. In den großen dunklen Augen, die auf ihn gerichtet waren, brannte es lichterloh. Er hatte keine Ahnung, wie es geschehen war, aber er erkannte, daß Joscelin de Paveley ihn liebte.

Er hatte alles richtig machen wollen, so wie es sich bei einem Heiratsantrag gehörte. Als er sich in Ely mit Tilda traf, nachdem es ihr gelungen war, ihrer Tante, dieser alten Hexe, zu entkommen, überreichte er ihr die rote Rose, die er im Wirtsgarten stibitzt hatte, und sagte, er habe in einem Restaurant einen Tisch bestellt. Er hatte ein paar Abende zuvor beim Kartenspielen eine Glückssträhne gehabt.

Tilda sah ihn verblüfft an und fragte, ob er Geburtstag habe. Daragh schüttelte den Kopf. »Nein, es sollte einfach eine Überraschung für dich sein, Liebes«, antwortete er und küßte sie. Sie zierte sich ein wenig wegen ihres abgetragenen alten Kleides, aber nachdem er ihr überzeugend versichert hatte, daß sie die Schönste im ganzen Lokal sein werde, drehte sie ihr langes Haar zum Knoten und folgte ihm zu dem Restaurant.

Daragh bemerkte sehr wohl den Blick des Kellners auf die geflickten Ärmel seiner Jacke, aber er steckte dem Mann eine halbe Krone zu, und der brachte sie daraufhin zu einem anständigen Tisch.

Daragh bestellte Austern und überbackene Krebse. Er zeigte Tilda, die noch nie Austern gegessen hatte, wie man die Schale zum Mund hob und die Auster herausschlürfte.

»Zu Hause«, sagte er, »holen wir sie einfach aus den Tümpeln in den Felsen und knacken sie mit einem Messer. Sie sind was ganz Besonderes.«

»Ihr eßt sie *lebendig?*« fragte Tilda ungläubig.

»Quicklebendig, ja«, sagte Daragh.

Er wartete, bis der Kellner die überbackenen Krebse gebracht hatte, ehe er Tilda von seinem Gespräch mit dem Priester erzählte. »Er sagte, du könntest gleich mit dem Unterricht anfangen«, berichtete er. »Es dauert nur ein paar Monate.«

Tilda sah von ihrem Teller auf. »Was für Unterricht?«

»Damit wir heiraten können.« Sofort sah er, was er angerichtet hatte, und verwünschte sich dafür. Hastig schob er seinen Stuhl zurück und kniete vor Tilda nieder. »Ich möchte dich bitten, mich zu heiraten, Tilda.«

Sie lachte. Viel später dachte er, daß alles anders verlaufen wäre, wenn sie nicht gelacht hätte. Wenn nicht die anderen Gäste, die die Szene neugierig beobachteten, ihr Lachen gehört hätten.

Sie nahm seine Hand und versuchte, ihn hochzuziehen. »Daragh – bitte – sie werfen uns hier gleich raus.«

»Ich bitte dich, mich zu heiraten, Tilda.« Die Hitze, die Frustration, selbst der verwirrende Nachmittag mit dieser sonderbaren Frau – alles zusammen bewirkte, ihn reizbar und ungeduldig zu machen. Er setzte sich wieder auf seinen Stuhl. »Tilda, wir heiraten doch?«

»Daragh ...«

Er ergriff ihre Hand und hielt sie fest. »Du kannst nicht nein sagen, Liebste.«

Ihr Gesicht war blaß und wirkte wie erstarrt. Er spürte, wie sie sich von ihm distanzierte, ihm auf diese entschiedene Art, die ihr eigen war, eine Grenze setzte. Alle seine Zweifel waren verflogen, nichts wünschte er sich in diesem Moment heißer, als Tilda Greenlees' Ehemann zu werden. Zum ersten Mal verspürte er Zorn darüber, daß dieses Mädchen, dieses *Kind*, sich herausnahm, ihn auf Abstand zu halten.

»Du tust mir weh, Daragh«, sagte sie, und beschämt ließ er ihre Hand los. Dann setzte sie hinzu, »Das war ein Scherz, nicht?«, und sein Zorn flammte doppelt heiß wieder auf.

»Wie kommst du darauf?« Daraghs Stimme war bedrohlich leise. »Bin ich dir vielleicht nicht gut genug?«

Der Kellner schwirrte um ihren Tisch herum, füllte ihre Gläser auf, hob Daraghs heruntergefallene Serviette auf. Als er gegangen war, sagte Daragh leise und heftig: »Du bist nichts Besseres, Tilda, im Gegenteil. Meinem Großvater haben die Felder, die ich umgepflügt habe, wenigstens *gehört*.«

Ihre Augen blitzten zornig auf. »Der Knecht ist nicht besser und nicht schlechter als der Herr«, zischte sie. »Das hat Tante Sarah mir vor Jahren beigebracht.«

Über den Tisch hinweg funkelten sie einander an. Sie war schön in ihrem Zorn, der ihre Augen zum Leuchten brachte und ihre Wangen rötete. Er begann, beschwörend auf sie einzureden.

»Ich habe meine Arbeit im Pub. Und ich habe Aussichten auf was Besseres.« Er dachte an Joscelin de Paveley. Irgendwie würde er ihre Vernarrtheit in ihn vielleicht nutzen und sie überreden können, ihm zu helfen. »Wir könnten uns zwei Zimmer in Ely suchen. Du machst doch diesen Handelskurs, du könntest halbtags arbeiten, bis das erste Kind kommt. Deswegen mußt du Unterricht nehmen, Tilda. Wir können erst heiraten, wenn du übergetreten bist – ich möchte meine Kinder im katholischen Glauben erziehen.«

»Aber ich will noch keine Kinder, Daragh.« Sie wich seinem Blick aus.

Daragh merkte, daß die Gäste am Nachbartisch – ein dicker Mann im feinen Anzug und seine aufgetakelte Geliebte – sie anstarrten.

»Aber natürlich willst du Kinder. Du magst kleine Kinder. Ich hab dich doch beobachtet, wenn du dich über einen Kinderwagen beugst.«

»Ja, aber jetzt noch nicht. Jetzt will ich noch keine Kinder. Später einmal, ja, viele, aber erst wenn ich, na ja, vielleicht wenn ich einundzwanzig bin.«

Daragh sagte heftig: »Aber man kann im Leben nicht planen, Liebes. Immer wenn man sich was vornimmt, kommt alles ganz anders. Kinder werden von Gott gesandt.«

Sie starrte auf ihren Teller hinunter. »Ich bin erst achtzehn, Daragh. Ich bin noch viel zu jung für Kinder.«

»Unsinn! Viele Mädchen in deinem Alter bekommen Kinder.« Er zuckte wegwerfend die Achseln und sah mit ärgerlichem Blick zu der neugierigen Blondine am Nebentisch hinüber.

»Und sind mit zwanzig alt und arm und ausgelaugt.« Tilda hatte aufgehört zu essen. »Ich habe genug solche Frauen gesehen, Daragh.«

»Meine Mutter hatte schon drei, bevor sie zwanzig war«,

erklärte er verächtlich, »und wir waren immer satt und ordentlich gekleidet.«

Sie beugte sich vor. »Du greifst in mein Leben ein, Daragh. Du willst es einfach verändern. Und vergißt dabei vieles, was mir wichtig ist.«

»Diese Schule vielleicht, die du so haßt?« Er wußte ja, daß er Tilda Greenlees nicht viel bieten konnte, aber es war immer noch mehr als sie jetzt hatte. »Euer mickriges kleines Haus? Deine alte Tante, die du ohne weiteres belügst – sind das die wichtigen Dinge?«

Sehr beherrscht saß sie da, die Hände zu Fäusten geballt. »Ich werde mein Leben bestimmt nicht als Stenotypistin zubringen«, sagte sie langsam. »Und das Long Cottage ist mein Zuhause. Ich fühle mich dort wohl. Und du hast recht, Daragh, es war schlecht von mir, Tante Sarah zu belügen. Ich tue es bestimmt nie wieder.«

»Ach, du willst ihr von mir erzählen?« Seine Stimme war schneidend. »Oder bin ich gar nicht wichtig genug? Welchen Platz habe ich eigentlich in deinen Plänen, Tilda? War ich vielleicht nur ein netter Zeitvertreib für dich, der Dummkopf, dem man ein bißchen schöntut, bis was Besseres daherkommt?«

Sie stand auf, faltete ihre Serviette und legte sie auf den Tisch. Dann ging sie. Daragh wollte ihr nachlaufen, aber sein Stolz hielt ihn zurück. Statt dessen wandte er sich den Gästen am Nachbartisch mit einem Lächeln zu, das die beiden veranlaßte, verlegen die Köpfe über ihre Teller zu senken, und sagte: »Ende der Vorstellung. Sie können jetzt in Ruhe Ihre Nachspeise essen.« Dann winkte er dem Kellner und bestellte einen doppelten Whisky, den er mit einem Zug hinunterkippte.

Tildas Augen waren rot und verschwollen, als sie nach Hause kam. Sie sagte, sie hätte Kopfschmerzen, und ging nach oben, aber Sarah wußte, daß sie geweint hatte. Als sie oben die Tür zufallen hörte, lächelte sie still in sich hinein. Dann holte sie den alten Strumpf hervor, nahm mehrere Münzen heraus und schob sie in die Tasche ihres Unterrocks. Am Abend hob sie den Pappkoffer vom Schrank und begann zu packen.

Eigentlich hätte Tilda von der aufregenden Fahrt mit der Eisenbahn und den drei Wochen Ferien in einer kleinen Pension in Great Yarmouth begeistert sein müssen, aber sie empfand gar nichts. Die Freude, mit der sie sonst jede Begegnung mit dem Neuen willkommen hieß, blieb aus. Wenn sie allein die regengepeitschte Promenade entlangging und zusah, wie die Wellen krachend gegen den Pier schlugen, dachte sie nur an Daragh. Sie sperrte sich im Badezimmer des Gästehauses ein, dem einzigen Ort, wo sie halbwegs ungestört war, und versuchte ihm zu schreiben. Aber jedes Mal zerriß sie den Brief hinterher und spülte ihn die Toilette hinunter.

Tilda wußte, daß sie Daragh liebte und eines Tages mit ihm zusammen Kinder haben wollte. Auf einem der stundenlangen Fußmärsche am Strand entlang, die sie beinahe täglich mit Sarah unternahm, traf sie ihre Entscheidung. Gleich nach ihrer Rückkehr nach Southam würde sie Daragh sagen, daß sie ihn heiraten würde, sobald sie einundzwanzig war und Tante Sarahs Einwilligung nicht mehr brauchte. Wenn Daragh sie wirklich liebte, würde er auf sie warten.

Joscelin de Paveley lud Daragh ein zweites Mal zum Tee ein. Seite an Seite gingen sie über die kahlen Felder, wo der heiße Wind in den Stoppeln raschelte.

»Wollen wir am Kanal entlanggehen, Miss de Paveley?«

Sie hob den Kopf und sah ihn an. »Würden Sie mich Joscelin nennen, Mr. Canavan?« Sie war rot geworden. »Oder Jossy, wenn es Ihnen recht ist?«

Als Daragh ihr die steile Uferböschung hinaufhalf, ließ er seine Hand ein klein wenig länger als nötig an ihrem Ellbogen liegen. Die Demütigung der Zurückweisung durch Tilda nagte immer noch an ihm. Das heutige Zusammensein mit Jossy hatte erste Untertöne eines Flirts, ungeschickt von ihrer, routiniert von Daraghs Seite, und diese Entwicklung gedachte er zu nutzen.

»Dann müssen Sie mich Daragh nennen.«

Er sah mit Genugtuung, daß sie zitterte. Wenn ich sie jetzt nähme, hier oben auf der Böschung, dachte er plötzlich, würde sie es mir nicht verwehren. Aber er rührte Joscelin nicht an.

Der Himmel war wolkenlos, die Sonne eine hart glänzende Scheibe. Flirrend stand die Hitze am Horizont, und das lange, niedrige weiße Haus, das Daragh schon das letzte Mal aufgefallen war, schien in der windstillen Luft zu schwimmen. »Das Haus da sieht aber kahl aus«, bemerkte er.

»Da wohnt mein Onkel Christopher. Er leitet das Gut.«

Daragh war enttäuscht. Sie brauchte also keinen Verwalter. In der Hoffnung, ihr irgendein Angebot zu entlocken, sagte er: »Ich versteh auch einiges von der Landwirtschaft.«

»Sie kommen von einem Bauernhof, Daragh?«

Er nickte und dachte an das Haus seines Großvaters, das auf einem Stück steinigen Bodens stand.

»Sie sind Ire, nicht wahr?«

Für Joscelin de Paveley hatte er seinen Dialekt verleugnet und sich bemüht, die knappe Sprechweise der Engländer nachzuahmen, wie er sie in London gehört hatte. Es ärgerte ihn, daß sie dennoch sogleich erkannt hatte, woher er kam.

»Wir hatten einen sehr schönen Hof«, sagte er vage, »ein großartiges Anwesen, aber das Schicksal hat es nicht gut mit uns gemeint. Ich kann Ihnen nicht alles erzählen, Jossy, manche Dinge vergißt man besser. Auf jeden Fall werde ich nicht nach Irland zurückkehren.«

Als er ihren mitfühlenden Blick sah, wußte er, daß er genau die richtige Saite angeschlagen hatte, um ihr romantisch-naives Wesen zum Klingen zu bringen. Und sogleich versuchte er, den Vorteil zu nutzen.

»Im Moment hänge ich deshalb ziemlich in der Luft. Mir fehlt das Land, in dem ich aufgewachsen bin, und ich habe bis jetzt noch nichts gefunden, was es mir ersetzen könnte. Ich habe dies und das versucht, aber ich bin Besseres gewöhnt. Ich brauche nur eine Chance.«

Sie setzte zu einer Erwiderung an, doch zu Daraghs Ärger wurde sie durch einen lauten Ruf vom Feld unter ihnen unterbrochen.

»Jossy! Hallo, hallo Jossy!«

»Kit!« Jossy winkte und rannte die Böschung hinunter. Keuchend vor Anstrengung lief sie über das Feld, und Daragh folgte ihr.

Ein magerer junger Mann mit bleichem Gesicht kam ihnen durch die Stoppeln entgegen.

»Kit, ich möchte dich mit meinem Freund Daragh Canavan bekannt machen.« Daragh hörte mit Genugtuung, mit welchem Stolz Jossy die Worte »mein Freund« aussprach. »Daragh, das ist mein Vetter Kit.«

Kit de Paveley trug eine verdreckte Cordhose und ein altes Baumwollhemd. Daragh hingegen hatte selbst an diesem heißen Tag seine beste Jacke angelegt. Er wußte, daß ein Mann aus guten Kreisen stets ein Jackett trug. Kits langes, strähniges Haar hätte dringend einen Schnitt gebraucht.

Als der junge Mann Daragh die Hand gab, dachte dieser mit Verachtung, daß er Kit für einen Landstreicher oder Bettler gehalten hätte, wenn Jossy ihm nicht gesagt hätte, daß er ihr Vetter war.

»Hast du etwas Interessantes gefunden, Kit?«

»Zwei Münzen. Römische.« Mit lebhaft blitzenden Augen kramte Kit in seiner Hosentasche. »Sind sie nicht eine Pracht?« Auf seiner offenen Hand präsentierte er ihnen zwei kleine, unförmige schwarze Klümpchen.

Jossy war so unbeeindruckt wie Daragh. »Ach, die glänzen ja gar nicht.«

»Ich muß sie natürlich erst reinigen.«

Ohne ein Wort des Grußes wandte Jossys wenig einnehmender Vetter sich ab und nahm den Weg zurück zu dem niedrigen weißen Haus.

Daragh wollte wieder Jossys Arm nehmen, aber etwas hielt ihn davon ab, eine plötzliche Aufwallung von Selbstekel und die bittere Erkenntnis, wie ungerecht es im Leben zuging. Wenn Tilda all dies hier besessen hätte. Wenn die Ehe mit der Frau, die er liebte, nicht Not und Mangel mit sich brächte. Denn er liebte sie wirklich, das wurde ihm in diesem Moment, als seine Augen von Hitze und Staub brannten, klar bewußt.

Daragh hatte angenommen, daß Tilda ins Pub kommen oder ihm schreiben würde; daß sie sich entschuldigen oder versuchen würde, ihm eine Erklärung zu geben. Aber die Tage vergingen, und nichts geschah. Nach einer Woche schluckte Daragh seinen Stolz hinunter und fuhr mit dem Rad zum Long Cottage hinaus. Auf sein Klopfen an der Haustür rührte sich nichts. Nur fernes Donnergrollen aus den Wolken, die sich über dem Horizont zusammenballten, war zu hören. Daragh sprang über den Zaun und ging einmal um das kleine Haus herum. Alle Fenster waren fest geschlossen, die Vorhänge zugezogen. Daragh packte die Klinke der Hintertür und rüttelte daran, aber die Tür ließ sich nicht öffnen. Trotz der drückenden Hitze, erfaßte ihn eine eisige Kälte. Nie pflegten sie die Hintertür abzuschließen.

Ein junges Mädchen schrubbte vor dem Nachbarhaus gerade die Vortreppe. Als sie berichtete, die Greenlees' seien verreist, trat Daragh mit solcher Erbitterung gegen den Zaun, daß der Pfahl brach. Überzeugt, daß Tilda und Sarah Southam für immer verlassen und das Wanderleben von früher wiederaufgenommen hatten, ging er unter dem tiefhängenden, eisengrauen Himmel wieder zur Straße hinaus. Zum ersten Mal erfuhr er, wie nah beieinander Liebe und Haß lagen. Tilda hatte ihn nicht so geliebt wie er sie liebte, und der Verdacht, daß sie ihn zum Narren gehalten hatte, erbitterte ihn.

Er stieg auf sein Fahrrad und fuhr aus dem Dorf hinaus. Blitze zuckten am Horizont, bald würde es zu regnen beginnen. Die Landschaft flog braun und öde vorüber, doch der Fahrtwind konnte die Worte nicht forttragen, die ihm unablässig durch den Kopf gingen. *Sie hat mir nicht einmal Lebwohl gesagt.* Das Haar klebte schweißfeucht an seiner Stirn und seinem Nacken, und in seinem Mund war ein bitterer Geschmack.

Ein Automobil überholte ihn mit zu wenig Abstand und hielt in einer Wolke von Staub und aufspritzendem Kies unvermittelt an. Daragh erkannte Jossy, als diese sich hinter dem Steuer herumdrehte und ihm zuwinkte.

Ihr kräftiges Haar war vom Wind zerzaust. »So ein Glück!«

rief sie. »Ich wollte gerade nach Ely – ich hatte gehofft, daß Sie mir über den Weg laufen würden.«

Ihre Worte überschlugen sich fast. Zu einer anderen Zeit hätte Daragh vielleicht über ihre etwas unglückliche Wortwahl gelächelt. Jetzt aber zog er nur seine Mütze und sagte: »Guten Tag, Miss de Paveley. Ich hoffe, es geht Ihnen gut.«

Sie schien seinen Mangel an Enthusiasmus nicht zu bemerken. »Kommen Sie, Daragh, steigen Sie ein«, sagte sie, und ihn ärgerte die für die Reichen typische Selbstverständlichkeit, mit der sie annahm, er werde alles stehen- und liegenlassen und ihr folgen.

»Tut mir leid. Ich habe ja das Fahrrad.«

»Ach, lassen Sie es im Graben liegen. Schauen Sie, gleich fängt es an zu regnen. Oder legen Sie es hinten in den Wagen.«

Er wollte schon ablehnen, aber dann kam ihm ein Gedanke: Jetzt, da Tilda fort war, konnte ihn nur noch die Hoffnung, daß Joscelin de Paveley ihm zu einem guten Start verhelfen würde, an diesem verfluchten Ort halten. Und außerdem hatte Jossy recht, die ersten dicken Tropfen fielen schon. Daragh warf sein Fahrrad hinten in den großen offenen Wagen und stieg ein. Jossy legte krachend den Gang ein, trat das Gaspedal durch, und der Bentley schlitterte quer über die Straße.

Er packte das Lenkrad und zog es gerade. »Können Sie das Ding überhaupt fahren?«

Sie hing tief gebeugt über dem Lenkrad, die Zunge vorgeschoben, die Augen in angestrengter Konzentration zusammengekniffen. Sie mußte schreien, um das laute Donnern des Motors zu übertönen. »Nein. Ich bin gerade dabei, es mir selbst beizubringen. Das Auto hat meinem Vater gehört, aber er hat es jahrelang nicht mehr gefahren, wegen seines Beins. Der Gärtnerjunge hat mir gezeigt, wie man die Gänge einlegt. Ich kann anfahren und anhalten, aber Kurven sind ein bißchen problematisch.«

Er konnte nicht umhin, sie für ihre Entschlossenheit zu bewundern, aber die Worte blieben ihm im Hals stecken, als sie viel zu schnell um eine Kurve raste. »Sie müssen runterschalten«, schrie er.

Sie riß wieder am Gangknüppel. »Ich weiß nicht, wie man das Verdeck hochmacht. Sie werden doch nicht zu naß?«

Er schüttelte den Kopf. Der prasselnde kalte Regen tat gut.

»Können Sie Auto fahren, Daragh?«

»Einigermaßen.« Sein Onkel, der in Dublin ein Pub hatte, hatte ihn ab und zu mit seinem Lieferwagen fahren lassen.

»Würden Sie es mir richtig beibringen?«

Sie fuhren über die kleine Brücke, auf der er Tilda das erste Mal geküßt hatte. Eine tiefe Traurigkeit erfaßte ihn. Er war jetzt nicht in Stimmung, mit Joscelin de Paveley zu flirten. Er sagte: »Ich habe im Moment leider ziemlich viel zu tun.«

Vor ihnen zog eine Herde Ziegen über die Straße. Daragh drückte auf die Hupe, und Jossy trat hart auf die Bremse. Die Ziegen stoben auseinander, als der Wagen quietschend anhielt.

»Sie haben viel zu tun?« wiederholte Jossy und sah ihn fragend an.

»Mit meiner jetzigen Arbeit stecke ich in einer Sackgasse. Ich muß mich nach was anderem umsehen, das mir besser entspricht.«

Deutlicher hätte er es wirklich nicht sagen können. Und dennoch starrte diese dumme Person ihn nur wortlos an.

»Aber wenn ich hier nicht das Richtige finden kann«, fügte er ungeduldig hinzu, »muß ich natürlich weiterziehen.«

Sie fuhren langsam wieder die Straße hinunter. Regen platterte auf die trockene, festgetretene Erde. Jossy sagte: »Das Herrenhaus gefällt Ihnen doch, nicht Daragh?«

Während der Wagen Geschwindigkeit zulegte, begann sie von Tapeten und Farben zu sprechen. Daragh betrachtete sie beinahe mit Abneigung. Sie war, fand er, eine der langweiligsten Frauen, die er kannte.

Dann sagte sie: »Ich dachte, wenn wir erst verheiratet sind, könnten wir das Haus renovieren lassen.«

Sie strahlte ihn mit unverhüllter Liebe an. Daragh hustete, wurde blaß, kramte nach seinen Zigaretten. Der Wagen schlingerte über die Straße und rutschte langsam und würdevoll den Abhang hinunter auf das Feld.

# 3

»SIE WECHSELTE SEINETWEGEN den Glauben. Joscelin de Paveley, deren Familie seit dem sechzehnten Jahrhundert protestantisch gewesen war, sagte sich von ihrer Geschichte los und wurde Katholikin.«

Tilda schlug mit einem Knall das Fotoalbum zu. Sie sah auf, und unsere Blicke trafen sich. Ich hatte immer angenommen, daß der Schmerz der Gefühle mit dem Alter abnimmt; daß dafür, daß wir körperliche Gebrechen ertragen müssen, quälende Emotionen – Eifersucht, Schmerz, Begehren – uns nicht mehr so aufwühlen wie früher. Aber als ich jetzt Tildas Gesicht sah, wußte ich, daß ich mich getäuscht hatte.

»Die Neuigkeit von ihrer Verlobung verbreitete sich wie ein Lauffeuer im ganzen Dorf. Im ganzen Bezirk. Auch auf dem Postamt sprachen die Leute darüber, als ich hineinkam, um Briefmarken zu besorgen. Ich war am Tag vorher in Ely gewesen, und der Wirt des Pubs hatte mir gesagt, daß Daragh gekündigt hatte. Ich hatte Angst, er wäre fortgegangen. Und natürlich machte ich mir Vorwürfe. Aber als ich hörte, daß er vorhatte zu *heiraten* …« Sie stockte und verstummte.

»Da waren Sie zornig?« fragte ich.

Sie schüttelte den Kopf. »Nein. Da noch nicht. Erst später.« Sie runzelte die Stirn. »Ich war wie betäubt. Ich glaube, ich habe mich nur einmal noch in meinem Leben so gefühlt. Die Kinder waren damals noch klein, und wir lebten in einem heruntergekommenen kleinen Haus. Ich rutschte auf der Treppe aus und schlug mit dem Kopf gegen das Geländer. Ich konnte nicht denken – ich bekam kaum noch Luft.« Sie sah mich an. »Haben Sie das schon einmal erlebt, Rebecca?«

Ich wollte ihr darauf keine Antwort geben. Es gehörte nicht zu unserer Abmachung, daß ich meine persönlichen Erfahrungen mit ihr teilte. Aber ich erinnerte mich nur zu deutlich, wie mir zumute gewesen war, als Toby gesagt hatte, *Ich denke, wir sollten uns in Zukunft nicht mehr so häufig sehen.* Ich hatte ihn angestarrt, das Bett, in dem ich lag, meine zitternden Hände, und alles war mir fremd erschienen.

Tilda wartete nicht auf meine Antwort. »Bei den meisten anderen schlimmen Dingen, die mir im Lauf meines Lebens widerfahren sind – Holland, Max, Erich – wurde ich irgendwie vorgewarnt. Aber bei Daragh … nichts.«

»Sie müssen ihn sehr geliebt haben.«

»O ja. Sehr.«

Ich hätte gern gefragt, ob so eine Liebe, nachdem sie einen so niederschmetternden Schlag empfangen hatte, bestehenblieb. Doch mir war klar, daß ihre Antwort mir so oder so Schmerz bereiten würde. An der Liebe festzuhalten, wenn sie vergeblich ist, oder zu vergessen, warum man geliebt hat, was ist schlimmer?

Anstatt sie also zu fragen, packte ich meine Sachen und verabschiedete mich. Es war spät, und der tiefhängende graue Himmel versprach Schnee. Ich sagte ihr auf Wiedersehen, ging nach unten und nahm meinen Mantel vom Haken im Foyer. Als ich die Außenbezirke von London erreichte, fielen die ersten Flocken.

Zu Hause drehte ich die Heizung höher, öffnete eine Flasche Wein und trank ihn ziemlich schnell. Der Boiler gurgelte und gluckste, aber die Heizkörper gaben kaum Wärme ab. Schließlich ging ich zum Kleiderschrank, um mir einen dicken Pullover zu holen. Mehrere Kleidungsstücke, die ganz nach hinten geschoben waren, fielen mir entgegen. Allein ihr Anblick erfüllte mich mit Wut. Ich dachte an Tilda, wie sie auf dem Postamt von Southam von Daraghs Verrat erfahren hatte, und ich dachte an Toby, der es nicht einmal geschafft hatte, mir in die Augen zu sehen, als er die Worte sprach, die mir das Herz gebrochen hatten. Ich lief in die Küche und holte eine Schere.

Ich war gerade dabei, einen Ärmel in saubere Streifen zu

schneiden, als es draußen klopfte. Charles Lightman und seine Schwester Lucy standen vor der Tür.

»Ich hab dich so oft angerufen, und du hast nie zurückgerufen«, sagte Charles, als er mit zwei Flaschen Wein im Arm eintrat.

»Ich hab ihm gesagt, du steckst wahrscheinlich mitten in der Arbeit«, bemerkte Lucy, »aber ich konnte ihn nicht davon abbringen herzukommen.«

»Man sollte seine Freunde nicht ...«, begann Charles und brach ab, als er den Pulli und die Schere sah. »Du meine Güte, was tust du denn da, Becca?«

»Ich zerschneide einen Pullover«, antwortete ich. »Toby hat ihn mir geschenkt.«

Charles lächelte. Lucy starrte auf das Etikett und sagte: »Aber Becca, das ist ein Nicole Farhi!«

Ich zuckte die Achseln. »Na und? Ich hätte ihn doch nie wieder angezogen.«

»Aber du hättest ihn in die Kleidersammlung geben können oder mir!« Lucy war schockiert.

»Aber darum geht's ja gar nicht, stimmt's?« sagte Charles. »Es geht nicht darum, daß das Ding verschwindet, es muß zerstört werden. Es ist ein Racheakt, der ungeheuer wohltut, gerade einer Besessenen wie Rebecca.«

»Ich bin keine Besessene«, entgegnete ich aufgebracht.

»Aber klar bist du das.« Charles war auf der Suche nach Weingläsern in die Küche gegangen. »Du warst geradezu besessen von Toby Carne, und jetzt bist du besessen von Tilda Franklin. Man braucht sich ja nur umzusehen.« Mit einer ausholenden Geste wies er auf die Bücher und Papiere, die sich auf meinem Schreibtisch stapelten, die chronologische Darstellung von Tildas Leben, die ich an die Wand geheftet hatte, die alten Schwarzweißfotografien an der Pinnwand. »Es ist natürlich ein positiver Fortschritt, aber trotzdem eine fixe Idee.«

Lucy hielt den Nicole-Farhi-Pulli in den Armen.

Ich sagte, als müßte ich mich rechtfertigen: »Tilda Franklin ist eine faszinierende Frau. Und es ist eine interessante Aufgabe zu versuchen, die Lücken zu schließen ... Es gibt so vieles, was man einfach nicht wissen *kann* … Man kann nur versuchen, mit Hilfe der Fakten, die man hat, herauszuarbeiten, was geschehen sein muß.«

»Vielleicht schneide ich einfach auch den anderen Ärmel ab und mach einen Kurzarmpulli draus.«

»So vieles kann man nur vermuten oder folgern.«

»Wenn ich eine kleine Blende anstricke.«

»Es ist wie ein Kreuzworträtsel.«

»Oder wenn ich ihn an der Schulter auftrenne.«

»Oh, Lucy, hör endlich mit dem blöden Pullover auf«, sagte Charles lachend. »Donald kauft dir bestimmt einen ganzen Packen Nicole-Farhi-Pullis, wenn du das willst.« Er füllte mein Weinglas auf. »Lu hat sich nämlich einen neuen Freund zugelegt. Gräßlicher Typ. Stinkreich.« Er hockte sich auf dem Boden nieder. »Im übrigen bin ich ganz Rebeccas Meinung. Man sollte eine Liebesgeschichte nicht einfach im Sand verlaufen lassen. Man sollte sie mit einer großen dramatischen Geste beenden. Das ist so kathartisch.«

»Mal seine Fensterscheiben schwarz an«, schlug Lucy vor, während sie den Pulli zusammenlegte und in ihre Tasche schob. »Tu's in der Nacht, dann denkt er am nächsten Morgen, wenn er aufwacht, er wäre verrückt geworden.«

»Tobys Wohnung ist im dritten Stock.«

»Laß die Bremsflüssigkeit aus seinem Wagen ab.«

»Ich will ihn doch nicht *umbringen*, Charles, ich will ihm nur ein bißchen die Hölle heiß machen. Außerdem weißt du doch, daß ich von Autos keine Ahnung habe.«

»Ich hab neulich einen Film im Fernsehen gesehen«, bemerkte Lucy, »da hat eine verlassene Ehefrau ihrem Exmann Stinkekäse in die Vorhänge genäht. Stell dir mal vor, dieser *Gestank*! Und er konnte sich überhaupt nicht vorstellen, woher er kam.«

»Langusten«, sagte Charles. »Langusten wären besser.«

Ich trank meinen Wein aus. »Ich habe keinen Schlüssel zu Tobys Wohnung«, sagte ich bedauernd.

Aber ein paar Tage später schon erschien Charles mit einer

Einladung zu einem Fest der Anwaltskammer. Er wollte mir nicht sagen, wie er sie ergattert hatte. Ich erhob Einwände, aber er ließ nicht locker, und schließlich dachte ich, warum nicht? Schlimmstenfalls würde ich mich wegen Sachbeschädigung vor Gericht wiederfinden. Und denk nur an die Publicity, die dir das einbringt, sagte Charles. Das kann für den Verkauf deiner Bücher nur gut sein.

Ich stieg also in ein langes Abendkleid, und wir machten uns auf den Weg. Unterwegs hielten wir – Charles in seinem alten Smoking, ich in meiner Designerrobe – bei Sainsbury's Supermarkt. Sie hatten keine Langusten. Ich kaufte statt dessen Garnelen. Dann fuhren wir weiter zur Stadtmitte.

Ich hatte früher schon verschiedentlich mit Toby Veranstaltungen der Anwaltskammer besucht. Irgendwie hatte ich es immer geschafft, ihm beim Quickstep auf die Zehen zu treten, oder mich mit irgendeinem einflußreichen alten Richter vom rechten Flügel anzulegen. Die kalte Pracht des Gebäudes, das ferne Summen gepflegter Gespräche, alles war unangenehm vertraut. Rasch eilte ich mit Charles im Gefolge durch den Korridor zur Garderobe, dabei ständig die Angst im Nacken, Toby könnte plötzlich hinter einer Säule hervortreten. Die Garderobe war zum Glück nicht bewacht, und es war ein Kinderspiel den richtigen Burberry zu finden. Toby ließ sich immer noch Wäschezeichen einnähen. T. F. Carne stand wie gestochen auf dem Etikett im Kragen seines Mantels. Ein Relikt aus der Schulzeit, vermutete ich. Ob seine Mutter sie ihm einnähte?

Charles ging nach draußen, um Schmiere zu stehen. Ich kniete auf dem Boden nieder. Meine Hände zitterten so stark, als ich Nadel, Faden und Schere aus meinem Abendtäschchen nahm, daß ich kaum einfädeln konnte. Und doch hatte das Unternehmen etwas unheimlich Vergnügliches. Die Wonne der Rache, wie Charles gemeint hatte. Ich konnte Toby nicht ins Herz treffen, aber ich konnte ihn lächerlich machen.

Ich war beinahe fertig, als ich hinter mir ein Geräusch hörte. »Ich hab's gleich, Charles«, murmelte ich, ohne mich umzudrehen.

Jemand hustete. Erschrocken sah ich auf.

Ich erkannte Patrick Franklin auf den ersten Blick. Ich erinnerte mich, wie ich mit ihm durch Tilda Franklins Park spaziert war. Ich erinnerte mich, wie sehr ich mich über ihn geärgert hatte. Jetzt stand er, die Hände in den Hosentaschen, an den Türpfosten gelehnt und sah zu mir herunter. Den Ausdruck in seinen Augen konnte ich nicht erkennen.

»Ich ... ich bin gerade dabei«, stammelte ich in tödlicher Verlegenheit.

»Sie sind gerade dabei ...«, er schaute mir über die Schulter, »irgend jemandem Garnelen in den Mantelsaum zu nähen.«

»Das hat seinen guten Grund«, versetzte ich spitz, riß den Faden ab und stopfte die Nähsachen wieder in mein Täschchen. Mein Gesicht war heiß und rot, am liebsten wäre ich schnurstracks davongelaufen. »Ich muß gehen«, sagte ich. Meine Stimme gehorchte mir nicht recht. Ich stand auf. »Wiedersehen.«

»Auf Wiedersehen, Rebecca«, sagte er. Aber als ich zur Tür hinauswollte, faßte er mich beim Arm und hielt mich zurück. »Vergessen Sie die nicht.«

»Die« waren die übriggebliebenen Garnelen, noch im weißen Plastikbeutel. Ich schob sie in meine Tasche und lief hinaus.

Ich schlief nicht viel in dieser Nacht. Ich stand früh auf und saß schon über meinem Buch, als um neun Uhr Jane anrief. Sie hatte die Grippe, und Steve war auf einer Geschäftsreise. Ob ich ein paar Tage rauskommen und ihr unter die Arme greifen könne? Sie entschuldigte sich mehrmals dafür, daß sie es mir zumutete, meine Arbeit zu unterbrechen, aber als ich meinte, ich könne meinen Laptop ja mitnehmen und arbeiten, wenn die Jungen im Bett seien, lachte sie gequält und sagte, Lawrie habe seit dem Tag seiner Geburt nicht eine einzige Nacht durchgeschlafen.

Der Hilferuf meiner Schwester kam mir im Grund wie gerufen. Es tat mir leid, daß sie die Grippe hatte, aber ich war froh, eine Weile aus London verschwinden zu können. Jedes Mal, wenn ich an die Ereignisse des vergangenen Abends dachte – an den Ausdruck in Patrick Franklins Augen, als er mich da mit einer Handvoll Garnelen in der Garderobe ertappt hatte –, wand ich mich innerlich vor Verlegenheit und Scham. Wahrscheinlich hielt er mich für völlig übergeschnappt, und es nagte an mir, daß er glauben mußte, man hätte die Biographie seiner illustren Großmutter einer Verrückten anvertraut.

Ich genoß die Fahrt aus der stickigen Stadt hinaus aufs Land. Der Himmel leuchtete in einem klaren, blassen Blau, und die ersten jungen Triebe breiteten einen lichtgrünen Schleier über die braune Erde der Felder.

Um elf war ich bei Jane. Sie wohnt in einem kleinen reetgedeckten Haus, umgeben von einem hübschen Garten, in dem Kohlköpfe zwischen Stockrosen wachsen, und Stangenbohnen sich an einem Spalier mit Kletterrosen hochranken. Ich kann es mir nie verkneifen, ihr Haus mit meiner tristen kleinen Wohnung zu vergleichen.

Jane war gerade dabei, die schmutzige Bettwäsche in die Waschmaschine zu stopfen, als ich ankam. Sie sah so schlecht aus, daß ich sie sofort wieder ins Bett schickte. Jack und Lawrie waren beide in der vergangenen Woche krank gewesen und hatten immer noch Rotznasen und Husten. Ich machte ihnen das Mittagessen, das größtenteils auf dem Tisch und dem Boden landete, dann packte ich sie in dicke Jacken, Mützen und Schals und nahm sie mit auf einen Spaziergang. Auf dem Heimweg klagten sie beide über furchtbaren Hunger, und ich kaufte mit schlechtem Gewissen jedem ein Milky Way.

Wieder zu Hause nahm ich den Riesenberg Bügelwäsche in Angriff, bezog Lawries Bett und wischte den Flur, in dem die Jungen mit ihren schmutzigen Gummistiefeln unübersehbare Spuren hinterlassen hatten. Während ich noch mit dem Schrubber fuhrwerkte, kam Jack auf die Idee, sich ein Glas Orangensaft einzuschenken. Ich hörte das Krachen und den Aufschrei, als ihm die Flasche aus der Hand rutschte und auf die Fliesen fiel. Ich stürzte in die Küche, schnappte mir Jack, der barfuß war, und setzte den weinenden Jungen auf den Küchentisch. Ich war noch dabei, die Scherben aufzulesen, als Lawrie an der

Tür erschien und mir jammernd mitteilte, daß er Boffy, seinen Plüschhasen, verloren habe. Dann läutete das Telefon. Mir brach der Schweiß aus. Ich rannte zum Apparat, bevor das Läuten Jane wecken konnte, trug die beiden weinenden Jungen ins Wohnzimmer und machte den Fernseher an. *Pingu,* Gott sei Dank. Am liebsten hätte ich mich jetzt mit einem steifen Gin in den nächsten Sessel geworfen, aber ich mußte noch die Scherben einsammeln und Boffy suchen, und in einer halben Stunde sollten die Jungen ihr Abendessen bekommen. Und baden mußte ich sie natürlich auch noch.

Ich entdeckte Boffy schließlich eingequetscht hinter einem Heizkörper. Danach kroch ich auf allen vieren in der ganzen Küche umher und suchte mit zusammengekniffenen Augen nach Glassplittern. Als ich endlich eine Ladung Fischstäbchen in den Grill schob, fiel mir plötzlich ein, daß die arme Jane seit elf Uhr morgens nicht einmal eine Tasse Tee bekommen hatte. Rasch lief ich nach oben, um nach ihr zu sehen. Sie schlief. Aber als ich wieder hinunterkam, quollen dicke Rauchwolken aus dem Rohr. Sie lösten den Rauchalarm aus, ich rannte wie eine Wilde herum, um Türen und Fenster aufzureißen. *Pingu* war zu Ende, die beiden Jungen standen daumenlutschend an der Tür und starrten verwundert ihre Tante an, die draußen vor der Hintertür im Regen stand und verkohlte Fischstäbchen vom Blech in die Mülltonne schaufelte.

Viel, viel später ließ ich mich völlig ausgepumpt im Wohnzimmer aufs Sofa fallen, in der einen Hand einen Becher Tee, in der anderen meinen Laptop. Mein nächstes Gespräch mit Tilda sollte in ein paar Tagen stattfinden, und ich hatte die Notizen von meinem letzten Besuch bei ihr noch nicht fertig ins reine geschrieben. Ich starrte auf den leeren Bildschirm und sah nur verkohlte Fischstäbchen und Glasscherben. Dann hörte ich Weinen. Ich stellte meinen Laptop zu Boden und rannte nach oben.

Lawrie hatte sich in seinem Bettchen übergeben; das Milky Way war keine gute Idee gewesen. Ich hob den Jungen heraus und versuchte, ihn zu trösten. Sein herzzerreißendes Weinen weckte Jack, der aus Sympathie ebenfalls anfing zu brüllen. Ich mühte mich, mit einer Hand das Bett abzuziehen, während ich gleichzeitig Lawrie wiegte und beruhigend auf Jack einredete, als zu meiner Erleichterung Jane ins Zimmer trat. Sie strich Jack ein paarmal über den Kopf und sagte ruhig, aber bestimmt, er solle jetzt weiterschlafen. Dann schälte sie Lawrie aus seinem durchweichten Schlafanzug, während ich das Bett abzog. Es mußte alles gewaschen werden, Lawries Pyjama, das Bettzeug und katastrophalerweise auch Boffy. Lawrie schrie und schluchzte, als Jane seinen Hasen im Waschbecken abspülte. Er schrie ohne Pause, während Boffy zuerst in der Waschmaschine und dann im Trockner herumgewirbelt wurde. Er schrie und strampelte, als Jane und ich seine Windel wechselten und ihm frische Sachen überzogen. Alle unsere Bemühungen, ihn abzulenken, waren vergebens. Er wollte keine Flasche, er schleuderte seinen Schnuller zu Boden. Erst als Boffy, sauber und flauschig wie selten, aus dem Trockner zum Vorschein kam, rollte sich Lawrie auf Janes Schoß zusammen, und das Schluchzen ließ langsam nach.

Jane sah zu ihm hinunter und streichelte müde seinen Kopf. »Mein armer Kleiner«, murmelte sie. »Armer Kleiner.« Ihr Gesicht war ohne Farbe; es wirkte beinahe durchsichtig. Sie hob den Kopf und sah mich an. »Soll ich dir mal was sagen, Becca«, sagte sie leise. »Für eine ungestörte Nacht würde ich meine Seele verkaufen.«

Ich konnte sie verstehen. Lawrie schluchzte noch ab und zu leise auf, aber die Augen waren ihm zugefallen.

»Könnte Steve nicht ein bißchen mehr helfen?«

Sie schüttelte den Kopf. »Wir brauchen die Überstunden. Die Hypothekenschulden fressen uns auf.«

Ich sah sie erschrocken an. »Das wußte ich nicht.«

»Wir haben das Haus zur falschen Zeit gekauft. Und dabei ist es jetzt schon zu klein. Die Jungen streiten wie Hund und Katze. Aber ich weiß nicht, wann wir es uns leisten können, ein größeres Haus zu kaufen. Manchmal beneide ich dich um deine Freiheit.«

Es war lange her, daß ich mich als beneidenswert empfunden hatte. Seit der Zeit mit Toby nicht mehr.

Jane brachte ein dünnes Lächeln zustande, und ich hob ganz vorsichtig Lawrie von ihrem Schoß. Er wachte nicht auf. Ich sagte Jane, sie solle wieder zu Bett gehen, und versprach ihr, nach Lawrie zu sehen, wenn er in der Nacht wach werden sollte.

Ich trug ihn nach oben, aber ich legte ihn nicht gleich in sein Bett. Sein warmes, weiches Köpfchen an meiner Schulter blieb ich noch eine ganze Weile stehen und betrachtete das kleine, wohlgeformte Gesicht, die zarten, bläulich schimmernden Lider, die feine Haut, die vom Weinen noch rote Flecken hatte. Am liebsten hätte ich geweint, aber das tat ich nicht. Ich drückte dem Kleinen einen Kuß auf die Stirn und legte ihn vorsichtig in sein Bettchen. Er strampelte noch ein wenig herum, bis er die richtige Stellung gefunden hatte, die Knie hochgezogen, den Plüschhasen an sein Gesicht gedrückt. Ich sah zu dem schlafenden Kind hinunter und versuchte, mir vorzustellen, wie Toby schmutzige Babyhöschen im Waschbecken schrubbte; seine Arbeit stehen- und liegenließ, um sich um ein krankes Kind zu kümmern. Es gelang mir nicht. Er hätte nur Sorge gehabt, seinen Anzug schmutzig zu machen. Er hätte Sorge gehabt, einen wichtigen Prozeß zu verlieren.

Ich setzte mich auf die Truhe neben dem Kinderbett und empfand zum ersten Mal nichts anderes als nüchternes Bedauern. Keinen Schmerz, keinen Zorn, kein Bedürfnis mich zu rächen. Ich erkannte, daß die Beziehung zwischen Toby und mir auf Phantasien aufgebaut gewesen war. Toby hatte eine junge, lenkbare Partnerin gesucht, um sie zur Ehefrau zu formen, die seiner Karriere förderlich sein würde. Ich hatte ein Nest gesucht, einen Ersatz für meine kaputte Ursprungsfamilie. Das Kind war Teil unserer Phantasien gewesen. Meine anfängliche Ungläubigkeit darüber, daß ein Mann wie Toby – gutaussehend, gebildet, erfolgreich – mich liebte, war niemals ganz gewichen. Ich hatte vermutlich geglaubt, ein Kind würde unsere Bindung festigen. Und was Toby anging, so war er vielleicht der Illusion des modernen Männerbilds aus der Werbung erlegen, das starke Männlichkeit mit liebevoller väterlicher Fürsorge paarte: der Mann mit der schönen Frau, dem niedlichen Kind, dem schnellen Auto. Nur zeigt uns die Werbung natürlich nicht die Wahrheit: das schnittige neue Auto, in dem man kaum Platz findet, weil überall Wegwerfwindeln und Kinderspielsachen herumliegen; die schlaflosen Nächte, die zwangsläufig eine brillante Karriere zum Stillstand bringen.

Drei Tage blieb ich noch bei Jane. Dann war sie wieder auf den Beinen, und Steve war von seiner Konferenz zurück. Ich fuhr direkt zu Tilda Franklin hinaus. Als ich das Tor zum Park des Roten Hauses hinter mir zuzog und den Fußweg hinaufging, fühlte ich mich wie erlöst. Die hohen Mauern der Buchsbäume, in denen Regentropfen glitzerten, umschlossen mich, und der süße Duft von Hyazinthen und Narzissen hüllte mich ein. Im Schutz der Hecken blieb ich einen Moment stehen und schloß die Augen, um die Düfte einzuatmen. Die Aussicht, in die sichere Zuflucht der Vergangenheit zurückzukehren, war unendlich befreiend.

Sie heirateten Anfang Januar in der katholischen Kirche in Cambridge. Jossy trug weißen Satin, der ihren großen Busen und ihre ausladenden Hüften betonte. Als Daragh vor dem Altar stehend einen Blick zurück warf, überschwemmten ihn plötzlich Panik und Reue. Die geschlossenen Reihen sonntäglich gekleideter Fremder und Jossy selbst, wie sie ihm am Arm ihres Onkels durch den Mittelgang entgegenkam, schienen ihm beängstigend fremd. Seine Braut hätte ein anderes Gesicht haben müssen; seine Braut hätte dunkelblondes Haar und kühle graue Augen haben müssen. Es war, als wäre er in einem Alptraum gefangen. Er mußte alle Willenskraft aufbieten, um nicht Hals über Kopf davonzulaufen.

Jossy hatte sich eine Hochzeitsreise gewünscht. Sie hatte eine sechswöchige Autotour auf dem Kontinent vorgeschlagen, aber Daragh hatte darauf hingewiesen, daß es mitten im Winter sei. In Wirklichkeit hatte ihm gegraut bei der Vorstellung, sechs Wochen lang Tag für Tag mit Jossy im Auto zu sitzen und nicht einmal abends im Hotel mit dem Barkeeper schwatzen zu können, weil ihm dazu die nötigen Sprachkenntnisse fehlten. Er hatte für London plädiert, und Jossy war sofort einverstanden gewesen. Ihre Hochzeitsnacht würden sie im Savoy Hotel verbringen.

Als Daragh in dem Sportwagen, den Jossy ihm zur Hochzeit geschenkt hatte, die Great North Road hinunterbrauste, sagte er sich, daß nun das Schlimmste vorüber sei. Der Schreck, der ihn in der Kirche erfaßt hatte, erschien ihm lächerlich hier draußen im kalten Blau des strahlenden Winternachmittags. Im Hotel würde er sich ein, zwei Gläser genehmigen, nur ja nicht zuviel, denn er hatte ja noch eine letzte Pflicht zu erfüllen. Er war sich darüber im klaren, daß er noch gar nicht richtig begriffen hatte, was ihm widerfahren war. Er hatte nicht mühsam ein, zwei Sprossen der Leiter erklommen; er war mit einem einzigen Sprung bis zur letzten Sprosse hinaufgeflogen. Southam Hall, das Herrenhaus, gehörte jetzt ihm, ebenso das Gut; selbst das Verwalterhaus, wo dieser sonderbare Junge mit seinem Vater lebte, war von Rechts wegen sein Eigentum. Er hatte die letzten Spuren seines irischen Akzents getilgt; er hatte sich eine weniger beschämende Herkunftsgeschichte zugelegt. Sein Imitationstalent und seine Erfindungsgabe schienen sich ausbezahlt zu haben; nicht einer von Jossys vornehmen Freunden hatte es abgelehnt, ihm beim Hochzeitsempfang die Hand zu schütteln. Daragh erinnerte sich seines ersten Aufenthalts in London vor knapp einem Jahr und pries sich glücklich. Ja, er war der geborene Glückspilz.

Im Savoy dinierten sie im großen Stil mit Lachs und Kaviar und tranken den besten Champagner. Jedes Mal, wenn Daragh aufblickte, sah er Jossys dunkle Augen auf sich gerichtet. Als ihm das auf die Nerven zu fallen begann, tröstete er sich damit, daß sie ja nicht für den Rest ihres Lebens wie Kletten aneinanderhängen müßten. Er würde das Gut zu einem Musterbetrieb machen, und Jossy, nun, Jossy würde Kinder bekommen. Viele. Je früher, desto besser.

Nach dem Abendessen schwang er Jossy ein paarmal im Tanz durch den Saal, dann ging er mit ihr hinauf in die gemietete Suite. Dort blieb sie mitten im Schlafzimmer stehen und nestelte ungeschickt an den Knöpfen ihrer Handschuhe. Ihr Haar, das die Friseuse am Morgen zu einem wie gemeißelt wirkenden Kunstwerk aufgesteckt hatte, begann sich zu lösen.

Daragh zog die restlichen Haarnadeln heraus, knöpfte die Handschuhe auf und streifte sie Jossy von den Händen. Während er ihren Hals und ihre Schultern mit Küssen bedeckte, öffnete er die Haken im Rücken ihres Kleids. Ihre Augen waren fest geschlossen, und einen Moment lang war er unsicher: War sie erregt oder in Todesangst? Als er mit der Zungenspitze die Mulde zwischen ihren Schulterblättern berührte, stöhnte sie, und er machte sich keine Sorgen mehr. Das Kleid glitt glitzernd zu Boden, und Daragh streifte Jossy die Träger ihres Unterkleids von den Schultern.

Als er das Korsett aus Fischbein und Spitzen in Angriff nahm, das sie unter dem Unterkleid trug, kam der Brief zum Vorschein. Er fiel zu Boden, und Daragh hob ihn auf. »Was ist denn das?« fragte er verblüfft.

Jossy machte die Augen auf und wurde feuerrot. Sie murmelte etwas.

»Wie bitte?« sagte Daragh.

»Ich sagte, das ist dein Brief.«

Er verstand nicht.

»Aber du weißt doch, Liebster«, erklärte sie, »der Brief, den du mir geschrieben hast, bevor wir uns kennengelernt haben. Ich habe ihn seitdem immer an meinem Herzen getragen.«

Er entfaltete das Blatt Papier und las: *Seit dem Tag, an dem ich Sie gesehen habe, kann ich an nichts anderes mehr denken. Ich muß Sie wiedersehen, mit Ihnen sprechen …*

»Das habe ich nicht geschrieben«, sagte Daragh.

»Aber natürlich hast du das geschrieben, Liebster. Es geniert dich doch nicht, wenn ich jetzt, wo wir verheiratet sind, darüber spreche?«

Er sah erst Jossy an, dann wieder den Brief. Am Ende der Seite war seine Unterschrift. All die abgedroschenen, schwülstigen Beteuerungen waren in einer Handschrift verfaßt, die der seinen halbwegs ähnlich war. Daragh wurde innerlich eiskalt. Und ihm wurde übel.

Er ging ans Fenster und zwang sich, den Brief von Anfang

bis Ende zu lesen. *Das Bild Ihrer Schönheit hat sich mir unauslöschlich eingeprägt … Wenn ich nur Ihre Stimme hören, Ihre Hand berühren könnte … Ich weiß, daß ich Ihrer nicht würdig bin, aber die Liebe kann alles überwinden … Sprechen Sie nie wieder von diesem Brief, Geliebte. Ich bitte Sie um Verzeihung für meine Kühnheit. Zerreißen Sie den Brief, verbrennen Sie ihn …*

Aber Jossy hatte ihn weder zerrissen noch ins Feuer geworfen. Als Daragh sich nach ihr umdrehte, stand sie immer noch mitten im Zimmer, mit aufgeschnürtem Korsett, die Schenkel über den Strümpfen weiß und schwammig.

»Bist du mir böse, weil ich ihn aufgehoben habe?« fragte sie leise.

Daragh schüttelte den Kopf. Er schob den Brief in seine Jackentasche und sagte: »Entschuldige mich einen Moment, ja? Zuviel Champagner.«

Im Badezimmer hielt er seinen Kopf unter das kalte Wasser und unterdrückte die aufsteigende Übelkeit. Er wußte, daß hier etwas Schreckliches geschehen, konnte sich aber nicht erklären, wie es dazu gekommen war. Als er sich einigermaßen wieder erholt hatte, kehrte er ins Schlafzimmer zurück und holte Jossy in sein Bett.

Aber nachdem es vorüber war, lag er lange in der Dunkelheit wach. Vielleicht war dies alles ein schrecklicher Irrtum. Vielleicht war es ihm bestimmt gewesen, einen ganz anderen Weg einzuschlagen. Vielleicht hatte jemand ihn absichtlich auf den falschen Weg gestoßen, die Fäden gezogen, indem er sich Jossys naive Leichtgläubigkeit und seinen Ehrgeiz zunutze gemacht hatte. Die feingewebten Bettlaken, das Daunenkissen, die seidene Bettdecke gaben ihm das Gefühl zu ersticken.

Er zwang sich zur Ruhe und versuchte, den Lauf der Ereignisse zurückzuverfolgen. Eine fremde Person hatte diesen Brief geschrieben. Sie hatte seine Handschrift nachgeahmt und seine Unterschrift gefälscht. Dann hatte sie diesen Brief, in dem er vermeintlich Jossy seine Liebe gestand, an Joscelin de Paveley gesandt. Dieser Brief war schuld, daß er Jossy geheiratet hatte und nicht Tilda.

Daragh befreite sich aus der Umarmung seiner schlafenden Frau und schlich sich aus dem Bett ins andere Zimmer hinüber. Von dort rief er den Zimmerkellner an und bestellte Whisky und Zigaretten.

Vom Garten aus, wo sie frostglatte Holzscheite in den Korb schichtete, hörte Tilda das wütende Hämmern an die Haustür. Das nächste Scheit fiel ihr aus der Hand und splitterte auf den eisglatten Steinplatten, als sie Daraghs Stimme erkannte. Ihre Hände zitterten, und ihre Fingernägel waren blau vor Kälte. Mühsam sammelte sie die Holzstücke ein und trug den Korb in die Waschküche.

Sie waren in der Küche. Zuerst hörte sie Sarahs Stimme.

»Sie sollten besser gehen, Mr. Canavan.«

Dann Daragh: »Ich gehe erst, wenn Sie mir die Wahrheit gesagt haben.«

Tilda öffnete vorsichtig die Küchentür. Daragh stand auf der einen Seite des Tischs; Sarah saß auf der anderen. Sie drehte sich um. »Geh in dein Zimmer, Tilda!«

»Aber warum denn?« Daraghs Lächeln war höhnisch. »Ich finde, Tilda sollte bleiben.«

Tilda zog die Tür hinter sich zu. Gestern, an Daraghs Hochzeitstag, war sie endlos gelaufen. Den Kopf gegen den Wind gesenkt, war sie der langen schnurgeraden Linie des Kanals gefolgt, bis Southam und alle, die dort lebten, am Horizont verschwunden waren.

»Was tust du hier, Daragh?« fragte sie bitter. »Solltest du nicht bei deiner Frau sein?«

»Ich wollte mich mal mit deiner Tante Sarah unterhalten.« Daraghs Gesicht war erhitzt, sein lockiges dunkles Haar strähnig und wirr. »Ich wollte sie fragen, was das hier zu bedeuten hat.« Er wedelte mit einem Blatt Papier.

»Bitte geh, Daragh.« Tildas Stimme war kalt. »Wir wollen beide nicht mit dir sprechen.«

Sie sah, wie er blaß wurde. Seine Gesten waren übertrieben, seine Stimme unnatürlich laut. Es war klar, daß er getrunken hatte.

»Ich wollte etwas erklären.« Daragh zeigte mit zornigem Finger auf Sarah. »*Sie* hat etwas zu erklären.«

Sarah saß mit gefalteten Händen kerzengerade am Tisch. Ihre Miene war hochmütig und beherrscht.

»Es gibt nichts zu erklären, Daragh.« Tilda machte die Tür zur Waschküche auf, um ihn hinauszuweisen. »Geh nach Hause.«

»Aber erst liest du das.« Er drückte ihr erregt das Blatt Papier in die Hand. »Lies es!«

Tilda sah auf das Papier hinunter. *Ich weiß, daß ich Ihrer nicht würdig bin, aber die Liebe kann alles überwinden ...* Unten auf dem Blatt stand Daraghs Name, die Adressatin des Schreibens war Joscelin de Paveley. Tilda knüllte den Brief zusammen und warf ihn zu Boden.

»Ich will deine Liebesbriefe nicht lesen, Daragh. Geh endlich!«

Er hob den Brief vom Boden auf und glättete das Papier mit einer heftigen Handbewegung. »Du sollst ihn *lesen*.« Er stieß sie vorwärts.

Tilda schrie unterdrückt auf. Sarah rief: »Lassen Sie sie sofort los«, und sprang von ihrem Stuhl auf. Wörter und Sätze tanzten vor Tildas Augen.

Daragh sagte sehr leise: »Ich habe den Brief nicht geschrieben.«

Tilda wies mit zitterndem Finger auf seine Unterschrift.

»Ich habe ihn nicht geschrieben. Soll ich dir sagen, wer ihn geschrieben hat? *Sie*. Sie hat ihn geschrieben, um einen Keil zwischen uns zu treiben.« Daraghs Gesicht war kreideweiß, als er sich Sarah zuwandte. »So ist es doch, nicht wahr?«

Tilda starrte Sarah an, wartete auf Zurückweisung der Behauptung. Aber Sarah saß wie versteinert und schwieg. In der Stille schlich Furcht sich in Tildas Herz und verdrängte einen Teil ihres Zorns.

Daragh schlug mit der Faust auf den Tisch. »*Sagen* Sie es ihr, Sie alte Hexe! Sagen Sie ihr, daß *Sie* daran schuld sind, daß ich Joscelin de Paveley geheiratet habe!«

Endlich sprach Sarah. »Sie haben Miss de Paveley geheiratet, weil Sie habgierig sind.« In ihrem Ton schwang ruhige Genugtuung. »Sie haben sie ihres Geldes wegen geheiratet.«

»Ich habe sie geheiratet, weil Sie es so eingefädelt haben.«

Sarah entgegnete leise: »Sie haben bekommen, was Sie verdienen, Daragh Canavan.«

Tilda verspürte einen bohrenden Schmerz hinter den Augen, als drückte von hinten jemand mit den Daumen gegen ihre Augäpfel. Die Küche, Sarahs Gesicht hatten sich verändert, waren plötzlich fremd und unvertraut geworden. Der Kranz aus getrocknetem Hopfen und das bunte Auslegpapier auf den Borden wirkten unwirklich. Sie starrte auf die Bücher und das Geschirr im Küchenschrank, und das unordentliche Durcheinander tat ihr weh.

»Sie haben bekommen, was Sie verdienen«, wiederholte Sarah. »Und Miss de Paveley ebenfalls.« Dann begann sie zu lachen.

»Mein Gott«, rief Daragh mit hochrotem Gesicht. »Sie ist ja wahnsinnig. Völlig übergeschnappt.« Er starrte Sarah an. Dann wandte er sich Tilda zu. »Ich habe dich geliebt«, sagte er leise. »Ich habe dich so sehr geliebt.« Unvermittelt machte er auf dem Absatz kehrt und lief aus dem Haus. Der Motor seines Autos heulte auf, als er mit hoher Geschwindigkeit davonfuhr.

Tilda hatte das Gefühl, als wollten ihre Muskeln ihr nicht mehr gehorchen, trotzdem ging sie zum Spülbecken und füllte einen Becher mit Wasser. Sie stellte ihn vor Sarah auf den Tisch. Dann setzte sie sich und wartete.

Als Sarah zu lachen aufgehört und einen Schluck Wasser getrunken hatte, fragte Tilda: »Ist es wahr?«

Alle Farbe war aus Sarahs Gesicht gewichen. Ihre Haut war durchscheinend wie Pergament. Sie nickte. »Ich wußte, daß du ihn liebst. Ich habe in deinem Zimmer einen Brief gefunden. Ich habe seine Handschrift nachgemacht.« Die Hysterie war verflogen, Sarahs Stimme war tonlos und müde.

»*Warum?*«

Sarah sah von ihrem Wasserglas auf. Ihr Gesicht war alt und eingefallen. »Weil er nicht gut genug für dich ist.«

Tilda war, als bräche etwas in ihr zusammen, als wären mit einem Schlag alle sicheren Erwartungen der Kindheit brutal zerstört worden. Nur ein kleiner Teil von ihr blieb unberührt davon und sah alles mit einer großen Klarheit.

»Warum Joscelin de Paveley? Warum mußte Daragh gerade *sie* heiraten?«

Sarah zuckte die Achseln. »Warum nicht? Ich wußte, er würde ihr Geld haben wollen. Und ich wußte, daß das Mädchen in ihn vernarrt war.«

Tilda war beinahe überzeugt. Aber dann erinnerte sie sich an Sarahs Lachen bei der Beerdigung des Gutsherren und erkannte, daß Sarah, die nie zur Kirche ging, dem Gottesdienst nicht beigewohnt hatte, um den Tod Edward de Paveleys zu betrauern, sondern ihn zu feiern.

»Ja, aber das ist nicht alles. Das reicht nicht. Du *haßt* diese Leute. Du haßt die de Paveleys.«

Sarahs Augen verdunkelten sich, aber sie sagte nichts.

»*Warum?*« fragte Tilda, und als Sarah nicht antwortete, fügte sie zornig hinzu: »Wenn du mir nicht die Wahrheit sagst, gehe ich fort. Ja, ich gehe fort und komme nie wieder zurück. Ich werde so leben, wie wir früher gelebt haben, immer auf Wanderschaft. Aber ohne dich dieses Mal. *Sag* es mir.«

Danach folgte ein langes Schweigen. Dann sagte Sarah langsam: »Ich habe Edward de Paveley gehaßt, ja. Für das, was er meiner Schwester – deiner Mutter – angetan hat.« Ihre Augen zogen sich zusammen, ihre Stimme wurde leise und war von einer tiefen Feindseligkeit erfüllt. »Ich verfluche die de Paveleys und alle ihre Nachkommen.«

Tilda brachte keinen Ton heraus. *Sag* es mir, dachte sie.

»Edward de Paveley war dein Vater«, sagte Sarah. Die Worte klangen wie ein Seufzen.

»Im ersten Moment habe ich ihr nicht geglaubt. Ich war überzeugt, Daragh habe recht, und sie sei verrückt geworden. Und vielleicht war sie ja auch ein bißchen verrückt – vielleicht hatte das Gefühl von Hilflosigkeit, als sie hörte, was ihrer Schwester zugestoßen war, sie aus dem seelischen Gleichgewicht geworfen. Sie dachte nur noch an Rache, sie war besessen davon. Sie erzählte mir, wie sie nach dem Tod ihres Vaters von zu Hause fortgegangen war und Deborah im Herrenhaus Arbeit angenommen hatte. Sie erzählte mir alles. Sie zeigte mir eine Kopie der richterlichen Anordnung, mit der die Einweisung meiner Mutter in eine Anstalt veranlaßt wurde. Sie hatte ein Kästchen voll jämmerlicher kleiner Andenken: eine Haarlocke ihrer Schwester, eine alte Puppe, mit der sie als Kinder gespielt hatten, eine Nachbildung des Blumensträußchens, das sie Deborah in den Sarg gelegt hatte.«

Ich hatte aufgehört zu schreiben. Ich wußte, daß mir jedes Wort, das Tilda gesprochen hatte, im Gedächtnis bleiben würde.

»Natürlich bin ich trotzdem fortgegangen. Niemals hätte ich an diesem schrecklichen Ort bleiben können. Ich packte eine Tasche, nahm mein Eiergeld und ging aus Southam weg. Ich wußte nicht, wohin ich mich wenden sollte. Ich wußte nur, daß ich fortmußte – weit fort. Zu Fuß marschierte ich zu Emily Potter. Ich erzählte ihr nicht alles. Das konnte ich nicht. Der Schmerz war zu groß. Ich wollte nur weg, so schnell wie möglich. Ich mußte Sarah und Daragh vergessen und neu anfangen. Ich mußte eine andere werden. Ich hatte das Gefühl ... ich hatte wohl das Gefühl, daß die Vergangenheit mir so schwere Verletzungen zugefügt hatte, daß ich keine Vergangenheit mehr haben wollte. Aber man kann der Vergangenheit natürlich nicht entfliehen. Das begriff ich irgendwann. Das, was Deborah geschehen ist, das, was ich selbst getan habe – das, was ich bin – all diese Dinge sind unausweichlich.«

Ich wollte ihr nicht glauben. Man konnte sich sehr wohl verändern und neu anfangen. Man konnte sehr wohl das schwache, wehrlose Geschöpf, das man einmal gewesen war, verbannen und einen Panzer aufbauen, der Herz und Seele schützte. Man mußte nur immer weiter Schicht um Schicht auftragen.

»Emily war wunderbar«, fuhr Tilda fort. »Sie lieh mir Geld und suchte einen Zugfahrplan heraus. Ich beschloß, nach London zu gehen. Ich glaubte, London wäre der richtige Ort für einen Neuanfang. Eine anonyme Großstadt.« Sie lächelte, und in diesem Moment hatte ich das junge Mädchen, das sie einmal gewesen war, ganz klar vor Augen: Tilda in ihren selbstgeschneiderten Kleidern, mit ihrem länglichen Gesicht, das von mittelalterlicher Schönheit war, mit ihren grauen Augen, die Männer wie Daragh Canavan alle ihre Zukunftspläne vergessen machten.

»Emily schenkte mir ihren schönsten Hut und lieh mir eine Schere. Dann lief ich zum Bahnhof, um den Zug nach London zu erreichen.«

»Eine Schere?« fragte ich verdutzt.

# 4

IN EINEM DRITTER-KLASSE-ABTEIL des Zugs nach London schnitt Tilda ihr langes Haar ab. Eine Frau, die ihr gegenübersaß, sagte: »Dafür können Sie bei einem Friseur in London einen guten Preis bekommen, Kindchen.« Sie wickelte den Zopf also in ein Tuch und verstaute ihn in ihrer Reisetasche.

Der Liverpool-Street-Bahnhof war ein schwarzqualmendes, dampfzischendes Inferno. Tilda warf einen Blick auf die Anweisungen, die Emily ihr mitgegeben hatte, und machte sich auf die Suche nach der Untergrundbahn. Eine lange Rolltreppe zog sie in ihren Schlund, eine gewaltige Schlange raste ihr donnernd aus der Dunkelheit entgegen. Drinnen im Wagen, eingequetscht zwischen einer schwitzenden dicken Frau mit einer Tasche voller Zeitungen und einem Geschäftsmann mit Melone, musterte Tilda in der Fensterscheibe ihr Spiegelbild und stellte fest, daß ihr Haar auf der einen Seite ungefähr fünf Zentimeter länger war als auf der anderen. Sie zählte die Haltestellen: Moorgate, Barbican, Farringdon. Dann sprang sie aus dem Zug auf den Bahnsteig und lief die Treppe hinauf.

Roland Potter wohnte in der Pargeter Street 15. Tilda fragte Vorüberkommende nach dem Weg. Die Straßen waren überfüllt vom Getöse knatternder Motoren, dröhnender Hupen und brüllender Zeitungsverkäufer, deren Sprache Tilda unverständlich blieb. Das Aroma der Stadt – eine betäubende Mischung aus den Gerüchen von Dieselöl, Qualm und faulendem Gemüse – war neu und aufregend. Die Menschen auf den Straßen eilten zielstrebig an ihr vorüber, mit ernsten, geistesabwesenden Mienen.

Das Haus Pargeter Street 15 stand an einem kleinen Platz, in dessen Mitte rußgeschwärzte Platanen und knorrige Weißdornbüsche gepflanzt waren. Neben der Haustür war ein Klingelbrett mit mehreren Messingknöpfen, unter denen kleine Namensschilder angebracht waren. Tilda fand den Namen »Potter« und läutete. Von drinnen hörte sie fernes Bimmeln und, einige Minuten später, Schritte auf nackten Holzdielen. Die Tür wurde geöffnet.

Roland Potter war in Unterhemd und Hose. Er sah aus, als wäre er gerade aus dem Bett gekommen. Nachdem er sie einen Moment schlaftrunken angeblinzelt hatte, riß er plötzlich die Augen auf und rief: »*Tilda!*«

»Roland?« Sie war plötzlich nervös. »Emily hat mir deine Adresse gegeben. Ich hoffe, du hast nichts dagegen.«

»Natürlich nicht. Komm rein. Du bist bestimmt halb erfroren.« Tilda trat ins Haus, und Roland schlug die Tür hinter ihr zu. »Du mußt den Aufzug entschuldigen, aber ich hatte die zweite Nachtschicht. Richtig gruselig. Mit Leichen im Keller ... Komm mit.« Sein kurzes, braunes Haar war ungekämmt und stand nach allen Richtungen von seinem Kopf ab.

Das Haus war ein Labyrinth voll winkliger Treppen und dunkler, enger Korridore mit vielen Türen. Vor einer der Türen machte Roland kurz halt und rief: »Eine Freundin von mir, Anna!«, ehe er weiterging. »Sie ist die Wirtin«, bemerkte er zu Tilda. »Sie will immer wissen, was los ist. Gib mir deine Tasche. Wir müssen noch kilometerlange Treppen steigen.«

Rolands Zimmer war in der dritten Etage. Er stieß die Tür auf. »Entschuldige. Schaut ziemlich chaotisch aus.« Auf dem Fußboden lagen überall abgelegte Socken und Hemden herum, Tisch, Waschtisch und Kaminsims waren mit schmutzigem Geschirr beladen. Roland schlüpfte in ein Jackett. »Ich habe keinen Besuch erwartet. Tut mir wirklich leid.«

»Roland, *bitte.* Ich bin diejenige, die sich entschuldigen muß. Einfach so reinzuplatzen ...«

»O nein. Ich find's toll, dich zu sehen. Wirklich.« Roland riß ein Fenster auf, um kalte frische Luft in das muffige Zimmer zu lassen. »Wie geht's Em?«

»Oh, es geht ihr gut. Na ja, sie langweilt sich.«

»Ach, das gibt sich schon«, meinte Roland mit brüderlichem Desinteresse und verfrachtete einen Stapel Bücher und Zeitungen von einem Sessel auf den Boden. »Setz dich, Tilda. Möchtest du eine Tasse Tee?«

Tilda nickte und schaute zum Fenster hinaus. Ein mit leeren Flaschen beladener Milchwagen zuckelte die Straße hinunter, und ein paar Kinder spielten auf dem Platz Fangen. Sie fuhr sich mit den Fingern durch ihr dickes, kurzgeschnittenes Haar und wurde sich bewußt, daß sie etwas getan hatte, was nicht wieder rückgängig zu machen war: Sie hatte mit einem Schlag ihr ganzes Leben verändert, einen neuen Anfang gemacht. Sie mußte krampfhaft schlucken, um den plötzlich aufsteigenden Strahl von Schmerz und Erregung zu unterdrücken.

Roland kam mit dem Tee. »Bist du zum Einkaufen hier?« fragte er, und Tilda schüttelte den Kopf.

»Ich bin für immer hier. Ich bin von zu Hause weggegangen«, fügte sie hinzu, um keinen Zweifel zu lassen. »Emily meinte, du wüßtest vielleicht, wo ich ein Zimmer finden kann.«

Er sah sie erstaunt an. »Na, so was, bist du ...« Er brach ab. »Entschuldige. Das geht mich nichts an. Hm ...« Er überlegte einen Moment. »Im zweiten Stock ist ein kleines Zimmer. Es ist eigentlich nur eine Rumpelkammer, wirklich winzig. Anna hat ihre alten Kleider da drinnen. Paß auf, du trinkst jetzt erst mal deinen Tee, und dann reden wir mit ihr.«

Roland führte Tilda wieder ins Erdgeschoß hinunter, klopfte dort an eine Tür und wartete, bis sie aufgefordert wurden, einzutreten. Im ersten Moment sah Tilda gar nichts. Die Vorhänge waren zugezogen, und das Zimmer wurde nur vom gelben Licht einiger Öllampen erleuchtet. Dann aber, als ihre Augen sich auf die spärliche Beleuchtung eingestellt hatten, sah sie Perlenvorhänge, Porträts in goldenen Rahmen, bestickte Paravents, Kerzenleuchter aus Messing und einen grünen Papagei in einem Käfig, der von der Zimmerdecke herabhing.

Anna saß mit Schals und langen Perlenketten behängt in einer Ecke des Raums. Die Schatten betonten die Konturen ihrer hohen Wangenknochen und ihre großen, schrägstehenden dunklen Augen. Im trüben Licht konnte Tilda ihr Alter nicht schätzen.

»Anna«, sagte Roland, »ich möchte Ihnen meine Freundin, Miss Tilda Greenlees vorstellen. Tilda, das ist Anna. Sie hat noch einen anderen Namen, aber keiner von uns kann ihn aussprechen. Anna, Tilda möchte sich in London niederlassen, aber sie hat noch keine Bleibe. Ich dachte, ob man ihr vielleicht die Kammer … Ich weiß, sie ist ein bißchen klein, aber Tilda hat nicht viel Gepäck.«

»Kommen Sie ein bißchen näher, Kind.« Tilda trat näher. Zwei schlanke behandschuhte Hände umfaßten leicht ihr Gesicht und drehten es dem Licht zu. »Lassen Sie sich ansehen. Aah …« Annas Ausruf wurde von dem grünen Papagei nachgeahmt. »Was haben Sie mit Ihrem Haar gemacht?«

Tilda nahm die Schere aus ihrer Tasche. »Ich habe es im Zug abgeschnitten.«

Anna zog die schrägen dunklen Augen zusammen. Sie sah auf. »Laufen Sie, Roland, wir brauchen Sie hier nicht. Tilda und ich werden uns unterhalten.«

Roland ging. Anna sagte: »Als ich aus Rußland fortging, habe ich beim Davonreiten meine Ringe in den Schnee geworfen. Einen Diamanten hier, einen Saphir dort. Ich halte sehr viel von der romantischen Geste.« Sie rollte lang und ausgiebig das »R« in romantisch. »Sie auch?«

Tilda lächelte.

»So«, sagte Anna, »jetzt werde ich erst mal Ihr Haar in Ordnung bringen, und dann räumen wir alle meine Kleider aus der Kammer. Das Zimmer ist wirklich sehr klein, aber Sie sind ja auch nur ein kleines Mädchen. Und danach erzählen Sie mir, warum Sie von zu Hause fortgelaufen sind. Ich vermute, es steckt ein Mann dahinter – eine Liebesgeschichte – richtig?«

Als sie an diesem Abend in der kleinen Gemeinschaftsküche zusammen das Abendessen machten, erzählte Roland Tilda von den anderen Mieter des Hauses.

»Im Erdgeschoß haben wir noch einen Russen. Stefan Soundso. Er hat einen schwarzen Bart und redet mit keinem Menschen außer Anna. Und im ersten Stock wohnen zwei Balletänzerinnen – Maureen und June.«

Ein junger Mann in ausgeleiertem Pullover und Cordhose kam in die Küche.

»Tilda, das ist Michael Harris. Er studiert am Imperial College Chemie und versucht ab und zu unter starker Gestankentwicklung das Haus in die Luft zu sprengen.«

»Böswillige Verleumdung«, entgegnete Michael lachend. Er schüttelte Tilda die Hand. »Haben Sie vor, sich in dieser Bruchbude niederzulassen, Tilda, oder sind Sie klugerweise nur auf der Durchreise?«

»Tilda hat die Kammer im zweiten Stock gemietet.«

»Heiliger Strohsack. Mutiges Mädchen.«

Roland stellte einen Topf mit Wasser auf den Gasring. »Wie viele Eier, Tilda?«

»Zwei bitte.«

»Dann haben wir noch Fergus.« Roland versenkte vorsichtig vier Eier im Wasser. »Schotte. Ein Riesenkerl.«

»Säuft wie ein Loch.«

»Na ja, er hat Heimweh, der arme Kerl.«

»Und das Zimmer mir gegenüber hat Giles Parker. Er dichtet und kennt einen Haufen wahnsinnig berühmter Leute. Ach ja, und Celia. Michael ist in sie verliebt, stimmt's, Michael?«

»Halt die Klappe, Roland.« Michael machte eine Dose Suppe auf.

»Celia schläft den ganzen Tag und arbeitet die ganze Nacht. Keiner weiß so recht, was sie tut, aber sie sieht immer umwerfend aus.« Roland kratzte das Verbrannte vom Toast und griff zur Butter. »Das wär's.«

»Du hast Max vergessen«, sagte Michael.

»Natürlich, Max. Er wohnt in der Mansarde. Er arbeitet ab und zu für die Zeitung. Im Augenblick ist er verreist.«

»Ist heute morgen zurückgekommen«, widersprach Michael.

»Ich werde ihn gleich mal rufen. Oder nein ...« Roland

stellte gekochte Eier und Toast auf den Tisch. »Abendessen ist fertig, Tilda. Toller Bursche, unser Max.«

»Er ist ein sarkastischer Mistkerl«, sagte Michael und drehte das Gas aus, als seine Suppe überkochte.

An diesem Abend rückte ein halbes Dutzend von Junes Freunden mit Bier und Apfelmost an. Während Graupel gegen die Fensterscheiben schlug und in kleinen Eisbächen abwärts rann, drängte sich die ganze Gesellschaft aus der Küche in Michaels Zimmer, wo man sich auf Bücher- und Zeitungsstapeln niederließ. Roland holte sein Grammophon herunter, und Celia, in einem schicken Hütchen mit einer schwarzen Samtblume, winkte zum Abschied, als sie aus dem Haus ging. Bald breitete sich die Fete im ganzen Haus aus, wurde lauter, fröhlicher, ausgelassener.

Jemand drückte Tilda ein Glas Apfelmost in die Hand, und sie trank es auf einem Fensterbrett sitzend, während sie zusah, wie eine der Freundinnen der Ballettänzerinnen die Primaballerina nachäffte. »Zweiunddreißig Fouettés, Darling – Lesley schafft kaum ein halbes Dutzend.« Die Tänzerin hatte schwarze Haare und dunkle Augen, trug ein pfiffiges kleines Kostüm und rauchte mit einer Zigarettenspitze.

»Das ist aber gar nicht nett, Christine«, sagte June und drückte die Fäuste auf ihren Mund, um nicht zu lachen.

Der Abend wurde für Tilda zu einer Folge abgerissener Eindrücke: sie und Roland beim Foxtrott im Korridor; Michael beim Kakaokochen mit Bunsenbrenner und Retorte; Fergus, der Schotte, ein Lied schmetternd, bei dem Stefan ihn auf der Balalaika begleitete.

Tilda trank Apfelmost und rauchte eine Zigarette. Michael verschwand, um ihr noch etwas zu trinken zu holen. Von der Tür her brüllte jemand: »Mensch, dieser Krach ist ja unerträglich«, und alle pfiffen und stöhnten laut.

»Sei doch kein Spielverderber, Max.«

»Komm, hol dir was zu trinken.«

Max war, so schätzte Tilda, etwa Mitte bis Ende Zwanzig. Er hatte glattes, dunkles Haar und einen Dreitagebart. Der fahle Teint und die rotgeränderten Augen verrieten, daß er in den letzten Tagen kaum zum Schlafen gekommen war. Er trug eine ausgebeulte Cordhose und ein weißes Hemd, das offenstand. Seine Füße waren nackt.

»Max, Darling«, sagte die schwarzhaarige Tänzerin und zog einen niedlichen kleinen Flunsch.

»Du hättest mir sagen sollen, daß du wieder da bist. Du hast mir gefehlt, Süßer.« Christine fuhr ihm durchs Haar und gab ihm einen Kuß auf die Wange.

Fergus schrie: »Los, ein Glas her!«, aber Max schüttelte den Kopf.

»Michael macht gerade Kakao«, bemerkte June, und Max schlurfte brummend davon.

Aus den unteren Regionen des Hauses erschien Anna, mit glitzernden Schals und gleißenden Perlen geschmückt, den Papageienkäfig in den Armen. Das Karussell der Party begann sich noch ein wenig wilder zu drehen. Es war inzwischen halb zwei Uhr morgens. Roland machte sich auf die Suche nach mehr Bier und ließ Tilda in Gesellschaft von Fergus und einer der Tänzerinnen zurück. Fergus faßte sie stramm um die Hüfte und neigte sich zu ihr hinunter, um sie zu küssen. Ihr wurde plötzlich schrecklich übel. Sie entwand sich Fergus' Arm und ging hinaus.

Im Korridor war es dunkel und kühl. Tilda schwamm der Kopf. Zwei verschlungene Gestalten lehnten am Treppengeländer. Ihre leisen Stimmen klangen zischend durch die Dunkelheit. Sie erkannte Max und Christine. Christine stand mit dem Rücken zu ihr.

»Wer ist die Kleine?«

»Eine Freundin von Roland.« Christine kicherte.

Tilda stand wie erstarrt. Christines Stimme wehte ihr durch die Dunkelheit entgegen.

»Sie schaut aus wie eine Zigeunerin, findest du nicht auch, Max, Darling? Das Kleid hat sie wahrscheinlich bei der Heilsarmee gekauft. Und diese Stiefel!«

Tilda ging durch den Korridor zurück zur Küche. Sie war jetzt leer, der Tisch ein Schlachtfeld voll Kakaopulver, leerer

Milchflaschen, Kekskrümeln. Sie stellte sich ans Spülbecken und sah zu, wie ihre Tränen in die schmutzigen Tassen und das trübe graue Wasser tropften.

Jemand sagte: »Sie ist ein Biest. Mach dir nichts draus.«

Hastig fuhr sie herum. Max stand an der Tür.

Tilda sagte steif: »Ich weine nicht. Meine Augen tränen nur vom Zigarettenrauch.«

Er schwieg einen Moment. Dann sagte er: »Wie du willst«, und ging hinaus.

Er fand Roland in Giles' Zimmer beim Pokerspiel. »Deine kleine Freundin weint sich in der Küche die Augen aus«, flüsterte er ihm zu, dann stieg er die Treppe zur Mansarde hinauf, schlug seine Zimmertür hinter sich zu und setzte sich auf die Bettkante. Den Kopf in die Hände gestützt, genoß er die relative Stille hier oben.

Er wußte, er würde nicht schlafen können. Unaufhörlich zogen ihm die Bilder, die er während seines einmonatigen Aufenthalts im Ausland gesehen hatte, durch den Kopf. Er zündete sich eine Zigarette an und ging zum Fenster. Aus dem Graupel war Schnee geworden, der schmolz, sobald er auf die Straße traf. Die Kronen der Platanen, auf gleicher Höhe mit seinem Fenster, zitterten im Wind. In der Mansarde war es immer kalt, aber Max nahm das gar nicht wahr. Diese Räume waren seine Zuflucht. Keine der Feten und Partys, die sich wie ansteckende Krankheiten im ganzen Haus auszubreiten pflegten, durften je die Grenze zur Mansarde überschreiten. Die beiden Räume waren immer aufgeräumt, ordentlich, beinahe spartanisch. Einzig Anna kam vielleicht alle zwei Monate einmal hier herauf, um eine Tasse Tee mit Max zu trinken und in Erinnerungen an die Vergangenheit zu schwelgen. Keiner der anderen – nicht Fergus und nicht Michael und schon gar nicht Roland Potter, dieser Idiot, der heute abend keinen Finger gerührt hatte, um zu verhindern, daß dieses arme kleine Ding sich betrank – wurde je in die Mansarde eingeladen. Auch Christine nicht; wenn Max mit Christine schlief, was er gelegentlich tat, auch wenn er es hinterher meistens bereute, dann in ihrer Wohnung in Fulham.

Er sah zum Fenster hinaus. Das Wetter sah nicht allzu übel aus; er würde morgen auf jeden Fall nach Brighton fahren können. Weihnachten hatte er verpaßt; halb hatte er deswegen ein schlechtes Gewissen, halb war er froh. Er schaute auf die Uhr. Es war zwei Uhr morgens. Wenn er jetzt gleich anfing zu arbeiten, konnte er den Artikel noch rechtzeitig fertigmachen, um ihn Roland für die Zeitung mitzugeben und um halb acht vom Victoria-Bahnhof aus zu starten. Dann würden sie den ganzen Tag für sich haben.

Max zündete sich eine frische Zigarette an, setzte sich an den Tisch und begann zu tippen.

In der Nacht hatte es aufgehört zu schneien, und Brighton lag funkelnd im klaren blauen Licht des frühen Morgens. Max läutete an der Tür und hörte von drinnen aufgeregtes Kläffen.

Die Tür öffnete sich. »Max, mein Junge.«

»Hallo, Mutter.« Er umarmte sie. Der Hund sprang an seinen Beinen hoch.

»Brutus!« schimpfte seine Mutter halbherzig mit dem kleinen weißen Zottelhund. Dann trat sie zurück, und Max hatte freien Blick in die Wohnung.

»Ich habe mich in letzter Zeit gar nicht wohl gefühlt, Darling«, sagte seine Mutter hastig. »Ich ...«

»Wo ist das Mädchen?« fragte er. »Ich habe doch extra das Mädchen eingestellt.«

Zwischen Haufen hingeworfener Kleider, Tabletts mit schmutzigem Geschirr und Stapeln von Taschenbüchern und Zeitschriften hindurch, bahnte er sich einen Weg ins Wohnzimmer.

»Sie ist gegangen.«

Kann man ihr nicht übelnehmen, dachte er, während er sich umsah und automatisch begann, aufzuräumen, Fenster zu öffnen, um zu lüften. Seine Mutter war an der Tür stehengeblieben, beide Arme um ihren Oberkörper geschlungen, als fröre sie. Unter dem klaffenden Ausschnitt ihres seidenen Kimonos sah ein längst nicht mehr blütenweißes Nachthemd hervor. Sie wirkte so hilflos wie ein Kind.

Er ging zu ihr und gab ihr einen Kuß auf die Wange. »Ist ja nicht so schlimm«, sagte er liebevoll. »Komm, mach dich jetzt fertig, dann gehen wir zusammen Kaffee trinken.«

Während sie ein Bad nahm, bemühte er sich, die Wohnung wenigstens halbwegs wieder in Ordnung zu bringen. Er fand Rechnungen, die sie in die Mehlschütte gestopft hatte (*Sehr geehrte Mrs. Franklin, ich bedaure, Ihnen mitteilen zu müssen, daß Ihr Konto derzeit einen Fehlbetrag von ...*), und die leeren Flaschen in ihrem alten Versteck unter dem Spültisch. Er steckte die Rechnungen ein, um sie später zu bezahlen, und schichtete die Flaschen in einen Karton. Sherry, nicht Gin. Sie mußte knapper bei Kasse sein als sonst.

Eine Stunde später erschien sie im lavendelfarbenen Seidenkostüm und schwarzen Mantel, schräg auf dem Kopf ein keckes kleines Hütchen. »Komm, Max, machen wir die Stadt unsicher«, sagte sie vergnügt, und er bot ihr galant den Arm, um sie hinauszuführen.

Träge graue Wellen schlugen gegen den steinigen Strand, und im kalten Sonnenlicht glänzten die Giebel und Türmchen des Pavillons wie die eines Märchenschlosses. Er ging mit ihr ins Grand Hotel, das war ihr das liebste. Er bestellte Kaffee, und sie sah auf ihre Uhr und sagte: »Max, nur einen winzig kleinen Sherry, hm?« und drückte schmeichelnd seinen Arm.

Er fragte, wie Weihnachten gewesen sei.

»Ach, wirklich nett«, antwortete sie. »Ich habe ein kleines Fest gegeben – nur Doris und Heather und die Leute von nebenan. Wir haben uns göttlich amüsiert. Doris hat ihren neuen Untermieter mitgebracht. Ein ganz reizender Mann. Ein echter Gentleman.«

Max wurde mulmig.

»Und wie war es bei dir, Schatz?« fragte sie.

»Ich war in Deutschland, das weißt du ja.«

»In *Deutschland!*« wiederholte sie mit großen Augen.

»Aber das weißt du doch, Mutter, ich habe dir eine Ansichtskarte geschickt.«

»Wie *hinreißend!* Glühwein und ... Wiener Schnitzel ...

und ...« Sie geriet ins Stocken, von ihren begrenzten Deutschlandkenntnissen im Stich gelassen.

»Ja, so ähnlich.« Bilder ganz anderer Art drängten sich in Max' Erinnerung: Braunhemden, die eine politische Versammlung in München störten; schwere Stiefel, die gegen den Kopf eines auf der Straße liegenden Mannes traten.

»Hast du deinen Vater mal gesehen, Schatz?« fragte seine Mutter zaghaft.

»Wir haben vor meiner Abreise ein Glas zusammen getrunken.« Max traf sich ungefähr alle halbe Jahre in der Bar des Savoy mit seinem Vater. Sie pflegten dann jeder zwei Whisky zu trinken und sich dabei über Kricket oder Rugby zu unterhalten, je nach Jahreszeit. Sein Vater bot Max unweigerlich Geld an, um die dringendsten Rechnungen seiner geschiedenen Frau zu begleichen, und Max lehnte unweigerlich ab. Dann pflegten sie sich mit kurzem Händedruck zu trennen.

»Wie geht es ihm?«

»Großartig«, antwortete Max. Er zündete sich eine Zigarette an. »Du hast vorhin gesagt, daß du dich nicht wohl gefühlt hast, Mutter. Du siehst müde aus.«

»Ach, es geht mir gut, Schatz.« Sie tätschelte seine Hand. »Mach dir mal um mich keine Sorgen. Aber du siehst schrecklich dünn aus, Max. Weißt du was, ich kaufe heute nachmittag beim Metzger ein dickes Steak und brate es dir. Na, wie wär das?« Sie strahlte ihn an.

Tilda richtete sich in ihrem kleinen Zimmer ein, stellte ihre Bücher auf die Borde, kaufte Haken, die sie zum Aufhängen ihrer Kleider in die Tür schraubte. Das Zimmer hatte ein Bett, einen Tisch, einen Waschtisch, einen Stuhl und auf dem Boden einen kleinen Teppich. Es war winzig, und wenn es draußen kalt war, wuchsen Eisblumen auf den Fensterscheiben, aber Tilda liebte es.

Sie änderte alle ihre Kleider, um ihnen etwas von dem Schick zu geben, den sie bei June und Maureen bewunderte. Sie kürzte die Röcke, nähte die Taillen ein, vertauschte kindlich-rosarote Knöpfe mit kleinen weißen Perlen, die sie von einer auf einem

Wohltätigkeitsbasar erstandenen alten Wolljacke abtrennte. Sie verkaufte ihren Zopf und leistete sich vom Erlös ein Paar Seidenstrümpfe und einen Lippenstift. Sie trieb ein Paar hochhackige Pumps aus zweiter Hand auf und verbannte die klobigen Stiefel in den Schrank.

Und sie schloß nähere Bekanntschaft mit ihren Mitbewohnern. Einen Abend briet sie Michael überbackene Käseschnitten, den nächsten setzte sie sich zu Maureen und June und half ihnen, ihre Tanztrikots zu stopfen, während sie Pfefferminztaler lutschten und Jazzmusik hörten. Einmal ging sie mit Roland ins Kino und einmal mit Fergus und hatte einige Mühe, sich ihrer Annäherungsversuche zu erwehren. Sie verbrachte einen ungewöhnlichen Abend in einem Nachtklub in Hammersmith, wo Giles Parker im roten Samtsmoking seine Gedichte vorlas und ein bleichgesichtiges Mädchen pantomimische Kabinettstückchen zum besten gab. Celia, die ihre Garderobe aussortierte, schenkte ihr eine kurze schwarze Jacke, eine weiße Seidenbluse und eine blaue Samtkappe, die so schick war, daß Tilda sich augenblicklich in sie verliebte und sie jeden Tag trug.

Nach zwei Wochen fand sie eine Anstellung in einem Büro. Ihre Pflichten reichten vom Briefeschreiben bis zum Abwimmeln schwieriger Anrufer, wenn ihr Arbeitgeber, Mr. Palmer, »indisponiert« war. Mr. Palmers Eingangskorb quoll über von unbezahlten Rechnungen, und in der untersten Schublade des Aktenschranks lagen haufenweise leere Whiskyflaschen. Die Arbeit war langweilig und ermüdend, doch sie lenkte sie, bei Tag wenigstens, von den Enttäuschungen ab, die sie veranlaßt hatten, nach London zu fliehen. Bei Nacht allerdings konnte sie die Erinnerungen nicht verdrängen. Daragh hatte Joscelin de Paveley ihres Besitzes und ihres Geldes wegen geheiratet. Daraghs Verrat hatte sie verändert, und das, dachte Tilda, war das schlimmste. Nie wieder würde sie einen Mann lieben wie sie Daragh geliebt hatte. Sie hatte ihm zuviel von sich gegeben; es war, als hätte er ihr eine Hautschicht vom Körper gerissen und sie bloß und wund zurückgelassen.

Und auch Sarahs Geständnis hatte tiefe Wunden geschlagen.

Tilda hatte lange schon den Verdacht gehabt, daß sie ein außereheliches Kind sei, alle Anzeichen hatten dafür gesprochen – Sarahs Widerstreben, von ihrer Familie oder der Vergangenheit zu sprechen, das wurzellose Wanderleben, das sie geführt hatten, Sarahs Vermeidung jeglichen näheren Umgangs mit anderen Menschen. Aber die Vergewaltigung und die Einweisung ihrer Mutter in eine Nervenheilanstalt, das waren so grauenvolle Tatsachen, daß sie es kaum ertragen konnte, über sie nachzudenken.

Anfangs hatte Tilda sich gefragt, ob Sarah ihr wirklich die Wahrheit gesagt hatte. Vielleicht hatte sie gelogen oder war tatsächlich verrückt, wie Daragh behauptet hatte. Vielleicht lag der Wahnsinn in der Familie. Aber so ganz konnte sie das doch nicht glauben. Wenn das, was Sarah berichtet hatte, der Wahrheit entsprach, dann hatte ihr Handeln eine eigene Logik. Sarah hatte immer nur ihre eigenen Regeln gelten lassen; ihre Vorstellung von Gerechtigkeit war archaisch. Einmal, als sie auf einem Bauernhof in Norfolk bei der Ernte geholfen hatten und der Bauer am Abend seiner Familie eine bessere Mahlzeit hatte auftischen lassen als den Arbeitern, hatte Sarah jeden Tag in die silberne Terrine gespuckt, die dem Bauern und seiner Frau vorbehalten war. Tilda konnte sich noch heute an Sarahs Gesicht erinnern, wenn sie den silbernen Deckel gehoben hatte: kalt, stolz, ohne alle Verstohlenheit, ohne jedes Schuldgefühl.

Eines Tages, als Tilda nach der Arbeit die Treppe heraufkam, beugte sich Michael über das Geländer und rief zu ihr hinunter: »June hat uns Karten für ihre Generalprobe geschenkt, kommst du mit?«

Tilda rannte in ihr Zimmer, zog ihren Pulli aus und schlüpfte in die weiße Seidenbluse mit dem schwarzen Jäckchen, die Celia ihr geschenkt hatte. Im Theater saß sie wie gebannt, völlig versunken in das tragische Geschehen, das sich ganz ohne Worte auf der Bühne abspielte, fasziniert von jedem Schritt und jeder Geste. Als sie hinterher ins Pub gingen, wo sie auf die Tänzerinnen warten wollten, sagte Roland: »So ein Ballett ist doch was Blödes. Ich seh da wirklich keinen Sinn.« Aber Tilda hörte ihn kaum.

Fergus holte ihnen die Getränke; Maureen und June und eine Schar ihrer Kollegen stürmten die Bar.

»Grauenhaft ... einfach fürchterlich ...«

»Erics Drehung war ganz falsch. Ich mußte ihn anschreien. Bestimmt hat das halbe Publikum mich gehört ...«

Christine sagte: »Wo ist Max? Hat er sich verspätet? Also, ich werde wirklich wütend, wenn er wieder zu spät kommt.«

Tilda trank ihren Apfelmost und lehnte sich, zwischen Michael und Roland eingezwängt, in ihre Ecke. Roland erläuterte in aller Ausführlichkeit ein Problem, das er mit seinem Auto hatte. Auf der anderen Seite des Tisches sah Christine ungeduldig und ärgerlich immer wieder auf die Uhr.

Michael erzählte Tilda von seiner Dissertation. »Ich habe zwei Jahre länger gebraucht als vorgesehen. Meine Eltern drohen mir schon damit, den Geldhahn zuzudrehen. Ich habe nicht mehr genug Geld, um die Arbeit abschreiben zu lassen.«

»Wenn du irgendwo eine Schreibmaschine ausleihen kannst, schreibe ich sie dir.«

»Wirklich?« Michael strahlte. »Das wär eine Wucht. Oh, da ist Max ... Max!« schrie er. »Hierher!«

Tropfnaß vom Regen, drängte sich Max Franklin durch das Gewühl zu ihrem Tisch durch.

»Viertel nach zehn!« Christines dunkle Augen sprühten vor Zorn. »Das ist wirklich eine Unverschämtheit, Max.«

»Tut mir leid, Schatz.«

»Ich warte seit *Stunden*!«

Max sah müde aus. Er zog zwei Pfundnoten aus der Tasche. »Möchte jemand was zu trinken?«

»Du hältst dich wohl für unentbehrlich, du glaubst wohl, ich sitze brav und geduldig stundenlang herum und warte auf dich?«

Max sah Christine an. Dann sagte er: »Nein, eigentlich nicht. Um ehrlich zu sein, ich hab gar nicht drüber nachgedacht. Und es ist mir auch wirklich egal.«

Christines wütendes Gesicht wurde kreideweiß. Sie hob die

Hand, als wollte sie Max schlagen, aber er hielt sie am Handgelenk fest und sagte leise: »*Nein!*«

Einen Moment war es still. Christine zischte: »Du Mistkerl, du gemeiner Mistkerl!« und rannte aus dem Pub. Das Krachen der zufallenden Tür hallte durch den ganzen Raum.

»Möchte jemand was trinken?« fragte Max ruhig.

Michael stand auf. »Ich hol was, die Runde geht auf mich.«

Alle begannen gleichzeitig zu reden. Roland sagte: »Viel zu tun, Max?«

»Ich schreibe gerade meinen Artikel über den Boykott jüdischer Geschäfte durch die Nationalsozialisten fertig.« Max zündete sich eine Zigarette an und warf die Packung Roland zu.

Tilda beugte sich über den Tisch. »Wer sind die Nationalsozialisten?«

Max starrte sie fassungslos an. Michael kam mit den Getränken. Max sagte: »*Woher* kommst du denn, Tilda?«

»Aus East Anglia«, antwortete Roland.

»Sogar in East Anglia gibt's Zeitungen – Radio ...«

»Tilda hat mitten im Busch gelebt, stimmt's, Tilda?«

»Man müßte schon auf dem Mond leben ... Von Hitler hast du ja wohl schon mal gehört, oder?«

»Na ja ...« Sie war plötzlich verärgert. »Warum *erklärst* du's mir nicht einfach, Max, statt dich über mich lustig zu machen?«

Einen Moment lang glaubte sie, er würde sie mit dem gleichen vernichtenden Sarkasmus abfertigen, mit dem er Christine vertrieben hatte. Aber Max stellte sein Glas nieder und begann zu erklären, erzählte vom Versailler Vertrag und den Reparationszahlungen, vom Zusammenbruch der amerikanischen Wirtschaft 1929 und den weltweiten Erschütterungen, die er auslöste, von Adolf Hitlers nachfolgendem Aufstieg zur Macht in Deutschland. Dann drückte er seine Zigarette aus und fügte hinzu: »Heute wurden in ganz Deutschland alle jüdischen Geschäfte boykottiert. Mit anderen Worten, wenn man wie immer zu seinem Metzger oder Bäcker oder Uhrmacher ging und die zufällig Juden waren, mußte man damit rechnen, von der Polizei die Leviten gelesen zu bekommen.«

Die Glocke bimmelte, die Polizeistunde anzukündigen. Roland sah Max an. »Ziehen wir noch weiter?«

Max schüttelte den Kopf. »Ich muß arbeiten. Ich bin eigentlich nur hergekommen, um Christine einen Gefallen zu tun.« Er lächelte. »Aber das ist wohl ein bißchen danebengegangen.« Er nahm seinen Hut und ging.

Als Tilda eines Morgens im Juni zur Arbeit kam, erwartete sie ein Schild an der Tür. »Das Büro ist wegen Erkrankung geschlossen«. Der Hausmeister, der unten herumschlurfte, sagte ihr die Wahrheit. Die Firma war bankrott, Mr. Palmer hatte wieder einmal ein Glas zuviel getrunken und war auf seinem torkelnden Heimweg vom Pub von einem Taxi angefahren worden.

Tilda ging auf Arbeitssuche. Sie versuchte es in Büros, Restaurants, Kaufhäusern. Die Leute schüttelten den Kopf und sagten, die Geschäfte gingen schlecht, oder sie trugen ihren Namen und ihre Adresse in eine Liste ein und versprachen, sich zu melden, wenn eine Stelle frei werden sollte. Es wurde nie eine Stelle frei, oder sie warfen den Zettel mit ihrem Namen einfach weg, sobald sie zur Tür hinaus war. Die Armut, die ihr auf ihren Wanderungen durch London begegnete, entsetzte sie. Sie hatte früher schon Armut gesehen, aber auf dem Land war sie irgendwie weniger bitter erschienen, weniger erniedrigend. Männer in Schirmmützen und abgerissenen Jacken vertraten sich an den Straßenecken die Füße. Einmal sah sie einen Mann, der ein Schild an seinen Mantel geheftet trug: »Arbeitsloser Installateur. Bereit, jede Arbeit zu übernehmen«. Wenn sie abends nach vergeblicher Suche nach Hause ging, sah sie die langen Menschenschlangen vor Suppenküchen und Obdachlosenunterkünften. Männer – und Frauen – in schmutzstarrenden, zerschlissenen Kleidern, mit verfilztem Haar und hohlwangigen, hoffnungslosen Gesichtern.

Ein paar Tage fand sie Arbeit in einer Druckerei, die jemanden suchte, der Prospekte an Firmen und Büros in der City verteilte. Aber dann ging die Firma bankrott, die Eigentümer verschwanden und ließen nichts als leere Räume und unbezahlte Rechnungen zurück. Auch Tilda bekam ihren Lohn nicht. Sie aß nicht mehr mit den anderen zusammen, sondern gab vor, auf ihrem Zimmer zu essen. Bei den Partys trank sie Apfelmost und rauchte die Zigaretten, die man ihr anbot, weil sie den Hunger zügelten. Unfähig, Arbeit zu finden, fühlte sie sich nutzlos und unerwünscht.

Eines Morgens ging sie um zehn in die Küche hinauf, um sich eine Tasse Tee zu machen. Nur Max war da. Er saß auf dem Fensterbrett und las Zeitung. Tilda ließ Wasser in den Kessel laufen und stellte ihn aufs Gas. Als sie sich eine Tasse vom Bord holen wollte, schien der Boden unter ihr plötzlich ins Schwanken zu geraten und rund um sie herum alles dunkel zu werden, bis nur noch ein winziger Lichtpunkt direkt vor ihren Augen blieb.

Als sie wieder zu sich kam, saß sie, den Kopf zwischen die Knie gesenkt, in einem Sessel. Etwas Schweres drückte auf ihren Nacken. Sie wollte es abschütteln, und sofort donnerte eine Stimme: »Moment noch! Bleib ganz still sitzen.«

Nach einer Weile ließ der Schwindel nach, und das Rauschen in ihren Ohren verging. Max zog seine Hand von ihrem Nacken. »Vielleicht hast du die Grippe«, sagte er und legte ihr die Hand auf die Stirn. »Aber du bist nicht fiebrig.«

Tilda, die immer noch ein wenig benommen war, sagte schwach: »Ich hab wahrscheinlich nur Hunger.«

»Hunger?« Max starrte sie an. »Ißt du denn nicht?«

Sie zuckte die Achseln und wünschte, er würde sie in Ruhe lassen.

»Machst du eine Schlankheitskur?«

»Quatsch!«

Die Hände in den Hosentaschen lehnte er sich an die Wand und musterte sie scharf. »Bist du knapp bei Kasse?«

»Unsinn! Natürlich nicht.« Tilda zog den Kopf zwischen die Schultern und sah weg, aber er ließ nicht locker.

»Du hast doch Arbeit, oder?«

»Ich hatte Arbeit, aber die Firma hat Pleite gemacht. Ich hab seit drei Wochen nicht mehr gearbeitet. Ich dachte, ich würde gleich wieder was finden, aber ...«

»Na, du bist vielleicht eine Optimistin! Du hast wohl nicht gewußt, daß es da draußen außer dir noch drei Millionen Arbeitslose gibt, hm?«

Sie antwortete nicht. Nein, das hatte sie wirklich nicht gewußt. Solche Dinge hatten in dem engen Leben der Abgeschiedenheit, das sie mit Sarah geführt hatte, nie eine Rolle gespielt.

Max sagte: »Komm, ich lade dich zum Frühstück ein.«

»Das ist wirklich nicht nötig. Ich …«

»Nun komm schon«, unterbrach er ungeduldig, und sie stand auf.

Sie gingen in ein Café in der Nähe. Max bestellte Schinken, Eier, Würstchen und Tomaten für zwei. »Toast oder dunkles Brot, Sir?« fragte die Kellnerin und Max antwortete mit einem Blick auf Tilda. »Beides.«

Er wartete, bis sie ihre Eier gegessen hatte, ehe er sagte: »Wo hast du nach Arbeit geschaut?«

»Ach, überall.«

»Was kannst du?«

»Kurzschrift und Schreibmaschine. Und ich kann kochen … und nähen … und Kühe melken …«

Max' Lippen zuckten. Er rührte Zucker in seinen Tee. »Jeder kommt nach London und glaubt, die Straßen wären mit Gold gepflastert. Aber in Wirklichkeit sind sie nur mit Tausenden armer Teufel gepflastert, die auch Arbeit suchen. Es wäre wahrscheinlich das beste, du würdest wieder nach Hause fahren, dahin, wo du hergekommen bist. Du hast doch sicher Familie.«

Tilda schüttelte den Kopf. »Ich habe niemanden – keinen Menschen.«

Sie hatte eine Tante, die sie verraten hatte, und eine Halbschwester, mit der sie nie ein Wort gewechselt und die den einzigen Mann geheiratet hatte, der ihr je etwas bedeuten würde. Tilda stand auf und bot Max die Hand.

»Vielen Dank für das Frühstück, Max. Ich zahl es dir zurück, sobald ich kann, du kannst dich drauf verlassen.« Damit ging sie.

An diesem Nachmittag besuchte Anna Max in seiner Mansarde. Sie brachte ihren Papagei mit, Pralinen in Silberpapier und ein Kistchen kleiner schwarzer Zigarren. Die Zigarren rauchten Max und Anna. Die Pralinen verdrückte der Papagei. Max' Radio machte Musik dazu.

»Bach, immer Bach«, sagte Anna verärgert. »Die Musik eines Mathematikers, da fehlt die Leidenschaft, Max.«

Max lachte, aber er sagte nichts. Er saß am Tisch vor seiner Schreibmaschine.

»Habe ich dich gestört, Darling?«

Er schüttelte den Kopf. »Bei mir ist absoluter Stillstand eingetreten. Ich habe so viel geschrieben, daß ich nicht mal mehr richtig buchstabieren kann.«

»Deutschland?« fragte Anna mit einem Blick auf den Manuskriptstapel.

Er nickte. »München und Berlin.«

»Berlin! Berlin ist eine wundervolle Stadt – war es jedenfalls in den zwanziger Jahren.«

»Es hat sich verändert, Anna, leider. Sie haben die Wölfe losgelassen.« Max drückte seine Zigarre in einer Untertasse aus.

»Du solltest nicht sämtliche Leiden der Welt auf deine Schultern nehmen, Max.«

»Das tu ich gar nicht. Ich schmecke sie, kau sie gründlich durch und spuck sie wieder aus. Wie du gesagt hast, Anna – mir fehlt die Leidenschaft.«

Sie lächelte und streichelte den gewölbten Hals ihres Papageis. Dann fragte sie neugierig: »Was hältst du eigentlich von unserer kleinen Tilda?«

Er öffnete das Fenster, um den Zigarrenqualm hinauszulassen, und sagte, mit dem Rücken zu Anna stehend: »Deine kleine Tilda ist heute morgen in der Küche vor lauter Hunger ohnmächtig geworden, das dumme Ding.«

»Du solltest nett zu ihr sein«, versetzte Anna vorwurfsvoll. »Sie hat ein gebrochenes Herz.«

»Ein gebrochenes Herz?« wiederholte Max spöttisch. »Sie ist doch kaum ihren Puppen entwachsen. Aber ist ja auch egal, sie hat jedenfalls keine Arbeit und kein Geld und weigert sich zu kapitulieren und wieder nach Hause zu fahren. Soviel ich weiß, kann sie Schreibmaschine schreiben und Kurzschrift und sie scheint – hm – auf Draht zu sein.« Er hatte schon vor Monaten die Veränderung des grünen Kleides bemerkt, über das Christine sich lustig gemacht hatte. »Aber sie ist offenbar nur sporadisch zur Schule gegangen.«

»Ich habe nie eine Schule besucht, Max. So etwas gab es bei uns nicht. Ich hatte eine Gouvernante, eine ganz entzückende Französin.«

Max lachte. »Ich denke, Tilda hat eine etwas handfestere Ausbildung genossen. Roland hat mir erzählt, daß sie und ihre Tante Landarbeit gemacht haben. Ich vermute, die Tante ist tot.«

»Noch etwas Tee, Darling?« fragte Anna und goß heißes Wasser in die Kanne. »Fühlst du dich zu ihr hingezogen, Max?«

Er lachte wieder. »Nein, natürlich nicht. Aber sie ist interessant. Eine richtige kleine Kuriosität.«

»Und sehr hübsch.«

»Wahrscheinlich, ja. Aber sehr jung und unglaublich naiv. Du weißt, daß ich erfahrene Frauen bevorzuge, Anna. Darum verehre ich dich ja so.«

Sie lächelte, ohne darauf zu antworten. Dann sagte sie: »Du hältst dich an einen bestimmten Typ von Frauen, mein lieber Max, weil du genau weißt, daß du da nicht die geringste Gefahr läufst, dich in sie zu verlieben. Du weißt, daß du sie auf Abstand halten kannst, emotional jedenfalls.«

»Vielleicht.« Max wechselte das Thema. »Aber ich wollte eigentlich wissen, ob dir nicht etwas für Tilda einfällt.«

Anna klopfte mit langem, lackierten Fingernagel an ihre Zähne und überlegte gründlich.

Drei Tage später fing Tilda bei Professor Leonard Hastings an. Anna hatte ihr die Anstellung besorgt. »Leo ist ein lieber alter Freund. Er ist ungeheuer berühmt und auf seinem Gebiet eine ungeheure Kapazität, und wenn ich ihn zum Abendessen einlade, kommt er garantiert mit einer Woche Verspätung, und wenn er nicht so eine hervorragende Köchin hätte, würde er glatt verhungern, weil er das Essen einfach vergäße. Als wir das letzte Mal zusammen ins Konzert gegangen sind, habe ich ihn vorher angerufen, um ihn daran zu erinnern, wann er losfahren muß, und als er an der Garderobe seinen Mantel auszog, trug er unter dem Abendanzug seine Pyjamajacke. Er braucht dringend eine Sekretärin, Kind, jemanden, der ihm sagt, was er zu tun und zu lassen hat.«

Tilda mußte jeden Tag nach Twickenham fahren, wo Professor Hastings wohnte. Er war unverheiratet, und sein Haus war eine wahre Goldgrube an Büchern, Journalen und Sammlungen fremdartiger, schöner Dinge wie Fossilien, Vulkangestein und Meteoriten. Sein Fachgebiet war die Physik, etwas, wovon Tilda keine Ahnung hatte. Aber ihr wurde sowieso langsam klar, daß es unendlich viele Dinge gab, von denen sie keine Ahnung hatte.

Sie schrieb Professor Hastings' Briefe, führte seinen Terminkalender und sorgte dafür, daß er zu seinen Vorlesungen und Ausschußsitzungen rechtzeitig aus dem Haus ging. Von der Haushälterin, die zugleich als Köchin fungierte, erfuhr sie, daß sie eine ganze Reihe von Vorgängerinnen gehabt hatte, die alle entweder schnell wieder gekündigt hatten oder vom Professor an die Luft gesetzt worden waren. Sie lernte, wann es besser war zu schweigen und wann die manchmal recht hanebüchenen Anordnungen des Professors stillschweigend zu ignorieren waren. Es gelang ihr mit einiger Mühe, dem System auf den Grund zu kommen, nach dem er seine Bücher katalogisierte; es war die reinste Geheimwissenschaft, so hochkompliziert, daß es mehrere ihrer Vorgängerinnen zur Verzweiflung getrieben hatte. Sie ging ehrfürchtig mit den Büchern um, erfreute sich am Duft der Ledereinbände und am Bild der engbedruckten Seiten.

Bei einer Sitzung eines Unterausschusses des Akademischen Hilfskomitees, die Professor Hastings leitete, führte sie das Protokoll und war entsetzt über die Geschichten, die sie hörte: von Lehrern und Studenten, die bei Nacht und Nebel aus Deutschland geflüchtet waren und jetzt völlig mittellos dastanden. Dagegen war ihr eigenes Exil paradiesisch. Manche der Flüchtlinge waren noch sehr jung, gerade sechzehn oder siebzehn Jahre alt. Bei diesen Sitzungen war Professor Hastings weder zerstreut noch vergeßlich. Mit scharfblitzendem Blick pflegte er knapp und präzise seine Anweisungen zu geben oder, im Fall von Nachlässigkeit und Schlamperei, beißende Kritik zu üben. Hin und wieder kam es vor, daß hohläugige junge Männer bei ihm zu Hause anklopften. Er pflegte ihnen dann blaffend eine Reihe von Fragen in deutscher Sprache zu stellen, die Köchin gab ihnen zu essen und Tilda rief eine Familie nach der anderen an, um jemanden aufzutreiben, der bereit war, sie bei sich aufzunehmen. Einer der Flüchtlinge, ein Junge noch, schluchzte über seinem Eintopf seine ganze Erleichterung und Trauer heraus. Tilda legte ihm den Arm um die Schultern und redete tröstend auf ihn ein, obwohl sie wußte, daß er kaum ein Wort ihrer Sprache verstand. Als sie an diesem Abend im Zug nach Hause saß, weinte auch sie, wußte aber nicht recht, warum.

Im September reiste Professor Hastings für drei Tage nach Edinburgh, um dort einen Vortrag zu halten. Als Tilda am zweiten Morgen seiner Abwesenheit zur Arbeit kam, wurde sie von der Haushälterin in Empfang genommen.

»Im Salon sitzen ein junger Mann und ein kleines Mädchen«, berichtete sie mit gesenkter Stimme. »Sie sind heute morgen um sechs hier aufgekreuzt und haben mich aus dem Bett geholt. Sie sprechen kein Wort Englisch, aber der Professor kommt ja erst morgen zurück. Und das kleine Mädchen ist außerdem ein bißchen seltsam.«

Als Tilda die Tür zum Salon öffnete, sprang der junge Mann auf und begrüßte sie mit einer tiefen Verbeugung. Neben ihm stand mit gesenktem Kopf ein Kind. Der junge Mann begann zu sprechen, aber Tilda verstand nichts. Immerhin gelang es ihm, ihr mit Hilfe von Zeichen und Gebärden klarzumachen, daß er Gerd Toller hieß, das kleine Mädchen seine Schwester war und Liesl hieß. Gerd war achtzehn, Liesl erst neun. Tilda holte einen Atlas, und auf der Karte zeigte ihr Gerd die deutsche Stadt, aus der er und seine Schwester gekommen waren. Einer kleinen Folge hastig hingeworfener Zeichnungen konnte

Tilda entnehmen, daß die Mutter der beiden Tollers tot war, der Vater im Gefängnis. Selbst in der schützenden Umarmung des Bruders zitterte das kleine Mädchen unablässig.

»Liesl ist …«, sagte der Junge und tippte sich an die Stirn.

Die Haushälterin brachte Milch und Butterbrote, aber Liesl weigerte sich zu essen. Tilda schnitt kleine Stücke von dem Brot ab und bot sie ihr unter viel gutem Zureden an, aber das Kind reagierte nicht. Als Tilda die Kleine in den Arm nehmen wollte, zuckte sie zurück. Ihr Bruder ließ kauend eine lange Erklärung vom Stapel, von der Tilda kein Wort verstand.

Am Abend im Zug faßte sie einen Entschluß, und zu Hause warf sie nur Jacke und Mütze in ihr Zimmer und lief dann die drei Treppen zu Max' Mansarde hinauf. Sie klopfte kurz, wartete auf sein brummiges »Ja« und trat ein.

Er saß an seiner Schreibmaschine. Ohne sich umzudrehen, sagte er: »Stell Boris einfach in die Ecke, Anna.«

»Ich bin's. Tilda.«

Er drehte sich herum. »Ach, ich dachte, es wäre der verdammte Papagei.«

»Entschuldige, wenn ich dich störe, Max, aber ich wollte dich was fragen. Oder soll ich lieber später wiederkommen?«

Er stand auf und streckte sich gähnend. »Nein, nein. Bleib. Frag nur. Bist du wieder dem Hungertod nahe?«

Sie wollte schon ärgerlich werden, als sie erkannte, daß seine Frage nur freundliche Neckerei war. Sie schüttelte den Kopf.

Er machte einen Sessel frei. »Komm, setz dich. Schieß los.«

Sie erzählte ihm von Gerd und Liesl, als sie geendet hatte, sagte er: »Ich rede gern mal mit dem Jungen, wenn du das möchtest. Mein Deutsch ist ganz gut.«

»Das ist wirklich nett von dir, Max, aber weißt du …« Beinahe zornig warf sie die Hände hoch. »Ich bin mir so dumm vorgekommen. So nutzlos!«

»Du hast getan, was du konntest, Tilda«, sagte er beschwichtigend.

»Ich habe gar nichts getan. Ich konnte nichts tun, weil ich nicht mal verstanden habe, was Gerd zu mir gesagt hat. Du hattest schon recht, Max, ich bin völlig ungebildet.«

Er sagte unbehaglich: »Hör mal, es ging mich überhaupt nichts ...«

Aber sie unterbrach ihn. »Alle finden mich nett und naiv und – *originell*!« Tildas Stimme hatte einen schneidenden Klang. »Aber so will ich nicht sein. Das hilft mir nicht und das hilft auch keinem anderen. Und darum –« sie holte tief Luft – »darum möchte ich dich fragen, was ich tun soll. Roland hat ja nichts andres als Autos und solches Zeug im Kopf, und Michael redet immer nur von Fußball und Chemie, und die Mädchen quasseln von ihren Kleidern und ihren Freunden und vom Ballett. Ich war in der Bibliothek, aber da gibt's so wahnsinnig viele Bücher, daß ich gar nicht weiß, wo ich anfangen soll. Und darum habe ich mir gedacht, ich frage einfach dich, wie ich es anpacken soll, ein bißchen was zu lernen. Oder ist dir das zuviel Mühe?«

Er schwieg, und sie glaubte schon, er würde ihr ihre Bitte abschlagen. Aber dann sagte er: »Nein, das ist mir nicht zuviel Mühe. Ich schlage vor, du erzählst mir erst mal, was du weißt, und dann können wir versuchen, die Lücken zu schließen. Aber nicht hier. Ich hocke seit achtundvierzig Stunden ununterbrochen in diesem Loch. Wenn du einen Moment wartest, rasier ich mich schnell und zieh mich um, und dann machen wir einen Spaziergang.«

In der Abendsonne war selbst der staubige kleine Platz mit den Platanen und Weißdornbüschen eine Oase des Friedens, erfüllt von Vogelgezwitscher und mildem Licht. Nachdem Max Tilda gründlich geprüft hatte, sagte er beinahe ungläubig: »Du lieber Gott, was du von Mathe und Physik weißt, ist ja tiefstes Mittelalter. Du solltest Leo Hastings bitten, sich mit dir zu unterhalten. Ihr braucht nicht gerade mit der Relativitätstheorie anzufangen, es reicht schon, wenn du weißt, daß die Sonne sich nicht um die Erde dreht. Ich bringe dir Deutsch bei und gehe mit dir in Konzerte. Und ich lege dir jeden Tag die Zeitung hin. Du mußt mit Anna in Museen gehen. Sie würde sich über deine Gesellschaft freuen, und sie versteht besonders von der Malerei eine Menge.«

Der Himmel hatte sich verdunkelt. Langsam gingen sie zum

Haus zurück. Max fragte neugierig: »Was ist denn nun aus den beiden Flüchtlingen geworden, Gerd und Liesl?«

Tilda seufzte. »Für den Jungen konnte ich wenigstens für eine Nacht ein Bett auftreiben, aber die arme Liesl wollte keiner haben. Ich hab's überall versucht, Max, aber wenn die Leute hörten, daß sie ein bißchen zurückgeblieben ist, war's sofort aus. Ich konnte die beiden aber nicht trennen. Wir haben dann einfach zwei Feldbetten in Professor Hastings' Haus aufgestellt. Ich weiß nicht, wie es weitergehen soll. Es war schrecklich. Es gibt tatsächlich Kinder, die keiner haben will.«

Und ich war vor langer Zeit auch so ein Kind, dachte sie, sagte es aber nicht.

Als die Magenverstimmung nicht besser werden wollte, suchte Jossy Dr. Williams auf und erfuhr, daß sie schwanger war. Sie nahm die Neuigkeit mit gemischten Gefühlen auf. Einerseits war sie ungeheuer stolz, Daraghs Kind unter dem Herzen zu tragen, andererseits hatte sie sich nie zuvor so unwohl gefühlt. Dr. Williams versicherte ihr, daß die Übelkeit sich spätestens Ende des dritten Monats geben würde. Aber der dritte Monat verging, und nichts besserte sich. Jossys Hände und Füße waren rot und aufgedunsen; im sechsten Monat waren ihre Hände so stark geschwollen, daß sie nicht mehr in ihre Handschuhe hineinkam. Dr. Williams zog einen Londoner Spezialisten hinzu. Der Spezialist verschrieb viel Ruhe. Jossys solle nachmittags im Bett bleiben, aber das wollte sie nicht. Wenn sie die Nachmittage im Bett verbrachte, würde sie ja Daragh nicht sehen. Statt die Anweisung des Arztes zu befolgen, schleppte sie sich schwerfällig vom Salon zur Terrasse in den Garten. Während der heißesten Sommertage saß sie, um sich Kühlung zu verschaffen, mit den Füßen im Wasser am Goldfischteich.

Auch als das Kind in ihrem Leib sich zu bewegen begann, empfand sie keinen Funken Freude. Es war unmöglich, sich über etwas zu freuen, das einen so krank machte. Nana gegenüber (die jetzt recht alt und klapprig war, aber glücklich, daß bald ein neuer kleiner Bewohner in ihr Kinderzimmer einziehen würde) tat sie so, als sehnte sie sich danach, das Kind in den

Armen zu halten. Sie stellte es sich ungefähr wie ihre große Puppe vor: mit blauen Augen und blondem Haar und einem immerwährenden Lächeln. Es würde sicher Spaß machen, das Kind anzuziehen und zu baden und im alten Kinderwagen spazierenzufahren. Sie sah sich schon mit Daragh an ihrer Seite und dem jauchzenden Kind im Wagen durch den Park von Southam Hall wandeln.

Von Daragh erfuhr sie, wie das Kind zur Welt kommen würde. Eines Abends, als sie die gewaltige Kugel ihres Bauchs betrachtete, gestand sie, daß sie vom Vorgang der Geburt keine Ahnung hatte. Sie stellte sich vor, ihr Bauch würde sich öffnen, das Kind sich herausschlängeln, und dann würde sich alles irgendwie wieder schließen. Wenn ein anderer als Daragh sie aufgeklärt hätte, hätte sie ihm nicht geglaubt.

»Tut es weh?« fragte sie voller Entsetzen über seine Erklärung.

»Ein bißchen, glaube ich«, antwortete er und tätschelte ihren Kopf.

Sie ergriff seine Hand und bedeckte sie mit Küssen. Wegen der schwierigen Schwangerschaft schliefen sie schon lange nicht mehr miteinander. Ihr fehlten die nächtlichen Umarmungen entsetzlich.

Ende Oktober erlitt Jossy einen Ohnmachtsanfall, und wieder wurde der Spezialist gerufen. Dieses Mal erhielt sie strengen Befehl, bis zur Geburt das Bett zu hüten. Vor ihren Augen flimmerten schwarze Flecke, und die Haut spannte sich rot und glänzend über ihren geschwollenen Händen.

Daragh bekam eine Erkältung, und Jossy schlich sich auf Zehenspitzen aus dem Bett, um ihm heiße Zitrone mit Honig zu machen. Am folgenden Morgen um fünf wurde sie von stechenden Schmerzen im Rücken geweckt. Sie blieb ganz ruhig liegen und sah zu, wie rosige Wölkchen allmählich den grauen Himmel aufhellten. Anfangs waren die Schmerzen erträglich, aber sie wurden schlimmer. Sie wußte, daß sie mit der Geburt nichts zu tun haben konnten, denn die war ja erst in drei Wochen fällig. Sie setzte sich im Bett auf und bekam einen tödlichen Schrecken, als plötzlich ein Schwall von Flüssigkeit zwischen ihren Beinen hervorschoß und das Laken durchnäßte. Weinend quälte sie sich aus dem Bett und schlurfte durch den Korridor zu Nana.

Daragh hatte sich sein Leben als Ehemann Joscelin de Paveleys um einiges anders vorgestellt. Nach der Hochzeitsreise war er in der festen Überzeugung nach Southam Hall zurückgekehrt, nun über unbegrenzte Reichtümer zu verfügen. Er konnte sich jedes Automobil und jedes Pferd leisten, das sein Herz begehrte, er konnte sich die elegantesten Anzüge machen lassen und Urlaubsreisen ins Ausland unternehmen. Wenn er durch das Haus ging und die Gemälde, die schweren Möbel und das edle Glas betrachtete, tat er es in dem Bewußtsein, daß der Besitz all dieser Dinge ihm Ansehen verlieh. In jedes beliebige Geschäft eintreten und kaufen zu können, was er wollte, lenkte ihn von der Erinnerung an die Szene mit Sarah und Tilda ab. Denn immer noch und immer wieder quälten ihn die Gedanken an Tildas Kälte, Sarahs Gelächter und den schrecklichen Moment der Erkenntnis, daß er zum Narren gehalten worden war.

Eines Tages sprach Jossys Rechtsanwalt, ein langweiliger, trockener Mensch namens Verney, in Southam Hall vor, um die Frage der Erbschaftssteuern zu klären. Bis zu diesem Moment war Daragh überhaupt nicht auf den Gedanken gekommen, daß nach dem Tod von Jossys Vater hohe Steuern an den Staat fällig werden würden. Es erschien ihm eine schreiende Ungerechtigkeit, als er davon hörte.

Mr. Verney hinterließ Daragh eine Vermögensaufstellung, die Grundbesitz, Pachteinkünfte und anderes Einkommen auswies, sowie eine Kopie des Steuerbescheids. Daragh saß einen Tag und die halbe Nacht mit einer Flasche Whisky im Arbeitszimmer und versuchte, aus den Unterlagen klug zu werden. Die Angelegenheiten der Reichen erwiesen sich als unerwartet kompliziert. Das Nachlaßvermögen war hoch, doch größtenteils nicht frei verfügbar. Einige Pachtverträge liefen auf Lebenszeit der Pächter, und bei der Durchsicht der endlosen Zahlenreihen stieß Daragh immer wieder auf die Tatsache, daß die Einkünfte aus der Landwirtschaft ständig sanken. Das De-Paveley-Vermögen war eingefroren, fest angelegt, gesichert in Treuhandfonds und Stiftungen.

Daragh schluckte seinen Stolz hinunter und suchte Christopher de Paveley auf, der das Gut leitete. Das Verwalterhaus war düster und feucht, die rissigen Mauern wurden an vielen Stellen von Eisenbändern zusammengehalten, drinnen empfingen ihn wahllos zusammengewürfelte Möbelstücke und vollgestopfte Bücherregale. Christopher de Paveley war weder Hilfe noch Inspiration. Daragh merkte sehr schnell, daß er, auch wenn er den täglichen Betrieb auf dem Gut halbwegs kompetent leitete, für die Fragen und Probleme, die über das Alltägliche hinausgingen, weder Verständnis noch Interesse hatte. Sein Sohn Kit hockte über ein Buch gebeugt in einer Ecke und würdigte Daragh nicht einmal eines Grußes. Daragh, der den Groll der beiden spürte, zog schließlich zähneknirschend wieder ab.

Am Abend versuchte er, mit Jossy über die geschäftlichen Dinge zu sprechen. Sie verschlang ihn mit anbetenden Blicken und steuerte nicht einen einzigen nützlichen Hinweis bei. Daragh fand es empörend, daß jemand, den das Schicksal so begünstigt hatte, dies einfach als selbstverständlich hinnahm. Weder wußte sie, was auf den Feldern des Guts angebaut wurde, noch hatte sie eine Ahnung von der Größe des Besitzes. Sie schämte sich ihrer Unwissenheit nicht; sie nahm ganz einfach an, daß er, Daragh, sich mit diesen Dingen befassen würde, wie ihr Vater es getan hatte.

Er hätte seine Nachbarn um Rat fragen können, aber das tat er nicht, weil er fürchtete, daß dann offenkundig würde, aus was für Verhältnissen er tatsächlich kam. Lieber wollte er falsche Entscheidungen riskieren als Demütigung. Schließlich wies er Verney einfach an, die zum Gut gehörigen Arbeiterhäuser in Southam und einige abgelegene Felder zu verkaufen. Im Arbeitszimmer hingen ein paar langweilige kleine Pferdegemälde; die packte er zusammen und schickte sie an ein Auktionshaus. Er bekam eine große Summe Geldes für sie. Mit dem Erlös aus den Verkäufen und einem stattlichen Betrag von seinem Bankkonto konnte er die Erbschaftssteuern bezahlen.

Das Kind wurde gegen Ende November erwartet. Die Rechnungen des Londoner Spezialisten waren exorbitant; Daragh machte Dr. Williams gegenüber seine Zweifel an der Notwendigkeit dieser Beratungen geltend. Seine Mutter hatte schließlich, nur von einer Hebamme versorgt, ohne große Umstände sechs Kinder zur Welt gebracht. Dr. Williams erläuterte ihm daraufhin die Gefahren von Jossys Zustand, sowohl für die Mutter als auch für das Kind, und Daragh blieb nichts anderes übrig, als den Scheck auszustellen.

Er fand es erbärmlich, daß Jossy nicht einmal dazu imstande war, ihre natürliche Bestimmung als Frau auf angemessene Weise zu erfüllen. Von ihrer abgöttischen Liebe, die er in den frühen unwirklichen Tagen ihrer Ehe als schmeichelhaft und tröstend empfunden hatte, fühlte er sich zunehmend eingeengt. Er war an Selbständigkeit und Freiheit gewöhnt. Jossy aber folgte ihm wie ein Hündchen auf Schritt und Tritt. Saß er im Arbeitszimmer am Schreibtisch, so platzte sie einfach herein und überfiel ihn mit ihren Liebkosungen. Verspätete er sich nur fünf Minuten zum Tee, so begann sie schon, ihn zu suchen. Und wenn er es wagte, einer anderen Frau einen Blick zuzuwerfen, so war sie sofort an seiner Seite, um ihre Besitzrechte geltend zu machen.

An dem Morgen, an dem man ihm sagte, daß das Kind in den nächsten Stunden kommen werde, fuhr er nach Ely, um Dr. Williams zu holen. Danach senkte sich eine seltsam gespannte Stille über das ganze Haus. Mittags holte Daragh ein Pferd aus dem Stall. Seine Mutter hatte alle ihre Kinder innerhalb von ein, zwei Stunden geboren; er konnte nicht verstehen, wieso Jossy so lange brauchte.

Als er nach einem langen, stürmischen Ritt zurückkehrte, erwartete er, mit der Mitteilung empfangen zu werden, daß er nun Vater eines kräftigen und gesunden Jungen sei. Statt dessen trat Dr. Williams ihm mit äußerst besorgter Miene entgegen. Daragh erschrak, glaubte im ersten Moment, das Kind wäre tot. Dr. Williams erklärte ihm, daß seine Frau immer noch in den Wehen liege, und Dr. Browne, der Spezialist, bereits auf dem Weg nach Southam sei, um ihr beizustehen. Auf Daraghs Drängen gab er zu, daß er ernstlich um das Wohl der Mutter und des Kindes besorgt sei. Danach kehrte er zu Jossy zurück, und Daragh setzte sich aufs Sofa, faltete die Hände vor seinem gesenkten Kopf und betete. Er brauchte einen Sohn; bis zu diesem Moment war ihm nicht klar gewesen, wie sehr er einen Sohn brauchte. Ein Sohn wäre die Rechtfertigung für diese Ehe, würde alle Erinnerung an das Gelächter dieser Verrückten tilgen. *Sie haben bekommen, was Sie verdienen, Daragh Canavan.* Es schüttelte ihn, wenn er daran dachte.

Der Spezialist traf ein und verschwand sogleich im oberen Stockwerk. Das Mädchen servierte Daragh das Abendessen, aber er brachte keinen Bissen hinunter. Draußen war es stockdunkel. Der Wind peitschte die welken Blätter gegen die Fensterscheiben. Daragh lechzte nach einem Whisky, aber eine abergläubische Furcht, daß ein strenger Gott seine Haltlosigkeit sehen und bestrafen würde, hielt ihn davor zurück, nach der Flasche zu greifen.

Das Kind kam erst am folgenden Morgen um zehn Uhr zur Welt. Jossy hatte mehr als vierundzwanzig Stunden lang in den Wehen gelegen, und Daragh hatte alle Hoffnung verloren. Als der Arzt hereinkam, war er sicher, daß er ihm den Tod seiner Frau und seines Kindes mitteilen würde. Dr. Williams mußte ihn zweimal auffordern, ins Wochenzimmer zu kommen und sich seine kleine Tochter anzusehen, ehe er begriff. Er war enttäuscht, daß er nicht den Sohn bekommen hatte, den er sich so sehr gewünscht hatte, aber er folgte dem Arzt nach oben. Und als er in die Wiege sah, verflog seine Enttäuschung für immer. Sein Kind war schön und vollkommen. Sie hatte Jossys dunkle Augen und seine eigenen wohlgeformten Gesichtszüge. Obwohl die Kinderfrau nicht damit einverstanden war, nahm er seine Tochter auf den Arm und trug sie zum Fenster. Als er das weiche, helle Köpfchen küßte, schossen ihm die Tränen in die Augen. Er wußte, daß sein Leben sich für immer verändert hatte. »*Caitlin*«, flüsterte er und sah zu, wie die kleinen Fäuste sich öffneten und schlossen wie schläfrige Seesterne.

Dann hüstelte der Arzt und sagte: »Mr. Canavan ... ich muß mit Ihnen über Ihre Frau sprechen.« Er mußte sein Kind der alten Frau übergeben und Dr. Williams ins Nebenzimmer folgen, wo sie ungestört waren.

Erschöpft und benommen, hatte Daragh Mühe, sich zu konzentrieren, als der Arzt ihm mitteilte, daß Jossy sehr krank sei, daß die schwierige Schwangerschaft und Geburt sie an den Rand des Todes gebracht hätten und sie, obwohl jetzt alle Hoffnung bestehe, daß sie sich wieder ganz erholen würde, keine Kinder mehr bekommen dürfe.

»Sie verstehen doch, was ich sage, Mr. Canavan?« fragte Dr. Williams. »Ihre Frau darf auf keinen Fall wieder schwanger werden. Dafür müssen Sie sorgen. Es ist Ihre Verantwortung.«

# 5

ICH MERKTE, DASS ich, ganz in die Vergangenheit verstrickt, langsam zur Einsiedlerin zu werden drohte, deshalb nahm ich die Einladung einer alten Freundin zu ihrer Geburtstagsfeier an. Als ich etwas verspätet eintraf, war das ganze Haus schon voller Gäste. Meine Freundin umarmte mich mit lautem Hallo, drückte mir ein Glas in die Hand und verschwand, um die nächsten Gäste in Empfang zu nehmen. Ich sah ein Paar, das ich vom Studium kannte, und drängte mich durch das Gewühl zu ihnen durch. Sie hatten gerade ihr erstes Kind bekommen und sprachen von nichts anderem. Nach einer Weile zog ich mich diskret zurück und machte es mir mit einer Flasche Champagner auf dem Fenstersitz bequem.

Ich trank und wurde etwas geselliger. Ich unterhielt mich mit einer Tänzerin, die mit meiner Schwester zusammengearbeitet hatte, und dann mit einer umwerfend schönen Schauspielerin, die Charles Lightman kannte. Ein Mann im blauen Pullover, der bei der National Rivers Authority arbeitete, begann mit mir zu flirten. Mit Hilfe von zwei Stangen Sellerie und einer Schale Pistazien demonstrierte er mir, wie eine Schleuse funktioniert. Die Pistazien rollten auf den Boden, und wir krochen auf allen vieren herum, um sie wieder einzusammeln. Als ich wieder aufstand, berührte jemand leicht meine Schulter und sagte mit vertrauter Stimme: »Rebecca?«

Sofort zitterten mir die Knie. Ich drehte mich herum. Toby. Er trug einen blauen Seidenanzug, und sein braunes Haar war kürzer, als ich es in Erinnerung hatte. »Du siehst gut aus, Toby«, sagte ich. »Unglaublich ... erfolgreich.«

In den Monaten seit unserer Trennung hatte ich Zeit gehabt,

mir darüber klarzuwerden, daß für Toby das wichtigste der Erfolg war. Geld und Macht gehörten natürlich dazu, aber die öffentliche Anerkennung zählte am meisten.

»Du auch, Rebecca«, erwiderte er. »Dein Haar gefällt mir.«

»Du hattest doch immer ein Faible für langes Haar.« Meine Stimme war scharf. »Du scheinst dich verändert zu haben, Toby.«

»Vielleicht«, sagte er, und ich wünschte, ich hätte nicht soviel getrunken. Ich wäre gern kühl und distanziert gewesen, aber nach einer halben Flasche Champagner schafft man das nicht so leicht.

Er sah mich an. »Ein wahnsinniges Gedränge hier, wollen wir nicht irgendwo hingehen, wo's ein bißchen ruhiger ist?«

Ich murmelte hastig eine Entschuldigung, ließ ihn stehen und lief die Treppe hinauf. Als ich über das Geländer hinunterschaute, unterhielt Toby sich mit der umwerfend schönen Schauspielerin, die Charles kannte. Ich kramte aus dem Stoß Kleider auf einem Bett meinen Mantel heraus und machte mich durch die Hintertür aus dem Staub. Im Hof stolperte ich über leere Weinflaschen und die Mülltonnen, ehe ich zur Straße fand, wo ich das letzte Geld in meinem Portemonnaie für ein Taxi ausgab.

Es war kurz nach eins, als ich zu Hause ankam. Ich versuchte gar nicht erst, zu Bett zu gehen. Ich hievte einen Karton, den Tilda mir bei meinem letzten Besuch mitgegeben hatte, auf den Tisch und machte mich daran, seinen Inhalt durchzusehen. Das meiste waren Zeitungsausschnitte, ungeordnet, das Papier rissig und vergilbt. Öffentliche Anerkennung besaß für Tilda offensichtlich keinen hohen Stellenwert. Während ich die Ausschnitte glättete und die zerschlissenen Stellen, wo das Papier gefaltet gewesen war, mit Klebeband verstärkte, fragte ich mich, was ihr im Leben wohl das wichtigste war. Die Familie vielleicht.

Einzelne Worte und Satzfetzen in den Ausschnitten fielen mir ins Auge. »Dame Tilda Franklin bei der Eröffnung eines Heims für obdachlose Kinder und Jugendliche in London ...« – »Ein Leben für die Kinder ...« – »Man kann nicht lernen, solange man nicht geliebt hat, und man kann nicht lieben, solange man nicht weiß, daß man selbst liebenswert ist ...«

Ich fühlte mich wieder sicher. Die ferne Vergangenheit war kontrollierbar und ungefährlich. Mit der übertriebenen Gewissenhaftigkeit der nicht mehr ganz Nüchternen sortierte ich die Zeitungsausschnitte und Fotografien und versuchte, eine chronologische Ordnung herzustellen. Um halb drei war ich in den späten siebziger Jahren angelangt, als Tilda Franklin sich offenbar aus dem öffentlichen Leben zurückgezogen hatte. Ich spürte einen ersten Anflug von Kopfschmerzen, aber ich war zufrieden mit mir.

Noch einmal sah ich in den Karton, um sicher zu sein, daß ich nichts übersehen hatte, und entdeckte eingeklemmt unter den Bodenklappen einen Briefumschlag. Ich zog ihn heraus und warf einen Blick auf die Adresse. Daragh Canavan, stand da in runden, geschlungenen Schriftzügen, Savoy Hotel, London. Zum zweiten Mal an diesem Abend bekam ich heftiges Herzklopfen. Ich hatte das eigenartig erregende Gefühl, daß die Vergangenheit in die Gegenwart hineinreichte. Der Umschlag war schon aufgeschlitzt. Ich nahm den Brief heraus.

Nicht Tilda hatte ihn geschrieben, sondern Jossy. *Mein Liebster, Du bist seit vier Tagen fort, und es kommt mir vor, als wären es vier Jahre. Du fehlst mir so sehr – alles ist öde und sinnlos, wenn Du nicht hier bist.* In dieser Art ging es weiter bis zum Schluß, wo, wie ein Nachtrag, die Worte standen, *Caitlin vermißt Dich auch.*

Der Brief war nicht datiert. Wie hast du anderen doch das Leben schwergemacht, Daragh Canavan, dachte ich. Und was für ein unterwürfiger, erniedrigender Brief. Hatte Jossy, als sie ihn geschrieben hatte, schon erkannt, daß Daragh sie nicht liebte und nie geliebt hatte? Glaubte sie, ihre unerschütterliche Hingabe würde letztlich doch seine Liebe wecken, obwohl sie doch hätte wissen müssen, daß solch aufdringliche Anhänglichkeit meist eher abstoßend wirkte? Hatte sie dieses letzte verzweifelte »Caitlin vermißt Dich auch« geschrieben, weil sie ahnte, daß allein das Kind ihren fortstrebenden Mann nach Hause zurückholen konnte?

Ich schloß den Brief in eine Schublade meines Schreibtischs. In der Nacht träumte ich von Toby, aber er hatte Daragh Canavans Gesicht.

Am Sonntag blieb ich verkatert zu Hause. Ich ordnete die restlichen Zeitungsausschnitte und legte eine nach Daten geordnete Liste der Aktivitäten und Ereignisse an, von denen in ihnen berichtet wurde. Die ganze Zeit wartete ich auf das Läuten des Telefons, aber der Apparat blieb stumm.

Am Montag morgen rief ich in Oxfordshire an, um Tilda nach einer Lücke von einigen Jahren zu fragen, die ich in der Chronologie der Zeitungsausschnitte entdeckt hatte. Ich wollte wissen, ob sie noch einen zweiten Karton zu Hause hatte oder vielleicht einfach eine Weile aus dem Rampenlicht der Öffentlichkeit verschwunden war.

Eine Stimme, die mir unbekannt war, meldete sich. »Melissa Parker«, klang es freundlich, aber kurz. »Was kann ich für Sie tun?«

»Ich würde gern Tilda Franklin sprechen«, begann ich. »Aber vielleicht habe ich die falsche Nummer ...«

»Nein, nein! Tilda geht es im Moment leider nicht gut. Sie ist im Krankenhaus. Ich bin ihre Tochter. Kann ich Ihnen vielleicht weiterhelfen?«

Schändlicherweise war meine erste Reaktion Enttäuschung und Verärgerung. Ich hatte so gern wissen wollen, wie alles weitergegangen war. Aber Besorgnis und schlechtes Gewissen folgten augenblicklich.

Ich machte mich Melissa Parker bekannt, und diese berichtete mir, daß Tilda eine Angina hatte, man ihren Zustand jedoch nicht für unmittelbar gefährlich hielt. Sie nannte mir den Namen des Krankenhauses und die Zimmernummer, und nachdem das Gespräch beendet war, stand ich eine Weile unschlüssig herum und starrte auf die Berge loser Blätter und brauner Hefter, die sich im Lauf der Wochen auf meinem Schreibtisch angesammelt hatten. Dann nahm ich kurz entschlossen Jacke und Handtasche und ging.

Im Blumengeschäft an der Ecke kaufte ich einen Strauß

Narzissen und Tulpen und legte ihn hinten in den Wagen. Das verflixte Ding wollte und wollte nicht anspringen, und das hätte mir eine Warnung sein sollen. Wir hatten zwar schon April, aber die Temperaturen waren in der Nacht stark gefallen, und alle Straßen, die sich im Schatten befanden, waren noch eisglatt. Ich kam dennoch ganz gut voran, bis kurz vor der Abfahrt von der Autobahn der Fiesta zu stottern und zu husten begann. Alle Flüche und Beschwörungen halfen nichts, ich konnte den Wagen gerade noch auf den Seitenstreifen fahren, bevor der Motor endgültig seinen Geist aufgab.

Meine Mitgliedschaft beim Automobilklub hatte ich im Zuge drastischer Sparmaßnahmen vor Monaten gekündigt, von dieser Seite hatte ich also keine Hilfe zu erwarten. Zwar schaute ich anstandshalber unter die Motorhaube, aber das Gewirr aus Schläuchen und Kabeln sagte mir gar nichts. Mir blieb nichts anderes übrig, als bis zur nächsten Notrufsäule zu marschieren und mich möglichst nicht mit Gedanken an Überfälle auf einsame gestrandete Autofahrerinnen verrückt zu machen. Nachdem ich meinen Anruf erledigt hatte, wartete ich ewig, wie mir schien, und war völlig durchgefroren, als endlich der Abschleppwagen kam. Der Mechaniker brummte etwas von blockierten Benzinleitungen und nahm mich in Schlepptau. In der Werkstatt entdeckte ich bei einem Blick in mein Portemonnaie, daß ich noch genau zwei Pfund und vierzehn Pence hatte. Der Mechaniker sah sich den Wagen an, schüttelte den Kopf und wies mich zur nächsten Bushaltestelle.

Als ich endlich in Oxford ankam, war mir nicht nur kalt, sondern von der Busfahrt auf gewundenen kleinen Landstraßen auch übel. Ich suchte den nächsten Geldautomaten und versorgte mich erst einmal mit Bargeld. Dann ging ich zum Touristeninformationsbüro und erkundigte mich nach dem Weg zur Radcliffe-Klinik. Erst da fiel mir ein, daß ich den Blumenstrauß für Tilda im Wagen liegengelassen hatte.

Es war vier Uhr, als ich im Krankenhaus ankam. Es war ein riesiger Komplex, so verwirrend wie alle großen Krankenhäuser. Dreimal verlief ich mich auf dem Weg zu Tilda Franklins Station. Als ich mit den ziemlich mickrigen Narzissen, die ich in Oxford auf dem Markt gekauft hatte, aus dem Aufzug stieg, sah ich neben dem Getränkeautomaten eine Frau mittleren Alters stehen, die sich mit Patrick Franklin unterhielt. Sofort fiel mir wieder der Abend ein, als ich die Garnelen in Tobys Mantel eingenäht hatte, und ich wäre am liebsten auf der Stelle umgekehrt.

Aber dazu war es zu spät. Patrick hatte mich schon gesehen. Ein spöttisches kleines Lächeln lag um seinen Mund. Ich überging ihn und bot der Frau an seiner Seite die Hand.

»Mrs. Parker?«

Melissa Parker war Ende Fünfzig, perfekt gekleidet, das graugesprenkelte Haar wohlfrisiert. »Ja?«

»Ich bin Rebecca Bennett. Wir haben heute morgen miteinander telefoniert.«

»Natürlich! Miss Bennett! Wie nett von Ihnen, extra herzukommen.« Melissas Stimme war glatt und kultiviert. Der weiche Anklang East Anglias, der noch heute in Tilda Franklins Worten schwang, fehlte ihr. Sie reichte mir die Hand.

Ich holte tief Luft. »Hallo, Patrick«, sagte ich, und er nickte mir zu. Das mit dem Lächeln hatte ich falsch gesehen; sein Gesicht war finster.

»Wie geht es Tilda?«

»Schon etwas besser. Meine Tochter ist gerade bei ihr.« Melissa sah auf ihre Uhr. »Ich muß gehen. Wir sollten wirklich versuchen, Josh zu benachrichtigen, aber er wird wahrscheinlich wieder mal absolut unerreichbar sein.« Sie wirkte leicht verärgert.

Da klingelte es bei mir. Patricks Vater – Tildas Sohn – war Joshua Franklin, der Reiseschriftsteller. Hin und wieder stößt man in einer Sonntagsbeilage der Zeitung auf einen Artikel von ihm, meistens von Abbildungen begleitet, die ihn über Salzwiesen stapfend zeigen oder von Nomaden in exotischen Klamotten umgeben, in einem Zelt hockend.

»Matty!« rief Melissa plötzlich. »Matty! Hier sind wir.«

Ich sah mich um, entdeckte aber nur zwei Schwestern, die geschäftig durch den Korridor eilten, und ein junges Mädchen in schwarzer Kluft mit Doc Martens an den Füßen. Sie trug einen Nasenring und hatte kleine lila Zöpfchen im kastanienbraunen Haar. Unmöglich konnte sie mit der eleganten, konventionellen Melissa Parker verwandt sein. Doch sie kam direkt auf uns zu.

»Großmama schläft jetzt«, sagte sie. »Kann ich 'ne Cola haben, Mama?«

Matty Parker mußte ungefähr sechzehn sein. Sie war einen halben Kopf größer als ihre Mutter und hatte unter all dem Kajalstift und der schwarzen Wimperntusche klare graue Augen, die gleichen wie Tilda.

»Dazu haben wir jetzt keine Zeit«, antwortete Melissa. »Dein Vater wird gleich zu Hause sein.«

»Ich kann sie doch im Auto trinken. Komm schon, Mama.«

»Hast du eine Adresse von Josh, Patrick?«

»Du hast zwanzig Pence in der Manteltasche. Kann ich die haben?«

»Ich rufe Laura in Delhi an.«

»Ich brauch nur noch fünfzehn dazu.«

»Sie müßte ihn eigentlich erreichen können.«

»Ich hab solchen Durst.«

»Mit Mutter kann man ja nicht vernünftig reden. Sie ist achtzig, Patrick. Sie sollte wirklich – ach, Matty, sei endlich still. Und warum mußt du unbedingt dieses – dieses *Ding* tragen?« Melissas Stimme schwankte.

Ich sagte: »Hier, bitte«, und kramte etwas Kleingeld aus meiner Jackentasche.

Melissa sagte den Tränen nahe: »Das ist wirklich nicht nötig«, und Patrick erklärte mir, er habe sein ganzes Kleingeld am Parkautomaten verbraucht.

Die Münzen fielen klimpernd in den Automaten. Matty sagte: »Mama gefällt mein Nasenring nicht, Patrick. Und meine Tätowierung auch nicht. Hab ich sie dir schon gezeigt?« Sie zog den langen Ärmel ihres schwarzen T-Shirts hoch und entblößte einen dünnen Arm, der von der Schulter bis zum Ellbogen mit einem jadegrünen keltischen Knoten verziert war.

»Hinreißend«, sagte Patrick.

»Ich werde diese Leute verklagen.« Melissa zerrte Matty

zum Aufzug. »Sie ist noch nicht achtzehn. Das erlaubt doch das Gesetz nicht, oder, Patrick?«

Ich hörte Mattys, »Großmama gefällt's«, und Melissas hoffnungsloses, »Wie *nicht* anders zu erwarten«, dann schlossen sich die Aufzugtüren, und ich blieb mit Patrick allein zurück.

Ich schwenkte die Narzissen und sagte hastig: »Ich gebe die Blumen im Schwesternzimmer ab.«

Tilda schlief hinter grünen Vorhängen, und ich störte sie nicht. Ich schrieb ein paar Worte zu meinem Blumenstrauß und hinterließ ihn im Schwesternzimmer. Ich hoffte, Patrick würde weg sein, wenn ich zurückkäme, aber er stand immer noch beim Lift, ans Fensterbrett gelehnt, die Hände in den Hosentaschen.

Er fragte mich, ob ich direkt nach Hause fahren würde, und ich erzählte kurz von meiner Panne. »So ein Pech, ausgerechnet an einem Tag wie heute«, sagte er. »Ich nehme Sie mit. Ich muß heute noch nach London zurück.«

Mir fiel kein plausibler Grund ein, das Angebot abzulehnen. Wir machten uns also auf den Weg zu seinem Auto. Ich erwartete irgend etwas Schnittiges in Silber, aber Patrick fuhr einen ziemlich alten Renault. Er fuhr schnell und sicher, und das Schweigen im Auto war ohrenbetäubend. Er wirkte immer noch finster und in sich gekehrt, und unter seinen Augen lagen dunkle Schatten. Ich starrte auf seine Hände, die leicht und locker auf dem Lenkrad lagen. Das Schweigen war unerträglich; ich mußte etwas sagen.

»Die Sache mit den Garnelen ... Sie müssen mich für völlig übergeschnappt halten.«

Um seinen Mund zuckte es. »Überhaupt nicht. Das war ein Lichtblick an einem sehr langweiligen Abend.«

»Im allgemeinen mache ich nicht solche Sachen.«

»Nein?« Er warf mir einen kurzen Blick zu. »Wie schade.«

Ich wußte nicht, was ich darauf sagen sollte. Ich gab alle Versuche, mein Verhalten zu erklären, auf und kam auf meine andere Sorge zu sprechen. »Hoffentlich habe ich Tilda nicht aufgeregt, ich meine, ich hoffe, es waren nicht unsere Gespräche, die sie krank gemacht haben.«

Patrick schaltete herunter, um eine enge Kurve zu nehmen, und schüttelte den Kopf. »Es hatte mit Ihnen zu tun, aber nur sehr indirekt. Sie hat Papiere durchgesehen, die sie Ihnen geben wollte und stieß dabei auf ein paar Bilder – Skizzen, Aquarelle und ähnliches. Sie ist nach Oxford gefahren, um Rahmen zu besorgen – wenigstens ist sie nicht mit dem Auto gefahren, sondern hat den Bus genommen, Gott sei Dank –, und dann mußte sie unbedingt die Leiter rausholen und die Bilder aufhängen«, schloß er mit einer Art grimmiger Erheiterung in der Stimme.

Draußen war es dunkel geworden. Die ausladenden Äste der Bäume, die schwarz über der Straße hingen, leuchteten hin und wieder im Strahl der Scheinwerfer auf.

»In der Nacht bekam sie dann Halsschmerzen. Der Arzt meint, sie hat sich einfach überanstrengt.«

Wir schwiegen wieder. Ich war todmüde; es war ein langer, anstrengender Tag gewesen, und ich hätte auf der Stelle einschlafen können. Aber ich meinte, mich wenigstens aus Höflichkeit bemühen zu müssen, Konversation zu machen. Schließlich hatte er mich mitgenommen.

»Ich fand Melissas Tochter ziemlich – äh – erstaunlich.«

Patrick lachte kurz. »Bei Tante Melissa war alles perfekt, bis Matty aufkreuzte. Sie war gut verheiratet, sie lebte in einem schönen Haus und hatte zwei Töchter, auf die sie stolz sein konnte. Und dann platzte Matty, dieser kleine Wechselbalg, in die heile Welt. Tilda findet sie natürlich wunderbar.«

Sehr spät, dachte ich. Melissa mußte um die Vierzig gewesen sein, als Matty geboren worden war.

Ich hätte ihn gern nach seinem Vater gefragt, aber die Erheiterung war aus seinen Augen gewichen, sein Mund hatte wieder diesen unfreundlichen, beinahe ärgerlichen Zug.

Den Rest der Fahrt machte ich keinen Versuch mehr, ein Gespräch in Gang zu bringen. Ich schloß die Augen und wünschte, ich könnte schlafen, aber seine Nähe machte es mir unmöglich, mich zu entspannen. Ich glitt in diesen Zustand zwischen Wachen und Träumen hinein, in dem sich das Ticken des Winkers, wenn Patrick die Fahrspur wechselte, mit einem Strom zusammenhangloser, sprunghafter Gedanken mischte. Als wir vor meinem Haus anhielten, fragte ich, überzeugt, daß er ablehnen würde, ob er eine Tasse Kaffee wolle.

Er sah auf seine Uhr. »Ja, gern. Vielen Dank.«

Verdammt, dachte ich, als ich die Tür zu meiner Wohnung aufsperrte. Ich merkte plötzlich, wie ausgehungert ich war. Ich hatte in der Werkstatt eine Tasse Tee getrunken und in Oxford einen Schokoriegel gegessen, das war alles. Ich warf einen Blick in den Kühlschrank.

»Hätten Sie Lust auf ein Omelett?«

»Machen Sie sich meinetwegen bitte keine Umstände.«

»Ob ein Omelett oder zwei ist doch völlig gleich. Und ich brauche jetzt was zu essen.«

Ich schlug in der Küche die Eier, während er drüben im Zimmer auf und ab ging. Das Omelett gelang für meine Verhältnisse erstaunlich gut, und ich trug Teller und Besteck ins Zimmer.

»Es ist Ihnen doch recht, wenn wir hier essen? In der Küche ist es ziemlich kalt.« Ich stellte seinen Teller auf die Armlehne meines einzigen bequemen Sessels.

»Ich würde auch auf der Straße essen, wenn ich nicht selbst kochen muß.«

Ich legte eingedenk des zermürbenden Schweigens im Wagen vorsichtshalber eine CD auf. Ich vermutete, daß Patrick, genau wie Max, Bach mögen würde. Er setzte sich endlich und schien sich etwas zu entspannen.

»Sie haben sich sicher große Sorgen um Tilda gemacht.«

Er riß sein Stück Brot auseinander. »Tante Melissa hat mich mitten in der Nacht angerufen.«

»Es ist immer erst mal ein Schreck«, sagte ich.

»Richtig. Ich saß sowieso noch an der Arbeit, da bin ich gleich runtergefahren.« Er lächelte und wirkte auf einmal gar nicht mehr so grimmig und unnahbar. »Mein Gott, als ich zwanzig war, habe ich die Nächte durchgemacht und war am nächsten Tag trotzdem ganz auf Draht. Ich werde wahrscheinlich alt.« Er aß den letzten Bissen seines Omeletts und stand auf. »Vielen Dank, Rebecca, das hat mir richtig gutgetan. Aber jetzt muß ich gehen, ich muß morgen früh bei Gericht sein.«

Nachdem er gegangen war, fand ich zu meiner Überraschung keine Ruhe. Ich hatte vorgehabt, ein heißes Bad zu nehmen und mich dann schleunigst in mein Bett zu verkriechen, aber obwohl ich mich eine halbe Stunde lang in duftendem Chanelschaum aalte, war alle Müdigkeit wie weggeblasen.

Zuerst machte ich gründlich wie selten die Küche sauber, dann wusch ich ein paar Sachen mit der Hand aus und hängte sie am Wäscheständer im Bad auf, danach sah ich meine Kontoauszüge durch, um sicher zu sein, daß ich auf dem Girokonto noch genug Geld hatte, um die Reparatur meines Wagens bezahlen zu können.

Und die ganze Zeit dachte ich nicht an Toby, sondern an Patrick. Ich verstand nicht, warum ich überhaupt einen Gedanken an ihn verschwendete. Er war weder besonders liebenswürdig noch gewinnend gewesen, und wenn ich an die Geschichte mit den Garnelen dachte, wäre ich immer noch am liebsten in den Boden versunken. Sicher, er war ein attraktiver Mann, aber ich fühlte mich, obwohl inzwischen seit der Trennung von Toby sechs Monate vergangen waren, überhaupt noch nicht bereit für eine neue Beziehung. Ich hatte keine Ahnung, was Patrick von mir hielt, aber ich vermutete, daß er sich an diesem Abend vor allem wegen meiner Beziehung zu Tilda von einer halbwegs freundlichen Seite gezeigt hatte. Und dennoch sah ich jedes Mal, wenn ich die Augen schloß, sein Gesicht vor mir, und wälzte mich lange erhitzt und schlaflos in meinem Bett.

In den frühen Morgenstunden schlief ich schließlich doch ein. Das Geräusch von Schritten auf der Treppe weckte mich. Ich öffnete die Augen. Im Zimmer war es stockdunkel. Ich wollte mich umdrehen und die Kerze auf der Kommode anzünden, aber ich konnte mich nicht rühren. Die Tür quietschte leise, als sie geöffnet wurde, ein sachtes Rascheln von Stoff verriet mir, daß *er* im Zimmer war. Ich wollte schreien, aber ich konnte nicht. Ich blieb stocksteif liegen, die Augen geschlossen, und betete darum, daß er mich schlafend glauben und wieder gehen würde.

Ich fühlte, wie das Bettzeug von meinem Körper gezogen wurde, erst die Wolldecken, dann das Federbett. Draußen in der Nacht schrie eine Eule. Ich zitterte von Kopf bis Fuß. *Nein!* wollte ich flüstern, aber kein Laut kam über meine Lippen. Er hob mein Nachthemd und entblößte meinen Körper. Ich wollte mich wehren, wollte schreien, ihn wegstoßen, aber ich war gelähmt. Er drückte mir die Luft ab. Ich versuchte, meinen Kopf hin und her zu bewegen, wenigstens meine Augen zu öffnen. Als ich endlich mit den Händen meine Augen fand und gewaltsam die Lider hochschob, fühlte ich die Tränen auf meinem Gesicht. Mein Schluchzen folgte den rhythmischen Bewegungen seines Körpers. Krampfhaft rang ich um Atem.

Als ich erwachte, war er immer noch da. Immer noch lastete das Gewicht seines Körpers auf mir, ein Alp. Ich wußte nicht, ob ich laut geschrien hatte, aber ich hob meine Hand und berührte die Tränen, die an meinen Wimpern hingen. Erst als ich nicht eine Kerze, sondern den Lichtschalter fand und das Zimmer in Helligkeit tauchte, konnte ich wirklich glauben, daß alles nur ein Traum gewesen war. Das Licht vertrieb den Geist Edward de Paveleys, der schließlich in eine andere Zeit gehörte. Doch das Bild des Dienstmädchenzimmers blieb, und ich bemühte mich, ganz bewußt den Fernsehapparat, den Laptop, den CD-Player wahrzunehmen, um mich zu vergewissern, daß ich mich tatsächlich im Jahr 1995 befand und nicht im Jahr 1913.

Ich ging in die Küche, um mir eine Tasse Tee zu machen. Meine Hand zitterte, als ich den Kessel füllte, und die Teeblätter rieselten vom Löffel auf die Arbeitsplatte. Mit der Tasse setzte ich mich an meinen Schreibtisch und schaltete meinen Laptop ein. Ich hatte Tilda Anfang der dreißiger Jahre in London zurückgelassen, wo sie versuchte, Daragh Canavan zu vergessen. Mochten mich jetzt auch die Gespenster aus Tildas Vergangenheit heimsuchen, sie zogen mich doch zugleich unwiderstehlich in den Fluß ihrer Geschichte.

Der Zug fuhr im Liverpool-Street-Bahnhof ein. Aus weißen Dampfwolken tauchte eine kleine Gestalt auf, ließ ihre Koffer fallen und rannte den Bahnsteig entlang.

»Roland! Tilda!«

Tilda schloß Emily in die Arme, während Roland loslief, um das Gepäck seiner Schwester zu holen. »Em, ich freu mich ja so. Wir haben uns *ewig* nicht gesehen. Ich bin gestern in mein neues Zimmer eingezogen.«

Celia hatte geheiratet, und Emilys Brief, in dem sie Tilda mitteilte, daß ihre Mutter ihr endlich erlaubt hatte, nach London zu ziehen, war an dem Tag gekommen, an dem Anna Tilda das ehemalige Zimmer Celias angeboten hatte. Es war ein luftiger, heller Raum, nach vorn hinaus gelegen, groß genug für zwei.

Roland winkte einem Taxi, und sie fuhren direkt in die Pargeter Street. Nachdem er das Gepäck seiner Schwester nach oben gebracht hatte, sah er auf seine Uhr.

»Ich muß heute abend leider arbeiten, Em. Der Theaterkritiker hat Blinddarmentzündung.« Er gab seiner Schwester einen Kuß. »Aber Tilda hat schon was organisiert, nicht, Tilda?«

»Max geht mit uns ins Theater und hinterher zum Essen.«

»Na, prima. Dann mach ich mich jetzt auf die Socken.«

Tilda half Emily beim Auspacken. »Ich muß dir wahnsinnig viel erzählen«, sagte Emily, während sie Strümpfe in eine Schublade stopfte. »Oh, Himmel, was zieh ich denn heute abend an? Du siehst so schick aus, Tilda. Ich hab mein altes Blaues und mein altes Rotes. Ich muß mir schleunigst ein kleines Schwarzes kaufen – meine Mutter hat mir nie erlaubt, schwarz zu tragen. Und dann melde ich mich bei einer Sekretärinnenvermittlung an und such mir einen netten Freund. Wer ist Max, Tilda?«

»Ich habe dir von ihm geschrieben.« Tilda schob Emilys Kleider auf Bügel und hängte sie an der Vorhangstange auf. Sie musterte sie. »Das Rote, würde ich sagen, Em. Das Marineblaue ist ein bißchen ...«

»Ich weiß, in dem Ding seh ich aus wie ein Zimmermädchen«, erklärte Emily mißmutig. »Wie ein ziemlich dickes Zimmermädchen.«

Es klopfte. Als Tilda die Tür öffnete, stand Max draußen und tippte auf seine Uhr. »Wir müssen langsam los.«

»Roland kann nicht mitkommen. Er muß eine Theaterkritik schreiben.«

Max lachte. »Ich weiß. Über so ein linkes Kampfstück, das in einem Gemeindesaal in Brompton gespielt wird. Der arme Kerl.«

Sie schauten sich ein Musical an. Emily amüsierte sich königlich, Max schlief. Seit dem vergangenen September hatten Max und Tilda fast jede Woche zusammen ein Theater oder ein Konzert besucht. Max wählte die Stücke aus; Teil ihres Bildungsprogramms, erklärte er Tilda. Er machte sie mit Shakespeare und Shaw, mit Bach und Mozart bekannt. Sie entdeckte, daß einem mit wachsendem Wissen immer bewußter wurde, wie wenig man wußte. Max stellte ihre Bücherlisten zusammen, die sie gewissenhaft durchackerte. Manche Bücher, zu denen sie keinen Zugang finden konnte, warf sie irgendwann mit einem Wutschrei in die Ecke; andere konnte sie nicht aus der Hand legen, las, völlig in ihren Bahn gezogen, bis ihr irgendwann in den frühen Morgenstunden die Augen zufielen.

Anfangs waren Tildas Gespräche mit Max manchmal in Streit ausgeartet: Max erboste sich über ihre vermeintliche Widerspenstigkeit, Tilda fühlte sich provoziert von seinem Mangel an Geduld. Doch beinahe unmerklich waren die Zankereien seltener geworden, Feindseligkeit war gegenseitiger Achtung und Freundschaft gewichen. Wenn das Wetter schön war, setzten sie sich gelegentlich in den Zug und machten lange Wanderungen auf dem Land oder an der Küste. Max war ein guter Begleiter und sehr verschlossen, was Tilda paßte. Sie fragte nicht nach seiner Familie, weil sie nicht wollte, daß er nach ihrer fragte. Es war da eine Wunde von Schmerz und Scham, die sich nicht schließen wollte.

Nach dem Abendessen in einem Restaurant brachte Max Tilda und Emily in ihr Zimmer und verschwand in seiner Mansarde. Tilda kochte in der Küche eine Kanne Kakao, den sie und Emily im Bett tranken, warm eingepackt in Pullis und Morgenröcke, weil das Zimmer jetzt, im Januar, eiskalt war.

Emily sagte: »Bist du in Max verliebt?«

Tilda lachte. »Aber nein.«

»Das versteh ich nicht. Er sieht doch gut aus und ist unheimlich gescheit.«

Tilda tunkte ihren Keks in den Kakao. »Dann verlieb du dich doch in Max, Em.«

Emily schüttelte den Kopf. »Das wird sicher nicht passieren. Ich finde ihn ein kleines bißchen einschüchternd, weißt du. Und er hält mich für oberflächlich – doch, Tilda, das merk ich genau. Ich kenne das von anderen Männern. Aber es ist mir egal, sie haben wahrscheinlich recht. Ich will einen Mann, der mich vergöttert. Könntest du einen empfehlen?«

»Hm ...« Tilda ließ im Geist die anderen Bewohner des Hauses Revue passieren. »Michael ist ein netter Kerl. Er ist wirklich lustig. Und Fergus, sehr lieb, aber ein bißchen, na ja, sehr *leidenschaftlich*.«

»Ist doch wunderbar«, sagte Emily. »Der gefällt mir jetzt schon.«

»Stefan ist etwas seltsam, und Giles mag lieber Männer. Also, ich glaube, Fergus und Michael kämen am ehesten für dich in Frage, Em.«

»Und wie schaut's bei dir aus?« Emily drückte die Wärmflasche an sich. »Wie viele Liebhaber hast du gehabt, Tilda?«

Tilda zuckte die Achseln. »Keinen.« Sie zog das Federbett fester um sich. Die Fensterscheiben waren zugefroren, obwohl es noch nicht einmal Mitternacht war.

»Wegen Daragh?«

Tilda antwortete nicht. Sie war mit den Männern im Haus gut befreundet, aber verliebt war sie in keinen von ihnen. Nie wieder würde sie diese himmelhoch jauchzende Wonne wie damals bei Daragh erleben. Sie war einfach nicht fähig dazu. Wenn sie einmal heiraten sollte, würde sie sich bescheiden müssen.

»Ich habe ihn gesehen«, sagte Emily. »In Ely. Ich kam gerade von meiner gräßlichen Arbeit nach Hause, und Daragh kam aus dem Textilgeschäft.«

»Hast du mit ihm gesprochen?« fragte Tilda leise.

Emily nickte. »Eigentlich wollte ich ihn richtig fertigmachen und ihm sagen, wie gemein er sich dir gegenüber verhalten hat, aber irgendwie ...« Sie zuckte die Achseln. »Du kennst ihn ja, Tilda. Man schaut ihn an und ist entwaffnet. Alle guten Vorsätze fliegen, husch, husch, davon. Ich habe ihm erzählt, daß du in London bist und im selben Haus wie mein Bruder wohnst, und daß es dir unheimlich gut gefällt. Ich wollte nicht, daß er glaubt, du trauerst ihm nach.«

»Tu ich auch gar nicht«, sagte Tilda scharf.

»Nein, das weiß ich doch. Er hat mir erzählt, daß er eine kleine Tochter hat, Kathleen oder so ähnlich. Er ist also jetzt wahrscheinlich ein braver Familienvater.« Sie runzelte die Stirn. »Er war irgendwie verändert, weißt du. Ich kann's nicht so recht ... Er war natürlich besser gekleidet ... und selbstbewußter. Aber er wirkte, na ja, kälter und ziemlich ...«

»Wie?«

»Ziemlich unglücklich«, sagte Emily.

Tilda arbeitete nun schon länger als irgendeine ihrer Vorgängerinnen für Professor Hastings, und sie hatte neue Aufgaben übernommen. Im gleichen Maß wie Professor Hastings seine Arbeit für das Akademische Hilfskomitee intensivierte, erweiterte sich ihr Tätigkeitsbereich. Sie verbrachte jeden Tag viel Zeit am Telefon und beim Briefeschreiben, um Unterkünfte und finanzielle Unterstützung für aus Deutschland geflüchtete Studenten aufzutreiben. Eines Tages hatte sie es mit viel Charme geschafft, einen griesgrämigen alten Bekannten von Professor Hastings zu überreden, einem der Flüchtlinge die Anschaffung von Büchern und Briefpapier zu finanzieren. Beeindruckt hatte der Professor sie am folgenden Tag in sein Arbeitszimmer gebeten, ihr ein abgegriffenes Adreßbuch und einen Kasten voll Karteikarten in die Hand gedrückt und ihr mitgeteilt, daß ab sofort sie für die Beschaffung finanzieller Mittel zuständig sei. Alles, was sie im Rahmen dieser neuen Aufgabe tat, ob sie nun Wohltätigkeitsbasare organisierte oder Professor Hastings zu irgendwelchen Universitätsveranstaltungen begleitete, geschah zum Wohl der akademischen Flüchtlinge in Großbritannien.

Tilda entdeckte, daß sie eine Begabung dafür besaß, andere zu motivieren, Geld, Zeit oder tätige Hilfe zu geben. Den mütterlichen Typen schilderte sie die Einsamkeit der jungen Leute, die mittellos in Großbritannien ankamen; den Pragmatikern führte sie vor Augen, was die Flüchtlinge dem Land, das sie aufgenommen hatte, an Fähigkeiten und Begabungen zu bieten hatten.

Im Februar besuchte sie Liesl Toller in dem Heim für geistig und körperlich behinderte Kinder in Oxford, in dem das kleine Mädchen jetzt lebte. Die Anstaltsleitung hatte sich zur Aufnahme des Kindes unter der Bedingung bereit erklärt, daß die Kosten voll bezahlt wurden. Eine andere Lösung hatte es nicht gegeben. Tilda selbst hatte mit Bitten und Betteln und großer Hartnäckigkeit die notwendigen Mittel beschafft.

Sie war entsetzt, als sie das Heim sah, in dem mehr als hundert körperlich und geistig behinderte Kinder untergebracht waren. Keines der Kinder wurde vom Personal mit Namen angesprochen. Alle wurden sie nur mit Nummern gerufen. Man sorgte zwar dafür, daß sie zu essen bekamen, sauber und warm gehalten wurden, aber persönliche Zuwendung blieb ihnen versagt, und Spielsachen waren verboten. Tilda hatte Liesl einen Teddybären mitgebracht, der sofort von der Heimleiterin beschlagnahmt wurde. Freunde und Verwandte durften nur zweimal im Jahr zu Besuch kommen; Gerd Toller sah also seine kleine Schwester fast nie, obwohl er nur wenige Kilometer entfernt in einem College wohnte. Auf der Heimfahrt im Zug starrte Tilda von Schmerz und Zorn bewegt zum Fenster hinaus. *Es gibt Kinder, die keiner haben will.*

Zum ersten Mal seit einem Jahr dachte sie ohne Zorn und Bitterkeit an ihre Tante Sarah. Sarah hatte sie aus dem Waisenhaus geholt, als niemand sonst sie haben wollte. Ohne Sarah, dachte Tilda, wäre vielleicht auch sie eines dieser in Stummheit erstarrten Heimkinder geworden, die sich unablässig hin und her wiegten, oder mit dem Kopf rhythmisch gegen die Wand schlugen oder ohne Unterlaß ihr Haar drehten.

Max stand zeitunglesend am Herd, auf dem Eier und Schinken brutzelten, als Emily Potter in die Küche kam. Sie war klein und laut und neugierig und erinnerte Max an eine aufdringliche Mücke. Er nickte ihr zu und steckte den Kopf wieder in seine Zeitung.

Emily warf einen Blick in die Bratpfanne. »Schinken – lecker«, sagte sie. »Ist da vielleicht was übrig?«

»Nein«, antwortete Max kurz. Es waren nur drei Scheiben da, und er hatte sein Mittagessen irgendwann am Nachmittag auf einer stürmischen Überfahrt über den Kanal Neptun geopfert.

»Wir waren einkaufen.« Emily trug ein tief ausgeschnittenes, enges schwarzes Kleid, das ihren prächtigen Busen voll zur Geltung brachte. »Tilda und ich haben den *ganzen Tag* keinen Bissen gegessen.«

Max erinnerte sich, wie er Tilda bei ihrem Ohnmachtsanfall aufgehoben hatte. Sie war federleicht gewesen, ihre Glieder so zart wie die eines Vogels. Plötzlich erschrocken, sagte er: »Dann sag Tilda, daß sie was mitessen kann.«

Emily lehnte sich an den Tisch, streckte ihren Busen heraus und sah ihn mit einem Blick an, der verriet, daß sie soeben eine interessante Entdeckung gemacht hatte.

»Oh, *Max!* Keine Angst, ich sag nichts.« Sie riß ein Stück Rinde vom Brot und tauchte sie in sein Eigelb. »Und es bricht mir auch nicht das Herz. Du und ich, das wär sowieso eine Katastrophe. Ich überlaß die dunklen, hintergründigen Männer lieber Tilda.«

Hüftschwenkend verließ sie die Küche, und Max verwünschte sie im stillen. Er hatte sich schon vor einigen Monaten eingestanden, daß er Tilda liebte. Die Erkenntnis irritierte und amüsierte ihn. Aber sie änderte nichts und würde auch nie etwas ändern. Er war alt und erfahren genug, um sich nicht in die meist lächerliche Rolle des liebeskranken Anbeters zu begeben, und verantwortungsbewußt genug, um es bei einer rein freundschaftlichen Beziehung zu belassen. Er würde nicht mit Tilda schlafen, selbst wenn sie es wollte. Dazu hatte er sie zu gern. Anna hatte seine Strategie,

Gefühle und Begierden scharf zu trennen, nur allzu richtig erkannt.

Er war gerade aus Deutschland zurückgekehrt, wo er einen Monat bei seinen Freunden, den Hansens, verbracht hatte. Und während er beobachtet hatte, wie sich das Klima in München und Berlin veränderte, war ihm bewußt geworden, daß Tilda ihm fehlte. Aber anstatt sich schönen Phantasien von Auslandsreisen mit Tilda hinzugeben, hatte er sich gezwungen, sich einzig auf seine Arbeit zu konzentrieren. Der *Manchester Guardian*, eines der wenigen englischen Blätter, das wenigstens ansatzweise die Tragweite von Hitlers Aufstieg zur Macht in Deutschland erkannte, hatte ihn beauftragt, eine Artikelreihe zu schreiben. Als er während seines Aufenthalts in Berlin ein Nachtlokal besucht hatte, war es dort zu einer Massenprügelei gekommen. Grellgeschminkte Männer in Abendroben und Cocktailkleidern hatten sich mit den Braunhemden der SA geschlagen. Max hatte seine eigenen Regeln gebrochen und sich ins Getümmel geworfen. Zur Belohnung für seinen Einsatz hatte er einen Stuhl über den Schädel bekommen. In der Nacht, während er schlaflos, ein mit Eiswürfeln gefülltes Geschirrtuch an den Kopf gedrückt, in der Küche der Hansens hin und her gelaufen war, hatte er an Tilda gedacht. Er betrachtete seine Gefühle als eine Krankheit, die früher oder später vorbeigehen mußte.

Aufgebracht vielleicht durch ihre schwierige Geburt, sorgte Caitlin Canavan auch in den folgenden Monaten dafür, daß im Herrenhaus keine Ruhe einkehrte. Mit drei Monaten konnte sie noch immer nicht zwischen Tag und Nacht unterscheiden und schlief niemals mehr als einige Stunden durch. Jossy war zu krank und zu erschöpft gewesen, um sie zu stillen, und Nana war zu alt, um mehrmals in der Nacht aufzustehen und das Kind zu füttern; aber Daragh sprang ein, er ließ es sich nicht nehmen, selbst für seine Tochter zu sorgen. Er schlief auf einem schmalen Klappbett im Kinderzimmer, machte nachts Caitlins Fläschchen warm und nahm sich unendlich viel Zeit, um die Kleine mit gutem Zureden dazu zu bewegen, ein paar

Gramm mehr zu trinken. Wenn er mit seiner schlafenden Tochter im Arm zum Fenster hinaus auf den grauen, froststarren Rasen blickte, war Daragh glücklich. Er hatte die Liebe wiedergefunden. Er war ein leidenschaftlicher Mensch, und er brauchte Liebe um sich. Auch wenn dies eine andere Art von Liebe war als jene, die er Tilda entgegengebracht hatte, machte sie doch die tiefen Gefühle wieder lebendig, die sie miteinander verbunden hatten.

Nach ungefähr vier Monaten geschah das Wunder: Aus Caitlin, dem zornroten, ewig schreienden kleinen Wechselbalg, wurde ein niedliches, rosiges Baby, das manchmal richtig zufrieden sein konnte. Wenn Daragh die Kleine zu Bett brachte, pflegte sie die Nacht durchzuschlafen. Legten Nana oder Jossy sie hin, wollte sie einfach keine Ruhe geben oder wachte nach wenigen Stunden schreiend wieder auf. Daragh tröstete Caitlin, als sie die ersten Zähne bekam; Daragh präsentierte sie stolz den bewundernden Gästen. Als das Wetter milder wurde, schob er Caitlin im Kinderwagen im Park umher und freute sich, wenn sie über das Spiel der windbewegten Blätter lachte oder ihre Ärmchen der Sonne entgegenstreckte.

Die Liebe zu seiner Tochter lenkte ihn zunächst von einem Problem ab, das im Laufe der Monate immer drängender und lästiger wurde. Er und seine Frau schliefen nicht mehr miteinander. Dr. Williams' Verbot war von dem sündteuren Dr. Browne bekräftigt worden. Anfangs, als Jossy noch gekränkelt hatte und Daragh selbst erschöpft gewesen war von der ständigen Sorge um das Kind, hatte ihn das nicht weiter gekümmert. Aber als seine natürlichen Bedürfnisse sich wieder meldeten und Jossy, wenn auch plump und schwerfällig, wieder auf den Beinen war, ging Daragh langsam die Tragweite der Situation auf. Jossy selbst bat ihn ins gemeinsame Bett zurück. Er folgte ihrem Wunsch, fand die Situation aber schon nach wenigen Nächten unerträglich. Sie wollte ihn nicht in Ruhe lassen, bedrängte ihn mit Zärtlichkeiten und Liebkosungen, doch er durfte nicht vollenden, was sie begonnen hatte. Er war kein Eunuch oder Priester. Nicht, daß er Jossy besonders attraktiv gefunden hätte – sie war nach Caitlins Geburt sehr auseinandergegangen –, aber er brauchte eine Frau, jede wäre ihm recht gewesen. Er ertappte sich sogar dabei, daß er dem schwachsinnigen Kindermädchen mit begehrlichen Blicken nachschaute oder sich fragte, ob vielleicht eine von Jossys pferdegesichtigen Freundinnen sich mit ihrem Ehemann langweilte.

Daragh zog aus dem gemeinsamen Schlafzimmer aus. Jossy weinte sich die Augen aus. In seiner Verzweiflung suchte Daragh den Priester auf.

Der Priester hatte durchaus Verständnis für sein Problem, aber als Daragh vorsichtig und mit schlechtem Gewissen mit dem Vorschlag herausrückte, daß er und Jossy doch Verhütungsmittel verwenden könnten, biß er auf Granit. Gott werde ihm Kraft geben, versicherte der Priester, und Daragh trat, ein freudloses Bild lebenslanger Enthaltsamkeit vor Augen, mißmutig in den Frühlingssonnenschein hinaus. Niedergeschlagen bedachte er die Alternativen. Er konnte gegen die Lehren der Kirche verstoßen, ein Kondom verwenden und dafür nach seinem Tod in der Hölle schmoren. Er konnte seine Frau nehmen, ohne der Gefahr für ihr Leben zu achten. Er konnte fortfahren, sich wie bisher schuldbewußt und verstohlen selbst zu befriedigen. Oder er konnte sich eine Geliebte nehmen.

Daragh schlug die Hände vor sein Gesicht. Die in seiner Hochzeitsnacht entstandene Überzeugung, daß er, von Sarah Greenlees' Hinterlist und Jossys Vernarrtheit verführt, den falschen Weg eingeschlagen hatte, wurde noch stärker. Er hatte sich ein Leben an Tildas Seite vorgestellt. Seine Sehnsucht nach ihr war noch immer lebendig und schmerzte. Er wußte, daß Tilda in London lebte, in einem Zimmer im selben Haus wie Emily Potters Bruder. Daragh ballte die Hände und stützte sein Kinn auf seine Fäuste, während er angestrengt nachdachte. Emilys Bruder hieß – Herrgott noch mal, es mußte ihm doch einfallen! – Ronald? Nein. Robert? Richard?

Roland. Daragh lächelte.

Anna brachte die Briefe zu Max in die Mansarde hinauf, ehe sie zum Mittagessen ging. »Rechnungen, Darling, immer nur Rechnungen.«

Max sah seine Post durch. Drei Rechnungen und ein Brief. Der Brief war in Brighton abgestempelt.

In einem kurzen Schreiben teilte seine Mutter ihm mit, daß sie sich mit einem Mann namens Leslie Bates verlobt hatte und bald heiraten würde. *Er ist ein Geschäftsmann im Ruhestand und war früher Hauptmann der Garde*, schrieb Clara Franklin stolz.

Max packte Hut und Mantel und raste zum Victoria-Bahnhof, um den nächsten Zug nach Brighton zu erreichen.

Um drei Uhr war er bei seiner Mutter. Sie war nagelneu eingekleidet, und die Hochglanzkartons, die überall in der Wohnung herumlagen, zeugten von einer Einkaufsorgie. Er machte Tee und versuchte, ihr Leslie Bates' Adresse zu entlocken.

»Du wirst doch nicht häßlich zu ihm sein, Max?« fragte Clara Franklin ängstlich. Er versuchte, sie zu beruhigen, war aber nicht überzeugend in seinen Bemühungen und schaffte es nur, sie zum Weinen zu bringen. Aber er bekam die Adresse.

Leslie Bates trug einen Hahnentrittanzug, die Krawatte des ehemaligen Harrow-Schülers und wohnte in einem tristen Zimmer in einer ebenso tristen kleinen Pension. Er hatte ein künstliches Gebiß und schütteres Haar, pflegte aber die kerzengerade Haltung, die Clara Franklin an Männern schätzte, und die vermutlich die Fiktion von der Erziehung in einem Nobelinternat und der Gardelaufbahn untermauern sollte. Er bot Max einen Scotch und einen schmierigen Sessel an. Beides lehnte dieser dankend ab. Max wußte, daß Leslie Bates vom ersten Moment an klar war, weshalb er gekommen war.

Er klärte Leslie Bates schonungslos über die finanzielle Situation seiner Mutter auf, aber der machte nicht, wie einige seiner Vorgänger, augenblicklich einen verlegenen Rückzieher, sondern bemerkte, nachdem er Max' alte, aber teure Schuhe und den abgetragenen Burberry gemustert hatte: »Aber ich nehme doch an, es ist Geld in der Familie?«

Max stöhnte innerlich. »Mein Vater hat den größten Teil seines Vermögens beim Börsenkrach verloren. Und Sie dürfen mir glauben, Mr. Bates, daß ich kein privates Einkommen habe. Wenn Sie meine Mutter heiraten, müssen Sie sich darauf gefaßt machen, daß beträchtliche Kosten auf Sie zukommen werden.«

Bates zwirbelte seinen Schnäuzer. »Clara hängt sehr an mir. Wenn ich die Verlobung lösen würde, wäre das ein Schlag für sie. Aber eine unglückliche Ehe wäre letztendlich wohl weit schmerzlicher für sie, nicht wahr?«

Am liebsten hätte Max diesen fürchterlichen Kerl beim Schlafittchen seines scheußlichen Anzugs gepackt und zum Fenster hinausgestoßen. Statt dessen zog er sein Scheckbuch und sagte: »Wieviel, Mr. Bates?«

Er bezahlte hundertfünfzig Pfund für das Versprechen, daß Leslie Bates Brighton umgehend verlassen würde.

Seine Mutter weinte und war nicht zu trösten, als er ihr eine Stunde später erklärte, daß die Heirat nicht stattfinden würde. In der Nacht wurde Max von ihren tappenden Schritten und dem leisen Klirren von Flaschen in der Küche aus unruhigem Schlaf auf dem Wohnzimmersofa gerissen. Mit einem Glas und der Ginflasche zog sie sich in ihr Schlafzimmer zurück.

Als seine Mutter am folgenden Morgen gegen elf Uhr aufstand, machte Max ihr Tee und gab ihr zwei Aspirin. Sie sah alt und krank aus und sagte mit zitternder Stimme: »Ich weiß, daß ich mich albern benommen habe, Max. Es tut mir so leid.« Er drückte ihre Hand, dann kleidete sie sich an, und sie führten den Hund aus.

Am späten Nachmittag fuhr er nach London zurück. Der Zug war voll, und er fand keinen Platz. Er stellte sich in den Korridor und rauchte und sah zum Fenster hinaus. Er hatte kaum noch Geld – der Scheck für Leslie Bates hatte ihn seine Ersparnisse gekostet – und fühlte sich von einer Depression niedergedrückt, die er nicht abschütteln konnte. Er wußte, daß seine Mutter nur Liebe suchte. Die Liebe, die sein Vater ihr hatte geben können, hatte sie vor langer Zeit zerstört. Sie wollte soviel und wurde immer enttäuscht.

Zurück in der Pargeter Street, war er gerade dabei, seine Reisetasche auszupacken, als es klopfte. Er hatte ganz vergessen, daß Mittwoch war, der Tag von Tildas Deutschstunde. Ihr Anblick machte seinen Schmerz noch bitterer. Er sah sich die

Aufgaben an, die sie gemacht hatte, strich alles mit rotem Stift durch und sagte kurz: »Wenn du das Perfekt von ›sein‹ nicht beherrscht, wirst du Mühe haben, dich in Deutsch zu unterhalten.« Er sah, wie sie rot wurde.

Sie lasen *Emil und die Detektive*, Kapitel für Kapitel. Tilda las laut vor, und Max korrigierte ihre Aussprache und half ihr bei der Übersetzung. Während sie sich mühsam von Wort zu Wort vorarbeitete, ging er ruhelos im Zimmer umher, rückte Aschenbecher zurecht, ordnete Bücher ein. Ihre fehlerhafte Aussprache ging ihm auf die Nerven. Wenn er sie verbesserte, machte sie gleich darauf wieder den gleichen Fehler.

»Herrgott noch mal, Tilda«, fuhr er sie ungeduldig an, »hast du deinen Verstand bei Leo Hastings gelassen?«

Sie stand auf und packte ihre Bücher zusammen.

»Wohin willst du?«

»In mein Zimmer.« Sie sah ihn an. »Du bist offensichtlich nicht in Stimmung, Max.«

Beinahe hätte er sie gehen lassen, aber in letzter Minute wurde ihm klar, daß er sich hassen würde, wenn er das täte. Er hielt sie auf, bevor sie an der Tür war. »Tilda – bitte!«

Sie blieb unschlüssig stehen. »Du hast schon recht, Max, ich kann mich nicht konzentrieren. Vergessen wir's einfach.«

Er fürchtete, sie würde nie zurückkommen, wenn er sie jetzt die Treppe hinuntergehen ließ, und erkannte plötzlich, wie leer sein Leben dann sein würde. Er fuhr sich mit der Hand durch die Haare und sagte: »Es tut mir leid, Tilda, ich hatte einen scheußlichen Tag. Aber ich hätte es nicht an dir auslassen dürfen.«

Sie hielt ihre Bücher an die Brust gedrückt und sah ihn mit ihren klaren grauen Augen an, während sie auf eine Erklärung wartete.

»Ich war in Brighton und habe einem gewissenlosen Schurken eine Menge Geld bezahlt, um ihn davon abzubringen, meine Mutter zu heiraten.«

»Ach, Max.« Tildas Miene veränderte sich.

»Ich glaube, den nächsten erschieße ich«, sagte er, um die Sache ins Lächerliche zu ziehen. »Ich leih mir ein Gewehr und knall den Burschen ab. Ich würde dafür hängen, aber es wäre billiger.«

Sie lachte nicht. Sie ließ ihre Bücher auf einen Sessel fallen und nahm ihn in die Arme. »Armer Max.«

Er hätte es nicht ausgehalten, nur stocksteif dazustehen. Er schloß die Arme um sie und strich ihr über das Haar. In diesem Moment des Kontakts entdeckte er, daß es schon tröstet, einen Menschen, den man liebt, zu berühren. Durch ihre Berührung schlossen sich seine Wunden, so einfach und wunderbar war das. Es war eine ganz neue Erkenntnis für ihn, und weil sie ihn verwirrte, löste er sich hastig von Tilda.

Die Mansarde, mit dem Bett, das durch die offene Verbindungstür sichtbar war, schien in diesem Moment zu klein, zu gefährlich. Er sagte: »Lassen wir doch die Deutschstunde für heute sausen und gehen zusammen was trinken«, und war erleichtert, als sie zustimmte.

Sie gingen in ein Pub am Ende der Straße und setzten sich in die Salonbar mit den roten Plüschsesseln, wo es ruhiger war als draußen am Tresen. Er erzählte ihr von seiner Familie. Es war, als wäre ein Damm gebrochen, als wäre all seine angelernte Zurückhaltung von stärkeren Emotionen weggeschwemmt worden.

»Ich war im Internat, als meine Eltern sich scheiden ließen. Es war ein ziemlich vornehmes, strenges Internat – mein Vater war damals recht vermögend. Ein paar Zeitungen berichteten über die Scheidung. Einige der Jungen lasen die Artikel und ... du kannst es dir vorstellen. Ich wäre am liebsten durchgebrannt, aber ich wußte, daß sie mich schnappen und wieder in die Schule verfrachten würden. Ich gewöhnte mir an, so zu tun, als machte mir das alles nichts aus. Es gelang mir immer besser, und nach einer Weile hörten sie tatsächlich auf, mich zu quälen. Das Komische ist«, Max drückte seine Zigarette aus, »daß mir damals zum ersten Mal der Gedanke kam, Journalist zu werden. Mir wurde wahrscheinlich bewußt, was für eine Macht die Presse besitzt. Vor den Zeitungsberichten war ich nur der langweilige Max Franklin, der ganz gut Kricket spielt und ab und zu mal einen Schulpreis gewinnt. Danach war ich der Max Franklin, dessen Mutter eine Säuferin und ein Flittchen war. Viel interessanter.«

Sie legte ihre Hand auf die seine. »Max.«

Er lächelte. »Trinkst du noch was?« Er stand auf und ging zum Tresen. Wie unerträglich langweilig, dachte er grimmig, während er im Gedränge wartete, endlos nur von sich selbst zu reden.

Wieder zurück am Tisch, reichte er Tilda ihr Glas. »Roland hat mir erzählt, daß deine Eltern tot sind, Tilda.«

Sie nickte. »Ich bin bei meiner Tante aufgewachsen.«

»Und sie ist gestorben ...?«

Sie schüttelte den Kopf. »Nein, sie lebt noch, soviel ich weiß.«

Er runzelte die Stirn. »Du hast keinen Kontakt mit ihr?«

Ihre Augen waren groß und dunkel. »Wir haben seit anderthalb Jahren kein Wort mehr gewechselt. Ich habe heute morgen einen Brief von zu Hause bekommen. Aber nicht von meiner Tante. Sie weiß meine Adresse gar nicht.«

Er sagte nichts, sah sie nur an. Nach einer kleinen Weile kramte sie in ihrer Tasche und zog einen gefalteten Brief heraus. Max konnte die geschriebenen Worte nicht entziffern, aber er sah die Handschrift: kräftig und schwarz und ungezügelt.

»Er ist von Daragh Canavan. Ich hätte nie geglaubt, daß ich je wieder von ihm hören würde.«

Der Schmerz in ihrer Stimme erschütterte ihn. Er erinnerte sich, daß Anna einmal gesagt hatte: *Sie hat ein gebrochenes Herz.*

»Du liebst ihn?«

Sie sah auf und schüttelte wieder den Kopf. »Ich *habe* ihn geliebt. Aber jetzt liebe ich ihn nicht mehr. Er hat eine andere geheiratet. Meine Tante hat das Ganze eingefädelt.«

Er war neugierig und hätte gern mehr gewußt, aber er spürte, wie schmerzlich es für sie war, über das Thema zu sprechen. »Du hast wahrscheinlich Angst«, sagte er vorsichtig, »daß du alles genauso verpfuschen würdest wie deine Eltern. Eine Ehe, meine ich. Eine Familie und so ...«

»Ich stelle mir manchmal vor, ich hätte eine Familie«, sagte Tilda. Sie lächelte. »Eine richtige Familie. Mit einem Haufen Kinder und einem großen Haus ... und einem Garten mit kleinen Wegen und einem Froschteich.«

»Und im Herbst werden im Garten große Feuer angezündet. Und am offenen Kamin werden Kastanien geröstet.«

Sie lachte. »Du hast ja Sinn fürs Romantische, Max. Das hätte ich mir nicht träumen lassen.«

Er sagte: »Wenn man weiß, wie man es nicht machen darf, kann man es vielleicht besser machen.« Schon wieder eine neue Erkenntnis. Die zweite an einem Abend. Max, du alter Trottel, dachte er, vielleicht fängst du endlich an zu begreifen.

Das Licht, das durch die Milchglasscheiben fiel, lag hell auf Tildas schulterlangem Haar. Ihre Lider waren über den ruhigen grauen Augen gesenkt. Er wäre gern ein Maler gewesen. Er wünschte sich, er könnte ihr durchscheinendes Gesicht mit den kleinen Sommersprossen mit seinem Mund und seinen Händen streicheln.

Doch da war der Brief, den sie immer noch in der Hand hielt. »Was wollte er denn?«

»Oh.« Sie blickte auf das Blatt Papier in ihrer Hand. »Mich sehen. Aber ich geh natürlich nicht hin. Ich werde ihm gar nicht antworten.«

Max war sich tiefer Erleichterung bewußt.

Jossy schaute Caitlin gern an, wenn sie in ihrem Bettchen schlief, aber wenn ihre Tochter in Wutgeschrei ausbrach und nicht mehr damit aufhören wollte, geriet sie in Panik und fühlte sich völlig unzulänglich. Sie war sich nie sicher, ob sie alles richtig machte, wenn sie Caitlin im Arm hielt oder fütterte oder auch nur mit ihr sprach. Caitlin verstärkte alle Zweifel Jossys an sich selbst. In den seltenen Momenten, in denen die Kleine ruhig und zufrieden war, genoß Jossy es, sie um sich zu haben; allzuoft jedoch brach sie angesichts des schreienden Kindes selbst in Tränen aus oder übergab es Nana, dem Kindermädchen oder Daragh. Sie konnten viel besser mit der Kleinen umgehen. Sie wußte, daß sie wieder einmal versagte, sich einer Aufgabe nicht gewachsen zeigte, die für eine Frau einfach und natürlich hätte sein müssen.

Anfangs machte es ihr nichts aus, daß sie und Daragh nicht mehr miteinander schlafen durften. Die Entbindung war tausendmal schlimmer gewesen als ihre schlimmsten Phantasien, und sie wußte, als sie klaren Nachdenkens wieder fähig war, daß sie so etwas kein zweites Mal durchmachen könnte. Das kurze Gespräch mit Dr. Williams rief eine Mischung aus Verlegenheit und Erleichterung hervor.

Doch als es ihr wieder besserging, erinnerte sie sich der Nächte mit Daragh, und empfand den Verlust. Vor ihrer Ehe hatte sie ihren Körper mit seinen unverstandenen weiblichen Abläufen als eine Quelle der Scham und des Ekels empfunden. Das hatte Daragh geändert: Er hatte sie Freude an ihrem Körper gelehrt.

Als sie es endlich schaffte, sich wieder in ihre Abendkleider zu zwängen, nahm sie auch wieder Einladungen an. Sie fuhr mit Daragh nach London ins Theater, nach Cambridge zum Abendessen in einem eleganten Restaurant, zu einer Cocktailparty, zu der eine alte Schulfreundin Jossys eingeladen hatte. Elsa Gordon war groß und schlank und blond, und ihr Bauch war flach wie ein Brett, obwohl sie zwei Kinder hatte. Jossy machte Daragh mit Elsa bekannt. Elsa zeigte unverhohlene Bewunderung, als sie Daragh die Hand gab. Dann wandte sie sich Jossy zu und musterte sie mit ihren blaßblauen Augen von oben bis unten. »Tolles Kleid, Joscelin«, sagte sie lächelnd. »So originell.« Jossy nahm Daraghs dargebotenen Arm und war stolz.

Aber im Lauf des Abends trübte sich ihre Stimmung. Immer wieder verlor sie Daragh aus den Augen. Sie brauchte sich nur abzuwenden, um einen Cocktail anzunehmen oder mit irgendeinem Bekannten ein paar Worte zu wechseln, und schon war er weg. Ohne Daragh an ihrer Seite fühlte sie sich fehl am Platz, kam sich häßlich und langweilig vor. Sie sah, daß Daragh sich im Gegensatz zu ihr blendend unterhielt. Er wechselte von Gruppe zu Gruppe, immer willkommen, niemals um Worte verlegen. Er mußte nie wie Jossy krampfhaft nach einem Gesprächsthema suchen; er geriet nie in so erbärmliche Situationen wie Jossy, die ein rotgesichtiger alter Colonel in die Ecke gedrängt hatte, um sie mit einem endlosen Monolog über die Jagd zu langweilen.

Als Jossy irgendwann verzweifelt zum Fenster hinausblickte, sah sie draußen den Schimmer von Bewegung. Daragh und Elsa Gordon flanierten im mondbeschienenen Garten. Der Zorn verlieh ihr Kraft. Sie sagte laut, »Entschuldigen Sie mich« zu dem aufdringlichen Colonel, drängte sich an ihm vorbei und lief zur Gartentür.

Sie standen am Rosenbeet. Jossy hatte den Eindruck, daß Elsas Hand auf Daraghs Arm lag, aber im dämmrigen Licht konnte sie es nicht genau erkennen.

»Ich bin müde, Daragh«, sagte sie.

Er drehte sich herum. »Aber es ist doch erst«, er sah auf seine Uhr, »halb zehn.«

»Ich möchte nach Hause.«

Daraghs Miene verfinsterte sich. Jossy stapfte zum Haus zurück. Als er sie einholte, zischte er: »Du machst mich lächerlich«, aber sie ging einfach weiter.

Als sie im Foyer auf ihre Mäntel warteten, sah sie in den Spiegel. Daragh sah trotz seines Zorns blendend aus wie immer, aber sie selbst …

Sie hatte ein schwarzes Spitzenkleid an, das zu ihrer Aussteuer gehört hatte. Aber ihre Figur schien sich seit dem Kauf verändert zu haben: Ihr Busen war flacher geworden, und ihr Bauch wölbte sich trotz des Korsetts nach vorn, so daß ihr Körper birnenförmig wirkte. Und sie mußte mit dem Absatz ihres Schuhs im Saum hängengeblieben sein, denn hinten am Kleid hing ein Stück Spitze herab und schleifte über den Boden. Ihr Haar hatte sich in der Hitze des Saals gekraust. *So originell*, hatte Elsa gesagt und gelächelt.

Auf der Heimfahrt, nachdem sie die Stadt hinter sich gelassen und die flachen, erhöht angelegten Straßen des Marschlands erreicht hatten, sagte Jossy: »Du hast dich ja stundenlang mit dieser Frau unterhalten.«

»Wir haben über die Kinder geredet, weiter nichts. Elsa hat ein kleines Mädchen im gleichen Alter wie Caitlin.«

»*Elsa!*« schrie sie erbost. »Ihr nennt euch schon beim Vornamen!« Der Wagen machte einen Schlenker.

Er riß am Lenkrad. »Herrgott noch mal, du bringst uns beide noch um.«

»Sie hat sich über mich lustig gemacht, Daragh. Ist dir das klar?«

»Dann hättest du ihr keinen Anlaß geben sollen. Du bist mir ja hinterhergelaufen, als wär ich ein Hündchen an deiner Leine.«

Jossy gab Gas, als sie die lange, schnurgerade Straße nach Southam hinunterfuhren. »Ich habe ein Recht auf deine Gesellschaft. Elsa Gordon nicht. Ich bin deine Frau.«

»Ja«, murmelte er. »Dem Namen nach.«

Sie schnappte nach Luft. Die Lichter des Herrenhauses erschienen in der Dunkelheit. Der Mond beleuchtete Daraghs gutgeschnittenes Profil. Jossy lenkte den Wagen die Auffahrt hinauf und parkte vor dem Haus. Ihr Zorn löste sich auf, und sie begann zu weinen. Sie flüsterte: »Ich weiß ja, daß wir *das* nicht mehr miteinander dürfen, aber wir können doch schmusen und ...«

»Heilige Maria! Darüber war ich schon mit sechzehn raus.«

Sie starrte ihn an. Er stieg aus dem Wagen und knallte die Tür zu. Dann drehte er sich herum und sah sie an. »Jesus, du hast doch nicht geglaubt, du wärst die erste?«

Ihr Schweigen war Antwort genug. Mit einem Lachen ging er zur Haustür. »Ich bin sechsundzwanzig Jahre alt, Jossy. Hast du gedacht, ich hätte mir's für die Ehe aufgespart?«

»*Ich* habe es getan.«

»Bei einer Frau ist das anders.« Er sperrte die Tür auf und ging zur Treppe.

Wie viele? wollte sie fragen, wer?, aber er war ihr vorausgeeilt. Sie lief ihm nach, und als sie ihn oben einholte, schlang sie ihre Arme um ihn und drückte sich an ihn. »Ich liebe dich, Daragh«, sagte sie leise. »Ich will nichts andres, als mit dir zusammensein.« Seine Wärme, sein Duft – eine Mischung aus dem leicht salzigen Geruch von Schweiß und dem Eau de Cologne, das er verwendete – machte sie taumelig vor Sehnsucht und Verzweiflung. Manchmal, wenn er weg war, pflegte sie in sein Zimmer zu gehen, seinen Schrank zu öffnen und ein Jackett oder einen Kaschmirpullover herauszuziehen, um seinen vertrauten Duft zu riechen.

Als er sich von ihr losmachte, folgte sie ihm. Ihre hohen Absätze klapperten auf den Dielen, das abgerissene Stück Spitze fegte den Staub vom Boden auf. An der Tür zum Kinderzimmer blieb er stehen. »Ich fahre für ein paar Tage nach London.«

»Ich packe gleich ein paar Sachen.«

»Nein, ich fahre allein, Jossy. Geschäftlich. Nur für ein oder zwei Tage. Einer von uns muß bei Caitlin bleiben.«

Im Kinderzimmer sah sie den Ausdruck in Daraghs Gesicht, als er sich über das schlafende Kind beugte, und wurde sich schmerzlich bewußt, daß er sie niemals so angesehen hatte. Niemals.

Er kam zu ihr, genau wie sie es gewußt hatte. Eines Abends, als sie von ihrer Arbeit nach Hause kam, fing Emily sie ab und sagte leise: »*Daragh* ist bei uns im Zimmer. Ich hab ihm eine Tasse Tee gemacht. Ich hab nicht gewußt, was ich sonst tun soll.«

Daragh war jetzt ein verheirateter Mann. Sie würden Freunde sein. Tilda öffnete die Zimmertür. Er stand am Fenster. Als er sich nach ihr umdrehte, erkannte sie, daß sie niemals Freunde würden sein können. In seiner Gegenwart konnte sie ruhige Gelassenheit höchstens vortäuschen.

Dennoch ging sie ihm lächelnd entgegen und küßte ihn auf die Wange. »Hallo, Daragh. Wie schön, dich zu sehen. Geht es dir gut?«

»Ja, mir geht es gut. Und du siehst wunderbar aus, Tilda.«

Sie fragte sich, ob auch er Theater spielte. Oder ob mit seinem Einzug in Southam Hall alle Fähigkeit zur Leidenschaft abgestorben war. Sie sagte glatt und gewandt: »Und Jossy und Caitlin? Sie sind auch wohlauf?«

»Den beiden geht es prächtig. Tilda, ich bin für eine Weile in London, und wollte gern alte Freunde wiedersehen. Hast du heute abend Zeit?«

»Im Moment paßt es mir schlecht, Daragh.« Ihre Stimme zitterte verräterisch.

»Und wie wär's morgen?«

»Da habe ich leider schon eine Verabredung. Ich lerne nämlich Deutsch, weißt du. Das hilft mir bei meiner Arbeit.«

Er sagte nichts. Sie ging durchs Zimmer, zog den Bettüberwurf gerade, richtete die Bücher im Regal. »Wir haben diese Woche ziemlich viel vor, stimmt's, Em?«

»Ja, wir können uns wirklich vor Partys und Einladungen kaum retten.« Emily lächelte strahlend.

Er stand nur da und sah sie an. Als Tilda Hut und Handschuhe abnahm, fühlte sie sich wie nackt. Ihre Haut brannte.

Er sagte plötzlich: »Wenn du es dir anders überlegen solltest: Ich wohne im Savoy Hotel.« Dann lächelte er und ging.

Sie trat ans Fenster und schaute ihm nach, wie er mit den Händen in den Hosentaschen die Straße hinaufging. Wahrscheinlich pfiff er irgendein irisches Lied vor sich hin. Tränen schossen ihr in die Augen, aber sie drängte sie zurück.

»Im Savoy«, sagte Emily neidisch. »Der Mann hat vielleicht ein Glück. Das ist was andres als dieses Loch hier. Aber du gehst doch nicht hin, oder?« Sie sah Tilda an. »Tilda, er ist *verheiratet!*«

Daragh war jemand, der nicht so leicht lockerließ, und er war auf seine eigenen Interessen bedacht, eine Tatsache, die Sarah Greenlees sich zunutze gemacht hatte. Tilda stellte ihn sich vor, wie er Tag für Tag in seinem Zimmer im Savoy saß und auf sie wartete. Vielleicht aber würde sie ihn auch eines Abends, wenn sie von der Arbeit nach Hause kam, hier, vor dem Haus, antreffen. Vielleicht würde er ihr Briefe schreiben, sie anrufen, wenn er herausbekommen hatte, wo sie arbeitete. Sie fragte sich, wie lange es dauern würde, bevor sie weich werden würde, ihm geben würde, was er wollte. Aber, dachte sie, es gibt ein Mittel, ihn für immer zu vertreiben. Daragh wußte schließlich nicht alles.

»Vielleicht geh ich hin.«

Emily schloß die Tür. »Und was ist mit Max?« fragte sie scharf. »Du weißt, daß er dich liebt. Alle hier sind in dich verliebt – Michael, Fergus, Stefan, für mich natürlich der absolute Knüller –, aber Max ist was Besonderes. Das weißt du auch, Tilda. Mit einem Mann wie Max sollte man nicht flirten.«

Sie entgegnete ruhig: »Ich flirte nie.«

»Nein. Das hast du nicht nötig, nicht wahr?« Emily kramte in ihrer Tasche nach ihren Zigaretten. »Tilda, hör endlich auf, so verdammt *unerreichbar* zu sein.«

Tilda holte ihr Strickzeug aus der Schublade, setzte sich aufs Fußende ihres Bettes und begann, Maschen zu zählen. Die Wolle war fein und seidig und so blau wie der Himmel.

Emily zündete sich ihre Zigarette an. »Daragh tut dir nicht gut, Tilda. Natürlich sieht er fabelhaft aus, und man schmilzt einfach dahin, wenn man ihn sieht, aber du darfst nicht zu ihm gehen. Er will dich doch nur zu seiner Geliebten machen.«

Tilda hatte mit dem schwierigen Stück am Ausschnitt angefangen. »Ich weiß.«

»Dann gehst du also nicht?«

Sie zählte noch einmal die Maschen nach. »Doch, vielleicht gehe ich, Em.«

»Du bildest dir ein, du könntest ihm widerstehen, aber ich wette, du kannst es nicht. Daragh wird niemals seine Frau deinetwegen verlassen, Tilda. Er ist katholisch, und bei den Katholiken gibt es keine Scheidung. Du erreichst höchstens, daß du Max verlierst, der zehnmal soviel wert ist wie Daragh.«

Als Tilda von ihrem Strickzeug aufblickte, sah sie, daß Emily wütend war. Dennoch brachte sie es nicht fertig, ihr zu erklären, was sie vorhatte: Die Scham, die sie niemals losließ, ließ es nicht zu.

Emily drückte ihre Zigarette in einer Untertasse aus. »Du bist wirklich unglaublich stur!« Sie rannte aus dem Zimmer und knallte die Tür hinter sich zu. Tilda strickte weiter.

Zwei Tage später fuhr sie zum Savoy Hotel. Daragh wohnte in einem großen Zimmer in der zweiten Etage mit Blick auf die Themse. Er goß zwei Gläser Sherry ein und reichte eines Tilda.

Tilda brach das gespannte Schweigen. »Erzähl mir was von deiner kleinen Tochter, Daragh.«

Endlich lächelte er. Er nahm einen Umschlag aus seiner Tasche und breitete auf dem Tisch vor ihr mehrere Fotografien aus. »Das ist Caitlin.«

Sie betrachtete die Bilder. Ein dunkelhaariges Baby lachte sie an. »Sie ist wunderschön, Daragh. Wie alt ist sie jetzt?«

»Sieben Monate«, antwortete er stolz. »Sie kann schon allein sitzen.«

Wieder trat Schweigen ein. Dann packte Tilda den Stier bei den Hörnern und sagte: »Warum bist du hierhergekommen, Daragh? Warum läßt du mich nicht einfach in Ruhe?«

»Ich wollte dir erklären, wie das mit Jossy war.« Er stand auf und ging zum Fenster. Die Hände auf den Sims gestützt, sah er hinaus. »Ich möchte gern, daß du verstehst, wie alles gekommen ist.«

»Das *weiß* ich doch«, sagte sie leise. »Ich *weiß*, wie es dazu gekommen ist.«

»Tilda.« Seine Stimme und sein Blick beschworen sie. »Tilda, bitte versuch doch zu verstehen. In Irland war ich nichts, und hier ging es mir anfangs nicht besser. Ich bin nach England gekommen, weil ich es zu etwas bringen wollte, aber ich hatte keine Ahnung, wie schwer das sein würde. Ich habe Jossy nicht gebeten, mich zu heiraten, sie hat mir den Antrag gemacht. Ich war völlig ahnungslos. Ich dachte, sie würde mir eine Arbeit anbieten ...« Er schwieg. Dann sagte er: »Schuld an allem war deine Tante Sarah.«

»Sarah hat den Köder ausgelegt«, sagte Tilda bitter, »aber du warst derjenige, der ihn geschluckt hat, Daragh.«

»O ja, ich habe ihn geschluckt.« Sein Lächeln war voller Selbstekel. »Wie ein ausgehungerter Fisch. Aber diese Ländereien, dieses Haus zu besitzen – kannst du dir auch nur im entferntesten vorstellen, was mir das bedeutete? Ich habe mein Leben lang draußen am Zaun gestanden und durfte nicht mal *reinschauen*. Und dann wird mir plötzlich dieser Riesenbesitz angeboten, fällt mir praktisch in den Schoß. Wie hätte ich da nein sagen können?«

Sie entgegnete kalt: »Ich war von Geburt an arm, Daragh, und hatte nichts. Aber eine Zeitlang hatte ich dich, und es hat mir mehr bedeutet als aller Besitz der Welt. Nur dir war das nicht genug. Du hast es weggeworfen.«

»Ja, das habe ich getan.« Sein Blick war voller Schmerz.

Sie konnte es nicht unterlassen zu fragen: »Bereust du es?«

»Ich habe es von dem Tag an bereut, an dem ich geheiratet habe. Ich habe es bereut, als ich vor dem Altar stand.«

Wieder ein langes Schweigen, dann wies Tilda auf die Fotografien. »Und jetzt, Daragh?«

»Ich will dich nicht belügen, Tilda, ich liebe meine kleine Tochter. Sie ist mein Leben.«

»Und Jossy?« fragte Tilda leise.

»Ich empfinde nichts für sie. Das war schon immer so. Manchmal kann ich kaum atmen. Sie ist so ... besitzergreifend.«

Sie hatte den Eindruck, daß er die Wahrheit sagte, und verspürte einen Anflug von Mitleid mit Jossy, die Daragh liebte.

Er setzte sich wieder neben sie. »Ich weiß, daß ich dir nichts bieten kann«, sagte er. »Aber Liebe ist doch auch etwas, oder nicht?«

»Liebe kannst du nicht mehr bieten, Daragh, siehst du das denn nicht?«

Er schloß die Augen. »Tilda, ich habe dich von dem Moment an geliebt, als ich dich zum ersten Mal sah, und ich habe nie aufgehört, dich zu lieben. Ich habe alles verpfuscht, das kann ich gar nicht leugnen. Aber in Gottes Namen, es ist doch nicht allein meine Schuld?« Er ergriff ihre Hand und begann sie zu streicheln.

»Nein«, flüsterte sie. »Es ist nicht allein deine Schuld.« Sie vergaß alles, war sich allein seiner Nähe, seiner Wärme bewußt. Als er sie an sich zog, legte sie ihren Kopf an seine Schulter und schloß die Augen, als er über ihr Haar strich.

»Du hast mich gar nicht gefragt, warum ich hergekommen bin, Daragh.«

Er streichelte zärtlich ihren Nacken.

»Ich bin hergekommen, um dir Lebewohl zu sagen«, fuhr

sie fort und spürte, wie seine Finger an ihrem Hals erstarrten. »Um dir dieses Mal richtig Lebewohl zu sagen.«

Als sie sich aufsetzte, sah sie die Ungläubigkeit und die Gekränktheit in seinem Gesicht.

»Gibt es jemand anderen?«

Sie dachte flüchtig an Max, dann schüttelte sie den Kopf. »Nein. Niemanden.«

»Ich würde Jossy verlassen, wenn ich könnte, Tilda. Das mußt du mir glauben.« Sie legte ihm den Finger auf den Mund, um ihn zum Schweigen zu bringen. Er rückte von ihr ab, und so blieben sie sitzen, Seite an Seite auf dem Sofa, ohne einander zu berühren. Daragh starrte in sein Glas. »Liebe vergeht wahrscheinlich. Sie ... sie stirbt einfach. Ich habe sie getötet. Mit meinem Zorn und meiner Habgier habe ich sie getötet.«

»Nein. Nein.« Es wäre vielleicht besser gewesen zu lügen, aber das wollte sie nicht. »Es ist etwas anderes, Daragh. Es hat damit zu tun, *wer* du bist. Und wer Jossy ist.«

»Jossy?« wiederholte er verwirrt. »Was hat Jossy damit zu tun?«

»Ach, Daragh.« Sie war in diesem Moment unendlich müde und unendlich traurig. »Jossy ist meine Schwester.«

Jemand rief ihren Namen, als sie die Treppe herunterkam und durch das Foyer lief.

»Max.« Sie sah sein Gesicht durch einen Tränenschleier.

»Emily hat mir gesagt, wo du bist.«

»Oh!« Sie starrte ihn an und blieb mitten im Foyer stehen.

Max' Gesicht war ernst. »Ich habe mir Sorgen um dich gemacht.«

»Ein Schicksal schlimmer als der Tod?« Tilda lachte brüchig. »Du hättest dir keine Gedanken machen müssen.«

Er sah sie einen Moment lang aufmerksam an. »Möchtest du was trinken?«

»Nein. Ich finde es hier fürchterlich.« Sie schauderte.

»Wir können ja woanders hingehen.« Er bot ihr den Arm.

Sie gingen zum Embankment. Das Licht der Abendsonne glitzerte auf dem Wasser der Themse. Frachtkähne und Vergnügungsdampfer, deren leuchtendbunte Wimpel im leichten Wind flatterten, belebten den Fluß.

»Ist er weg?« fragte Max nach einer Weile.

»Daragh? Ich habe keine Ahnung.«

Sie waren am Fluß angelangt und lehnten sich an die Brüstung. »Ich vermute«, sagte Tilda, »er wird sich jetzt erst betrinken, dann gründlich ausschlafen und morgen nach Hause fahren.«

Schweigend beobachteten sie ein kleines Beiboot, das zu einem der größeren Schiffe hinausruderte. »Ich wünschte«, sagte Tilda leise, »ich wäre auf einem dieser Schiffe und könnte einfach davonfahren und nie wiederkommen.«

»So schlimm ist es?« fragte Max.

Sie rieb sich die Augen und lehnte ihren Kopf an seine Schulter. Der Matrose in dem Beiboot warf ein Tau zum Schiff hinauf und wurde hochgezogen.

»Möchtest du darüber reden?« fragte Max.

Ihm könnte sie es vielleicht erzählen, dachte sie. Und vielleicht schuldete sie ihm ja auch etwas. Für seine Fürsorge. Dafür, daß er sie im wörtlichen und übertragenen Sinn mehr als einmal aufgefangen hatte.

»Ich denke nicht daran, Daraghs Geliebte zu werden, Max.«

»Und deswegen wird er sich vermutlich heute abend betrinken.«

Sie schüttelte den Kopf. »Nicht nur. Ich habe ihm gesagt, daß seine Frau meine Stiefschwester ist. Damit ist Daragh mein Schwager. Es wäre doch beinahe Inzest gewesen, mit ihm zu schlafen, nicht wahr?«

Er sagte nichts, sah sie nur an.

»Es ist wahr, Max. Ich habe es vor anderthalb Jahren erfahren. Deswegen bin ich nach London gegangen.«

Er gab ihr sein Taschentuch, und sie wischte sich die Augen. Dann erzählte sie ihm die ganze Geschichte: von Daragh und Sarah und dem Brief, den Sarah an Joscelin de Paveley geschrieben hatte. Und zum Schluß erzählte sie ihm von ihrer Mutter und was dieser zugestoßen war.

»Bist du jetzt schockiert?« fragte sie, als sie fertig war.

Er verneinte. »Dieses Gesetz, das deine Mutter in die Anstalt gebracht hat, ist grausam und gnadenlos. Und die Gesetze gegen Vergewaltigung sind auch nicht viel besser.«

»Ich frage mich manchmal«, sagte Tilda nachdenklich, »was ich wohl von meinen Eltern mitbekommen habe, den Wahnsinn oder die Grausamkeit.«

»Die Schönheit«, sagte er.

»Ach, Max.« Sie wandte sich ab. Das Schiff glitt die Themse hinunter. Tilda sah ihm nach, bis sie das Beiboot, das es in seinem Kielwasser mit sich führte, nicht mehr erkennen konnte. »Als ich nach London kam«, sagte sie sinnend, »habe ich versucht, so zu tun, als hätte ich keine Vergangenheit. Ich glaubte, ich könnte ganz von vorn anfangen, mich ummodeln wie ein altes Kleid: den Saum ein bißchen kürzen, ein paar neue Knöpfe annähen, ihm ein neues Gesicht geben.«

»Das ist dir doch gut gelungen.«

»Ich schäme mich so«, flüsterte sie.

»Du hast keinen Grund, dich zu schämen«, sagte er liebevoll. »Du bist weder verrückt noch grausam. Du bist Tilda, und du bist schön und klug und ein wunderbarer Mensch. Du kannst aus deinem Leben machen, was du willst. Du kannst arbeiten, oder du kannst eine Familie gründen.«

»Ja, eine Familie, das wäre schön.« Ich brauche Menschen um mich, dachte sie. Viele Menschen, um die Lücken zu füllen.

»Aber ein anderer als Daragh kommt wohl für dich nicht in Frage?«

Mit einem scharfen Blick sah sie ihn an und schüttelte den Kopf. »Diese Art von Liebe brauche ich nicht mehr, Max. Die ist wie ... wie eine Fahrt mit einem dieser schnellen Motorräder. Aufregend, aber anstrengend bis zur Erschöpfung.«

»Du hast nicht gesagt, daß du ihn nicht liebst«, bemerkte er schroff.

»Nein.« Sie drückte ihre Faust auf ihr Herz, als täte es ihr weh. »Eines Tages werde ich es sicher sagen können. Es braucht nur eine Weile.«

»Dann ... könntest du dir vorstellen, mich zu heiraten?«

Sie hörte selbst, wie sie nach Luft schnappte.

»Ich hätte nie gedacht, daß ich das jemals eine Frau fragen würde.« Er schnitt ein Gesicht. »Ich hatte eigentlich vor, ein ekelhafter alter Hagestolz zu werden, du weißt schon, so einer, der in einem scheußlichen rostbraunen Morgenrock rumläuft und tagelang sein Geschirr nicht spült. Aber du bist mir dazwischengekommen, Tilda. Ich liebe dich. Ich kann mir nichts Schöneres vorstellen, als den Rest meines Lebens mit dir zu verbringen.«

»Max, lieber Max ...«

»Du bist dir der Ehre bewußt, aber du mußt leider und so weiter, und so weiter?« Hinter der Schnoddrigkeit saß Schmerz.

Sie ging von ihm weg und setzte sich auf eine Bank. Sie mußte nachdenken. Als er ihr zurief, »Tilda, ich verlange ja nicht, daß du mir schwörst, du wärst unsterblich verliebt in mich«, drehten mehrere Vorüberkommende die Köpfe, und Tilda hob abwehrend die Hände.

»Ich bin gern mit dir zusammen.« Sie zählte seine Tugenden an ihren Fingern ab. »Du bringst mich zum Lachen, mit dir kann man gut reden. Du bist lieb und ...«

»O Gott!« Er senkte in gespielter Verzweiflung den Kopf. »Wie niederschmetternd!«

»Sei nicht albern, Max. Wir mögen die gleichen Dinge. Wir haben in vielem die gleiche Meinung. Und wir *laufen beide davon*, glaube ich.«

»Aber?« fragte er.

»Du bist natürlich grob und arrogant und schwierig.« Doch dann hörte sie auf, ihn zu necken, und sagte einfach: »Max, ich will gar nicht unsterblich in jemanden verliebt sein. Nie wieder. Wenn du das akzeptieren kannst, dann ... ich glaube, dann würde ich dich gern heiraten.«

Sie sah, wie er kurz die Augen schloß, dann richtete er sich auf und kam zu ihr. Sie stand von der Bank auf, und er nahm sie in die Arme und küßte sie. Wenn Daragh nicht gewesen wäre, dachte sie, wäre es dazu vielleicht nie gekommen. Sie hätten einander Monate oder Jahre vorsichtig umkreist, beide zu tief verletzt von der Vergangenheit, um dem Wunsch nach einer gemeinsamen Zukunft nachzugeben. Ewiges Zaudern und mangelndes Vertrauen hätten mit der Zeit Begehren und Zuneigung erstickt, und sie hätten sich unwiderruflich voneinander entfernt. Er küßte sie wieder und hielt sie dann lange schweigend an sich gedrückt.

Nach einer Weile sagte er: »Ich verlange gar nicht alles von dir, Tilda. Ich verlange nicht, daß du mir gibst, was du Daragh gegeben hast. Wenn du ihn tief in deinem Herzen immer noch ein wenig liebst, dann kann ich damit leben. Aber ich könnte es nicht ertragen, wenn du mich betrügst, Tilda. Niemals. Damit könnte ich nicht leben.«

Sie sagte sich, daß sie einen guten Tausch gemacht hatte. Sie hatte leidenschaftliche Liebe gegen etwas Sanfteres und Zuverlässigeres eingetauscht, das vielleicht weniger schmerzanfällig und tragfähiger sein würde.

Es fiel ihr leicht, ihr Versprechen zu geben. »Ich werde dich nicht betrügen, Max. Ich werde dir eine gute Frau sein. Ich werde dir niemals weh tun.« Sie küßte ihn und spürte, wie die Spannung von ihm abfiel.

# 6

ALS MIR DIE Werkstatt Bescheid gab, daß mein Wagen repariert sei, nutzte ich die Fahrt nach Oxfordshire, um einige Unterlagen aus dem Roten Haus mitzunehmen. Tilda war aus dem Krankenhaus entlassen worden, hielt sich aber derzeit bei Melissa in deren Haus in Surrey auf.

In den folgenden Tagen sichtete ich den Inhalt der Kartons, ein Durcheinander von alten Tagebüchern, Rechnungen und Briefen. Auf den ersten Blick zeigten sich die Tagebücher enttäuschend nichtssagend. Die Eintragungen beschränkten sich auf kurze, alltägliche Notizen wie »Milchmann bezahlen«, und die Tatsache, daß die Reihe nicht vollständig war, wies darauf hin, daß auch Tilda sie nicht für wichtig gehalten, sie allenfalls als eine Art Gedächtnisstütze betrachtet hatte. Ich las sie pflichtschuldig durch. Von den Terminen mit den reichen und berühmten Leuten, die Tilda mit Charme oder Hartnäckigkeit dazu gebracht hatte, ihre diversen Unternehmungen zu unterstützen, machte ich eine Liste, die Zahnarzttermine und Musikstunden der Kinder ignorierte ich. Als einzige Entschuldigung für meine Unachtsamkeit kann ich vorbringen, daß ich immer noch nervös war und Schwierigkeiten hatte, mich zu konzentrieren. Die ganze Woche wartete ich schon auf Tobys Anruf; ich war überzeugt, daß er sich melden würde.

Als das Telefon dann tatsächlich klingelte, fuhr mir der Schreck in alle Glieder, und ich brachte nur krächzend meine Nummer heraus.

»Hallo, Rebecca? Bist du das?« fragte Charles.

»Ach, entschuldige, Charles, ich dachte, du wärst Toby.«

»*Toby!* Du lieber Schreck, geht das jetzt etwa von vorn los?«

Ich berichtete ihm kurz von meinem Zusammentreffen mit Toby auf der Geburtstagsfeier und versprach dann, am Abend mit ihm ins Kino zu gehen. Da würde ich wenigstens aus dem Haus kommen; weg vom Telefon.

Wir trafen uns vor dem Kino. Er kaufte Eiskonfekt und zwei riesige Becher Popcorn. Während die Werbung lief, sagte er: »Ich kann's nicht fassen, daß dir immer noch dieser eklige Toby im Kopf rumspukt, Rebecca.« Charles war einmal mit Toby und mir Essen gewesen, und die beiden Männer hatten einander auf Anhieb nicht ausstehen können.

»Stimmt doch gar nicht«, entgegnete ich, aber er stichelte weiter, als hätte ich nichts gesagt.

»Nach allem, was der Kerl dir angetan hat. Ich meine, ich bin vielleicht nicht der sensibelste Mensch der Welt, aber nicht einmal ich würde eine Frau einfach sitzenlassen, wenn sie gerade mein Kind verloren hat.«

Dann begann zum Glück der Film. Es war irgend etwas melancholisch Französisches, und ich brauchte eine Weile, um innerlich wieder ruhig zu werden und mich auf die ziemlich dürftige Handlung zu konzentrieren. Hinterher gingen wir in ein Café. Charles erkundigte sich nach meinen Fortschritten bei der Biographie.

»Tilda war ein paar Tage krank«, erklärte ich und berichtete ihm von dem mißratenen Tag, meiner Autopanne, meinem gräßlichen Alptraum von Edward de Paveley, der mir unvergeßlich war. Als ich Patrick Franklin erwähnte, unterbrach er mich.

»Patrick?«

»Tildas Enkel.«

»Wie alt ist er?«

»In meinem Alter. Anfang dreißig.«

»Verheiratet?«

»Ich habe keine Ahnung. Wahrscheinlich nicht. Sonst wäre er vielleicht etwas menschlicher.«

»Gemusterte Pullover und eine Briefmarkensammlung?«

Ich lachte. »Nein, nein. Überhaupt nicht. Ganz im Gegenteil, ziemlich attraktiv.«

Er sagte: »Das hört sich an als wärst du verknallt.« Er rührte mit gesenktem Kopf seinen Kaffee; ich konnte sein Gesicht nicht sehen.

Ich schüttelte den Kopf. »Er ist nicht mein Typ. Zu schwierig. Deswegen ist es mit dir so erholsam, Charles, bei dir hab ich nie das Gefühl, daß ich mich anstrengen muß.« Ich dachte an Patrick. »Und außerdem ist er Anwalt. Noch einen Anwalt brauch ich nun wirklich nicht.«

Am Montag sah ich noch einmal die Tagebücher durch und bemerkte endlich, was mir schon in der vergangenen Woche hätte auffallen müssen.

»Schule wegen Caitlin« lautete der Eintrag Mitte September 1947. Und im Frühjahr darauf, »Melissa, Hanna, Caitlin zum Zahnarzt«.

Daraghs Tochter hatte Caitlin geheißen. Es war ein ungewöhnlicher Name. Im England der vierziger Jahre wahrscheinlich sogar noch ungewöhnlicher als heute. Konnte die Caitlin, mit der Tilda am 9. Februar 1948 zum Zahnarzt gegangen war, Caitlin Canavan sein? Und wenn ja, wie war es dazu gekommen?

Ich hatte am vergangenen Freitag mit Joan, Tildas Haushälterin, telefoniert und wußte, daß man Tilda zwar aus dem Krankenhaus entlassen hatte, ihr jedoch noch zwei Wochen strikte Ruhe verschrieben hatte. Sie konnte ich also nicht fragen. Die Ellbogen auf den Schreibtisch gestützt, versuchte ich, selbst aus diesen Eintragungen klug zu werden. Ich nahm mir noch einmal die Tagebücher vor und sah sie sorgfältiger durch, achtete auf die Namen, die im Lauf der Jahre erschienen und wieder verschwanden. Hanna und Erich wurden das erste Mal Mitte 1940 erwähnt, aber nach 1949 fand ich Erichs Namen nirgends mehr. Die Tagebücher für die fünfziger Jahre hatte Tilda mir noch nicht gegeben. Max' Name, fiel mir plötzlich auf, kam nach Mitte 1947 auch nicht mehr vor. Vielleicht, dachte ich, während ich hektisch nach dem Tagebuch von 1948 suchte, hatte Tilda sich von Max scheiden lassen und 1947 Daragh, die große Liebe ihres Lebens, geheiratet.

Aber in dem 1948er Tagebuch wurde Daragh nirgends erwähnt. Wenn das Mädchen namens Caitlin, das sich damals offenbar in Tildas Obhut befunden hatte, in der Tat Caitlin Canavan gewesen war, was war dann aus Daragh und Jossy geworden? Ich konnte mir nicht vorstellen, daß Daragh seine Tochter, die er abgöttisch geliebt hatte, der Fürsorge eines anderen Menschen anvertraut hätte – auch Tilda nicht.

Ich spielte mit dem Gedanken, Melissa anzurufen, aber ich wußte ihre Nummer nicht, und Tilda wollte ich auch nicht stören. Dann fiel mir Patrick ein. Seine Nummer war mir auch unbekannt, aber es gab eine Möglichkeit, sie herauszufinden. Die meisten Anwälte kennen einander. Ich griff zum Telefon und wählte die Nummer von Tobys Kanzlei. Er schien erfreut, von mir zu hören, im Verlauf des Gesprächs allerdings trübte sich seine Freude merklich. Aber er kannte Patrick Franklin und gab mir seine Telefonnummer.

Ich rief Patrick an, bevor ich Zeit hatte, es mir anders zu überlegen. Eine Sekretärin sagte kühl, sie werde sehen, ob Mr. Franklin frei sei. Ich wartete, berieselt von Vivaldis *Die Vier Jahreszeiten*.

»Rebecca?« Ich fuhr zusammen, als ich Patricks Stimme hörte, die mitten in den *Frühling* platzte. Sie klang ungeduldig.

Ich bat um Entschuldigung wegen der Störung und sagte dann schnell: »Patrick, ich wollte Sie um eine Auskunft bitten.« Da freundliche Ermunterung ausblieb, sprach ich einfach weiter. »Bei der Durchsicht von Tildas Tagebüchern habe ich gesehen, daß 1948 ein Mädchen namens Caitlin bei ihr gelebt hat. Das war doch nicht Caitlin Canavan, oder?«

Er schwieg ziemlich lange, dann sagte er: »Doch, es war Caitlin Canavan.«

»Wie ist es denn dazu gekommen? Wo waren ihre Eltern?«

»Joscelin Canavan starb 1947. Daragh verschwand nach der großen Überschwemmung. Sie haben doch von der großen Überschwemmung von 1947 gehört?«

»Ich habe ein bißchen was darüber gelesen. Daragh ist bei der Überschwemmung verschwunden? Heißt das, daß er ertrunken ist?«

»Nein. Er ist *danach* verschwunden. Nach der Überschwemmung.«

Die Nebengeräusche in der Leitung waren so laut, daß ich nicht sicher war, ob ich ihn richtig verstanden hatte. »Verschwunden?« fragte ich verblüfft. »Wohin denn?«

»Keine Ahnung. Verzeihen Sie, wenn das alles ist, ich hab im Moment ziemlich viel zu tun ...«

Ich dankte ihm und legte auf. Ich vermerkte Jossys Tod und Daraghs Verschwinden in der Zeittafel, die ich angelegt hatte, und versuchte, die Briefe und Tagebücher systematisch durchzuarbeiten. Aber ich konnte mich nicht konzentrieren, war innerlich ruhelos. 1947 war Jossy gestorben und Daragh war verschwunden. Caitlin war bei Tilda untergekommen, und Max ... Ich hatte ganz vergessen, Patrick danach zu fragen, was aus Max geworden war.

Den ganzen Nachmittag saß ich in der Bibliothek und machte mir Notizen. Bücher über die Fens gab es keine, aber ich entdeckte einen ziemlich langweiligen Schinken über inländische Flüsse und Kanäle, der auch ein Kapitel über die Überschwemmung des Jahres 1947 enthielt. Mir fiel der Mann im blauen Pullover von der Geburtstagsparty ein und die Schleuse, die er aus Selleriestangen und Pistazien konstruiert hatte. Dabei fiel mir ein, daß ich nichts zu essen im Haus hatte, ich klappte darum um fünf das letzte Buch zu und ging zu Fuß zum Supermarkt. Als ich nach erfolgreichem Einkauf mit vier prallvollen Tüten beladen nach Hause kam, sah ich vor der Tür einen blauen Renault stehen.

Patrick stieg aus dem Wagen, als ich mit dem Auto etwa auf gleicher Höhe war. Er warf einen Blick auf meine Einkaufstüten. »Ich wollte Sie eigentlich fragen, ob Sie Lust haben, mit mir essen zu gehen, aber vielleicht bekommen Sie Besuch.«

»Nein.« Als ich die Haustür aufsperrte, platzte eine der Tüten, und Orangen rollten über den Bürgersteig. Patrick hielt sie mit geschickter Beinarbeit auf und sammelte sie ein.

Er folgte mir in die Wohnung und brachte die Orangen und die geplatzte Tüte direkt in die Küche. »Nein, Sie bekommen keinen Besuch, oder nein, Sie haben keine Lust, essen zu gehen?«

Ich ließ Einkaufstüten und Bücher auf den Tisch fallen. »Nein, ich bekomme keinen Besuch, und ja, ich würde gern essen gehen.«

»Gut.« Er stand am Spülbecken und wusch die Orangen ab.

Ich räumte die Einkäufe ein und verzog mich ins Bad, um mich ein bißchen zurechtzumachen. Patricks Einladung erstaunte mich, ich fragte mich, was er wollte.

»Wie wär's mit Wheeler's?« sagte er, als ich aus dem Bad kam, und fügte mit leisem Spott hinzu: »Ich weiß doch, daß Sie ein Faible für Schalentiere haben.«

Wir aßen Austern und tranken Weißwein in einem Raum, der so düster und schmal war wie einer der Korridore des Roten Hauses. Zunächst machten wir höflich Konversation: Musik und Bücher, die endlose Rezession. Nach einem Glas Wein hatte ich den Mut, ihn nach seinem Vater zu fragen.

»Sie sind doch Josh Franklins Sohn, nicht wahr?«

Er schälte eine Auster aus ihrer Schale. »Ich sagte Ihnen ja schon, in unserer Familie gibt es einige sehr unstete Gesellen.«

»Sie hatten sicher eine interessante Kindheit.«

»Anfangs, ja. Aber dann bin ich aufs Internat gekommen, und das war weniger interessant.« Er goß mir Wein nach. »Und Sie, Rebecca? Haben Sie Familie?«

»Ich habe einen Vater und eine Schwester und zwei Neffen. Jack ist drei und Lawrie anderthalb.«

»Ich habe eine vierjährige Tochter«, sagte Patrick, und mir wäre beinahe die Auster im Hals steckengeblieben.

»Sie sind verheiratet?«

»Getrennt. Ellie lebt bei ihrer Mutter.« Sein Blick war ausdruckslos.

Mir fielen die Tagebücher ein. »Tilda und Max haben sich auch getrennt, nicht wahr?«

Er nickte.

»Wegen Daragh?« hakte ich nach, und er zuckte die Achseln. »Das weiß ich wirklich nicht. Das ist doch inzwischen alles Geschichte.«

»Und man sollte nicht daran rühren?«

Der Kellner räumte unsere Teller ab, und Patrick bestellte Kaffee. »Das hab ich nicht gesagt.«

»Aber Sie denken es.«

»Vielleicht.«

»Sind Sie deshalb mit mir essen gegangen? Um noch einmal zu versuchen, mich abzuwimmeln?«

Er sah mich an. »Nein. Eigentlich nicht.«

Ich spürte, wie mir heiß wurde, und hoffte nur, er würde bei der schummrigen Beleuchtung nicht sehen, wie rot ich geworden war.

»Ich dachte«, fuhr er ruhig fort, »ich könnte Ihnen vielleicht noch ein paar Fragen beantworten. Ich war heute morgen am Telefon ziemlich schroff, das tut mir leid.«

Ich erwiderte, mir tue es leid, ihn bei der Arbeit gestört zu haben.

»Ehrlich gesagt, war ich ganz froh über die Störung. Man kann sich so in die Dinge vergraben, daß man alle Distanz verliert.«

Ich wußte genau, was er meinte. »Erzählen Sie mir doch etwas von Daragh. Er kann doch nicht einfach verschwunden sein.«

»Doch, genau so war es.« Patrick strich sich nachdenklich über die Stirn. »Ich weiß nicht allzu viel über ihn – wie ich schon sagte, es ist alles sehr lange her, und Tilda war nie sehr gesprächig –, aber Daragh Canavan scheint ein Talent dafür besessen zu haben, jeden vor den Kopf zu stoßen. Und er war in riesigen finanziellen Schwierigkeiten. Southam Hall wurde Ende der vierziger Jahre verkauft.« Der Kellner kam mit dem Kaffee. »Waren Sie schon mal dort, Rebecca?«

Ich schüttelte den Kopf. Irgend etwas hatte mich bisher immer von einem Besuch zurückgehalten, vielleicht fürchtete ich, die Realität würde meinen Vorstellungen nicht entsprechen und mich enttäuschen. »Haben Sie es schon mal gesehen?«

»Einmal, vor Jahren. Ich war mit meinem Vater dort. Es war ziemlich deprimierend. Das alte Herrenhaus hatte man zu einem Möbellager umfunktioniert, und Tildas altes Haus war völlig verfallen, es stand kurz vor dem Abriß. Das Land hatte die Gemeinde gekauft. Es war Winter, und alles war grau und braun und gefroren. Aber ich erinnere mich –« Patricks Augen zogen sich zusammen, als er zurückblickte – »daß ich ungeheuer beeindruckt war von dem flachen Marschland zwischen dem Hundred-Foot-Kanal und dem Old-Bedford-Fluß. Wir kamen aus Norden mit dem Zug, und man hatte den Eindruck, die Eisenbahnschienen glitten über Eis. Das war alles, was man rechts und links vom Zug sehen konnte: eine endlose weiße Eisfläche. Sogar mein Vater war beeindruckt.« Sein Blick kehrte zu mir zurück. »Aber um auf Daragh zurückzukommen, ich vermute, er ist getürmt. Er erkannte, daß er in heillosen Schwierigkeiten steckte, und machte sich aus dem Staub. So was kommt vor, wie Sie wissen. Ich habe Leute verteidigt, die mit der Portokasse durchgebrannt sind. Daragh war schlau genug, sich nicht schnappen zu lassen, das ist alles. Meiner Meinung nach hat er einfach seine Sachen gepackt und sich davongemacht.«

Ohne seine Tochter? dachte ich, sagte es aber nicht.

Der Kellner brachte uns die Rechnung. Ich nahm mein Portemonnaie heraus, aber Patrick schob die Scheine weg.

»Ich hab Sie schließlich mitgeschleppt. Sie hätten wahrscheinlich lieber gemütlich zu Hause gesessen und Orangen gegessen.«

Am folgenden Wochenende fuhr ich auf der Autobahn Richtung Norden. Hinter Cambridge nahm ich die Landstraße nach Newmarket und bog bei Quy ab. Das Land zwischen den Dörfern wurde flacher, junge grüne Maissprossen sprenkelten das schwarze Erdreich. In der Nacht hatte es stark geregnet, und silbrig glänzende Pfützen standen in den Feldern. Der entwässerte Torfboden war ausgetrocknet und gesunken, so daß die aufgeschütteten Straßen mit den bröckelnden Asphaltbanketten unsichere Brücken über langsam untergehendes Land bildeten. Die verstreut stehenden Häuser, mit Türen weit über dem Boden, waren aus gelblich grauem Backstein, in den Höfen standen rostende landwirtschaftliche Maschinen.

Das Dorf Southam zog sich an der Straße entlang, ein Grüppchen reetgedeckter Katen, ein Dutzend von der Gemeinde erbauter Doppelhäuser, eine kleine Wohnanlage, »Unter den Buchen«, deren rote Backsteinmauern und verschnörkelte weiße Veranden überhaupt nicht in die Landschaft paßten. Es gab einen kleinen Supermarkt, ein Antiquitätengeschäft und einen Laden, der Terrakottatöpfe und Glockenspiele verkaufte. Ich parkte vor der Kirche.

Die Gräber der Familie de Paveley waren leicht zu finden. Sie behaupteten die Ehrenplätze, hinter niedrigen schmiedeeisernen Gittern eingeschlossen oder durch pompöse Grabmäler aus schwarzem Marmor ausgezeichnet. Als gäbe es selbst im Verfall noch Klassenunterschiede. Dieselben Namen – Edward und Christopher bei den Männern, Joscelin und Cecily bei den Frauen – wiederholten sich von Generation zu Generation.

Mein Edward de Paveley ruhte im Schatten einer Eibe unter einem relativ bescheidenen Grabstein, der seinen Namen und die Daten seines Geburts- und seines Sterbetags trug. Flechten wucherten auf dem Granit, jedoch nicht so dicht, wie auf den älteren Gedenksteinen entfernter Ahnen. So grausam Edward de Paveleys Verbrechen gewesen waren, dachte ich, er hatte gewiß in Flandern tausendfach für sie bezahlt.

Die Geschichte der Menschheit tröstet und fasziniert mich, aber es gibt Ereignisse, die ein fortdauerndes Entsetzen bei mir auslösen. Der Holocaust gehört dazu, aber auch der Erste Weltkrieg mit dem Totengeläut seiner Massaker bei Ypern, an der Somme, bei Passchendaele.

Ich machte mich auf die Suche nach dem Grab der älteren Tochter Edward de Paveleys und fand es nach einiger Zeit etwas abseits vom Rest der Familie, eine Ausgrenzung vielleicht aufgrund ihres Übertritts zum katholischen Glauben. Nur ein Marmorkreuz schmückte es, die Blumenschale an seinem Fuß war leer, es wirkte einsam und isoliert. Selbst im Tod von ihrer Geschichte und ihrer Familie abgeschnitten, dachte ich. Ich las die Inschrift: »Joscelin Alicia Canavan, 1911 bis 1947. Geliebt und unvergessen von Daragh, ihrem Ehemann«. Sie war erst sechsunddreißig gewesen. Woran war sie gestorben? Vielleicht an gebrochenem Herzen?

Ich fotografierte die Grabsteine und kam mir dabei wie ein Eindringling vor, als würde meine Neugier die Ruhe der Toten stören. Dann ging ich zu dem Laden mit den Terrakottatöpfen und den Glockenspielen und fragte die junge Verkäuferin nach dem Weg zum Herrenhaus. Sie sah mich an, als spräche ich in Rätseln, und ich glaubte schon, der Niedergang der Familie de Paveley sei endgültig durch die Zerstörung ihres Hauses besiegelt worden. Aber eine ältere Frau mischte sich in unser Gespräch und sagte: »Sie meint das Haus von den Davis'. ›Vier Winde‹. Gehen Sie einfach durchs Dorf zurück, junge Frau, und nehmen Sie dann den Fußweg nach links. Eigentlich wollten sie die Straße immer mal machen, aber sie sind nie dazu gekommen.«

Was sie damit gemeint hatte, sah ich, sobald ich das Dorf hinter mir hatte und von der Straße auf den Weg abbog, der durch die Felder führte. Es war ein unbefestigter Trampelpfad, von matschigen Furchen durchzogen, voller Pfützen. Der Fiesta hüpfte und schlitterte durch die tiefen Rinnen, und ich fürchtete, er würde diese Fahrt nicht durchstehen. Nach ungefähr zwanzig Metern ließ ich ihn einfach stehen und ging den Rest des Wegs zu Fuß.

Das Haus mußte von allen Seiten, außer vom Dorf mit seinem Kranz von Bäumen, weithin sichtbar gewesen sein. Es war ein gewaltiger eckiger Kasten mit georgianischen Fenstern, völlig schmucklos. Häßlich eigentlich, obwohl es früher sicherlich eine gewisse selbstsichere Würde besessen hatte. Aber die dichte Thuja-Mauer, die das Anwesen umschloß, die riesige Doppelgarage, komplett mit Range Rover, und das Sammelsurium von Terrakottatöpfen und Blumenkästen, ein vergeblicher Verschönerungsversuch, zerstörten diese Würde.

Die Verkaufsschilder von drei verschiedenen Immobilienfirmen schwankten einsam im Wind. Da war jemandes Traum in Staub zerfallen. Am Feldrain entlang marschierte ich die

Parade der finsteren Thujen ab und war enttäuscht. Weder der Geist Jossys mit ihrer blinden Liebe noch der des treulosen Daraghs spukten in diesem Haus. Als ich die Ecke des Anwesens erreichte, sah ich mich um. Auf der einen Seite von mir stand das Haus, auf der anderen war das Dorf, vor und hinter mir dehnte sich ein weites grüngesprenkeltes Feld. Der Deich teilte das Land zwischen Dorf und Haus und schien sich, über alles andere erhoben, ins Unendliche zu ziehen.

Durch das glitschige feuchte Gras kletterte ich die Böschung hinauf. Hier oben, etwa drei Meter über den Feldern, blies der Wind heftig. Er blähte meine Jacke und zerraufte mir das Haar. Die Zeit verlor ihre Bedeutung. So hätte ich hier auch vor zehn oder fünfzig oder vierhundert Jahren stehen können, als man begonnen hatte, das Land dem Wasser zu entreißen. Als ich mich umschaute, sah ich, was Daragh gesehen haben mußte, als er hier oben mit Jossy gegangen war: die gekräuselten Wellen auf dem eingeschlossenen Wasser, die schweigende graue Weite des Himmels, die entsetzliche Leere. Ich fragte mich, ob sich Daragh Canavan, wenn er in der heutigen Zeit lebte, genauso entschieden hätte wie damals. Ob er dennoch die Frau geheiratet hätte, der das Land gehörte. Patrick hatte wahrscheinlich recht gehabt. Durch eigenes Verschulden in unüberwindliche finanzielle Schwierigkeiten geraten, war Daragh einfach geflohen. Auch aus Irland war er ja geflohen. Seine Tochter hatte er nicht mitgenommen, weil er zum ersten Mal in seinem Leben uneigennützig gewesen war. Er hatte sich eingestanden, daß das, was er Caitlin bieten konnte, nicht genug war.

Ich ging den Deich entlang. Ich sah das lange, niedrige Gebäude auf der anderen Seite des Feldes, und ein Funke des Erkennens durchzuckte mich: Christopher de Paveleys Haus. Es war etwas Abweisendes und Unheimliches an den von Efeu halb erstickten Fenstern und den dunklen, offenen Wunden gleichen Flecken an den Mauern, wo Verputz und Gestein herausgebrochen waren. Das Haus sah aus, als wäre es seit Jahrzehnten nicht mehr bewohnt.

Ich sah, daß die Insel, auf der das Herrenhaus stand, nicht so hoch aufgeschüttet war wie die, auf der sich die Kirche von

Southam erhob. Ich stellte mir einen lang verstorbenen, arroganten de Paveley vor, wie er auf der Anhöhe stand und mit geballter Faust das Meer herausforderte, sich zurückzuholen, was er erobert hatte. Ich stellte mir vor, wie die Fluten in jenem katastrophalen Frühjahr des Jahres 1947 das starke Bollwerk des Deichs durchbrochen und das umgebende Land überschwemmt haben mußten.

Als es zu regnen begann, lief ich mit gesenktem Kopf zu meinem Wagen zurück, in Gedanken wieder bei Daragh Canavan, der wie ich diesen Weg gegangen und einfach verschwunden war, sich in Luft aufgelöst hatte wie ein Geist.

Nach seinem Ausflug nach London, nachdem er begriffen hatte, daß Tilda niemals seine Geliebte werden würde, kehrte Daragh nach Southam Hall zurück und versuchte, sich damit zu trösten, daß er ja immer noch Caitlin hatte. Und er besaß Geld und Ansehen.

Aber irgendwie konnte er sich seiner Besitztümer nicht mehr so freuen wie früher. Jossy und Tilda waren Stiefschwestern. Dieses neue Wissen schien beinahe alles zu vergiften, was er tat. Beinahe unablässig mußte er voll Bitterkeit daran denken, daß er die eine Schwester geliebt, aber die andere geheiratet hatte. Er mußte daran denken, wie Sarah Greenlees ihn manipuliert und sich seinen Ehrgeiz zunutze gemacht hatte, ihren eigenen Rachedurst zu stillen. Er empfand die bittere Ironie der Situation wie eine Verhöhnung, und seine Haltung Jossy gegenüber veränderte sich; was ihn früher nur irritiert hatte, begann er jetzt zu verachten. Er verglich Jossys Aussehen mit Tildas, sah die Reizlosigkeit im Gesicht der einen Schwester und erinnerte sich der Schönheit der anderen. Manchmal, wenn er sich von Jossys blinder Liebe besonders eingeengt fühlte, hätte er ihr am liebsten die Wahrheit gesagt, nur um diesen Ausdruck unendlich langmütiger, hingebungsvoller Liebe von ihrem Gesicht zu wischen.

Aber er tat es nicht. Statt dessen trank er viel, ritt viel und ging soviel wie möglich aus, nur um Jossy zu entkommen. Und er flirtete. Zumindest beschränkte er sich anfangs aufs Flirten, bis er auf einer Party in Cambridge Elsa Gordon wiedersah. Zuerst tanzte er mit seiner Frau, schwang sie pflichtschuldig durch den Saal, dann mit mehreren anderen Frauen, noch nicht jedoch mit der, deren Blick ihn getroffen hatte, sobald sie aus ihrem eleganten Wagen gestiegen war. Er würde Elsa Gordon warten lassen. Ab und zu erhaschte er auf seinen Runden durch den Saal einen flüchtigen Blick auf ihren wohlgeformten kleinen blonden Kopf, ihren schlanken, biegsamen Körper, die festen Waden und die schmalen Knöchel in glatten Seidenstrümpfen. Als ihr Mann, langweilig, aber reich, schließlich verschwand, um Karten zu spielen, schritt Daragh zur Attacke.

Zuerst tanzten sie miteinander, dann schlug er vor, im Garten frische Luft zu schnappen. In der Stille des muffig riechenden kleinen Sommerhäuschens drückte sie ihn an die Wand, drängte ihren Körper an seinen und küßte ihn. Durch den dünnen Stoff ihres Kleides fühlte er ihre kleinen festen Brüste, die Knochen ihrer Hüften, den Hügel ihrer Scham. Sie knöpfte sein Hemd auf und löste seine Hose. Ihre Augen waren glasig, ihre Lippen feucht. Als er ihren Rock hochschob und sich zwischen ihre Beine drängte, lachte sie beglückt. Er versuchte, sich möglichst lange zurückzuhalten, indem er mit zusammengebissenen Zähnen an langweilige Dinge wie Rechnungen und Kontobücher dachte, aber die Jahre der Abstinenz hätten ihn beinahe scheitern lassen. Doch sie kam zum Glück schnell, und Daragh ergoß sich in einer stöhnenden Erschütterung von Schmerz und Lust, in der ihr verzerrtes Gesicht vor seinen Augen in Schwärze versank.

Einige Tage später rief Elsa an. Es gelang Daragh, den Anruf abzufangen und im Gespräch zu erwähnen, daß er am folgenden Tag nach Newmarket fahren würde, um sich ein paar Pferde anzusehen. Auf halbem Weg sah er ihren Wagen am Straßenrand stehen. Sie fuhren einen schmalen, gewundenen Feldweg hinauf und liebten sich auf dem Rücksitz von Elsas Daimler. Der starke Duft der Ledersitze ging unter in den scharfen Gerüchen von Schweiß und Sex, und er entdeckte, daß sie genauso genommen werden wollte: grob und direkt und ohne Umwege.

Max bestand auf einer Verlobungszeit von sechs Monaten, für den Fall, sagte er, daß Tilda doch noch anderen Sinnes werden sollte. Und er bestand darauf, Sarah Greenlees' Einwilligung in seine Heirat mit Tilda, die noch unter einundzwanzig war, einzuholen.

An einem Samstag fuhren sie vom Liverpool-Street-Bahnhof aus mit der Eisenbahn nach Ely und nahmen dort den Bus, der sie auf langen, umständlichen Wegen durch eine öde, graue Landschaft nach Southam brachte. Nie hatte Max so brettebene Felder gesehen, nie einen so weiten, drohenden Himmel.

In Southam stiegen sie aus. Max, der den größten Teil seines Lebens in London verbracht hatte, musterte die Ansammlung kleiner Häuser und Läden, und dachte, das könne doch nicht alles sein. Tilda führte ihn einen mit Pfützen durchsetzten Fußweg entlang zu einem reetgedeckten Haus. Sarah Greenlees, die ihnen die Tür öffnete, äußerte Überraschung darüber, daß Tilda Geld für den Bus verschwendet hatte und nicht von Ely aus zu Fuß gegangen war, und sagte, sie sollten sich die Füße auf dem Abtreter saubermachen. Als Tilda Max vorstellte, musterte Sarah ihn mit argwöhnischem Blick, gab ihm jedoch die Hand.

Während Sarah und Tilda miteinander sprachen, sah Max sich im Haus um. Erst in diesem Moment wurde ihm in aller Deutlichkeit bewußt, wie ganz anders Tilda aufgewachsen war als er. Er hatte vorher nie viel darüber nachgedacht. Aber als er dieses Haus sah, mit den kleinen Fenstern, in denen aus Flicken zusammengestückelte Vorhänge hingen, mit den Lehmböden und dem riesigen Küchenregal voll angeschlagenem Geschirr, bei dem nicht ein Stück zum anderen paßte, fiel er aus allen Wolken. Im Haus seiner Eltern hatte man jede Tasse weggeworfen, die nur den kleinsten Sprung hatte. Die Vorhänge waren angefertigt worden. Und es hatte natürlich eine Köchin gegeben und eine Frau für die Hausarbeit. Max vermutete, daß Sarah Greenlees eigenhändig die Böden putzte, das Holz hackte und den Hennen den Hals umdrehte, wenn sie nicht mehr legten.

Sie setzten sich in die Küche. Es gab belegte Brote und

Kuchen, und Tilda eröffnete Sarah, daß sie vorhatten zu heiraten. »Wir möchten gern, daß du auch kommst«, sagte sie. »Der Bruder meiner Freundin Emily könnte dich im Auto mit nach London nehmen.«

»Im Auto?« Sarah war pikiert. »Du weißt, daß ich von diesen Dingern nichts halte, Tilda. Ich nehme die Eisenbahn.« Dann begann sie abzudecken. Um Max' Mundwinkel zuckte es.

Sie heirateten im Frühjahr 1935 auf dem Standesamt. Hinterher gab es einen Empfang in einem kleinen Hotel. Tilda trug ein cremefarbenes Kostüm, das sie selbst geschneidert hatte, und Emily war ihre Brautjungfer. Roland prostete dem Brautpaar mit dem Champagner zu, von dem Anna ihnen eine ganze Kiste zur Hochzeit geschenkt hatte, und fotografierte. Mrs. Franklin weinte, und es begann zu schneien, als sie aus dem Hotel traten, um zum Bahnhof zu fahren. Sie wollten für zwei Tage nach Eastbourne.

Als der Zug auf dem Victoria-Bahnhof hinausrollte, warf Tilda ihren Brautstrauß aus dem Fenster, und Emily fing ihn auf. Bald schrumpften die winkenden Gestalten auf dem Bahnsteig zu kleinen schwarzen Punkten. Max stieß einen tiefen Seufzer der Erleichterung aus und sagte: »Gott sei Dank, daß das vorbei ist.«

»War das Essen nicht grauenhaft?«

»Fürchterlich. Und Fergus war sturzbetrunken.«

»Und die Hochzeitsgeschenke – hast du sie gesehen, Max?«

»Eierwärmer.« Im Korridor des Zugs küßte er sie. »Drei gleichermaßen scheußliche Gewürzständer.« Er küßte sie noch einmal.

»Keine Teller, keine Tassen. Wir müssen eben aus Vasen essen. Ach, Max ...« Tilda zog ihn an sich ... »wollen wir nicht in ein Abteil gehen?«

Sie fanden eines, das frei war, und zogen die Jalousien herunter. Tilda setzte sich auf Max' Schoß. Als der Schaffner die Nelke in Max' Knopfloch sah und das »Just Married«, das Michael auf ihren Koffer gepinselt hatte, verschwand er sofort wieder, ohne sich ihre Fahrkarten anzusehen, und zog die Tür hinter sich zu.

Tilda war überzeugt, daß Melissa in Eastbourne gezeugt worden war und die Kultiviertheit dieses vornehmen Badeorts das Wesen ihrer ungeborenen Tochter geprägt hatte, die sich zu einem so adretten, ordnungsliebenden Kind entwickelte. Am ersten Tag ihrer kurzen Hochzeitsreise standen sie spät auf und machten im Regen, der die grauen Wellen durchlöcherte, einen langen Spaziergang am Strand. Am zweiten Tag standen sie überhaupt nicht auf. Irgendwann in der Nacht dazwischen hatte Tilda entdeckt, daß die Liebe mit Max herrlich war; schöner, als im vornehmen Hotelrestaurant zu speisen, schöner als nach dem Abendessen in der Bar zu tanzen, schöner sogar, als im Salon am Schreibtisch zu sitzen und so zu tun, als schriebe man lange Briefe auf dem edlen Papier mit dem Hotelwappen. Alle Zweifel, die sie an der Richtigkeit ihrer Entscheidung, Max zu heiraten, noch gehabt hatte, alle Befürchtungen, daß die Liebe, die sie Max geben konnte, letztlich doch nicht ausreichen würde, schrumpften zu Bedeutungslosigkeit.

Zurück in London, bezogen sie die Wohnung, die sie in Fulham gemietet hatten. Sie hatten sie vor allem deshalb genommen, weil sie einen separaten Eingang hatte und ein schönes großes Schlafzimmer mit einem Erkerfenster. In der kleinen Abstellkammer konnte Max sich ein Arbeitszimmer einrichten, und von der Küche im Souterrain führte eine steinerne Treppe in einen kleinen, schmutzigen Hinterhof hinauf. Geschäfte, Ärzte und U-Bahn-Station waren zu Fuß in zehn Minuten zu erreichen.

Tilda säuberte die Schränke und räumte die Hochzeitsgeschenke ein. Sarah hatte ihnen Bettwäsche und Handtücher geschenkt, Clara Franklin ein hübsches Clarice-Cliff-Kaffeeservice, Max' Vater eine Kristallkaraffe. Sie hatten zwei Speiseteller und zwei Töpfe, weder Besen noch Kehrschaufel, noch Bügeleisen. Sie mußten alle Wäsche im Spülbecken in der Küche waschen und wanden sie dann draußen im Hinterhof aus, häufig abends unter viel Gelächter. Hinterher landeten sie meistens im Bett, so daß die Frage, »Machen wir jetzt die Wäsche?« zu ihrem Spezialcode wurde.

Der Gasboiler war launisch und unzuverlässig, aber Tilda wurde bald zur Expertin darin, ihn frühmorgens mit viel gutem Zureden in Gang zu setzen und sich von seinen lautstarken Drohgeräuschen nicht entmutigen zu lassen. Im Mai reiste Max wieder nach Deutschland, und während seiner Abwesenheit bestätigte der Arzt, was Tilda schon seit Wochen vermutete: daß sie schwanger war. Das Kind würde im Dezember zur Welt kommen, ungefähr eine Woche vor Weihnachten. Sie träumte von dem Kind und von dem Haus auf dem Land, das sie kaufen würden, sobald sie es sich leisten konnten, ein Haus mit Garten, in dem sie eine Schaukel aufstellen und im Herbst große Feuer anzünden würden. Als Max nach Hause kam, erriet er die Neuigkeit schon bevor Tilda etwas sagen konnte. Sie tranken zusammen eine Flasche Bier und gingen zu Bett und liebten sich sehr vorsichtig.

Sie hatte sich die Zeit für ihre Schwangerschaft gut ausgesucht. Der Sommer 1935 war heiß und trocken, aber ihr Zustand wurde erst sichtbar, als die schlimmste Hitze vorüber war. Bis zum Ende des achten Monats fühlte sie sich wohl genug, um täglich die lange Fahrt zu Professor Hastings zu unternehmen. Dann gab es einen tränenreichen Abschied, Professor Hastings schenkte ihr eine mehrbändige Enzyklopädie für das Kind, und seine Haushälterin einen Ballen Frotteestoff. Fast den ganzen letzten Monat schneiderte und nähte sie: vier Dutzend Windeln, Musseline und Frottee-Tücher, ein Dutzend Laken für das Kinderbett und halbes Dutzend kleine weiße Nachthemdchen. Clara Franklin kramte irgendwo Max' alte Wiege heraus und schickte sie mit einem Möbelwagen nach London. Ein feines Netz weißer Schwangerschaftsstreifen erschien über Nacht zu beiden Seiten von Tildas Bauch. Max küßte das zarte Gewebe und rieb es mit Olivenöl ein. Sie überlegten, wie sie das Kind nennen sollten, und konnten sich lediglich darauf einigen, daß es keinen Namen aus der Familie bekommen sollte. Das Kind stand für einen Neubeginn.

Der vom Arzt errechnete Geburtstermin war der achtzehnte Dezember, aber die Hebamme erklärte Tilda, erste Kinder kämen selten pünktlich. Doch eine Woche vor Weihnachten, als sie in der Küche stand und den Teig für das Früchtebrot knetete, bekam sie plötzlich heftige Schmerzen im Kreuz. Keuchend beugte sie sich über den Tisch, die gespreizten Hände versenkt in Rosinen, Kirschen und Fett. Max saß oben in seinem Arbeitszimmer über einem Bericht. Als die Schmerzen etwas nachließen, schleppte sich Tilda die steile Souteraintreppe hinauf. An der Tür blieb sie stehen und sah ihn nur an. Alle Farbe wich aus seinem Gesicht, dann half er ihr ins Schlafzimmer und rannte los, um die Hebamme zu holen. Sie mußte ihn von der Haustür zurückrufen, um ihn daran zu erinnern, seinen Mantel anzuziehen. Es war bitter kalt draußen, das Wasser in den Rinnsteinen knackendes Eis.

Das Kind wurde um zehn Uhr abends geboren. Die Schmerzen waren weit schlimmer, als sie sich hatte vorstellen können, aber sie verspürte auch tiefe Befriedigung darüber, daß ihr Körper ganz von selbst wußte, was er zu tun hatte, und uralten Rhythmen folgte, um neues Leben zu schaffen. Als ihre Tochter auf einer letzten wilden Welle des Schmerzes in die Welt glitt, wußte Tilda, daß sie das Joch der Vergangenheit abgeworfen hatte, daß sie eine neue Zukunft geschaffen hatte.

Die Hebamme säuberte das Kind, hüllte es in eine Decke und legte es Tilda in die Arme. Durch eine Ritze zwischen den Schlafzimmervorhängen konnte sie die Sterne am nachtschwarzen Himmel sehen. Das Kind war schön und vollkommen. Tränen der Erschöpfung, des Stolzes und der Freude schossen Tilda aus den Augen. Als Max ins Zimmer kam, sagte sie: »Melissa. Sie heißt Melissa.« Der Name, den sie vorher nie in Betracht gezogen hatten, war ihr einfach in den Kopf gekommen, und sie hatte sofort das Gefühl gehabt, daß er zu ihrer Tochter gehörte.

Max setzte sich zu Tilda aufs Bett und nahm sie in den Arm, und das Kind schlief friedlich zwischen ihnen.

Am nächsten Tag ging Max aufs Standesamt und ließ seine Tochter als Melissa Emma eintragen; der zweite Name war sein Lieblingsroman von Jane Austen. Eine Woche später feierten sie ihr erstes Weihnachten zusammen, eine kleine Familie: Vater, Mutter und Tochter.

Tildas Leben drehte sich jetzt um Melissa. Sie war ein zufriedenes, leicht zu versorgendes Kind. Brav wachte sie jeden Morgen um sechs auf, um gefüttert zu werden, trank das letzte Mal abends um elf und schlief dann zuverlässig sieben Stunden durch. Sie hatte dunkles Haar und blaue Augen wie Max. Mit vier Wochen lächelte sie das erste Mal; mit fünfeinhalb Monaten saß sie auf einer Wolldecke in der Küche und spielte vergnügt mit Rasseln und Holzlöffeln. Sie war nicht anfällig für Erkältungen und empfing die Aufmerksamkeiten ihrer Umwelt mit Toleranz.

Max' Mutter, die ihre Schwiegertochter sehr mochte, kam stets vorbei, wenn sie in der Stadt war, und überschüttete Melissa mit niedlichen Kleidchen und Stofftieren, die sie bei Harrods gekauft hatte. Tilda und Max waren sich einig, daß Melissa das schönste, gescheiteste und liebenswerteste Kind der Welt war, aber sie unterließen es taktvoll, dies im Beisein von Eltern weniger gelungener Kinder zu erwähnen.

Emily war völlig hingerissen von Melissa. Sie pflegte zwei-, dreimal die Woche nach der Arbeit zu Besuch zu kommen.

»Du bist wirklich zu beneiden, Tilda«, sagte sie. »Mit einem wunderbaren Mann wie Max und einem so entzückenden Kind.« Emily küßte Melissa, die auf ihrem Schoß saß und mit ihrer Perlenkette spielte. »Du kannst froh sein, daß du nicht jeden Tag am Schreibtisch sitzen und blöde Briefe schreiben mußt.«

»Wie ist denn die neue Stellung, Em?«

Emily schnitt ein Gesicht. »Fürchterlich. So was Langweiliges! Und der Mann, für den ich arbeite, ist auch noch glücklich verheiratet.« Behutsam zog sie Melissa die Perlenkette aus dem Mund. »Ich hab mich schon damit abgefunden, daß ich eine alte Jungfer werde.«

Tilda gab noch etwas Salz in den Eintopf. »Du bleibst doch zum Abendessen, Em? Max bringt jemanden mit.«

»Einen Mann?«

»Harold Sykes arbeitet bei einer der Zeitungen, für die Max schreibt.«

»Ist er verheiratet?« fragte Emily.

»Leider ja. Harold hat drei Töchter.«

»Du liebe Zeit«, sagte Emily. »Vielleicht werd ich einfach Nonne.«

Aber Max brachte zwei Gäste zum Essen mit. Harold Sykes und einen jungen Holländer, Jan van de Criendt, groß und blond und ruhig, genau das Gegenteil von Emily. Emilys belangloses Geplapper versiegte unter den bewundernden Blicken Jan van de Criendts. Tilda badete Melissa und steckte sie ins Bett. Als sie in die Küche zurückkam, saßen die drei Männer im Hof und tranken Bier, und Emily war dabei, den Tisch zu decken.

»Er ist einfach umwerfend«, zischelte Emily.

Beim Essen stocherte Emily nur auf ihrem Teller herum und stieß mit dem Ellbogen ihr Bierglas um. Jan sprang auf, um ein Wischtuch zu holen. Harold und Max diskutierten über Spanien.

»In diesem Land geht doch sowieso alles drunter und drüber.« Harold Sykes war ein großer, kräftiger Mann mit ergrauendem Haar; sein Schnäuzer drehte sich in widerspenstigen kleinen Löckchen, und seine Anzüge saßen nie richtig. »Die könnten da ruhig mal eine feste Hand gebrauchen.«

»Einen Diktator meinst du, Harold?«

»Du hörst dich an wie ein verdammter Kommunist, Max.«

»Ich bin kein Kommunist. Ich möchte nur nicht, daß Spanien den gleichen Weg geht wie Deutschland.«

»Noch Erbsen, Jan?«

»Danke, Mrs. Franklin. Ich muß um Entschuldigung bitten, daß ich einfach so bei Ihnen …«

»Herrgott noch mal, Harold, Deutschland versorgt Francos Bande mit Leuten und Waffen!«

»Ich freu mich doch, Jan. Ich hab es gern, wenn Max Gäste mitbringt.«

»Du solltest nicht alles glauben, was in der Zeitung steht, Max.« Harold lachte über seinen eigenen Witz.

»Hitler wird Spanien als Übungsgelände für seine Luftwaffe gebrauchen. Und wenn seine Flieger dann durch die Bombardierungen spanischer Städte genug Übung haben, werden sie uns zerstören.«

»Sind Sie auch Journalistin, Miss Potter?«

»Nein, ich arbeite in einem langweiligen Büro, Mr. van de Criendt. – Tilda, ich glaub, ich höre Melissa ... schon gut, ich geh ...« Messer und Gabel fielen klirrend zu Boden, als Emily aufsprang.

»Hey, Max, alter Junge, bei uns wird demnächst in der Redaktion was frei«, sagte Harold. »Ich hab schon mal mit Freddie geredet. Du brauchst nur noch zu fragen.«

»Ich glaube, ich passe lieber, Harold«, antwortete Max. »Du weißt doch, daß mir Linientreue schwerfällt.«

»Aber es ist ein festes Einkommen«, erinnerte Harold, den Mund voller Kartoffelpüree.

Tilda trieb eine Babysitterin auf und organisierte einen Kinobesuch mit Max, Jan und Emily. In der wohligen Dunkelheit des Saals siegte Jans liebevolle Bewunderung über Emilys Befangenheit. Als der Film zu Ende war, flüsterte Emily Tilda zu, »Er hat mich um eine Verabredung gebeten«, und drückte beide Fäuste auf ihren Mund, als hätte sie Angst, vor Freude laut herauszuplatzen.

Jan, der in Amsterdam eine große Firma betrieb, kehrte eine Woche später nach Holland zurück. Emilys Stimmungen hingen hinfort von seiner Schreibfreudigkeit ab. Wenn zwei Tage vergingen, ohne daß ein Brief von ihm kam, saß sie mißmutig bei Tilda in der Küche und zerpflückte ihre Beziehung zu Jan, während sie sich ein Cremehütchen nach dem anderen in den Mund schob. War ein Brief gekommen, so sprang sie wie der Wind die Treppe zum Souterrain hinunter, schwang Melissa in die Höhe und überschüttete sie mit Küssen. Als Jan schrieb, daß seine nächste Reise ihn wieder nach England führen werde, gab Emily ein Vermögen für Kleider, Lippenstift und Nagellack aus, und ließ sich eine Dauerwelle machen. Die Dauerwelle war eine Katastrophe: Tildas stundenlange Bemühungen, die wild gewordenen Locken irgendwie zu bändigen, halfen nichts. Zeternd setzte Emily schließlich einen Hut auf, als sie zum Bahnhof fuhr. Aber als Jan ausstieg und sie in die Arme nahm, sah sie in seinen Augen, daß er sie liebte, und das krause Haar spielte keine Rolle mehr.

Jossy und Daragh wurden zur Taufe des ersten Kindes von Marjorie, Jossys Freundin, eingeladen. Hinterher fand ein Empfang mit Buffet bei Marjorie statt. Es war ein heißer, sonnenfunkelnder Tag, Jossy hatte Kopfschmerzen, und nachdem sie den Täufling gebührend bewundert und ein wenig gegessen hatte, wollte sie nur noch nach Hause.

Auf der Suche nach Daragh ging sie durch den Garten. Unter den Bäumen, auf den Bänken im Schatten der Mauer, überall saßen Paare, die der Hitze entfliehen wollten. Sie glaubte, ihn unter der Pergola zu sehen, einen großgewachsenen, dunkelhaarigen Mann, aber als sie näher kam, erkannte sie, daß es ein Fremder war. Sie kehrte ins Haus zurück, wo die Mädchen die Reste des Buffets abtrugen, und hörte in der Ferne Marjories Kind im Kinderzimmer weinen. Als sie die Treppe hinaufging, um nach dem Rechten zu sehen, hatte sie das Gefühl, seit Stunden nach Daragh gesucht zu haben, und ihr wurde bewußt, daß es immer so war, immer suchte sie ihn. Sie hatte Mühe, gegen die aufsteigende Hoffnungslosigkeit anzukämpfen, die sie überschwemmen wollte.

Als sie die Geräusche aus dem Schlafzimmer hörte, glaubte sie im ersten Moment, drinnen sei jemandem übel geworden. Es waren ganz eigenartige Geräusche, als schnappte jemand stöhnend halb erstickt nach Luft. Einen Moment lang blieb sie im Korridor stehen, unschlüssig ob sie ein Mädchen oder Marjorie holen oder taktvoll selbst Hilfe anbieten sollte.

Als sie die Zimmertür einen Spalt aufschob und das Paar auf dem Bett sah, war ihr erster Gedanke absurderweise: Aber wir sind doch auf einer Taufe! Daß die beiden es ausgerechnet auf einer Taufe tun mußten, ausgerechnet um drei Uhr nachmittags in Marjories Haus, in Marjories Bett!

Daß er sie ausgerechnet mit Elsa Gordon betrügen mußte.

Ohne einen Laut wich Jossy von der Tür zurück. Ausgerechnet mit Elsa, auf die sie immer herabgesehen hatte; die ein Nichts und ein Niemand gewesen war, bevor sie Hamish Gordon geheiratet hatte; deren Vater ein einfacher Anstreicher war.

Stockend und unsicher wie eine alte Frau stieg Jossy die Treppe hinunter und setzte sich in eine Ecke des Salons, wo sie allein war. Ihr war übel vor Schock. Jedes Mal, wenn sie die Augen schloß, sah sie die beiden vor sich, Daragh und Elsa, wie sie sich halb entkleidet auf dem Bett wälzten.

»Der kleine Süße ist endlich eingeschlafen«, sagte jemand. »Er war so müde, der Arme.«

Jossy blickte auf und sah Marjorie.

Der Schmerz stand ihr offenbar ins Gesicht geschrieben, denn Marjorie fragte: »Ist dir nicht gut, Jossy?«

»Ich habe Kopfschmerzen.«

»Soll ich dir ein Glas Wasser holen? Soll ich Daragh holen?«

»Nur ein Glas Wasser, bitte, Marjorie.«

Wieder allein, stand sie, auf die Armlehne des Sofas gestützt, aus den Polstern auf. Sie würde Hamish sagen, was seine Frau trieb, und sie würde Elsa in ihr nichtssagend hübsches Gesicht schlagen. Aber als Marjorie wieder ins Zimmer kam, sackte Jossys Zorn plötzlich in sich zusammen, und eine tiefe Hoffnungslosigkeit bemächtigte sich ihrer. Sie ließ sich wieder ins Sofa fallen. Was, wenn Daragh sich in Elsa verliebt hatte? Sie nahm das Glas, das Marjorie ihr hinhielt, bedankte sich und trank von dem Wasser, aber innerlich war sie einem Zusammenbruch nahe. Was, wenn Daragh sie verließ? Wie sollte sie die Rückkehr in das öde, leere Dasein ertragen, das sie gekannt hatte, bevor er in ihr Leben getreten war?

Sie konnte nachts nicht mehr schlafen. In ihren Träumen erschien ihr Elsa Gordons Gesicht. Sie hatte gewußt, daß Daragh darunter litt, daß er nicht mehr mit ihr schlafen konnte, aber daß er so sehr darunter litt, das war ihr nicht klar gewesen. Eine Zeitlang spielte Jossy mit dem Gedanken, die Anordnung des Arztes einfach zu ignorieren und die Nächte wieder mit Daragh zu verbringen. Aber als sie an die Qualen bei Caitlins Geburt dachte, schreckte sie davor zurück. Sie hätte das nicht ein zweites Mal ertragen. Mehrmals war sie nahe daran, Daragh ins Gesicht zu sagen, daß sie von seiner Untreue wußte, aber immer trat sie im letzten Moment vom Abgrund zurück. Wenn sie ihn zwänge, zwischen ihr und Elsa zu wählen, wie würde er sich entscheiden?

Ihr ganzes Leben drehte sich um Daragh; ihr einziges Bestreben war, ihn glücklich zu machen. Jossys innere Ruhe war zerstört, von Selbstzweifeln und Furcht erschüttert. Als Nana ihr einige Tage später sagte, Caitlin fühle sich nicht wohl, hörte Jossy kaum zu. Aber dann kam der Arzt und diagnostizierte Scharlach, und das ganze Haus schien sich zu verdunkeln – gedämpfte Stimmen hinter zugezogenen Vorhängen. Daragh saß stundenlang am Bett seiner Tochter und kühlte ihr die Stirn immer wieder mit einem feuchten Tuch. Als nach dem Mittagessen das Telefon läutete, ging Jossy hin. Die Verbindung wurde unterbrochen, sobald sie ihren Namen sagte.

Das Fieber überzog Caitlins kleinen Körper mit einem brennendroten Ausschlag. Eine Kinderschwester wurde engagiert, doch Daragh, das Haar zerzaust, die Augen dunkel umschattet, war nicht vom Bett seiner Tochter wegzubringen. Das Fieber stieg, Caitlins Atem wurde flach und hechelnd. Jossy drückte Daraghs Kopf an sich und strich ihm immer wieder über das lockige Haar. Er sagte, »Wenn wir sie verlieren ...« und konnte nicht weitersprechen. Jossy beruhigte ihn und tröstete ihn, während er weinte. Als er sie umklammerte, als wollte er Kraft aus ihr ziehen, verflüchtigten sich ihre Furcht und ihre Hoffnungslosigkeit. In diesem Augenblick erkannte sie, daß Daragh sie niemals verlassen würde, weil er Caitlin niemals verlassen würde. Jossy blickte beschwörend in das Kinderbett hinunter, als hoffte sie, das Fieber kraft ihres Willens zu bezwingen; sie atmete in tiefen, regelmäßigen Zügen, als wollte sie den mühsamen Atem ihrer Tochter auf ihren eigenen Rhythmus einstimmen.

In den frühen Morgenstunden begann das Fieber zu fallen, Caitlin war auf dem Weg der Genesung.

Einen Monat später, als das Kind außer Gefahr war, gab Jossy ein Abendessen. Sie lud Marjorie Tate und ihren Mann ein, die Talbots, die östlich von Cambridge einen Hof hatten, und die Gordons.

»Das ist ja eine Pracht, Jossy«, sagte Marjorie, als die gebratenen Fasanen im Schmuck ihrer leuchtenden Schwanzfedern aufgetragen wurden. »Einfach toll. Hier wird man immer so verwöhnt.«

»Nun ja«, sagte Jossy, »es ist einfach wichtig, eine gewisse Form zu wahren, finden Sie das nicht auch, Elsa? Ich meine, von uns alten Familien sind ja nicht mehr viele übrig. So viele Güter sind verkauft und von Geschäftsleuten erworben worden.«

Elsa lachte ein wenig. »Sind Sie da nicht ein bißchen altmodisch, Jossy?«

»Eigentum muß man achten. Man möchte doch gern behalten, was einem zusteht. Es wäre mir eine schreckliche Vorstellung, daß das alles hier –« Jossys Geste umschloß das Haus, die Ländereien und Daragh selbst, der ihr gegenübersaß – »von jemandem in Besitz genommen wird, der kein Recht darauf hat.«

Ein Schweigen trat ein. Jossy lächelte. »Wie macht sich Ihr neues Kindermädchen, Elsa? Hamish hat mir erzählt, daß Sie Schwierigkeiten hatten, die Richtige zu finden. Bei der Personalsuche den richtigen Griff zu haben, ist ja auch wirklich nicht einfach, wenn man keine entsprechende Erfahrung hat.« Jossy sah mit Genugtuung, daß Elsa sich fürchtete zu kontern.

»Das letzte Mal hat Elsa wirklich einen fürchterlichen Mißgriff getan, nicht wahr, meine Liebe?« Hamish Gordons breites Gesicht strahlte rot und selig vom Rotwein. »John hat die Person gehaßt. Er hat ihr dauernd irgendwelche Streiche gespielt.«

»John kommt im September aufs Internat«, sagte Elsa stolz.

»Haben Sie schon ein anständiges gefunden, das ihn aufnimmt? Ich kann, wenn nötig, gern ein gutes Wort einlegen.«

Jossy sah Elsa direkt in die Augen. Elsa öffnete den Mund, als wollte sie etwas sagen, dann schloß sie ihn wieder, die Lippen aufeinandergepreßt.

Daragh griff nach der Rotweinflasche, um den Männern frisch einzuschenken, und begann, von der Jagd zu sprechen.

Das Essen schleppte sich hin bis gegen elf Uhr. Unter der Oberfläche protziger Zurschaustellung altadliger Gastlichkeit schwelten zerstörerisch Jossys freigesetzte Rachsucht und Elsas kleinlaute Furcht.

Daragh trank viel. Er war ein guter Gastgeber wie immer, aber sein Gesicht war bleich, verschlossen, und immer hatte er ein Glas in der Hand. Die Gordons gingen zuerst, Hamish von Elsa gedrängt, die beiden anderen Paare folgten ihnen bald danach.

Als sie allein waren, sagte Daragh unwillig, »Warum mußtest du so verdammt unhöflich sein?«, und Jossy reagierte mit Schärfe.

»Ich glaube, das weißt du ganz genau, Daragh.«

Er sagte nichts, aber sein Gesicht wurde noch einen Schein blasser. Er ging zur Kredenz und nahm eine Zigarre aus dem Kasten.

»Elsa Gordon ist eine Hure, Daragh.«

Er schwieg, Jossy immer noch den Rücken zugewandt. Dann sagte er: »Huren haben ihren Zweck.«

»Eine solche Frau kann man doch nicht *lieben*«, entgegnete Jossy heftig.

Da erst drehte er sich nach ihr um und sah sie an. Im flackernden Kerzenlicht spielten Schatten über sein Gesicht. »Ich liebe Elsa nicht.«

»Aber du schläfst mit ihr.«

Daragh lächelte. »Wenn du es so nennen willst. Aber, offen gesagt, geschlafen habe ich nun ganz gewiß nicht mit ihr.«

Seine Worte brachten sie aus der mühsam bewahrten Fassung. »Wie konntest du nur, Daragh? Siehst du denn nicht, wie sehr du mich verletzt hast?«

»Das war nicht meine Absicht. Daran habe ich überhaupt nicht gedacht.«

»Hast du geglaubt, es würde mir nichts ausmachen?«

»Ich dachte, du würdest es nicht erfahren.« Er runzelte die Stirn. »Aber jetzt, wo du mich drauf ansprichst, muß ich sagen, daß es mir ziemlich gleichgültig ist, ob es dir etwas ausmacht oder nicht.«

Jossy zuckte zusammen wie unter einem Schlag. Ihr Schmerz war körperlich. Für ihre nächste Frage brauchte sie mehr Mut, als sie zu besitzen geglaubt hatte. »Liebst du mich nicht mehr?«

Daragh schenkte sich noch ein Glas Whisky ein. Sie sah am Glanz seiner Augen, daß er schwer betrunken war.

»Nicht mehr?« versetzte er. »Ich habe dich nie geliebt, Jossy.«

»Das ist nicht wahr! Du hast mich geliebt. Ich weiß es. Es war Liebe auf den ersten Blick – denk an deinen Brief!«

»Was für einen Brief?« Er kniff die Augen zusammen. »Ach so, *den* Brief meinst du. Ich hab dir gesagt, daß ich ihn nicht geschrieben habe. Das hat jemand anders getan.«

»Sprich nicht so, Daragh!« rief sie laut. »Bitte! Du bist betrunken, nicht wahr?«

»Ja, ich bin betrunken, Jossy, du hast recht. Aber ich sage dir die Wahrheit. Du kannst sie glauben oder nicht, ganz wie du willst. Elsa Gordons wegen brauchst du dir auf keinen Fall Sorgen zu machen. Ich hatte sowieso genug von ihr. Und ich liebe sie nicht. Ich habe sie nie geliebt, und sie hat einige ziemlich merkwürdige Eigenarten. Dich liebe ich auch nicht, das ist die Wahrheit, aber ich werde dich nicht verlassen, und wenn ich statt Elsa eine andere finde, werde ich Caitlins wegen diskret sein. Die einzige Frau, die ich je geliebt habe, habe ich verloren, als ich dich geheiratet habe, verstehst du.«

Seine Stimme war vom Alkohol verzerrt, aber Jossy verstand dennoch jedes einzelne seiner Worte. *Die einzige Frau, die ich je geliebt habe, habe ich verloren, als ich dich geheiratet habe.* Mit hämmerndem Herzen starrte sie ihn an.

»Du kennst sie nicht«, murmelte er. »Obwohl du sie bei Gott kennen solltest.«

Als er sich von ihr abwenden wollte, packte sie ihn beim Ärmel und riß ihn zurück. »Wer ist es? Wer ist die Frau, die du liebst, Daragh? Sag es mir!« Schreiend trommelte sie ihm mit geballten Fäusten auf die Brust. Er wich einen Schritt zurück, aber sie ließ ihn nicht los, begann mit beiden Händen auf ihn einzuschlagen. Er hielt sie bei den Armen fest.

»Du willst es unbedingt wissen? Gut, dann sag ich es dir. Es ist deine Stiefschwester, Jossy. Der kleine Bankert deines Vaters. Unehelich geboren.« Mit wütendem Gesicht riß er sie an sich und schüttelte sie, wie um seinen Worten Nachdruck zu verleihen. »Dein Vater hat sich an Tildas Mutter vergriffen, verstehst du? Der alte Dreckskerl hat sie geschwängert. Tildas Tante hat ihn dafür gehaßt. Deshalb hat sie – die Tante, meine ich – diesen Brief geschrieben. Sie hat gewittert, daß du scharf auf mich warst und hat sich diesen gelungenen Scherz ausgedacht: den Liebsten ihrer Nichte mit der Tochter des Mannes zu verkuppeln, der das Leben ihrer Schwester zerstört hatte.«

Jossy sah, daß sie ihn mit ihren Schlägen verletzt hatte. Blut rann aus seinem Mundwinkel. Sie begann zu weinen.

»Ja, das ist wirklich ein gelungener Scherz«, wiederholte Daragh, »daß Edward de Paveleys vornehme Tochter sich so weit herabließ, einen nichtsnutzigen irischen Bauernflegel zu heiraten.«

Er ließ sie endlich los, und sie fiel, immer noch weinend, zu Boden. Als er die Tür öffnete, sagte er: »Du hast überhaupt keine Ähnlichkeit mit deiner Schwester, falls es dich interessiert, Jossy. Tilda ist zehnmal schöner als du.«

Ihr fiel die Beerdigung ihres Vaters ein, und sie rief: »Dieses Mädchen, mit dem ich dich in Southam gesehen habe …«

»Wir wollten heiraten«, sagte er, und die Worte trafen sie wie Messerstiche.

Im Herbst 1936 wurde Tilda klar, daß sie wieder schwanger war. Das ungeplante Kind machte sich mit Nachdruck bemerkbar und plagte sie mit heftiger Übelkeit, so daß sie keinen Morgen ihr Frühstück bei sich behalten konnte.

Mitte November kam Max grau vor Erschöpfung aus Spanien zurück. Tilda wartete, bis Melissa eingeschlafen war, und sie nach dem Abendessen allein in der Küche waren, bevor sie ihm sagte, daß sie wieder ein Kind erwartete. Sie sah, wie seine Augen sich weiteten und die kleine senkrechte Linie, die sich im Lauf des vergangenen Jahres zwischen seinen Brauen gebildet hatte, sich vertiefte.

»Es tut mir leid, Max. Ich weiß, du wolltest gern noch warten.«

Er legte ihr den Arm um die Taille und zog sie an sich. »Ach was, Unsinn.«

»Melissa schläft jetzt schon im Kinderbett. Das Kleine kann dann in die Wiege. Es wird schon irgendwie gehen, Max.«

»Natürlich wird es gehen. Es wird wunderbar!«

Er küßte sie auf die Stirn, aber seine Freude schien gekünstelt.

»Machst du dir Sorgen wegen des Geldes?«

Max zuckte die Achseln. »Das werden wir schon schaffen.«

»Wir wollten doch immer viele Kinder. Und Melissa wird ein Bruder oder eine Schwester sicher guttun.«

»Ja, das denke ich auch.« Seine Stimme war blaß und ausdruckslos.

»Was ist es dann, Max? Sag's mir!« Sie spürte, wie er sich vor ihr verschloß.

Einen Moment lang schwieg er, dann sagte er: »Es ist das, was ich in Spanien gesehen habe, Tilda. Und was ich seit Jahren in Deutschland sehe. Ich habe Angst. Bevor Melissa zur Welt kam, war ich immer halbwegs optimistisch. Nicht übermäßig, aber es hat gereicht. Jetzt habe ich alle Zuversicht verloren.«

»Aber das spielt sich doch alles da drüben ab, Max«, sagte sie. »Es ist furchtbar, sicher, aber wenigstens geschieht es nicht hier.«

»Wir werden nicht ungeschoren davonkommen«, entgegnete er. »Es gibt bestimmt wieder Krieg, und es kommt mir wie ein *Verbrechen* vor, ein Kind in diese Welt zu setzen. Das ist die Wahrheit, Tilda.« Max kramte in seiner Tasche nach seinen Zigaretten. »Baldwin und die meisten dieser Idioten im Parlament bilden sich ein, wenn sie Hitler schöntun, wird er uns in Ruhe lassen. Aber das tut er bestimmt nicht, Tilda, ich weiß es. Ich habe fast auf der ganzen Rückreise aus Spanien an einem Artikel geschrieben, um das zu erklären. Aber niemand ist bereit, ihn zu drucken. Ich bin heute von einem Verlag zum anderen gerannt, und die einzige Zeitung, die mir ein Angebot gemacht hat, war ein linkes Blatt, das kein Mensch liest. Viel zu schwarzseherisch haben sie alle gesagt. Man muß doch versuchen das Positive zu sehen.«

Tilda strich ihm über das Haar. »Ach, Max, du Armer.«

»Ich hab sogar schon daran gedacht, für Spanien zu kämpfen. Viele hier sind zu den internationalen Brigaden gegangen.«

»Ja, Fergus auch. Aber das wirst du doch nicht tun, Max?« Der Gedanke entsetzte sie.

»Nein, natürlich nicht. Du weißt doch, daß ich keiner bin, der sich einer Bewegung anschließt.« Er schüttelte den Kopf. »Früher war ich stolz darauf, ein Einzelgänger zu sein, aber jetzt verachte ich mich fast dafür.«

Sie mußte ihn fragen. »Max, ist es sehr schlimm für dich, daß wir noch ein Kind bekommen?«

»Ach, Tilda.« Seine Augen waren traurig. »Nein, natürlich ist es nicht schlimm für mich. Im Gegenteil.«

Emily heiratete Jan van de Criendt im Frühjahr 1937. Nach der kirchlichen Trauung, Emily ganz in Weiß, gab es einen Riesenempfang in Ely. Die wöchentlichen Briefe aus Holland waren wenigstens eine kleine Entschädigung für Emilys Abwesenheit. Emily drängte Tilda und Max, sie zu besuchen, aber den beiden fehlte das Geld für die Reise. Tilda hatte das Gefühl, als schrumpfte ihr Freundeskreis von Tag zu Tag. Emily war in Amsterdam, Fergus war in Spanien, und Michael hatte man eine Dozentur an der Universität von Edinburgh angeboten. Roland Potter kam ab und zu vorbei, und wenn Tilda sich imstande fühlte, die U-Bahn-Fahrt mit Kind und Tragetasche zu unternehmen, besuchte sie Anna in der Pargeter Street. Aber ihre Besuche wurden immer seltener. Die Übelkeit hatte zwar nachgelassen, aber jetzt war sie ständig müde. Der Arzt sagte ihr, sie sei anämisch, und riet ihr, Leber zu essen.

Joshua wurde im Juni geboren, Melissa war gerade anderthalb Jahre alt. Es war eine Steißgeburt, und er kam zwei Wochen zu früh, die leitende Hebamme persönlich half bei der Entbindung. Betäubt von Schmerz und Äther, empfand Tilda nichts von dem wonnigen Triumph, der sie nach Melissas

Geburt beschwingt hatte. Sie empfand nur ungeheure Erleichterung darüber, daß es endlich vorbei war, und, als sie in die tiefblauen Augen ihres neugeborenen Sohnes blickte, überwältigende Liebe.

Joshua war im Gegensatz zu seiner Schwester kein einfaches Kind. Schon mit drei Wochen bekam er seine erste Erkältung und wollte kaum aufhören zu weinen. Nur Tilda konnte ihn trösten. Max reiste wieder nach Deutschland, er hatte die Reise nur wegen der bevorstehenden Entbindung aufgeschoben. Tilda, die genäht werden mußte, hatte immer noch Schmerzen, und aus ihren Brüsten tropfte die Milch, die das schniefende und hustende Baby kaum trinken konnte. Melissa haßte Joshua und versuchte immer wieder, ihn zu kneifen und zu schlagen. Clara Franklin kam nach London, um Tilda zu helfen, aber sie wurde mit dem alten Herd und dem launischen Boiler nicht fertig.

Joshua wachte jede Nacht dreimal auf und mußte gefüttert werden. Mit sechs Wochen mußte er immer noch siebenmal in vierundzwanzig Stunden gefüttert werden. In den Büchern stand, man solle Säuglinge an einen strengen Rhythmus gewöhnen, aber sein Weinen zerriß Tilda das Herz, und sie brachte es nicht über sich, ihn die vorgeschriebenen vier Stunden zwischen den Mahlzeiten warten zu lassen. Die Schwester in der Klinik schlug vor, Tilda solle ihm abends vor dem Einschlafen ein Stück Zwieback zu kauen geben, aber Joshua erbrach sich daraufhin. Jede Minute Schlaf wurde für Tilda zum Luxus. Sie lebte in einer Art ständiger Benommenheit. Wenn sie sich keine Listen machte, vergaß sie, was sie hatte einkaufen wollen.

Die Vorbereitungen zu jedem kleinsten Ausgang nahmen fast eine Stunde in Anspruch. Beide Kinder mußten frisch gewickelt und angekleidet werden, und Melissa hatte eine Vorliebe dafür entwickelt, ihre Schuhe in ihrem Sandkasten zu vergraben. Der Kinderwagen mußte die Treppe vom Souterrain hinaufgeschleppt werden. Tilda mußte ihre Sachen zusammensuchen und den Kindern, wenn sie nicht inzwischen Zeter und

Mordio schrien oder schon wieder naß waren, mit dem Kamm durch die Haare fahren. Der Kinderwagen war so groß, daß sie ihn in die meisten Geschäfte nicht mit hineinnehmen konnte und ständig hinausschauen mußte, während sie ihre Einkäufe machte.

Anfangs schlief Melissa im Kinderbett bei Max und Tilda im Zimmer und Joshua in der Wiege. Aber er war, obwohl kleiner und schwächer als seine Schwester, weit abenteuerlustiger als diese. Mit drei Monaten zog er sich zur Kante seiner Wiege hinauf und schaukelte dort lachend hin und her. Tilda konnte ihn gerade noch packen, bevor er auf den Steinboden stürzte. Am Wochenende bauten sie und Max Melissa ein kleines Bett in der Kammer, und Joshua wanderte ins Kinderbett.

Melissa liebte ihr kleines Zimmer, aber Max mußte jetzt im Schlafzimmer arbeiten oder, wenn Joshua schlief, in der Küche. Einmal stieß Melissa ihre Tasse um, und der ganze Kakao ergoß sich über einen Artikel, den Max gerade fertig geschrieben hatte. Er mußte alles noch einmal tippen. Tilda sah, wie sein Gesicht weiß wurde, und spürte, daß eine Explosion in der Luft lag, die alles in Chaos stürzen würde. Aber der Moment ging vorüber, Max nahm die weinende Melissa auf den Schoß und tröstete sie, und Tilda, der vor Anspannung der Nacken schmerzte, griff wieder zum Bügeleisen.

Sie hatte sich nie klargemacht, wieviel teurer das Leben mit zwei Kindern werden würde. Melissas kleine Schuhe kosteten beinahe genausoviel wie Tildas Sandalen, und die Medikamente für Joshua kosteten zehn Schillinge die Woche. Sie war eine gute Köchin, die sich darauf verstand, aus einem Hammelhals einen schmackhaften Eintopf zu bereiten, eine Hühnersuppe so zu verlängern, so daß sie für vier Tage reichte, aber für diese Art der Küche brauchte man Zeit. Oft stand sie mit Joshua auf dem Arm am Herd, während die eifersüchtige Melissa sich an ihre Beine klammerte. Die Kleider für die Kinder schneiderte sie alle selbst, aber die Zutaten, Stoff, Nadeln, Garn, kosteten Geld. Häufig waren sie und Max abends zu müde, um noch miteinander zu reden.

Max war viel auf Reisen. Sie vermißte ihn; die häufigen

Abwesenheiten entfernten ihn nicht nur körperlich von ihr. Wenn er heimkehrte, war er müde und deprimiert. Sie versuchte, ihn dazu zu bringen, aus sich herauszugehen und mit ihr über das zu sprechen, was er gesehen hatte, aber nach jeder Reise kapselte er sich ein wenig mehr von ihr ab. Wenn er fort war, wenn die Kinder erkältet waren, oder sie sich einfach nicht dazu aufraffen konnte, mit den Kindern in den Park zu gehen, hatte Tilda das Gefühl, in die Isolation ihrer Kindheit zurückgekehrt zu sein. Manchmal verging eine ganze Woche, ohne daß sie mit irgendeinem erwachsenen Menschen außer dem Lebensmittelhändler und dem Milchmann gesprochen hatte. Jeder Versuch, mit den anderen Frauen in der Klinik ins Gespräch zu kommen, wurde von Joshuas wütendem Geschrei gestört, wenn Melissa ihm seine Rassel wegnahm. Das Geld reichte selten für einen Kino- oder Konzertbesuch. Max' Pullover bestanden fast nur noch aus geflickten Stellen, und Tilda konnte sich nicht erinnern, wann sie sich zuletzt ein neues Paar Strümpfe gekauft hatte. Sie fühlte sich als Gefangene der Armut, obwohl sie doch immer geglaubt hatte, arm zu sein würde ihr nichts ausmachen.

Im Oktober regnete es unaufhörlich, und Melissa bekam eine Erkältung. Ein paar Tage später begann Joshua zu fiebern. Gerade hatte er angefangen, die Nächte durchzuschlafen; jetzt erwachte er um drei Uhr morgens, und Tilda brachte ihn erst gegen fünf Uhr wieder zur Ruhe. Melissa, von Anfang an eine Frühaufsteherin, holte sie um halb sieben wieder aus dem Bett und wollte frühstücken. Als Max um halb acht aus dem Haus ging und Kindergeschrei, nasse Windeln und Rotznasen hinter sich ließ, neidete Tilda ihm einen Moment lang seine Freiheit. Sie hatte selbst Halsschmerzen, und ihr Kopf dröhnte. Beim Arzt mußte sie zwei Stunden um Joshuas Ohrentropfen anstehen. Auf dem Heimweg kaufte sie mit dem letzten Geld ein paar süße Brötchen für die Kinder. Sie hatte ein schlechtes Gewissen dabei, aber sie fühlte sich einfach nicht imstande zu kochen.

Hustend von dem bitterkalten Wind hievte sie den Kinderwagen die Treppe hinunter und machte die Küchentür auf. Die

Kälte, die ihr entgegenkam, verriet ihr sofort, daß der Ofen ausgegangen war. Melissa merkte plötzlich, daß sie ihre Lieblingspuppe beim Arzt vergessen hatte, und begann zu weinen. Joshua weinte aus reiner Sympathie mit. Tilda schälte die beiden Kinder erst einmal aus ihren warmen Sachen, dann sah sie sich den Ofen an. Die Asche war kalt und grau. In der Schublade waren keine Streichhölzer. Max war nach Hause gekommen und arbeitete oben im Schlafzimmer; sein Mantel hing im Flur. Tilda ging nach oben, um sich sein Feuerzeug zu holen. Als sie wieder hinunterlief, rutschte sie mit ihren feuchten Schuhen auf einer Stufe aus und stürzte die ganze Treppe hinunter. Weinend vor Schreck und Schmerz hockte sie sich, den Kopf in die Hände gestützt, auf die unterste Stufe. Die Kinder schrien wie am Spieß. Aufgestört von dem Getöse kam Max heruntergelaufen. Als er die rote Schwellung an Tildas Stirn sah, packte er die beiden Kinder wieder in ihre warmen Sachen und verließ mit ihnen das Haus. Tilda kroch ins Bett und fiel in tiefen Schlaf.

In der Untergrundbahn versuchte Max, Melissa und Joshua mit Schokoladenbonbons zu beruhigen. Joshua spie seines hustend gleich wieder aus; Max musterte ihn ohne Mitleid. In der Fleet Street klemmte er sich beide Kinder kurzerhand rechts und links unter die Arme und beförderte sie mit mehreren Pausen zum Naseputzen die drei Treppen zu Harold Sykes Büro hinauf.

Harold zeigte sich wenig erfreut über den Besuch. »Hat das Kindermädchen frei, Max?«

»Tilda geht es nicht gut.« Max setzte Melissa auf Harolds Schreibtisch und hielt Joshua im Arm. »Ich wollte mal hören, ob der Posten in der Redaktion noch frei ist, Harold.«

Harold zog eine Augenbraue hoch. »Freddie umwirbt dich doch seit Monaten. Was hat denn diesen plötzlichen Sinneswandel bewirkt?«

»Ich hab mich wie ein krasser Egoist benommen«, erklärte Max unumwunden. »Während Tilda sich unter primitivsten Verhältnissen abrackert, um diese beiden halbwegs ordentlich großzuziehen, hab ich nur an meine eigenen gottverdammten edlen Prinzipien gedacht.«

»Gottverdammten«, wiederholte Melissa sorgfältig und genau. »Gottverdammten.«

Harold lachte laut heraus. »Komm, wir geben die beiden bei Lorna ab und gehen mal zu Freddie.« Lorna war die Briefkastentante der Zeitung. »Sie ist ganz verrückt nach Kindern. Ich mag sie erst, wenn sie ein bißchen zivilisierter werden.«

Im Februar 1938 zogen sie um. Mit seinem Gehalt, beinahe das Doppelte von dem, was er als selbständiger Journalist verdient hatte, konnte Max ihre Schulden begleichen und die Kaution für ein Haus in einer besseren Gegend Londons bezahlen. Das neue Haus war schmal und hoch, vier Stockwerke insgesamt. Es hatte einen dunklen, verwilderten Garten, und die Fenster der weißgestrichenen Fassade blickten auf eine kleine, eingezäunte Grünanlage mit Rasen und Büschen hinaus. Dreimal in der Woche kam morgens ein Mädchen, um bei den schweren Hausarbeiten zu helfen, und Melissa und Joshua hatten jeder ein eigenes Zimmer. Das Haus hatte elektrischen Strom, und sie ließen, weil Max es beruflich brauchte, ein Telefon installieren. In den ersten Monaten verbrachte Tilda jede freie Minute damit, die Wände zu streichen, Vorhänge und Kissenbezüge zu nähen. Als das Wetter milder wurde, pflanzte sie zusammen mit Melissa Blumenzwiebeln und Setzlinge im Garten, einer kleinen Wildnis dunkler, rußiger Sträucher, von schmalen Fußwegen durchzogen.

Im Sommer reisten sie alle nach Holland, um Emily und Jan zu besuchen. Emily war schwanger; das Kind wurde im November erwartet. Jan und sein jüngerer Bruder Felix hatten ein Boot, und eine ganze Woche lang segelten sie im Wattenmeer. Emily saß auf Kissen gebettet am Bug, die Kinder waren am Mast angeleint. Auf dem Boot, der *Marika*, feierten sie auch Joshuas ersten Geburtstag, mit Kuchen und einer Kerze, die im frischen Wind flackerte. Joshua war so begeistert vom Knallen der Segel und der schäumenden Gischt, daß er beinahe die ganze Zeit ausgelassen herumsprang. Jan brachte Tilda und

Max die Grundbegriffe des Segelns bei. Das Brausen des Windes, die Erregung, wenn er die Segel erfaßte, und die *Marika* über die Wellen zu fliegen begann – Tilda fand das alles herrlich.

Sie kehrten nach England zurück. Harold Sykes' Tochter Charlotte, die keine Ahnung hatte, was sie jetzt, da sie mit der Schule fertig war, anfangen wollte, erbot sich, bei der Betreuung der Kinder zu helfen. Zum ersten Mal seit Melissas Geburt hatte Tilda Zeit für sich. Sie schneiderte sich ein paar neue Kleider und besuchte morgens kleine Kaffeekränzchen, bei denen es recht steif zuging, um für diese oder jene gute Sache Geld zu sammeln. Nachmittags brachte sie Melissa zu einer ihrer kleinen Freundinnen zum Spielen, oder sie gingen alle zusammen in den Park. Ab und zu waren sie abends zu einer Cocktailparty oder einem Essen im Haus eines von Max' Kollegen eingeladen.

Tilda sagte sich, daß sie glücklich sei. Sie und Max und die Kinder lebten in einem hübschen Haus in einer guten Gegend Londons, und es fehlte ihnen an nichts. Sie ging regelmäßig zu ihrem Nähkränzchen und trat einem Musikkreis bei. Aber eines Nachmittags, als sie im Wohnzimmer einer Nachbarin saß und sich eine Schallplattenaufnahme von Myra Hess anhörte, die Chopin spielte, ertappte sie sich dabei, daß sie das erste Mal seit Jahren an Daragh dachte. Sie fragte sich, was er tat, wie es ihm ging. Ob er manchmal an sie dachte. Sie schob die Gedanken sofort weg, aber sie war erschrocken und aufgewühlt. Sie hätte gern noch ein Kind gehabt, aber sie wußte, daß Max, nach dem Münchner Abkommen und der nachfolgenden Zerstückelung der Tschechoslowakei, in seinem Entschluß, keine Kinder mehr in die Welt zu setzen, nicht zu erschüttern war. Wenn es vorbei ist, sagte er, und das *Es* war ein schwarzes, amorphes Ding, das immer größer wurde und immer näher kam.

Max war in Berlin, als Herschel Grynszpan, ein siebzehnjähriger polnischer Jude, in Paris einen deutschen Botschaftssekretär erschoß. Max hörte davon über Telefon in einer Bar im

Hotel Adlon. Er hatte vorgehabt, am folgenden Tag nach London abzureisen, doch er blieb in Erwartung des unausweichlichen Vergeltungsschlags.

Am 9. November kam es zur Kristallnacht. In ganz Deutschland brannten die Synagogen. Jüdische Geschäfte wurden geplündert, die Häuser und Wohnungen jüdischer Bürger gestürmt und ihr Mobiliar bis zur letzten Teetasse zertrümmert. Tausende jüdischer Männer wurden zusammengetrieben und in Konzentrationslager gebracht. Max stand in der Dunkelheit und sah zu, wie die Gebetbücher der Bewohner eines jüdischen Altenheims auf der Straße in Flammen aufgingen.

Die Kristallnacht veränderte ihn. Sie hatte ihm gezeigt, daß die Grausamkeit der Menschen gegen ihre Mitmenschen keine Grenzen kannte. Als er wieder zu Hause war, hätte er sich am liebsten mit seiner Frau und seinen Kindern in seinem Haus eingeschlossen und es nie wieder verlassen. Die Welt, die er kannte, war in Zerfall begriffen, und er wagte sich nicht auszumalen, was diesem Zerfall folgen würde. Hier, im Haus, war eine Art freundlicher Ordnung hinter dem Chaos: Waren auch die Fußböden von Bauklötzen und verstreut liegenden Puppenkleidern übersät, es stand regelmäßig etwas zu essen auf dem Tisch, frische Hemden hingen in seinem Schrank, und die Kinder wurden abends um sieben in ihre Betten gepackt. Er wußte nicht, wie Tilda es schaffte, aber er brauchte jetzt diese Ordnung.

Mit Tilda sprach er nicht über die Dinge, die er gesehen hatte. Hätte er ihr von alten Männern erzählt, die auf der Straße zusammengeschlagen wurden, oder Säuglingen, die ihren Müttern aus den Armen gerissen wurden, so wäre ihm das wie eine Beschmutzung ihres gemeinsamen Zuhauses vorgekommen: Er hätte das Gefühl gehabt, das Böse einzuschleppen. Entfliehen konnte er den langen Schatten des Kommenden dennoch nicht. Die Gräben im Hyde Park, die Luftschutzräume, die in den Gärten der Nachbarn gebaut wurden, die Gasmasken an den Haken im Flur, das war eine Realität, die nichts Gutes ahnen ließ. Nachts träumte er, Bomben fielen auf London, zerstörten sein Haus, verschütteten seine Familie. Wenn er Tilda jetzt liebte, so tat er es beinahe wie ein Verzweifelter, von dem tiefen Wunsch getrieben, sich in der Weichheit und Schönheit ihres Körpers zu verlieren.

Obwohl der trügerischen Euphorie nach dem Münchner Abkommen Ernüchterung folgte, die eine realistischere Einschätzung der Situation mit sich brachte, konnte Max noch immer nicht schreiben, was er wollte. Während er sich bereit machte, auf den Kontinent zurückzukehren, war ihm bewußt, wie groß seine Frustration war, wie groß auch seine Furcht. Als er ins Schlafzimmer ging, um zu packen, fand er dort Tilda vor, die dabei war, ihre Blusen zusammenzulegen und ordentlich aufeinanderzuschichten.

»Fährst du zu Sarah raus?« fragte er.

Sie schüttelte den Kopf. »Tante Sarah kommt hierher. Ich komme mit dir, Max. Es ist alles schon arrangiert. Tante Sarah und Charlotte kümmern sich um die Kinder, und wir beide können endlich mal ein paar Tage ganz allein miteinander verbringen. Ich bleibe bei Emily, solange du in Deutschland bist. Ich bin schrecklich gespannt auf ihr Kind.«

Tilda legte die Blusen in ihren Koffer, dann wandte sie sich ihm zu und nahm ihn in die Arme. »Es ist doch besser, nicht wahr, Max, wenn ich mitkomme?«

Er zog sie an sich und küßte sie: heiße, hungrige Küsse, die ihnen beiden die Luft nahmen.

Am folgenden Tag fuhren sie, sich am Steuer abwechselnd, mit dem Auto nach Harwich. Die Überfahrt war grau und stürmisch. Arm in Arm standen sie an Deck, bis es dunkel wurde. Nachdem sie am folgenden Morgen in Hoek van Holland angelegt hatten, nahmen sie den Zug nach Amsterdam. Am Abend aßen sie mit Emily und Jan und bewunderten William, den kleinen Sohn der beiden, ein kräftiges, blondes, ruhiges Kind. Am Morgen danach nahmen sie den Zug zur Grenze. Max wollte die deutschen Truppenaufstellungen sehen.

Doch er stieß auf eine ganz andere Geschichte als die, die er zu erzählen gedacht hatte. Als sie an einem Bahnhof an der Grenze ausstiegen, sah Max ein Dutzend Frauen, die mit Gepäckwagen voll belegter Brote und Kuchen auf dem Bahnsteig warteten. Ein Zug pfiff, und in der Ferne bauschte sich eine dicke weiße Dampfwolke, die wie eine fette Raupe die Eisenbahnlinie entlangkroch. Nach einer Weile konnte Max eine Lokomotive erkennen, die eine lange Kette von Wagen zog. Die Frauen auf dem Bahnsteig begannen, Limonade in Krüge zu füllen und Brote und Kuchen, die in Butterbrotpapier eingeschlagen waren, auszupacken. Der Zug rollte mit kreischenden Bremsen in den Bahnhof. Max sah durch Rauchwolken Gesichter, die an die Fensterscheiben gedrückt waren. Als der Zug anhielt, und der Rauch sich verzog, sah er, daß die Passagiere lauter Kinder waren. Die Jungen hatten Tweedanzüge an, die Mädchen dicke Wintermäntel, die bis oben zugeknöpft waren.

Max sprach eine der Frauen an und erfuhr, daß alle Kinder im Zug deutsche Juden aus Berlin waren, die nach Großbritannien wollten. Auf dem Bahnhof gab man den Kindern zu essen und zu trinken, und jedes bekam ein Spielzeug. Die Kinder hatten auf Anordnung der deutschen Behörden nicht mehr mitnehmen dürfen als einen kleinen Koffer und zehn Mark Taschengeld. Bald würden sie nach Hoek van Holland weiterreisen und von dort nach Harwich.

Max schaute sich nach Tilda um, um sie über diesen ungewöhnlichen Exodus aufzuklären, konnte sie aber zunächst nicht finden. Dann sah er sie, wie sie sich durch die Menge drängte, um zu den Kindern zu gelangen. Er sah, wie sie sich lächelnd zu einem kleinen Jungen hinunterbeugte, ihn bei der Hand nahm und mit ihm sprach, bis auch er lächelte. Sie war umringt von Kindern, umwogt von einem ganzen Meer von Kindern, und Max, der stehengeblieben war, blickte ihr nach, wie sie sich immer weiter von ihm entfernte, bis er sie nicht mehr sehen konnte.

Die Kristallnacht hatte der britischen Regierung, die sich bisher der Selbsttäuschung hingegeben hatte, endlich die Augen darüber geöffnet, wie bitterernst die Situation der deutschen Juden war. Die Einreisebedingungen wurden erleichtert, so daß der Transport jüdischer Kinder nach Großbritannien möglich wurde. Wenige Tage nach ihrer Heimkehr aus Holland begann Tilda ehrenamtlich für die *Refugee Children's Movement* (RCM) zu arbeiten, die Organisation, unter deren Schirmherrschaft die Kindertransporte durchgeführt wurden. Sie hatte ursprünglich vorgehabt, der RCM zwei Vormittage in der Woche zu widmen, während Charlotte Sykes sich um Melissa und Joshua kümmerte, aber der Bedarf an Hilfskräften war riesengroß. Gerade solche Leute wurden gesucht, die nicht nur Maschineschreiben konnten, sondern auch Deutsch sprachen, und so kam es, daß die RCM sehr bald einen großen Teil ihrer Zeit in Anspruch nahm.

Anfangs kamen jede Woche zwei Kindertransporte, entweder aus Berlin oder Wien. Obwohl die Kinder, denen die Ausreise nach Großbritannien ermöglicht werden sollte, in Deutschland ausgewählt wurden, gingen täglich unzählige Briefe im Büro der RCM in Bloomsbury ein, verzweifelte Hilferufe, denen Fotografien lachender Kinder beigelegt waren. Für jedes Kind, das in Großbritannien eintraf, mußte entweder eine Unterkunft in einem Heim oder eine passende Pflegefamilie gefunden werden.

Tilda und Max reisten nach Harwich, um dort ein Boot voller Flüchtlingskinder zu erwarten. Der Himmel über dem Hafen war grau und trüb, und der Wind peitschte das Meer zu weiß schäumenden Brechern auf. Als die Kinder durch den Zoll gingen, leerten einige von ihnen aus Angst vor den Uniformen der Beamten augenblicklich ihre Taschen und breiteten den Inhalt auf den Tischen aus: rührende Häufchen von Bleistiften, Haarbändern und klebrigen Bonbons.

Kaum eines der Flüchtlingskinder sprach Englisch. Tilda begrüßte sie und bemühte sich, ihnen Angst und Befangenheit zu nehmen. Der Fotograf, der zusammen mit Max und Tilda aus London heraufgefahren war, machte eine Aufnahme von einem hübschen dunkelhaarigen Mädchen mit der Puppe im Arm, die man ihr in Holland geschenkt hatte.

Die Kinder wurden zu einem Bus geführt, der sie nach Dovercourt brachte, ein wenige Kilometer entferntes Landschulheim mit kleinen, rauhverputzten weißen Häusern und einem großen Gemeinschaftssaal. Der Wind pfiff kalt um die kleinen Häuser, die sonst nur im Sommer bewohnt wurden, und in der Ferne breitete sich bräunlich glänzend die vom Meer freigelegte Schlammzone aus. Tilda half den anderen ehrenamtlichen Mitarbeiterinnen beim Ausschenken des Tees. Eine Gruppe Mädchen drängte sich in einer Ecke des großen Raums zusammen, und die Jungen, entschlossen, tapfer zu sein, bissen die Zähne zusammen, um ihre Tränen zurückzudrängen.

Als sie am Abend nach London zurückfuhren, schlief der Fotograf auf dem Rücksitz des Wagens ein. Max, der am Steuer saß, war sehr still. Tilda wußte, daß auch er daran dachte, was die Eltern dieser Kinder gelitten haben mußten, um den Entschluß zu fassen, sie allein in ein fremdes Land zu schicken.

Die RCM nahm bald Tildas ganzes Leben in Anspruch. Wenn sie nicht im Büro war oder in Harwich, um Neuankömmlinge in Empfang zu nehmen, sammelte sie Geld, Kleider, Lebensmittel, was immer und wo immer sie es bekommen konnte. Als sie zur Schriftführerin ihres Ortsausschusses gewählt wurde, fiel ihr die Auswahl und die halbjährliche Inspektion der Pflegefamilien zu. Die Pflegeeltern holten ihre Kinder in einem großen düsteren Raum in der Nähe des Bahnhofs Liverpool Street ab.

Als der Zug stampfend im Bahnhof einfuhr, drückten die Kinder drinnen sich die Nasen an den Fensterscheiben platt. Jedes trug einen braunen Gepäckanhänger um den Hals, auf dem eine Nummer stand. Auf dem Bahnsteig warteten in langer Schlange die Pflegeeltern. Manche Kinder sprangen mit einem freudigen Schrei des Erkennens aus den Wagen; andere hielten sich zögernd im Hintergrund, erschöpft von der langen Reise, verwirrt von den vielen fremden Gesichtern und der fremden Sprache. Tilda nahm sie mit beruhigenden Worten unter ihre Fittiche und führte sie zur nahe gelegenen Empfangshalle, wo andere ehrenamtliche Mitarbeiter an Schreibtischen saßen und Formulare ausfüllten. Jedes Kind mußte seinen vorgesehenen Pflegeeltern zugeführt werden. Manche Eltern versäumten es, am vereinbarten Tag zu erscheinen, andere mußten bei ihrer Ankunft feststellen, daß ihr Pflegekind nicht mitgekommen war, weil es an der Grenze zu Holland von der Gestapo aus dem Zug geholt und nach Deutschland zurückgeschickt worden war. Viele der kleineren Kinder weinten vor Kälte, Heimweh und Verwirrung. Die größeren Jungen, die nach Erledigung der Formalitäten in ein Heim gebracht werden würden, standen füßescharrend und überlaut redend in Gruppen beieinander. Allmählich lichtete sich die Menge, und am Ende waren nur noch die großen Jungen und ein kleines Mädchen übrig. Das kleine Mädchen hielt seinen Blick fest auf seine Stiefelspitzen gerichtet.

Tilda sah auf ihre Uhr. Es war fast halb vier. Sie winkte dem einsamen Kind. »Wie heißt du, Schatz?«

»Rosi«, flüsterte das Mädchen. »Rosi Liebermann.« Sie war ein pummeliges kleines Ding mit mausbraunem Haar, nicht besonders hübsch.

Tilda hörte das Klappern hoher Absätze. Eine Frau kam durch den Saal auf sie zu. Sie trug einen eleganten Wollmantel, einen kleinen Filzhut mit einer Feder und war tadellos geschminkt.

»Sind Sie Rosis Pflegemutter, Mrs. ...« Tilda warf einen Blick auf ihre Liste. »Mrs. Stannard?«

»Ich bin Mrs. Stannard.« Sie reichte Tilda flüchtig die Hand. Dann musterte sie Rosi, trat ein, zwei Schritte zurück und flüsterte Tilda zu: »Ich dachte, die Kleine wäre hübscher. Sie sieht gar nicht aus wie auf dem Foto.«

Es kam immer wieder einmal vor, daß ein Kind nicht den Vorstellungen der Pflegeeltern entsprach.

Tilda sagte ruhig und geduldig: »Rosi ist zwölf Jahre alt, Mrs. Stannard. In diesem Alter verändern Kinder sich von Tag zu Tag. Die Fotografie ist wahrscheinlich vor ein paar Monaten gemacht worden.«

Wieder starrte Mrs. Stannard das kleine Mädchen an. »Nein, das geht nicht«, sagte sie dann unvermittelt. »Tut mir leid, aber es geht einfach nicht. Und jetzt muß ich wirklich weg, sonst verpasse ich meinen Zug.« Und schon marschierte sie mit klappernden Absätzen durch den Saal davon.

Tilda hatte den Eindruck, daß Rosi, obwohl sie kein Englisch sprach, jedes Wort dieses Gesprächs verstanden hatte. Ihre Nase war verdächtig rot, ihre Lippen waren fest aufeinandergepreßt. Im Kopf ging Tilda die Möglichkeiten durch. Es gab das Heim, aber das war für ältere Kinder gedacht. Sie könnte versuchen, eines der Elternpaare anzusprechen, deren Kind nicht angekommen war, vielleicht würden sie sich bereit finden, statt dessen dieses kleine Mädchen zu nehmen. Aber es konnte auch das gleiche wie eben geschehen: daß Rosi wieder zurückgewiesen wurde. Vor Jahren hatte sie die kleine Liesl Toller im Stich gelassen; sie durfte nicht wieder ein Kind im Stich lassen.

Sie nahm das kleine Mädchen bei der Hand. »Rosi, möchtest du mit zu mir nach Hause kommen?«

Als alle Formulare ausgefüllt und Rosis wenige Habseligkeiten beisammen waren, war es vier Uhr. Dann war die U-Bahn so voll, daß sie wegen Rosis Koffer nicht hineinkamen und zwei Züge abwarten mußten, ehe sie endlich Glück hatten. Rosi in ihren schweren Winterstiefeln hatte Mühe, an Tildas Seite zu bleiben, als diese beinahe im Laufschritt von der U-Bahn-Station nach Hause eilte.

Stimmengewirr flog ihr entgegen, als sie die Haustür aufsperrte und durch den Flur ging.

»Mama, Daddy hat die Marmelade fallen lassen, und es ist alles auf den Teppich gegangen.«

»Ich muß dringend Paris anrufen.«

»Mrs. Franklin, Joshua hat sich Sirup in die Haare geschmiert, drum mußte ich ihn baden.«

Sie legte den Arm um Rosi und zog sie ins Eßzimmer. »Joshua, Melissa – ich möchte euch jemanden vorstellen.« Behutsam schob Tilda Rosi nach vorn. »Das ist Rosi Liebermann, eure neue Schwester.«

# 7

»ROSI WAR DAS erste meiner Pflegekinder«, sagte Tilda, nachdem sie uns miteinander bekannt gemacht hatte. Man feierte Tildas einundachtzigsten Geburtstag.

Ich schüttelte der Frau die Hand. Meiner Schätzung nach mußte sie inzwischen Ende Sechzig sein. Sie war groß und stattlich, in lebhafte Farben gekleidet. Das graue Haar trug sie, zu einem Zopf geflochten, wie einen Kranz um ihren Kopf.

»Ich war ein richtiger kleiner Kloß«, sagte Rosi lachend. »Ich bin in meinem zwölften Lebensjahr fast zehn Zentimeter gewachsen und hatte einen wahnsinnigen Busen. Kein Wunder, daß diese arme Frau auf und davon rannte, als sie mich sah.«

»Rosi ist Schriftstellerin«, bemerkte Tilda, aber das wußte ich natürlich. Als junges Mädchen hatte ich Rosi Liebermanns historische Romane, dicke Wälzer, die einen die Welt vergessen ließen, alle verschlungen.

Einer der Urenkel grapschte nach Tildas Knie, und trotz ihres hohen Alters, trotz ihrer zarten Gesundheit, hob sie ihn hoch und nahm ihn auf den Arm, und dann verschwanden die beiden im Gewühl.

Die Familie hatte sich im ganzen Roten Haus ausgebreitet; überall wurde gelacht und geschrien und diskutiert. Die ganze Straße entlang standen Autos, immer neue Gästescharen strömten zwischen den hohen Mauern der Buchsbaumhecken hindurch und ergossen sich auf den Vorplatz des Hauses. Die Türglocke bimmelte beinahe unablässig, das Knallen der Champagnerkorken hörte sich an wie eine Folge kleiner Explosionen.

Rund um mich herum drängten sich in lebhaftem Getümmel Tildas selbstsichere, laute, erfolgreiche Verwandte und Freunde. Elegant oder originell gekleidet; schöne, interessante, aparte Gesichter. Nicht eine unansehnliche, langweilige Person gab es hier.

Ich wandte mich wieder Rosi Liebermann zu. »So viele von Tildas Kindern und Enkeln haben es zu Berühmtheit gebracht.«

Ihr sympathisches Gesicht verzog sich zu einem Lächeln. »Ach, ich glaube, ich bin schon vergessen. Romane, wie ich sie schreibe, sind nicht von Dauer. Joshua ist natürlich berühmt. Es ist wirklich schade, daß er heute nicht kommen konnte.«

»Ich sehe seinen Sohn gar nicht«, konnte ich mir nicht verkneifen zu sagen.

»Patrick?«

Immer, wenn ich draußen einen Wagen vorfahren hörte, sah ich zum offenen Fenster hinaus, aber nie war es ein blauer Renault. Ich ärgerte mich über diesen Zwang, ständig nach ihm Ausschau zu halten; ich sagte mir, daß er mich lediglich zu Wheeler's eingeladen hatte, um mir bei meiner Arbeit an dem Buch zu helfen. Und sonst gar nichts.

»Tilda und Patrick sind einander immer sehr nahe gewesen«, bemerkte Rosi. »Als Kind hat er jedes Jahr die Schulferien hier verbracht.«

Das Rote Haus mit seinem verwilderten Park und den hohen Bäumen mußte für ein Kind ein wunderbarer Ort gewesen sein. »Und Sie, Miss Liebermann?« fragte ich. »Haben Sie auch einmal hier gelebt?«

»Ich habe hier immer nur Ferien gemacht. Als Tilda das Rote Haus gekauft hat, war ich schon verheiratet.«

»Ich habe viel über die Kindertransporte nachgelesen«, sagte ich. Zehntausend Kinder waren 1939 aus Deutschland weggebracht und so vor den Nazis gerettet worden. Ein Bruchteil nur der ermordeten sechs Millionen, dennoch eine bedeutende Zahl. »Erinnern Sie sich eigentlich an diese Zeit, an die Bahnfahrt, an Holland, an die Tage, bevor Sie Deutschland verlassen haben?«

Rosi stellte ihr Glas weg. »An die Wochen vor der Abreise aus Berlin kann ich mich überhaupt nicht erinnern. Ich vermute, meine Eltern haben sich bemüht, mir alles ganz alltäglich und normal erscheinen zu lassen. Obwohl es natürlich keine normalen Zeiten waren. Ich habe eigentlich erst richtig begriffen, was los war, als wir in Berlin am Bahnhof waren und der Zug abfuhr. Bis dahin hatte ich geglaubt, ich würde meine Eltern in ein paar Wochen wiedersehen. Aber als die Lokomotive losfuhr, sah ich, wie meine Mutter sich hinter meinem Vater versteckte und die Hände vor ihr Gesicht schlug. Sie konnte es nicht aushalten, mich wegfahren zu sehen. Sie konnte den Gedanken nicht ertragen, daß sie mich vielleicht nie wiedersehen würde.«

»Und war es so?« fragte ich leise.

»O ja. Meine Eltern sind in Auschwitz umgekommen.«

Erschüttert von ihren Worten, konnte ich nur irgend etwas völlig Unangemessenes murmeln.

»Tilda und Max wurden meine Familie. Tilda und Max und Tante Sarah. In meinem ersten Jahr in England war ich sehr viel bei Tante Sarah. Ich kränkelte ständig – Angina und Mandelentzündung –, und der Arzt meinte, Landluft würde mir guttun. Daraufhin hat Tilda mich nach Southam gebracht. Als Max 1939 von seiner Zeitung ins Ausland geschickt wurde, hatte er Angst, mich nach Paris mitzunehmen. Ich hatte weder einen richtigen Paß noch ein Visum, verstehen Sie. Also blieb ich wieder bei Tante Sarah. Die Franklins kamen im Dezember zurück nach London, und wir haben dann Weihnachten gemeinsam verbracht. Im neuen Jahr wurde Max nach Amsterdam versetzt.« Rosi schwieg einen Moment. »Ich wußte, daß es Tilda sehr schwerfiel, sich zu entscheiden – ob sie mit Max nach Holland gehen oder lieber in England bleiben sollte, damit ihre Kinder zusammensein könnten –, und ich habe versucht, ihr die Entscheidung zu erleichtern. Ich habe ihr gesagt, wie gern ich in Southam sei. Und es war wahr, ich war wirklich gern dort. Ich war ja in einer Stadt groß geworden, da war das Leben auf dem Land für mich ein großes Abenteuer.«

Irgend jemand rief, »Rosi! Rosi, komm doch mal her und

erzähl Tilda, was Professor Hermann gesagt hat«, und Rosi Liebermann entschuldigte sich und verschwand im Gedränge.

Auf dem Kies unten knirschten Schritte, und ich sah wieder zum Fenster hinaus. Zuerst sah ich Patricks helles Haar, dann, von den Buchsbäumen umrahmt, die dunkelhaarige Frau, die an seiner Seite ging, und das kleine Mädchen, das sie bei der Hand hielt. Mir war natürlich sofort klar, wer die beiden waren. Es konnten nur Patricks Frau und seine kleine Tochter Ellie sein. Ich nahm mir ein Glas Orangensaft von einem Tablett und drängte mich hastig zum Korridor durch, um in das kleine Zimmer zu fliehen, das Tilda mir zur Verfügung gestellt hatte. Es war mir inzwischen zur Gewohnheit geworden, montags zum Roten Haus hinauszufahren, den ganzen Tag Gesprächen mit Tilda zu widmen und dann dort zu übernachten. Meistens pflegte ich erst Dienstag mittag nach London zurückzukehren und war dann den Rest der Woche damit beschäftigt, meine Notizen ins reine zu schreiben und Hintergrundrecherchen zu betreiben.

Es sah ziemlich chaotisch aus in dem kleinen Zimmer, wo überall Ordner und Hefte mit meinen Aufzeichnungen über die Kindertransporte und die RCM herumlagen. Während ich mich umsah, gestand ich mir ein, daß mir so elend war, weil meine eigene Familie im Vergleich zu Tildas blaß und blutleer war. Ein Vater, eine Schwester, zwei kleine Neffen und ein Schwager. Das war meine ganze Verwandtschaft. Mein Vater und ich gingen einander unweigerlich nach kürzester Zeit auf die Nerven, meine Neffen waren für ein vernünftiges Gespräch noch viel zu klein, und wenn mein Schwager nicht arbeitete, war er meistens so müde, daß er im Sessel vor dem Fernseher einschlief. Ich liebe zwar meine Schwester, aber jede von uns will immer das haben, was die andere hat. Ich beneidete Tilda um ihre große, lebhafte, bunte Familie. So eine hätte ich selbst gern gehabt, und das Gefühl des Ausgeschlossenseins, das man als Außenstehender bei einer großen Feier wie dieser nun mal hinnehmen mußte, deprimierte mich.

Ich versuchte, mich damit abzulenken, daß ich über die Frage nachdachte, die mich schon die ganze letzte Zeit beschäftigte: die Frage nach den Ereignissen des Jahres 1947. Ich hatte Tilda darauf angesprochen, aber sie hatte irritierenderweise mit den Worten abgewehrt: »Wir sind erst bei 1939, Rebecca. Ich bin zu alt, um zwischen den Jahren hin und her zu hüpfen.«

Tilda war eine gebieterische Frau, die mit der Ordnung sehr genau war. Im Lauf der Monate hatte ich sie sehr liebgewonnen. Sie hatte nie den Schwung und die Impulsivität ihrer Jugend verloren; neben ihr, die immer so begeisterungsfähig und lebensfroh war, kam ich mir schlapp und zynisch vor.

Ich suchte ein paar Unterlagen zusammen, ausreichend Arbeit für das Wochenende, und stahl mich aus dem Haus. Tilda würde im Kreis ihrer Familie gar nicht merken, daß ich schon gegangen war. Ich hatte fast das Tor erreicht, als ich Schritte hinter mir hörte. Ich drehte mich um.

Patrick kam mit einem kleinen Kind im Arm den Weg heruntergelaufen. Die Papiere fielen mir aus der Hand, flatterten auseinander und blieben in den beschnittenen Zweigen der Buchsbäume hängen wie Poster an einer Plakatwand.

Er sagte: »Ich habe Sie vom Sonnenzimmer aus gesehen.«

Ich grapschte nach den Papieren und überbrückte mit meiner hektischen Tätigkeit das verlegene Schweigen, das folgte. Dann sagte ich: »Ich muß leider gehen.«

»Aber es gibt doch gleich Essen.«

Ich schüttelte den Kopf. »Es ist eine Familienfeier, Patrick.« Ich achtete darauf, mir meine Niedergeschlagenheit nicht anmerken zu lassen. »Und ich muß unbedingt arbeiten.«

»Also gut, dann bring ich Sie zu Ihrem Wagen.«

Ich sagte mit Schärfe: »Wird Ihre Frau Sie nicht vermissen?«, und er sah mich erstaunt an.

»Jennifer? Nein, das glaube ich nicht.« Seine Stimme klang eher müde als bitter.

Das kleine Mädchen in seinen Armen begann zu strampeln, warf einen kurzen Blick auf mich und sagte dann: »Laß mich runter, Daddy. Ich will spielen.«

Patrick sagte: »Ellie, das ist Rebecca. – Rebecca, das ist meine Tochter Ellie.« Aber sie war schon weg, rannte über den

Kies und kroch unter die knorrigen alten Äste der Buchsbäume.

»Sie ist süß«, sagte ich, und das war sie auch.

»Sie ist ein Energiebündel.« Er beobachtete sie mit liebevollem Blick. »Sie war das Wochenende über bei mir. Sie schafft es nicht, länger als zehn Sekunden auf einmal stillzusitzen, stimmt's, Ellie?« Er hielt ihr die Hand hin, und sie kroch unter den Buchsbäumen hervor und lief zu ihm, um sich von ihm in die Arme nehmen zu lassen.

Wir gingen die Straße entlang zu meinem Wagen. Die Natur zeigte sich von ihrer schönsten Seite: ein Schleier weißer Blüten über dem Weißdorn, das junge Grün sich gerade entfaltender Blätter an den Bäumen. Ich öffnete die Wagentür und legte die Unterlagen auf den Rücksitz. Ellie vergnügte sich, ohne auf ihr weißes Kleidchen Rücksicht zu nehmen, in einer Pfütze am Straßenrand. Patrick wirkte nervös.

Er sagte: »Ich hab so wahnsinnig viel zu tun gehabt, aber ich hatte dauernd vor, Sie anzurufen.«

»Wegen Daragh?«

»Daragh?« Er sah mich verblüfft an. »Nein. Ich dachte, wir könnten ...«

»Patrick! Oh, *Ellie*! Patrick, was soll das?«

Ich blickte auf. Jennifer Franklin, ihr schönes Gesicht unwillig verzogen, lief die Straße hinunter und zog ihre Tochter aus der Pfütze. »Patrick, ihr *Kleid!* Ich hab es in *Paris* gekauft.«

Ich hielt es für besser zu gehen. Nachdem ich mich kurz verabschiedet hatte, stieg ich in meinen Wagen und fuhr davon.

Gerade als ich den Inhalt des Kartons auf den Boden entleerte, läutete es. Als ich vorsichtig zum Fenster hinaussah, erkannte ich Toby. Meine Hand zitterte, als ich die Kette an der Tür abnahm.

»Entschuldige, daß ich hier so hereinplatze«, sagte er und blieb, ganz untypisch für ihn, zögernd vor der Tür stehen. »Ich weiß, es ist ziemlich unverschämt, einfach so aufzukreuzen, aber wir müssen miteinander reden.«

Er folgte mir ins Wohnzimmer.

»Ich dachte, es wäre alles im letzten Oktober gesagt worden«, versetzte ich kühl.

»Ich hab mich wie ein Schwein benommen. Ja, wirklich, wie ein echtes Schwein. Ich kann verstehen, daß du mich haßt.«

Sein Unbehagen bereitete mir boshafte Freude. »Ich hasse dich nicht, Toby«, entgegnete ich leichten Tons, während ich einen Stapel Bücher von einem Sessel hievte, um ihm Platz zu machen. »Das war einmal, aber jetzt ist es vorbei.«

»Ich bin dir gleichgültig. Ich finde, das ist noch schlimmer.«

Gerne hätte ich ihm all die wütenden Worte der Verachtung ins Gesicht geschleudert, die ich ihm nicht hatte sagen können, als er mich verlassen hatte. Aber dann sah ich seinen jammervollen Blick und schämte mich und ging in die Küche, um Kaffee zu machen. Die einfachen, alltäglichen Handgriffe beruhigten mich: die richtige Menge Bohnen in die Mühle geben, sie mahlen, mit kochendem Wasser aufgießen, Plätzchen auf einem Teller anordnen. Ich dachte an meine Mutter, wie sie den Küchenboden geschrubbt hatte, wenn mein Vater in Gewitterstimmung aus dem College nach Hause gekommen war, oder an Jane, wie sie mit steinerner Miene und hart glänzendem blauen Blick Babysachen im Waschbecken rubbelte.

Ich trug das Tablett hinein und schenkte Kaffee ein. Schwarz, ohne Zucker; es ärgerte mich, daß ich das nicht vergessen hatte. Ich sagte: »Warum ausgerechnet jetzt, Toby? Nach so langer Zeit?« Ich hatte in den Monaten seit der Trennung eine Mauer um mich hochgezogen; er sollte sie jetzt nicht wieder einreißen.

»Ich hab's vorher schon versucht, aber ich hab's nicht geschafft. Und je länger man etwas hinausschiebt, desto schwieriger wird es, desto klarer wird einem, daß man schon vor Wochen oder Monaten etwas hätte tun sollen. Dann wollte ich dir schreiben, aber das kam mir feige vor.« Er sah mich an. »Als wir das Kind verloren haben, konnte ich einfach nicht damit umgehen. Mir war noch nie im Leben so etwas passiert, verstehst du, Rebecca. Ich konnte es nicht akzeptieren, ich wollte so tun, als wäre es nie geschehen.«

Im ersten Moment war ich nur überrascht. Dann erleichtert. Ich hatte immer angenommen, Toby hätte mich verlassen, weil ich irgendwie nicht seinen Ansprüchen entsprach; daß ich also am Scheitern unserer Beziehung schuld sei. Aber was Toby mir jetzt sagte, überzeugte mich; es paßte zu allem, was ich über den Mann wußte, den ich einmal geliebt hatte. Toby Carne war ein Einzelkind gewesen, von seinen Eltern abgöttisch geliebt. Er hatte ein Eliteinternat besucht, danach in Cambridge studiert und in seinem Beruf als Anwalt Karriere gemacht. Er hatte vom Leben wahrscheinlich alles bekommen, was er sich wünschte – bis zu dem Tag, als ich unser gemeinsames Kind verloren hatte.

»Ich weiß, das ist keine Entschuldigung«, fuhr er fort, »und ich versuche auch gar nicht, mich zu entschuldigen. Ich wollte es dir nur erklären. Ich glaube, ich war damals nicht ganz zurechnungsfähig.«

Die Menschen reagieren unterschiedlich auf Verlust. Nach dem Tod meiner Mutter verliebte Jane sich in Steven, heiratete und bekam zwei Kinder, und das alles innerhalb von drei Jahren. Ich hingegen nahm fast zehn Kilo zu und weinte jedes Mal, wenn ich eine Frau Mitte Fünfzig in einem blauen Kostüm sah. Es gibt ziemlich viele Frauen Mitte Fünfzig, die blaue Kostüme tragen.

Nach Tobys Worten schwiegen wir beide. Seine Erklärung war natürlich zu spät gekommen. Aber, um ehrlich zu sein, sie wäre immer zu spät gekommen, ob nach einem Monat, einer Woche, einem Tag oder einer Stunde. *Ich denke, wir sollten uns in Zukunft nicht mehr so häufig sehen.* Mit diesem einen Satz hatte er mein ganzes Vertrauen zerstört.

Ich zuckte die Achseln. »Es spielt jetzt keine Rolle mehr.«

Er lächelte, wohl in der Annahme, ich hätte ihm verziehen. In diesem Moment wurde mir bewußt, daß ich frei war. Er bedeutete mir nichts mehr. Früher einmal hätte sein Lächeln mich mitten ins Herz getroffen. Aber nicht ein Funke dieser heftigen Zuneigung von damals war geblieben, und ich war dankbar dafür.

Er sagte plötzlich: »Ich hab übrigens diese Fernsehdokumentation gesehen, die du gemacht hast.«

»*Mondschwestern*? Ein passendes Thema, findest du nicht? Verlorene Kinder, meine ich.«

Das Lächeln erlosch. Ein großer Teil des Films hatte meine Bemühungen dokumentiert, die Tochter Ivy Lunns ausfindig zu machen, jener Frau, die vergewaltigt und in eine Nervenheilanstalt eingesperrt worden war. Ich hatte Ivys Tochter – mittlerweile selbst im Rentenalter – in einer Sozialwohnung in Letchworth gefunden, und mit Genehmigung der beiden Frauen hatten wir ihre Wiedervereinigung gefilmt. Geschmacklos wahrscheinlich, aber dennoch anrührend.

Er fragte, womit ich mich zur Zeit beschäftigte, und ich erzählte von meiner Biographie über Tilda Franklin. Er kniff die Augen zusammen und sagte: »Sie ist doch irgendwie mit Patrick Franklin verwandt, stimmt's? Du hast mich angerufen ...«

»Tilda Franklin ist Patrick Franklins Großmutter.«

»Wir haben hin und wieder miteinander zu tun. Und ich kenne natürlich Jenny.«

»Patricks Frau? Wie ist sie?«

»Sehr schön. Eine tolle Frau.« Das hatte ich selbst gesehen. »Sie hat eine Zeitlang als Model gearbeitet.«

»Aber ... schwierig?«

Toby machte ein erstauntes Gesicht. »Überhaupt nicht. Jenny ist ausgesprochen nett. Die beiden haben sich wegen der Familie getrennt, soviel ich weiß. Die arme Jenny ist mit den Leuten nicht zurechtgekommen. Sie hat erzählt, sie hätten eine richtige Front gebildet. Sie kam sich vor wie eine Außenseiterin. Als hätten sie dringend ihre Familiengeheimnisse schützen müssen.«

Ich wollte gerade entgegnen, daß es meiner Ansicht nach in dieser Familie keine Geheimnisse gäbe, als mir Tildas Tagebücher und das ereignisreiche Jahr 1947 einfielen. Jossy war gestorben, Max war aus Tildas Leben verschwunden, und Daragh hatte sich in einer kalten, einsamen Nacht allem Anschein nach in Luft aufgelöst.

Ich sah auf meine Uhr. »Ich erwarte in ein paar Minuten einen Schüler.«

»Du lieber Gott, Rebecca, unterrichtest du wieder? Ich dachte, das macht dir keinen Spaß.«

Ich wurde wieder ärgerlich. »Stimmt, aber ich brauch das Geld, Toby.« Ich stand auf und brachte ihn hinaus.

»Wir waren in Paris, als der Krieg ausbrach«, berichtete Tilda. »Ich weiß noch, daß Max und ich an dem Abend an der Seine spazierengegangen sind und überlegt haben, was das für uns bedeuten würde. Ich habe ihn gebeten, mir zu versprechen, daß nichts uns trennen würde, aber das hat Max natürlich nicht getan. Er hat seine Versprechen immer sehr ernst genommen.«

Es war Ende Mai, die Kinder hatten eine Woche Schulferien. Tilda hatte mich zum Mittagessen eingeladen. Wir waren bei Tisch eine große Gesellschaft gewesen: Melissas drei Enkel, die jetzt unter viel Geschrei vorn auf dem Rasen Kricket spielten, ein Mann mittleren Alters, der einmal eines von Tildas Pflegekindern gewesen war, und Matty, die sich eigentlich auf ihre Prüfungen vorbereiten sollte.

»Ach, das sind doch nur schulinterne Prüfungen«, sagte sie, legte ihren Kopf auf die Bücher und schob sich die Stöpsel ihres Walkman in die Ohren. »Die zählen sowieso nicht.«

Jetzt saßen wir im Garten hinter dem Roten Haus, auf der kleinen Lichtung mit der steinernen Nymphe. Matty lag am Weg, der mit Lavendelbüschen gesäumt war. Ihre modischen Prinzipien schienen Konzessionen an die Hitze nicht zu gestatten; sie war von Kopf bis Fuß in Schwarz. Bienen schwirrten summend um sie herum, und sie verscheuchte sie achtlos.

Wir sprachen über die Ereignisse des Jahres 1939, als plötzlich lautes Krachen aus dem Vorgarten uns unterbrach. Matty, die sich hinter der Musik aus ihrem Walkman verschanzt hatte, sah nicht einmal auf, aber Tilda fuhr zusammen und stand von ihrem Stuhl auf.

»Entschuldigen Sie mich einen Moment, Rebecca.« Sie ging langsam zum Haus zurück.

Ich legte Block und Stift nieder. Eigentlich hätte ich es genießen müssen, in diesem Garten mit seinen verschlungenen Pfaden und wildrankenden Rosen zu sitzen, aber meine Stimmung war trübe. Ich hatte mit meinem Vater vereinbart, daß ich ihn besuchen und den Rest der Woche bei ihm verbringen würde, eine bedrückende Aussicht. Und so gern ich behauptet hätte, seit Tobys Besuch bei mir kaum einen Gedanken an ihn verschwendet zu haben, ich konnte es nicht. Es wäre nicht wahr gewesen. Immer, wenn ich an ihn dachte, pendelte ich hilflos zwischen Zorn und Bedauern. Mein Zorn galt mir selbst; ich konnte mir nicht verzeihen, daß ich ihn nicht schon vor langer Zeit mit klarem Blick gesehen hatte. Mein Bedauern galt der Tatsache, daß er mich ausgerechnet im schlimmsten Moment erwischt hatte: in einer vernachlässigten Wohnung, wo alles wie Kraut und Rüben durcheinanderlag; mit ungewaschenem Haar; in finanziellen Nöten aufgrund einer offensichtlich wenig erfolgreichen schriftstellerischen Karriere.

Tilda kam zurück. »Roddy hat den Ball in den Frühbeetkasten mit den Gurken geschossen«, erklärte sie. »Die Jungen haben die Scherben schon aufgelesen, aber er war ziemlich zerknirscht. Ich hab ihm gesagt, er kann uns Tee machen.«

»Sirupbrote«, sagte Matty, die ihre Ohrstöpsel herausgezogen hatte. »Roddy macht immer Sirupbrote. *Ekelhaft.*«

»Bleiben Sie, Rebecca?« fragte Tilda.

Ich verneinte, nicht wegen der Sirupbrote, sondern weil ich für meine Reise nach Yorkshire noch einiges vorzubereiten hatte.

»Melissa hat Joan und mich für den Rest der Woche aufs Land eingeladen«, bemerkte Tilda. Die Parkers hatten an der Westküste ein kleines Landhaus. »Es gibt dort kein Telefon. Wenn Sie irgend etwas brauchen sollten ...« Sie runzelte die Stirn und überlegte einen Moment. »Haben Sie Patricks Privatnummer, Rebecca? Nein? Er hat einen Schlüssel für das Haus, den er Ihnen, wenn nötig, leihen könnte.«

Das Haus meines Vaters, aus dickem Stein gebaut, steht an einer Straße, die sich in ständigem Auf und Ab durch das Hochmoor von Nord-Yorkshire schlängelt. Der Stein ist im

Lauf der hundertzwanzig Jahre seit der Erbauung dunkel geworden und verwittert, und wenn es regnet, sammelt sich das Wasser von den Hängen in Pfützen im Garten. Das Haus ist anderthalb Kilometer vom nächsten Dorf entfernt, bis zu einem Arzt oder einem Supermarkt sind es fast fünfzehn Kilometer. Mein Vater fährt nicht Auto, und seit der Privatisierung der Strecke kommt der Bus nur noch zweimal am Tag am Haus vorbei.

Infolge des dichten Ferienverkehrs kam ich erst spät am Montag nachmittag an. Ich stellte mein Auto vor dem Haus ab und trug meine Tasche hinein. Wir setzten uns in die Küche und aßen zum Tee abgepackten Kuchen, während das Gespräch sich so mühsam dahinschleppte wie mein Fiesta, wenn es einen steilen Berg hinaufgeht. Unter der peinlichen Ordnung in der Küche verbarg sich ein Maß an Schmutz und Vernachlässigung, das selbst mich schockierte. Das Haus war zu groß für eine Person – der letzte Traum meines Vaters. Er und meine Mutter waren zwei Jahre vor ihrem Tod nach Yorkshire gezogen. Die Treppe war steil und schmal, die Schiebefenster klemmten und waren nicht dicht. Die Toilette hatte einen Spülkasten, der fast unter der Decke hing, und um die riesige gußeiserne Wanne vollaufen zu lassen, brauchte man Stunden. Im Winter gefror einem der Atem, wenn man den Kopf unter den Decken hervorschob.

Am nächsten Tag fuhr ich meinen Vater zum Supermarkt. Das meiste, was ich in den Einkaufswagen legte, nahm er mit empörtem Kopfschütteln über den Preis wieder heraus. In seinem kleinen Kühlschrank hatte ich nicht viel mehr vorgefunden als eine angebrochene Dose Fleischklopse, die mit Alufolie abgedeckt war, und eine vereinsamte Sardine auf einer Untertasse. Mein Vater brüstete sich damit, daß er bei vorsichtiger Einteilung eine ganze Woche mit einem Laib Brot auskäme.

Ich kochte für ihn, die traditionellen englischen Gerichte, die Männer seiner Generation bevorzugen: Eintopf, Braten, Fleischpasteten. Keine Nudeln, weder Knoblauch noch sonstige Gewürze. Ich schrubbte Fett und Schmutz von den Fliesen in der Küche und reinigte seine Schränke mit einer Gründlichkeit und Energie, die ich meinen eigenen selten angedeihen lasse. Ich riß mit Stumpf und Stiel das Unkraut in seinem Garten aus, fand einen Lebensmittelhändler, der auf Bestellung zu liefern versprach, und verbrachte die Abende mit Lesen. Mein Vater hat Hunderte von Büchern; er hat früher englische Literatur unterrichtet. In der Literatur schätzt er das Leidenschaftliche und das Empfindsame. Doch im realen Leben tut er Leidenschaft als trügerisch und haltlos ab. Seine bevorzugten literarischen Epochen sind die elisabethanische und jakobinische mit all diesen funkelnden kleinen Sonetten, diesen vollkommenen lyrischen Miniaturen. Meine Mutter, die Kalligraphin war, hat einige seiner Lieblingsgedichte ausgemalt. Eines hing gerahmt in dem Zimmer, in dem ich schlief. *Könnt ich mit eines einst Geliebten Schatten sprechen, Der starb, bevor der Liebesgott geboren ward.*

Am Morgen meiner Abreise fuhr mein Vater mit dem Fahrrad ins Dorf, um mir Schinken für belegte Brote zu kaufen. Ich hätte ihm sagen können, daß es nicht nötig war, Brote zu machen, daß ich jederzeit unterwegs an einem Rasthaus anhalten konnte oder daß ich Schinken nicht einmal mochte. Aber ich sagte nichts, weil ich wußte, daß er das für mich tun wollte. Er setzte seine flache Mütze auf, klammerte seine Hosenbeine zusammen und machte sich auf seinem klapprigen alten Fahrrad auf den Weg ins Dorf. Ich sah ihm nach, wie er langsam und schlingend den Hügel hinauffuhr, und mußte mich, noch ehe er oben war, abwenden und mit einem Kloß im Hals ins Haus zurücklaufen.

Die Rückfahrt nach London dauerte ewig. Kurz vor Northampton kam der Verkehr auf allen drei Fahrspuren zum Stehen. Im Radio hörte ich, daß ein Geisteskranker auf der Autobahn einen Unfall verursacht hatte. Zinngraue Wolken verdunkelten den Himmel, und die Luft war windstill und drückend, das richtige Wetter zum Wahnsinnigwerden.

Als ich zwei Stunden später als gedacht zu Hause ankam, wartete Jason Darke, der Schüler, der mich oft bis zur Weißglut trieb, rauchend vor meiner Tür. Jason – neunzehn, ein gutaussehender, unverbesserlicher Faulpelz – war im vergangenen Jahr beim Abitur in Geschichte durchgefallen und schien es auf eine Reprise anzulegen. Wenn er die Hausaufgaben, die ich verlangte, nicht gemacht hatte, was meistens der Fall war, versuchte er, sich mit einem plumpen Charme, der eher ärgerlich als gewinnend war, aus der Affäre zu ziehen. An Intelligenz fehlte es ihm nicht, aber er war zu faul, sie zu gebrauchen. Mich ärgerte jedoch am meisten, daß sein unbekümmertes Vertrauen in die Zukunft wahrscheinlich berechtigt war; sein Vater war ein wichtiger Mann in der City, und Jason verließ sich darauf, daß er seine Beziehungen für ihn spielen lassen würde.

An diesem Nachmittag war er noch aufreizender als sonst, versuchte auf eine gönnerhafte, halbherzige Art mit mir zu flirten und gab sich keine Mühe, sein Gähnen zu verbergen. Nachdem wir uns eine Stunde lang mit dem Niedergang der liberalen Partei abgeplagt hatten, und er glücklich gegangen war, dachte ich mit Schaudern daran, daß ich mir nächstes Jahr noch einige Schüler würde suchen müssen, um meinen mittelmäßigen Lebensstandard halbwegs aufrechterhalten zu können. *Du lieber Gott, Rebecca, unterrichtest du wieder?*

Ich zerrte den letzten Karton, den ich bei Tilda mitgenommen hatte, unter dem Schreibtisch hervor, aber mir fehlte im Moment das Interesse, mir den Inhalt näher anzusehen. Obenauf lagen einige vergilbte Zeitungsfotos: ein Fischerboot; ein Porträt einer jüngeren Tilda mit langem, lose fallendem Haar und ernstem Gesichtsausdruck.

Ich ging zum Kühlschrank und schenkte mir ein großes Glas Wein ein, aber der Alkohol half nicht gegen meine Niedergeschlagenheit. Einstige Liebhaber und grüne Jünglinge verfolgten mich, wenn auch eher sprunghaft. Meine finanzielle Lage war gelinde gesagt heikel: Der Vorschuß, den der Verlag bezahlt hatte, würde über die anderthalb Jahre, die ich für Tildas Biographie brauchen würde, kaum meine täglichen Ausgaben decken. Ich war Anfang Dreißig, ohne Partner, ohne Kind, ohne festes Einkommen. Der Wein dämpfte alles ein bißchen, sonst hätte ich mich wahrscheinlich mitten auf den Teppich gesetzt und losgeheult. Mir fiel ein, daß ich seit den belegten Broten auf der Heimfahrt nichts mehr gegessen hatte, und ich überlegte, ob mein Geld für eine Pizza reichen würde. Ich kramte mein Portemonnaie aus meiner Handtasche, machte es auf und fand den kleinen Zettel, auf den Tilda Patricks private Telefonnummer geschrieben hatte.

Wäre ich nicht leicht besäuselt gewesen, hätte ich nie angerufen. Unsicher stand ich auf, griff zum Telefon und tippte die Nummer ein. Als Patrick sich meldete, fiel mir absolut nichts ein.

»Hallo? Hallo?« Patricks Ton wurde zusehends ungeduldiger. »Wer ist da?«

»Ich bin's, Rebecca«, brachte ich schließlich heraus.

»Rebecca?« sagte er. »Ich wollte Sie auch anrufen.«

Ich starrte verblüfft den Hörer an. »Warum?«

»Ich will mir morgen ein Haus ansehen. Ich wollte Sie fragen, ob Sie Lust haben mitzukommen?«

»Ein Haus?« wiederholte ich verständnislos.

»Ich habe vor, mir etwas in Cumbria zu kaufen. Der Makler hat mir eine Beschreibung geschickt.«

»Ein Wochenendhaus?«

»Etwas in der Richtung. Also?«

Genauso stellte ich ihn mir bei Gericht vor, kurz und scharf beim Verhör zaudernder Zeugen.

»Ja, gern«, sagte ich.

Er holte mich am nächsten Morgen um sieben Uhr ab. Die dunklen Wolken vom Vortag hatten sich gelichtet, und als wir aus London hinausfuhren, kam sogar die Sonne durch, und mir wurde plötzlich bewußt, daß ich glücklich war. Ich hatte beinahe vergessen, wie das war.

Während wir in flottem Tempo nach Norden hinauffuhren, sagte ich: »Ich will Anfang Juni mal nach Holland, um mir die Orte anzusehen, wo Tilda gelebt hat. Ich habe ein paar Namen aus ihrem Adreßbuch, Leute, an die ich mich wenden kann.«

Er hielt den Blick auf die Straße gerichtet. »Mit wem haben Sie schon gesprochen?«

»Mit Jan van de Criendt und einer Frau, die neunzehnhundertvierzig Tildas Nachbarin war. Und mit Hanna Schmidts Tochter. Sie lebt in Scheveningen.«

Ich redete noch eine Weile über Holland, dann ließ ich das Thema fallen. Patrick hatte sich immer noch nicht mit Tildas Entschluß, ihre Lebensgeschichte zu veröffentlichen, angefreundet, das spürte ich, und ich wollte die gute Stimmung nicht verderben. Telemann und Vivaldi begleiteten uns, und ab und zu hielten wir an, um einen Kaffee zu trinken. Irgendwo nördlich von Nottingham begann das Land zu steigen und tiefe Falten zu werfen, und wir ließen die grünbraune Eintönigkeit Mittelenglands hinter uns. Die Sonne glitzerte auf Bergseen,und die Bäume beschatteten glockenblumenblaue Hänge.

Wir machten kurz Rast, um etwas zu Mittag zu essen, dann fuhren wir weiter durch eine Heidelandschaft, in der nur noch vereinzelt Bäume standen und Felsen wie graues Gebein aus der Erde hervorstachen.

Patrick sah auf die Karte. »Irgendwo hier müßte eine Seitenstraße sein und dann ein Weg, der nach links abgeht.«

Die Seitenstraße, gerade breit genug für den Renault, wand sich in scharfen Kurven durch das Moorland. Den Weg hätten wir beinahe übersehen; er bestand nur aus zwei tiefen Furchen, die sich steil durch die Heide einen Berghang hinaufzogen.

»Wir müssen auf jeden Fall ein Stück zu Fuß gehen. Wie schaut's mit Ihren Schuhen aus?«

Ich hatte Sandalen an und dachte sofort an Schlangen. Aber ich verbannte diesen Gedanken entschlossen und stieg aus dem Wagen. Als ich zurückblickte, war die Straße nur noch ein graues Band und das Pub, wo wir zu Mittag gegessen hatten, so klein wie eine Streichholzschachtel.

Über uns waren die Hänge der Berge, die sich grau und violett wie eine gewaltige Flutwelle zum Himmel auftürmten.

»Da ist es«, sagte Patrick.

Ich sah nichts als ein halbverfallenes altes Gehöft hoch oben am Hang. Und gleich darauf – es wirkte absurd – das Schild der Immobilienfirma, das, an einem Zaun befestigt, im Wind wackelte.

»*Das?*«

Patrick ging voraus und bahnte einen Weg durch das Heidekraut. Im Tal war es windstill gewesen, aber hier oben wehte es kalt und heftig, und in den schattigen Mulden oben an den Berggipfeln lag noch Schnee. Als wir uns dem Gehöft näherten, sah ich, daß es aus drei Gebäuden bestand, einem Wohnhaus und zwei Nebengebäuden. Das Schieferdach glänzte in der Sonne; im Winter schützte der Berghang das Haus vor Schnee und den kalten Nordwinden.

Ich war außer Atem, als wir endlich oben waren. Du sitzt zuviel am Schreibtisch und bewegst dich nicht genug, sagte ich mir streng. Im Herbst würde ich mich ganz bestimmt zu einem Aerobic-Kurs anmelden.

Patrick hatte inzwischen einen Schlüssel aus seiner Tasche gezogen und blätterte in der Broschüre des Maklers.

»Am besten fangen wir mit dem Wohnhaus an. Die beiden anderen Gebäude können wir uns hinterher ansehen.«

Der Schlüssel drehte sich mit unwilligem Knirschen, und als er die Tür aufstieß, wehte mir muffiger Modergeruch entgegen, ein Zeichen, daß das Haus allzu lange leer gestanden hatte. Ich hörte flinkes Huschen kleiner Füße, während ich blind in die Düsternis starrte.

»Ich hätte eine Taschenlampe mitnehmen sollen«, sagte Patrick. »Sie haben doch hoffentlich nichts gegen Spinnweben?«

Nicht, wenn sie sich in Grenzen halten, hätte ich gern gesagt. Ich konnte nicht verstehen, wie er nur daran denken konnte, eine solche Bruchbude zu kaufen, sei es auch nur als Wochenendzuflucht. Aber dann stieß er eine Tür auf, und plötzlich verstand ich. Licht strömte durch das steinummauerte Fenster, das noch größer war als das in Tildas Sonnenzimmer, und legte lange weiße Strahlen auf die Steinplatten des Bodens.

»Unglaublich«, sagte ich leise.

»Genau.« Er lächelte.

Entfernungen konnte ich noch nie gut schätzen, darum konnte ich auch nicht sagen, ob man von diesem Fenster aus fünf oder zehn oder fünfzig Kilometer weit sehen konnte. Aber es war, als läge die ganze Welt in all ihrem Glanz vor einem ausgebreitet, wie ein herrlicher Gobelin, gewirkt aus den grauen Bändern von Straßen und Steinmauern, dem Fischgrätenmuster der Flüsse und Bäche, den Noppen einsamer Findlinge und Scheunen, den Silberplättchen von Weihern und Seen.

Lange schaute ich ins Land hinaus, dann wandte ich meine Aufmerksamkeit dem Raum zu, in dem wir uns befanden. Er war groß und luftig, mit hohen Wänden, die bis unter das Dach reichten, und einem gewaltigen offenen Kamin, der an alte Rittersäle erinnerte. Ich stellte mir den Raum eingerichtet vor, mit Teppichen und brennenden Scheiten im Kamin und Kerzen in Wandhaltern.

Auch der nächste Raum, den wir besichtigten, die Küche, war riesengroß.

»Na, wenigstens ist ein Herd da.«

»Anno 1925, schätze ich«, meinte Patrick, der ihn inspizierte. »Ein Kohleherd.«

Um sich da eine schnelle Mahlzeit aus dem Tiefkühlfach zu bereiten, würde man wahrscheinlich drei Stunden brauchen, dachte ich.

Wir besichtigten den Rest des Hauses, in dem es weder Bad noch Toilette gab, und gingen dann hinaus, um uns die Nebengebäude anzusehen. Dicke Wolken hatten sich über den Gipfeln zusammengeschoben, während wir im Haus gewesen waren. Die Berghänge waren in Schwarz getaucht.

»Die – äh – Toiletten«, sagte Patrick mit einem zweifelnden Blick in die Broschüre und öffnete eine Tür.

Ein Plumpsklo für drei, mit unterschiedlich großen Öffnungen in der Sitzbank. Vater, Mutter, Kind. Ich schlug die Tür schnell wieder zu.

Patrick war schon auf dem Weg zum nächsten Gebäude. »Der Stall«, sagte er und öffnete die Tür. »Da wurden im Winter die Schafe reingetrieben.«

Während wir uns in der großen dunklen Höhle umsahen, begann es draußen zu regnen. In grauen Sturzbächen strömte das Wasser herab, drückte das Heidekraut zu Boden, prasselte auf Felsbrocken, tränkte die Erde unter dem Ginster. Wir hatten beide nur Jeans und T-Shirts an. Ich stellte mich an die Tür, um dem Regen zuzusehen, und Patrick stellte sich neben mich. Dort, wo sein Körper den meinen berührte – an Schulter, Ellbogen, Hüfte – prickelte meine Haut.

»Was meinen Sie?« sagte er.

Ich sah ihn fragend an. Das Blau seiner Augen war von einem dunkelgrauen Ring eingeschlossen.

»Zu dem Haus«, fügte er hinzu.

»*Oh* ... es ist schön, wirklich.«

»Ich finde es einfach umwerfend. In London fühlt man sich so eingeengt. Hier kann man atmen.«

»Aber hier zu leben, wäre doch unmöglich, Patrick. Alles so schwierig ... und schwer zugänglich.«

»Ich hatte immer schon ein Faible für das Schwierige und das schwer Zugängliche.« Er sah mir immer noch in die Augen. »Mich reizt die Herausforderung.«

Ich sagte hastig: »Ach was, nach ein oder zwei Stunden würden Sie ja verrückt werden. Diese Isolation. Sie würden sich nach Pubs und Restaurants sehnen.«

»Bestimmt nicht. So wenig wie nach dem rasenden Verkehr, der U-Bahn in der Stoßzeit und den armen Teufeln, die am Embankment stehen und betteln. Obwohl manche Menschen mir natürlich fehlen würden.«

Er beugte sich vor und berührte mit seinem Mund meine Stirn. Der Regen war noch stärker geworden.

»Ich?« flüsterte ich.

»Hm. Angenommen, ich hänge die Juristerei an den Nagel und werde Bauer, würde ich Ihnen dann fehlen, Rebecca Bennett?«

Ich sagte kein Wort. Statt dessen hob ich ihm meinen Mund entgegen, und unsere Lippen fanden sich in einem Schauer kleiner, zarter Küsse, unter denen ich, berauscht von seiner Nähe, die Augen schloß. Seine Hände ruhten leicht an meiner Taille und wanderten dann unter meinem T-Shirt meinen Rücken hinauf, glitten weich über meine Haut.

Der Regen trommelte auf das Schieferdach des Stalls. Ich hatte vergessen, daß man einen Menschen so heftig begehren konnte, daß es einem egal war, wo und wie dieses Begehren gestillt wurde. Ich hatte vergessen, um wieviel stärker die Begierden des Körpers sind als die Warnungen des Verstands. Auf altes Stroh gebettet, liebten wir uns. Die Stalltür stand offen, und nur das Prasseln des Regens durchbrach die Stille der Hügel.

Caitlin Canavan kam im Januar 1939, als sie fünf Jahre alt war, zur Schule. Daragh hatte den Tag so lange wie möglich hinausgeschoben, hatte sogar vorgeschlagen, eine Hauslehrerin zu engagieren, aber Jossy hatte nicht nachgegeben. Wenn Caitlin zur Schule ging, würde sie Daragh wieder für sich allein haben.

Am ersten Schultag trug Caitlin eine marineblaue Turnhose und eine weiße Bluse, einen grauen Tweedmantel und, auf den dunklen Locken, ein graues Filzhütchen, das mit blauem Band besetzt war. Daragh fotografierte sie, wie sie mit ihrem kleinen ledernen Schulranzen in den Händen vor dem Herrenhaus stand.

»Wie eine kleine Prinzessin siehst du aus, Kate«, sagte er und drückte sie an sich, ehe sie ins Auto stiegen.

Dann fuhren sie nach Ely und schritten mit Caitlin durch das Tor der exklusiven Burwood-Schule. Eine Lehrerin nahm ihnen Caitlin ab, und sie blieben mit leeren Händen zurück, während ihre Tochter sich in eine lange Schlange kleiner Mädchen einreihte, die dem Schulgebäude zustrebte.

Daragh sah Caitlin nach, bis sie im Haus verschwand, dann machte er auf dem Absatz kehrt und ging mit raschem Schritt zum Wagen zurück. Er warf Jossy die Schlüssel zu. »Fahr du zurück, Joss. Ich habe hier noch zu tun. Ich geh zu Fuß nach Hause. Ich kann jetzt einen Marsch gebrauchen.«

Jossy setzte sich in den Wagen und schob die Schlüssel ins Zündschloß, aber sie ließ den Motor noch nicht an. Sie war, wie immer bei solchen Gelegenheiten, tief enttäuscht und traurig. Ihre Traurigkeit galt nicht ihrer Tochter, die an diesem Tag in eine neue Lebensphase eingetreten war, sondern ihrem Mann.

Sie wußte, daß Daragh den Morgen mit einer Frau verbringen würde. Sie wußte, daß sie sich wie immer zuviel erhofft hatte.

Auf der Heimfahrt nach Southam wiederholte Jossy sich all die Dinge, die sie stets bei solchen Gelegenheiten zu sagen pflegte. Daragh gehörte zu ihr, und keine seiner Affären dauerte länger als ein paar Monate. Sie, und sie allein, schlief jede Nacht unter einem Dach mit ihm, aß mit ihm am selben Tisch. Der Ring, den er ihr zur Hochzeit geschenkt hatte, steckte an ihrer linken Hand, und sie hatte seine Tochter geboren. Früher oder später würde er diesem Verlangen nach anderen Frauen entwachsen. Diese Frauen mochten sie verletzen, aber sie brauchte sie nicht zu fürchten.

Sie fürchtete nur Tilda, die sie nie gesehen hatte. Tilda, ihre Schwester. Sie dachte oft an diese Fremde; es war wie ein ständiges Kratzen an einer Wunde, die nicht verheilen wollte. Sie sah in Tilda ein Abbild der imaginären Schwestern ihrer Kindheit: heiter, schön und voller Charme. All das, was sie selbst nicht war. Sie vermutete, daß Tilda ein Mensch war, dem alles in den Schoß fiel. Sie haßte sie.

Im Februar dieses klirrend kalten, ewig windigen Winters starb Christopher de Paveley. Bei der Trauerfeier fuhren fauchende Windstöße durch die Ritzen um Fenster und Türen und bliesen Eis auf das bunte Glas der Fenster. Die Trauergäste – alte Schulfreunde Christophers, klapprig gewordene Kriegskameraden aus dem Ersten Weltkrieg und rotgesichtige Jagdgenossen – trugen dicke Mäntel und Pelze und sangen mit schmetternden Stimmen.

Obwohl Jossys Onkel erst wenige Tage tot war, konnte Daragh sich kaum noch erinnern, wie er ausgesehen hatte. Gebeugt, mager, käsig bleich wie sein Sohn. Daraghs Blick flog zu Kit de Paveley. Der Bursche mußte Bronchitis haben oder so was, er keuchte wie ein alter Blasebalg unter der Last des Sarges.

Der Gottesdienst war kurz und farblos wie alle anglikanischen Gottesdienste. Das Begräbnis, das folgte, wurde von Wind und Kälte aller Feierlichkeit beraubt. Als es vorüber war, stellten Daragh, Jossy und Kit sich an der Friedhofspforte auf, um die Beileidsbekundungen der Trauergäste entgegenzunehmen. Daragh fühlte sich von dem ganzen Brimborium nur angeödet, bis diese Frau ihn schnitt.

Elizabeth Layton war eine Bekannte Jossys und saß in jedem wohltätigen Verein in Cambridgeshire. Sie gab erst Kit die Hand, dann Jossy, und an Daragh ging sie einfach vorüber. Im ersten Moment war er wütend, aber dann sagte er sich, es sei ein Versehen gewesen, ganz gewiß keine beabsichtigte Beleidigung. Aber er konnte den kleinen Zwischenfall nicht vergessen, und als ein paar Minuten später die letzten Trauergäste den Friedhof verließen, blickte Daragh die Straße hinunter, sah sie und ging ihr nach.

Als sie sich nach ihm umdrehte, sah er, daß sie dunkle, kluge Augen hatte.

»Ich hatte leider noch keine Gelegenheit, Ihnen für Ihr Kommen zu danken. Ich möchte Ihnen nur sagen, wie sehr wir Ihre Teilnahme zu schätzen wissen.« Daragh setzte sein gewinnendstes Lächeln auf und bot ihr die Hand. Sie blickte auf seine Hand hinunter, ergriff sie aber nicht, und er fügte unsicher hinzu: »Bitte verzeihen Sie, wenn ich Sie übersehen habe.«

»Sie haben mich nicht übersehen, Mr. Canavan. Ich habe Ihnen ganz bewußt die Hand nicht gegeben.«

Sie wandte sich zum Gehen, aber er packte sie beim Ellbogen. »Ich verlange eine Erklärung!«

»Sie haben kein Recht, irgend etwas von mir zu verlangen. Ich hatte gehofft, es würde sich vermeiden lassen, ein solches Thema an einem Tag wie heute zu besprechen. Aber da Sie darauf bestehen, Mr. Canavan: Mir gefällt Ihr Umgang nicht. Ich weiß, es gibt viele Männer, die ab und zu einen Seitensprung machen, aber wenn sie das tun, dann sollten sie sich an Frauen ihrer eigenen Kreise halten, die die Regeln kennen, und sich nicht an einem naiven kleinen Dienstmädchen vergreifen.«

Im ersten Moment wußte er nicht, wovon sie sprach, dann fiel ihm Cora Dyce ein. Cora war Kindermädchen bei einer Familie in Cambridge. Daragh hatte sie durch eine von Caitlins kleinen Freundinnen kennengelernt.

Es hatte jetzt zu schneien begonnen, und der Schnee fiel in dichten Flocken.

Die Frau sagte: »Cora Dyce erwartet ein Kind von Ihnen, Mr. Canavan. Wußten Sie das?«

Ihre Worte trafen ihn wie ein Schlag. »Aber ich habe sie doch nur ein- oder zweimal gesehen«, murmelte er kleinlaut.

Mrs. Laytons Lächeln war ironisch. »Ein- oder zweimal reicht, nicht wahr?«

Er stammelte: »Ich hatte keine Ahnung …«

»Nun, Cora mag naiv sein, aber sie ist gewiß nicht schlecht. Ich weiß nicht, ob man das auch von Ihnen sagen kann, Mr. Canavan. Coras Mutter arbeitet bei mir. Sie wandte sich an mich, als sie den Zustand ihrer Tochter erfuhr. Sie brauchen sich keine Sorgen zu machen, sie wird keine Forderungen an Sie stellen. Die Angelegenheit wird in aller Diskretion erledigt werden. Nicht, um Sie zu schützen, Mr. Canavan, sondern weil ich Mrs. Dyce mag und achte.«

Elizabeth Layton ging davon und ließ Daragh am Straßenrand stehen. Die ersten Wagen brachen zum Herrenhaus auf. Daragh starrte auf die Fischgrätspuren, die sie durch die dünne Schneedecke zogen, und fühlte sich von einem sonderbaren Gefühl der Leere ergriffen. Er überquerte die Straße und trat zu Jossy.

»Ich geh zu Fuß zurück, wenn du nichts dagegen hast, Joss. Ich habe ein bißchen Kopfschmerzen.« Er drückte ihr einen flüchtigen Kuß auf die Wange und schlug den Fußweg durch die Felder ein.

Schneeflocken wirbelten um ihn herum, aber die schwarzen Buckel der umgepflügten Felder schimmerten durch die löchrige weiße Decke. Flach wie ein Brett breitete sich das Land zu beiden Seiten von ihm aus, nur der Deich setzte dem Auge eine Grenze, bevor es den Horizont fand. Keine Menschen waren unterwegs, und selbst die Vögel hockten außer Sicht dicht aneinander gedrängt im Schilf. Die beißend kalte Luft brannte in der Lunge.

Daragh stieg die Böschung hinauf und sah, als er hinunterblickte, daß das Wasser, das in langer schnurgerader Bahn zwischen die Lehmwände gezwungen war, zu gefrieren begonnen hatte. Er setzte sich auf dem Kamm der Böschung nieder und stützte den Kopf in die Hände, ohne darauf zu achten, daß der Schnee sich auf seinem Kopf und seinen Schultern sammelte. Ein tiefer Selbstekel hatte ihn ergriffen. Im Rückblick auf die letzten Jahre erkannte er, daß er seine einmal gesetzten Ziele längst aus den Augen verloren und sich dem zügellosen Luxusleben der Reichen ergeben hatte, die er stets verachtet hatte. Und das Schlimmste war, daß er Caitlin enttäuscht hatte. Er war kein Vater, auf den sie stolz sein konnte.

Seine Sehnsucht nach Tilda und sein Groll gegen Sarah Greenlees hatten ihn im Lauf seiner Ehejahre vergiftet. Solange er mit Tilda zusammengewesen war, war er ein besserer Mensch gewesen. Langsam ließ er die Hände von seinem Gesicht herabgleiten, und als er aufsah, bemerkte er, daß selbst in der kurzen Zeit, während er hier gesessen hatte, die Eisränder zu beiden Seiten des Kanals breiter geworden waren und ihre stumpfgrauen Zacken immer weiter über das Wasser schoben. Bald würden sie, wenn nichts sie aufhielt, in der Mitte zusammentreffen, und das Wasser würde erstarren. Wie sein Leben in der Umklammerung von Gift und Kälte erstarrt war, so daß er, ohne es zu wollen, jemand geworden war, der nur noch Verachtung verdiente.

Müde stand er auf; die Kälte hatte sich schon bis in seine Knochen hineingefressen. Am liebsten hätte er sich die Kleider vom Leib gerissen und sich in den Kanal gestürzt, um sich von dem eisigen Wasser reinigen zu lassen und als neuer Mensch noch einmal zu beginnen, aber er wußte, daß die kalte Umarmung ihn töten würde. Er wollte fliehen, so weit wie möglich fort von diesem höllischen Ort, aber er wußte, daß er bleiben würde, um Kates willen, die er liebte.

Wieder blickte er über die Felder. Teil des Übels war, daß er, der sein Leben lang gern zugepackt hatte, jetzt untätig war. Er vertrug diese Untätigkeit nicht; sie war schuld daran, daß er sich Dingen zugewandt hatte, die ihn entwürdigten. Mit raschen Schritten ging er durch den Schnee zum Herrenhaus.

Am folgenden Morgen machte er einen Besuch im Verwalterhaus. Das schneebedeckte Dach leuchtete heller als die weißgetünchten Mauern. Als er klopfte, öffnete ihm die Haushälterin und führte ihn ins Haus.

Die Zimmer hinter den offenen Türen, an denen er vorüberkam, sahen im wesentlichen alle gleich aus, Unterschiede zwischen Speisezimmer, Salon und Arbeitszimmer schienen hier nicht gemacht zu werden. Überall vollgestopfte Bücherregale, schwere alte Möbel und endlose Reihen von Steinen und schmutzigen Tonscherben; in kaum einem der Zimmer ein Feuer. In diesem Haus fehlte die Hand einer Frau, aber Daragh konnte sich die Frau nicht vorstellen, die bereit wäre, Kit de Paveley zu heiraten.

Kit saß in einem quadratischen, schlecht beleuchteten Raum im hinteren Teil des Hauses. Er nickte Daragh zu; Daragh drückte ihm noch einmal sein Beileid über den Tod seines Vaters aus und klopfte ihm auf die Schulter. Durch die Kleidung konnte er die Knochen des Mannes fühlen.

Er sagte: »Ich dachte mir, wir sollten uns jetzt einmal über das Gut unterhalten.«

»Über das Gut?« Der Blick der wasserhellen Augen unter den weißblonden Wimpern war mißtrauisch.

»Über die Landwirtschaft, meine ich. Du hast doch jetzt eine feste Anstellung, nicht wahr, Kit?«

Jossy hatte Daragh erzählt, daß Kit an einer Knabenschule in Cambridge unterrichtete. Daragh fand das für einen Mann ziemlich läppisch.

»Ich unterrichte, ja. Alte Sprachen«, sagte Kit.

»Na, ist doch wunderbar«, meinte Daragh ohne tieferes Interesse und musterte Kits mageren, gebeugten Körper. »Landwirtschaftliche Arbeit wäre ja wahrscheinlich sowieso nicht das richtige für dich, hm?«

Kit zog die Augen zusammen. »Du willst den Hof übernehmen.« Es war eine Feststellung, keine Frage.

»Ich wollte mich nicht eindrängen, solange dein Vater noch am Leben war, aber im Grunde wollte ich immer schon die

Bewirtschaftung des Guts übernehmen. Du weißt ja, daß meine Eltern in Irland einen Hof hatten.«

Kit verzog den Mund. »Aber North Anglia ist nicht Irland, Daragh. Die Fens haben ihre eigene Geographie und ihre eigene Geschichte. Man muß dieses Land hier verstehen. Ich kann dir ein paar Bücher leihen.«

Daragh tat das Angebot mit einer ungeduldigen Handbewegung ab. »Mich interessieren mehr die Bücher, die dein Vater geführt hat. Die wollte ich mir holen.« Er sah auf seine Uhr. Er konnte es plötzlich kaum erwarten, diesem kalten, bedrückenden Haus zu entkommen. »Würdest du sie mir heute nachmittag ins Haus raufbringen? Oh«, Daragh, der sich schon zum Gehen gewandt hatte, fiel Kits seltsames Hobby ein. »Ich soll dir von Jossy ausrichten, daß du mit deinen Grabungen weitermachen kannst. Solang du mir nicht in die Quere kommst, stört es mich überhaupt nicht.«

Das Jahr 1939 kam, und Max meinte, man könnte förmlich hören, wie die Nägel in den Sarg getrieben wurden. Im Januar fiel Spanien in die Hände der Faschisten, im März besetzte Hitler die Rest-Tschechoslowakei. Im April bombardierte Mussolini Albanien. Die Zeitungen frohlockten: HITLER BEKOMMT KALTE FÜSSE – IN DIESEM JAHR KEIN KRIEG.

Clara Franklin stürzte und brach sich die Hüfte. Tilda, die Max' Mutter sehr gern hatte, wollte mit Max ins Krankenhaus fahren, konnte aber nicht weg. »Das Linoleum war so glatt«, erklärte Clara Franklin, die mit bleichem Gesicht in ihrem Krankenhausbett lag, aber Max, der am selben Abend in der Wohnung seiner Mutter nach dem Rechten sah, fand die Ginflaschen im Mülleimer.

Die Besuche in Brighton machten ihn immer niedergeschlagen und zornig. Zur Feier seiner Rückkehr nach London stritt er sich mit Harold und Freddie und kam erst kurz vor Mitternacht nach Hause. Tilda war schon im Bett und schlief, sein Abendessen stand kalt geworden im Backrohr. Er warf das Essen in den Müll und machte sich ein Käsebrot, und während er aß, rechnete er nach, daß er und Tilda seit drei

Tagen kaum ein Wort miteinander gesprochen hatten. Sie wurden beide von der Arbeit aufgefressen, er von seiner Tätigkeit für die Zeitung, sie von ihren Aktivitäten für die RCM. Den Kopf in die Hände gestützt, saß er am Küchentisch. Er hätte jetzt gern etwas getrunken, doch er widerstand der Versuchung. Er mußte am folgenden Morgen früh hinaus, um irgendeinen langweiligen Politiker zu interviewen, um einen weiteren verlogenen Artikel zur Hebung der allgemeinen Moral zu schreiben.

Er hatte Angst, daß Tilda und er immer mehr aneinander vorbei leben würden. Er sah, wie die Menschen sich um sie scharten, und fürchtete, es werde eines Tages kein Platz mehr für ihn bleiben. Er wußte, wie leicht sich die Ereignisse des täglichen Lebens zwischen Menschen drängen, sie immer weiter voneinander entfernen und die Bindungen, die gemeinsames Erleben schuf, auflösen konnten. Sein Vater war ganz in seiner Arbeit aufgegangen, und Max konnte sich erinnern, wie die stumme Verzweiflung seiner Mutter allmählich in hektische Betriebsamkeit umgeschlagen war, die sie getrieben hatte, anderswo Gesellschaft zu suchen. Unter dem Eindruck dreier deprimierender Tage fiel es Max ein, sich zu fragen, ob Tilda ebensoviel außer Haus beschäftigt wäre, wenn sie Daragh Canavan geheiratet hätte. Max stellte sich Daragh als eine Art irischen Rhett Butler vor: ein gutaussehender, charakterloser Draufgänger.

Verärgert stellte er fest, daß er anfing, sich in Selbstmitleid zu suhlen, und ging mit seinem Teller und seinem Glas ins Wohnzimmer, um sich die Zeitung vorzunehmen. Überall lagen die Spielsachen der Kinder herum, und um auf dem Tisch wenigstens für seinen Teller Platz zu schaffen, mußte er einen Stapel von Joshuas Gemälden auf die Seite räumen. Joshs Werke waren unverkennbar in ihrer Eigenart: Mit den dicken Pinseln, die Tilda ihm aus zusammengerolltem Zeitungspapier machte, pflegte er ein Blatt Papier nach dem anderen mit roter – immer roter – Farbe zu bedecken. Melissas Bilder waren von ganz anderer Art. Max fand sie vielversprechend; mit ihren dreieinhalb Jahren zeichnete seine Tochter Figuren mit Gliedmaßen und Gesichtern, die manchmal sogar zu erkennen waren.

Während er sein Käsebrot aß, sah er sich das Bild an, das seine Tochter gemalt hatte. Ihn hatte sie in Burberry und Hut gezeichnet, Tilda in dem blauen Kleid, das er ihr zum Geburtstag geschenkt hatte. Joshua war wie auf allen ihren Bildern unverhältnismäßig klein, als wollte sie so auf seine Bedeutungslosigkeit hinweisen.

Max legte die Zeichnung aus der Hand und ging nach oben. Lange betrachtete er die schlafende Tilda. Es fiel ihm ungeheuer schwer, sich einzugestehen, wie sehr er sie liebte und wie sehr er manchmal fürchtete, daß ihre Liebe zu ihm eine geringere war.

Im Lauf des Jahres 1939 wurden die Kinder, die mit den Zügen aus Deutschland eintrafen, immer jünger. In Harwich kamen Säuglinge und Kleinkinder an, die während der langen Reise von ihren älteren Brüdern oder Schwestern versorgt worden waren, manchmal aber auch einfach von einer verzweifelten Mutter irgendeinem fremden älteren Kind anvertraut worden waren. Tilda zerriß es jedes Mal das Herz, wenn sie diese Kleinen sah, die auf der endlosen Fahrt durch Deutschland, Holland und über die Nordsee in den Armen Dreizehn- und Vierzehnjähriger, die sie kaum trösten konnten, geweint hatten.

Es kamen jetzt fast jeden Tag Transporte in Harwich an. Im Büro der RCM ging es chaotisch zu, es fehlte an allem, an freiwilligen und ausgebildeten Helfern, an Geld und geeigneten Pflegefamilien. Die gesamte Finanzierung der Hilfsorganisation mußte aus privaten Spenden aufgebracht werden; die Regierung beschränkte ihre Unterstützung darauf, die Einreise- und Aufenthaltsbestimmungen zu lockern. Immer wieder kam es vor, daß eine Unterbringungsmöglichkeit, die geradezu ideal zu sein schien, sich als kompletter Mißgriff entpuppte: Da entdeckte man bei der Inspektion, daß ein zwölfjähriges Mädchen als Dienstmädchen mißbraucht wurde, oder ein Junge, der durch seine Erlebnisse in Deutschland bereits schwere seelische Schäden erlitten hatte, geschlagen wurde, weil er das Bett näßte. Den ganzen Sommer kam Tilda sich vor, als versuchte sie krampfhaft, eine Wunde mit Pflaster zu verkleben, die ständig wieder aufging. Nachts träumte sie von den Kindern; von dem kleinen Mädchen, das vor der Verfolgung in Deutschland geflohen war, nur um in England eine andere, subtilere Art der Folter erleiden zu müssen; von dem Säugling, der in der Obhut einer Fremden nach Harwich gekommen war, mit einem Zehnmarkschein und einem Brief zur Erklärung der Umstände unter der obersten der sechs Windeln, in die seine Mutter ihn gepackt hatte, um ihn auf der langen Reise trocken zu halten.

Als sie eines Abends sehr spät nach Hause kam, fand sie Max in der Küche vor. Sie küßte ihn auf die Wange. »Tut mir leid, Darling, wir hatten in der letzten Minute noch ein Problem.«

Er sagte: »Ich habe die Karten Charlotte geschenkt.« Er stand mit dem Rücken zu ihr.

Sie schlug sich mit der Hand auf den Mund. Sie hatten vorgehabt, in ein Konzert zu gehen. »Ach, Max ...«

Er knallte das Geschirr so stürmisch in das heiße Seifenwasser, daß sie fürchtete, es würde zerbrechen.

»Max, es tut mir so leid.«

»Du hättest wenigstens anrufen können.« Seine Stimme war gepreßt.

Sie murmelte unglücklich, »Ich hab's total vergessen.« Irgendwann im Verlauf des langen, hektischen Tages voller Komplikationen war ihr jeder Gedanke an das Konzert, auf das sie sich seit einer Woche gefreut hatte, entfallen.

»Hast du's dir denn nicht in deinen Terminkalender geschrieben? Zusammen mit all deinen anderen Terminen, den Ausschußsitzungen und den Sammelaktionen? War da für ›Abend mit Ehemann‹ kein Platz?«

Sein Sarkasmus verletzte sie. Sie versuchte, es ihm zu erklären. »Doch, natürlich hab ich's mir aufgeschrieben, aber ich hab völlig vergessen, in meinen Kalender zu schauen. Ich hatte einfach keine Zeit. Max, paß auf mit dem Krug.«

Er stellte den Krug krachend auf das Abtropfbrett. »Was

soll ich eigentlich tun, Tilda? Dich um einen neuen Termin für einen gemeinsamen Abend bitten?«

In dem Schweigen, das folgte, hörte sie wie aus weiter Ferne Daraghs Stimme: *Welchen Platz habe ich eigentlich in deinen Plänen, Tilda?* Sie sagte leise: »Max, ich tue endlich etwas Nützliches – es ist nicht viel, ich weiß, ein Tropfen auf dem heißen Stein, aber wenn du diese Kinder sehen könntest, Max!«

Er trocknete seine Hände und zündete sich eine Zigarette an. »Und was ist mit deinen eigenen Kindern – Melissa und Josh und Rosi? Welche sind dir wichtiger?«

»Das ist nicht fair, Max«, entgegnete sie. »Unsere Kinder sind mir das Wichtigste auf der Welt.«

»Aber sie reichen dir nicht.«

Sie starrte ihn erschrocken an. Sie liebte ihre Familie mehr, als sie je für möglich gehalten hätte; für jeden einzelnen von ihnen hätte sie ihr Leben gegeben. Und doch …

»Wir sind dir nicht genug«, wiederholte Max. Seine Stimme klang müde. »Ist es nicht so, Tilda?«

Sie wandte sich von ihm ab. Immer zu Hause, hatte sie sich eingeschnürt gefühlt, unbefriedigt. Als sie ihre Arbeit für die RCM aufgenommen hatte, war ihr gewesen, als hätte sie das fehlende letzte Stück eines Puzzles gefunden. Irgend etwas fehlt mir, dachte sie bedrückt und unglücklich. Das unruhige Wanderleben ihrer Kindheit hatte sie ungeeignet gemacht für ein normales Familienleben.

»Die Zeitung hat mir einen neuen Posten angeboten«, sagte Max unvermittelt. »Ich hatte eigentlich vor, ihn abzulehnen, weil ich dafür ins Ausland und dich hier zurücklassen müßte, aber …« Er zuckte die Achseln.

»Da wir uns sowieso kaum sehen« hing unausgesprochen in der Luft. Sie setzte sich an den Küchentisch, senkte den Kopf und drückte beide Fäuste auf ihren Mund. Ihr Leben lang, dachte sie, war sie immer von neuem verlassen worden. Zuerst von dem Vater, der sie nicht anerkannt hatte; von der Mutter, die gestorben war; von dem Geliebten, der sie verraten hatte. Und jetzt von Max.

»Du willst weg – meinetwegen?«

Er antwortete mit einer Geste der Hoffnungslosigkeit. »Ich will weg, weil ich es nicht mehr aushalte, einen verlogenen kleinen Artikel nach dem anderen darüber zu schreiben, daß Hitler klein beigeben wird, weil Großbritannien und Frankreich mit Polen einen Pakt geschlossen haben. Und ich will weg, weil jeder Satz von mir, der der loyalen britischen Öffentlichkeit verraten könnte, wie nahe wir tatsächlich einem Krieg sind, aus Gründen der nationalen Sicherheit gestrichen wird, noch ehe die Tinte trocken ist. Und weil ...« Er brach ab und schüttelte den Kopf.

»Na ja«, fügte er nach einer kleinen Pause hinzu, »da hab ich mal kräftig auf den Tisch gehauen, und sie haben mir endlich einen Posten als Auslandskorrespondent angeboten. Da hätte ich mehr Freiheit, aber ich müßte eben im Ausland leben.«

Er zündete sich eine frische Zigarette an und trat zum Fenster. Den Blick nach draußen gerichtet, rauchte er schweigend. Es war Hochsommer, und durch das offene Fenster wehte der starke, ölige Geruch von Lavendel. Tilda stellte Max die Frage, die sie bisher nicht laut auszusprechen gewagt hatte.

Er drehte sich nach ihr um. »Ob es Krieg gibt? Ohne Zweifel, es kann sich nur noch um Wochen handeln. Länger dauert es bestimmt nicht mehr, Tilda.«

*Krieg.* Eine schreckliche Angst erfaßte sie, als sie erkannte, wie der Krieg alles andere in den Hintergrund drängte; wie er sie alle ihres Rechts berauben würde, selbst über ihre Zukunft zu entscheiden. Sie sah plötzlich ganz klar.

»Du mußt den Posten annehmen, Max«, sagte sie. »Ich weiß doch, wie sehr es dich dazu drängt.«

Sie stand von ihrem Stuhl auf und begann, Teller und Tassen zu trocknen und in den Schrank zu stellen, als könnte sie eine ungewisse, beängstigende Zukunft bannen, indem sie in ihrem eigenen Haus Ordnung schaffte.

»Und du?«

»Vielleicht kommen wir mit.«

Er sah sie ungläubig an. »Tilda, ich sag dir doch, es wird Krieg geben.«

»Ja, und wenn es soweit kommt, reisen wir nach Hause.«

Alles Geschirr war ordentlich im Küchenschrank gestapelt; sie schloß die Türen. »Du wirst wissen, wann es soweit ist, Max.«

»Und was ist mit den Kindern? Mit Rosi? Es wäre viel zu gefährlich, Rosi nach drüben mitzunehmen, sie hat ja keinen richtigen Reisepaß.« Die Ecken und Kanten von Max' Gesicht warfen harte Schatten, die seine blauen Augen in dunkle Mulden tauchten und Kerben von Nase zum Mund zogen. Er sagte: »Und was ist mit den Kindertransporten?«

»Die Transporte werden aufhören, sobald es Krieg gibt. Das weißt du doch, Max. Dann kommt keiner mehr raus.«

Im Geist sah sie die Kindergesichter hinter den Zugfenstern, über denen wie ein Gitter die Schatten von Bäumen und Lichtmasten lagen.

Nach der Kriegserklärung Anfang September meldete Daragh sich freiwillig, wurde aber mit der Begründung abgelehnt, daß Männer seines Berufes zu Hause gebraucht würden. Er nahm es mit einer Mischung aus Enttäuschung und Erleichterung auf. Das Geschäft und vielleicht auch die Gefahr des Krieges hätten ihn gelockt, nicht allerdings der Schmutz und das Elend. Es wäre eine Erleichterung gewesen, Jossy eine Zeitlang zu entkommen, doch Caitlin hätte ihm entsetzlich gefehlt. Er wäre froh gewesen, sich das heillose Durcheinander, in dem Christopher de Paveley die Gutsgeschäfte hinterlassen hatte, eine Weile aus dem Kopf schlagen zu können, doch er glaubte noch immer zuversichtlich daran, daß es ihm gelingen würde, den Betrieb in Ordnung zu bringen.

Seit der katastrophalen Geschichte mit Cora Dyce hatte er sich keinen Seitensprung mehr erlaubt. Dieses kurze Abenteuer hatte Nachwirkungen hinterlassen, die immer noch Wellen schlugen. Gewisse Leute grüßten ihn plötzlich nicht mehr, andere hatten seinen Namen offensichtlich von ihren Einladungslisten gestrichen, Daragh war klar, daß Elizabeth Layton geredet hatte. Anfangs machte ihm das zu schaffen, vor allem Caitlins wegen, aber als man ihm weiterhin mit Kälte begegnete, hörte er auf, um die Gunst dieser Leute, die sich zu den besseren Kreisen rechneten, zu werben. »Die plustern sich doch sowieso nur auf«, sagte er zu Caitlin, während er ihr eine Reitstunde gab. »Die brauchen wir gar nicht, Kate, oder? Wir sind mehr wert als die ganze Bande zusammen.«

Caitlin trabte auf ihrem Pony rund um die Koppel. »Wir sind mehr wert als die ganze Bande zusammen«, rief sie im Singsang. »Wir sind mehr wert als die ganze Bande zusammen.«

Daragh hatte mit der Bewirtschaftung des Guts alle Hände voll zu tun. Er hatte erwartet, daß der Betrieb mehr oder weniger von selbst laufen würde, so hatte er es vom Hof seines Großvaters in Erinnerung. Aber so war es nicht; er stolperte vielmehr von einer Krise in die andere. Die Schafe rissen die morsche Umzäunung ein und trampelten den jungen Weizen nieder; ein Graben war mit Schilf verstopft, und das Wasser überschwemmte das anliegende Feld. Im Frühjahr, als es taute, lag das Schmelzwasser, das nicht abfließen wollte, wie schwarzes Glas, in dem sich finster der Himmel spiegelte, auf dem Land, und die Kartoffeln, die er gesetzt hatte, verfaulten.

Als Daragh die Bücher der zurückliegenden Jahre durchsah, stellte er fest, daß der Hof seit dem Krieg kaum Gewinn abgeworfen hatte. Edward de Paveley hatte vom Kapital gelebt, und seine Ausgaben hatten im Verein mit den Erbschaftssteuern einen großen Teil des Vermögens verschlungen. Daragh, der zum Zeitpunkt seiner Eheschließung geglaubt hatte, nun über unbegrenzte Reichtümer verfügen zu können, erkannte, daß er in Wirklichkeit von einer immer spärlicher fließenden Einkommensquelle abhängig war. Er versuchte zu sparen, aber das war schwierig. Schon jetzt hatten sie zu wenig Personal, nur eine Köchin, ein Mädchen und eine Kinderfrau für dieses riesige Haus. Der Gärtner war gestorben, und sein Sohn war eingezogen worden. Nun versuchte Jossy, den Garten und Park in Ordnung zu halten. Caitlins vornehme Schule war sündteuer, aber was hätte das Leben noch für einen Sinn gehabt, wenn sie nicht das Beste bekam? Sie hatte eine Garderobe wie eine Prinzessin: einen schwarzen Samtmantel mit Pelzkragen, ein Sonntagskleid aus Seide, einen maßgeschneiderten kleinen Reitanzug und ihr eigenes Pony. Er erfüllte ihr jeden ihrer Wünsche.

In diesem Herbst erhielten Jossy und Daragh den amtlichen Bescheid, daß zwei Kinder, die man aus der Stadt evakuiert hatte, in Southam Hall untergebracht werden würden. Jossy versuchte, sich irgendwie herauszuwinden, aber Daragh, der die Zeitungsfotos blasser Slumkinder mit spitzen Gesichtern vor sich hatte, fuhr zum Bahnhof, als die Kinderschar ankam, und wählte ein Brüderpaar aus. Norman und Arthur Green kamen von der Isle of Dogs. Ihre Knie waren schmutzverkrustet, sie hatten offensichtlich Polypen und atmeten pfeifend durch ewig offenstehende, speichelfeuchte Münder. Daragh reichte sie mit dem Befehl, sie erst einmal gründlich abzuschrubben, an Nana weiter, und das Protestgeschrei der beiden Jungen schallte durch das ganze Haus. Beim Abendessen stopften sie die belegten Brote im Stück in sich hinein und weigerten sich, ihre Milch ohne wenigstens ein paar Tropfen Tee darin zu trinken. Caitlin sah ihnen fassungslos zu, Abscheu in den dunklen Augen, und aß kaum einen Bissen.

Norman und Arthur besuchten die Dorfschule und kamen nach Scharmützeln mit den Dorfjungen, die ihnen aufzulauern pflegten, weil sie das Fremde an den beiden witterten, meist mit aufgeschlagenen Knien nach Hause. Daragh war ziemlich sicher, daß Norman und Arthur gut auf sich selbst aufpassen konnten. Jossy ignorierte die beiden, und Caitlin fuhr fort, sie mit einer Art angeekelter Neugier zu beobachten, als gehörten sie einer ungewöhnlichen Sorte von Tieren an, der sie bis dahin in ihren Bilderbüchern nicht begegnet war.

Die beiden Jungen lebten schon einige Wochen im Herrenhaus, als Daragh auffiel, daß mit Caitlin irgend etwas nicht stimmte. Sie wirkte lustlos, hatte keine Freude an ihren täglichen Ausritten und kratzte sich ständig am Kopf. Am folgenden Tag bemerkte er, daß auch Arthur und Norman sich dauernd kratzten. Ihm schwante Schreckliches, und als er mit einem feinen Kamm Caitlins lockiges Haar durchkämmte, sah er seinen Verdacht bestätigt: Auf ihrem Kopf wimmelte es von Läusen. Er schnappte sich Arthur und Norman und schleppte sie ins Badezimmer, um auch ihre Köpfe zu inspizieren. Haß auf die beiden packte ihn, als er den Befund sah, obwohl er wußte, wie ungerecht dieser Haß war.

»Sie müssen weg«, sagte Jossy, als er ihr am Abend berichtete.

Dieses Mal widersprach er nicht. Schon am folgenden Tag fand sich in einem engen kleinen Haus in Southam ein neues Quartier für die Jungen. Daragh kämmte stundenlang Caitlins Haar, bis es wieder sauber war.

# 8

ICH WOLLTE, SOWEIT das möglich war, sehen, was Tilda gesehen und erleben, was sie erlebt hatte, deshalb fuhr ich mit dem Wagen nach Harwich und nahm die Fähre nach Hoek van Holland. Das Auto hatte ich ein paar Tage vorher in einer Werkstatt gründlich überholen lassen, um sicher sein zu können, daß es mich auf der Reise nicht im Stich lassen würde. Das Schiff legte morgens um halb sechs an, und ich fuhr ohne Aufenthalt nach Amsterdam weiter. Was für ein adrettes kleines Land, dachte ich auf der Fahrt zwischen gepflegtem Weideland, schnurgeraden Kanälen und wohlgeordneten Blumenfeldern hindurch.

Amsterdam allerdings war nicht ganz so adrett, das Kopfsteinpflaster an den Kanälen war mit Abfällen übersät, die Mauern waren mit Graffitti beschmiert. Es war heiß, der Verkehr war mörderisch, und als ich endlich mein Hotel fand, war ich schweißgebadet. Ich schleppte meinen Koffer in mein Zimmer hinauf, duschte und legte mich in ein Badetuch gewickelt aufs Bett. Ich wollte schlafen, aber es ging nicht; meine Gedanken kamen nicht zur Ruhe. Sie sprangen von Tilda zu Daragh zu Patrick; sie vermischten die grauen, öden Wasserläufe East Anglias mit den freundlichen Kanälen, die ich diesen Morgen gesehen hatte. Sie stürzten mich in brennendes Verlangen, indem sie mir vorgaukelten, Patrick läge neben mir, seine nackte Haut berührte die meine, die Wärme des Sonnenlichts, das durch die Fenster fiel, wäre die Wärme seines Körpers. Ich sehnte mich nach ihm mit jedem Gedanken, mit jedem hastigen Schlag meines Herzens. Erst als ich mit weit aufgerissenen Augen hochfuhr, zu Tode erschrocken vom Donnern der

Flugzeuge, die im Sturzflug die funkelnden Dächer Amsterdams bombardierten, erkannte ich, daß ich geschlafen hatte und, wenn auch nur für einen Moment, in den Sommer des Jahres 1940 zurückgekehrt war.

Ich kleidete mich an und zog mit dem Stadtplan in der Hand los, um irgendwo einen Kaffee zu trinken. Ich kannte die Stadt oberflächlich von zwei Besuchen mit Toby. Ich erinnerte mich der Gemälde Rembrandts im Rijksmuseum und der Wasserbusse auf den abendlichen Grachten, die im Mondlicht schimmerten. Ich hatte für Amsterdam nur zwei Tage Zeit; am Donnerstag wollte ich nach Scheveningen weiterfahren, um mit Leila Gilbert zu sprechen, Hanna Schmidts Tochter, ich mußte also meine Zeit nutzen. Ich nahm den Wasserbus und betrachtete, zwischen Studenten und Touristen sitzend, das olivgrüne Wasser des Kanals und die alten Kaufmannshäuser zu beiden Seiten.

Tilda und Max waren Anfang 1940 nach Amsterdam gezogen. Zuvor hatten sie einige Monate in Paris gelebt. Holland war nach Kriegsausbruch neutral geblieben, aber Max hatte natürlich schon damals gesehen, wie unsicher die Lage des Landes war. Rosi Liebermann war, wie sie mir selbst erzählt hatte, in England bei Sarah Greenlees zurückgeblieben. Max war überzeugt gewesen, sie mitzunehmen, hieße, ihr Leben aufs Spiel setzen. Nicht zum ersten und nicht zum letzten Mal hatte Tilda sich vor die schwere Aufgabe gestellt gesehen, zwischen Menschen, die sie liebte, zu wählen. Aber Tilda war gern in Amsterdam gewesen: Emily hatte, da Jan sich freiwillig zum holländischen Militär gemeldet hatte, das Familiengeschäft geführt, während Tilda ehrenamtlich in den Flüchtlingsheimen gearbeitet hatte. Die Freundschaft der beiden war wieder aufgeblüht.

Ich stieg aus dem Wasserbus und machte mich auf den Weg zum Haus der van de Criendts. Jan van de Criendt hatte Möbel und edle Teppiche verkauft. Die Teppiche hatte er aus dem Osten importiert, die Möbel aus ganz Europa, auch aus England. Er hatte sich vor Jahren aus dem Geschäftsleben zurückgezogen, um seinen Lebensabend an der Küste zu verbringen, und in dem Haus befand sich jetzt eine Bar mit Straßencafé. Ich setzte mich an einen der kleinen Tische im Freien und bestellte ein Bier und ein Sandwich. Neugierig spähte ich in das Dunkel des Hauses, aber es gelang mir nicht, ein Bild der beiden jungen Frauen heraufzubeschwören, wie sie von Orientteppichen, Kommoden und antiken Uhren umgeben vergnügt miteinander schwatzten.

Während ich auf mein kleines Mittagessen wartete, holte ich mein Notizbuch aus der Tasche und blätterte es durch. Im April 1940 hatte das deutsche Militär Norwegen besetzt, und Max hätte Tilda und die Kinder beinahe nach Hause geschickt. Aber Joshua hatte die Masern und konnte deshalb nicht reisen, und als er wieder halbwegs auf den Beinen war, hatte die britische Marine bereits Norwegen erreicht, um das Land von der Fremdherrschaft zu befreien. Max, der Pessimistische, hatte sich nicht zum ersten Mal Tildas Zuversicht und Lebensfreude gebeugt. Sie hatte einfach nicht glauben können, wie sie mir in einem Gespräch erklärt hatte, daß es zum Schlimmsten kommen würde. Täglich hatte sie auf den Kanälen die mit roten und gelben Käserädern und farbenprächtigen Tulpen beladenen Boote gesehen, täglich hatte sie die Hausfrauen gesehen, die vor ihren Haustüren putzten, und nicht glauben können, daß dieser Friede mit vorsätzlicher Gewalt zerstört werden könnte.

Ich trank mein Bier und aß mein Brot. Dann ging ich durch die frühe Abendsonne, die warm auf meinen bloßen Armen und Beinen lag, langsam zu meinem Hotel zurück. Die Stadt schien ausschließlich von Liebenden bevölkert: Sie lehnten an Brückengeländern und betrachteten hingebungsvoll ihre Spiegelbilder im Wasser; sie küßten sich engumschlungen an Straßenecken, so versunken ineinander, daß der Rest der Welt für sie nicht zu existieren schien. Ich dachte an Patrick, an den Nachmittag auf dem Gehöft und unsere gemeinsame Nacht in dem kleinen Hotel in Penrith, verschloß mich den Bildern und Geräuschen der Stadt und überließ mich meiner Sehnsucht nach ihm. Und ich fragte mich, ob Tildas Angst vor einer Trennung von Max – eine uncharakteristische Angst für eine so selbständige und willensstarke Frau – nicht in irgendeiner Weise mit Daragh zu tun gehabt hatte. Ob nicht ihre Gedanken und Sehnsüchte, wenn sie allein und untätig war, ihre erste Liebe suchten. Ich stellte mir Tilda vor, wie sie hier, in Amsterdam, 1940 auf das Losbrechen des Sturms gewartet hat.

Sie schlief immer schlecht, wenn Max weg war. In den frühen Morgenstunden hörte sie ihn kommen und knipste das Licht an.

»*Max!*«

»Pscht.« Er legte einen Finger auf die Lippen und setzte sich zu ihr aufs Bett. Er war vierzehn Tage weg gewesen; er hatte noch seinen Regenmantel an, und Tilda sah, daß seine Schuhe Schmutzkrusten hatten. Unter seinen Augen lagen tiefe Schatten der Müdigkeit, und sein Gesicht wirkte schmaler.

»Bist du hungrig?« Sie ergriff seine Hand. »Soll ich dir was zu essen machen?«

Er schüttelte den Kopf. »Tut mir leid, Liebling – ich wollte dich nicht wecken. Komm, schlaf einfach weiter.«

Er legte Regenmantel und Jackett ab und öffnete seinen Schlips. Sie sah ihn aufmerksam an.

»War es schlimm?«

»Ziemlich schlimm, ja.« Mehr sagte er nie. Sein Leben war zweigeteilt: Auf der einen Seite war die Arbeit, auf der anderen die Familie. Und er achtete streng darauf, beides getrennt zu halten.

»Kommst du schlafen?«

»Noch nicht.« Im trüben Licht schienen seine Augen nicht blau, sondern schwarz. »Tilda, ich habe für dich und die Kinder und Charlotte auf dem nächsten Schiff nach England gebucht.«

»Wann?«

»Morgen. Ich wollte eigentlich früher zurückkommen, aber ich wurde aufgehalten. Ihr müßt jetzt abreisen, Tilda.«

»Und du?« fragte sie.

»Ich bleibe noch eine Weile. Martin Willet holt euch gegen Mittag ab und fährt euch nach Hoek van Holland.« Martin arbeitete für eine Amsterdamer Zeitung. »Ich muß noch vormittags wieder weg.«

Ihr war kalt. »Max, du mußt mit uns zurückkommen.«

»Das kann ich nicht.« Sein Gesicht war bitterernst. »Ich muß bis zum Ende bleiben, verstehst du das nicht?«

Wie unheildrohend dieses Wort »Ende«, klingt, dachte sie. Sie würde Max allein im zerbrechenden Europa voll Tod und Gefahr zurücklassen. Sie umschlang ihn mit beiden Armen und drückte ihr Gesicht in die Falten seines Hemdes, so daß die Tränen, die ihr aus den Augen rannen, aufgesogen wurden und unsichtbar blieben.

Auch die hektische Betriebsamkeit des folgenden Morgens, als es zu packen galt, zu entscheiden, was sie mitnehmen und was sie zurücklassen würde, konnte sie von ihrer Angst um Max nicht ablenken. Sie nahm die Glücksmünze, die sie vor vielen Jahren in Southam gefunden hatte und seither stets um ihren Hals trug, und streifte Max das Kettchen über den Kopf. Dann drückte sie ihn sehr fest an sich. Als er gegangen war, blieb sie noch einen Moment am Fenster stehen, den Kindern den Rücken gekehrt, die Augen geschlossen.

Danach wurde sie wieder sehr geschäftig, eilte von Zimmer zu Zimmer, um sich zu vergewissern, daß sie nichts Wichtiges vergessen hatten. Unter Melissas Bett fand sie eine Stoffpuppe, hinter das Rückenpolster eines Sessels gestopft einen Schneeanzug, der William van de Criendt gehörte. Als Martin Willet eintraf, rief sie die Kinder und Charlotte Sykes zusammen und half ihm, das Gepäck im Wagen zu stapeln. Dann sperrte sie das Haus ab, warf den Schlüssel durch den Briefkastenschlitz und tat keinen Blick zurück.

Jetzt, da die Entscheidung gefallen war, ging ihr die Fahrt durch das Wirrwarr schmaler, kopfsteingepflasterter Straßen und buckliger Brücken viel zu langsam. Sie wollte nur noch fort von hier, um so bald wie möglich wieder ein normales Leben führen zu können.

Vor Emilys Geschäft hielt Martin den Wagen an, Tilda nahm Williams Schneeanzug und lief hinein. Drinnen war es leer, auf den dunklen, glänzenden Tischen, den bemalten Kommoden und kunstvoll geschnitzten Spiegeln sammelte sich Staub. Tilda rief Emilys Namen und stieg die steile, schmale Treppe hinauf.

Emily war in der Küche, wo William am Tisch in seinem Hochstuhl saß. Sie sah blaß und angestrengt aus.

»Ich glaube, William bekommt eine Erkältung. Er hat die ganze letzte Nacht kaum geschlafen.« Emily sah Tilda an. »Was ist, Tilda? Was gibt's?«

»Wir reisen nach Hause. Wir nehmen die Mittagsfähre.«

»Oh.« Der kurze Laut klang wie ein schmerzlicher Seufzer.

»Komm mit, Emily, bitte. Max ist überzeugt, daß eine Invasion der Deutschen kurz bevorsteht.« Sie sah das Erschrecken in Emilys Augen. »Er hat in solchen Dingen im allgemeinen recht, weißt du. Ihr könnt hier nicht bleiben, wer weiß, ob ihr hier sicher seid. Komm mit uns nach England zurück.«

»Ich kann Jan nicht im Stich lassen.« Emily versuchte zu lächeln. »Mach dir um mich nur keine Sorgen. Ich hab im Keller massenhaft Sardinen und Konserven gelagert, nur für den Fall. Und Jan sagt, es wird nicht lange dauern. Die Deutschen können Holland, Belgien und Frankreich nicht besiegen.«

Tilda war elend zumute. Sie mußte an Ely denken, an Miss Clares Handelsakademie, wie sie beide, Emily und sie, sich in Daragh Canavan verliebt hatten. Sie sagte vorsichtig: »Du siehst schlecht aus, Em.«

»Ach, ich glaub, das ist nur die Periode.« Emilys Haut war ganz ohne Farbe, und ihre Augen lagen tief in den Höhlen.

»Ich muß los.« Tildas Stimme war brüchig.

»Hals- und Beinbruch, mein Schatz.« Emily wandte sich ab, aber nicht schnell genug.

»Emily?« Emilys Gesicht hatte einen Ausdruck, der Tilda angst machte. »Emily, was ist los?«

Emily stöhnte leise. »Nichts. Gar nichts.«

»*Emily.*« Tilda ergriff Emilys Hand, die zur Faust geballt war. »Du bist krank, stimmt's?«

Zuerst sagte Emily nichts, dann aber kamen die Worte in einem sprudelndem Schwall. »Ich hab so schreckliche Schmerzen hier unten auf der Seite. Ich hab sie jetzt schon seit zwei

Tagen, und sie werden immer schlimmer. Ich hab solche Angst, Tilda ...« Sie brach ab und schloß die Augen.

Als sie wenig später wieder zu sprechen begann, klang sie beinahe wieder wie die alte stets optimistische Emily, die nichts so leicht umwerfen konnte.

»Ach, es ist bestimmt nichts Schlimmes. Denk dir nichts. Ihr müßt jetzt los, Tilda, sonst verpaßt ihr die Fähre. Fahrt jetzt. Bitte.« Sie wandte sich wieder ab.

Tilda zögerte einen Moment, dann umarmte sie Emily zum Abschied und lief hinaus zum Wagen. Auf der Fahrt von Amsterdam nach Hoek van Holland hielten die Kinder sie mit tausend Fragen und Wünschen auf Trab; sie bemühte sich, auf sie einzugehen, aber sie tat es nur mechanisch. Von der grünen, flachen Landschaft Hollands, die zu beiden Seiten vorüberflog, sah sie nichts. Sie sah nur Emily, blaß und krank und ganz allein.

In Hoek van Holland holte Martin ihr Gepäck aus dem Wagen, Charlotte nahm Melissa bei der Hand, und Tilda hob Joshua auf den Arm. Im Konvoi drängten sie sich durch die Menge der Soldaten und Seeleute. Joshua sprang Tilda vor Aufregung beinahe vom Arm, als er das tiefe Tuten einer Schiffssirene hörte. Möwen kreischten, und es roch nach Fisch und Salz und Dieselöl.

Die Menschenschlange am Fährhafen war lang. Tilda sagte zu Martin: »Fahren Sie nach Amsterdam zurück, Martin. Wir kommen jetzt schon zurecht.«

»Aber Max hat extra gesagt ...«

»Wirklich, wir schaffen das schon.« Sie stellte sich auf Zehenspitzen und gab ihm einen Kuß auf die Wange. »Fahren Sie.«

Martin lüftete den Hut und verschwand im Gedränge. Die Schlange schob sich langsam vorwärts. Melissa mopste sich, und Tilda spielte Ich sehe was, was du nicht siehst mit ihr. Joshua entwand sich Tildas Armen, um mit lautem Tut-Tut auf dem Hinterteil im Wartesaal umherzurutschen. Hin und wieder holte Tilda ihn zurück. Sie mußte immer an Emily denken. Jan war fort, und Emily wußte nicht, wo sie ihn erreichen konnte. William hatte eine schlimme Erkältung. Jans einziger Verwandter war Felix, sein jüngerer Bruder, der weit entfernt oben im Norden Hollands lebte. Die meisten von Emilys Nachbarn waren alleinstehende Männer oder alte Ehepaare; sie hatte keine engen Freunde in Amsterdam, und ihr Holländisch war immer noch ziemlich dürftig. Tilda kaute auf ihren Nägeln, putzte Joshua die Nase, ging mit Melissa in die Toilette und dachte daran, wie Emily gesagt hatte, *Ich hab so schreckliche Schmerzen ...*

Sie standen endlich vor dem Schalter, wo ihre Fahrkarten kontrolliert wurden. »Vier Personen?« fragte der Steward.

»Drei«, sagte Tilda plötzlich und übergab Joshua an Charlotte. »Ich muß zu Emily zurück. Sie ist krank.« Der Entschluß war nun, da sie ihn endlich gefaßt hatte, unausweichlich.

Charlotte starrte sie entsetzt an.

»Du schaffst das schon, Lottie.« Tilda kramte in ihrer Handtasche und nahm alles englische Geld heraus, das Max ihr gegeben hatte. »Nehmt von Harwich aus den Zug und dann vom Bahnhof Liverpool Street ein Taxi. Hier sind die Hausschlüssel. Ich komm in ein oder zwei Tagen nach, ich muß mich einfach um Emily kümmern.« Sie rückte einen Schritt vor; aus der Schlange hinter ihr kam ungeduldiges Murren.

»Mr. Franklin ...«, begann Charlotte nervös.

»Max wird es verstehen. Außerdem bin ich bestimmt vor ihm wieder da.«

Hinter Tilda sagte jemand laut und empört: »Ich bitte Sie, nun machen Sie doch ein bißchen schneller.«

»Vergiß nicht, Josh jeden Abend einzureiben, und bleib bei Melissa, wenn sie sich abends die Zähne putzt, sonst ißt sie die ganze Zahnpasta.«

»Wirklich eine Rücksichtslosigkeit sondergleichen.«

Ein Steward hatte ihr Gepäck genommen; mit Joshua auf dem Arm und Melissa an der Hand trat Charlotte auf die Gangway.

»Und sie müssen beide regelmäßig ihr Malzextrakt nehmen. Josh mag es am liebsten auf einem Stück Zwieback.«

Mit angstvoll aufgerissenen Augen schaute Melissa nach

ihrer Mutter, die sich schon von ihnen zu entfernen begann. Josh winkte mit kleiner schmutziger Hand. Melissas Gesicht verzog sich, und sie versuchte, sich von Charlotte loszureißen. Irgend jemand stieß Tilda mit spitzem Ellbogen ins Kreuz. Charlotte blickte noch einmal zurück, lächelte mühsam und verschwand mit den beiden Kindern und dem Steward in der Fähre. Melissas Weinen war eine wimmernde hohe Klage über ihr Verlassensein.

Tilda hatte Schmerzen in der Brust. Sie vermutete, es sei das Herz. Einen Moment blieb sie stehen, überwältigt von einer schrecklichen Einsamkeit und dem Gefühl, etwas Unwiderrufliches getan zu haben. Eine Gruppe Reisender, die Männer in gestreiften Blazern und Strohhüten, die Frauen in Seidenkleidern, drängte sich an ihr vorbei. Tilda holte einmal tief Atem, dann machte sie sich auf den Weg zum Bahnhof.

Alle ihre Zweifel lösten sich auf, als sie, zurück in Amsterdam, die Treppe hinter dem Laden der van de Criendts hinauflief und Emily zusammengekrümmt, mit einer Wärmflasche auf dem Bauch, auf dem Sofa liegend vorfand. William spielte auf dem Boden. Emily fuhr in die Höhe, als Tilda die Tür öffnete, und wollte aufstehen. Dann begann sie heftig zu protestieren, und Tilda mußte ihr versprechen, die Nachtfähre zu nehmen, wenn der Befund des Arztes es zuließe. Aber der Arzt, den Tilda aus seiner Sprechstunde holte, diagnostizierte akute Blinddarmentzündung und operierte noch am selben Abend.

Tilda blieb in Emilys Wohnung und kümmerte sich um William. Es war der 5. Mai. Am Abend des 9. Mai verließ Emily auf eigene Verantwortung das Krankenhaus und fuhr mit einem Taxi nach Hause zurück. Am Morgen des 10. Mai überfiel die deutsche Wehrmacht Holland.

Tilda frühstückte gerade mit William, als das erste Flugzeug dröhnend am Himmel über Amsterdam erschien. Zuerst verwünschte sie es nur, weil sie fürchtete, der Krach könnte Emily aufwecken, die eine schlechte Nacht hinter sich hatte, aber als dann dieser Maschine eine zweite und eine dritte folgten, bekam sie Angst. Sobald William seine Flasche getrunken hatte, legte sie ihn wieder in sein Bett und lief im Morgenrock auf die Straße hinaus. Überall standen Menschen und schauten zum Himmel hinauf. Die Flugzeuge kreisten über der Stadt, und am Heck eines jeden war ein Hakenkreuz zu erkennen.

Zusammen mit Emily, die in Decken eingepackt auf dem Sofa lag, beobachtete Tilda die Soldaten, die draußen zwischen den hohen schmalen Häusern hindurchrannten, als spielten sie Verstecken. Den ganzen Tag über erreichten sie immer neue Gerüchte – daß die Holländer kapituliert hätten, daß die Deutschen geschlagen worden wären und sich zurückgezogen hätten, daß Nazifallschirmspringer in den Poldern Nordhollands gelandet und im Begriff wären, die Deiche zu sprengen, die das Land vor dem Meer schützten.

Am 11. Mai erging die Anordnung, daß alle Flüchtlinge aus Deutschland, die sich in Holland aufhielten, in ihren Häusern bleiben sollten. Am 13. Mai berichtete Emilys Nachbarin unter Tränen, daß Königin Wilhelmina per Schiff nach England geflohen sei. Emily weigerte sich, ihr zu glauben. Die Bäckereien waren noch geöffnet, die Hausfrauen schrubbten immer noch die Treppen vor ihren Haustüren; alles schien ganz normal zu sein. Am folgenden Tag erzählte ihnen der Mann, der auf der Straße Blumen verkaufte, daß die Nazis den Hafen von Rotterdam bombardiert hätten und dreißigtausend Menschen bei den Luftangriffen umgekommen seien. Das dumpfe Dröhnen und die fernen schwarzen Rauchwolken verliehen den Gerüchten Glaubwürdigkeit.

Tilda packte ihren Koffer und blieb die ganze Nacht auf, um zu waschen und zu kochen; sie wollte es Emily erleichtern, allein zurechtzukommen, wenn sie abgereist war. Emily quälte sich aus dem Bett und schlurfte, gebeugt von den ständigen Schmerzen der noch frischen Wunde, wie eine alte Frau durch die Wohnung. Das Radio lief ohne Pause, und wenn ein Sender sich in Störgeräuschen verlor, suchte Emily einen anderen. Die Nachrichten der BBC waren optimistisch. Die holländischen Übertragungen konnten sie nur teilweise verstehen. Wenn Emily hin und wieder einen deutschen Sender erwischte, schimpfte sie und drehte mit zornigem Gesicht rasch weiter.

Am Abend des 15. Mai wurde heftig an die Ladentür getrommelt. Tilda rannte die Treppe hinunter, um aufzumachen. Eine ältere Frau stand mit zwei Kindern vor der Tür. Sie überschüttete Tilda mit einem Redeschwall in Holländisch, von dem diese nichts verstand, aber ihre Gesten und ihre Miene verrieten Angst und Aufregung.

»Sie sagt, daß heute abend von Ijmuiden ein Schiff nach England geht.«

Tilda drehte sich herum und sah Emily im Morgenrock auf der Treppe hocken.

»Ich kenne die Frau, ihr Mann arbeitet manchmal für Jan«, erklärte Emily. In stockendem Holländisch stellte sie der Frau eine Frage, auf die ein neuerlicher Wortschwall folgte.

»Wenn ich sie richtig verstanden habe, sind die beiden Kinder – Hanna und Erich – deutsche Flüchtlinge. Sie sind Juden, wenn auch im christlichen Glauben erzogen. Sie sagt, sie muß unbedingt dafür sorgen, daß die beiden nach Ijmuiden kommen und das Schiff nach England erreichen. Aber sie kann nicht Auto fahren und sie hat auch keinen Wagen. Sie hat gefragt, ob ich ihr helfen kann.«

Die Frau wartete schweigend. Die Kinder, ein Mädchen im Backfischalter und ein Junge von etwa neun oder zehn Jahren, waren bleich und verschreckt.

Emily sagte: »Du mußt sie hinbringen, Tilda. Du nimmst Jans Wagen und fährst nach Ijmuiden.« Sie lächelte. »William und ich kommen schon zurecht. Es geht mir ja jetzt wieder besser. Du mußt endlich nach Hause fahren, Tilda.«

Eine halbe Stunde später saßen sie im Auto und versuchten, aus Amsterdam hinauszukommen. Auf den Straßen ging es chaotisch zu; Autos, Fahrräder, Fuhrwerke und kleine Gruppen hastender Fußgänger, alles strebte stadtauswärts. Die Kinder, Hanna und Erich, saßen neben Tilda auf dem breiten vorderen Sitz. Der Wagen, den Jan zum Möbeltransport zu benützen pflegte, war groß und schwer. Tilda, die sich so schnell sie es wagte durch die verstopften Straßen schlängelte, taten die Arme weh, während sie das schwerfällige Fahrzeug um scharfe Kurven zog und Personenautos und Fahrräder überholte.

Auf der Straße nach Ijmuiden kamen sie im Gedränge von Privatautos, Militärtransportern und Jeeps nur langsam vorwärts. Ein Soldat hielt sie an und spähte durchs Fenster in den Wagen. Erich schien ganz in sich hineinzukriechen, saß so still, wie Tilda das bei einem Kind für unmöglich gehalten hätte. Sie erklärte, wohin sie wollten, und der Soldat winkte sie weiter. Auf der anderen Straßenseite kroch eine endlos lange Schlange von Fahrzeugen in Richtung Amsterdam. Neue Furcht packte Tilda. Ein zweiter Soldat trat vor ihren Wagen und zwang sie, abrupt zu bremsen. Erich erstarrte wieder. Hanna legte den Arm um ihn. Der Soldat stellte blaffend ein paar Fragen, dann winkte er sie weiter.

Sie mußte das Schiff erreichen. Unbedingt.

Das flache grüne Land mit den weidenden Rindern und den schnurgeraden Kanälen, die Tilda aus ihrer Kindheit in den Fens so vertraut waren, kroch langsam vorüber. Die Straße war zum Überholen zu schmal, und der stetige Strom von Autos und Fahrrädern zurück zur Stadt verhieß nichts Gutes. Tilda merkte, daß ihr vor Anspannung alles weh tat.

Endlich kam der Hafen in Sicht. Sie konnte die Silhouetten der Schiffe am Dock erkennen. Sie stellte den Wagen am Straßenrand ab, gab Hanna und Erich ihre Koffer, nahm ihren eigenen und rannte los, ein Kind an jeder Hand. Stimmen, britische Stimmen, erklangen rundherum. Britische Soldaten waren in Ijmuiden gelandet. Ihr wurde leichter ums Herz. Rauchwolken verhüllten den Horizont, und die Feuergarben und Blitze, dic immer wieder den dunkelnden Himmel erleuchteten,wirkten wie ein Feuerwerk. Über ihnen donnerten Flugzeuge dahin. Autos und Busse drängten sich am Dock. Tilda konnte das Schiff sehen, einen alten Frachter, der bessere Tage gesehen hatte. Sie konnte den Namen am Bug entziffern: *SS Bodegraven*. Sie waren nicht einmal mehr hundert Meter entfernt, als es die Anker lichtete und sehr langsam aus dem Hafen stampfte.

Ruckartig blieb sie stehen und starrte, um Atem ringend,

fassungslos dem Schiff nach. Die schreckliche Ausweglosigkeit ihrer Situation überwältigte sie beinahe. Gestrandet in einem Europa, das im Begriff war, vom Krieg verschlungen zu werden, durch die unüberwindlichen Weiten der Nordsee von ihrer Familie getrennt. Sie würde vielleicht Wochen, Monate oder sogar Jahre von Max und den Kindern getrennt sein.

Holländische und britische Stimmen befahlen den Menschen brüllend, den Hafen unverzüglich zu räumen. Flugzeuge jagten heulend im Sturzflug herab, um die *SS Bodegraven* zu bombardieren. Um sich selbst hatte Tilda keine Angst, sie hatte nur Angst vor den Weiten von Zeit und Raum, die sie von den Menschen trennten, die sie am meisten auf der Welt liebte. Dann gewahrte sie plötzlich, daß Erich sich neben ihr zu Boden geworfen und wie ein kleiner Igel zusammengerollt hatte. Sie kniete nieder und streichelte seinen gekrümmten Rücken. Er wiegte sich hin und her und summte dabei leise vor sich hin. Hanna starrte sie mit großen, angstvollen Augen an. Tilda nahm Erich auf den Arm und trug ihn zum Wagen zurück.

Als die Briten den Pier und das Öllager in die Luft jagten, stiegen die Flammen zu einem ultramarinblauen Himmel auf und färbten ihn blutrot, während Rauch und Ruß einen riesigen schwarzen Schatten über das Meer legten.

Die Straßen waren frei, als Tilda nach Amsterdam zurückfuhr. Als sie die Stadt erreichte und die Lichter sah, die in jedem Fenster brannten, wußte sie, daß Holland kapituliert hatte.

Emily fütterte die Kinder, Tilda saß auf dem Sofa und starrte die Wand an. Sie wußte nicht, was sie tun sollte, sie konnte keinen klaren Gedanken fassen, ihr Verstand schien ihr den Dienst aufgekündigt zu haben. Emily drückte ihr eine Tasse Tee in die Hände, aber Tilda konnte jetzt noch nicht trinken. Die gestreifte Tapete, an der gerahmte Bilder von Emily als Braut und von Jan und Felix auf der *Marika* hingen, verschwamm hinter Tränenschleiern, wenn sie an Melissa und Josh dachte.

Bis plötzlich ihr Blick an der Fotografie des Boots hängenblieb und klar wurde. Sie erinnerte sich glücklicherer Tage: sie und Max auf der *Marika.* »*Felix*«, flüsterte sie und stellte abrupt ihre Tasse nieder. Dann sprang sie auf und griff nach ihrem Mantel.

»Tilda?« Emily ließ die Kinder, die am Tisch saßen, einen Moment allein und trat zu Tilda. »Tilda, wohin willst du?«

Sie sagte es ihr. Im ersten Moment stand Emily wie erstarrt und sah sie ungläubig an. Dann verschwand sie im Schlafzimmer, Tilda hörte, wie sie eine Schublade aufzog. Als sie zurückkehrte, brachte sie etwas mit, das in ein Stück Stoff eingeschlagen war. Sie setzte sich aufs Sofa und zog Tilda neben sich.

»Er hat Jans Vater gehört«, flüsterte sie. »Jan hat ihn mir gegeben, als er wegmußte. Nur für den Fall.« Emily schlug das Tuch auseinander und zeigte Tilda den alten Armeerevolver. »Er ist geladen«, sagte sie leise. »Du mußt ihn mitnehmen, Tilda.«

Tilda hüllte die Waffe wieder in das Tuch und schob sie in die tiefe Tasche ihres Mantels. Nur für den Fall.

Die Straßen waren jetzt leer. Es herrschte eine gespenstische Stille, als könnte die Stadt selbst kaum ihre Niederlage glauben. Zum zweiten Mal an diesem Tag lenkte Tilda den schweren Wagen aus Amsterdam hinaus.

Sie mußte die Scheinwerfer einschalten, da es inzwischen dunkel geworden und sie mit der Straße nicht vertraut war. Ihre Auffälligkeit in der stillen Landschaft machte ihr angst. Hanna und Erich saßen neben ihr wie zuvor, Erich hatte seine Hand in die Hannas geschoben. Hanna hatte die Karte ausgebreitet auf ihrem Schoß liegen. Emily hatte Tilda den Weg zu Felix van de Criendts Haus in Den Helder genau erklärt. Sie und Max hatten Felix mehrmals besucht, aber sie traute sich nicht zu, den Weg im Dunklen ohne Hilfe der Karte zu finden.

Als sie weiter nach Norden kamen, wurde die Straße schlechter, und der Wagen sprang polternd durch die Schlaglöcher. Der Himmel war klar, tintenschwarz, mit Sternen gesprenkelt. Die Flugzeuge waren fort. Tilda ging im Kopf alles noch einmal durch, um ganz sicher zu sein. Die Fahrt führte sie durch Nordholland, über Alkmaar, an den Deichen und Dünen vorbei, die die Nordsee zurückdrängten.

Sie lächelte den beiden Kindern zu. »Jetzt ist es nicht mehr weit.« Hanna lächelte zurück. Aber der kleine Junge machte Tilda Sorgen. Er hatte noch nicht ein Wort gesprochen. Hanna hatte ihr erzählt, daß Erich zehn Jahre alt war, doch in seinen Augen war ein Ausdruck, der ihn viel älter erscheinen ließ.

Die Straße war fremd und schmal; aus Angst, in einem Graben zu landen, nahm Tilda Tempo weg. Gedanken an Max, an die Kinder, an die unsichere Zukunft schossen ihr durch den Kopf und wurden energisch verjagt. Sie versuchte, sich ganz auf das zu konzentrieren, was im Moment wichtig war: die Karte zu lesen, nach Wegweisern Ausschau zu halten, die Küste vor Tagesanbruch zu erreichen. Das Land war flach, kreuz und quer von Kanälen durchzogen, an denen hier und dort ein paar hohe, fasrige Weiden standen. In so einer Landschaft, dachte Tilda, kann man sich nirgends verstecken. Eine plötzliche Bewegung am Straßenrand erschreckte sie, aber es war nur eine dicke braune Kuh, die aus ihrer Weide ausgebrochen war. Sie teilte eine Tafel Schokolade auf und verteilte die Stücke an die Kinder. Erich schob die seinen verstohlen in die Tasche seiner Shorts. Es war spät; ihrer Schätzung nach mußten sie höchstens noch etwa sechzig Kilometer zu fahren haben. Sie war seit halb sechs Uhr morgens auf den Beinen; die Lider wurden ihr schwer. Lieber Gott, laß Felix zu Hause sein, betete sie, laß ihn bitte zu Hause sein. *Hilf, daß kein böser Geist sich nahe, kein Teufel aus der Hölle fahre.*

Am Straßenrand bewegte sich etwas. »Das ist bestimmt wieder nur …«, begann Tilda, dann trat sie mit einem unterdrückten Aufschrei auf die Bremse. Der Wagen kam mitten auf der Straße rüttelnd zum Stehen.

Am frühen Abend war ich in Scheveningen, an der holländischen Küste. Die Stadt funkelte im Sonnenschein. Ich mietete mich in einem kleinen Hotel ein, nahm eine schnelle Dusche und packte aus. Ich hatte mich mit Leila Gilbert für halb acht verabredet.

Zu ihrer Wohnung war es nicht weit, nur zehn Minuten zu Fuß von meinem Hotel aus. Sie begrüßte mich freundlich und führte mich ins Wohnzimmer. Die Nordsee, die ich durch das große Fenster sehen konnte, hatte das bleierne Grau abgelegt, das mich auf der Überfahrt von Harwich begleitet hatte, und leuchtete jetzt tiefblau mit weißen Sprenkeln. Am Strand tummelten sich noch ein paar Kinder, die Sand in Plastikeimer schaufelten.

»Schön, nicht?« sagte Leila Gilbert, und ich drehte mich herum.

»Ja, sehr schön«, bestätigte ich, während sie ein Tablett mit Kaffee und Plätzchen auf den Tisch stellte.

»Meine Söhne sind der Meinung, daß Scheveningen die langweiligste Stadt auf Erden ist. Aber ich bin gern am Meer.«

Leila Gilbert, Hanna Schmidts einziges Kind, hatte zwei Söhne im Teenageralter. Die Wohnung trug ihre Spuren: Doc Martens im Flur, ein Wäscheständer voll tropfender T-Shirts im Badezimmer, laute Musik aus einem der anderen Räume.

Ich wies auf eine Fotografie auf dem Sideboard. »Ihre Mutter?«

Leila nickte. »Sie ist vor drei Jahren gestorben, wie ich Ihnen schon sagte. Aber sie fehlt mir immer noch schrecklich.« Sie reichte mir die Fotografie, und ich sah sie mir an. Es bestand eine starke Ähnlichkeit zwischen Mutter und Tochter: Beide hatten sie die gleiche hohe, knochige Stirn, lange, schmale Nase, die gleichen buschigen, hellbraunen Locken. Hanna war Chirurgin geworden, Leila unterrichtete an einer Mädchenschule in Den Haag.

Leila schenkte Kaffee ein, rief ihrem Sohn zu, er solle die Musik leiser stellen, und ich blätterte in meinem Notizbuch zurück. »Ihre Mutter hat bei Tilda gelebt, nachdem sie Holland verlassen hatte, nicht wahr?«

Leila reichte mir eine Tasse. »Bei Kriegsende ist sie noch einmal hierher zurückgekommen, um zu sehen, ob jemand von ihrer Familie überlebt hätte. Aber sie waren alle tot. Daraufhin ist sie nach England zurückgekehrt, dort bekam sie in Cambridge ein Stipendium und studierte Medizin. Rosi Liebermann hat zur gleichen Zeit mit ihrem Anglistikstudium angefangen. Die Ferien verbrachten sie beide immer bei Tilda. Später hat meine Mutter eine Zeitlang in Paris studiert, und danach hat sie in Israel gearbeitet. Wir sind sehr viel gereist. Ich bin in Paris geboren, in Belgien zur Schule gegangen und habe dann einen Engländer geheiratet. Und jetzt lebe ich in den Niederlanden.«

»Mich interessiert besonders, wie das damals war, als ihre Mutter 1940 Holland verließ. Ich habe schon mit Tilda darüber gesprochen, aber ich würde doch gern wissen, ob Hanna Ihnen je von dieser Reise erzählt hat.«

»Ja, sie hat wenige Wochen vor ihrem Tod darüber mit mir gesprochen. Sie war so krank, daß sie, glaube ich, mehr in der Vergangenheit als in der Gegenwart lebte. Einen Teil der Geschichte kannte ich natürlich schon.«

Ich schrieb mit, während sie sprach. Vieles von dem, was Leila Gilbert mir erzählte, hatte ich bereits von Tilda gehört. Hanna Schmidt hatte Österreich 1938 verlassen und war von einem holländischen Ehepaar, das in Amsterdam lebte, adoptiert worden. Hanna war Christin gewesen, jedoch jüdischer Abstammung und war deshalb von den Nazis verfolgt worden. 1939 hatte das holländische Ehepaar ein zweites Kind adoptiert, einen Jungen, Erich Wirmer. Hanna hatte sich in Amsterdam sicher gefühlt und in dem Glauben gelebt, daß ihre Eltern und älteren Brüder eines Tages nachkommen würden. Diese Illusion zerbrach im Mai 1940 mit der deutschen Invasion. Weil Hanna und Erich nicht jüdischen Glaubens waren, hatten sie kaum Kontakt mit anderen Flüchtlingen in Amsterdam und erfuhren daher auch nicht von der Möglichkeit, über Ijmuiden auszureisen. Als Hannas Adoptiveltern davon hörten, daß ein Schiff gechartert worden war, um die Juden nach England zu bringen, baten sie, da sie selbst keinen Wagen hatten, Mrs. van de Criendt, ob sie die Kinder nach Ijmuiden fahren könnte. Mrs. van de Criendt war krank, aber eine Engländerin, die zu der Zeit bei ihr im Haus lebte, erbot sich zu helfen.

»Tilda«, sagte Leila. »Die Engländerin war Tilda. Meine Mutter hat nie vergessen, wie sie sie zum ersten Mal in Mrs. van de Criendts Geschäft sah. Sie sagte, sie hätte ausgesehen wie eine Prinzessin aus einem Andersen-Märchen.« Leila lächelte.

Tilda hatte die beiden Kinder nach Ijmuiden gefahren. Leila berichtete, wie zuvor Tilda, von den vielen Schwierigkeiten der Reise. Das holländische Militär war über den Plan, die Flüchtlinge auf der *SS Bodegraven* nach England zu bringen, nicht informiert worden.

»Das Schiff war halb leer. Es hätten viel mehr Flüchtlinge in Sicherheit gebracht werden können, wenn sie die Möglichkeit gehabt hätten, rechtzeitig den Hafen zu erreichen. Tilda, Hanna und Erich kamen zu spät, das Schiff war schon ausgelaufen. Als der erste Schock vorüber war, wurde meine Mutter ganz ruhig. Sie hatte keine Angst. Sie war immer ein sehr vernünftiger Mensch, und außerdem gab Tilda ihr ein Gefühl großer Sicherheit. Aber der kleine Erich ...« Leila schüttelte den Kopf. »Er hatte entsetzliche Dinge erlebt. Und er war ja erst zehn Jahre alt.«

Sie waren nach Amsterdam zurückgefahren, zu Emily van de Criendt. Wie Leila mir erzählte, hatte Hanna sich noch erinnert, daß es bei Emily zum Tee ganz besondere kleine Schokoladenplätzchen gegeben hatte. Aber noch bevor sie Zeit hatte, ihren Tee auszutrinken, mußte sie schon wieder ihren Mantel anziehen, und sie verließen Amsterdam ein zweites Mal.

Leila ging hinaus, um ihrem Sohn zu sagen, er solle seinen CD-Player leiser drehen. Ich sah zum Fenster hinaus. Die Kinder waren vom Strand verschwunden. Den nächsten Teil von Leilas Geschichte kannte ich. Tilda war von Amsterdam aus durch Nordholland nach Den Helder gefahren, wo Felix van de Criendt lebte. Sie hatte ihn geweckt und ...

Leila nahm den Faden wieder auf. »Es war spät, und meine Mutter war sehr müde. Ihr fielen immer wieder die Augen zu. Sie las die Karte, und sie hielt Erich bei der Hand, weil sie wußte, daß er große Angst hatte. Meine Mutter hatte überhaupt keine Angst bis zu dem Moment, als der Soldat den Wagen anhielt.«

Ich blickte auf. »Ein Soldat?« Davon hatte Tilda mir nichts erzählt.

»Ja, ein deutscher Soldat. Ein Fallschirmspringer, vermute ich, der von seiner Truppe getrennt worden war und die Orientierung verloren hatte. Er war verwundet, meine Mutter bemerkte, daß er humpelte. Wie dem auch sei, er hat den Wagen angehalten.«

Ich hatte aufgehört zu schreiben. Aus einem der anderen Zimmer deckte uns Nirvana mit dröhnenden Rhythmen ein, aber ich hörte es kaum. »War er bewaffnet?«

Leila nickte. »Meine Mutter sagte, bei ihr kam die Angst, als er sie auf deutsch ansprach. Er befahl ihnen auszusteigen. Mit vorgehaltener Waffe.« Sie machte eine kurze Pause. »Also sind sie ausgestiegen. Meiner Mutter zitterten die Knie vor Angst, sie dachte, sie würde keinen Schritt gehen können. Der Soldat befahl ihnen, sich an den Straßenrand zu stellen. Dann begann Erich plötzlich irgendwas von seinen Sachen zu schreien und rannte zum Auto zurück.«

»Was für Sachen?« fragte ich.

Leilas Gesicht war traurig. »Offenbar hatte er in seinem Koffer ein paar Dinge, die seiner Familie gehört hatten. Nichts Wertvolles, aber es war das einzige, was er hatte.«

»Erich rannte also zum Wagen«, wiederholte ich.

»Der deutsche Soldat hob seine Pistole. Und Tilda hat ihn erschossen, und die Leiche in den Kanal gestoßen.«

Ich starrte Leila an, unfähig zu sprechen.

Sie stiegen wieder in den Wagen, und sie ließ den Motor an. Ihr Mantel war voll roter Flecken. Hanna weinte. Erich hielt seinen Koffer an seine Brust gedrückt. Ein säuerlicher Geruch breitete sich im Wagen aus. Tilda sah, daß Erich sich naß gemacht hatte.

Anfangs konnte sie kaum das Lenkrad halten; sie schlingerten von einer Straßenseite zur anderen, als wäre sie betrunken. Aber dann faßte sie sich, zog den Wagen gerade und sagte Hanna, sie solle die Karte vom Boden aufheben. Sie meinte, sie müßte mit den Kindern über das sprechen, was geschehen war, aber sie konnte es nicht. Niemals, dachte sie, würde sie fähig sein, darüber mit irgendeinem Menschen zu sprechen. Sie tat das, was Max immer tat, sie packte den Zwischenfall in eine kleine Schublade ihres Bewußtseins und schob sie zu.

Hanna hatte die Karte wieder ausgebreitet. Sie hatte aufgehört zu weinen und zeichnete mit dem Finger die Linie der Straße nach. Die Luft, die durch das offene Fenster hereinströmte, roch salzig. Wir sind nahe am Meer, dachte Tilda, und ihr wurde ein wenig leichter ums Herz. Sie fühlte sich wie ausgelaugt, alle ihre Muskeln taten ihr weh. Hanna gab ihr der Karte folgend Anweisungen, und sie gehorchte ihnen wie ein Automat. Als sie nach einer weiteren Stunde Fahrt Den Helder erreichten, hielt sie den Wagen an und blieb einen Moment lang erschöpft am Steuer sitzen, unfähig, sich zu rühren.

Hanna stieg aus und öffnete die Tür auf der Fahrerseite. »Hier«, sagte sie scheu und reichte Tilda ein Taschentuch. Als Tilda in den Seitenspiegel sah, stellte sie fest, daß ihr Gesicht rot gesprenkelt war. Sie spie auf das Taschentuch und schrubbte ihr Gesicht, dann beugte sie sich über den Straßengraben und übergab sich.

Danach fühlte sie sich besser. Sie zog ihren Mantel aus, warf ihn auf den Rücksitz und half Erich in frische Sachen. Seine Haut war bleich und wächsern, seine Augen blickten glasig, und er summte immer noch die tonlose kleine Melodie vor sich hin. Als er umgezogen war, hob sie die Koffer aus dem Wagen und nahm die Kinder bei der Hand. Obwohl es noch dunkel war, fand sie Felix' Haus ohne Schwierigkeiten. Sie trommelte an die Tür. In der Stille, die über dem alten Hafen lag, klang das Geräusch so erschreckend wie ein Schuß.

Nach einigen Minuten machte Felix auf. »*Tilda!*« Sein Haar war zerzaust, aber er war angekleidet. »Ich sitze am Radio«, sagte er, als er sie ins Haus führte.

Sie erzählte ihm in aller Eile von Emilys Operation, von Hanna und Erich und dem verpaßten Schiff. Felix, siebzehn Jahre alt, fand die Geschichte eher aufregend als erschreckend. Von dem deutschen Soldaten sagte sie nichts. Als sie geendet hatte, fügte sie hinzu: »Felix, ich muß nach England zurück.

Hanna und Erich sind hier in Holland nicht sicher. Ich wollte dich fragen …«

»Das Boot«, unterbrach er sie. Seine Augen, graublau wie die seines Bruders, blitzten vor Abenteuerlust. »Du meinst, ich soll dich mit dem Boot nach England zurückbringen.«

»Ja.« In klare Worte gefaßt, erschien der Gedanke absurd. Wahnsinnig, gefährlich, unverantwortlich. »Jan«, begann sie unsicher.

»Jan hat mir nicht erlaubt, mich freiwillig zu melden. Aber das hier wird ja viel spannender. Ich wollte nächstes Wochenende sowieso zum Fischen rausfahren, das Boot ist praktisch startklar. Und Konserven und solches Zeug hab ich in der Speisekammer.«

Er wollte in die Küche gehen, aber sie packte ihn am Ärmel. »Felix, das wird eine gefährliche Fahrt. Ich möchte nicht, daß dir was passiert.« So groß und kräftig er war, erschien er ihr plötzlich so jung. »Vielleicht sollten wir lieber doch nicht …«

»Unsinn. Es wird gehen wie geschmiert«, sagte er. Mit einem breiten Lächeln hob er die Hand und tat so, als schösse er. »Keine Angst, Tilda, der Kahn macht bei gutem Wind fast vier Knoten.«

Zwei Tage nachdem sie von Holland abgesegelt waren, gingen sie vor der Küste von Suffolk, in der Nähe von Aldeburgh, vor Anker. Am Strand erwarteten sie Stacheldraht und ein Haufen aufgeregter alter Männer in diversen Uniformen, von denen einer mit einem uralten Gewehr drohte, bis Tilda müde erklärte, wer sie waren und was sie hierher verschlagen hatte. Jetzt saßen sie, in geliehene Wolldecken gepackt, vor dem offenen Feuer in einem Pub. Der Mann mit dem Gewehr hielt sie immer noch unter strenger Beobachtung, sein Argwohn wurde allerdings allmählich von Enttäuschung verdrängt.

Die ganze englische Küste war in Nebel gehüllt gewesen. Einmal hatten orangerote Blitze und knatternde Feuerstöße ihnen verraten, daß auf sie geschossen wurde. Felix hatte leise vor sich hin geschimpft und die Sandbänke und Gezeitenströme der Ostküste verwünscht. Der Wind, der die Segel gefüllt und sie über die Nordsee geblasen hatte, hatte sich völlig gelegt. Felix mußte den kleinen Außenbordmotor anwerfen, der sie, laut tuckernd in der Stille, zu einem Kiesstrand geschleppt hatte. Noch jetzt hatte Tilda das Gefühl, der Boden schwankte unter ihren Füßen.

»Ihre Verbindung ist jetzt da, Kindchen.« Die Wirtin wies zum Telefon.

Die Kinder hatten sich vor dem Feuer zusammengerollt; selbst Felix war verstummt.

Die wenigen Schritte durch den Gastraum zum Telefon waren beinahe zuviel für Tilda. Ihr zitterten die Knie, und sie mußte sich an den Tresen lehnen, als sie den Hörer zur Hand nahm.

»Harold? Harold, ich bin's, Tilda, Tilda Franklin.«

»Tilda!« rief Harold Sykes mit dröhnender Stimme. »Lottie hat gesagt, du seist in Holland geblieben.«

»Jetzt bin ich in England, Harold.« Die Verbindung war schlecht, und sie mußte schreien. »Ich bin in einem Pub in Aldeburgh. An der Küste von Suffolk. Max ist noch drüben, auf dem Kontinent, und ich habe kein englisches Geld, und Lottie wollte ich so spät nicht stören, und ich dachte, daß du vielleicht …« Ihre Stimme kippte; sie war den Tränen nahe. Sie hatte erwartet, sie würde vor Freude außer sich sein, wenn sie erst wieder auf englischem Boden stünde, aber nichts in ihr rührte sich. Sie hatte nur den einen Wunsch, zu Hause zu sein, in ihrem eigenen Bett, im Kreis ihrer Familie.

»Suffolk?« fragte Harold verblüfft. »Wie zum Teufel bist du nach Suffolk gekommen, Tilda?«

»Mit einem Segelboot«, antwortete sie. »Emilys Schwager – du erinnerst dich doch an Emily, nicht wahr, Harold – hat ein Boot.«

Einen Moment blieb es still. Tilda fragte sich schon, ob sie unterbrochen worden seien. Aber dann sagte Harold: »Sag mir, wie das Pub heißt, Tilda, und warte auf mich. Ich komme und hol dich.«

Ich nahm die Nachtfähre zurück nach Harwich. Wind war aufgekommen, und im Restaurant rutschte mein Teller klirrend von einer Seite des Tischs zur anderen. Das Restaurant war fast leer, das Wetter nahm den Leuten den Appetit. In der Bar sang eine Frau und spielte Keyboard. Ich hörte ihr eine Weile zu, dann ging ich aufs Deck hinauf. Graugesichtige Menschen, die mich an Ford Madox Fords Gemälde von Emigranten erinnerten, hockten zusammengekauert auf Bänken. Ich lehnte mich an die Reling und sah aufs Meer hinaus. Die schaumgekrönten Wellen waren bleigrau wie die schweren Wolken am Himmel. Ich stellte mir vor, ich müßte wie damals Tilda dieses Meer in einem kleinen holländischen Fischerboot überqueren, dessen hölzerner Rumpf von jeder Welle in die Höhe geschleudert wurde, während die Gischt über den Bug hereinbrach und das Deck überschwemmte. Und es war Krieg gewesen; jeder dunkle Schatten am Himmel hätte ein feindliches Flugzeug sein können; jedes ferne Schiff mußte Tilda und Felix Anlaß zu Furcht gewesen sein.

Die Zeitungsberichte über Tildas Fahrt über das Meer waren von Harold Sykes geschrieben worden. Harold, dieser alte Hase, hatte Tilda – gegen ihren Willen, vermutete ich – eine erste Kostprobe des Ruhms verschafft. Die Geschichte ihres Triumphs (DIE HELDENHAFTE FAHRT DES ENGELS VON AMSTERDAM) mußte in den dunklen Tagen nach dem Fall Frankreichs nützliche Aufmunterung gewesen sein. Die Rettung zweier Flüchtlingskinder aus Holland hatte Tilda zum ersten Mal ins Licht der Öffentlichkeit gerückt. Es war der Beginn ihres späteren Ruhmes. Praktisch wie sie war, hatte sie ihr Ansehen dazu benutzt, jene Belange zu fördern, die ihr am meisten am Herzen lagen, Türen zu öffnen, die ihr bisher verschlossen gewesen waren, den vom Schicksal geschlagenen Kindern zu helfen, die sie liebte.

Aber ich glaubte, jetzt den Grund für Tildas Zurückhaltung zu verstehen. Für sie würde die Erinnerung an die Flucht aus Holland stets von einem Zwischenfall getrübt sein, den sie verschwiegen hatte. Wenn das, was Leila Gilbert mir erzählt hatte, der Wahrheit entsprach, gab es eine Seite an Tilda, die sie der

Welt lieber nicht zeigen wollte. Wie berechtigt der Schuß auf den Nazisoldaten in diesem Moment auch gewesen sein mochte, die Schuld, einem Menschen das Leben genommen zu haben, mußte sie ständig verfolgt haben. Was mir an der Geschichte zu schaffen machte – was mich kränkte, vermute ich –, war, daß sie sich mir nicht anvertraut hatte. Ich hatte geglaubt, sie gut zu kennen; jetzt begann ich mich zu fragen, ob ich sie überhaupt kannte.

Es drängte mich plötzlich, nach England zurückzukehren. Ich mußte mir Tildas Geschichte noch einmal ansehen, aus einem anderen Blickwinkel.

Ich schlief schlecht in dieser Nacht, dachte an Patrick, fragte mich, was er tat, wo er war, während das Schiff, dessen Maschinen so laut dröhnten, als befänden sie sich in der Kabine nebenan, in der stürmischen See schlingerte. Ich war froh, als ich am nächsten Morgen, nachdem wir in Harwich angelegt hatten, aus dem Schiffsbauch in den sanften Nieselregen eines englischen Junis hinausfahren konnte.

Das Wochenende verbrachte ich mit Patrick in seiner Wohnung in Richmond, in einem geschmackvollen kleinen Stadthaus mit roten Geranien und einer Sprechanlage. Die Zimmer hatten Buchenholzböden und cremefarbene Jalousien, und die Möbel, elegant und teuer, waren genau aufeinander abgestimmt. Als ich ihm dazu ein Kompliment machte, sagte er, »Das hat Jen ausgesucht«, und beendete das Gespräch, noch ehe es angefangen hatte, indem er mich küßte.

Wir setzten das ganze Wochenende keinen Fuß vor die Tür; wir sprachen wenig. Unsere Körper sprachen für uns: Haut an Haut, fremder Herzschlag, der durch Fleisch und Knochen drang, keuchend ausgestoßener Atem. Am Montag morgen trennten wir uns, Patrick fuhr in seine Kanzlei, ich in meine Wohnung. Ich sang, als ich die Vorhänge aufzog, um die Sonne hereinzulassen, und als ich die Fenster öffnete, erschien mir selbst die Londoner Luft rein und süß. Ich machte mir Kaffee und blätterte ohne großes Interesse die Sonntagszeitung durch, während ich ihn trank. Regierungsskandale, Nordirland, die Dürre.

Ich hätte sie so leicht übersehen können, aber die kleine, unwichtige Notiz ganz unten auf einer der hinteren Seiten sprang mir wie von selbst ins Auge.

*Menschliche Überreste in einem Deich in Cambridgeshire entdeckt. Der grausige Fund wurde von Arbeitern im Verlauf von Ausbesserungsarbeiten an einer Kanalböschung in der Nähe des Dorfes Southam gemacht. Der Kanal war nach der Überschwemmung des Jahres 1947 repariert und neu befestigt worden, und die ermittelnde Polizeibehörde in Cambridgeshire hält es für wahrscheinlich, daß die Leiche bei dieser Gelegenheit dort versteckt wurde.*

Daragh, dachte ich. Ich kann nicht erklären, warum ich so sicher war. Daragh.

# Teil II

# 9

SIE TRÄUMTE, ES wäre wieder 1940 und sie segelte mit Felix, Hanna und Erich über die Nordsee. Das kleine Boot ungeschützt auf der weiten Wasserfläche. Der Nebel, der die englische Küste einhüllte, verstärkte die Geräusche der Wellen, die gegen den Bug schlugen, und das laute Geschrei der Männer am Strand.

Tilda erwachte, und während sie schlaflos in der Dunkelheit lag, dachte sie daran, wie Harold Sykes' Zeitungsartikel über die Überfahrt ihr Leben verändert hatte. »Tilda Franklin? Sind Sie nicht diejenige …?« hatten die Leute gesagt, wenn sie sich vorgestellt hatte, und dann irgendeine absurde, völlig unzutreffende Version ihrer Flucht aus Holland zum besten gegeben. Anfangs hatte sie zu erklären versucht, daß sie nur den Wunsch gehabt hatte, nach Hause zu kommen, zu ihren Kindern, aber auch das war uminterpretiert worden. ENGEL VON AMSTERDAM SAGT, ICH HABE ES FÜR MEINE KINDER GETAN! Sie hatte sich geärgert über diese Einmischung in eine Episode ihres Lebens, die sie viel lieber vergessen hätte; selbst jetzt noch mußte sie manchmal ihren aufsteigenden Groll hinunterschlucken, wenn Rebecca sie befragte. Hinter ihrem Ärger über die Anmaßung der Leute, ihr Leben zu öffentlichem Eigentum zu erklären, hatte Angst gesteckt; Angst vor der Aufmerksamkeit, vor den bohrenden Fragen, vor der Neugier, die rücksichtslos nach ihrer Herkunft fragte. Diese Angst war immer geblieben. Niemals hatte sie die Scham über die Hintergründe ihrer Geburt und ihrer frühesten Jahre abschütteln können. Und die unkritische Bewunderung Fremder hatte die Kluft zwischen ihr und Max noch weiter aufgerissen. Max hatte ihre Flucht aus Holland mit anderen Augen gesehen: als ein unnötiges Risiko, einen Wortbruch.

Trotz der Juniwärme war ihr kalt. In jüngeren Jahren hätte sie einen langen Spaziergang gemacht, um die bösen Geister zu vertreiben, oder sich mit ihrer Familie umgeben. Das Alter reduzierte einen auf das Wesentliche und auf die Erinnerung. Einen hinfälligen Körper und ein quälendes Gedächtnis. Sie hoffte, wenn sie Rebecca alles erzählt hätte, was diese wissen mußte, würde sie selbst frei sein.

Jetzt jedoch war sie immer noch gefangen. Die Kriegsjahre, gefährlich, dramatisch, zermürbend, hingen an ihr wie Ketten. Als sie die Augen schloß, um sich von der Dunkelheit abzuschirmen, sah sie die Gesichter der Menschen, die der Krieg um ihr Leben gebracht hatte. Clara Franklin. Felix van de Criendt. 1941 hatte Clara Franklin in einem Nachtlokal getanzt, als eine Bombe das Haus getroffen hatte. Tilda erinnerte sich, wie sie in ganz London herumgelaufen war, um einen Strauß der roten Feuerlilien aufzutreiben, die Clara geliebt hatte. Max, der als Kriegskorrespondent im Ausland gewesen war, hatte nicht zum Begräbnis seiner Mutter kommen können. Wieder ein Stein mehr in der Mauer, die er um sich errichtet hatte. Max hatte weder um die Mutter, die gestorben war, richtig trauern können, noch um die Mutter, die er sich vielleicht gewünscht hatte. Die wenigen gestohlenen Tage, die sie beide in den Kriegsjahren miteinander hatten verbringen können, waren von körperlicher und seelischer Erschöpfung gekennzeichnet gewesen. Er hatte nicht reden wollen, sie war zu beschäftigt gewesen, um ihn dazu zu drängen. Sie hatte gefürchtet, daß sie die alte Vertrautheit nie wiederfinden würden oder, schlimmer noch, daß sie von Anfang an eine Illusion gewesen war, auf Sand gebaut.

Immer wieder hatte sie während des Krieges die Ironie eingeholt: die Ironie, Hanna und Erich vor dem beinahe sicheren Tod gerettet zu haben, und dafür ihren Retter zu verlieren: Felix van de Criendt hatte sich gleich nach seinem achtzehnten Geburtstag freiwillig zur Royal Air Force gemeldet. Er war 1942 gefallen, als ein deutsches Flugzeug seinen Bomber auf dem Rückflug nach England verfolgt hatte. Den Heimatflughafen vor Augen, beinahe schon zu Hause, war Felix abgeschossen worden, ein gnadenloser Tod, eine Verhöhnung von Tapferkeit und Jugend. Tilda hatte um Felix geweint, hatte sich mitverantwortlich gefühlt für seinen Tod, weil sie ihn nach England geholt hatte.

Und die Ironie, den Blitzkrieg zwar unbeschadet überstanden zu haben, aber im letzten Kriegsjahr ihr Haus von einer V2 zerstört zu sehen. Sie fühle sich sicher, hatte sie Max gesagt, als der ihr Vorhaltungen gemacht hatte, weil sie im Herbst 1940 in London geblieben war. Die Kinder hatte sie zu Sarah nach Southam gebracht, sie selbst jedoch war nach London zurückgekehrt, um dort ihrer Arbeit nachzugehen. Als die schlimmsten Angriffe vorüber waren, waren die Kinder wieder nach Hause gekommen. Jahre später dann, im Januar 1945, hatte Tilda, vom Einkaufen kommend, schon von weitem die Rauchwolken gesehen, die aus der Straße aufstiegen, in der sie wohnte. Die Bombe hatte direkt in die Häuserreihe eingeschlagen und ihr Haus sowie die beiden Nachbarhäuser zerstört. Der kleine Platz mit den Bäumen und der Rasenfläche war von gebrochenen Ästen und abgerissenen Blättern übersät gewesen, und auf dem Bürgersteig hatte mit verbogenen Rädern ein umgekippter Kinderwagen gelegen. An der Ecke des Platzes hatte ein Auto gestanden, die reglosen Insassen von Staub zugedeckt wie von einem grauen Leichentuch. Wohl in der Annahme, ihr starres Schweigen sei ein Zeichen des Schocks oder der Verzweiflung über ihren Verlust, hatte irgend jemand ihr eine Tasse Tee gemacht; aber sie hatte einzig Erleichterung empfunden, so überwältigend, daß sie beinahe ohnmächtig geworden wäre. Den Kindern war nichts geschehen; der Verlust des Zuhauses, das sie und Max sich in zehn Jahren aufgebaut hatten, war nichts im Vergleich dazu.

Als die Kinder von der Schule nach Hause gekommen waren, war Josh, begeistert von dieser ungewöhnlichen, neuen Landschaft, in Schutt und Trümmern herumgesprungen. Melissa hatte geweint. Alles kaputt, hatte sie gesagt, alle meine Sachen sind kaputt. Hanna und Rosi waren ruhig und vernünftig gewesen wie immer und hatten zu trösten versucht, und Erich hatte stumm auf die Trümmer gestarrt, gehüstelt, wie er das immer tat, und auf der Haut rund um seine Fingernägel gekaut. Dann hatten sie alles zusammengesammelt, was noch zu retten war, und waren zu Sarah nach Southam gezogen.

Tilda wurden die Lider schwer. Sie wollte nicht an Southam denken. Sie hatte damals nicht nach Southam zurückkehren wollen, und sie wollte es auch jetzt nicht. Doch die Bilder ließen sich nicht vertreiben. Mai 1945. Tag des Sieges. Im Gemeindesaal wurden Wimpel aufgehängt. Keine Freude, aber Erleichterung, Müdigkeit und bleibende Trauer. Um dem Geplapper der Frauen und Kinder zu entkommen, war sie den Fußweg an der Kirche hinuntergelaufen zum Kanal. Hatte sich auf die Höhe der Böschung gesetzt und ihren Blick über die Felder schweifen lassen zu den bauschigen blauen Wolken, die am Horizont hingen. Hatte die Augen geschlossen und die Düfte der Blumen eingeatmet …

Mädesüß und Ackerkamille. Sie konnte sie immer noch riechen.

*Ich erinnere mich …*

Tilda fegte Grashalme von ihrem Rock und stand auf, um nach Josh Ausschau zu halten. »Dieser *Junge!*« sagte sie laut und ärgerlich. Josh war ein richtiger kleiner Stromer.

Die Felder waren leer bis auf einen einsamen Mann, der am Rain entlangging. Tilda rief Kit de Paveley an, als sie die Böschung hinunterlief.

»Mr. de Paveley!«

Sein Gesicht war von der Krempe seines Strohhuts beschattet. Tilda hatte Kit de Paveley seit ihrer Rückkehr nach Southam vielleicht ein halbes dutzendmal gesehen, wenn er nach der Rückkehr aus der Schule, an der er unterrichtete, aus dem Bus gestiegen war oder auf dem Postamt nach Briefmarken angestanden hatte. Sie sah ihn nie als ihren Vetter, so wenig wie sie Joscelin de Paveley als ihre Schwester sah. Sie versuchte, überhaupt nicht an ihre Verwandtschaft zu denken.

»Entschuldigen Sie, aber haben Sie vielleicht einen kleinen

Jungen gesehen, acht Jahre alt, in ...« Tilda hatte Mühe, sich zu erinnern, was Josh an diesem Morgen angezogen hatte »... Shorts und einem gestreiften Pulli?«

Kit de Paveley schüttelte den Kopf. Dann sagte er: »Woher haben Sie das da?« Sein Blick war auf die Glücksmünze an ihrem Hals gerichtet, die Max ihr wiedergegeben hatte.

»Das hier?« Tilda wies mit dem Kopf zum Kanal. »Das hab ich da unten an der Böschung gefunden. Ich weiß nicht mehr genau, wo. Es ist Jahre her.«

»Darf ich es mal sehen?«

Sie zog das Kettchen über ihren Kopf und gab ihm die Münze. »Ist sie sehr alt?«

»Es ist eine römische Münze. Aus Silber. Ein ziemlich seltenes Stück. Ich habe Mengen von Tonscherben gefunden, aber nur wenige Münzen, und die waren alle nur aus Bronze.« Seine hellen Augen blitzten. »Die Römer waren die ersten, die versuchten, die Fens zu entwässern. Ich bin sicher, daß hier einmal eine Siedlung war. Ich habe im Pfarrgarten Mosaiksteinchen gefunden, und überall auf dem Gutsgelände gibt es Spuren von Erdarbeiten. Natürlich gehen die Meinungen darüber, ob sie sich so weit im Osten in größerer Zahl niedergelassen haben, auseinander, aber ich habe vor zu beweisen ...«

Er brach plötzlich ab. »Oh, entschuldigen Sie Mrs. Franklin. Ihr Sohn ...«

»Ach, Josh wird schon wieder auftauchen. Möchten Sie die Münze behalten, Mr. de Paveley?«

Röte schoß ihm in das bleiche Gesicht. »Aber das kann ich doch nicht ...«

»Bitte.« Sie lächelte ihm zu. »Ich würde mich freuen, wenn Sie sie nehmen. Wenn Sie dann berühmt sind und im britischen Museum ausstellen, können Sie auf das Etikett schreiben, ›gestiftet von Mrs. Tilda Franklin‹, und ich werde mich sehr geehrt fühlen.«

Irgend etwas hatte sie geweckt: der Schrei eines Vogels oder Verkehrsgeräusche von der Straße. Mit klopfendem Herzen setzte Tilda sich im Bett auf und starrte in die Dunkelheit.

Wenn sie jetzt den Vorhang aufzöge, würde sie dann den schönen verwilderten Garten des Roten Hauses sehen oder die brettebenen Felder und schmalen Kanäle von Southam? Ihre steifen, schmerzenden Glieder, als sie sich zum Nachttisch beugte und die Lampe anknipste, erinnerten sie daran, daß sie jetzt alt war, alt und allein und in Oxfordshire. Das Lampenlicht erhellte ihr Schlafzimmer, dennoch sehnte sie den Tag herbei. In den frühen Morgenstunden taten sich alle ihre Ängste zusammen, und sie war sich der Nähe des Todes bewußt. Von der Vergangenheit gegeißelt, rasten ihre Gedanken auf Bahnen des Selbstvorwurfs. *Wenn … wenn …* Die Unbarmherzigkeit der Vergangenheit. Ihre Unabänderlichkeit.

Die Gespräche mit Rebecca, unerläßlich, wenn sie vollenden wollte, was sie sich vorgenommen hatte, waren ihr eine Qual. Sie weckten Erinnerungen, die lange im verborgenen geschlummert hatten und nun an die Oberfläche stiegen, lebhaft und aufrüttelnd, süß und schmerzhaft. Sie dachte wieder an Kit de Paveley, wie er die Münze auf seiner offenen Hand gehalten hatte, in den Augen, die auf sie hinunterblickten, etwas wie Sehnsucht. Der Gedanke ging ihr durch den Kopf, daß Rebecca und Kit ein ähnliches Geschäft betrieben: Sie schürften in der Dunkelheit nach Silberstückchen, Bruchstücken der Wahrheit.

Ich rief bei Patrick an und setzte dem Zerberus in seinem Vorzimmer so lange zu, bis ich eine Verbindung mit ihm bekam und ihm die Zeitungsnotiz vorlesen konnte. *Menschliche Überreste in einem Deich in Cambridgeshire entdeckt …*

»In *Southam*, Patrick.«

»Verdammt«, sagte er.

»Patrick, das könnte Daragh sein.«

»Das kann weiß Gott wer sein.«

»Aber wenn er es ist …«

»Ich werde mich mal erkundigen. Überlaß es mir.« Eine Pause. »Sag Tilda noch nichts davon, Rebecca. Ich möchte sie nicht unnötig aufregen.«

Ich willigte ohne Zögern ein. Wir unterhielten uns noch

kurz, aber er schien in Eile zu sein, darum verabschiedete ich mich bald und legte mit einem Gefühl des Unbehagens auf.

*Verdammt*, hatte er gesagt. Er hätte überrascht sein müssen oder erschrocken vielleicht. Aber das war er nicht gewesen. Er war ärgerlich gewesen.

Ein paar Tage später rief er mich an und bat mich, am Abend zu ihm zu kommen. In seinem Wohnzimmer schenkte er mir ein Glas Wein ein und sagte: »Ich habe mit jemandem von der Polizei in Cambridgeshire gesprochen. Ganz inoffiziell natürlich, der Mann war mir eine Gefälligkeit schuldig.«

Ich sah ihn fragend an. »Und? War es Mord?«

»Hände und Füße des Toten waren gefesselt worden. Man hat die Überreste der Lederriemen gefunden.« Er lächelte grimmig. »Ja, sie vermuten, daß es Mord war. Es gibt kaum Spuren, aber die Tatsache, daß die Leiche vergraben wurde ...« Er sprach den Satz nicht zu Ende.

»Hat die Polizei sie schon identifiziert?«

Er zuckte die Achseln. »Es haben sich leider keine hilfreichen Armbanduhren oder Ringe gefunden. Der Tote war ein Mann, etwas über mittelgroß, noch jung. Das ist alles bisher.«

Daragh war zur Zeit seines Verschwindens Mitte Dreißig gewesen. Und er war groß gewesen. Ich hatte eine Kopie seines Fotos an der Pinnwand über meinem Schreibtisch hängen; ich sah es jetzt vor mir, dieses arglose, wölfische Gesicht.

»Läßt sich sagen, wann der Mann umgekommen ist?«

»Der Deich ist im März 1947 bei der Überschwemmung gebrochen und wurde im Lauf der folgenden Wochen repariert. Die Polizei hat ihre Ermittlungen gerade erst aufgenommen, aber bis zu diesem Sommer, als der Tote gefunden wurde, scheint an diesem Teil des Deichs nicht viel gemacht worden zu sein.«

Und das hieß, daß der Leichnam im April 1947 vergraben worden war. Daragh Canavan war im April 1947 verschwunden. Ich sah Patrick an, der auf der anderen Seite des Zimmers stand.

»Komm her«, sagte er.

Ich ging zu ihm. Er nahm mir das Glas aus den Händen und stellte es auf den Tisch. Dann begann er, meine Bluse aufzuknöpfen. »Es ist nicht auszuschließen«, sagte er, als er den Kopf neigte, um meine Brüste zu küssen, »daß das Opfer lebendig begraben wurde.«

Mich fröstelte.

»Ist dir kalt?« fragte er.

Ich schüttelte den Kopf. Meine Bluse war zu Boden gefallen. »Grauenhaft, so zu sterben. Ich kann mir nichts Schlimmeres vorstellen.«

Er richtete sich auf, und ich küßte ihn. Ich zog ihn an mich und tauchte in seinen Mund ein, als könnte ich durch die innige Berührung mit seinem warmen, atmenden Körper die Bilder verbannen, die mich bedrängten.

Wir liebten uns auf dem weichen, cremefarbenen Teppich. Patricks Haut schmeckte nach Salz, die Berührung seiner Hände elektrisierte meinen Körper. Als er in mich eingedrungen war, und ich das Gewicht seines Körpers auf mir spürte, dachte ich flüchtig an Daragh, wie er lebend in der Finsternis der Erde gelegen hatte, die langsam seinen Körper erdrückte. Aber dann gewann die Lust, die auf Erfüllung brannte, die Oberhand, und ich hörte meinen Aufschrei reiner Wonne, der sich an Wänden und Fensterscheiben brach.

Wir blieben die Nacht zusammen und standen am nächsten Morgen früh auf; Patrick mußte geschäftlich nach Edinburgh fliegen. Ich fuhr mit dem Taxi in meine Wohnung zurück, duschte, trank Kaffee und versuchte, mich auf meine Arbeit zu konzentrieren.

In den letzten Tagen hatte ich mich vor allem mit den Kriegsjahren beschäftigt. Der V2-Rakete, die im Januar 1945 Tildas Haus getroffen hatte, waren zwar einige Aufzeichnungen und Tagebücher zum Opfer gefallen, aber da sie inzwischen eine gewisse öffentliche Bekanntheit erlangt hatte, konnte ich mir mühelos die Informationen aus Zeitungen und Zeitschriften holen. Tilda war den ganzen Krieg hindurch für die RCM tätig gewesen und hatte 1944, während der V1-

Angriffe auf London, bei der Evakuierung von Kindern aus der Stadt mitgeholfen. Ich stellte sie mir vor, wie sie in überfüllten Zügen kreuz und quer durchs Land reiste oder mit dem Fahrrad auf Landstraßen ohne Beleuchtung und ohne Schilder fuhr, um die Quartiere, die man ihren Schützlingen zugewiesen hatte, zu überprüfen.

Charlotte Sykes war Ende 1940 zum Militär gegangen; danach hatte Tilda sich auf Sarah Greenlees' Hilfe bei der Kinderbetreuung verlassen. Max war nach 1945 in Deutschland geblieben, um über die Nürnberger Prozesse zu berichten; für Tilda gab es um diese Zeit kaum noch etwas zu tun.

Doch der Krieg hatte sie verändert. Er hatte ihr, wie so vielen Frauen, die Gelegenheit gegeben, alle ihre Gaben zu gebrauchen. Vergilbte alte Protokolle von Ausschußsitzungen zeigten mir ihr Organisationstalent; Briefe an gleichgültige oder uniformierte Behörden bewiesen ihren leidenschaftlichen Einsatz. Sie hatte über eine Reihe wertvoller und ungewöhnlicher Talente verfügt, deren größtes die Fähigkeit war, Liebe zu gewinnen. Nicht nur die Liebe von Männern, sondern auch von Frauen und natürlich von Kindern. Sie strahlte eine Wärme aus, die jedem das Gefühl gab, er, und nur er allein, sei der Mensch, mit dem sie am liebsten zusammen war. Auch ich hatte diese Wärme gespürt; auch ich fühlte mich zu ihr hingezogen.

Aber heute konnte ich mich nicht konzentrieren. Mein Körper erinnerte sich an Patrick, und meine Gedanken schweiften immer wieder ab zu einem einsamen Erdwall und einem Mann, der an Händen und Füßen gebunden lebendig begraben worden war. Meine Begierde und mein Grauen erschütterten mich. Ich schob meinen Laptop zur Seite und kritzelte Sinnloses auf meinen Block. Ich war überzeugt, daß die Arbeiter, die den Deich ausgebessert hatten, Daragh Canavans Skelett gefunden hatten. Obwohl ich mit Patrick vereinbart hatte, Tilda vorläufig nichts zu sagen, hatte ich selbst keine Zweifel. Das Skelett war das eines großgewachsenen jungen Mannes gewesen. Es war zur richtigen Zeit am richtigen Ort verscharrt worden. Ich starrte das Foto an meiner Pinnwand an und dachte, was hast du getan, Daragh Canavan, um solche Strafe zu verdienen?

Ich begann, mit Überlegung auf meinen Block zu schreiben. Daragh war in finanziellen Schwierigkeiten gewesen; Daragh war ein Schürzenjäger gewesen. Ende der vierziger Jahre mußte es in ganz Cambridgeshire zahlreiche Gläubiger und gehörnte Ehemänner gegeben haben, von denen jeder wütend genug gewesen sein konnte, um ihn zu töten. Ich lehnte mich in meinem Sessel zurück, kaute auf meinem Bleistift und überlegte, daß es noch andere gab, die Grund gehabt hatten, Daragh zu hassen. Jossy zum Beispiel. Daragh hatte sie jahrelang gedemütigt. Vielleicht hatte sie irgendwann genug davon gehabt. Vielleicht hatte sich Jossys blinde Liebe nach einem letzten schrecklichen Verrat in Haß verwandelt.

Mein Herz begann schneller zu klopfen. Was hätte Jossy tiefer verletzen können als ein Ehebruch Daraghs mit Tilda Franklin, der Halbschwester, die sie nie anerkannt hatte? Was, wenn Daragh und Tilda ihre Liebe endlich vollzogen hatten? 1947 war Daragh verschwunden, und Tilda und Max hatten sich getrennt. Ich erinnerte mich des Versprechens, das Tilda Max bei ihrer Heirat gegeben hatte. Sie hatte nicht verschwiegen, daß sie Daragh noch liebte, aber sie hatte Max geschworen, ihn niemals zu betrügen. Hatte sie in den schwierigen Nachkriegsjahren dieses Versprechen gebrochen?

Ich setzte auch Max' Namen auf meine Liste. Vielleicht hatte Tilda mit Daragh geschlafen, und Max hatte ihn in rasender Eifersucht umgebracht. Vielleicht hatte Max Daragh auf den Kopf geschlagen, ihn an Händen und Füßen gefesselt und dann im halbwegs wiederhergestellten Deich verscharrt. Vielleicht hatte Tilda erraten, was Max getan hatte, und hatte deshalb so lange gezögert, ihre Memoiren zu schreiben. Jetzt, im Alter, hatte sie ihre Geheimnisse wahrscheinlich sicher geglaubt. Aber die Vergangenheit hatte sich nicht begraben lassen, die Totengebeine hatten ihren Weg aus der Erde ans Licht gefunden und erzählten eine andere Geschichte als die, die Tilda hatte erzählen wollen.

Am folgenden Morgen fuhr ich nach Oxfordshire. Es war ein schöner, heller Tag, und Tilda saß hinter dem Haus auf der Terrasse. Ich fragte sie nach den Nachkriegsjahren.

»Sind Sie nach Ende des Krieges in Southam geblieben?«

Sie goß mir eine Tasse Kaffee ein. »Ich wollte nach London zurück, aber das war unmöglich. Es gab keine Wohnungen. Und Sarah ging es gar nicht gut. Sie hatte Herzbeschwerden. Aber sie wollte auf keinen Fall ins Krankenhaus, um sich dort beobachten zu lassen. Für Sarah waren Krankenhäuser das gleiche wie Armenhäuser.«

Ich erinnerte mich der Fotografie von Long Cottage. »Das muß aber ziemlich eng gewesen sein, sieben Personen in diesem kleinen Haus.«

»Acht, als Max 1946 nach Hause kam. Aber der Garten war ein Segen, fast ein Morgen Land, da konnten wir unser eigenes Obst und Gemüse ziehen.« Erklärend fügte sie hinzu: »Man brauchte nicht ständig Schlange zu stehen, Rebecca. Die Lebensmittel waren damals noch rationiert. Erich hat sich mit mir zusammen um den Garten gekümmert. Er hat sich leider in der Schule nie zurechtgefunden. Die anderen Kinder haben ihn ständig gehänselt, weil er anders war als sie. Er ist gleich nach seinem fünfzehnten Geburtstag abgegangen.«

»Er war Österreicher, nicht wahr?«

»Ja, er war in Wien geboren. Ich habe nie viel über seine Kindheit erfahren – er wollte nicht darüber sprechen –, aber einiges habe ich durch die RCM herausgefunden. Seine Mutter starb, als er noch ein kleiner Junge war, und nachdem sein Vater von den Nazis umgebracht worden war, lebte Erich in Wien auf der Straße, bis jemand ihm einen Platz auf den Kindertransporten verschaffte. Er war neun Jahre alt, Rebecca, können Sie sich das vorstellen? Ein neunjähriges Kind, das mutterseelenallein auf der Straße lebt und sich sein Essen zusammenbetteln muß. Können Sie sich vorstellen, mit solchen Erinnerungen zu leben?«

Sie sah mich an. Ihre Augen blitzten, ob vor Zorn oder Bekümmerung, konnte ich nicht erkennen. Ich dachte an die beiden anderen Kinder, die Tilda adoptiert hatte.

»Und Rosi? Sie hat doch auch ihre ganze Familie verloren, nicht wahr? Und wie war es bei Hanna?«

»Von Hannas Familie hat niemand überlebt. Sie hatte vier Geschwister, die alle in Dachau umgekommen sind. Rosi hat ihren Verlust schließlich akzeptiert, aber Hanna konnte das nicht. Max zog für sie Erkundigungen beim Roten Kreuz ein, aber sobald Hanna achtzehn war, ist sie nach Deutschland zurückgegangen, um selbst nach ihrer Familie zu suchen.«

Ich trank meinen Kaffee, machte mir meine Notizen und war mir wie damals, als ich auf Tildas Geburtstagsfest mit Rosi Liebermann gesprochen hatte, der Alltäglichkeit meiner eigenen Erfahrungen bewußt.

»Von allen meinen Kindern war Josh in Southam am glücklichsten.« Tilda lächelte. »Er liebte das Land. Die Flüsse, die weiten offenen Räume. Aber er machte dauernd Dummheiten. Statt mittags von der Schule zum Essen nach Hause zu kommen, zum Beispiel, ist er soundso oft einfach herumgestreunt. Einmal ist er sogar per Anhalter zum Denver-Schleusenkanal gefahren. Er kam erst spätabends nach Hause, da hatte Max schon die Polizei alarmiert. Max hatte restlos genug. Er hat ihn aus der Dorfschule genommen und in ein Internat gesteckt, von dem er nur an den Wochenenden nach Hause kam. Max dachte, er würde völlig verwildern, verstehen Sie. Ich wußte, daß das einfach Joshs Art war.«

Der berühmte Josh Franklin war, soweit ich wußte, noch immer ein »Streuner«. Auf dem Kaminsims in Patricks Wohnzimmer hatte eine Ansichtskarte aus irgendeiner entlegenen Provinz Chinas gelegen.

Tilda schwieg. Ich sah sie nachdenklich an, während ich mir vorzustellen versuchte, wie es gewesen sein mußte, nach so vielen Jahren nach Southam zurückzukehren. Ich sagte vorsichtig: »Wußten die Kinder von ihrer Verbindung mit den de Paveleys?«

Sie schüttelte den Kopf. »Ich habe nie mit ihnen darüber gesprochen. Max fand, ich sollte es tun, aber ich habe es nicht getan. Ich konnte einfach nicht. Später habe ich eingesehen, daß ich mit ihnen hätte sprechen sollen. Geheimnisse haben etwas so Zerstörerisches. Damals meinte ich, meine Kinder vor einer häßlichen Wahrheit schützen zu müssen. Ich konnte mich noch genau erinnern, wie weh es mir getan hatte, als Sarah mir die Wahrheit über meinen Vater gesagt hatte; ich wollte ihnen so etwas nicht antun. Es war allerdings … *beunruhigend*, als Melissa und Caitlin sich anfreundeten.«

Sie blickte von mir weg. Unausgesprochenes hing zwischen uns, und ich dachte an den deutschen Soldaten, den sie erschossen hatte, und das Skelett, das man im Deich gefunden hatte. Ich sagte: »Und Daragh? Haben Sie ihn häufiger gesehen?«

Vor dem Hintergrund des blauen Himmels wirkte Tildas Profil scharf geschnitten wie eine Kamee.

»Anfangs nicht«, sagte sie langsam. »Dann ja. Als Josh verschwand, trommelte Daragh Leute zusammen, um nach ihm zu suchen. Und als Melissa sich das Schlüsselbein brach, hat er uns ins Krankenhaus gefahren. Und immer hat er Caitlin zu uns gebracht, wenn sie mit Melissa spielen wollte. Niemals Jossy.«

Ich stellte mir Daragh vor, den erfahrenen Verführer, den Opportunisten, wie er gelauert und gewartet hatte. Wie sehr er Tilda, die wunderschön war und die ohne Sarah Greenlees' Einmischung ihm gehört hätte, immer noch begehrte.

»Wenn Max zu Hause war, kam Daragh natürlich nicht«, fügte Tilda hinzu.

»War Max denn viel weg?«

»Er blieb immer einen Teil der Woche in London, und den Rest der Woche arbeitete er zu Hause. Freddie, sein Redakteur, wollte ihn wieder nach Deutschland schicken, aber Max hat den Posten abgelehnt. Der Krieg hatte ihn sehr verändert, Rebecca. Er konnte keine Ruhe finden. Er wurde immer rastloser. Er war einfach tief unglücklich. Und wie immer behielt er seine Gefühle für sich. Er kapselte sich von mir ab …«

Harold Sykes überredete Max, mit ihm ins Pub zu gehen, um Lorna Clarkes Verlobung zu feiern. »Der Bursche ist schon seit Jahren hinter ihr her«, berichtete Harold in vertraulichem

Ton beim Scotch. »Ich hätte nie gedacht, daß er bei ihr was erreichen würde.«

Das Pub war voll, am Tresen drängten sich die Gäste. Sie holten sich Stühle an einen kleinen Tisch: Harold, Max, Lorna und die zwei neuen, Reggie Gates und Basil Dayton. Basil, der zuviel getrunken hatte, redete laut und gestikulierte dazu mit seiner Zigarette.

»So was Altmodisches! Schreckliche Bilder, weitschweifige Artikel, in denen immer nur auf dem Krieg rumgeritten wird. Die Leute wollen vom Krieg nichts mehr hören, stimmt doch, oder?«

Max kippte seinen Whisky ziemlich schnell hinunter. Harold sagte freundlich: »So einfach läßt sich ein solcher Einschnitt nicht ignorieren, mein Junge.«

»Die Leute wollen nach vorn schauen, und das sollten wir auch tun.«

»Du meinst«, sagte Lorna, »man sollte einen Schlußstrich ziehen und das Ganze vergessen?«

Basil Dayton war blond und rotwangig, er sah aus, fand Max, als sollte er noch die Schulbank drücken.

»Die Leute haben doch keine Lust, endlose düstere Ergüsse über alte Nazis, die in Deutschland im Gefängnis sitzen, zu lesen. Die wollen was Kurzes, Pfiffiges, Freundliches.«

»Eine interessante journalistische Herausforderung«, bemerkte Max. »Schreiben Sie einen heiteren Artikel über die Nürnberger Prozesse und verwenden Sie nur Wörter, die nicht mehr als zwei Silben haben.«

Lorna lachte. Basil wurde rot. »Ich wollte nur sagen, daß wir den Blick nach vorn richten sollten, anstatt ständig in der Vergangenheit zu wühlen.«

Reggie Gates zündete sich eine Zigarette an und richtete seinen Blick auf Max. »*Liest* denn irgendein Mensch diese unzugänglichen Essays, die Sie schreiben, Max?« fragte er, den Rauch seiner Zigarette einsaugend.

Harold, der Gefahr witterte, erbot sich, noch eine Runde Drinks zu holen. Max, der Reggie bereits vor Monaten als intelligent, aber widerwärtig eingestuft hatte, versetzte träge:

»Ein oder zwei, denke ich, ackern sich schon bis zum Ende durch.«

»Ich meine –« Ein Rauchring stieg langsam kreisend zur Decke auf – »worum ging es denn in Ihrem letzten Sermon? Hatte doch irgendwas mit den Juden und Palästina zu tun, nicht wahr? Aber ich sag Ihnen, die Leute lesen lieber was über Fußball oder einen Hollywoodskandal. *Palästina* interessiert sie nicht. Die meisten wissen nicht einmal, wo es liegt. Solang sie einen Itzig an der Hand haben, der ihnen billig ihre Anzüge schneidert ...«

Max' Faust traf Reggie Gates' Kinn. Reggies Stuhl kippte nach rückwärts, Glas splitterte.

»Max«, rief Harold, »Herrgott noch mal!«

Gleichzeitig packte Lorna Max beim Ärmel, um ihn zurückzuhalten. Reggie stand schwankend wieder auf. »Sie Arschloch, Franklin«, sagte er, während er sich die blutige Nase mit dem Taschentuch abtupfte.

Max stand auf und ging.

Harold holte ihn ein, als er schon halbwegs die Fleet Street hinunter war. »Max«, sagte er keuchend, »was zum Teufel ...«

Max zuckte nur die Achseln und ging weiter.

»Halt doch mal an, verdammt noch mal. Warum zum Teufel hast du das getan? Reggie Gates ist ein widerlicher kleiner Wicht, aber du mußt mit ihm zusammenarbeiten, Max ...«

Endlich blieb Max stehen. Er schob die Hände in die Taschen. Es war bitter kalt, und erst jetzt fiel ihm auf, daß es leicht schneite. »Nein, das muß ich nicht, Harold. Ich kündige.«

Harold starrte ihn mit offenem Mund an. »Sei nicht blöd, Max.«

Max schüttelte den Kopf. »Das ist die vernünftigste Entscheidung, die ich seit Monaten getroffen habe. Ich hab einfach genug, Harold. Ich gebe auf.« Da Harold ein alter Freund war, versuchte er, es ihm zu erklären. »Seit meiner Rückkehr aus Deutschland erscheint mir alles so sinnlos, Harold. Und ich fühle mich so *alt*. Diese flotten jungen Bürschchen – Basil und Reggie und ihresgleichen –, die sind die Zukunft. Clever, laut und frech. Sie haben von Orthographie keine Ahnung und bringen kaum einen ordentlichen Satz zustande, aber wen interessiert das heute schon? Du und ich, wir sind Relikte, Harold. Unsere Art, uns zu kleiden, unsere Art, mit Menschen umzugehen, unser Werdegang – wir passen nicht mehr dazu. Die Zeiten haben sich geändert, und ich habe keine Lust, dem Neuen ständig hinterherzuhecheln und zu versuchen, Schritt zu halten.«

Damit ging er. Harold versuchte nicht, ihm zu folgen. Das Schneetreiben wurde dichter, als Max die Fleet Street verließ, und als er aufblickte, sah er den wilden Tanz der Flocken im topasfarbenen Schein der Straßenlampen. Er dachte, wie widerwärtig England geworden ist; es ist nur noch ein armseliges, ausgelaugtes kleines Land, die Straßen noch immer von Bombenlöchern durchsetzt, die Menschen eine schlürfende, schimpfende Masse, der es an Phantasie und Kraft fehlt. Er fühlte sich nicht mehr dazugehörig. Mit den Wunschvorstellungen der Nachkriegszeit – sei es der idealistische Sozialismus der Attlee-Regierung, sei es der Traum vom materiellen Wohlleben, das die Menschen erstrebten – konnte er sich nicht identifizieren. Er konnte nur in den Kulissen stehen und die Entwicklung der Dinge mit einem Abscheu beobachten, der sowohl fruchtlos als auch ohnmächtig war.

Nana war zu Beginn des Krieges gestorben, und die Köchin hatte gekündigt, um in einer Munitionsfabrik mehr Geld zu verdienen. Mehrmals in der Woche kam eine Frau aus dem Dorf ins Haus, um zu putzen und zu waschen, aber das war alles. Das Herrenhaus mit seinen Zimmerfluchten und dem gepflegten Park hatte einen großen Teil seiner früheren strengen Pracht eingebüßt. Jossy, die ihrer Umgebung selten viel Aufmerksamkeit schenkte, störte das nicht. Sie kümmerte sich um den Küchengarten, damit immer frisches Obst und Gemüse auf dem Tisch standen, und ließ sich von Mrs. Beeton das Kochen beibringen. Dank Daragh, der ein guter Angler und Jäger war und der zudem viele nützliche Kontakte in einigen berüchtigten Londoner Pubs und Bars hatte (Jossy wollte das Wort schwarzer Markt nicht einmal denken), mußten sie nicht hungern.

Southam Hall, in dem seit sieben Jahren nichts mehr gemacht worden war, sah, wie so viele Häuser im Land, ungepflegt und leicht verwahrlost aus. Aber es war immer noch das Herrenhaus, Jossys Zuhause seit ihrer Kindheit, das Haus ihrer Vorfahren seit Jahrhunderten. Es machte ihr nichts aus, daß ihre Hände von der Gartenarbeit schwielig geworden waren, daß sie, wenn sie beim Metzger in Ely um Fleisch anstand, von all den anderen abgeschafften Frauen nicht zu unterscheiden war, denn sie wußte, daß niemand ihr ihren Namen und ihre Herkunft nehmen konnte.

Nur eine der Veränderungen, die die Kriegsjahre mit sich gebracht hatten, machte ihr heftig zu schaffen. Seit Tilda Franklin nach Southam zurückgekehrt war, ließ Jossy Daragh kaum noch aus den Augen. *Tilda ist zehnmal schöner als du*, hatte Daragh vor langer Zeit gesagt, und als Jossy Tilda das erste Mal sah, mußte sie zugeben, daß er die Wahrheit gesagt hatte. Nachdem sie durch ihn von Tildas Existenz erfahren hatte, hatte sie diskrete Erkundigungen eingezogen. Die Köchin, die erst seit Mitte der zwanziger Jahre in Southam Hall arbeitete, hatte ihr nicht weiterhelfen können, aber Nana hatte sich mit ein wenig Nachhilfe an Deborah Greenlees erinnert. Ihre Version der Geschichte von Deborah Greenlees' Schande hatte Daraghs widersprochen. Nana hatte wie alle anderen damals in Southam Deborah Greenlees für eine flatterhafte, leichtsinnige Person gehalten, die selbst schuld an ihrem Unglück war.

Erst einige Zeit später begann Jossy an der Wahrheit von Nanas Version zu zweifeln. Sie erinnerte sich des unregelmäßigen Schritts ihres Vaters auf der Treppe, der augenblicklichen Angst, die dieses Geräusch stets bei ihr hervorgerufen hatte. Als Kind hatte sie sich mit den verächtlichen Blicken ihres Vaters gesehen: unansehnlich, dumm, wertlos. Ihre Kindheit war von der Furcht vor ihm beherrscht gewesen; er hatte sie zwar selten geschlagen, doch immer hatte sie seine potentielle Gewalt gespürt. Ihre Furcht vor ihm war noch zu lebendig, um ignoriert zu werden. So sehr sie sich bemühte, an die Schuldlosigkeit ihres Vaters zu glauben, die Zweifel ließen sie nicht los.

In den letzten Kriegsjahren hatte sie gemerkt, daß Daragh sein altes Leben wiederaufgenommen hatte und sie mit anderen Frauen betrog. Mit einer entgegenkommenden Witwe aus dem Dorf; einer Verkäuferin in Ely. Nichts Bedrohliches. Seine Affären taten ihr weh, aber sie verbarg ihren Schmerz. Sie liebte Daragh trotz seiner Schwächen mit unverminderter Leidenschaft. Daragh sah immer noch so gut aus wie zu Beginn ihrer Ehe, Jossys Liebe jedoch hatte sich verändert. Nicht, daß sie ihn weniger geliebt hätte; aber sie kannte ihn jetzt besser, und sein launenhaftes Wesen bezauberte sie ebensosehr, wie es sie quälte. Sie wußte, daß sie selbst ein schwerfälliger, prosaischer Mensch war, in ihrem Wesen so anders und soviel weniger interessant als Daragh mit seiner sprunghaften Leichtigkeit. Sie wußte, daß einzig Tilda eine Gefahr für sie war.

Anfangs hatte Jossy versucht, Tilda Franklins Existenz einfach zu ignorieren. Wochen und Monate waren vergangen, und dann hatte sich Caitlin eines Tages bei einem Ritt durch das Dorf mit Melissa Franklin angefreundet. Da Melissa, zumindest oberflächlich gesehen, in Southam das einzige hinreichend wohlerzogene Mädchen war, um als Freundin für Caitlin in Frage zu kommen, und da Jossy Tildas angebliche Beziehung zu ihrer eigenen Familie allen verschwiegen hatte, konnte sie keine schlüssigen Einwände gegen diese Freundschaft erheben. Außerdem war sie nützlich. Caitlin konnte Daragh im Auge behalten.

Heute hatte Caitlin den Nachmittag bei Melissa verbracht, und Daragh hatte sie gegen Abend zum Essen wieder abgeholt. Nach dem Abendessen ging Jossy mit Caitlin nach oben, um ihr die Zöpfe auszukämmen, bevor sie sie in die Badewanne steckte. Caitlin, die es haßte, sich die Haare machen zu lassen, saß gern am Toilettentisch ihrer Mutter, wo sie sich mit den Resten von Kosmetika in den Glasdöschen vergnügte.

Jossy entknotete Caitlins Schleifen. »Hat er mit ihr gesprochen?«

Caitlin tupfte sich mit einer Puderquaste die Nase. »Nur kurz. Ich hab gesagt, ich wäre hungrig.«

»Worüber haben sie gesprochen?«

Caitlin zuckte die Achseln. »Ach, über dies und das.«

»*Kate!*«

»Übers Wetter. Über irgendeine langweilige Geschichte in der Zeitung. Und die Examen, die Melissa gerade macht.«

Jossy war erleichtert. Sie begann, die Haarbürste durch Caitlins dicke schwarze Locken zu ziehen. Caitlin malte sich derweilen die Lippen. Sie sagte: »Und dann hat diese Frau ihm gedankt und gesagt, er wäre großartig.«

Jossy erstarrte. »Aua!« rief Caitlin. »Das ziept, Mama.«

»Diese Frau sagte, Daddy wäre großartig?«

»Die Schuppentür bei Miss Greenlees hat nicht mehr richtig geschlossen, und die ganzen Kartoffeln sind naß geworden, da hat Daddy sie in die Waschküche getragen.«

»Aber das hätte doch gewiß auch Mr. Franklin tun können«, sagte Jossy kalt.

»Der ist nicht da.« Caitlin kniff die Augen zusammen. »Der ist überhaupt nie da.«

Jossys Augen wurden schmal, sie griff die Haarbürste fester. »Er ist nie da? Wie meinst du das, Caitlin?«

»Er ist immer in London. Melissa ist wütend auf ihn.« Caitlin, die dabei war, sich die Wimpern zu tuschen, schien das Gespräch zu langweilen. Jossy jedoch, deren Ängste plötzlich neu entfacht waren, starrte angespannt auf das Spiegelbild ihrer Tochter.

Caitlins Augen hoben sich tief dunkel ab von der weißen Haut, und ihre Lippen leuchteten scharlachrot. Sie ist erst dreizehn, dachte Jossy mit einem feinen Stich des Schmerzes, und sie ist schon schön.

Nach dem Abendessen blieben sie in der Küche sitzen, im Radio lief ein Bach-Konzert. Max schloß die Augen, aber Tilda wußte, daß er nicht schlief. Nach einer Weile sagte sie zögernd: »Max, möchtest du nicht auch noch ein Kind?«

Seine Augen öffneten sich sofort. »Tilda ...«

»Du hast doch gesagt, nach dem Krieg ...«

»Wir haben fünf Kinder. Reicht das nicht?«

»Ein neugeborenes Kind«, sie bemühte sich, ihre Gefühle in die richtigen Worte zu fassen, »ein neugeborenes Kind rückt alles wieder ins Lot. Es wäre ein neuer Anfang. Und wir brauchen einen neuen Anfang.«

Er sah sie verständnislos an. »Wir haben Hanna, die jede Nacht nach ihrer Familie weint. Wir haben Rosi, die in diesen fürchterlichen Hilfspfarrer verknallt ist. Wir haben Josh, der absolut unmöglich ist, und Erich, der in einer normalen Gesellschaft nicht zurechtkommt.«

Sie wußte das alles. »Ein Neugeborenes würde Hanna vielleicht von ihrem Schmerz ablenken und Rosi von ihrem Hilfspfarrer. Und Erich geht mit kleinen Katzen und Küken und allem, was jung und zart ist, so gut um, daß ich gedacht habe, so ein Baby würde ihm vielleicht guttun.«

»Und wo würdest du dieses Kind unterbringen?« fragte Max. »Im Kohlenkeller?«

Sie wurde rot. »Max, ich bin zweiunddreißig. Josh ist neun und ich habe mir immer noch ein Kind gewünscht. Wir wollten doch beide eine große Familie, oder nicht? Wenn wir es noch viel länger hinausschieben, wird es zu spät sein.«

Er sah sie an. »Nein«, sagte er. »Nein, Tilda. Keine Kinder mehr.«

Im ersten Moment sagte sie gar nichts, dann flüsterte sie: »Nie mehr?«

Er schloß wieder die Augen, wehrte sie ab. Tilda starrte zum Fenster hinaus. Die ganzen Kriegsjahre hindurch hatte sie sich auf ein drittes Kind gefreut. Sie hatte an eine zweite Tochter gedacht, die sie nach Sarah nennen wollte. Seit ihre Arbeit für die RCM zu Ende gegangen war, hatte sie die immer wieder aufsteigende innere Rastlosigkeit mit Phantasien von einem dritten Kind bekämpft. Zum ersten Mal fragte sie sich, ob Max eine andere Frau kennengelernt hatte. Sie stellte sich einen Vamp mit platinblondem Haar und knallroten Lippen vor. Nicht die Sorte Frau, die in abgetragenen alten Baumwollkleidern oder schäbigen Cordhosen herumlief. Aber ganz gleich, ob es diese Frau gab oder nicht, sie wußte, daß sie im Begriff war, Max zu verlieren, daß er sich immer weiter von ihr entfernte. Er war immer zurückhaltend gewesen, emotional vorsichtig, aber Tilda hatte jetzt den Eindruck, daß aus Zurückhaltung Kälte und aus Vorsicht Gleichgültigkeit geworden war.

Im Januar nahm Max seine Arbeit bei der Regierung auf. Ein Bekannter, ein Offizier, der zum Stab von Feldmarschall Montgomery gehört hatte, hatte ihm zu dem Posten verholfen. Tilda wußte, daß ihm die Arbeit keine Freude machte, obwohl er es nie zugab. Sie spürte genau, daß er unglücklich war. Sie hatte geglaubt, daß sie mit dem Ende des Krieges wieder zueinander finden würden, aber es war nicht so gekommen. Max hatte zwar immer schon zum Zynismus geneigt, aber im Lauf des Krieges schien er alles Vertrauen in die Menschheit verloren zu haben. Ihre Angst, daß seine Niedergeschlagenheit zum Teil auch mit ihr zu tun hatte, wuchs. Er sprach selten über anderes als oberflächliche Dinge mit ihr. Schlimmer noch, es war Wochen her, seit er das letzte Mal mit ihr geschlafen hatte. Wegen des Wetters blieb Max immer häufiger in London. Ihre Ehe drohte zu zerbrechen, und ihre Bemühungen, das zu verhindern, erschienen ihr zunehmend hoffnungsloser.

Gegen Ende des Monats, an Max' Geburtstag, nahm Tilda den Zug nach London. Sie holte Max von seiner Dienststelle ab, und sie gingen in ein Restaurant in Knightsbridge. Das Essen war fade und schlecht gekocht, und Max redete zu wenig und rauchte zuviel. Nachdem die Themen Kinder und Wetter erschöpft waren, schien es kaum noch etwas zu sagen zu geben. Sie waren genauso geworden, dachte Tilda unglücklich, wie die anderen Ehepaare, die man in Pubs und Restaurants sah, die einander stumm gegenübersaßen und gelangweilt umherschauten.

Sie gingen zu Fuß zu dem Hotel, wo Max für die Nacht ein Zimmer genommen hatte. Es hatte wieder zu schneien begonnen, frische Flocken fielen auf die alten schmutzigen Schneehaufen. In ihrem Zimmer waren die Fensterscheiben von grauem Eis überzogen. Tilda nahm ein Päckchen aus ihrer Tasche.

»Alles Gute zum Geburtstag, Liebster.« Sie sah zu, wie Max das braune Papier auseinanderschlug. »Ich habe es in einem Antiquariat in Ely gefunden. Gefällt es dir?«

Es war eine frühe Ausgabe von Hakluyts *Reisen und Entdeckungen*. Sie zitierte, »›Es gibt kein Land, das unbewohnbar ist, kein Meer, das unbefahrbar‹«, und lächelte. »Das gefällt mir.«

»Ja, die Elisabethaner waren große Optimisten«, meinte Max.

Tilda schob ihre Arme unter seinen Mantel und hielt ihn fest. Als sie ihn küßte, glaubte sie einen Moment lang, es würde alles gut werden. Sie hatten sich voneinander entfernt, aber sie würden wieder zusammenkommen.

Sie sagte: »Ich hab mir gedacht, du könntest vielleicht anfangen, dich nach etwas in London umzuschauen, Max.«

Er löste sich von ihr, um seinen Mantel an den Haken an der Tür zu hängen. »Das hab ich schon getan, Tilda.« Er zündete sich schon wieder eine Zigarette an. »Ein Hotel kann ich mir nicht allzuoft leisten, und Harolds Sofa ist verdammt unbequem. Ich habe zwei Zimmer in Bloomsbury gefunden.«

Sie runzelte die Stirn. »Zwei Zimmer? Das reicht doch nicht, Darling. Ich muß Sarah mitnehmen, ich kann sie nicht allein da draußen lassen. Und die Mädchen brauchen in den Ferien ein Zimmer für sich.« Rosi und Hanna hatten im vergangenen Oktober ihr Studium in Cambridge begonnen.

»Ich meinte«, sagte Max, »zwei Zimmer für mich.«

Ihr war, als hätte er sie geschlagen. Sie bekam plötzlich keine Luft mehr und mußte sich aufs Bett setzen. Sie hörte ihn sagen: »Die Ausgaben – so, wie wir das bisher gehalten haben, das ist völlig unpraktisch.«

Sie sagte: »Gibt es eine andere?«

»Sei nicht albern, Tilda.« Seine Stimme klang ärgerlich.

Sie sah sich flüchtig in dem Spiegel über dem Waschbecken: die Schatten unter ihren Augen, die ersten Ansätze feiner Linien zu beiden Seiten ihres Mundes. Sie hatte sich nie viel um ihr Aussehen gekümmert; in diesem Moment bereute sie es. Sie fragte sich, ob er sie belog.

»Warum dann, Max?« fragte sie leise.

»Das hab ich dir doch eben erklärt. Weil es unmöglich für mich ist, ständig zwischen London und den Fens hin- und herzupendeln. Unmöglich, teuer und ermüdend.«

»Dann kommen wir eben alle nach London zurück.« Zu diesem Entschluß war Tilda schon vor mehreren Tagen gelangt. »Melissa wäre glücklich, wenn sie wieder in London leben könnte, und für Josh könnte ich bestimmt eine gute Schule finden. Wir könnten uns die Kosten für das Internat sparen, und ...«

»Nein«, sagte Max.

Sie sah ihn an, ohne etwas zu sagen, wartete schweigend auf irgend etwas, irgendein kleines Zeichen, daß er sie noch liebte. Er ging rastlos im Zimmer hin und her, und sie sah auf ihre Hände hinunter, schob die Finger zusammen und zog sie wieder auseinander. Der goldene Ehering verschwamm unter ihrem Blick, aber sie drängte die Tränen zurück und zwang sich zu sprechen. »Du bist todunglücklich, seit du wieder zu Hause bist, Max. Kommt das von den Dingen, die du in Deutschland gesehen hast? Warum erzählst du mir nicht davon? Das würde es vielleicht ein bißchen relativieren, und wenigstens ...« Sie sprach nicht weiter.

»*Nein*«, sagte Max wieder. Sein Ton war kurz, schroff.

»Max.« Sie kämpfte um ihre Ehe, um ihre Familie, um all das, was ihr auf der Welt am wichtigsten war. »Wie soll ich verstehen, wie dir zumute ist, wenn du mich außen vor läßt? Wenn du mir nicht wenigstens zu erklären versuchst, was dich so quält?«

»Um Gottes willen, Tilda ...«

»Hat es mit den Konzentrationslagern zu tun?« Sie sah, wie er zusammenzuckte. »Bitte, Max, rede mit mir!«

Er fuhr herum. »Damit du ein bißchen Pflaster auf die Wunde kleben kannst? Damit du ›Heile, heile Segen‹ singen kannst, wie bei den Kindern?«

»So habe ich das nicht gemeint. Das weißt du genau.«

Er schien sie nicht zu hören. »Ist dir schon mal der Gedanke gekommen, Tilda, daß man nicht alles wieder heilen kann? Glaubst du im Ernst, daß du für Rosi, für Hanna, für Erich alles wiedergutgemacht hast?«

»Ich hab's versucht, mehr nicht. Ich hab's versucht. Findest du denn, daß ich das nicht hätte tun sollen?«

»Es spielt doch gar keine Rolle, was ich finde oder denke!« Sein Gesicht war weiß, und unter seinen Augen waren bläuliche Mulden. »Du hast dich doch noch nie sonderlich darum gekümmert, was *ich* denke, Tilda.«

Sie starrte ihn an. »Was meinst du damit?«

Er warf die Hände in die Höhe. »Du fährst mitten im Krieg in einem Segelboot über die Nordsee. Du bleibst in Holland, obwohl ich dich gebeten hatte, nach Hause zurückzukehren. Du sammelst alle diese verlorenen Kinder ein.«

»Die sind mir doch zugefallen, Max. Ich war an Ort und Stelle, ich mußte etwas tun. Ich hätte doch nicht Rosi allein am Bahnhof in der Liverpool Street stehenlassen können, ich hätte doch nicht Hanna und Erich in Holland im Stich lassen können.«

»Aber siehst du denn nicht, Tilda«, entgegnete er in sanfterem Ton, »daß Erich schon vor langer Zeit zerstört worden ist, und daß Hanna wahrscheinlich ihr Leben lang nach ihren Geschwistern suchen wird, die in irgendeiner menschlichen Hölle ermordet wurden?«

Sie entgegnete unglücklich, »Sie *leben* wenigstens«, und er wandte sich ab und ging zum Fenster, wo er rauchend stehenblieb.

Sie saß auf der Bettkante, starrte auf das Waschbecken und den fleckigen Spiegel und sah mit seinen Augen ihr Bemühen der letzten neun Jahre: stümperhaft, dilettantisch und naiv.

»Du machst dir selbst etwas vor, Tilda. Du kannst nichts ändern. Niemand kann das.«

Sie stand langsam auf und zog ihren Mantel über. Max' verdammende Worte dröhnten ihr in den Ohren. Er fragte: »Wohin gehst du?«, und sie erwiderte: »Zum Bahnhof«, und ging hinaus, zog die Tür hinter sich zu. Er kam ihr nicht nach. Sie glaubte, er würde es vielleicht tun, aber er tat es nicht.

Sie ging zu Fuß zur Liverpool Street und erreichte gerade noch den letzten Zug. Schneeflocken schmolzen im Dampf der Lokomotive. Sie stieg ein, als die Lokomotive anfuhr. Sie setzte sich. Die Tränen strömten ihr aus den Augen, und es half nichts, daß sie mit den Fingerspitzen gegen ihre Gesichtsknochen drückte, um sie einzudämmen.

Daragh hatte es bedauert, als der Krieg zu Ende gegangen war. Er war gern bei der Bürgerwehr gewesen – Dank seiner gesellschaftlichen Stellung, seinem noch jugendlichen Alter und seiner Energie hatte er den ganzen Laden geschmissen. Zu seinen Leuten hatten die Blutjungen und die Alten gehört, die, die aufgrund ihrer beruflichen Tätigkeit vom Wehrdienst zurückgestellt worden waren, und ein paar untauglich Geschriebene. Es hatte ihm Spaß gemacht, sie zu drillen, Soldaten aus ihnen zu machen. Nachlässigkeit hatte er nicht geduldet, und er hatte den Eindruck, daß sie ihn dafür respektierten. Das Ende des Krieges hatte eine Leere in seinem Leben zurückgelassen; statt Spannung tägliches Einerlei.

Jetzt, in den ersten kalten Monaten des Jahres 1947, schwebten die Schneeflocken wie aufgeplusterte weiße Federn durch die bleierne Luft, und der Sturm heulte und kreischte wie eine ganze Bande böser Geister. Alles, was Daragh jetzt hätte tun müssen, aussäen, Gräben und Kanäle säubern, machte der Schnee unmöglich. Er baute Schneemänner mit Caitlin, hackte Holz auf Vorrat und bastelte an dem alten Bentley herum, um ihn fahrtüchtig zu halten. Wegen der Wetterlage konnten Züge und Schiffe die Kraftwerke nicht erreichen, denen die Kohle auszugehen drohte. Stromsperren legten zeitweise Städte und Dörfer lahm. Southam Hall hatte zwar einen eigenen Generator, aber es war nicht genug Treibstoff da, um ihn in Betrieb zu halten, und Kohle konnte man nirgends kaufen. Daragh schlug ein paar Bäume, aber die riesigen offenen Kamine verschlangen sie innerhalb einer Woche. Jossy trug zu Hause ihren Pelzmantel. Daragh machte die Kälte nichts aus, aber an dem Tag, als er Caitlin blau gefroren und zitternd auf einem Fenstersitz entdeckte, rückte er dem Geräteschuppen im Garten mit der Axt zu Leibe. Das Holz brannte prächtig, angefacht von den Briefen und Rechnungen, die Daragh in seinem Schreibtisch gefunden hatte.

Vom Wetter ans Haus gefesselt, hatte Daragh zuviel Zeit zum Nachdenken. Trotz der Kälte erwachte er manchmal in den frühen Morgenstunden schweißgebadet und schaffte es nicht mehr, das Wissen zu verdrängen, daß er sich in der schlimmsten Notlage seines Lebens befand. Jedes Darlehen, das er aufgenommen hatte, hatte stets der Bewältigung einer unmittelbaren Krise gedient; und jedes Mal hatte er geglaubt, es werde das letzte sein. Er hatte von Kreditgesellschaften geliehen, um das Darlehen der Bank zurückzubezahlen; er hatte von Wucherern geliehen, um die Kreditgesellschaften zufriedenzustellen. Jetzt jedoch drohte dieses System aus den Fugen zu geraten. Briefe und Anrufe verfolgten ihn nach Hause. Er verbrannte die Briefe, ohne sie zu lesen, und legte bei Anrufen wortlos auf. Er mied gewisse Gegenden Londons; er wäre dort nicht sicher gewesen.

Seine größte Angst war, daß seine Schwierigkeiten auch auf Caitlin Auswirkungen haben würden. Schon machte die Schule Wirbel wegen überfälliger Rechnungen. Daragh tat das, was er immer tat, wenn er Probleme hatte: Er versuchte, sich zu zerstreuen. Davonlaufen konnte er nicht wegen Caitlin, aber er konnte ab und zu einen Abend im *Pheasant* in Southam vertrinken, und ein- oder zweimal stapfte er durch den Schnee zu einem der benachbarten Höfe, um sich einen Hahnenkampf anzusehen. Die Brutalität dieser Darbietungen, die bluttriefenden, federlosen Vögel, erschütterte ihn, aber sie lenkten ihn von seinen Problemen ab.

Und schließlich war da noch Tilda. Vor Tildas Rückkehr nach Southam hatte er sich mit seinem Leben so, wie es war, zufriedengegeben – Caitlin, das Herrenhaus, Jossy. Er war sogar beinahe glücklich gewesen. Bis er eines Morgens mit Caitlin ins Dorf geritten war und Tilda gesehen hatte. Er hatte keine Ahnung gehabt, daß sie zurück war, und der Schock, sie zu sehen, hatte ihn wie ein körperlicher Schlag getroffen. Am liebsten hätte er vor Freude gejauchzt oder geweint, aber er hatte weder das eine noch das andere getan, weil Caitlin an seiner Seite war. Doch er hatte in diesem Moment gewußt, daß das, was er für Glück und Zufriedenheit gehalten hatte, nichts als Illusion gewesen war; daß er geschlafen hatte und beim Anblick Tildas erwacht war.

Seine Freude verflog bald, verdrängt von unerfülltem Begehren und Bitterkeit. Ihre Nähe war ihm eine Qual, und nachts träumte er, er hielte sie in den Armen, kleidete sie langsam aus, verlöre sich im Duft ihres schönen Körpers. Um die Sehnsuchtsqualen zu dämpfen, fing er ein Verhältnis mit der entgegenkommenden Ehefrau eines Arbeiters an und suchte ab und zu ein gewisses Haus in Ely auf. Aber das alles waren nur Beruhigungsmittel, keine Heilmittel.

Er begann zu hoffen, als er sah, was leicht zu sehen war, daß es mit Tildas Ehe nicht zum besten stand. Er witterte eine Chance: Tilda war einsam, abgeschnitten von ihren Londoner Freunden; Max war selten zu Hause. Daragh ließ sich häufiger im Long Cottage sehen, half bei den schweren Arbeiten, die der junge Erich nicht allein bewältigen konnte, bot bei Fahrten nach Ely hin und wieder seine Dienste als Chauffeur an.

Als er eines Nachmittags von einem Hahnenkampf nach Hause kam, blieb der Wagen, der alte Bentley von Jossys Vater, hustend und spuckend etwa fünf Kilometer von Southam entfernt stehen. In Mantel, Schal und Mütze vermummt gegen die Kälte, begann Daragh unter der Motorhaube nach der Ursache der Panne zu suchen. Da sah er plötzlich Tilda.

Sie hatte einen Rucksack auf dem Rücken und ging über die Felder. Unter einem kurzen blauen Mantel trug sie einen ziemlich langen geblümten Rock und Gummistiefel. Sie sah aus, fand er, als wäre sie siebzehn. Er winkte ihr mit beiden Armen zu, und sie winkte zurück und stapfte ihm durch den Schnee entgegen.

Sie war in Ely gewesen, erklärte sie, um ein Mittel für Erichs Bronchitis zu besorgen. Ihre Augen leuchteten hell, ihr langes dunkelblondes Haar floß unter der Samtmütze hervor. Eine tolle Frau, dachte er, die fast zwanzig Kilometer marschierte, um Medizin für ein Kind zu holen, das nicht einmal ihr eigenes war. Auf Daraghs Frage erklärte sie, daß Max noch in London sei, er habe dort gerade in einer neuen Stellung angefangen, aber sie sah Daragh nicht in die Augen, als sie das erzählte.

Sie deutete auf den Bentley und sagte: »Was ist denn los mit ihm?«

»Der Treibriemen ist gerissen«, antwortete er. »Ich brauch«, er sah Tilda an, »einen Strumpf oder so was, um nach Hause zu kommen.«

Ihr Gesicht war von der Kälte gerötet, so konnte er nicht sehen, ob sie rot wurde oder nicht. Sie sagte: »Dann mußt du aber wegschauen.«

Er riskierte trotzdem einen Blick. Er hörte ihren Gummistiefel zu Boden fallen und schaute verstohlen. Sie hielt den Rock über den Knien und war dabei, ihren Strumpf abzustreifen. Ihre Beine waren lang und schlank und braun. Der Anblick gab ihm einen Stich und rief eine augenblickliche körperliche Reaktion hervor, die er nicht vorausgesehen hatte. Beinahe wünschte er, er hätte nicht hingesehen, so heftig begehrte er sie. Es war Wochen her, seit er das letzte Mal mit einer Frau geschlafen hatte, und das war eine abgebrühte alte Hure gewesen. Er ließ es sich nicht nehmen, Tilda als Gegenleistung für ihren Strumpf seinen Mantel zu geben. Er reparierte den Treibriemen, dann fuhr er Tilda nach Southam zurück, aber er sprach kaum ein Wort, so sehr quälte ihn das Verlangen nach ihr.

Sie lebte in der ständigen Erwartung, daß Max nach Hause kommen würde. Tag für Tag, während das Leben mit seinen alltäglichen Katastrophen und Aufregungen seinen Lauf nahm – während sie Joshs Schulleiter zu beschwichtigen suchte, weil ihr Sohn wieder einmal den Unterricht geschwänzt hatte, während Rosi weiterhin ihren Hilfspfarrer anschmachtete, der Furunkel am Hals hatte, während Hannas Alpträumen und Erichs unüberwindlichem Schweigen –, wartete sie auf ihn. Die Familie war der Mittelpunkt ihres Lebens;

sie hatte geglaubt, für Max sei es genauso. Es erschütterte das Fundament ihrer Welt, daß das offensichtlich nicht so war, daß er es schaffte, sich ganz bewußt von denen, die er am meisten zu lieben behauptete, abzukapseln.

Da war der Schnee, der seit Wochen aus einem bleischweren Himmel herabfiel, eine willkommene Ablenkung. Selbst die Schwierigkeiten, die er mit sich brachte, waren ihr recht. Der Bus kam nicht, ihr Fahrrad blieb im Schnee stecken, der Dorfladen hatte keine Vorräte mehr. Das alles bedeutete, daß ihre Tage mit harter Arbeit angefüllt waren, so daß sie kaum zum Grübeln kam. Die Schneewehen türmten sich so hoch wie die Hecken und verdunkelten die unteren Fenster der Häuser. Eine dicke graue Eisdecke lag auf dem Wasser in den Gräben und Kanälen, die Dieselpumpen froren ein. Die Abflußgräben, durch die das Wasser von den Feldern hätte abfließen sollen, waren zugefroren, mit Schnee verstopft.

Als Erich krank wurde, hackte Daragh das Holz. Tilda beobachtete ihn durch die offene Schuppentür, wie er einen Klotz nach dem anderen spaltete. Als er seine Jacke ablegte, war der Tanz seines Schattens, wenn er die Axt schwang, so flink und leicht wie vor Jahren, als sie jung gewesen waren. Sie mußte sich abwenden, ins Haus gehen, Pastetenteig machen, den Boden schrubben – alles war ihr recht, Hauptsache, es lenkte sie von der Erkenntnis ab, daß Max sie nicht mehr liebte, und von der plötzlichen, schmerzlichen Erinnerung an eine ältere Liebe.

Im März begann es zu tauen. Der Regen fiel in Strömen herab und durchtränkte die Reetdächer der Häuser. Starker Wind kam auf, riß Schornsteine ab und fällte Bäume. Bei einem Spaziergang auf dem Deich sah Tilda, daß das Wasser beinahe bis zur Höhe des Erdwalls hinaufreichte. Als sie am Sonntag morgen in aller Frühe aufstand, fand sie Sarah im Wohnzimmer vor, wo sie in Regenmantel und Gummistiefeln zum Fenster hinaus auf die platten, überschwemmten, windgepeitschten Felder blickte.

»Er bricht«, sagte Sarah. »Ich war schon draußen und habe ihn mir angesehen.«

»Der Deich?«

Sarah nickte. »Wir müssen die Möbel nach oben bringen.« Sie schickte sich an, einen Sessel durch das Zimmer zu schieben. Ihre Lippen hatten einen bläulichen Schimmer.

»Das machen Erich und ich.« Tilda legte Sarah die Hand auf den Arm, um ihr Einhalt zu gebieten. »Ich brauch dringend eine Tasse Tee. Machst du mir eine, Tante Sarah?« Ihre Blicke trafen sich, und Tilda sah den empörten Stolz in den Augen ihrer Tante, aber Sarah schüttelte ihre Hand nicht ab.

Tilda weckte die Kinder. Sie wies Melissa an, alles Geschirr in die Schlafzimmer hinaufzutragen, und schickte Joshua in den Schuppen, um Holz zu holen. Mit Erichs Hilfe trug sie alle Möbelstücke, die sich die schmale Treppe hinaufbugsieren ließen, nach oben. In Sarahs Schlafzimmer lagerten sie Gläser mit eingelegtem Gemüse und Marmelade, Säcke voll Kartoffeln und Mehl. Sie fingen die Hühner ein, die in ihren Weidenkäfigen im oberen Flur gackerten, und packten all die kleinen wertlosen Schätze, die Sarah im Lauf der Jahre zusammengetragen hatte, in Apfelsinenkisten: die angeschlagenen Porzellantäßchen, die stockigen alten Bücher, die Fotografien und Briefe und Andenken.

Gegen Mittag ging Tilda zum nächsten Haus hinüber, um nach ihrer Nachbarin zu sehen, einer alten Witwe, die allein lebte. Auf dem Rückweg blies der Wind so stark, daß sie sich kaum auf den Füßen halten konnte. Männer rannten gegen den Sturm in Richtung zum Deich. Tilda wickelte ihren Mantel fest um sich und lief ihnen nach. Das Wasser tiefer Pfützen spritzte unter ihren Gummistiefeln auf; doch unter dem Wasser war die Erde immer noch beinhart gefroren. Vom Sturm wie Mikadostäbchen durcheinandergeworfen, bedeckten Holunder- und Weidenäste den Fußweg, der den Hang hinunter von der Kirche zum Feld führte. Regen prasselte auf Tilda herab, und das Haar klebte ihr klatschnaß am Kopf. Als sie sich dem Deich näherte, schrie jemand laut: »Zurück, junge Frau! Gehen Sie heim!«

Dennoch blieb sie einen Moment stehen und sah mit Entsetzen der hektischen Arbeit der Männer zu, die einen Sandsack nach dem anderen auf die Kuppe des Deichs schleppten. Sie sah das Wasser, das an manchen Stellen schwarz und bedrohlich aus der Böschung sickerte. Der Kanal, den die Erdwälle eindämmten, warf, von Regen und Schmelzwasser angeschwollen, vom Wind gepeitscht, wütende Wellen, die nach den Männern greifen wollten, die den Deich zu halten versuchten. Sie fürchtete, daß der Kampf schon verloren war. Dieser Angreifer würde sich nicht zurückschlagen lassen. Sie machte kehrt und lief nach Hause, zu ihren Kindern.

Als am Morgen einer seiner Arbeiter an die Tür trommelte, um ihn vor der bevorstehenden Katastrophe zu warnen, packte Daragh seine Frau und sein Kind in den Wagen und fuhr sie nach Ely. Froh und dankbar, daß Caitlin bei den Tates in Sicherheit war, trat er dann die Rückfahrt an, kam aber infolge der abgebrochenen Äste, die der Wind auf die Straße gefegt hatte, und der tiefen Pfützen, die das Wasser der überfließenden Gräben zu bilden begonnen hatte, nur langsam vorwärts. Während er den Wagen vorsichtig um diese Hindernisse manövrierte, hatte er Zeit nachzudenken. Er mußte sich jetzt entscheiden: Er konnte sein Haus retten, oder er konnte seine Pflicht tun und den Männern helfen – den Dorfbewohnern, von denen viele für ihn arbeiteten und in den Zeiten der Bürgerwehr unter seinem Kommando gestanden hatten –, Southam zu verteidigen. Beinahe konnte er das Rieseln in der Sanduhr hören: sein verrinnendes Glück.

Daragh ließ den Wagen mit fast leerem Tank und schlammverklebten Reifen im Dorf stehen. Dann lief er den Hang hinunter zum Feld. Durch den glitzernden Regen konnte er die Männer sehen, die auf dem Deich arbeiteten. Einige hockten rittlings auf dem Kamm, graue Gestalten vor einem finsteren Himmel, andere krochen am Rand des Feldes auf der Erde umher. Daragh mischte sich unter sie, scherzte mit dem einen, ermutigte einen anderen. Wie sie schleppte er nasse, schwere Sandsäcke auf die Kuppe der Böschung; wie sie hob er lehmige Erde aus, um damit die lecken Fundamente des Deiches zu befestigen. Es tat ihm gut zu wissen, daß seine Anwesenheit ihnen Mut machte: daß seine Ausstrahlung, sein Aussehen, sein Charme, sein Glück, noch etwas zählten. Es tröstete ihn beinahe über seinen Verdacht hinweg, daß diese ganze Arbeit hoffnungslos war, daß sie diesem schwarzen Ungeheuer nicht würden widerstehen können.

»Die Pumpe in Haddenham hat heute morgen den Geist aufgegeben«, schrie ihm jemand durch den schrecklichen Sturm zu, und später ein anderer: »In Over ist der Deich gebrochen!«

Daraghs Hände waren aufgescheuert und bluteten, er war bis auf die Haut durchnäßt.

Das Wasser sickerte durch einen anderen Teil der Böschung. Ein halbes Dutzend Männer rannte hin und begann, die undichte Stelle mit Lehm zuzukleistern. »Hier auch!« schrie ein Junge, und sie liefen hundert Meter weiter, wo ein dünner Wasserstrahl durch das niedrige Gebüsch zischte. Der Regen ließ nicht nach.

Auf der Höhe des Deiches, wo die Wellen gegen das schwankende Bollwerk schlugen, rutschte ein junger Mann aus, fiel ins Wasser und mußte mit einem Seil wieder herausgezogen werden. Als Daragh mit vor Anstrengung schmerzenden Muskeln einen Moment in seiner Arbeit innehielt und aufblickte, sah er, daß die Sandsäcke den Deich kopflastig machten. Sie konnten nicht siegen: Entweder würde die Flut die Böschung überspülen, oder der ständige Ansturm des Wassers würde die vom strengen Frost bereits erschütterten Fundamente völlig aushöhlen. Dennoch arbeitete er weiter mit den Männern, bemühte sich, ihnen Mut zu machen, half dem jungen Mann, der beinahe ertrunken wäre, zur Kirche, wo er sicher war, bot erschöpften Männern einen Schluck aus seiner Taschenflasche an.

Eine Wasserfontäne sprudelte durch das verfilzte Gestrüpp von Ampfer und Nesseln, das den Hang der Böschung bedeckte. Sobald sie ein Leck gestopft hatten, öffnete sich ein anderes. Der schmale, zischende Strahl, unter dem die Erde bröckelte, als Grasbüscheln mit ihren Wurzeln herausgerissen wurden, war nicht mehr zu stoppen. Irgend jemand schrie, »Er bricht! Alle Mann weg hier!«, und sie warfen Schaufeln und Sandsäcke nieder und rannten zur Kirche.

Der Damm brach, als Daragh noch mit zitternden Beinen, die ihn kaum noch tragen konnten, den Fußweg hinaufstolperte. Es war ein Geräusch wie ein Donnerschlag. Der Knall erschreckte ihn so stark, daß er automatisch die Arme ausstreckte, um sich an irgend etwas festzuhalten. Jemand stützte ihn und sagte beschwichtigend, »Er ist gebrochen, Sir. Da kann niemand mehr was tun«, und in dem Wissen, daß unter dem gewaltigen Tosen und Brausen des Wassers all seine Hoffnungen begraben wurden, ließ er sich in die Kirche führen.

# 10

»UND DANACH IST Daragh verschwunden?« fragte ich.

»Ja, ein paar Wochen danach.«

Tilda und ich saßen im Wintergarten des Roten Hauses. Wolken von blauem Bleiwurz hingen vor weißen Wänden, und die Blüten der Wachsblume verströmten jetzt, am Abend, ihren honigsüßen Duft. Noch lange blieb dieser Duft für mich mit Doppelzüngigkeit verbunden.

Bei der Überschwemmung im Jahr 1947 wurden durch den beständigen Regen und die Schneeschmelze riesige Landmengen im Süden unter Wasser gesetzt. Militär und Feuerwehrdienste waren im Kampf gegen die Verwüstungen zu Hilfe gerufen worden. Holland, das mit solchen Katastrophen Erfahrung hatte, hatte leihweise einen Pontonkran zur Verfügung gestellt.

»Southam war überschwemmt«, erzählte Tilda, »und das Herrenhaus stand fast zwei Meter unter Wasser. Daragh hat damals sehr viel verloren – Möbel, Gemälde, Teppiche –, alles war vernichtet. Und sein Land ... Die Saat war fortgeschwemmt, die Felder waren mit Schlamm bedeckt. Er hielt sich für ruiniert.«

Sie drückte eine Hand an ihre Augen, und ich hatte ein schlechtes Gewissen, daß ich sie von einer Vergangenheit zu berichten zwang, die sie in so schmerzlicher Erinnerung hatte.

Sie sagte, sie sei müde, darum ließ ich sie allein und ging in die kleine Kammer, um dort noch etwas zu arbeiten. Ich blätterte gerade ein Fotoalbum durch, als das Telefon läutete. Joan, die Haushälterin, war nach Oxford gefahren; ich lief durch den Korridor, um den Anruf entgegenzunehmen.

Eine Frau sagte: »Ich möchte Tilda Franklin sprechen.«

»Tut mir leid, sie hat sich gerade ein bißchen hingelegt. Kann ich ihr etwas ausrichten und sie bitten, Sie zurückzurufen?«

Pause. Dann: »Sind Sie die Haushälterin?«

Ich erklärte kurz, wer ich war und was ich im Roten Haus zu tun hatte. Wieder folgte ein Moment Schweigen, dann, erschreckend, schrilles Gelächter. »Sie schreiben die Biographie dieser Frau? Na, das ist ja toll!«

Ich war gekränkt. »Wer spricht da, bitte?«

Die Frau antwortete nicht. Statt dessen sagte sie: »Vermutlich wieder mal so eine rührselige Schnulze über den Engel von Amsterdam.« Neuerliches Gelächter, dann wieder ihre Stimme, in verändertem Ton. »Wollen Sie die Wahrheit wissen? Soll ich Ihnen erzählen, wie diese Heilige, dieser *Engel*, eine mittellose Fünfzehnjährige, die ohne Freunde dastand, auf die Straße gesetzt hat? Ich glaube, ich habe sie an *ihn* erinnert. Ich hab sie an etwas erinnert, was sie nicht haben konnte. Ich hab sie an etwas erinnert, was sie zerstört hatte.«

Wieder sagte ich, noch drängender: »Wer spricht da? Wer sind Sie?«

»Sie hat ihn umgebracht.« Etwas von dem Zorn wich aus der höhnischen Stimme; statt dessen hörte ich Schmerz. »Sie hat meinen Vater umgebracht. Ich hab's mir immer schon gedacht, und jetzt weiß ich es.«

Und ich wußte plötzlich, wer da mit mir sprach. »Caitlin?« sagte ich leise, aber sie hatte schon aufgelegt.

Ich wählte 1471, um zu erfragen, von wo sie angerufen hatte. Als ich wenig später auflegte, wußte ich, daß Caitlin Canavan, so extravagant wie ihr Vater, im Savoy Hotel wohnte.

Ich hatte eigentlich über Nacht bleiben wollen, aber das ging jetzt nicht mehr; ich mußte allein sein. Als Tilda erwachte, machte ich ihr Tee und plauderte mit ihr und schaffte es nicht, ihr in die Augen zu sehen. Auf der ganzen Heimfahrt hörte ich diese zornige, höhnische Stimme. *Sie hat meinen Vater umgebracht.* Ich hatte angenommen, Caitlin Canavan sei tot oder habe seit langem keine Verbindung mehr mit den Franklins.

Caitlin war eine Statistin gewesen, das verwöhnte Kind von Jossy und Daragh. Jetzt hatte sie sich mitten ins Rampenlicht gedrängt.

In London zurück, rief ich Patrick an und hinterließ eine Nachricht auf seinem Anrufbeantworter. Die verrücktesten Mutmaßungen schossen mir durch den Kopf. Tilda und Daragh hatten ein Verhältnis gehabt, Max hatte es entdeckt und Daragh getötet und seine Leiche im Deich vergraben. Oder Jossy hatte in rasender Eifersucht auf ihre schönere Halbschwester ihren treulosen Ehemann ermordet. Und jetzt eine neue, schreckliche Möglichkeit, die ich bisher überhaupt noch nicht in Betracht gezogen hatte: Tilda, die Daragh immer geliebt hatte, hatte erkannt, daß er niemals ihretwegen seine Tochter verlassen würde, und ...

Da war es kaum ein Wunder, daß mich am folgenden Abend beim Essen, als Charles, nachdem er endlos von sich selbst erzählt hatte, von seinem Curry aufblickte und fragte, »Was macht Tilda? Hast du schon ein paar Skelette im Schrank gefunden?«, mein Gesicht verriet. Sofort legte Charles seine Gabel nieder und sagte: »Komm, Rebecca, erzähl.«

Ich schüttelte den Kopf. »Es ist wahrscheinlich gar nichts. Ich hab schon immer eine blühende Phantasie gehabt.«

Er goß mir noch ein Glas Wein ein. »Du wirst es vielleicht nicht glauben, aber ich kann diskret sein.«

So erzählte ich ihm schließlich doch von dem Skelett, das man im Deich gefunden hatte, und von Caitlin Canavans Anruf. »Ich habe mir zwar gedacht, daß Max, Tildas Mann, etwas mit der Sache zu tun haben könnte, aber ich bin überhaupt nicht auf den Gedanken gekommen, daß Tilda selbst ...« Ich sprach nicht weiter; ich brachte es nicht fertig, meine schlimmsten Befürchtungen auszusprechen.

Charles kostete von seinem Kokoseis und gestikulierte mit dem Löffel. »Aber für dich ist es doch ein Segen.«

»Wie meinst du das?«

»Na hör mal, Rebecca. Deine kleinen grauen Zellen laufen doch bestimmt schon auf Hochtouren. Dame Tilda Franklin eine Mörderin. Die Leute werden sich in den Buchhandlungen um deine Biographie schlagen. Es ist ungefähr so, als hättest du aufgedeckt, daß Mutter Teresa als junges Mädchen auf den Strich gegangen ist.«

Ich sah in meinen Kaffee hinunter. Ich wußte, daß er recht hatte. Sünder besitzen soviel mehr Unterhaltungswert als Heilige.

»Das ist wirklich Dynamit, Darling.« Er hatte seinen Löffel niedergelegt und sah mich mit zusammengezogenen blaßgrünen Augen an, in denen ein Ausdruck stand, den ich im ersten Moment für Zorn hielt. Wie albern. Weshalb hätte Charles zornig sein sollen? Charles war distanziert, elegant, amüsant, unaggressiv. Deswegen mochte ich ihn.

»Tja, diese Geschichte könnte dich in einen *klitzekleinen* Gewissenskonflikt stürzen«, bemerkte er mit leichtem Spott. »Ich hab läuten gehört, daß du ab und zu, genauer gesagt, ziemlich oft, mit dem Enkel zusammen bist, dem gutaussehenden Patrick Franklin. Ich muß gestehen, ich habe es nicht geglaubt. Aber ...«

Es ging ihn eigentlich nichts an, dennoch sagte ich: »Ich bin ab und zu mit Patrick ausgegangen.«

»Ein echter Witz, dieser Ausdruck, *ausgehen*. Im allgemeinen bedeutet es genau das Gegenteil.« Er blickte auf. »Also ist es wahr?«

»Ja. Du scheinst überrascht zu sein, Charles.«

»Ich dachte, du trauerst immer noch dem öligen Toby nach.«

»Nein, tue ich nicht, und er war nicht ölig. Ehrgeizig. Wichtigtuerisch. Prätentiös vielleicht.«

Ich hätte erwartet, daß Charles sofort in dieses Spiel, geeignete Adjektive zur Beschreibung meines ehemaligen Liebhabers zu suchen, einsteigen würde, aber an diesem Abend tat er es nicht. Er sagte vielmehr: »Liebst du ihn?«

»Patrick? Ich weiß es nicht. Ich glaubte damals, ich würde Toby lieben. Ich weiß eigentlich gar nicht, was das heißt, jemanden *lieben*.«

»Es heißt, daß man ständig an einen Menschen denkt. Es heißt, daß man, wenn man mit diesem Menschen zusammen ist, nirgendwo anders sein möchte. Bei keinem anderem sein möchte. *Selbst* kein anderer sein möchte.«

Ich kenne Charles seit vielen Jahren und kann mich nicht erinnern, daß seine Beziehungen zu Frauen je länger als ein paar Wochen dauerten, und selbst das nur gelegentlich. Seine oft manierierte Art, sein distanziertes Verhältnis zu Frauen – ja, selbst unsere Freundschaft – haben mich schon auf den Gedanken gebracht, er könnte homosexuell sein und das aus irgendeinem Grund geheimhalten wollen.

»Charles, du überraschst mich«, sagte ich, war aber in Gedanken schon wieder bei Tilda und Daragh. *Sie hat ihn umgebracht*, hörte ich wieder Caitlin Canavans zornige Stimme.

»Du weißt doch, daß ich dich seit Jahrzehnten anbete, Rebecca, Darling«, sagte Charles, und ich tätschelte seine Hand und kramte nach meinem Portemonnaie, um mein Abendessen zu bezahlen.

Ich ging zu Fuß nach Hause, Charles begleitete mich. Als wir in meine Straße einbogen, sah ich den blauen Renault unter einer Straßenlampe stehen. Patrick saß hinter dem Steuer und trommelte mit den Fingern auf das Lenkrad.

»Also, dann geh ich jetzt«, sagte Charles taktvoll. Wir verabschiedeten uns voneinander, und ich klopfte leicht an das Autofenster.

Patrick kam mit zu mir in die Wohnung. Er sah erschöpft aus: mit bläulichen Schatten unter den Augen und feinen weißen Fältchen unter der Sonnenbräune.

Er wollte keinen Kaffee und wollte sich auch nicht setzen. »Ich bin den ganzen Tag gefahren. Du hast mir auf den Anrufbeantworter gesprochen, Rebecca.«

Ich holte tief Luft und setzte an, ihm von Caitlin Canavans Anruf zu erzählen. Er unterbrach mich schon im ersten Satz. »O Gott, ich hatte gehofft, es würde ihr nicht zu Ohren kommen.«

»Patrick, der Tote könnte ihr Vater sein.« Ich brach ab, als mir bewußt wurde, was seine Bemerkung bedeutete. »Du *kennst* sie?«

»Natürlich. Diese Unglücksperson sitzt der Familie seit

Jahren im Nacken.« Er lief ärgerlich hin und her. Das Zimmer schien plötzlich zu klein, beengend.

»Ich dachte, ich nahm an, ihr hättet schon seit Ewigkeiten keine Verbindung mehr mit ihr.«

»Das stimmt leider nicht. Was hat sie gesagt?«

Mein Mund war trocken. Ich suchte krampfhaft nach einem Weg, Caitlins Anklagen in taktvolle Worte zu kleiden.

»Nun komm schon, Rebecca. Was wollte sie?«

»Sie hat von der Entdeckung des Skeletts gehört. Sie vermutet, daß es sich um ihren Vater handelt.«

Ich hörte ihn leise fluchen. Er sah mich an. »Aber das ist noch nicht alles, stimmt's?«

Es gab keine taktvollen Worte. »Sie hat Tilda beschuldigt, ihn getötet zu haben.«

Das rastlose Umherwandern hörte einen Moment auf. »Du meine Güte.« Patrick ging zum Fenster und kehrte mir den Rücken. Die Hände auf das Fensterbrett gestützt, schaute er hinaus. »Verdammt«, sagte er leise. »Verdammt, verdammt, verdammt.«

Und wieder fiel mir auf, daß er mit Zorn reagierte und nicht mit Schock oder Überraschung. Es berührte mich eigenartig, aber ich ging dennoch zu ihm und legte meine Hand auf die seine. Er drehte sich herum und sagte: »Ich nehme an, sie war betrunken. Da hat der Alkohol gesprochen. Ein Glück, daß Tilda nicht selbst ans Telefon gegangen ist.«

»Das tut sie vielleicht das nächste Mal«, versetzte ich trocken.

Er starrte mich an. »Ja. Du hast recht. Es kann leicht sein, daß sie wieder anruft.«

»Wie gut kennst du Caitlin Canavan, Patrick?«

Er schüttelte den Kopf. »Fast gar nicht. Ich erledige nur das Finanzielle, wenn mein Vater im Ausland ist.«

»Das Finanzielle?«

»Wir greifen ihr ab und zu ein bißchen unter die Arme. Caitlin war dreimal verheiratet, aber keine der Ehen hat lange gehalten. Sie hat immer teuere Gewohnheiten gehabt und folglich Berge von Schulden.«

»Ihr schickt ihr also Geld?«

»Ja, immer wieder mal seit den sechziger Jahren.« Seine Augen wurden schmal, als er meinen Gesichtsausdruck sah. »Das hat keine finsteren Gründe, glaub mir. Caitlin gehört zur Familie. Sie ist absolut unzuverlässig, und sie ist hysterisch. Man kann ihr kein Wort glauben. Als sie nach Dublin zog, bat sie Tilda um ein Darlehen für ein Haus. Tilda gab es ihr – sie hat es natürlich nie wiedergesehen –, aber ein paar Jahre später war Caitlin wieder da und wollte mehr. Mein Vater, Josh, hat natürlich gesehen, wie sehr Caitlin Tilda immer wieder aufregte, deshalb hat er es dann übernommen, sich um diese Nervensäge zu kümmern. Er wollte Tilda Ärger ersparen. Und da mein Vater viel unterwegs ist, hat er schließlich mich gebeten, für ihn einzuspringen. Ich zahl bloß ihre Miete, Herrgott noch mal.«

Und dennoch verstand ich es nicht. Caitlin Canavan war über Edward de Paveley – Tildas Vater und Caitlins Großvater – mit Tilda verwandt. Weshalb sollte sich Tilda aufgrund dieser Verbindung verpflichtet fühlen? Selbst wenn Tilda Caitlin nach dem Tod ihrer Eltern bei sich aufgenommen hatte, war finanzielle Unterstützung in dem Maß, wie Patrick sie beschrieben hatte, meiner Meinung nach übertrieben.

Ich mußte mich abwenden, weil ich fürchtete, mein Gesicht würde mich verraten. Ich hörte Patrick sagen: »Ich werde wohl mit Tilda sprechen müssen. Aber ich stecke mitten in einem Prozeß, und ich habe eine Menge Dinge mit Jen zu regeln, ich weiß gar nicht, wie ich die Zeit finden soll.«

Ich erinnerte mich meiner flüchtigen Begegnung mit Jennifer Franklin; der magnolienblassen Haut, des glänzenden dunklen Haars. Ich ging wieder zu Patrick und nahm ihn in die Arme. »Ich könnte mit Tilda sprechen, wenn es dir recht ist. Ich meine, ihr von dem Skelett erzählen, das man gefunden hat.«

»Mehr brauchen wir ihr gar nicht zu sagen.« Er hielt mich umschlossen und streichelte mit seinen Lippen mein Haar. »Caitlin ist ja weit vom Schuß. Vielleicht beruhigt sie sich,wenn sie Zeit gehabt hat, ein bißchen zu überlegen.«

Mir fiel ein, daß ich ihm gar nicht erzählt hatte, daß Caitlin Canavan in London war. Ich öffnete den Mund, um es ihm zu sagen, aber dann schloß ich ihn wieder. Vielleicht hatte Patrick recht. Vielleicht war Caitlin betrunken gewesen. Vielleicht war sie verrückt. Es gab nur einen Weg, es herauszufinden: Ich mußte sie selbst aufsuchen.

Aber erst einmal war Patrick da. Als seine Hände meinen Rücken hinunterglitten, und er sich an mich drückte, vergaß ich Caitlin, Tilda, Daragh. »Bleib doch die Nacht«, flüsterte ich.

»Ich kann nicht«, sagte er und küßte mich. »Ich muß arbeiten.«

Wenig später ging er. Ich setzte mich an meinen Schreibtisch und begann, die Tagebücher durchzublättern. Vom Sommer 1947 bis Mitte 1949 erschien Caitlins Name häufig. Nach dem Mai 1949 kam sie in Tildas Tagebuch nicht wieder vor. Sie war – ich rechnete rasch auf einem Fetzen Papier nach – im Mai 1949 fünfzehneinhalb Jahre alt gewesen. *Diese Heilige, dieser Engel, hat eine mittellose Fünfzehnjährige auf die Straße gesetzt.* Ich nahm mir noch einmal das Tagebuch von 1947 vor. Max' Name wurde, wie mir zuvor schon aufgefallen war, nach dem April nur noch selten erwähnt. Tilda hatte mir zu verstehen gegeben, daß ihre Ehe mit Max vor allem deshalb in die Brüche gegangen war, weil seine Erlebnisse als Kriegskorrespondent die ihm angeborene Scheu vor engem menschlichen Kontakt übermäßig verstärkt hatten. Max war bei der britischen Armee gewesen, als die Häftlinge von Bergen-Belsen befreit worden waren, ein Erlebnis, das ihn für immer gezeichnet hatte.

Ich frage mich, ob Tilda mir die ganze Geschichte erzählt hatte. Oder hatte sie vielleicht die Wahrheit retuschiert wie bei der Episode mit dem deutschen Fallschirmspringer in Holland? Im April 1947 hatte Max Tilda verlassen, und Daragh war verschwunden. Oder Daragh war ermordet worden. Zu viele Zufälle, Rebecca, sagte ich mir. Viel zu viele Zufälle.

In die Steppdecke eingehüllt, setzte ich mich auf das Bett und sah die Tagebücher durch. Sehr aufmerksam dieses Mal, ohne auch nur eine Eintragung zu überspringen. Die mühsame Lektüre der kleingeschriebenen, häufig belanglosen Einträge versetzte mich mit der Zeit in einen Zustand bleierner Müdigkeit. Ich war drauf und dran, vollbekleidet einzuschlafen, als ich auf dem Fußweg neben dem Haus Schritte hörte. Der Kies knirschte, es war nur ein feines Geräusch, aber es reichte aus, um mich zu erschrecken. Das Tagebuch fiel mir aus der Hand. Ich konnte mich nicht erinnern, ob die Hintertür abgeschlossen war.

Nie ist ein stumpfer Gegenstand da, wenn man ihn braucht. Ich nahm ein dickes Buch über die Fens, das ich mir in der Bibliothek geholt hatte, und schlich mich auf Zehenspitzen in die Küche. Die Hintertür war abgesperrt, das Licht brannte. Der Garten und der Fußweg waren leer. Ich sagte mir, es müsse eine Katze auf nächtlicher Jagd gewesen sein, aber ich schlief schlecht in dieser Nacht.

Am Montag berichtete ich Tilda von der unidentifizierten Leiche im Deich und Caitlin Canavans Anruf.

Von Caitlins Beschuldigungen sagte ich natürlich nichts. Ich erwähnte lediglich, daß Caitlin Canavan vermutete, der spät gefundene Tote sei ihr Vater. Tilda hörte sich das alles mit ausdruckslosem Gesicht an, dann stand sie auf und ging zum Fenster. Regen schimmerte auf dem Gewirr von Rosen und Jelängerjelieber im Garten. Bei feuchtem Wetter war ihr Rheumatismus immer besonders schlimm; sie bewegte sich steif.

»Ich habe nie geglaubt, daß Daragh damals geflohen ist«, sagte sie. »Er hätte seine Tochter nicht verlassen.«

Mir wurde erst in diesem Moment, als ich hörbar aufatmete, bewußt, daß ich die Luft angehalten hatte. »Erzählen Sie mir, was damals geschehen ist, Tilda«, sagte ich. »Erzählen Sie mir die Wahrheit.«

Mit strengem Gesicht, die Brauen leicht hochgezogen, drehte sie sich zu mir um. »Ist das nicht Ihre Aufgabe, Rebecca? Die Wahrheit herauszufinden?« Sie setzte sich wieder. Ihre Augen waren halb geschlossen, ihre Stimme war gesenkt. »Die Menschen mußten wieder von vorn beginnen. Die Felder mußten neu gesät werden, wenn die Ernte nicht verloren sein sollte. Die Häuser mußten von Schmutz und Schlamm gereinigt werden, die Schäden, die die Überschwemmung angerichtet hatte, mußten repariert werden. Aber es gibt Dinge, die nicht zu reparieren sind ...«

Der Vollmond spiegelte sich im Flutwasser, das noch in Tümpeln auf den Feldern stand. Sterne funkelten am tintenschwarzen Himmel, ihr glänzender Widerschein im Wasser schwankte mit den Bewegungen des Windes. Ein fauliger Geruch stieg von dem Strandgut auf, das sich in Zäunen und Gräben verfangen hatte: ein ertrunkenes Kaninchen, gelb gewordener Frühlingskohl, eine graue Lumpenpuppe. Daragh, der außen um das Feld herumging, zog den Kragen seines Mantels hoch bis zu den Ohren. In solchen Nächten haßte er die Fens. In solchen Nächten erinnerte er sich grüner Hügel und plätschernden Meerwassers, das gegen Felsen schlug, und einer Luft, so kalt und herb und salzig, daß es einen berauschte, sie einzuatmen. Er zog die Flasche aus seiner Hüfttasche, schraubte mit vor Kälte fast tauben Fingern den Deckel auf und nahm einen tiefen Zug. In solchen Nächten, wenn seine Stiefel im Schlamm steckenblieben, er vor und hinter sich nichts als Scherben sah, wollte er nur fliehen, sich verstecken, neu anfangen.

Nicht weit entfernt stand das gewaltige Arsenal riesiger Bagger und Bulldozer, bedrohlich in seiner Unförmigkeit, und ihm schien, als wollten die eckigen Metallarme nach ihm greifen. Zuerst glaubte Daragh, die Schritte, die er hörte, wären in Wirklichkeit das rhythmische Hämmern seines eigenen Herzens. Dann aber drehte er den Kopf und sah seine Verfolger schwarz und scharf umrissen vor dem hellen, flackernden Mond. Er hatte nicht geglaubt, daß sie hier heraus kommen würden, um ihn zu fassen. Sie waren Geschöpfe der Stadt: finstere, verstohlene Gesellen, die in schwarzen Gassen und den Kloaken der Stadt ihr Unwesen trieben. Er begann zu laufen. Die Erde hielt ihn hohnlachend fest, hängte sich an seine Stiefel und warf ihm Schlammklumpen zwischen die Füße, so daß er nur stolpernd und rutschend vorwärts kam, schwerfällig, ganz gegen seine Natur. Der mondbeschienene Kirchturm und die hellen Fenster des Pubs waren nicht einmal einen Kilometer entfernt. Dort winkte Sicherheit. Daragh rannte keuchend, röchelnd nach Luft schnappend. Die nasse Erde klebte an seinen Füßen, er lief wie im Zeitlupentempo, wic in einem Alptraum. Sein Glück flog auf und davon, und er verfluchte dieses gnadenlose Land.

Er rutschte aus und stürzte auf die Knie. Ihre Schritte klangen wie Donnerschläge. Hände packten ihn bei den Schultern und rissen ihn in die Höhe. Der erste Schlag traf seinen Magen, der zweite sein Kinn, danach prasselte ein ganzer Hagel von Schlägen auf ihn ein.

Es war elf Uhr, Sarah und die Kinder schliefen längst, nur Tilda lag noch wach in dem Doppelbett, das zu groß war und zu leer, und versuchte, sich in den Schlaf zu lesen. Das Klopfen an der Tür war zunächst nicht mehr als ein feines Geräusch. Eulenkrallen auf der Dachrinne, Mäuse hinter dem Schrank, und dann dachte sie: *Max.*

Sie warf sich ein Tuch um, lief nach unten und zog den Riegel zurück. Er lehnte gekrümmt am Türpfosten, das Gesicht in schwarze Schatten getaucht. Sie hörte ihren erschrockenen Ausruf.

»Entschuldige, Tilda«, sagte Daragh. Dann fiel er nach vorn, in ihre Arme.

Als sie ihm in die Küche half, verspürte sie vor allem Zorn. Zorn auf Daragh, weil er nicht Max war; Zorn auf sich selbst, weil sie geglaubt hatte, Max sei zu ihr zurückgekommen; Zorn auf Max, der sie zwang, dies zu ertragen. Im helleren Licht der Küche sah sie Daragh genauer an, sagte, »Um Gottes willen«, und riß ihren Mantel vom Türhaken. »Ich ruf den Arzt an ... die Polizei ...«

Er hielt sie auf. »Das ist nicht nötig, Tilda.«

»Aber Daragh, das hat dir doch jemand angetan.«

»Ja, diese Schweine haben mich fertiggemacht. Aber wir

hatten – eine Vereinbarung.« Er lachte heiser. »Eine Vereinbarung, über die ich mich mit der Polizei nicht unbedingt unterhalten möchte.«

Sie begriff, daß er tief in Schwierigkeiten steckte. Ein Teil von ihr wollte ihm sagen, er solle gehen, jener Teil, den es in letzter Zeit trieb, sich vom Schmerz anderer Menschen zurückzuziehen, weil er sie zu sehr an ihren eigenen erinnerte. Doch er zitterte von Kopf bis Fuß, und sie goß ihm einen Whisky ein und drückte ihm das Glas in die kalte Hand.

»Oben im Schrank liegen ein Hemd und eine Hose von Max. Ich gehe, und hole sie.«

»Ist Max nicht da?«

»Er ist in London.« Auf Zehenspitzen huschte sie die Treppe hinauf und nahm Max' alte Sommersachen aus dem Schrank. Als sie wieder in die Küche kam, hatte Daragh sein Hemd ausgezogen und wusch sich über dem Spülbecken den Schlamm vom Oberkörper. Seine gebräunte Haut war voller Schrammen und Blutergüsse. Sie wollte nicht gebraucht werden, aber jetzt, zum ersten Mal seit Jahren, brauchte Daragh sie. Sie nahm einen sauberen Lappen und wusch ihm die Schultern ab.

»Was hast du für Schwierigkeiten, Daragh?«

»Geldschwierigkeiten«, antwortete er und schnitt eine Grimasse. »Ist mal eine Abwechslung, Tilda. Sonst waren es bei mir immer die Frauen.«

Sie lächelte nicht. »Wie schlimm ist es?« Sie wand den Lappen aus und überlegte. »Ich könnte dir ungefähr zwanzig Pfund leihen.«

»Das ist lieb von dir«, erwiderte er. »Aber das wäre nur ein Tropfen auf dem heißen Stein.«

Sie wollte eigentlich gar nicht wissen, wie es um ihn stand. Sie hatte genug eigene Sorgen und kein Verlangen, auch noch Daraghs zu teilen. Er hatte sie vor Jahren im Stich gelassen; sie schuldete ihm nichts. Doch eine feine Stimme in ihrem Inneren erinnerte sie daran, daß Daragh Canavan ihr seit ihrer Rückkehr nach Southam ein guter Freund gewesen war. Er hatte eine Suchmannschaft zusammengetrommelt, als Josh verschwunden war; er hatte ihr Holz gehackt; er hatte sich bei der Überschwemmung vergewissert, daß sie in Sicherheit war. Und er hatte keine Gegenleistung verlangt.

»Wie schlimm ist es, Daragh?«

Sein Blick erschreckte sie. Er sagte langsam: »Als ich Jossy geheiratet habe, dachte ich, ich wäre ein reicher Mann. Dieses Haus, der Grundbesitz, aber reich zu sein ist nicht so einfach, wie ich dachte. Der Hof hat seit dem Großen Krieg keinen Gewinn abgeworfen. In guten Jahren trägt er sich gerade selbst, in schlechten Jahren machen wir Verluste. Es hat leider viele schlechte Jahre gegeben: Regen im Frühjahr, der die Setzlinge fortgespült hat, schlechte Ernten. Ich habe versucht, ein paar Felder zu verkaufen, aber niemand wollte sie haben. Da hab ich eine Hypothek auf das Haus aufgenommen. Wir haben unglaubliche Ausgaben – Kates Schule, das Personal, die Arbeiter, die Pferde.«

Er nahm Max' Hemd von der Stuhllehne und zog es über. »Mit dem Geld, das ich auf das Haus aufgenommen hatte, kam ich eine Weile ganz gut zurecht. Als ich dann die Hypothekenzahlung nicht leisten konnte, hab ich ein paar Gemälde und ein paar Möbel verkauft. Jossy hatte nichts dagegen: Ich habe nichts verkauft, was an unserem Lebensstil groß etwas geändert hätte. Ich hab ihr gesagt, ich wolle mein Auto verkaufen, weil es Quatsch wäre, jetzt, wo das Benzin rationiert ist, zwei Wagen in der Garage stehen zu haben. In Wirklichkeit hat mir ein Gläubiger gedroht, mich zu verklagen.«

Er holte tief Atem. »Dann hab ich versucht, über andere Wege Geld aufzutreiben. Hauptsächlich beim Pferderennen. Anfangs hatte ich auch Glück.«

Jetzt, dachte Tilda, nach Jahren der Trennung, hatten sie etwas gemeinsam. Jetzt hatten sie beide mit ansehen müssen, wie ihre Träume zerbrochen waren. Die Familie, die ihr soviel bedeutet hatte, war im Begriff, sich aufzulösen; der Reichtum und das Ansehen, um derentwillen Daragh sie verlassen hatte, waren im Begriff, in Staub zu zerfallen.

»Ich mußte ein neues Darlehen aufnehmen. Zu den Banken konnte ich natürlich nicht gehen, die hätten mir die Tür vor der

Nase zugeschlagen. Ich habe mich an andere Leute gewandt.« Daragh lächelte. »Und mit denen bin ich eben da draußen zusammengestoßen.«

Er hatte wieder begonnen zu zittern. Sie rieb seine Schultern, um ihn zu wärmen. »Laß das jetzt mal beiseite. Weiß Jossy Bescheid?«

Er schüttelte heftig den Kopf. Dann sah er sie an und sagte, »Tilda, ich werde das Haus verlieren«, und sie sah die blanke Verzweiflung in seinem Blick.

»Du mußt mit Jossy sprechen.«

Daragh drückte die geballten Fäuste gegen seine aufeinanderschlagenden Zähne. »Sie betet mich an«, murmelte er. »Weiß der Himmel, warum, ich verdiene es nicht. Wie soll ich ihr die Wahrheit sagen? Wie soll ich ihr sagen, daß sie sich all die Jahre getäuscht hat? Gott weiß, daß ich ihr kein guter Ehemann war. Ich habe sie nie geliebt, ich habe sie nicht mal besonders *gemocht*, aber das hat sie wirklich nicht verdient. Ich habe mich an sie gewöhnt – wir wursteln uns so durch – es ist keine tolle Ehe, aber ...«

Seine Stimme war brüchig geworden. Sie nahm seine Hände in die ihren und versuchte, ihm Wärme zu spenden. Sein Körper, kräftiger und muskulöser mit den Jahren, war fremd geworden, aber als sie seine geballte Faust an ihr Gesicht zog, erinnerte sie sich der Wärme seiner Haut.

»Es ist alles ein heilloses Durcheinander«, sagte er und holte zitternd Atem. »Weißt du, ich wollte das Geld von der ersten Ernte nehmen, um die Kerle zu bezahlen, und wir hatten im Eßzimmer so eine kleine Zeichnung, die ungefähr einen Tausender wert war, wie mir jemand sagte. Aber die Überschwemmung hat die Ernte vernichtet, und das Bild ist nur noch Matsch, und, ach, Tilda, ich weiß nicht mehr, was ich tun soll.«

Sie nahm ihn in die Arme und ließ ihn an ihrer Schulter ausruhen. Sein ganzer Körper bebte. Er flüsterte: »Immer hatte ich Glück, aber jetzt ist es damit vorbei, Tilda. Das Glück ist mir zwischen den Fingern zerronnen.«

Sie streichelte sein Haar, und er zog sie fester an sich. Sie tätschelte seinen Rücken und murmelte Beruhigendes, während sie gleichzeitig die Tränen in ihren eigenen Augen fühlte, ihr Salz schmeckte, als sie über ihr Gesicht rannen.

»Tilda, was ist?« flüsterte er. »Es tut mir so leid.« Dann begann er, ihre Tränen wegzuküssen, mit kleinen, weichen Berührungen seiner Lippen auf ihrer Haut. »Ach, Liebes«, sagte er, »du darfst nicht um mich weinen, ich bin es nicht wert, ich war es nie wert.«

Sie wußte, sie sollte sich ihm jetzt mit irgendeiner aufmunternden Bemerkung entziehen, Wasser aufsetzen und Tee kochen.

Aber sie tat es nicht. Es war, als wollten sie beide endlich vollenden, was vor Jahren begonnen hatte. Seine Küsse veränderten sich, seine Lippen verweilten auf ihrer Haut und weckten eine Sehnsucht in ihr, die sie tot geglaubt hatte. Daragh begehrte sie; Daragh fand sie nicht alt, unattraktiv, verbraucht. Mit ihm wurde sie wieder die junge, optimistische, energiegeladene Tilda, die sie einmal gewesen war; mit ihm konnte sie Krieg und Einsamkeit abschütteln. Seine Berührung erweckte sie aus einem todesähnlichen Zustand, entzündete einen Funken, der sie in helle Flammen zu setzen schien. Als er seine Hand unter ihr dünnes Nachthemd schob und ihre Brust berührte, hätte sie aufschreien mögen vor köstlicher, schrecklicher Wonne. Sie hatte vergessen, daß sie solcher Lust fähig war. Daraghs Mund wanderte von ihrem Hals zu ihrer Wange, und als ihre Lippen einander berührten, war sie verloren.

Jossy, die am Fenster im oberen Flur stand, hörte zuerst das Knirschen von Daraghs Stiefeln auf dem Kies, dann das Lied, das er vor sich hin pfiff. Es war eine halbe Stunde nach Mitternacht.

Als er unten den Schlüssel ins Schloß schob, lief sie hastig vom Flur in ihr Schlafzimmer. Sie kroch unter die Decke, als er die Treppe hinaufrannte und die Badezimmertür zuschlug. Später, als es still geworden war, schlich Jossy durch den Korridor zum Badezimmer. Dort berührte sie Daraghs Rasierpinsel, der noch feucht war, und sein Handtuch, als könnte sie die Qual ihres Verdachts durch diesen indirekten Kontakt mit ihm stillen. Sie hob den Deckel des Wäschekorbs und nahm sein Hemd heraus, drückte es an ihr Gesicht, atmete seinen Duft ein. Als sie die Augen öffnete, sah sie das fremde Wäschezeichen. Und das Namensschildchen. *Franklin* stand darauf.

Stöhnend fiel Jossy auf die Knie.

Max hatte Tilda erklären wollen, daß er Zeit brauchte; Zeit, um nachzudenken und das innere Gleichgewicht wiederzufinden, das er für alle so spürbar verloren hatte. Er hätte ihr sagen sollen, daß er, nicht sie, sich verändert hatte, aber ihr verwunderter Blick war wie ein einziger Vorwurf gewesen, und er hatte die emotionale Auseinandersetzung gescheut. Wenn sie ihn berührt hätte, oder er sich von ihr hätte berühren lassen, wäre er vielleicht in tausend kleine Scherben zersprungen. Schon einmal hatte er am Rand dieses Abgrunds gestanden, und nie wieder wollte er so etwas erleben. Am Ende hatte er nur das Falsche gesagt, Worte, die sie vermutlich fehlinterpretiert hatte, aber er wußte, daß seine Ungeschicktheit symptomatisch für seine seelische Verfassung gewesen war.

In seinen zwei Zimmern in London war das Leben leichter. Es gab einen Sessel, einen Tisch, ein Waschbecken und ein Radio, das er fast nie anmachte. Es war höllisch kalt in diesem bitterkalten Winter, in dem wegen der Treibstoffknappheit die Heizung den größten Teil des Tages abgeschaltet blieb, aber auf dem Internat und in den Wintermonaten 1944/45, als er bei der alliierten Armee gewesen war, hatte er Kälte ertragen gelernt. Hier gab es niemanden, der sich mit einem lauten »Daddy« so ungestüm auf ihn stürzte, daß er – es war lächerlich – zusammenfuhr. Hier erwartete niemand Zuwendung oder Intimität, Dinge, die er nicht mehr geben zu können glaubte. Er nahm seine Mahlzeiten in dem tristen kleinen Speiseraum ein, und seine Zimmer wurden einmal in der Woche von einer schweigsamen, in sich versunkenen Frau gereinigt, die um den Sohn trauerte, den sie in El Alamein verloren hatte. Der Mann, für den er jetzt arbeitete, schlug vorsichtig psychiatrische Behandlung vor, aber Max wollte davon nichts wissen, und dabei blieb es. Er wußte, daß er nicht an einer Kriegsneurose litt, wie so viele, die den Ersten Weltkrieg überlebt hatten. Es war einfach so, daß er Dinge gesehen hatte, die kein Mensch jemals sehen sollte, und diese Erlebnisse hatten ihn in einen so tiefen Pessimismus gestürzt, daß er im Augenblick das ganze Leben für sinnlos hielt. Männer hatten Frauen, die so schön waren wie Tilda, getötet, und Kinder, die so lieb waren wie Melissa und Josh, gefoltert, und sie hatten es mit Lust getan. Die Gesichter seiner eigenen Kinder hatten Max ständig daran erinnert. Er wußte, daß er Tilda gegenüber nicht fair war, daß seine Abwesenheit sie verletzte, aber er sah keine Alternative.

Trost fand er im monotonen Einerlei seines Lebens. Selten sah er jetzt eine Zeitung, und alle Zeitschriftenverlage hatten wegen der Treibstoffknappheit den Betrieb einstellen müssen. Er las nur die belanglosesten Bücher und hörte sich nur die leichteste Musik an. Er hatte Fotos von Tilda und den Kindern, aber er bewahrte sie in einer Schublade auf. Er fand Vorwände, wie gesperrte Straßen und überfüllte Züge, um an den Wochenenden nicht nach Southam fahren zu müssen. Es war nicht so, daß er seine Familie nicht liebte, aber er hatte einfach nichts mehr zu geben. In seinem Zimmer sitzend, sah Max dem Schneetreiben zu und war dankbar für die weißen Schleier des Schweigens, die das Getöse der Stadt dämpften.

Doch der Schnee schmolz, und endlich kam der Frühling, und er mußte plötzlich sehr viel an Tilda und die Kinder denken. Er holte die Fotos heraus und stellte sie auf der Kommode auf. Er ging in ein Konzert und weinte nicht. Eines Abends traf er sich mit seinem Vater im Savoy. Sie sprachen über Rugby und über die Pläne der Regierung, die Eisen- und Stahlindustrie zu verstaatlichen, und dann erzählte Max seinem Vater von seiner neuen Stellung.

Sein Vater sah ihn verwundert an. »Ich hätte nicht gedacht, daß dir so was liegt, mein Junge.«

»Es liegt mir auch nicht«, antwortete Max unumwunden. »Ich finde es fürchterlich. Aber ich wollte nicht mehr schreiben.«

»Was hält Tilda denn davon?«

Max wich dem Blick seines Vaters aus. »Tilda und ich leben seit Januar getrennt. Ich mußte ja in London arbeiten, und bei dem Schnee war es unmöglich, regelmäßig nach Hause zu fahren, und ...« Er zuckte die Achseln.

Sein Vater hüstelte. »Ich weiß, daß es heutzutage verdammt schwer ist, eine Wohnung zu finden, aber wenn man Geld hat ... Du weißt, daß ich ein bißchen was beiseite gelegt habe, Max.«

Automatisch schüttelte Max den Kopf. Sein Vater ersetzte immer Liebe durch Geld. Gefühle waren nicht seine Währung; nur die Schecks, die Max jedes Mal zurückwies.

Der Kellner kam an ihren Tisch. Max' Vater goß Wasser in seinen Whisky und hüstelte wieder. »Ich habe deine Mutter im Stich gelassen. Ich habe ihr nie das gegeben, was sie wirklich brauchte. Aber das wurde mir erst klar, als es zu spät war.«

Max konnte sich nicht erinnern, daß sein Vater je zuvor mit ihm über seine Ehe gesprochen hatte. Er war so verblüfft, daß er nicht wußte, was er sagen sollte, aber er bemühte sich, da er ahnte, was diese wenigen kurzen Sätze seinen Vater gekostet haben mußten.

»Tilda kann nichts dafür. Es ist alles meine Schuld. Ich habe im Krieg schreckliche Dinge gesehen, Dad, und ich konnte sie einfach nicht vergessen. Ich kann es immer noch nicht. Du weißt sicher, was ich meine. Du warst ja beim ersten Mal selbst dabei.«

Danach schwiegen sie beide lange. Als sein Vater schließlich aufstand, sagte er: »Als ich Tilda kennengelernt habe, dachte ich bei mir, was für eine entzückende junge Frau sie ist. Ein kostbarer Schatz.« Max' Vater nahm Hut und Schirm und legte seinem Sohn kurz die Hand auf die Schultern. »Wirf ihn nicht weg, Max. Mach es nicht so, wie ich es gemacht habe.«

Oft erinnerte sie sich an den Moment, als Daragh gegangen war. Er hatte sich von ihr abgewandt (sie lagen keuchend auf dem Küchenboden inmitten ihrer abgestreiften Kleider), hatte auf die Uhr gesehen und gesagt: »Heiliger Himmel, Jossy hat bestimmt schon einen Suchtrupp losgeschickt.« Er sprang auf und beim Anziehen pfiff er vor sich hin. Ein irisches Volkslied. Als er sich schon zum Gehen gewandt hatte, sah er seine schmutzigen Kleider und hob sie auf. Er beugte sich zu ihr hinunter und küßte sie. Dann ging er, und die Tür fiel hinter ihm zu.

Sie war in ihr Schlafzimmer hinaufgegangen, hatte kaltes Wasser aus dem Krug in die Waschschüssel gegossen und sich von oben bis unten gewaschen. Dann hatte sie sich, in ein großes Badetuch gewickelt, auf die Bettkante gesetzt. Aus den Schatten des von der Öllampe trübe erleuchteten Zimmers hatten sich die Dinge erhoben, die sie an den Mann erinnerten, den sie liebte. Sein alter Morgenrock am Haken an der Tür, seine Schreibmaschine auf der Kommode, eine Packung Zigaretten auf dem Kaminsims. Und ihr Hochzeitsfoto, das in Silber gerahmt auf dem Nachttisch stand. *Ach, Max*, hatte Tilda geflüstert. *Ach, Max, was habe ich getan?*

Am Ende schrieb sie ihm. *Lieber Max, Sarah ist sehr krank. Ich glaube, es geht dem Ende zu. Seit Du fort bist, ist hier nichts mehr, wie es sein sollte. Bitte komm nach Hause, Max, ich brauche Dich so sehr.*

Sie unterschrieb den Brief und löschte ihn ab. Dann stand sie auf, ging zum Fenster und zog den Vorhang ein wenig auf. Sie fühlte sich erschöpft von Schuld, Entsetzen und Furcht vor der Zukunft, aber sie wußte, daß sie nicht schlafen würde. Hätte sie nur die Uhr zurückdrehen können. In diesem Augenblick sah sie Gerechtigkeit wie Sarah sie sah, als ein Aufwiegen von Gut und Böse. Ein Abrechnen. Gewogen und zu leicht befunden. Sie hatte Max verraten, und dafür mußte ein Preis entrichtet werden.

Jossy fuhr nach Cambridge. Wasserlachen standen noch auf den Feldern, aber die Hauptstraßen waren befahrbar, und die Reparaturarbeiten an Deichen und Kanälen kamen voran. In Cambridge ging sie zuerst in ein Kaufhaus und ließ sich dort im Frisiersalon die Haare schneiden und tönen, um die grauen Strähnen zu verbergen. Eine weitere halbe Stunde brachte sie damit zu, sich von einem hochnäsigen jungen Mädchen im weißen Kittel schminken zu lassen und sich dabei einen Vortrag darüber anzuhören, daß man die Gesichtspflege niemals vernachlässigen dürfe. Als sie schließlich die Augen öffnete und in den Spiegel sah, blickte ihr ein neues Gesicht entgegen: Die feinen Linien um Mund und Nase waren unter Make-up und Puder verschwunden, die dunklen Augen, immer schon das Schönste in ihrem Gesicht, hatten durch Lidstriche und Wimperntusche eindrucksvoll an Größe und Tiefe gewonnen.

Nach der Sitzung im Kosmetiksalon machte sie einen Einkaufsbummel. Sie hatte sich seit Ewigkeiten nichts Neues mehr gekauft und hatte daher, obwohl Kleidung rationiert war, Marken genug. Mit der Hilfe einer Verkäuferin entschied Jossy sich schließlich für eine cremefarbene Bluse und einen knielangen schwarzen Rock. Sie hätte ihn lieber länger gehabt – dem »New Look« entsprechend, den man jetzt in allen Zeitschriften sah –, aber Kleidungsstücke wurden immer noch knapp bemessen, um Material zu sparen.

»Sehr schick, Madam«, sagte die Verkäuferin, als Jossy sich im Spiegel musterte. *Schick*, dachte Jossy erbittert, während sie die neuen Sachen wieder auszog. Niemals schön. *Tilda ist zehnmal schöner als du.* Ihre Hände zitterten, als sie die Knöpfe öffnete.

Als sie wieder zu Hause war, ließ die Hochstimmung, die sich während der Einkaufs- und Verschönerungsfahrt eingestellt hatte, rasch nach. Anfangs hatte die Verwüstung ihres Zuhauses sie nicht tiefer berührt; Hauptsache war ihr gewesen, Daragh in Sicherheit zu wissen. Bei der Nachricht, daß der Deich gebrochen war, hatte sie die entsetzliche Gewißheit überfallen, ihn verloren zu haben; sie war überzeugt gewesen, daß die Wasserfluten ihn ihr geraubt hatten, nachdem sie ihn jahrelang trotz geringer Chancen gegen den räuberischen Zugriff anderer Frauen verteidigt hatte. Als sie hörte, daß er gerettet war, hatte sie keine Träne um ihr vom Wasser zerstörtes Zuhause geweint. Statt dessen hatte sie, als die Fluten sich zurückgezogen hatten, Daragh und den Männer geholfen, durchweichte Teppiche und Möbelstücke aus den unteren Räumen des Hauses nach oben zu schleppen, und als das getan war, hatte sie begonnen, das Haus von den Resten schwarzen Schlamms zu säubern.

Jetzt aber schienen die Tapeten, die in fleckigen Fetzen von den Wänden hingen, und die nackten, geschwärzten Bodendielen wie ein Spiegel ihres Verlusts. Gerade zu einer Zeit, wo sie verzweifelt Halt suchte an dem, was sie besaß, löste sich alles auf.

Um acht Uhr rief sie zum Abendessen. Daragh machte große Augen, als er sie sah. »Du siehst prachtvoll aus, Joss.«

Prachtvoll. Schiffe, Autos und Häuser waren prachtvoll. Sie fühlte sich plump und unförmig, ohne jede Spur der Zierlichkeit und Eleganz, die Tilda besaß. Aber sie lächelte und sagte: »Ich habe uns etwas Besonderes gekocht, Daragh.«

Er war anderntags von seinem Pferd abgeworfen worden; jetzt rieb er sich den blauen Fleck am Kinn. »Habe ich einen Geburtstag vergessen?« fragte er in leichtem Ton. »Feiern wir etwas?«

»Ich habe wunderbare Neuigkeiten, Daragh. Ich sag's dir, wenn wir fertig sind.«

Sie hatte drei Gänge gemacht: Suppe, Fisch und Nachtisch. Das Gemüse und das Obst waren aus dem Garten, die Forelle hatte Daragh am Tag zuvor gefangen. Die Kahlheit des Raums wurde durch die Flammen des offenen Feuers und der Kerzen gemildert. Sie holte das Radio aus der Küche und stellte es auf das dritte Programm ein. Gedämpfte Musik begleitete sie beim Essen. Daragh funkelte wie damals, als er die Affäre mit Elsa Gordon begonnen hatte.

Nach Kaffee und Kognak ging Jossy zu ihm an den offenen Kamin und legte ihren Kopf an seine Schulter. Sie erzählte ihm, daß sie am Morgen beim Arzt gewesen war und erfahren hatte, daß sie nun keine Kinder mehr bekommen würde. »Es ist das Klimakterium, Daragh. Bei manchen Frauen kommt es früher als bei anderen, hat Dr. Williams gesagt.«

Er drückte sie zerstreut an sich. »Das ist hart. Arme Joss.«

»Daragh«, sagte sie, »verstehst du nicht? Siehst du denn nicht, was das bedeutet? Wir können wieder wie Mann und

Frau zusammenleben. Wir können wieder miteinander schlafen.«

Sie hatte Tränen in den Augen. Sie stellte sich auf Zehenspitzen, ihr Mund suchte den seinen. Mit kleinen Küssen bedeckte sie zart die Wunde in seiner Lippe und den geröteten Fleck an seinem Kinn. Sie zog ihn an sich und ließ sich von der Wärme und dem Duft seines Körpers einhüllen. Ein Funke Furcht war immer noch da, aber sie wußte, daß sie die richtige Entscheidung getroffen hatte.

Sie verführte ihn in dieser zweiten Hochzeitsnacht. Sie kleidete ihn aus, sie streichelte und liebkoste ihn, sie weckte sein Begehren. Als sie ihn in sich erschauern spürte, wußte sie, daß sie siegen würde. Daragh würde, wie er das immer getan hatte, den Weg des geringsten Widerstands wählen.

Am folgenden Tag ging Jossy nach Southam aufs Postamt, um Briefmarken zu kaufen. Auf dem Rückweg durch das Dorf zum Herrenhaus sah sie einen Mann aus dem Bus steigen, den sie sogleich erkannte. Zielstrebig ging sie auf ihn zu.

Sie mußte Max auf die Schulter tippen, um seine Aufmerksamkeit zu gewinnen. Dann sagte sie: »Guten Tag, Mr. Franklin. Ich freue mich zu sehen, daß Sie wieder in Southam sind. Vielleicht würden Sie in Zukunft dafür sorgen, daß Ihre Frau meinem Mann fernbleibt. Das wäre für uns beide besser, meinen Sie nicht auch?« Damit machte sie auf dem Absatz kehrt und ging die Straße hinunter.

Beinahe wäre er ihr nachgelaufen, um sie zu packen, sie zu schütteln, sie zu zwingen, die schmutzigen Beschuldigungen zurückzunehmen. Dann dachte er, und *wenn nun* ... und blieb mitten auf der Straße stehen, den Blick auf die davongehende Joscelin Canavan gerichtet. Ein Traktor fuhr ratternd die Straße hinauf auf ihn zu, aber er sah ihn erst, als der Fahrer sich herausbeugte und ihn laut anrief.

Max nahm seinen Koffer und machte sich auf den Weg zum Long Cottage. Es überraschte ihn selbst, wie ruhig er war. Er begann zurückzudenken. Wie Tilda zum Savoy Hotel gefahren war, um Daragh Canavan zu besuchen. Wie er hinterher mit ihr am Embankment spazierengegangen war. Der Schmerz in ihren Augen. *Du hast nicht gesagt, daß du ihn nicht liebst. Eines Tages werde ich es sicher sagen können. Es braucht nur eine Weile.*

Später dann Tildas Rastlosigkeit in der Enge der häuslichen Umgebung. Sie hatte mehr gewollt, als er ihr hatte geben können. Ihre Kinder, die Kindertransporte, die hektischen Tage und Abende ihrer Arbeit mit Flüchtlingen und Evakuierten – war das alles ein ewiges Bemühen gewesen, ihre Tage zu füllen, einen Ersatz für das eine herzustellen, die wahre Liebe, die sie gefunden und verloren hatte?

Er stand vor dem Haus. Sie war im Garten; mit der Harke in der Hand stand sie über eine Furche in der Erde gebeugt. Sie besaß eine Freiheit des Geistes, um die er sie beneidete und die er für sich hatte beanspruchen wollen. In ihr brannte noch, was bei ihm durch eine Mittelklassen-Kindheit, die Schule, die Arbeit erstickt worden war. Er vermutete, daß es auch in Daragh Canavan noch brannte, obwohl er den Eindruck hatte, daß bei Daragh Unabhängigkeit zu Rücksichtslosigkeit pervertiert war, Leidenschaft, die nie Zügel gekannt hatte, zu Lasterhaftigkeit entartet war. Er beobachtete sie eine Weile dort im Garten, über die Erde gebeugt, das dunkelblonde Haar dem strengen Band entkommen, ihr Profil schön und ebenmäßig, dann wandte er sich zum Gehen.

Offenbar hatte er irgendein Geräusch gemacht, denn er hörte sie plötzlich rufen. Er ging weiter, den Weg entlang zu der Straße, die nach Ely führte. Er hörte ihre näher kommenden Schritte hinter sich, das Klatschen des Wassers, als sie in ihren Gummistiefeln durch Pfützen lief. Als sie seine Schulter umfaßte und versuchte, ihn herumzuziehen, hätte er beinahe ihre Hand weggeschlagen.

»*Max …*«, stieß sie keuchend hervor.

Er sagte, »Ich habe gerade mit Mrs. Canavan gesprochen. Oder, genauer gesagt, sie hat mit mir gesprochen«, und sah, wie Tildas Gesicht sich veränderte, sah den Schrecken und wußte, daß sie ihn betrogen hatte.

»Ich hoffte, sie hätte gelogen«, setzte er hinzu. Ihre Hand

glitt von seinem Arm. »Oder sie hätte sich getäuscht. Aber das ist ja wirklich höchst unwahrscheinlich. Schließlich liebst du ihn seit Jahren, nicht wahr?«

»Max, bitte ...«

Sie standen vor dem Postamt. Ein Spitzenvorhang bewegte sich; eine Frau blieb auf der Straße stehen und tat so, als suchte sie etwas in ihrer Tasche.

»Wir müssen miteinander reden.« Ihr Blick beschwor ihn.

»Was gibt es da noch zu reden? Mrs. Canavan hat mir mehr oder weniger deutlich zu verstehen gegeben, daß du eine Affäre mit ihrem Mann hast. Beinahe hätte ich ihr gesagt, sie solle sich ihre kleinlichen Gemeinheiten sparen. Aber dann dachte ich, es könne vielleicht wahr sein.« Er sah sie an und hätte sie am liebsten so lange geschüttelt, bis sie ihm die Wahrheit sagte. »Ist es wahr, Tilda? Ist es wahr?«

»Ich liebe Daragh nicht, Max«, sagte sie leise. »Ich liebe dich. Daragh habe ich früher einmal geliebt, aber dann habe ich dich lieben gelernt, und ich werde dich immer lieben, mein Leben lang.«

Doch er glaubte ihr nicht mehr. Er hatte die Fähigkeit verloren, an Wunder zu glauben. Er sagte, »Aber du hast mit ihm geschlafen«, und als sie, unfähig, ihn anzusehen, die Augen schloß, drehte er sich zornig herum und schrie der Frau mit der Einkaufstasche, den Gaffern hinter den Fenstern zu: »Laßt uns in Frieden, *verdammt* noch mal!« Dann nahm er seinen Koffer und begann den langen Marsch zurück nach Ely. Er war todmüde, sein ganzer Zorn untergegangen in der schrecklichen Erkenntnis, daß er ihr nicht genügte und ihr nie genügt hatte; daß es nichts als Selbsttäuschung gewesen war, wenn er geglaubt hatte, ein Mann zu sein, den eine Frau wie Tilda lieben konnte.

Wieder hörte er sie hinter sich. Ihre Stimme war ein einziger Aufschrei der Verzweiflung.

»Es war doch nur *einmal!*«

Ihr Gesicht war tränenüberströmt. Max' Zorn brandete wieder auf. »Du hattest es mir versprochen«, sagte er leise. »Du hattest es mir versprochen.«

Jossy hatte gemeint, sie würde sich großartig fühlen, statt dessen war sie nur völlig erledigt. Sie ging nach einem frühen Abendessen gleich in ihr Schlafzimmer hinauf, während sich Caitlin in der Küche ein Brot strich. Sie wollte sich nur zehn Minuten hinlegen.

Als sie erwachte, sah sie an der Schwärze des Himmels, daß sie Stunden geschlafen hatte. Sie war noch voll bekleidet. Im ersten Moment war sie völlig desorientiert. Sie sah auf die Uhr. Es war halb drei Uhr morgens. Sie hatte mehr als acht Stunden geschlafen. Fröstelnd zog sie ihren Morgenrock über Rock und Pullover und ging durch den Korridor zu Daraghs Zimmer, um sich zu ihm ins Bett zu legen und wärmen zu lassen. Sie stieß die Tür auf.

Er war nicht da. Wie erstarrt blieb sie stehen, konnte nicht glauben, daß das Bett unberührt war. Dann machte sie Licht und sah sich im Zimmer um. Sie durchsuchte das ganze Haus, öffnete eine Tür nach der anderen. Auf dem Küchentisch stapelte sich Geschirr, und Daraghs leeres Whiskyglas stand auf dem Abtropfbrett der Spüle. Daraghs Tweedjacke und seine Gummistiefel waren nicht da. Das konnte nur bedeuten, daß er zu Fuß über die Felder nach Southam gegangen war.

Jossy versuchte, sich einzureden, Daragh sei nur in den *Pheasant* gegangen, um ein Glas zu trinken, und von dort zu einem Hahnenkampf oder einem Pokerspiel. Doch sie konnte nicht wieder einschlafen. Stundenlang lag sie wach, sah zu, wie der Himmel langsam hell wurde, lauschte in der Hoffnung, seine Schritte zu hören.

Beim Morgengrauen stand sie auf und machte Caitlin das Frühstück. Caitlin kam im Reitkostüm herunter, aber schlechter Stimmung, empfindlich und gereizt. Als Jossy ihr sagte, daß ihr Vater noch nicht zu Hause sei, versetzte Caitlin ungeduldig, während sie Zucker auf ihr Porridge streute, er werde bestimmt bald kommen, er habe es versprochen. Sie aß zwei Löffel Porridge, dann lief sie zum Stall hinaus, um die Pferde fertigzumachen.

Jossy spülte das Geschirr, schrubbte die Töpfe. Der Tag, der schön heraufgezogen war, bewölkte sich, und bald prasselte der Regen in Strömen auf den Kies und bildete große gelbe Pfützen. Caitlin kam schließlich wieder ins Haus, blieb aber am Fenster und spähte unverwandt durch die glitzernden Regenschleier. Jossy, die sie beobachtete, begriff plötzlich, wie tief unglücklich ihre Tochter war. Unbeholfen legte sie Caitlin den Arm um die Schultern; das Kind wehrte sich nicht gegen sie, aber es suchte auch keine Zuflucht bei ihr. Sie nimmt mich gar nicht wahr, dachte Jossy und wurde sich im selben Moment bewußt, daß sie beide mit schmerzlicher, angstvoller Sehnsucht auf denselben Mann warteten. Der gemeinsame Kummer hätte ihnen eigentlich helfen müssen, einander zu trösten, aber er tat es nicht.

Daragh kam weder an diesem Tag nach Hause noch am nächsten. Am Montag morgen fuhr Jossy, nachdem sie Caitlin zur Schule gebracht hatte, nach Southam. Ihr war plötzlich der erschreckende Gedanke gekommen, daß ihr Gespräch mit Max Franklin möglicherweise genau das Gegenteil von dem bewirkt hatte, was ihre Absicht gewesen war. Vielleicht hatte Max Franklin daraufhin seine Frau verlassen, und Daragh, der Tilda immer geliebt hatte, hatte sich die Gelegenheit zunutze gemacht.

Unerschüttert von den neugierigen Blicken, die sie mit ihren Nachfragen erntete, erfuhr Jossy, daß Max Franklin seine Frau in der Tat verlassen hatte. Mrs. Butler auf dem Postamt hatte gesehen, wie Mrs. Franklin ihrem Mann weinend nachgelaufen war. Aber bei so einer wie Mrs. Franklin, fügte Mrs. Butler hinzu und sah Jossy mit ihren großen blassen Augen vielsagend an, könne man ja auch nichts anderes erwarten.

Jossy fuhr den Weg hinunter, der zum Long Cottage führte. Kinder spielten vor dem Haus, liefen aus und ein; der Flüchtlingsjunge kam mit dem Fahrrad aus dem Dorf, den Korb voller Frühkohl, aber von Daragh war nirgends eine Spur zu sehen. Als Tilda mit einer Einkaufstasche am Arm aus dem Haus kam, musterte Jossy sie aufmerksam. Ihr Gesicht war blaß und fleckig, das lange Haar hing ihr strähnig um die Schultern. Schön, dachte Jossy, war sie nicht mehr. Nein, sie war so unscheinbar wie ihre Schwester.

Als Daragh fünf Tage weg war, kam Jossy zum ersten Mal der Gedanke, daß er vielleicht nie zurückkehren würde. Sie stand über den Herd gebeugt und prüfte mit einem Messer, ob die Kartoffeln schon weich waren, als ihr diese Möglichkeit durch den Kopf schoß. Sie kochte noch immer jeden Tag für drei Personen. Das Messer glitt leicht in die Kartoffel, und Jossy richtete sich auf. Sie schob mit einer ungeduldigen Bewegung das Haar aus ihrem Gesicht und versuchte, den Gedanken abzuschütteln. Daragh war schon früher weggewesen. Aber nie so lange. Nie ohne zu schreiben.

Am nächsten Morgen ging sie zu Fuß über das Feld nach Southam. Der Deich war repariert, nur ein paar trübe, schlammige Tümpel, in denen rostige Blechdosen und Fetzen von Sackleinwand schwammen, standen noch in den Senken der Felder. Zeitweilig hielt Jossy den Blick fest auf den Boden gerichtet, nach Spuren suchend, die er vielleicht hinterlassen hatte – eine weggeworfene Zigarettenschachtel oder einen Knopf von seiner Jacke –, dann wieder schweifte ihr Blick zum Horizont, als könnte sie ihn, sechs Tage nach seinem Verschwinden, gleich dort auftauchen sehen, pfeifend, die Hände in den Hosentaschen, auf dem Weg zurück zu ihr.

Am nächsten Tag ging sie zur Polizei in Ely. Sie sah es den gelangweilten Mienen der Beamten an, daß ihre Geschichte sie nicht interessierte, daß Daragh für sie nur einer von vielen Ehemännern auf Abwegen war. Zornig schlug sie mit der Faust auf das Pult und sagte: »Ist Ihnen klar, daß mein Vater Edward de Paveley war und daß er hier Richter war?« Sie schrieben sich zwar gehorsam ein paar Einzelheiten auf, doch ihre Gesichter waren unverändert gelangweilt, und als sie ging, dachte sie, wie sehr sich doch seit dem Krieg alles verändert hatte.

Zu Hause fiel ihr Daraghs Post ins Auge, die in einem Stapel auf dem Tisch im Foyer lag. Sie setzte sich ins Damenzimmer, wo sie die Umschläge mit einem Brieföffner aufschlitzte und hastig jedes einzelne Schreiben überflog. Sie erfuhr nichts darüber, wohin Daragh verschwunden war, aber sie erfuhr eine Menge anderer Dinge: Sie schuldeten das Schulgeld für Caitlin, sie schuldeten Händlern und Handwerkern große Summen. Southam Hall, ihr Zuhause, war mit einer hohen Hypothek belastet, für die seit sechs Monaten keine Zahlungen mehr geleistet worden waren. Die Briefe um sich herum verstreut wie gefallene Blätter, saß sie eine Weile reglos da, wie betäubt von der Erkenntnis, daß es möglich war, jene Dinge zu verlieren, die man für unveräußerlich gehalten hatte: seine gesellschaftliche Stellung, das Haus seiner Kindheit.

Am folgenden Tag ging sie zur Bank. Der Filialleiter erklärte ihr, daß sie Southam Hall möglicherweise verlieren würde. Jossy starrte ihn mit steinerner Miene an und sagte kurz: »*Dazu* wird es gewiß nicht kommen, Mr. Mortimer.« Dann rauschte sie hocherhobenen Kopfes hinaus, aber ihre Beine zitterten. Als sie an diesem Abend am Fenster stand und nach ihm Ausschau hielt, hatte sie das Gefühl, daß die ihr vertraute Welt im Begriff war, auseinanderzubrechen. Es hätte sie nicht verwundert, wenn der Nachthimmel hell geworden wäre, oder wenn die sumpfige Erde sich geöffnet hätte, um Gräber voll von Sauriergebeinen zu enthüllen.

Einen Monat später engagierte sie einen Privatdetektiv. Inzwischen war sie mehrmals in London gewesen und hatte Daraghs bevorzugte Aufenthaltsorte aufgesucht: das Savoy, das Café Royal, seinen Club. Caitlin hatte sie zu Hause gelassen, für den Fall, daß er während ihrer Abwesenheit zurückkommen sollte. Sie fuhr nach Newmarket und nach Ascot und suchte in der wogenden Menge beharrlich nach seinem Gesicht. Sie kehrte noch einmal in die Badeorte zurück, wo sie Urlaub gemacht hatten, als Caitlin noch klein gewesen war: Cromer, Great Yarmouth und Southwold. Immer, wenn sie einen großgewachsenen, dunkelhaarigen Mann mit federndem Schritt sah, stockte ihr fast das Herz.

Mr. Oddie, der Privatdetektiv, hatte einen krummen Rücken und graues Haar, und seine Kleider rochen nach Tabak. Auf dem gelben Seidensofa im Damenzimmer thronend, stellte er eine Reihe unverschämter Fragen. Sie ließ sie um Daraghs willen über sich ergehen. Sie ließ sie über sich ergehen, weil sie mittlerweile wußte, daß sie Daraghs Kind erwartete. Sie brachte dem Ungeborenen nur Gleichgültigkeit entgegen. Ihre ganze Kraft konzentrierte sich auf ein einziges Unternehmen. Sie wußte, daß Daragh *irgendwo* war, und es nur darauf ankam, am richtigen Ort zu suchen. An die andere Möglichkeit wollte sie nicht einmal denken.

Mr. Oddie stöberte, seine selbstgedrehten Zigaretten rauchend, in Southam herum und stellte Fragen. Der Dorfklatsch wollte wissen, daß Daragh nach Irland zurückgekehrt oder, wie so viele seiner Vorfahren, nach Amerika geflohen war. Der Dorfklatsch behauptete außerdem verletzenderweise, Daragh sei mit einer anderen Frau durchgebrannt. Mr. Oddie war dieser Möglichkeit nachgegangen, aber Daragh Canavan war zur Zeit seines Verschwindens in Tilda Franklin verliebt gewesen, und Tilda Franklin lebte noch immer allein in Southam. Jossy sagte Mr. Oddie nichts von Tilda Franklins angeblicher Verbindung mit ihrer eigenen Familie.

Mr. Oddie schrieb einen Bericht, in dem er zu dem Schluß gelangte, daß Daragh Canavan wegen seiner Schulden außer Landes geflohen war, wenn man auch nirgends auf den Passagierlisten von Flugzeugen und Schiffen seinen Namen gefunden hatte. Jossy dankte ihm und bezahlte ihn mit dem Erlös aus dem Verkauf einer Halskette ihrer Mutter.

Kit de Paveley sprach im Herrenhaus vor. »Die Felder sind noch nicht bestellt, Joss. Soll ich die Leute zusammenholen?«

Jossy schüttelte den Kopf. »Daragh wird das alles regeln, wenn er nach Hause kommt, Kit.«

Kit trat von einem Fuß auf den anderen und machte Anstalten, etwas zu erwidern, aber sie brachte ihn zum Schweigen. Solange niemand ihre schlimmsten Befürchtungen in Worte faßte, konnte sie sie unter Verschluß halten; konnte sie mit den Unbequemlichkeiten und Beschwerden, die Teil ihres täglichen Lebens geworden waren, existieren; konnte sie weitermachen.

Dennoch ertappte sie sich hin und wieder bei dem Gedanken, *Was ist, wenn er niemals zurückkommt?* Was sollte werden, wenn Daragh, der die einzige Freude in ihrem Leben gewesen war, für immer verschwunden bleiben würde? Der Schmerz über sein Verschwinden war manchmal so heftig, daß sie sich wünschte zu sterben. Nachts weinte sie und wälzte sich in ihrem Bett und hätte laut schreien mögen über seine Abwesenheit.

Sarah starb im Juni. Tilda fand sie eines Nachmittags im Obstgarten, wo sie mit geschlossenen Augen, ein aufgeschlagenes Buch auf dem Schoß, in einem alten Liegestuhl saß. Zuerst glaubte sie, Sarah schliefe, aber als sie, in der Absicht, sie zu wecken, die kalte Hand berührte, wußte sie, daß sie tot war. Die Luft war lichtblau und duftete nach den Rosen und Nelken in Erichs Garten.

Tilda half der Pflegerin, Sarahs Leichnam herzurichten. Später, nach der Beerdigung, räumte sie Sarahs Zimmer aus. Während sie alte Korsetts und nach Lavendel duftende gestrickte Strümpfe in Kartons schichtete, war ihr, als packte sie die Vergangenheit weg, als setzte sie einen Schlußstrich unter ihre Kindheit. Als sie mitten in der Nacht erwachte, fiel ihr das Versteck unter der zerbrochenen Bodenplatte ein, wo Sarah ihre Ersparnisse aufbewahrt hatte, und sie ging im Nachthemd nach unten. Unter der Platte fand sie einen alten Strumpf, der mit Münzen gefüllt war. Es waren Sovereigns, alte Goldmünzen, ein Dutzend an der Zahl, mit einer dünnen Schicht schwarzen Schlicks überzogen. Sie setzte sich an den Tisch, das Häufchen Münzen vor sich, und der Tee, den sie sich gemacht hatte, wurde kalt, während es im Zimmer langsam heller wurde.

So öde und konturlos wie die Felder, die Southam umgaben, dehnte sich die Zukunft vor ihr. Sarah war tot, und Max hatte sie verlassen, und sie würde niemals das dritte Kind bekommen, nach dem sie sich gesehnt hatte. Die Kinder, die sie früher einmal gebraucht hatten, die Flüchtlinge, meisterten jetzt ihr Leben selbst. Josh und Melissa wurden älter, und ihr eigenes Leben schien an Schwung verloren zu haben. Sie dachte an Max, und sie dachte an Sarah und drückte die Hände auf ihre Augen, während sie weinte.

Tilda klopfte an die Tür des Verwalterhauses, in dem Kit de Paveley lebte. Sie hörte Kits pfeifenden Atem, bevor er den

Riegel zurückschob. Sie wollte sich für ihren unangemeldeten Besuch entschuldigen, aber Kit bat sie sogleich ins Haus.

Sie war entsetzt, als sie es sah. Boden und Wände waren fast schwarz, und überall in den Ritzen der Sockeltäfelung saß der Schwamm. Der Geruch nach Feuchtigkeit und Fäulnis war überwältigend.

»Die Haushälterin kommt nicht mehr«, erklärte Kit, als Tilda ihm durch den Korridor folgte. »Seit der Überschwemmung. Es hat Wochen gedauert, bevor das Wasser unter Bodenhöhe sank, ich bin ewig in Gummistiefeln herumgewatet.« Er lächelte in dem Bemühen, einen Scherz daraus zu machen, aber er sah krank aus. Er öffnete eine Tür. »Aber dieses Zimmer hab ich mir hergerichtet«, sagte er. »Ich hoffe, es ist akzeptabel.«

Er sah sie mit so unverhohlener, so unerwarteter ängstlicher Besorgnis an, daß sie lächelte und sagte: »Es ist großartig, Mr. de Paveley. Wirklich großartig.« Das Zimmer war besser als die anderen. Blanke Dielen, einige wenige Möbelstücke, alte Cretonnevorhänge an den Fenstern.

»Die Stelle, wo ich zu graben angefangen hatte«, sagte Kit plötzlich, »wo Sie Ihre Münze gefunden haben, Mrs. Franklin ...«

Sie erinnerte sich, wie sie Kit de Paveley die Münze geschenkt hatte, die sie stets um den Hals getragen hatte. Als Glücksbringer. Nun ging es ihr wie Daragh, es war vorbei mit ihrem Glück.

»Der Beginn war sehr vielversprechend. Ich hatte es vorher schon an ein paar anderen Stellen an der Böschung versucht, aber da habe ich nichts gefunden. Dann entdeckte ich einige Mosaiksteinchen und Keramikscherben. Und ein wunderschönes kleines Stück Glas. Wissen Sie, man findet nämlich nicht oft römisches Glas. Sie haben es immer wieder verwendet.«

Tilda fragte sich, ob er daran dachte, für sich einzukaufen, zu kochen, seine Kleider zu waschen. Sie beschloß, ihn zum Tee einzuladen.

»Aber solange Schnee lag, konnte ich nicht graben, und

dann kam die Überschwemmung, sie hat alles weggespült, vernichtet ...« Kit de Paveley zwinkerte und wandte sich ab.

»Aber Sie werden doch nicht aufgeben, Mr. de Paveley?«

»Ich weiß es nicht. Ich weiß es nicht.« Die Hände in seine Hosentaschen vergraben, starrte er zum Fenster hinaus zum Kanal.

Tilda schlug das Taschentuch auseinander, in das sie Sarahs Münzen eingebunden hatte. »Würden Sie sich die einmal ansehen? Meine Tante hat sie mir hinterlassen, und ich würde sie eigentlich gern verkaufen.«

Die Münzen glitten in Kit de Paveleys geöffnete Hände. Er senkte den Kopf und prüfte sie aufmerksam. Durch das Fenster konnte Tilda den Deich sehen. Der spärliche Grasbewuchs des Hangs war die einzige Erinnerung an die Katastrophe im Frühling.

Die ganze Nacht hatte sie immer wieder Schmerzen im Rücken. Dennoch schlief Jossy schließlich ein, überzeugt davon, daß die Schmerzen am nächsten Morgen verschwunden sein würden. Das waren sie nicht, aber sie hatten immerhin so weit nachgelassen, daß sie Caitlin zur Schule fahren konnte. Danach überlegte sie, auf dem Parkplatz im Wagen sitzend, ob sie Dr. Williams aufsuchen sollte. Aber sie scheute die Mühe: all die Umstände, all die komplizierten Maßnahmen, die sie würde treffen müssen, sollte Dr. Williams sie ins Krankenhaus einweisen. Besser, sie fuhr nach Hause, die Schmerzen würden vielleicht von selbst weggehen.

Zu Hause setzte sie sich in die Küche und trank eine Tasse Tee. Die Schmerzen verebbten zu einem leichten Ziehen, das kaum noch spürbar war. Es war ein warmer, sonniger Tag, ein Tag wie geschaffen für Daraghs Heimkehr. Daragh und der Sommer gehörten für sie zusammen: Immer, wenn sie ihn sich vorstellte, sah sie ihn mit federndem Schritt auf dem Kamm der Böschung gehen, die Hände in den Taschen seiner alten Cordjacke, das lockige dunkle Haar vom leichten Wind gezaust. Sie stand von ihrem Stuhl auf und ging versuchsweise bis zur

Haustür. Alles in Ordnung, keine Schmerzen. Es war zu warm für eine Jacke, sie setzte deshalb nur ihren alten Strohhut auf und ging nach draußen.

Auf dem Weg durch den Park dachte sie daran, wie sie hier das erste Mal mit Daragh gegangen war. Schon damals hatte sie gewußt, daß sie ihn liebte und immer lieben würde. Er war all das gewesen, was sie nicht sein konnte: lebendig, heiter und schön. Über die Jahre zurückblickend hatte sie den Eindruck, sie wäre ständig gerannt, um mit ihm Schritt zu halten, während er ihr immer einen Flügelschlag voraus gewesen war, nicht zu fassen, lockend und leuchtend. Es machte ihr nichts aus: Sie war dankbar für die Erfahrung, geliebt zu haben.

Sie ging am Gewirr der Himbeersträucher und den von Mehltau befallenen Stachelbeeren im Küchengarten vorüber und blickte weit über das von Mohn und Kornraden rotgesprenkelte Feld. Als sie etwas später den Kanal erreichte, kletterte sie langsam die Böschung hinauf. Rasen und Kräuter breiteten sich nur langsam am frisch befestigten Hang aus, und sie rutschte auf dem lehmigen Boden immer wieder ab. Als sie oben war, hatte sie starkes Herzklopfen und hockte sich am stillen schwarzen Wasser nieder. Sie schloß die Augen und fühlte sich ihm nahe. Beinahe konnte sie seinen Schritt hören und seine geflüsterten Worte auffangen, die der Wind ihr zutrug. Er hätte neben ihr sitzen und mit der Hand ihre Schulter berühren können, während sie gemeinsam auf das weite Land hinausblickten.

Lange saß sie so, im Frieden mit sich, bis sie plötzlich Nässe zwischen ihren Beinen spürte. Sie fürchtete sich davor, nachzusehen, und als sie aufstand, und die Blutflecken hinten auf dem Rock ihres Baumwollkleids sah, begann sie vor Angst zu wimmern. Halb laufend, halb rutschend stolperte sie den Hang hinunter, verlor, fast unten, beinahe das Gleichgewicht und wäre gestürzt. In ihrem Rücken war ein stechender Schmerz. Am liebsten hätte sie sich einfach niedergelegt und geweint, aber sie wußte, daß sie das nicht tun durfte. Sie mußte stark sein. Während ihrer ganzen Ehe hatte sie stark sein müssen: bei Caitlins Geburt, die eine solche Qual gewesen war, in den leeren Jahren, als sie und Daragh das Bett nicht teilen durften, und er sie immer wieder betrogen hatte.

Schwerfällig schleppte sich Jossy zum Herrenhaus zurück. Als sie es wagte, auf die Toilette zu gehen, war ihr sofort klar, daß sie schnellstens Hilfe brauchte. Es war niemand im Haus, und im ersten Moment wußte sie nicht, was sie tun sollte. Zusammengekauert hockte sie im Bad und bemühte sich, klar zu denken. Sie mußte nach Ely fahren, auch wenn die Schmerzen so stark waren, daß sie sich kaum bewegen konnte. Sie mußte leben, denn wenn sie stürbe, würde sie Daragh nie wiedersehen.

Jossy kroch zu dem alten Bentley hinaus, der auf dem Vorplatz stand. Jeder Handgriff – das Kurbeln am Anlasser, das Öffnen der Tür, das Einsteigen – war eine Qual. Aber sie schaffte es, mit zusammengebissenen Zähnen und keuchendem Atem. Der Wagen rollte die Auffahrt hinunter, und der Schmerz zog sich zusammen und barst. Sie stöhnte laut. Als sie nach unten blickte, sah sie, daß das Handtuch, das sie auf den Sitz gelegt hatte, blutrot war.

Ely war zu weit; sie würde lieber ins Dorf fahren. Irgend jemand dort, eine der Frauen, die mühelos ein Dutzend Kinder geboren hatte, würde ihr helfen können. Jossy lenkte den Bentley durch das Tor hinaus auf den Feldweg. Daragh hatte immer vorgehabt, den Weg zu asphaltieren, aber er war nie dazu gekommen. Der Wagen sprang und holperte in den von der Sonne ausgetrockneten Furchen. Von Schmerzen gepeinigt, sagte sie sich immer wieder, daß es ja bis zum Dorf nur etwas mehr als drei Kilometer waren. Ihre Hände glitten vom Lenkrad, und sie legte um Atem ringend ihre Stirn auf das kühle Leder. Der Bentley rutschte quer über den Weg und kam zum Stillstand. Als die Kontraktion nachließ, versuchte Jossy, den Wagen aus dem Graben zu manövrieren. Der Motor heulte, aber die Reifen drehten durch, ohne zu greifen, und sandten Staubwolken in die Luft. Nach einer Weile gab sie ihre Bemühungen auf und überließ sich dem Schmerz. Die Sonne lag sengend auf ihrem Kopf, und sie schloß die Augen. Sie wußte, daß sie sterben würde, aber es machte ihr nicht einmal besonders viel aus, so stark waren die Schmerzen. Nur der Gedanke, daß sie ihn niemals wiedersehen würde, quälte sie. *Niemals* war ein schreckliches, herzzerreißendes Wort. Jossy legte sich auf den vorderen Sitz, zog die Knie bis zur Brust herauf und schloß die Augen.

Aber im schwarzen Herz des Schmerzes verlor alles, selbst Daragh, seine Bedeutung. Wenn der Schmerz nachließ, jedes Mal eine Schlacht, die sie beinahe verlor, war die Erleichterung über seine Abwesenheit nahezu Wonne. Hin und wieder schien sie ein Stück Zeit zu verlieren, einen kleinen Abschnitt ihres schwindenden Lebens, das ihr entrissen wurde wie ihr halbgeformtes Kind. Als die Kontraktionen stärker wurden, versank sie in Bewußtlosigkeit. In den flüchtigen Momenten wiederkehrender Klarsichtigkeit erinnerte sie sich, daß er stets zu ihr zurückgekommen war. Sie brauchte nur am rechten Ort zu suchen, dann würde sie ihn sehen.

Sie war in ihrem Schlafzimmer im Herrenhaus, und das Kind, ein Junge, schlief in seiner Wiege. Sie stieß eine Tür auf und blickte den langen, dunklen Korridor hinunter. An seinem Ende stand ein Mann. *Daragh*, sagte Jossy und lächelte und lief ihm entgegen.

Tilda starrte auf den Haufen Bohnenschoten. Das Messer glitt ins schmutzige Wasser, und ihr Spiegelbild blickte sie an: blaß, sorgenvoll, müde. Ein lautes Klopfen an der Tür riß sie aus ihren Gedanken, und sie trocknete sich hastig die Hände an ihrer Schürze.

Kit de Paveley stand auf der kleinen Vortreppe, keuchend, eine Faust auf die Brust gedrückt, das Gesicht verzerrt vor Anstrengung, als er zu sprechen versuchte. »Jossy«, stieß er hervor. »In ihrem Auto … Sie ist tot, Mrs. Franklin. Jossy ist tot.« Er hustete. Dann sagte er: »Dieser Schweinehund … Er hat sie umgebracht!«

Sie zog ihn ins Haus. Als sie sich im Wohnzimmer niedergesetzt hatten, sagte er wieder: »In ihrem Auto. *Allein.*«

Und das war das Schlimmste. Während sie sich den Rest der Geschichte angehört und den Priester und den Arzt (für Kit –

ein Blick in den Bentley hatte ihr gezeigt, daß es für Jossy zu spät war) geholt hatte und nach Ely gefahren war, um Caitlin vom Tod ihrer Mutter zu unterrichten und sie in Kit de Paveleys Haus zu bringen, hatte sie immer nur gedacht, wie schrecklich, so allein zu sterben. Wie schrecklich auch, Caitlin Canavan zu sein, die innerhalb vier kurzer Monate beide Eltern verloren hatte. Caitlin hatte weder geweint noch geschrien, als Tilda ihr die Nachricht überbracht hatte; sie hatte nur die Arme über ihrer Brust verschränkt, und es war, als zöge sie sich ganz in sich selbst zurück. Ihre Augen wirkten kohlschwarz in dem kleinen, weißen Gesicht. Sie hatte auf der ganzen Fahrt kein Wort gesprochen, erst als Tilda sie über die Felder zum Verwalterhaus brachte, war sie plötzlich stehengeblieben, hatte das heruntergekommene, schmutzige Gebäude angestarrt und voller Jammer gerufen: »Aber was ist mit den *Pferden*?«

Kit de Paveley kam schon am folgenden Morgen wieder. Seine Haut war beinahe durchsichtig, bläuliche Schatten lagen unter seinen Augen.

»Caitlin ist weg«, sagte er. Das lange, strähnige blonde Haar fiel ihm ins Gesicht. »Ich schaff das nicht, Mrs. Franklin. Ich kann nicht für sie sorgen. Es ist hoffnungslos. Allein schon das Kochen … Ich bin völlig hilflos.«

Tilda tätschelte ihm die Schulter. »Beruhigen Sie sich. Es gibt bestimmt jemanden …«

»Nein, es ist niemand da, der sich um sie kümmern kann. Keine Verwandten bis auf zwei verrückte Großonkel, die kaum für sich selbst sorgen können. Wir sind keine sehr fruchtbare Familie.«

Tilda fuhr mit dem Fahrrad zum Herrenhaus. Das große eiserne Tor quietschte, als sie es öffnete. Sie sah zum Haus hinauf und versuchte, sich ihre Mutter vorzustellen, die vor mehr als dreißig Jahren hier gearbeitet hatte, aber die verschlossenen Türen und staubigen Fenster sahen sie mit blindem Blick an und verrieten ihr nichts. Sie war ein Eindringling hier, ausgeschlossen durch die Geschichte und den Wohlstand des Hauses, und unwillkürlich lief sie auf Zehenspitzen durch den Garten, als hätte sie Angst, ihre Schritte könnten zornige alte Geister wecken.

*Hilf, daß kein böser Geist sich nahe, kein Teufel aus der Hölle fahre …* Sie fand Caitlin im Stall, wie erwartet. Die Beleuchtung war trübe, das Kind in Daraghs alte Cordjacke eingehüllt, sein Gesicht an den glänzenden schwarzen Hals des Ponys gedrückt. Im ersten Moment glaubte Tilda, den Vater zu sehen; einen Wimpernschlag lang nahm Caitlin Canavan die flüchtigen Züge des Mannes an, der ihr Leben aus der Bahn geworfen hatte. Doch bei Tildas leisem Aufschrei drehte Caitlin sich herum, und das Gesicht des Mannes wurde wieder zu dem des Kindes.

# 11

MIT TILDAS BERICHT über die Ereignisse des Jahres 1947 war ein Teil meines Schocks über Caitlin Canavans Anruf gewichen. Tilda hatte offen bekannt, daß sie mit Daragh Canavan, ihrer Jugendliebe, Ehebruch begangen hatte; gleichzeitig jedoch hatte sie mir versichert, daß sie es beinahe unverzüglich bereut hatte. Ihre Beschreibung von Daraghs Zusammentreffen mit seinen Gläubigern war eine Bestätigung von Patricks Auffassung, daß Daraghs unhaltbare finanzielle Situation zu seinem Verschwinden geführt hatte.

Ich hatte es beinahe geschafft, Caitlin Canavans Anschuldigungen als vernunftwidrig abzutun. Ich hatte sie mißverstanden oder falsch interpretiert. Oder sie war, wie Patrick vermutet hatte, betrunken gewesen. Gestern hatte ich Caitlin angerufen und mich mit ihr zum Mittagessen in einem Restaurant in Covent Garden verabredet. Bevor ich aus dem Haus ging, sah ich mir noch einmal das Foto von Caitlin und Daragh an: das kleine Mädchen im dunklen Mantel mit dem Samtkragen, Knopfstiefelchen an den Füßen und eine Baskenmütze auf dem Kopf, Hand in Hand mit ihrem Vater. Sie waren einander auffallend ähnlich, sie waren beide auffallend schön. Selbst aus diesem gestellten Schwarzweißfoto sprang mir ihr Lebenshunger entgegen.

Das Restaurant in Covent Garden war lang und dunkel, ein Tunnel, der sich in die Tiefen des Gebäudes zog. Ich sah mich um und erkannte Caitlin Canavan auf den ersten Blick. Sie saß an einem Tisch in einer von einem schmiedeeisernen Gitter umgebenen Nische, eine Zigarette in der einen Hand, ein Glas in der anderen. Sie mußte über Sechzig sein, doch das Gesicht des Kindes war noch immer zu ahnen, weit auseinanderliegende, wachsame Augen, ein sinnlicher, rotlippiger Mund.

Ich schob mich an den Kellnerinnen vorbei.

»Miss Canavan?«

»Miss Bennett?« Sie gab mir die Hand.

»Rebecca, bitte. Darf ich mich setzen?«

Sie lachte rauchig. »Ich hoffe, es stört Sie nicht, daß sie bei den Parias sitzen müssen.« Sie wies auf ihre Zigarette, dann rief sie die Kellnerin. »Noch einen Gin und Tonic, Schätzchen, und auch einen für meine Bekannte. Und könnten Sie uns die Speisekarte bringen?«

Ich musterte Caitlin unauffällig, während sie sich in die Speisekarte vertiefte. Wieder verspürte ich dieses eigenartige, prickelnde Gefühl, wenn die Grenzen von Vergangenheit und Gegenwart verschmelzen und unkenntlich werden.

»Pasta, Frittata«, murmelte Caitlin wegwerfend, »man bekommt heutzutage kaum noch anständiges Essen in London.« Sie drückte ihre Zigarette in ihrem leeren Glas aus. »In Dublin bekommt man wenigstens noch ein gutes Steak.«

In ihrer Sprache mischte sich das gezierte Englisch des oberen Mittelstands unharmonisch mit südirischen Tönen.

»Leben Sie noch in Dublin, Miss Canavan?«

»Ich habe ein entzückendes kleines georgianisches Haus auf der Südseite.« Die Kellnerin kam, um unsere Bestellungen entgegenzunehmen. »Ich nehme die Garnelen, Schätzchen. Und eine Flasche von diesem hervorragenden Chablis.«

Ich bestellte ein Omelett und trank einen Schluck von meinem Gin, während ich im Kopf meine erste Frage formulierte. Doch sie kam mir zuvor; sie beugte sich über den Tisch und sah mich mit brennendem dunklen Blick an.

»Ich möchte Ihnen von meinem Vater erzählen. Ich möchte, daß Sie verstehen, was er für ein Mensch war. Er war wunderbar, Rebecca, der beste Vater, den ein kleines Mädchen sich wünschen konnte. Er hat mich Reiten, Angeln und Jagen gelehrt. Und das Tanzen hat er mir beigebracht. Wenn mein Vater getanzt hat, haben sich immer alle Frauen im Saal nach ihm umgedreht und ihm zugesehen und gewünscht, sie wären seine Partnerinnen. Ach, und er war ein so guter Mensch. Ich weiß noch, Anfang des Krieges hat er darauf bestanden, daß wir zwei evakuierte Kinder bei uns aufnahmen. Die meisten besseren Familien haben es irgendwie geschafft, sich davor zu drücken, verstehen Sie. Diese Kinder waren aber auch schreckliche kleine Kröten. Gott sei Dank sind sie nicht lange geblieben, sie paßten aus irgendeinem Grund nicht in unsere Familie, aber wenigstens hatte er es versucht. Die Angestellten und Arbeiter haben ihn alle geliebt. Und die Hunde und die Pferde, wie er mit denen umgegangen ist ... Ich erinnere mich noch heute daran, wie er geweint hat, als er seinen alten Jagdhund erschießen mußte.«

Sie machte eine Pause und zündete sich eine frische Zigarette an.

»Und Ihre Mutter?« sagte ich.

»Meine Mutter hat ihn angebetet. Ja, wirklich, sie hat ihn vergöttert. Sie hat nie einen anderen Mann angesehen. Es war Liebe auf den ersten Blick, wußten Sie das? Wahnsinnig romantisch.«

Jossy blieb für mich eine schattenhafte Gestalt, sichtbar nur durch ihre leidenschaftliche Liebe zu ihrem gutaussehenden, unzuverlässigen Mann.

»Ich hatte eine wunderbare Kindheit.« Caitlins Lippen verzogen sich zu einem Lächeln. »Pferde und Feste und Fahrten ins Theater. Mein Vater hat sich immer Zeit für mich genommen. Wenn ich abends nicht einschlafen konnte, hat er mir Geschichten aus seiner eigenen Kindheit in Irland erzählt.«

Die Kellnerin kam mit dem Wein. Als sie gegangen war, hob Caitlin ihr Glas. »Auf die Vergeltung.«

Mich fröstelte innerlich. Ihr Gesicht hatte sich verändert, der oberflächliche Eindruck von Jugend hatte sich verflüchtigt, an die Stelle ihrer sprühenden Lebhaftigkeit war kalte Bitterkeit getreten. Sie bemerkte: »Die Tochter unserer alten Köchin hat mir geschrieben. Sie lebt noch in Southam. Sie vergißt nie meinen Geburtstag und Weihnachten. Nachdem ich ihren Brief gelesen hatte, wußte ich, daß ich zurückkommen muß. Vor zwei Tagen war ich bei der Polizei. Ich möchte, daß mein

Vater neben meiner Mutter begraben wird, wie es ihm gebührt.«

Ich erinnerte mich an Jossy Canavans Grab mit der leeren Blumenvase. Zögernd sagte ich: »Aber Sie können doch nicht sicher sein …«

»Ich *weiß*, daß man endlich meinen Vater gefunden hat. Das habe ich der Polizei auch gesagt.« Sie leerte ihr Glas. »Die waren dort allerdings ziemlich lässig.« Sie rümpfte die Nase.

Mir kam ein Einfall. »Sie könnten es feststellen lassen«, sagte ich. »Mit einem DNA-Vergleich.«

Sie sah mich verständnislos an. Ich erklärte: »Man könnte den menschlichen Überresten, die gefunden wurden, eine DNA-Probe entnehmen und sie mit einer von Ihnen vergleichen. Dazu würde man nur eine Blutprobe von Ihnen brauchen. Eine Kleinigkeit. Aber dann wüßten Sie mit Sicherheit Bescheid.«

»Das ist ja eine großartige Idee!« sagte sie. »Einfach großartig! Ich nehme gleich morgen den Zug nach Cambridge und *bestehe* darauf.«

Unser Essen kam. Ich hatte keinen großen Appetit. Caitlin drehte mit langen schlanken Fingern die Garnelen aus ihren Schalen und ließ diese achtlos auf das Tischtuch fallen. Dann sagte sie: »Sie haben mir gesagt, daß er möglicherweise noch *am Leben* war.« Ihr Gesicht verkrampfte sich, und sie weinte in ihre fettigen Hände.

Ich griff in meine Tasche und fand ein noch unbenütztes Papiertaschentuch. Sie tupfte sich die Augen und schneuzte sich. »Ich habe stundenlang gewartet«, sagte sie, »und er kam nicht nach Hause.« Der tiefe Schmerz des Kindes über die Treulosigkeit des Vaters schwang in ihrer Stimme.

Ich füllte unsere beiden Gläser auf. Sie kippte den Chablis wie Wasser hinunter.

»Er hatte eine Affäre mit dieser Frau.« Sie schniefte und ließ das feuchte Papiertuch unter die Garnelenschalen fallen. »Ich hab das damals nicht verstanden, ich war ja erst dreizehn. Er war zu *ihr* gegangen.«

»Zu Tilda?« fragte ich mit klopfendem Herzen.

»Hm. Dame Tilda Franklin.« Caitlins Stimme troff vor Ironie. »Meine Tante, wenn man ihren Geschichten glauben will.«

»Sie glauben sie nicht?«

»Gott, praktisch jeder könnte doch ihr Vater gewesen sein. Das Mädchen – ihre Mutter – war hoch labil. Das wußte jeder.«

»Wann haben Sie davon erfahren?«

»Von unserer angeblichen Verwandtschaft? Josh hat es mir Jahre später erzählt.« Sie machte eine wegwerfende Handbewegung. »So ein Quatsch!«

Sie widmete sich wieder ihren Garnelen, eine Zeitlang ganz damit beschäftigt, mit brutaler Effizienz die Schalen der Tiere aufzubrechen.

»Aber um noch einmal auf diesen Abend zurückzukommen ... Wir wollten am nächsten Tag zum Devil's Dike reiten, mein Vater und ich. Wir waren wegen der Überschwemmung seit Ewigkeiten nicht mehr ausgeritten, und der Devil's Dike gehörte zu meinen Lieblingsplätzen. Ich habe selbst das Picknick vorbereitet. Daddy hat mir dabei zugesehen. Ich habe nur Dinge eingepackt, die er gern aß – belegte Brote mit Mayonnaise und Butterkekse und eine kleine Thermosflasche mit Tee, falls uns kalt werden sollte.« Sie hob den Kopf und sah mich an. »Er hätte sein Versprechen, mit mir auszureiten, nie willentlich gebrochen. Wenn er das vorgehabt hätte, hätte er nicht in der Küche gestanden und mir zugesehen, wie ich die Brote gemacht und die Äpfel gewaschen habe. Glauben Sie nicht auch?«

Ich nickte. Tilda selbst hatte gesagt, daß Daragh seine Tochter niemals verlassen hätte. Ich warf Caitlin Canavan einen Blick zu. Ihre Augen wirkten wie leicht verschleiert; sie sah nicht das mit Menschen gefüllte Restaurant, ihr Blick war nach rückwärts gerichtet, in eine andere Zeit.

»Ich erinnere mich, daß er seine besten Sachen anhatte. Sein Hemd aus ägyptischer Baumwolle, sein Tweedjackett, seinen Seidenschal. Er sah so blendend aus. Er hatte Eau de Cologne benützt, ich merkte es, als ich ihm einen Kuß gab. Er hatte an dem Tag getrunken – ich durfte ihm seinen Whisky einschenken –, ich nehme an, er hatte das Eau de Cologne genommen, um den Whisky zu verdecken. Das tun wir doch alle, nicht, Kindchen?« Sie lachte.

»Es war schon ziemlich spät, als ich den Picknickkorb endlich fertig gepackt hatte. Ich sah ihn aus dem Haus gehen und lief ihm nach, um ihm noch einen Gutenachtkuß zu geben. Ich fragte ihn, wohin er wollte. Ich weiß noch genau, daß er lachte und sagte: ›Ich geh mir einen kleinen Vogel fangen.‹ Ich dachte, er wollte jagen gehen, obwohl er gar kein Gewehr dabeihatte. Er ging durch den Küchengarten hinaus und dann über die Felder nach Southam. Er konnte nicht wie sonst oben auf dem Deich gehen, weil der noch nicht wieder ganz repariert war.« Caitlins Hände lagen zu Fäusten geballt auf dem Tisch, und ihre Stimme war leise und drängend geworden.

»Haben Sie gesehen, daß er Southam erreicht hat?« fragte ich.

»Nein, es wurde zu dunkel. Und selbst auf diesem Weg, der Abkürzung, sind es fast anderthalb Kilometer.« Caitlin sah zu mir auf. Ihre Augen brannten. »Aber er kann ja nur nach Southam gegangen sein. Wenn er weiter weg gewollt hätte, hätte er den Wagen genommen. Aber nach Southam wäre er nicht mit dem Auto gefahren, weil das Benzin damals noch rationiert war.«

Ich sah das abgelegene kleine Dorf vor mir und vermutete, daß sie recht hatte. Plötzlich kam mir ein Gedanke. »Vielleicht wollte ihr Vater ins Pub. Sie sagten doch, daß er getrunken hatte. Vielleicht wollte er in Gesellschaft trinken?«

Sie schüttelte heftig den Kopf. »In seinen besten Kleidern? Bestimmt nicht! In den *Pheasant* hätte er sein altes Cordzeug angezogen. Deswegen mochten die anderen Männer ihn ja, Rebecca, weil er genauso sein konnte wie sie.«

Daragh, das Chamäleon, dachte ich. Daragh, der sich immer in die Person verwandeln konnte, die der andere sich wünschte: in einen Stammtischbruder, den liebevollen Vater oder den unwiderstehlichen Liebhaber.

»Und außerdem«, fügte Caitlin hinzu, »*weiß* ich, daß er nicht in den *Pheasant* gegangen ist. Nach dem Verschwinden meines Vaters hat meine Mutter einen Privatdetektiv engagiert, der nach ihm suchen sollte. Ich habe den Bericht nach dem Tod meiner Mutter gefunden. Er war unter ihren Sachen.«

Ich sah sie gespannt an. »Haben Sie ihn noch?«

»Natürlich.« Sie warf mir einen Blick zu. »Soll ich Ihnen eine Kopie schicken, Rebecca? Mir glaubt ja keiner, aber Ihnen wird man vielleicht glauben. Wollen Sie für mich die Wahrheit sprechen?«

Ich nickte, unfähig, ein Wort hervorzubringen.

»Ich erinnere mich, daß er ›Galway Bay‹ pfiff«, sagte sie leise. »Das Lied hat er immer nur gepfiffen, wenn er glücklich war.« Sie war wieder in die Vergangenheit zurückgekehrt, war wieder ein Kind, das dem bewunderten Vater nachblickte, der sie verließ, um nie wieder zurückzukommen.

»Wenn er etwas mit einer anderen Frau hatte, meinen Sie?« hakte ich nach.

»Es gab sicher Leute, die ihn für unmoralisch gehalten haben, aber warum soll man nicht viele Menschen glücklich machen, wenn man das Kapital dazu hat? Das konnte mein Vater am besten, Rebecca – andere glücklich machen.« Sie zündete sich wieder eine Zigarette an. »Meine Mutter hat ihm nicht genügt. Solche Männer gibt es nun mal. Und meine Eltern hatten nie ein gemeinsames Schlafzimmer. Meine Mutter wäre bei meiner Geburt beinahe gestorben, und der Arzt sagte ihr, daß sie die Geburt eines zweiten Kindes nicht überleben würde.« Sie stieß eine blaue Rauchwolke in die Luft. »Und er hatte recht. Mir blieb niemand außer Kit, der absolut unmöglich war.« Ihr Gesicht verkrampfte sich wieder, aber sie weinte nicht. »Mir blieb nichts anderes übrig, als zu *ihr* ins Haus zu ziehen.«

Caitlin wischte sich die Hände an ihrer Serviette ab und winkte der Kellnerin. »Fertig, Schätzchen. Haben Sie eine Dessert-Karte?« Sie lächelte strahlend.

Nachdem das Mädchen die Teller abgetragen hatte, neigte sie sich mir über den Tisch hinweg zu und sagte schneidend: »Es waren die unglücklichsten Jahre meines Lebens. Ich hatte meinen Vater, meine Mutter und mein Zuhause verloren. Diese Frau – Tilda Franklin – nahm mich aus meiner Schule, in der ich mich wohl fühlte, und schickte mich in eine öffentliche Schule. Nicht einmal mein Pony, das ich so geliebt habe, hat sie mir gelassen, als wir in dieses gräßliche Haus bei diesem verschrobenen alten Mann zogen.«

»Colonel Renshaw?« Ich wußte, daß Tilda Ende 1947 nach Oxfordshire umgezogen war, um eine Stellung als Haushälterin bei einem pensionierten Colonel anzunehmen.

Caitlin nickte, dann nahm sie sich die Karte mit den Nachspeisen vor. »Profiterol ... Creme Caramel ... alles so langweilig. Ah, Apfelkuchen. Vanillesauce *und* Sahne selbstverständlich.«

Ich nahm die frischen Früchte.

»Sie lebten also bei Tilda«, sagte ich auffordernd zu Caitlin, nachdem die Kellnerin verschwunden war.

»Ja, bis ich fünfzehneinhalb war. Dann hat sie mich rausgeworfen.« Caitlin schenkte sich Wein nach; die Flasche war fast leer. »Sie wissen ja wohl, Rebecca, daß selbst ihre eigene Tochter nicht bei ihr bleiben wollte?«

»Melissa?«

»Sie ist zu ihrem Vater gezogen. Sie hat es auch nicht ausgehalten. Und Josh war im Internat.« Caitlin lachte zu laut. »Kann ja sein, daß sie für ihre Pflegekinder ein Engel war, aber zu ihren eigenen Kindern war sie gräßlich.«

Die Nachspeise kam. Ich stocherte ein wenig in dem hübschen Arrangement von Kirschen und Ananas herum, aß aber nicht. Ich suchte noch nach den rechten Worten, um die unvermeidliche Frage zu stellen, als Caitlin fordernd sagte: »Ich möchte, daß Sie die Wahrheit an die Öffentlichkeit bringen. Die ganze Welt soll erfahren, daß sie meinen Vater umgebracht hat. Sie hat ihn umgebracht, weil er nicht bereit war, mich zu verlassen.«

Sie neigte sich noch weiter zu mir herüber. Die Wurzeln ihres schwarzgefärbten Haares waren grau, und in den feinen Fältchen um ihren Mund saß Lippenstift, so daß ihre Lippen wie ausgefranst wirkten. Hinter der teuren Aufmachung und der lässig-arroganten Art verbarg sich eine alte, unglückliche Frau.

»Er ist an dem Abend zu ihr gegangen und nie zurückgekommen. Ich habe auf ihn gewartet, aber er ist nicht zu mir zurückgekommen. Sie hatte ihn getötet und seinen Leichnam im Deich vergraben.«

Nach dem Zusammentreffen mit Caitlin ging ich nicht direkt nach Hause, sondern setzte mich auf eine Bank und ließ mir unser Gespräch noch einmal durch den Kopf gehen, während ich den Feuerschluckern, Jongleuren und Straßenhändlern zusah. Es war sehr warm; ich zog meine Jacke aus und strich mir das feuchte Haar aus dem Gesicht. Und doch fröstelte ich innerlich bei der Erinnerung an Caitlin Canavans Worte und ihre absolute Gewißheit.

Sie hatte zwar beim Mittagessen unaufhörlich getrunken, dennoch konnte ich das, was sie mir berichtet hatte, nicht einfach als die Phantastereien einer Alkoholikerin abtun. Ihre Erinnerungen waren zu genau gewesen, zu lebhaft, um nicht der Wahrheit zu entsprechen. Und sie stimmten mit dem überein, was Tilda selbst mir erzählt hatte. Die Überschwemmung, das flüchtige Liebeserlebnis, Daraghs Verschwinden. Tilda hatte vielleicht nicht gelogen, aber sie konnte ja einiges ausgelassen haben. *Sie hatte ihn getötet und seinen Leichnam im Deich vergraben.* War das möglich? Ich wußte inzwischen, daß sie fähig war, zu töten und fähig, die Wahrheit zu verschleiern. Leila Gilberts Bericht über Tildas Flucht aus Holland 1940 hatte mir das gezeigt. Hatte Tilda Daraghs Tod genauso aus ihrer Geschichte gelöscht wie den Tod des deutschen Soldaten?

Ein Zeitungsverkäufer hielt mir einen *Big Issue* unter die Nase, und ich kramte in meiner Tasche nach dem nötigen Kleingeld. Ich spielte mit dem Gedanken, zu Tilda hinauszufahren und sie mit Caitlins Beschuldigungen zu konfrontieren, verwarf den Gedanken aber fast augenblicklich. Doch mit irgend jemandem mußte ich sprechen. Ich nahm meine Handtasche, wich einem Pantomimen aus, der eine unsichtbare Mauer errichtet hatte, und machte mich auf den Weg zu Patricks Kanzlei.

London war heiß und voll von übellaunigen Menschenmassen. Es war halb fünf vorbei, als ich endlich im Gray's Inn ankam, nur um mir bei Patricks hochnäsiger Sekretärin eine Abfuhr zu holen. »Mr. Franklin ist in einer Besprechung«, erklärte sie kurz und bündig.

Mir war heiß, die Kleider klebten mir am Leib, mein Mund war wie ausgedörrt; bei einem Blick aus dem Fenster sah ich drüben auf der anderen Straßenseite eine Vinothek. Ich schrieb Patrick ein paar Worte und bat seine Sekretärin, ihm das Briefchen zu geben, sobald er frei sei.

Dann setzte ich mich in der Vinothek an einen kleinen Ecktisch und bestellte Mineralwasser. Ich hatte Kopfschmerzen, und sie wurden trotz des Mineralwassers eher schlimmer als besser. Die Luft in dem kleinen, fensterlosen Raum war stickig. Ich versuchte, Caitlins Version der Ereignisse im April 1947 noch einmal logisch zu durchdenken, um eventuelle Widersprüche zu finden, aber mein Hirn war wie gelähmt vor Hitze.

Patrick kam erst nach fünf, mit einem Schwung von Büroangestellten der umliegenden Firmen, die jetzt in die Bar drängten.

»Hallo, Rebecca.« Er küßte mich auf die Wange. »Alles in Ordnung? Oder ist Tilda ...«

»Alles in Ordnung, Patrick«, versicherte ich rasch. »Und Tilda geht es auch gut, soviel ich weiß. Ich habe sie allerdings seit Dienstag nicht gesehen.«

»Was ist es dann? In deinem Brief hast du geschrieben, es sei dringend.«

Seine Besorgnis war umgeschlagen in Ungeduld, und ich bereute schon meinen Entschluß, hierherzukommen. Aber jetzt gab es kein Zurück.

»Ich habe mich heute mittag mit Caitlin Canavan getroffen«, sagte ich. »Sie wohnt im Savoy, Patrick.«

Er zog die Augen zusammen. »Ich weiß.«

»Hat sie noch einmal bei Tilda angerufen?«

»Sie hat ihr einen Brief geschrieben. Auf Hotelpapier.« Er sah auf seine Uhr. »Ich hole mir rasch was zu trinken.«

Er ging zum Tresen und kam ein paar Minuten später mit einer Flasche Sancerre und zwei Gläsern zurück. Er setzte sich zu mir und schenkte den Wein ein.

»Tilda hat mir den Brief gezeigt. Caitlin schrieb darin, daß sie bei der Polizei gewesen sei.« Patrick hängte sein Jackett über die Rückenlehne seines Stuhls und öffnete seinen Schlips. »Ich habe gleich mal mit den Leuten gesprochen. Offenbar war sie ziemlich angesäuselt, als sie auf dem Revier erschien, es war deshalb nicht schwierig, ihnen klarzumachen, daß sie nicht unbedingt ernst zu nehmen ist.« Er schwieg einen Moment und trank einen Schluck Wein. »Und warum hast du dich mit ihr getroffen, Rebecca? Ich hab dir doch neulich gesagt, daß das reine Zeitverschwendung wäre.«

Es ärgerte mich, daß er sich offenbar berufen fühlte, mir vorzuschreiben, wie ich meine Arbeit tun solle. Dennoch bemühte ich mich, ruhig zu bleiben. »Ich muß alle Seiten hören, Patrick.«

»Vertraust du denn Tilda nicht?«

»Es ist keine Frage des Vertrauens.« Tilda selbst hatte mir gesagt, es sei meine Aufgabe, die Wahrheit zu erkennen.

»Ist es das nicht?«

»Nein. Nicht so schwarz oder weiß. Das Leben ist auch nicht nur schwarz oder weiß«, sagte ich, ins Klischee geratend. »Zwei Menschen können dasselbe Ereignis ganz unterschiedlich in Erinnerung haben, wie du weißt.«

Die Kneipe füllte sich jetzt; Männer in gestreiften Hemden und roten Hosenträgern, Übriggebliebene der achtziger Jahre, wieherten ihre Bestellungen. Die Hitze staute sich wie in einem Backofen. Patrick wirkte abweisend und ungeduldig, und das Schweigen zwischen uns wurde durch einen Ausbruch lauten Gelächters am Tresen pointiert.

»Ich habe neulich übrigens zufällig einen Freund von dir getroffen«, bemerkte er unvermittelt. »Toby Carne.«

»Toby ist kein Freund.«

»Nein?«

»Er war ein Freund.« Mein Ton war gereizt. »Aber er ist es nicht mehr.«

»Du meinst, er war ein Liebhaber, ist es jetzt aber nicht mehr.«

Ich entgegnete ärgerlich: »Toby war mein Liebhaber, aber seit wir uns letztes Jahr getrennt haben, habe ich ihn kaum noch gesehen.« Ich erinnerte mich allerdings nur zu gut seines kurzen, aufwühlenden Besuchs vor einigen Monaten. Und durch Tilda hatte ich gelernt, daß Liebe, auch wenn sie sich in Eifersucht oder Haß verwandelt hat, nicht vergeht. Sie bleibt, ein stets vorhandener Katalysator.

Schweigend, den Blicken des anderen ausweichend, saßen wir einander gegenüber. Ich dachte an Jennifer, schön und elegant, bestimmt einen Kopf größer als ich und gertenschlank, verdammt noch mal. Ich fühlte mich hundeelend, und die dröhnenden Kopfschmerzen gaben mir den Rest.

Patrick sagte förmlich: »Ich sehe natürlich ein, daß du mit möglichst vielen Menschen sprechen mußt. Aber Caitlin ist, denke ich, ein besonderer Fall. Sie war immer eine Unruhestifterin. Sie trinkt sehr viel, und wenn sie getrunken hat, redet sie sehr viel, und das meiste davon ist Blödsinn, aber du weißt ja, ein bißchen was bleibt immer hängen.«

»Du hättest sie lieber in Dublin, wo sie aus dem Weg ist.« Die Worte rutschten mir heraus, ehe ich sie zurückhalten konnte.

Er hob mit einem Ruck den Kopf und sah mich an, Zorn in den blauen Augen. »Herrgott, Rebecca, du tust gerade so, als gäbe es etwas zu verbergen.«

Er füllte sein Glas auf; ich wollte keinen Wein mehr. Mir war übel. »Ich kann das, was Caitlin sagt, nicht einfach ignorieren, Patrick«, gab ich zurück. »Ich kann es nicht einfach auf die Seite schieben und so tun, als wäre es nie ausgesprochen worden.«

»Du glaubst ihr also?« fragte er scharf.

»Nein. Ich weiß nicht, Patrick ...«

»Rebecca, wenn du Caitlin nicht geglaubt hast, warum hast du dich dann überhaupt mit ihr getroffen?«

»Also wirklich, Patrick!« Ich hatte zu laut gesprochen; ein paar von den Männern am Tresen drehten sich um und starrten uns an. »Hör endlich auf, mich ins Kreuzverhör zu nehmen. Wieso versuchst du dauernd, *mir* ein schlechtes Gewissen zu machen?«

Ich war heftig erregt. Aber als ich den Ausdruck seiner Augen sah, in denen ich zuvor Begehren oder vielleicht sogar Liebe gefunden hatte, wurde mir kalt.

Er sagte langsam: »Ich habe von Anfang an gewußt, daß diese verdammte Biographie nichts als Scherereien machen würde.«

»Was wolltest du denn von mir, Patrick? Ein gefälliges kleines Büchlein, das nur eine Seite Tildas zeigt? Kein Mensch ist vollkommen, das müßtest du eigentlich wissen.«

»Ich hatte mich beinahe schon mit dem Gedanken abgefunden – angefreundet, könnte man fast sagen. Ich dachte, bei dir könnte ich mich auf eine ordentliche Arbeit verlassen.« Sein Ton war bitter. »Aber du willst einen Knüller schreiben, stimmt's?«

»Wie kommst du dazu ...« Ich sprang zornig auf, mein Weinglas fiel um und zersprang auf dem gefliesten Boden. Die Meute mit den roten Hosenträgern johlte.

»In unserer Familie gibt es viele Skelette im Schrank, Rebecca, aber nicht solche, die du suchst. Frag Melissa, was Caitlin getan hat. Sprich mit ihr.«

Patricks aufgebrachte Stimme folgte mir, als ich aus dem Lokal lief.

In der U-Bahn war Hochbetrieb. An der Sperre nahm der Entwerter meine Fahrkarte nicht an. Während ich noch dastand und das verdammte Ding anstarrte, schob der Mann hinter mir seine Karte in den Schlitz und stieß mich vor sich durch die Sperre auf den Bahnsteig. Ich zwängte mich in einen Wagen voll schwitzender Menschen. Als der Zug in einem Tunnel anhielt und sekundenlang die Lichter ausgingen, dachte ich an Daragh unter dem Deich: die Finsternis, das erstickende Gewicht der Erde.

Als ich endlich vor meiner Wohnungstür stand, entdeckte ich, daß ich ohne Schlüssel weggegangen war und versuchen mußte, durch mein kleines Küchenfenster einzusteigen. Nachdem ich eine Weile gefummelt hatte, bekam ich den Riegel auf und schob mich etwas mühsam durch das offene Fenster. Ich wollte mir gerade eine Notiz machen, das Fenster reparieren zu lassen, als das Telefon zu läuten begann. Überzeugt, daß es Patrick wäre, um unseren Streit beizulegen, lief ich zum Apparat.

Als Charles sich meldete, begann ich zu weinen. Wahrscheinlich, weil ich so erledigt und unglücklich war. Charles war ganz Mitgefühl. »Ich setz mich *sofort* in ein Taxi, Rebecca.« Ich konnte ihn nicht abwimmeln, weil ich kaum einen Ton herausbrachte.

Zehn Minuten später stand er mit einem Riesenblumenstrauß, einer Flasche Wein und einem Video von *Casablanca* vor der Tür. Er stellte die Blumen in einen Krug, holte zwei Gläser aus dem Schrank, musterte meine roten Augen und sagte: »Du weinst doch nicht etwa um den hinreißenden Patrick Franklin?«

Ich hatte geglaubt, mich inzwischen im Griff zu haben, aber ich begann sofort wieder zu weinen.

Er nahm mich in die Arme und tätschelte mir den Rücken, während ich in abgerissenen Worten zu erklären versuchte, was los war.

»Patrick ... Wir haben gestritten. In einer Vinothek ...«

»Gräßliche Dinger, Darling.«

»Dabei wollte ich doch nur meine *Arbeit* tun ...«

»Ist ja gut, ist ja gut.«

»Es ist doch nicht meine Schuld, wenn seine Großmutter eine Mörderin ...«

»Nein, natürlich nicht, Darling.«

»*Er* ist doch der Anwalt ...«

»Der gute alte Patrick muß an seinen Ruf denken, meinst du nicht?«

Mit einem Schlag hörte ich auf zu weinen und hob den Kopf. »Was meinst du damit, Charles?«

Er drückte mir sein Taschentuch in die Hand. »Na ja, wie du eben gesagt hast, er ist Anwalt. Und ziemlich bekannt dazu.

Wahrscheinlich strebt er einen Posten als Richter an oder so was. Täte seiner Karriere bestimmt nicht gut, wenn die Öffentlichkeit erfahren würde, daß seine Großmama die Gewohnheit hatte, ihren Liebhabern eins über den Schädel zu geben und sie dann lebendig zu begraben.«

Ich starrte ihn an. Mir war kalt. »Du meinst, er *weiß* ...?«

»Ich habe keine Ahnung, Darling. Ich bin dem Mann nie begegnet.«

Ich dachte an Patricks Reaktion auf die Entdeckung von Daraghs Leiche. Er hatte weder Überraschung noch Schock gezeigt, nur Zorn. Seine Familie unterstützte Caitlin Canavan seit Jahren finanziell. Er hatte seinem Bekannten bei der Polizei Cambridgeshire eingeredet, Caitlin sei nur eine verrückte alte Trinkerin.

»Möchtest du ein Glas?« fragte Charles und wies auf die Weinflasche.

Ich schüttelte den Kopf. »Ich hätte lieber Tee.« Ich hatte heute schon genug getrunken. »Würdest du mir einen machen, Charles?«

Er ging in die Küche. Ich setzte mich in den Sessel und versuchte nachzudenken, konnte aber vor Furcht und Niedergeschlagenheit keinen klaren Gedanken fassen. Selbstverständlich war Patrick sein Ruf – und der seiner Familie – wichtig. Es ging nicht nur um ihn selbst, sondern auch um seine Großmutter, die er sehr liebte, und um seinen berühmten Vater. Auf Tildas Geburtstagsfeier war ich Musikern, Schriftstellern, Ärzten und Wissenschaftlern begegnet. Die Franklins waren keine gewöhnlichen Leute. Sie waren keine Busfahrer oder Verkäuferinnen. Selbst Matty mit ihrem Nasenring hatte vor, in Cambridge Physik zu studieren.

Was würde es für die Familie Franklin bedeuten, wenn Tilda beim Tod ihres einstigen Geliebten tatsächlich die Hand im Spiel gehabt hatte und dies – durch mich – öffentlich bekanntwerden sollte? Es wäre ein Fleck auf der weißen Weste, der sich über Generationen nicht fortwaschen lassen würde. Er würde den Glanz ihrer Vergangenheit ebenso trüben wie die leuchtenden Tage der Gegenwart.

Charles stellte das Tablett auf meinen Schreibtisch und goß den Tee ein. Über die Franklins sprachen wir nicht mehr. Er legte das Video ein, wir machten es uns auf dem Bett bequem und sahen uns *Casablanca* an. Charles hielt mich die ganze Zeit tröstend im Arm und erbot sich hinterher, die Nacht zu bleiben. Aber dieses Angebot lehnte ich ab. Ich mußte allein sein. Ich mußte nachdenken. Ich mußte versuchen, ganz klar zu sehen, wie schnöde ich verraten worden war.

Zusammengerollt wie ein Fötus lag ich da, an Händen und Füßen gebunden. Ich wehrte mich schwach, als sie begannen, die Erde auf mich hinabzuschaufeln. Einen Klumpen feuchten Lehm auf meine Füße, einen zweiten auf meine Brust. Er lag schwer auf meiner Lunge, drückte mir die Luft ab, und sein feuchter, grasiger Geruch stieg mir erstickend in die Nase. Klebrige Erdstücke schlugen mir ins Gesicht, rollten in meine Augenhöhlen und meinen Mund. Ich wollte mich bewegen, aber die Erde drückte mich nieder. Sie verdunkelte das Licht, sie machte mich stumm, während ihr Gewicht mit jeder schweren Schaufel voll zunahm, mich in der Finsternis festnagelte, die schwammigen Luftsäcke meiner Lunge und meine Herzkammern zusammendrückte. Die Hitze, das Gewicht und die Schwärze wurden so überwältigend, daß ich mich überhaupt nicht mehr rühren konnte ...

Ich fuhr in die Höhe. Ich glaube, ich schrie laut. Meine Hand, die nach dem Lichtschalter suchte, zitterte so heftig, daß ich die Lampe von der Kommode stieß. Die Birne zersprang auf dem Boden. Es dämmerte noch nicht; das Zimmer war pechschwarz, in undurchdringliche Dunkelheit getaucht. Das Herz klopfte mir bis zum Hals. Ich hörte seine hämmernden Schläge ... Ich schob ein Bein aus dem Bett, um mich zum Lichtschalter zu tasten, um dieser entsetzlichen, bedrückenden Finsternis zu entkommen, und merkte plötzlich, daß das Geräusch, das ich hörte, mit dem Rhythmus meiner Herzschläge nicht übereinstimmte. Es waren knirschende Schritte auf dem Kies. Ich drückte die Faust auf den Mund, um nicht zu schreien, und suchte in der Dunkelheit, bis ich das Buch über die Fens fand. Als ich aus dem Bett stieg, landete ich mit der Ferse genau in einer Glasscherbe und hätte vor Schmerz beinahe aufgeschrien. Das Blut rauschte mir in den Ohren, und ich schaffte es beinahe nicht, mich in den Griff zu bekommen. Mir war übel, meine Stirn schweißnaß. Ich wollte mir einreden, ich hätte mir nur eingebildet, Schritte zu hören. Sie seien Nachwehen meines Traums, die Schritte von Daraghs Mörder, als er sich davongeschlichen und sein Opfer in dem unfriedlichen Grab zurückgelassen hatte.

Mit dem Buch in der Hand öffnete ich vorsichtig die Schlafzimmertür. Der kleine Flur war nicht beleuchtet; die Glühbirne war schon vor Wochen durchgebrannt, und die Lampe hing hoch oben an der Decke, schwer erreichbar. Auf Zehenspitzen schlich ich in die Küche. Als ich die Tür öffnete, hörte ich wieder das Geräusch, danach lautes Jaulen und den Knall eines Mülltonnendeckels. Eine Katze! Ich machte Licht. Halb lachend, halb wütend auf mich selbst, rutschte ich an der Wand abwärts und hockte mich auf den Boden. Das Buch fiel mir aus der Hand, und der Deckel klappte auf. Am Datumsstempel sah ich, daß es bereits vierzehn Tage überfällig war. Aus irgendeinem Grund brachte mich das völlig aus der Fassung. Mein Leben schien wieder einmal außer Kontrolle zu geraten. Ich blieb noch eine Weile so sitzen, erhitzt und zitternd nach dem Schrecken, aber innerlich kalt wie die Erde. Wellen der Übelkeit schlugen über mir zusammen; ich rannte ins Badezimmer und übergab mich.

Danach kroch ich mit einem Glas Wasser und einem Pflaster unter meiner Ferse wieder ins Bett. Der Alptraum hing mir immer noch nach, beängstigend niederdrückend. Wie lächerlich, sagte ich mir, auf ein phantasiertes Bild eines Ereignisses, das sich vor nahezu fünfzig Jahren zugetragen hatte, mit Übelkeit und Erbrechen zu reagieren. Und genau da wurde mir mit Schrecken bewußt, daß nicht nur das Bibliotheksbuch überfällig war, daß dieser Schwächeanfall vielleicht überhaupt nichts mit meinem Traum zu tun hatte.

Ich stand wieder auf und humpelte ins Wohnzimmer. Hastig suchte ich meinen Terminkalender heraus und blätterte zurück. Nach zehn Minuten aufgeregten Blätterns und Rechnens stellte ich fest, daß ich meine letzte Periode zwei Wochen vor dem Ausflug nach Cumbria gehabt hatte. Vor acht Wochen also.

Nach der Fehlgeburt hatte ich die Pille ganz abgesetzt. Die Beziehung zu Toby war vorbei gewesen, und ich hatte in meiner Enttäuschung eine lange, männerlose Zeit vor mir gesehen. Als die Geschichte zwischen mir und Patrick angefangen hatte, hatte er sich erboten, für die Verhütung zu sorgen. Ich war froh gewesen; die Pille war mir nie besonders bekommen. Aber damals in Cumbria, als wir das erste Mal zusammen waren … Ich erinnerte mich an das Kratzen des Strohs in meinem Rücken, das Prasseln des Regens, an Patricks Körper, der mit meinem absolut übereinstimmte. Wir hatten beide nicht an die Konsequenzen gedacht. Es war keine Zeit dafür gewesen.

Noch einmal zählte ich die Wochen, überzeugt, mich irgendwo vertan zu haben. Nichts änderte sich: Es blieb bei acht Wochen. Ich setzte mich im Bett auf und stützte den Kopf in meine Hände. Das erste Licht sickerte durchs Fenster und zeigte mir, was ich bereits wußte: daß meine Wohnung mit ihren drei kleinen Zimmern und einem betonierten Hof anstelle eines Gartens völlig ungeeignet war für Kinder. Ich stellte mir ein Kinderbett, Wickelkommode und all das andere Zeug, das kleine Kinder brauchen, in meinem üblichen Chaos vor. Von den Besuchen bei meiner Schwester wußte ich, was es heißt, ein kleines Kind zu versorgen; ich erinnerte mich noch genau, wie Jane blaß und erschöpft neben mir gesessen und gesagt hatte, daß sie für acht Stunden ungestörten Schlaf ihre Seele verkaufen würde. Ich sah mich selbst, wie ich mit einer Hand ein Neugeborenes wickelte, während ich mit der anderen tippte.

Und ich begann mich zu fragen, während ich da im kalten frühen Morgenlicht saß, ob ich in der Lage wäre, mit der Arbeit an Tilda Franklins Biographie fortzufahren. Tildas Bild schien sich in zwei zu spalten, das Private, das im Widerspruch zum Öffentlichen stand. Mein Vertrauen in Tilda war ins Wanken geraten wie der Deich unter dem Ansturm des Flutwassers, der Deich, der einst Daragh Canavans Leichnam verborgen hatte. Ich konnte Caitlin Canavans Anschuldigungen nicht einfach als rachsüchtige Phantasien einer einsamen, verlassenen Frau abtun. Tilda selbst hatte zugegeben, daß sie und Daragh miteinander geschlafen hatten, und Caitlins Überzeugung, daß Daragh am Abend seines Verschwindens auf dem Weg zu Tilda gewesen war, erschien keineswegs abwegig. *Ich geh mir einen kleinen Vogel fangen.*

Und auch Leila Gilberts Worte kamen mir ins Gedächtnis. *Tilda hat ihn erschossen und die Leiche in den Kanal gestoßen.* Als ich versuchte, mir die Marsch von Nordholland vorzustellen, sah ich statt dessen die lange, schnurgerade Linie des Kanals von Southam; ich hörte das Aufklatschen und das Blubbern der Bläschen, als der Leichnam des Soldaten ins Wasser fiel, und sah zugleich die schwarze Erde, die Daragh Canavan, noch atmend, verschlungen hatte.

Hatte Tilda mich hinsichtlich ihres Motivs, ihre Biographie zu veröffentlichen, belogen? Hatte sie in Wirklichkeit nicht aus dem Wunsch heraus mit mir Kontakt aufgenommen, die Geschichte ihrer Mutter zu erzählen – ein Motiv, das mich zunehmend weniger überzeugte –, sondern aus weit weniger edlen Beweggründen? Tilda war alt und hinfällig, sie mußte wissen, daß sie nicht mehr lange zu leben hatte. Hatte sie mich zu ihrem Werkzeug machen wollen? Sollte ich nur das helle Gesicht sehen – ihr Bildnis für die Nachwelt in weißem Marmor meißeln, unangreifbar, unzerstörbar? Sollte ich es ihr ermöglichen, ihrer Familie, die für sie stets das Wichtigste gewesen war, dieses letzte Geschenk zu machen, das Geschenk eines unbefleckten Rufs?

Diesen Gedanken bis zur logischen Schlußfolgerung weiter verfolgend, erinnerte ich mich meines ersten Gesprächs mit Patrick im Garten des Roten Hauses. Wie ich ihn ziemlich sarkastisch gefragt hatte, ob ich ihm überhaupt prominent genug sei, die Biographie seiner Großmutter zu schreiben. Und was er mir geantwortet hatte: *Sie sind sicher so gut wie jeder andere. Vielleicht besser als die meisten.* Jetzt erschien es mir durchaus plausibel, daß Patrick gerade *wegen* und nicht trotz meiner mangelnden Erfahrung damit einverstanden gewesen war, daß seine Großmutter mich ausgewählt hatte. Patrick, der Jurist, der ahnte – oder wußte –, daß Tilda etwas zu verbergen hatte, hatte mich für zu dilettantisch – und zu dumm – gehalten, um die Widersprüche in der Geschichte seiner Großmutter zu erkennen.

Das Gebäude, das ich errichtet hatte, begann zu schwanken, in seinen Fundamenten erschüttert. Wir glauben nicht mehr an schlechtes Blut, aber wir glauben an die Macht der Gene. Kleine Daumenabdrücke, winzige Computerpünktchen auf einer Doppelhelix. Gibt es ein Gen für das Böse, das Edward de Paveley an die eine seiner Töchter weitergab und nicht an die andere? Denn die arme Jossy war zwar töricht gewesen, aber nicht böse. Und Tilda, was war Tilda? Hatte sie die Gewissenlosigkeit und das herrische Wesen ihres Vaters geerbt? Hatte sie ihren falschen, treulosen Geliebten nach ihren persönlichen Vorstellungen von Gerechtigkeit bestraft, als ihr klargeworden war, daß Daragh ihre Ehe zerstört hatte, seine eigene jedoch niemals aufgeben würde? *Ich glaube an Gerechtigkeit*, hatte Tilda mir vor langer Zeit gesagt, doch an was für eine Art von Gerechtigkeit glaubte sie? An eine primitivere, fürchtete ich, an die Art von Gerechtigkeit, die Sarah Greenlees praktiziert hatte. Auge um Auge, Zahn um Zahn …

Man kann nicht schreiben, wenn man nicht an das glaubt, was man schreibt, und mein Glaube begann zu bröckeln. Mein Glaube an Tilda, die ich liebgewonnen hatte, war im Schwinden begriffen. Ich konnte mich nicht von ihr zu ihren eigenen Zwecken mißbrauchen lassen. Doch ohne das Einkommen aus dem Buch über Tilda konnte ich nicht einmal mich selbst unterhalten, geschweige denn ein Kind.

Als ich mich wieder niederlegte, sah ich vor mir das Netz von Spinnweben, das die Buchsbäume vor dem Roten Haus überzog, und erinnerte mich, wie die feinen Fäden an mir haftengeblieben waren, ein klebriger Hauch, den ich nicht entfernen konnte. Und ich begann wieder zu weinen, weil ich wußte, daß ich Patrick verloren hatte.

Als ich am Morgen um zehn erwachte, waren die Schrecken und Ängste der vergangenen vierundzwanzig Stunden verblaßt. Ich sagte mir, daß die Übelkeit, die mich plötzlich überfallen hatte, eher Folge von Furcht als einer Schwangerschaft gewesen war. Seit der Fehlgeburt hatte ich meine Tage nicht mehr regelmäßig bekommen, und Patrick und ich waren ja nur einmal unvorsichtig gewesen. Nach jenem ersten Nachmittag in Cumbria war uns das nicht mehr passiert.

Was meine Arbeit anging, so wollte ich mich davor hüten, vorschnelle Entscheidungen zu treffen. Ich beschloß, mir einen Tag freizunehmen. Ich hatte mich zu sehr in Tildas Geschichte hineinziehen lassen und die Distanz verloren, die Objektivität ermöglicht. Ich machte also meine Wohnung sauber, lieh mir von der Nachbarin eine Leiter aus, um im Flur eine neue Glühbirne einzuschrauben, und rief einen Schreiner an, um das Küchenfenster richten zu lassen. Danach fuhr ich zum Supermarkt und zum Schluß in die Bibliothek, wo ich für die verspätete Rückgabe bezahlte und ein halbes Dutzend weiterer obskurer Bücher über die Fens bestellte.

Als ich nach Hause kam, warteten auf dem Anrufbeantworter zwei Nachrichten auf mich. Patrick, dachte ich, und als dann zuerst Charles' und dann Tobys Stimme zu hören waren, überwältigte mich tiefe Enttäuschung. Ich hätte ihn natürlich anrufen können, aber ich hatte kein Vertrauen mehr zu ihm. Er hatte mich beschuldigt, gefühllos und übermäßig ehrgeizig zu sein – das war tief gegangen. Tobys Nachricht bekam ich erst gar nicht mit, ich mußte noch einmal zurückspulen. Er sagte, er habe für den Abend Karten fürs Ballett. Ob ich mitkommen wolle?

Ich war drauf und dran, ihn anzurufen und abzusagen, als mir ein Gedanke kam, und ich es mir anders überlegte. Wir verabredeten, uns vor der Oper zu treffen. Es gab *Giselle*. Die Geschichte von Verrat und Wahnsinn und zum Scheitern verurteilter Liebe ging mir zu Herzen und nagte an meinem gerade mühsam wiedergefundenen Gleichgewicht. In der Pause fragte ich Toby über Patrick aus, kratzte an der feinen Kruste über der Wunde, bis es weh tat. Es war mir völlig gleichgültig, daß Toby offensichtlich überhaupt keine Lust hatte, sich mit mir über Patrick zu unterhalten, und die Strafe folgte auf dem Fuß: Ich erfuhr, daß Jennifer und Ellie in Cumbria lebten; daß das Gehöft, wo Patrick und ich uns zum ersten Mal geliebt hatten, nur wenige Kilometer von dem Ort entfernt war, in dem Patricks Frau jetzt lebte.

Im Verlauf einer weiteren schlaflosen Nacht gelangte ich zu der Überzeugung, daß Patrick mich nie geliebt, sondern von Beginn unserer Beziehung an nur benutzt hatte. Es war ihm einzig darum gegangen, mich im Auge zu behalten, mich abzulenken und wenn möglich dafür zu sorgen, daß ich nur die bewundernswerten Seiten Tildas sah. Wie Charles gesagt hatte, Ruf und Renommee bedeuteten ihm alles. Er stand bereits am Beginn der brillanten Karriere, die Toby noch anstrebte. Wenn Tilda bei Daragh Canavans Tod die Hand im Spiel gehabt hatte und ich das publik machte, würde der Skandal unvermeidbar auch Patrick treffen. Er hatte die Niederschrift von Tildas Biographie nie gewollt, aber als sie nicht mehr verhindert werden konnte, hatte er das Nächstbeste getan und alles darangesetzt, die Biographin zu beeinflussen. Für den reichen, gutaussehenden Patrick Franklin war es ein Kinderspiel gewesen, die unscheinbare, um ihre Existenz kämpfende Rebecca Bennett in seinen Bann zu ziehen. Nie hatte ich mich tiefer gedemütigt gefühlt.

Am folgenden Vormittag läutete das Telefon. Es war Joan, Tildas Haushälterin.

»Entschuldigen Sie die Störung, Rebecca, aber Tilda ist im Krankenhaus. Ich hielt es für besser, Sie das wissen zu lassen.«

»Hat sie wieder eine Angina?« fragte ich.

»Nein, es ist etwas Ernsteres. Sie hatte gestern abend eine Herzattacke. Am Nachmittag war die Polizei da, um mit ihr zu sprechen, und dann hat diese Unglücksperson angerufen.« Joans Ton war empört. »Ich war gerade beim Einkaufen, und Tilda ist selbst hingegangen.«

»Caitlin hat angerufen?«

»Ja«, antwortete Joan mit Erbitterung in der Stimme. »Wie

dem auch sei, Tilda geht es nicht besonders gut. Sie darf außer den nächsten Angehörigen keine Besucher empfangen. Aber ich bin natürlich am Montag hier wie immer.«

Ich stellte noch einige Fragen, äußerte hohlklingende gute Wünsche und legte auf. Das Wochenende war restlos verpfuscht. Mehrmals war ich drauf und dran, Nancy zu schreiben und ihr mitzuteilen, daß ich meinen Vertrag nicht würde einhalten können, aber jedes Mal tauchte sogleich die bedrängende Frage auf, wie um alles in der Welt ich den Vorschuß zurückzahlen sollte. Und dabei war ich mir die ganze Zeit darüber im klaren, daß ich schleunigst losgehen und mir einen Schwangerschaftstest kaufen sollte, aber ich schaffte es nicht.

Schließlich schob ich alle Entscheidungen einfach auf und fuhr am Montag wie immer nach Oxfordshire. Ich sah einen ruhigen Tag vor mir, der vor allem der Durchsicht alter Briefe gewidmet sein würde, aber kaum hatte ich das Haus betreten, teilte Joan mir mit, daß Tilda um meinen Besuch im Krankenhaus gebeten hatte.

Ich fuhr mit einem gewissen Widerstreben zur Radcliffe-Klinik hinüber. Tilda lag in einem kleinen Einzelzimmer.

»Wir haben eigentlich jeden Besuch außer der Familie verboten, aber sie wollte Sie unbedingt sehen«, bemerkte die Schwester mißbilligend, als sie mich durch den Korridor führte.

Tilda, die halb aufgerichtet in den Kissen lag, wirkte klein und gebrechlich, ihre Haut dünn wie Pergament. Ich gab ihr einen Kuß auf die Stirn: einen Judaskuß.

»Aber nur fünf Minuten«, mahnte die Schwester.

Ich wollte Tilda fragen, wie sie sich fühlte, aber sie ließ mich gar nicht ausreden. Sie faßte meine Hand und sagte hastig: »Ich mußte Sie unbedingt sehen, Rebecca.« Sie atmete in flachen, schnellen Zügen. »Caitlin sagte, sie habe mit Ihnen über Daragh gesprochen.«

Ich konnte ihren verwundeten Blick nicht aushalten. Sie schien mir so hinfällig, daß ich Angst hatte, ein falsches Wort von mir würde sie tödlich verletzen. Darum sagte ich nichts.

»Ich muß Ihnen von Daragh erzählen.« Ihre Worte waren

ein Echo von Caitlins. *Ich möchte Ihnen von meinem Vater erzählen.* »Er war ein zerstörerischer Mensch. Ich habe sehr lange gebraucht, um das zu erkennen, und es war sicher nicht seine Absicht, aber so war er. Daragh hat das Leben beinahe jedes Menschen zerstört, mit dem er in Berührung kam. Jossys, Max', Caitlins, und meines natürlich.« Sie schloß die Augen, als ermüdete sie selbst das Schauen. »Daragh hat das Leben dieses jungen Dings zerstört, das er geschwängert hat, und er hat das Leben seiner Tochter zerstört. Caitlin verlor alles – das Haus, das Land, alles –, und was Daragh getan hat, das hat sich letzten Endes auch auf meine Kinder ausgewirkt.«

Tilda öffnete die Augen und sah mich an. »Ich sage gar nicht, daß ich nicht auch schuld hatte.« Ihre Stimme war kräftiger geworden. »Und ich will nicht sagen, daß ich ihn nicht früher einmal geliebt habe. Das wäre einfach nicht wahr. Ich will Ihnen nur sagen, daß ich ihn am Ende mit klarem Blick gesehen habe. Caitlin wird das natürlich niemals möglich sein.«

»Caitlin ist mit Ihnen nach Oxfordshire übergesiedelt, nicht wahr?«

»Ja.« Das Wort klang wie ein Seufzer. »Wir mußten aus Southam weg. Das Haus war viel zu klein für uns alle, und das Leben dort war für mich eine Qual geworden. Die Leute klatschten und tratschten. In so einem kleinen Dorf läßt sich kaum etwas geheimhalten. Ich wollte unbedingt weg, aber ich hatte fast kein Geld, und Wohnungen waren immer noch knapp.« Tilda lächelte schwach. »Kit de Paveley verhalf mir zu einer Anstellung. Ich hatte mich angeboten, mich um Caitlin zu kümmern, und da wollte er sich erkenntlich erweisen. Das arme Kind hatte ja sonst keinen Menschen, und es lag auf der Hand, daß Kit nicht der Richtige war, um sie großzuziehen.«

Sie machte eine Pause, schien ihre Kräfte zu sammeln. »Durch Kit bekam ich eine Anstellung als Haushälterin bei einem alten Bekannten von ihm, einem Colonel Renshaw, der in Oxfordshire lebte. Es war ideal – ein großes Haus, in dem der alte Herr ganz allein lebte. Es war also genug Platz für uns alle. Ich mußte natürlich ein bißchen schwindeln«, fügte sie hinzu, mit einem Blick, in dem leise Herausforderung lag.

»Damals hatte man ja noch ganz andere Moralbegriffe. Viel enger und strenger. Ich erzählte dem Colonel, mein Mann sei seit dem Krieg leidend und lebte aus Gesundheitsgründen in Südfrankreich. Und ich ließ ihn in dem Glauben, meine Eltern wären verheiratet gewesen und sehr früh gestorben. Mir war beinahe jedes Mittel recht, verstehen Sie, Rebecca. Ich mußte von vorn anfangen. Ich mußte die Vergangenheit endlich hinter mir lassen.«

Von draußen hörte ich das Stampfen fester schwarzer Schuhe auf dem gewachsten Korridorboden. Und die Schwester sagte: »Sie müssen sich jetzt ein wenig ausruhen, Dame Tilda.«

In Tildas Augen blitzte ein Funke Ungeduld auf. Dann sagte sie leise, »Sie sollten mit Melissa sprechen, mein Kind«, und wandte sich von mir ab.

# 12

MAX HATTE SEINE Stellung aufgegeben und reiste nach Frankreich. Paris war in der hochsommerlichen Hitze ebenso ungenießbar wie London, und selbst in den anständigen Hotels gab es nur Ersatzkaffee, darum nahm er kurz entschlossen den Zug nach Angers im Tal der Loire. Dort saß er in Cafés, trank Rotwein und schaute zum Schloß hinauf. Frankreich war so heruntergekommen wie England, an Türen und Fensterrahmen blätterte die Farbe, aber im Sonnenlicht war es irgendwie nicht ganz so deprimierend. Von Angers aus reiste er nach Chinon weiter, durchstreifte die Ruinen des Schlosses hoch auf dem Felsen und sah hinunter zur Brücke über dem Fluß, die mit Fahnen geschmückt war, weil man irgend etwas feierte. Danach Saumur, dann Tours. Je weiter er nach Süden vordrang, desto gemächlicher wurde sein Tempo, beinahe als ob Sonne und Wärme in seine Blutbahn eindringen und die innere Rastlosigkeit, die stets Teil von ihm gewesen war, schmelzen würde.

An jedem Ort blieb er ein paar Tage, übernachtete in billigen Pensionen und aß in kleinen Cafés. Das Essen war besser auf dem Land, wo Sonnenblumenfelder sich bis zum Horizont zu dehnen schienen, und die Händler auf den Dorfmärkten Wildenten und selbstgemachte Marmelade anboten. Die südliche Sonne gewann an Intensität, und wie die Franzosen und die Eidechsen, die durch die Schatten huschten, gewöhnte Max es sich an, nach dem Mittagessen eine Siesta zu machen. Erst nur zehn Minuten, dann eine halbe Stunde, schließlich eine volle Stunde. An einem Tag schlief er bis vier Uhr nachmittags, dann stand er auf, wanderte umher und sah sich die Menschen an. Es erstaunte ihn, wieviel er schlafen konnte. Es war, als wollte er nachholen, was er in den langen Jahren kurzer, gestohlener Stunden des Schlafes in Schützenlöchern und Jeeps versäumt hatte.

Schließlich schaffte er es, einen ganzen Tag durchzustehen, ohne bei der Erinnerung an Bergen-Belsen das verzweifelte Bedürfnis zu haben, sich zitternd zu Boden zu werfen und ganz klein zusammenzurollen. Er mußte immer noch an sie denken, an diese grauen Schattengestalten, er weinte auch jetzt noch um sie, und das war gewiß in Ordnung so. Sie hatten sich ein klein wenig zurückgezogen, so daß das Geschäft des täglichen Lebens erträglicher geworden war, aber mit dem Nachlassen dieses Schmerzes trat der andere quälender hervor. Er hatte es lange geschafft, jeden Gedanken an Tilda zu verdrängen: Jetzt aber sah er sie in jeder hellhaarigen Frau, hörte sie in jedem leisen, melodischen Lachen. Er wünschte, er hätte Daragh Canavan getötet, der ihm bewiesen hatte, was er stets befürchtet hatte: daß Tilda ihn niemals wirklich geliebt hatte. Er war zweite Wahl gewesen, als sie geheiratet hatten, und er war bis zum Ende zweite Wahl geblieben. Er dachte mit Bitterkeit und Zorn an sie, mit dem Gefühl, verraten worden zu sein. Er hatte der Bank den Auftrag gegeben, regelmäßig Geld für Joshs Schule und den Unterhalt der Kinder zu überweisen, und er schrieb seinen Kindern häufig – heitere kleine Beschreibungen der Orte, die er besucht hatte, der Menschen, denen er begegnet war. Mit Tilda hatte er keinen Kontakt. Wenn er an sie dachte, sah er sie in den Armen Daragh Canavans und verachtete sich dafür, sie geliebt zu haben.

Als er das Dorf einige Kilometer südlich von Saintes erreichte, reiste Max nicht weiter, sondern ließ sich dort nieder. Es war nur ein kleines Dorf: Es gab eine Kirche und eine Mairie, einen Metzger und eine Bäckerei, einen Zigarettenladen und eine halbverfallene Autowerkstatt, die lange verwaist war. Rund um das Dorf dehnten sich staubig weiße Felder und Weingärten. Max fragte nach einem Zimmer und wurde zu einem kleinen Hotel am Dorfplatz gewiesen. Nachts spannte sich der Himmel zum Gesang der Zikaden wie sternengesprenkelter blauer Samt über dem Dorf.

Nach ein paar Wochen kaufte er die verwaiste Autowerkstatt. Während des Krieges hatte er viel Erfahrung mit Autos gesammelt. An die Werkstatt angebaut war ein Haus aus hellem Stein, der während der heißesten Zeit des Tages die Sonne abhielt. Ein Teil des Dachs war eingestürzt, und Max kaufte Holz, um die Dachbalken zu reparieren, und setzte neue Schindeln ein. Es gab weder Strom noch fließendes Wasser. Er behalf sich abends mit Öllampen und holte sich das Wasser vom Brunnen. Er reparierte die rostige alte Zapfsäule und deckte sich auf Märkten und bei Haushaltsauflösungen mit Werkzeugen aus zweiter Hand ein. Die Frau in der Bäckerei, wo er morgens sein Baguette kaufte, begann zu Jahresbeginn, ihn mit Namen zu grüßen. Mittags aß er in dem kleinen Café und trank Rotwein oder einen Schnaps in der Bar an der Ecke des Dorfplatzes. Er gab seine Players auf und gewöhnte sich an Gauloises. Er war freundlich und umgänglich, schwatzte mit den schwarzvermummten Frauen, die draußen in der Sonne saßen, oder den Landarbeitern in der Bar. Aber er blieb für sich, zu gut kannte er die Gefahren der Nähe. An schönen Abenden saß er gern draußen, vor sich auf dem Tisch eine Flasche des einheimischen Rotweins, und sah zu, wie langsam die Sonne unterging, während er gegen sich selbst eine Partie Schach spielte. Als eines Abends der Pfarrer vorbeikam und sich als leidenschaftlicher Schachspieler zu erkennen gab, konnte Max nicht umhin, ihn zu einer Partie aufzufordern. Danach kam der Pfarrer häufig vorbei. Er war ein guter Schachspieler und redete nicht zuviel.

Max wußte, daß er Melissa und Josh ein schlechter Vater gewesen war, und die beiden ohne ihn besser fahren würden. Als sie klein waren, hatte er die meiste Zeit im Ausland gearbeitet, und später, während des Krieges, war er wieder von ihnen getrennt gewesen. Aus seiner Sorge um sie war er streng und distanziert geworden, wie sein eigener Vater. Er vermutete, daß seine Kinder ihn so sehr fürchteten, wie sie ihn liebten, und daß sie auf seine Abwesenheit eher mit Erleichterung als Bekümmerung reagieren würden.

Er war oft einsam und voller Zorn, aber die harte körperliche Arbeit erschöpfte ihn, so daß er zum Glück nicht viel zum Nachdenken kam. Die südliche Sonne durchtränkte ihn, löste verkrampfte Muskeln, löschte die Sorgenfalten auf seiner Stirn.

Colonel Renshaws Haus hieß Poona. Es stand am äußeren Rand des Dorfes Woodcott St. Martin in Oxfordshire, ein riesiger Kasten, um die Jahrhundertwende erbaut, unglaublich häßlich, mit einer roten Backsteinfassade, aus der Erker und Balkone hervorsprangen. Es hatte drei Stockwerke: Tilda und ihre Familie wohnten in der obersten Etage, in den beiden unteren hauste der Colonel mit seinen Sammlungen. Der Garten war sehr groß und diente ausschließlich dem Anbau von Obst und Gemüse sowie der Lieferung von Brennholz für den gewaltigen und eigenwilligen Herd, der in der Küche fauchte und spuckte. Colonel Renshaw, der im Ersten Weltkrieg verwundet worden war, hatte den Rest seines Lebens der Aufgabe gewidmet, seine Selbstversorgung zu sichern.

»Giftiges Zeug«, sagte er und stieß mit seinem Spazierstock einen Kohlkopf an, als er Tilda durch den Garten führte. »Wenn Sie so was im Laden kaufen, sind die Dinger voller Gift. Da ist es besser, man zieht sie selbst, dann weiß man wenigstens, was man ißt.«

Der Colonel hielt Schweine und Ziegen und eine große Schar Hühner und Enten. Er hätte sich, dachte Tilda, wahrscheinlich auch Schafe gehalten und seine eigene Wolle gesponnen, wenn seine Hände nicht durch Arthritis verkrüppelt gewesen wären. Die Arthritis und die Lungenbeschwerden, Folge des Einatmens von Senfgas während der Schlacht an der Somme, hatten ihn im Alter von siebenundsechzig Jahren gezwungen, eine Haushälterin einzustellen.

Tilda brachte das Gespräch auf ihren gemeinsamen Bekannten, Kit de Paveley.

»Ich hab den Jungen kennengelernt, als er in Oxford war«, sagte der Colonel, während er mit seinem Stock nach Brennesseln schlug. »Wir hatten beide ein großes Interesse an der Archäologie. Ein gescheiter Junge. Wir waren ein- oder zweimal zusammen bei Ausgrabungen.«

Offiziell bestanden Tildas Pflichten darin, zu kochen, das Haus sauberzuhalten und für die Wäsche des Colonels zu sorgen. Aber an Tagen, an denen den Colonel seine Arthritis besonders plagte, mußte sie nicht nur den Stift zur Hand nehmen, um die Beschwerdebriefe zu schreiben, mit denen er ständig die Gemeinde bombardierte, sondern auch das Gewehr, um die Tauben zu schießen, die ihm ein ständiger Dorn im Auge waren. Die Arbeit war hart und anstrengend, aber ihr war das nur recht, so blieb ihr keine Muße, viel nachzudenken. Wenn sie morgens um sechs Uhr aufstand und der Herd mit Holz und getrocknetem Torf, der nach Meinung des Colonels hervorragender Brennstoff war, aufheizte, war sie vor allem darauf bedacht, sich keine Erfrierungen zu holen, und kam gar nicht dazu, wieder einmal die letzten katastrophalen Monate ihrer Ehe zu beklagen. Wenn sie sich in diesem Winter darüber Gedanken machte, wie sie in den ewig gleichen Speiseplan von Pastinaken, Kartoffeln und Kohl etwas Abwechslung bringen könnte, lenkte sie das zumindest vorübergehend von Sorgen um die Kinder ab. Wenn sie mit dem Bienenwachs, das der Colonel selbst herstellte, die Böden bohnerte, war sie hinterher zu erledigt, um sich Gedanken darüber zu machen, was aus Daragh geworden war.

Ihre Wohnung im obersten Stockwerk des Hauses war geräumig genug, um all ihren eigenen Möbeln sowie denen, die der Colonel zur Verfügung gestellt hatte, Platz zu bieten. Neben einem relativ großen Wohnzimmer gab es vier Schlafzimmer: Das größte teilten sich Melissa und Caitlin, Josh und Erich wohnten in dem mit dem Dachfenster, Rosi und Hanna, die nur in den Ferien nach Hause kamen, erhielten das hintere Zimmer. Tilda selbst schlief in dem kleinen Zimmer mit dem Erker. Die Küche war klein, dafür schien das Badezimmer mit Waschbecken, altertümlicher Toilette mit rasselnder Kette und einem rostigen Ungetüm von Wanne wie für eine Familie von Riesen entworfen. Im Vergleich zum Long Cottage mit seinen kleinen, niedrigen Räumen war Poona ein Palast.

Woodcott St. Martin war einmal so klein gewesen wie Southam, aber nach dem Bau einer weitläufigen sozialen

Wohnsiedlung und einer Reihe roter Backsteinbungalows war es zu dreifacher Größe angeschwollen. Die Mauer, die die Sozialwohnungen von den Bungalows trennte, war, dachte Tilda oft, typisch für die soziale Gliederung innerhalb des Dorfs. Die Leute aus den Sozialwohnungen gehörten dem Arbeiterverein an; die aus den Bungalows und den großen alten Häusern, die sich rund um den Dorfanger erhoben, waren Mitglieder im Tennisclub oder in der Theatergruppe. Alle halbe Stunde ging ein Bus nach Oxford, mit dem Caitlin und Melissa täglich zur Schule fuhren. Josh sollte vorläufig weiter im Internat bleiben.

Dem Scheck, den Max jeden Monat für den Unterhalt der Kinder schickte, lag niemals ein Brief oder auch nur ein Gruß bei, ein Zeichen der Unpersönlichkeit, das Tildas Schmerz über sein Fortgehen beständig neu aufflammen ließ. Manchmal, wenn sie Kartoffeln schälte oder die unförmigen langen Unterhosen des Colonels bügelte, wurde dieser Schmerz zu Zorn – Zorn darüber, daß Max seine Kinder verlassen hatte; daß er so hart und starrsinnig sein konnte; daß er sie für eine Frau ohne Fehl und Tadel gehalten hatte.

Caitlin haßte ihr neues Leben in Colonel Renshaws Haus. Als sie noch in Southam gelebt hatten, war sie jeden Tag zum Herrenhaus hinübergegangen, um zur Stelle zu sein, wenn ihr Vater zurückkehren würde. Aber eines Tages hatte man vor dem Haus ein Riesenschild aufgestellt, das besagte, daß es zum Verkauf stand, und wenig später waren irgendwelche fürchterlichen Leute eingezogen. Gräßliche rote Pelargonien, die ihre Mutter für absolut geschmacklos gehalten hätte, wuchsen jetzt im Gewächshaus, und Caitlin hatte, nicht ohne sich vorher zu vergewissern, daß niemand in der Nähe war, voller Wut einen Stein durch das Dach geworfen. Das Klirren splitternden Glases war höchst befriedigend gewesen.

Anfangs war Caitlin Tilda gegenüber nur kalt gewesen, besonders kalt, wenn diese sie in den Arm nahm, was sie grauenvoll fand. Dann wurde sie ungezogen zu ihr, aber Tildas Langmut und ruhige Bestimmtheit erbitterten sie noch mehr als die Umarmungen. Sie begann, sie mit kleinen Bosheiten zu quälen – ein Eßlöffel Salz in den Eintopf oder ein wohlgezielter Tritt gegen die Stange, an der die Wäscheleine festgemacht war, so daß Laken und Kissenbezüge im Schmutz hingen –, aber nachdem sie den wissenden Blick von Tilda aufgefangen hatte, wurde sie vorsichtiger.

Dann übersiedelten sie nach Oxfordshire, und mit diesem Umzug schien es Caitlin, als sei ihr schreckliches Schicksal besiegelt. Zuvor hatte sie fest geglaubt, daß ihr Vater zurückkehren und sie mit ihm zusammen wieder im Herrenhaus leben würde, daß alles wieder gut werden würde. Mit dem Umzug wurde ihr dieser Glaube genommen. Sie mußte ein Zimmer mit Melissa teilen, obwohl sie zu Hause ein viel größeres Zimmer ganz für sich allein gehabt hatte und noch ein kleines Ankleidezimmer dazu. Es war gemein und ungerecht, daß sie kein eigenes Zimmer haben konnte. Ein kleiner Trost in diesem neuen Leben war die Tatsache, daß Melissa ihr kritiklose Bewunderung entgegenbrachte, aber als die Freundin ihr Max' Briefe und Skizzen zeigte, erfaßte Caitlin blinder Zorn darüber, daß diese alberne kleine Gans wußte, wo ihr Vater war, während sie selbst ihren verloren hatte.

Den Colonel fand Caitlin völlig verrückt und ging ihm deshalb möglichst aus dem Weg. Das Essen schmeckte immer gleich scheußlich, und nie bekam sie neue Kleider. Im Januar kam sie aufs öffentliche Gymnasium. In jeder Klasse waren dreißig Mädchen, und viele von ihnen trugen abgetretene Schuhe und ausgebeulte Strümpfe und sprachen Dialekt. Schlimmer noch, niemand schien von ihr Notiz zu nehmen. In der Burwood-Schule hatten alle sie gekannt. Sie war Caitlin Canavan gewesen, die in einem großen Haus wohnte und jeden Tag von ihrem gutaussehenden Vater zur Schule gefahren wurde, die Ballettstunden und Sprechunterricht hatte. In ihrer neuen Schule wußten einige der Lehrer nicht einmal ihren Namen, und obwohl sie in Burwood mit Leichtigkeit immer die Beste gewesen war, kam sie im Gymnasium über das Mittelmaß nicht hinaus. Wenn sie von ihren Ponys erzählte oder von den Partys, die ihr Vater für sie veranstaltet hatte, oder von ihren Ferien in Deauville, glaubte ihr niemand. Deine Mutter arbeitet doch für diesen verrückten alten Kauz, sagten sie, und dann schämte sich Caitlin doppelt. Sie fand es zutiefst demütigend, daß sie glaubten, Tilda wäre ihre Mutter, und daß Tilda nicht mehr war als eine Hausangestellte.

Niemand schien zu merken, daß sie etwas Besonderes war. Niemand schien zu sehen, daß sie hübscher, gescheiter, überhaupt viel interessanter war als andere Mädchen ihres Alters. Niemand bewunderte sie, und dennoch wußte Caitlin, wenn sie in den Spiegel sah, daß sie sehr wohl etwas Besonderes war. Das hatte ihr Vater ihr immer gesagt.

Kurz nach dem Umzug in das Haus des Colonels entdeckte sie den Bericht des Privatdetektivs. Beim Verkauf von Southam Hall waren die Papiere ihrer Mutter in Kartons verstaut worden, die dann wochenlang unausgepackt im Long Cottage gestanden hatten. Nachdem sie sich in Poona häuslich eingerichtet hatten, erbot sich Tilda, Caitlin bei der Durchsicht der Papiere zu helfen. Caitlin lehnte das Angebot ab, sie wollte die Kartons lieber selber auspacken, die Papiere schienen ihr eine letzte, kostbare Verbindung zu ihrem früheren Leben. Das meiste, was sie fand, sagte ihr allerdings nichts: ein sehr langweiliges Tagebuch, das Jossy als Kind geführt hatte, Briefe, Rechnungen, Quittungen. Alles, was irgendwie mit ihrem Vater zu tun hatte, hob Caitlin auf. Und schließlich fand sie Mr. Oddies Bericht. Als ihr klar wurde, worum es sich handelte, packte sie heftige Erregung, sie war überzeugt, daß sie jetzt erfahren würde, wohin ihr Vater verschwunden war. Sie machte es sich auf ihrem Bett bequem und begann, aufmerksam zu lesen. Aber schon nach wenigen Zeilen verwandelte sich ihre gespannte Erregung in Entsetzen und Ekel. Sie mußte sich im Badezimmer übergeben, und als sie wieder ins Zimmer kam, war Melissa da, die sie nach einem Blick in ihr Gesicht sogleich fragte, ob ihr nicht gut sei. Caitlin, die sah, daß Melissa nur wenige Schritte von diesem schrecklichen Bericht entfernt stand, sagte kalt: »Weißt du eigentlich, daß du einen Riesenpickel auf dem Kinn hast?« Worauf Melissa mit einem Schrekkensschrei zum Spiegel stürzte.

Caitlin packte die Papiere und rannte zum Außenabort hinaus, dem einzigen Ort, wo man sicher sein konnte, nicht gestört zu werden. In dem dunklen, von Spinnweben durchzogenen kleinen Verschlag las sie den Rest von Mr. Oddies Bericht. Manches verstand sie nicht (Was hieß »Geschlechtsverkehr«? Was hieß »intime Beziehung«?), aber sie begriff, daß Mr. Oddie zufolge ihr Vater zahlreiche Freundinnen gehabt hatte. Mr. Oddie hatte sogar eine Liste gemacht: Ganz oben stand der Name Elsa Gordon, ganz unten stand Tilda Franklins Name.

Erich arbeitete jeden Tag in Colonel Renshaws Garten. Es war ein großes Stück Land, mehr als ein halber Hektar, dazu kamen die Tiere, das Geflügel und das Wäldchen. Anfangs hatte Erich Angst gehabt vor dem alten Mann, der ihn immer nur »der kleine Hunne« nannte, aber mit der Zeit gewöhnte er sich an ihn. Er erkannte, daß Colonel Renshaw sich einfach ihre Namen nicht merken konnte – Melissa zum Beispiel nannte er in Verwechslung mit einer lang verstorbenen Schwester immer »Lizzy« –, und er begriff mit der Zeit, daß der Ausdruck »der kleine Hunne« nicht beleidigend gemeint war. Erichs stammelnd hervorgebrachte Erklärungen, daß er Österreicher jüdischer Abstammung sei, wurden ignoriert, hinweggefegt von einer weitschweifigen Beschreibung eines Fußballspiels, das die Männer des Colonels Weihnachten 1914 mit den Truppen des Kaisers zwischen den Schützengräben ausgetragen hatten. Erich begriff, daß seine Herkunft und sein Glaube dem Colonel weit weniger bedeuteten als seine Bereitschaft, gründlich den Garten umzugraben und gewissenhaft den Hühnermist zu sammeln.

Jeder Gang ins Dorf machte ihm angst. Hin und wieder mußte er in die Schmiede, um die Gartenschere schleifen zu lassen, oder zu dem übellaunigen Lebensmittelhändler, der ihnen die überschüssigen Eier abkaufte. Diese Ausflüge waren eine Qual. Er kam dann aus dem Stottern überhaupt nicht mehr heraus und konnte sich, obwohl er inzwischen fließend Englisch sprach, der einfachsten Wörter nicht erinnern. Er spürte, wie die Leute ihn anstarrten, wie ihre kritischen Blicke hinter Vorhängen und Hecken ihn verfolgten. Immer brach ihm der Schweiß aus allen Poren, und sein Magen begann, heftig zu rebellieren.

Tilda redete ihm zu, zur Kirche zu gehen; Erich ging einmal zum Gottesdienst und hatte danach jeden Sonntag morgen irgend etwas Dringendes im Garten zu tun. Es war ihm unerträglich, mit einer Horde wildfremder neugieriger Menschen in einem geschlossenen Raum zu sitzen. Zu seiner Erleichterung sagte Tilda nach einigen Wochen, er brauche nicht zu gehen, wenn er nicht wolle. Sie bestand jedoch darauf, daß er sich abends nach dem Essen an den Gesellschaftsspielen beteiligte, mit denen sich die Familie unterhielt. Das fiel ihm nicht allzuschwer, zumal manchmal auch Caitlin mit von der Partie war. Es machte ihn auf eine seltsame, überschwengliche Weise glücklich, Caitlin einfach nur ansehen zu können.

Das Weihnachtsfest in Poona wartete mit Überraschungen auf, die Tilda gar nicht dazu kommen ließen, an frühere Weihnachtsfeste zu denken. Am frühen Morgen des ersten Feiertags gab der Generator seinen Geist auf, und obwohl Josh, der in solchen Dingen eine geschickte Hand hatte, stundenlang an ihm herumbastelte, blieb ihnen am Ende nichts anderes übrig, als das Haus mit Öllampen und Kerzen zu erleuchten. Der Colonel bestand auf einem großen gemeinsamen Essen und goß jedem, auch Josh, ein Glas sehr alten, sehr hellen Sherrys ein. In ihren besten Staat gekleidet aßen sie die gebratene Pute, die Tilda zubereitet hatte. Hinterher spielten Hanna und Rosi mit dem Colonel Majong, Josh und Erich nahmen sich wieder den Generator vor, und Melissa und Caitlin halfen Tilda mit dem Abwasch.

Erst viel später, als die jüngeren Kinder schon in ihren Betten lagen, überfiel Tilda ein niederschmetterndes Gefühl der Verlassenheit. Sie hatte auch früher schon Weihnachten ohne Max feiern müssen, aber das war im Krieg und seine Abwesenheit unvermeidlich gewesen. Und stets war wenigstens ein *Lebenszeichen* von ihm gekommen: ein Brief, eine Karte und einmal, aus Nordafrika, ein wunderschöner Seidenschal, den er ihr in einem Bazar gekauft hatte. Dieses Weihnachten hatte Max zwar Geschenke für die Kinder geschickt, aber nichts für sie. Keinen Brief und keine Karte, als wäre es ihm völlig gleichgültig, ob sie existierte oder nicht. Tief in das Sofa gekuschelt, in Decken gehüllt, um den Wind abzuhalten, der durch die Fensterritzen pfiff, versuchte Tilda, sich ein Leben solch immerwährenden Mangels und Zorns vorzustellen.

Hanna stellte das Teetablett auf die Kaminplatte. Rosi setzte sich auf dem Vorleger nieder. »Ich finde Weihnachten ohne elektrisches Licht viel schöner. Es ist viel romantischer.«

Hanna schenkte den Tee ein. »Es war richtig nett, nicht? Auch wenn der Colonel uns beim Majong geschlagen hat. Gleich zweimal.«

»Er schummelt.« Rosi war dabei, ihren langen Zopf aufzumachen.

»*Rosi*«, sagte Tilda.

»Aber es ist doch wahr. Er schummelt wirklich. Beinahe soviel wie Caitlin.«

»*Rosi.*«

»Aber Tilda – du mußt doch gemerkt haben, daß Caitlin dauernd schummelt, ganz gleich, was wir spielen.«

»Natürlich hab ich es gemerkt, aber ich hielt es für das beste, nichts zu sagen.«

»Ach ja, weil sie ihre Eltern verloren hat, blablabla ...«

Diesmal sagte Hanna: »*Rosi.*«

Rosi hob den Kopf. »Na ja, Hanna und Erich und ich haben auch unsere Eltern verloren, und es fällt uns trotzdem nicht ein zu schummeln. Oder anderer Leute Briefe und Tagebücher zu lesen, oder ihnen einfach den Lippenstift zu klauen.«

Rosi steckte tief in einer stürmischen Beziehung zu Richard Vaughan, einem Assistenzarzt im Addenbrooke-Krankenhaus in Cambridge. Als sie Caitlin bei der heimlichen Lektüre von Richards Briefen ertappt hatte, hatte sie ihr gründlich den Hintern versohlt.

Tilda sagte langsam: »Aber Caitlin ist fest davon überzeugt, daß ihr Vater noch lebt. Sie kann nicht um ihn trauern, verstehst du, weil sie ständig darauf wartet, daß er zu ihr zurückkommt.«

Hanna blickte auf. »Und du glaubst nicht daran?«

»Nein.« Tilda dachte daran, wie Daragh auf einem Tisch in seinem Zimmer im Savoy Hotel Fotografien seiner kleinen Tochter ausgebreitet hatte; *Sie ist mein Leben*, hatte er gesagt. »Er hat Caitlin vergöttert. Ich kann mir nicht vorstellen, daß er sie einfach aufgegeben hätte, es sei denn, er ist tot.«

»Dann ist es kein Wunder«, meinte Hanna einsichtig, »daß sie Schwierigkeiten hat, sich zurechtzufinden.«

»Und das Leben, das sie jetzt führen muß, ist für sie völlig neu«, fügte Tilda hinzu. »Caitlin war das einzige Kind ihrer Eltern, und jetzt ist sie plötzlich eine unter vielen in einer großen Familie. Sie hat ihr Zuhause verloren und mußte die Schule wechseln. Das war natürlich alles sehr schwer für sie. Ich habe versucht, mit ihr über ihren Vater zu sprechen, aber es ist nicht viel dabei herausgekommen.«

Das Gespräch hatte in der Tat zu nichts geführt. Caitlin hatte Desinteresse vorgegeben, aber Tilda hatte die Feindseligkeit und die Angst hinter der Maske gespürt. Sie hatte es dann doch nicht über sich gebracht, Caitlins Hoffnung auf eine Rückkehr ihres Vaters zu zerstören; sie hatte sich nicht dazu berechtigt gefühlt. Das Ausmaß von Caitlins Feindseligkeit hatte sie erschreckt, und sie hatte sich flüchtig gefragt, ob das Mädchen wußte, daß sie – Tilda – Daragh Canavans Geliebte gewesen war. Sie hatte den Gedanken sogleich verworfen. Woher hätte Caitlin das wissen sollen? Weder Jossy noch Daragh hätten so etwas ihrer Tochter anvertraut. Doch das Unbehagen blieb und erhielt jedes Mal, wenn sie ihr Bild in diesen dunklen, anklagenden Augen sah, neue Nahrung.

Oft fragte sie sich, ob es richtig gewesen war, Caitlin Canavan aufzunehmen. Sie war sich darüber im klaren, daß sie nicht nur aus Mitleid gehandelt hatte, sondern auch aus Schuldgefühlen und in Anerkennung einer Blutsverwandtschaft, von der Caitlin nichts wußte.

Anfangs winkte die junge Frau Max nur zu, wenn sie morgens an der Autowerkstatt vorbeiradelte, nach ein paar Wochen dann grüßte sie ihn mit einem heiteren »Bonjour!«. Sie kam jeden Wochentag zweimal vorbei, morgens um Viertel nach acht, wenn sie aus dem Dorf hinausfuhr, und abends um sieben, wenn sie heimkehrte. Sie war jung und blond und immer hübsch gekleidet in Seide oder Baumwolle, und wenn der Fahrtwind ihre Röcke faßte, enthüllte er ihre braunen Beine. Im Frühjahr rief sie ihm im Vorüberfahren freundlich zu: »Ça va, Monsieur Franklin?« Und er sah ihr nach, überrascht, daß sie seinen Namen wußte. Er begann, nach ihr Ausschau zu halten. Eines Abends war sie spät dran, und er sah mehrmals auf seine Uhr, während er den Vorplatz fegte und sich dann daran machte, einen alten Citroën zu reparieren, den ein Bauer ihm gebracht hatte. Kurz vor acht hörte er das Klappern ihrer Sandalen, als sie zu Fuß, das Fahrrad schiebend, den Hügel heraufkam.

»Ich glaube, mein Reifen ist hinüber«, sagte sie. Sie strich sich eine Strähne blonden Haares aus den Augen und schnitt eine Grimasse. »So was Dummes. Könnten Sie es sich einmal ansehen, Monsieur?«

Max stellte das Fahrrad auf den Kopf und entfernte den Reifen. Ein langer Rosendorn steckte im Schlauch. Er brachte ihr einen Stuhl und ein Glas Wasser, damit sie sich setzen und etwas trinken konnte, während er das Loch flickte. Die Hitze hatte sich bis in den Abend hinein so glühend gehalten, daß der Asphalt der Straße weich geworden war.

»Sie sollten sich einen neuen Reifen leisten, der hier ist beinahe durch«, sagte Max, als er fertig war.

»Was schulde ich Ihnen, Monsieur?«

Max schüttelte den Kopf. »Für die kleine Flickarbeit? Nichts.« Er wischte sich die Hände an einem Tuch und hielt ihr das Fahrrad, als sie aufstieg. Dann fuhr sie davon, und er ertappte sich dabei, daß er ihr lange nachsah.

Obwohl der nächste Tag ein Sonntag war, beschloß Max, den Motor des alten Citroëns auseinanderzunehmen. Er war gerade dabei, den Vergaser zu reinigen, als er das Surren des

Fahrrads hörte. Sie hatte ein schickes schwarzes Kleid an, und er vermutete, daß sie von der Messe kam.

»Wo ist Ihre Küche?« fragte sie, während sie ihren Fahrradkorb abnahm.

Als sie seinen verdutzten Blick sah, lächelte sie und wiederholte ihre Frage. »Wo ist Ihre Küche, Monsieur Franklin? Ich möchte Ihnen etwas kochen.« Sie ging ins Haus und sah sich um. »Ah, meine Großmutter hat auch so einen Herd. Der ist wunderbar.«

Sie machte Lammbraten mit Gemüse, und zum Nachtisch gab es Apfelkuchen. Max öffnete eine Flasche Rotwein. Er erfuhr, daß sie Cécile Ferry hieß und in einem Modegeschäft in Saintes arbeitete. Ihre Eltern waren tot, und sie lebte bei ihrer Großmutter. Sie war verlobt gewesen, aber ihr Verlobter war 1940 bei der Invasion gefallen. Sie stellte Max keine Fragen. Nachdem sie gegessen hatten, spülte sie ab und radelte wieder davon. Danach beließen sie es wieder beim täglichen Morgen- und Abendgruß.

In Saintes kaufte Max einen Fahrradreifen und hängte ihn über die Zapfsäule, damit sie ihn im Vorbeiradeln sehen würde. »Für mich?« rief Cécile lächelnd und bremste. Er tauschte den abgenützten Reifen aus, und am Sonntag erschien sie wieder mit ihrem wohlgefüllten Fahrradkorb. Er hatte es gehofft. *Coq au vin* dieses Mal, und hinterher Kirschen.

Nach dem Essen setzten sie sich in den verwilderten Garten mit dem alten Feigenbaum und der Treppe, die in den Keller hinunterführte, wo Max den Wein lagerte. Max breitete eine alte Wolldecke auf dem Gras aus. Cécile erzählte ihm von dem kleinen Weingarten, den sie von ihrem Vater geerbt hatte. Und von der Frau, der das Modegeschäft in Saintes gehörte, und von ihrer Cousine, die im Juli heiraten wollte. Von der Vorliebe des Lehrers für Wein, der Affäre des Tabakhändlers mit der Frau des Konditors und der immerwährenden Fehde zwischen den Eigentümern zweier benachbarter Weingärten.

»Du meine Güte«, meinte Max mit hochgezogenen Brauen. »Ich hatte ja keine Ahnung, daß hier soviel los ist.«

Sie lächelte, ohne einen Kommentar zu geben. Dann sagte sie: »Und was ist mit Ihnen?«

»Mit mir?« Max wich ihrem Blick aus. »Ich betreibe diese heruntergekommene alte Werkstatt, das ist alles.«

»Sie sind doch Engländer?«

Er nickte. »Geboren und aufgewachsen.«

»Ihr Französisch ist für einen Engländer sehr gut, Monsieur Franklin.«

»Ich habe mehrere Monate in Paris gelebt.« Er sah sich selbst und Tilda, wie sie am Ufer der Seine entlanggingen und sich fragten, was der Ausbruch des Krieges für sie bedeuten würde.

»Aber Sie haben doch nicht immer Autos und Fahrräder repariert, stimmt's, Monsieur Franklin?«

»Woher wissen Sie das?«

Sie zuckte die Achseln. »Sie sind ein typischer englischer Gentleman.«

Ein niederschmetterndes Urteil, dachte er und sagte: »Ich habe früher für eine Londoner Zeitung gearbeitet. Darum war ich damals auch in Paris, als Auslandskorrespondent.«

»Ach so. Aber …?«

»Aber es macht mir keine Freude mehr«, erklärte er kurz.

»Ihnen sind schmierige Motoren und Ihre Zapfsäule lieber?«

»Viel lieber.«

Sie stand auf. »Ich spüle jetzt ab.«

»Kommt nicht in Frage. Das mache ich später.«

Sie sah zu ihm hinunter. »Nur wenn Sie mich nächsten Sonntag Ihr Mittagessen kochen lassen«, sagte sie.

Sie hatte einen Strohhut auf und ein Picknick vorbereitet. Max hatte sich einen fast schrottreifen alten Peugeot hergerichtet, und sie fuhren hinunter zur Mündung der Gironde mit ihren Sümpfen und Salzwiesen und den Austernbänken, die auf dünnen Pfählen über dem Wasser hingen. Cécile nahm kaltes Hühnchen, Salat, Brot und Himbeeren aus ihrem Korb, und Max kühlte eine Flasche Weißwein im Fluß. Während sie zusammen auf der Decke saßen und aßen, nannte Cécile ihm die Namen der Vögel, die an den Ufern der Gironde heimisch waren.

Als nur noch eine letzte Himbeere in der Schale lag, nahm Cécile sie heraus und schob sie Max in den Mund. Dann küßte sie ihn. Ihre Lippen schmeckten nach Himbeeren und Wein, ihre Haut roch nach Mandeln, und ihre Hände, die auf seinen Schultern lagen, waren kühl und weich. Er entzog sich ihr. Sie sah ihn fragend an.

»Laß uns einfach Freunde sein, Cécile«, sagte er. »Bitte?«

»Ach, Max.« Sie lächelte. »Du bist so unglaublich englisch.«

Tilda wußte, daß sie Bilanz ziehen mußte. Sie mußte akzeptieren, daß sie Max verloren hatte, und einen neuen Anfang machen. Sie hatte geglaubt, wenn sie Southam verließ, würde sie die Vergangenheit vergessen können. Einmal war ihr das ja schon gelungen, als sie nach London geflohen war, nachdem Sarah ihr eröffnet hatte, daß sie Edward de Paveleys Tochter war.

Aber die Erinnerungen verfolgten sie: Daragh und sie in leidenschaftlicher Umarmung; Max' Gesicht, als er gesagt hatte, *Du hast es mir versprochen*; Jossy in dem alten Bentley, das ungeborene Kind gefangen in ihrem toten Körper. Die tägliche Arbeit im Haus konnte die Erinnerungen nicht verdrängen. Ob sie die Böden schrubbte oder im Garten jätete, sie begleiteten sie überall. Sie sagte sich, sie brauche geistige Beschäftigung, und ging zu einer Zusammenkunft des Frauenvereins. Aber die anderen Frauen fragten nach ihrem Mann und musterten sie mit neugierigen Blicken. Aus Angst vor Fragen über ihre Vergangenheit schützte sie Arbeit vor, um freundlich gemeinte Einladungen zum Tee abzulehnen. Außerdem reichten ihr diese Hausfrauengespräche, dieser Austausch von Koch- und Backrezepten nicht.

Sie sah eine Anzeige des Vereins für Erwachsenenbildung, der Seminare und Vorlesungen in Oxford anbot, und meldete sich an zu einer Reihe über die Vereinten Nationen. Einer der Vorträge befaßte sich mit der Arbeit der UNICEF, die Ende

1946 ins Leben gerufen worden war, um notleidenden Müttern und Kindern nach dem Krieg zu helfen. In der nachfolgenden Diskussion sprach Tilda kurz über die Kindertransporte. Dann sah sie mit einem Blick auf ihre Uhr, daß es schon halb zehn war, nahm ihre Tasche und lief zum Bus.

Plötzlich hörte sie schnelle Schritte hinter sich, dann eine Stimme: »Einen Augenblick! Einen Augenblick – so warten Sie doch.« Sie blieb stehen und sah sich um.

Ein wenig atemlos vom schnellen Lauf bot ihr der junge Mann die Hand. »Archie Raphael. Ich war auch bei dem Vortrag. Ich hab ein paar Reihen hinter Ihnen gesessen.«

Tilda nahm die dargebotene Hand. »Ich freue mich sehr, Sie kennenzulernen, Mr. Raphael, aber ich muß mich beeilen, sonst verpasse ich meinen Bus.«

»Ich habe einen Wagen. Ich kann Sie mitnehmen.« Er rannte neben ihr her. »Ich wollte Ihnen nur sagen – Sie sind doch die Frau, die über die Nordsee gerudert ist, nicht wahr?«

Tilda blieb abrupt stehen. Ein Mann prallte mit ihr zusammen und entschuldigte sich, seinen Hut lüftend. Sie rannte weiter und sagte: »Es war kein Ruderboot, es war ein Segelboot. Und fast die ganze Arbeit hat der Freund geleistet, der mit im Boot saß.«

Er hörte ihr gar nicht zu. Wie alle anderen. »Ich kenne ihr Gesicht aus der Zeitung. Ich vergesse nie ein Gesicht. Und Sie haben eben von den Kindertransporten gesprochen. Außerdem kenne ich Harold Sykes, das heißt, eigentlich seine Tochter Lottie. Sie sieht sich als zweite Ginger Rogers, aber ich fürchte, *das* ist eine Illusion.«

Archie Raphael war etwa so groß wie Tilda, flachsblond, Mitte Zwanzig ihrer Schätzung nach. »Ich muß jetzt wirklich gehen, Mr. Raphael.« Sie sah den Bus kommen und lief an den Straßenrand, um zu winken. Der überfüllte Bus, an dem die Fahrgäste in Trauben auf den Trittbrettern hingen, rumpelte weiter, ohne auf ihr Zeichen zu reagieren.

»Ach, herrje.«

»Das tut mir wirklich schrecklich leid. Es ist allein meine Schuld. Ich habe sie aufgehalten. Kommen Sie, ich fahre Sie nach Hause. Sie brauchen keine Angst zu haben«, fügte er hinzu, »ich bin absolut vertrauenswürdig. Ich fahre nie mehr als fünfzig und bin ein Ehrenmann vom Scheitel bis zur Sohle.«

Sie hatte praktisch keine Wahl. »Das ist sehr nett von Ihnen, Mr. Raphael. Ich hoffe nur, Sie bereuen Ihr Entgegenkommen nicht, wenn ich Ihnen sage, wo ich wohne.«

Er lachte. »In Edinburgh?«

»In Woodcott St. Martin.«

»Das ist beinahe genauso schlimm, kommen Sie. Mein Auto steht drüben beim College. Ich bringe Sie im Nu nach Hause, Maud, nein, das stimmt nicht.« Er kniff sein Gesicht zusammen. »Sagen Sie's mir nicht, ich hab's schon fast. Mary ... Millicent ...«

»Matilda«, sagte sie. »Matilda Franklin. Aber alle nennen mich Tilda.«

Unterwegs versuchte er, ein Gespräch über ihre Überfahrt über den Ärmelkanal in Gang zu bringen. Sie schaute zur Straße hinaus und zu den dichtbelaubten Bäumen, die im Licht der Scheinwerfer gelb aufleuchteten, und sagte: »Es war unglaublich leichtsinnig, und es ist sehr lange her. Ich möchte nicht darüber sprechen, Mr. Raphael. Ich habe nie darüber gesprochen.«

»Aber Mr. Sykes ...«

»Harold hat sich das meiste aus den Fingern gesogen. Sie wissen doch, wie Journalisten sind.«

Als sie vor dem Haus ankamen, sah sie Rosi draußen auf dem Vorplatz sitzen. Tilda öffnete die Wagentür.

»Rosi?«

»Ich mußte dich sehen, Tilda! Ich mußte unbedingt nach Hause! Ich hasse Richard! Ich will ihn nie wiedersehen!« Weinend überfiel sie Tilda mit einem Wortschwall in Deutsch.

Archie Raphael spitzte die Ohren. Tilda stieg aus dem Wagen, drehte sich noch einmal nach ihm um und sagte kurz: »Rosi ist mit einem der Kindertransporte hierhergekommen, Mr. Raphael. Mit der Fähre bis Harwich, dann mit dem Zug nach London. Nichts Heroisches. Herzlichen Dank, daß Sie mich mitgenommen haben.« Sie schlug die Wagentür zu.

Eines Tages, als Caitlin nach der Schule auf ihren Bus wartete, sprach ein Junge vom benachbarten Gymnasium für Knaben sie an und fragte, ob er sie zu etwas einladen dürfe.

Sie zuckte die Achseln. »Meinetwegen.« Es war das erste Mal, daß ein Junge sie angesprochen hatte; triumphierend wandte sie sich Melissa zu. »Sag Tilda einfach, ich hätte noch Tennis oder so was.«

Sie hörte Melissas vorwurfsvollen Protest, als sie mit dem Jungen davonging. Weder sie noch der Junge, der Charlton hieß, sagten zunächst etwas, und das angenehme Gefühl begann zu schwinden. Sie musterte ihn von der Seite, und beim Anblick seines schmuddeligen Hemdkragens und abgetragenen Blazers kehrte die ganze alte Unzufriedenheit und Verdrossenheit zurück.

Dann sagte er plötzlich, »Du siehst toll aus, Kate. Hat dir schon mal jemand gesagt, daß du wie Vivian Leigh aussiehst?« und gleich fühlte sie sich besser. Als sie an ein paar Mädchen aus ihrer Klasse vorüberkamen, bemerkte sie deren neidische Blicke. Charlton war immerhin schon in der fünften, und sie war erst in der dritten Klasse.

»Wie heißt du eigentlich?« fragte sie unvermittelt. »Ich kann dich doch nicht Charlton nennen. Das klingt ja blöd.«

»Leonard«, antwortete er. »Meine Freunde nennen mich Lenny.«

Er ging mit ihr in die neue Milchbar, die in der Stadtmitte aufgemacht hatte. Der Erdbeershake schäumte rosarot und schmeckte köstlich. Caitlin trank ihn ganz langsam und genoß die Tatsache, daß sie das jüngste Mädchen in dem Lokal war und Lenny einer der bestaussehendsten Jungen.

»Du wohnst nicht in Oxford, oder?« fragte Lenny.

»Ich wohne bei Leuten in Woodcott St. Martin. Mein Vater arbeitet im Ausland. Wenn er nach Hause kommt, ziehen wir wieder in unser altes Haus.«

Als er später einen Spaziergang im Park vorschlug, hätte Caitlin beinahe abgelehnt. Die langen Gesprächspausen begannen ihr auf die Nerven zu gehen. Aber er ließ nicht locker: »Ach, komm schon, Kate. Ich geb auch acht, daß du deinen Bus nicht verpaßt.« Also ging sie mit ihm in den Park. Vorbei an Müttern, die Kinderwagen schoben, an alten Leuten, die auf Bänken saßen, gingen sie zu einer von Platanen beschatteten Wiese. Dort neigte er sich über sie und küßte sie. Sein Mund war feucht und weich, und seine Nase stieß mit ihrer zusammen.

Es war nicht wie im Film. Aber sie ließ ihn gewähren, weil er nicht wissen sollte, daß dies ihr erster Kuß war, und weil es guttat zu wissen, daß jemand sie mochte.

Erich entdeckte das Rote Haus, als er für Tilda zur Molkerei ging, um Milch zu kaufen. Das große alte Giebelhaus stand auf der anderen Seite des Dorfs, jenseits des Gemischtwarenladens und des Postamts, des Angers mit dem Ententeich und all der vornehmen Häuser mit den großen Autos in den Auffahrten. Die Männer, die jeden Sonntag nachmittag ihre großen Autos wuschen und polierten, warfen Erich manchmal mißtrauische Blicke zu, wenn er in seinen schäbigen Kleidern und schlammigen Gummistiefeln vorbeistapfte, aber im Roten Haus gab es keine fremden Augen, die ihn beobachteten. Es stand leer; er beobachtete es wochenlang, ehe er dessen sicher war; ehe er es wagte, das quietschende schmiedeeiserne Tor aufzustoßen und einzutreten.

Bei seinem ersten Besuch folgte er dem Weg mit den gewaltigen dunklen Buchsbäumen, die ihn von beiden Seiten zu bedrängen schienen, bis zum Vorplatz, dann kehrte er hastig um und rannte mit klopfendem Herzen zur Straße zurück. Nach einigen weiteren Besuchen erkannte er, daß die Bäume ihn gar nicht vom Haus fernhalten wollten, sondern ihn beschützten. Hierher konnten ihm die fremden Blicke nicht folgen. Im Roten Haus war er frei. Hinter staubblinden Fensterscheiben sah er große leere Räume, auf deren Böden sich das dürre Laub gesammelt hatte, das der Wind durch Löcher rund um Fenster und Türen ins Haus geblasen hatte. Die leeren Lucky-Strikes-Packungen und vergessenen Gasmasken, die er hier und dort herumliegen sah, ließen ihn vermuten, daß das Haus während des Krieges von Soldaten belegt gewesen war.

Aber es war nicht das Haus, das ihn faszinierte; es war der Park. Der Park war herrlich, ein zauberischer Ort. In einem alten Schuppen fand er eine Forke und einen Spaten und grub und schnitt und jätete, wann immer er konnte. Er wollte den Park des Roten Hauses der Verwilderung entreißen. Er wollte sehen, wie er gedacht gewesen war. Ihn zu neuem Leben erwecken. Auf den ersten Blick schien das Gebiet hinter der Terrasse ein willkürliches Wirrwarr aus Gestrüpp und wilder Klematis zu sein, aber als er die alles erstickenden Ranken und wildwuchernden Unkräuter herausriß, sah er, daß es früher einmal mit liebevoller Sorgfalt in einem verschlungenen Muster von Wegen und bepflanzten Inseln angelegt gewesen war. Die alten Backsteine der Fußwege waren von grünglänzendem Moos überzogen und unter winterlichen Frösten gesprungen. Er machte sich eine Karte, in die er die freigelegten Wegstücke einzeichnete, und versuchte zu bestimmen, wie sie einst verlaufen waren. Als er dem Dornengestrüpp mit einer Hacke zu Leibe ging, entdeckte er Überreste von Blumenbeeten: vergilbte, schrumplig gewordene Blüten, denen wildwachsende Büsche das Licht geraubt hatten, altmodische Tulpen, Primeln und Aurikeln. Im Frühjahr tummelten sich in den kleinen dunklen Weihern Kaulquappen und Wassermolche. Erich beobachtete sie stundenlang.

Als er auf die Marmorfigur stieß, die von totem Laub bedeckt unter der Weide lag, hielt er sie zuerst für einen umgestürzten Baum. Aber als er mit dem Fuß eine Gruppe fleischiger Pilze wegtrat, sah er die kleine anmutige weiße Hand, deren zarte Finger sich krümmten, als winkten sie ihm. Er kniete im faulenden Laub nieder und richtete die Figur auf. An ihrem Gewicht und der Kälte des Steins erkannte er, daß sie aus Marmor war. Mit den Fingerspitzen entfernte er Schmutz und Spinnweben aus dem Gesicht, und das Mädchen blickte ihn an, kalt und schön und vollkommen.

Die letzten Augusttage, als das Ende der Sommerferien nahte, waren heiß und staubig. Tilda war beim Kuchenbacken, im Wohnzimmer spielte Rosi Klavier und draußen im Garten erprobte Colonel Renshaw sein Gewehr, das er gerade gereinigt hatte. Wespen schwirrten brummend unter der hohen Zimmerdecke herum.

»Dieser Krach ist ja fürchterlich«, sagte Hanna, als sie in die Küche kam, und knallte die Tür zu. »Peng, peng, peng aus dem Garten, und bong, bong, bong aus dem Wohnzimmer.« Ihr mausbraunes Haar war zerzaust, ihr Gesicht zornig verzogen. »Hör endlich auf, Rosi!« schrie sie. »Das ist ja gräßlich!«

Die Musik brach ab. Aus dem Garten ertönte neuerliches Krachen, und Erich, der am Küchentisch saß, zuckte zusammen. Tilda stellte ihm das Sieb mit den Brombeeren hin.

»Such bitte die Blättchen raus, Erich. Hanna, würdest du ihm helfen?«

»Meine *Hausarbeit*«, rief Hanna gereizt, aber Tilda sagte nur leise, »Hanna«, und Hanna setzte sich seufzend neben Erich nieder.

Caitlin und Melissa waren nebenan in der Waschküche, wo sie die Wäsche sortieren sollten. Caitlins Stimme schallte in die Küche, wo Tilda gerade Mehl auf eine Marmorplatte streute.

»... waren wir im Sommer immer in Deauville. Diese Strände dort, Liss, du wärst hin ...«

Darauf Melissa mißmutig: »Ich komm nie irgendwohin.«

»Mittags ist Daddy immer mit mir in ein Restaurant gegangen. Die Kellner haben mir den Kopf gestreichelt und mir *Bonbons* geschenkt.«

Ein lauter Knall aus dem Garten. Die Brombeeren ergossen sich über den Tisch. Hanna versuchte hastig, sie einzusammeln. Erichs Gesicht hatte einen grünlichen Schimmer. Als Tilda ihm die Hand auf die Schulter legte, erstarrte er.

Sie ging nach draußen. Die Sonne war eine grelle, harte, weiße Scheibe über den Bäumen. Ihre Hände waren mit Mehl bedeckt, und ihre Stirn war schweißnaß von der Hitze des Backofens und der Sonne. Sie hörte den Knall eines weiteren Schusses und sah, daß Josh das Gewehr hielt und auf die Blechdose richtete, die der Colonel als Zielscheibe verwendete.

»Josh, leg sofort das Gewehr weg«, rief sie erschrocken und zornig.

»Aber Mama ...«

»Ich habe gesagt, du sollst es weglegen.«

»Ich hab in der Schule auch schon mit einem Gewehr geschossen.«

»*Sofort*, Josh. Und bring die Abfälle hier dem Schwein. – Colonel, das Mittagessen ist ungefähr in einer halben Stunde fertig.«

Sie ging wieder in die Küche. Rosi hämmerte wieder auf das Klavier ein. Tilda warf einen Blick zum Tisch.

»Wo ist Erich?«

Hanna sah auf. »Er ist nach oben gegangen. Er war ganz fertig.«

Tilda wußte, daß er jetzt zusammengekauert, die Stirn auf die Knie gepreßt, in einer Ecke des Zimmers hocken würde, das er mit Josh teilte, tonlos dieselbe kleine Melodie vor sich hin summend, die sie das erste Mal vor Jahren in Ijmuiden gehört hatte.

Der Kuchenteig begann, in der Hitze eine graue Färbung anzunehmen. Hanna hielt in der einen Hand ein Buch und schob mit der anderen die Brombeeren in ihren Mund. Melissas Stifte und Kreiden lagen auf dem ganzen Fenstersitz verstreut. Caitlins Stimme aus der Waschküche übertönte Gewehrkrachen und Klaviermusik.

»Ich seh nicht ein, warum wir das tun sollen. Schließlich ist *sie* die Hausangestellte.«

Tilda, die gerade dabei war, den Teig auszurollen, hielt inne. Sie sah Hanna an. »Mach du bitte den Kuchen fertig, Hanna.«

Sie ging in die Waschküche. Die Wäsche lag immer noch in einem ungeordneten Haufen im Korb. Melissa stand das schlechte Gewissen ins Gesicht geschrieben, doch Caitlins dunkle Augen zeigten nur Trotz und Feindseligkeit.

»Melissa, geh rüber und räum deine Malsachen weg.«

»Josh hat auch gemalt.«

»Josh hat im Moment was zu tun. Mach schon, Melissa.« Melissa ging widerstrebend hinaus.

Caitlin blieb allein zurück. Sie saß auf einem alten Korbstuhl, baumelte mit den Beinen und wich Tildas Blick beharrlich aus.

Tilda sagte ruhig: »Kate, in unserer Familie hilft jeder bei der Arbeit mit.«

»Wir kommen nicht aus *derselben* Familie, Tilda«, gab Caitlin in verächtlichem Ton zurück. Aber sie stand auf und begann, sehr langsam Socken zu sortieren.

Tilda hätte ihr erklären können, daß Daragh aus ähnlich ärmlichen Verhältnissen stammte wie sie selbst. Sie hätte darauf hinweisen können, daß letztendlich Haus, Ländereien und Pferde, das ganze Drum und Dran eines hochherrschaftlichen Lebens hatten verkauft werden müssen, um Schulden zu bezahlen, die seinen Wert weit überstiegen hatten. Sie hätte Caitlin sagen können, was sie ihr vielleicht längst hätte sagen sollen: daß sie in der Tat aus derselben Familie kamen. Aber sie wußte, daß sie nichts dergleichen tun würde. Ein stolzes, von tiefer Unsicherheit gequältes junges Mädchen wie Caitlin über die Torheit ihres geliebten Vaters aufzuklären, würde womöglich bedeuten, sie zu vernichten. Und sie selbst hatte niemals etwas anderes als Scham über ihre Verwandtschaft mit den de Paveleys empfunden. Aber nicht das allein war es, wie Tilda sich eingestand, was sie von einer Konfrontation mit Caitlin abhielt. Sie spürte, daß sie beide sich auf einer Gratwanderung befanden; sie fürchteten sich beide vor dem, was, wenn auch nur undeutlich erahnt, im Abgrund auf sie wartete.

Als sie wieder in die Küche kam, sah sie Melissa neben dem Fenstersitz auf dem Boden kauern.

»Mein *Bild.*« Sie hielt ein zerrissenes Blatt Papier in den Händen.

Tilda kniete neben ihr nieder. Sie nahm ihr die beiden Hälften aus den Händen und paßte sie ineinander. Ihre ganze Familie, sorgfältig gezeichnet von Melissa, blickte vom Boden zu ihr auf. Max, Hanna, Rosi, Erich, Caitlin, Josh, Melissa und Tilda selbst. Sie und Max befanden sich jetzt auf zwei getrennten Seiten.

»Das können wir kleben, Herzchen.«

»Es ist kaputt!« Melissa schlug schluchzend die Hände vor ihr Gesicht.

Als Tilda nach oben lief, um Leim und Klebeband zu holen,

wußte sie, was sie tun würde. Sie würde noch einmal versuchen, Erich zu überreden, den netten Arzt aufzusuchen, den sie in Oxford ausfindig gemacht hatte. Sie würde dafür sorgen, daß Hanna keine Bücher, es sei denn ein paar alberne Kitschromane, mitnehmen würde, wenn sie mit Rosi nach Schottland zum Zelten fuhr. Und sie würde noch einmal versuchen, mit Caitlin über ihren Vater zu sprechen.

Und sie würde Max schreiben. Sie würde ihn daran erinnern, daß er eine Tochter hatte, die ihn vermißte. Der Briefe und Postkarten und Skizzen nicht genügten. Ich selbst habe vielleicht Strafe verdient, dachte Tilda, als sie an Erichs Zimmertür klopfte, aber Melissa ganz bestimmt nicht.

Bei der Weinlese, erklärte Cécile, helfe immer das ganze Dorf, und so schloß denn Max nach halbherzigem Protest seine Werkstatt, vertauschte seinen ölverschmierten Overall mit einer uralten Cordhose und einem Hemd, das seine Mutter ihm vor dem Krieg gekauft hatte, und zog mit den Dorfbewohnern in die Weingärten. Die Arbeit lenkte ihn nur teilweise von dem Brief ab, den er an diesem Morgen erhalten hatte. Tildas Zorn war ihm aus jedem einzelnen Satz ihres Schreibens entgegengesprungen; Max hatte es mit einer Empörung gelesen, die der ihren nicht nachstand. Aber während er Seite an Seite mit der Postbeamtin und einem verdrießlichen Burschen, der bei ihm das Benzin für seinen Traktor zu kaufen pflegte, Trauben pflückte, wurde er sich anderer Gefühle bewußt. Scham und Schuld. Er hatte, allzu bereitwillig vielleicht, angenommen, seine Kinder würden froh sein, ihn los zu sein. Tildas Brief hatte ihn darüber aufgeklärt, daß dem nicht so war.

Ab und zu, wenn er sich aufrichtete, sah er Cécile vor sich, in Shorts und ärmelloser Bluse, das Haar mit einem rotgetupften Seidenschal zurückgebunden. Am Ende des Tages hatte Max Rückenschmerzen und Blasen an den Händen. Lange Schatten, so tiefblau wie die Trauben, lagen über den Reihen der Weinreben. Die ersten Regentropfen fielen, als sie auf Schubkarren die letzten Ladungen einfuhren. Cécile hakte Max unter und führte den Zug der Helfer zum Haus ihrer

Großmutter. In der Küche waren auf Böcken zwei lange Tische aufgestellt. Beim Geruch des Rinderbratens wurde Max bewußt, wie hungrig er war. Der Wein war herb und köstlich, und er trank ein Glas nach dem anderen, um seinen Durst zu löschen. Regen trommelte auf das Dach, und als Max durch die offene Tür hinausblickte, sah er von den noch sonnenwarmen Steinplatten Dampfsäulen aufsteigen.

Es war fast Mitternacht, als die Gesellschaft sich auflöste. Max dankte der Großmutter, küßte ihr die Hand und sah sich nach Cécile um, um sich von ihr zu verabschieden. Sie stand an der Tür, eine Wolljacke über den Schultern. »Ich begleite dich noch«, sagte sie. »Es hat aufgehört zu regnen, und ich brauch ein bißchen frische Luft.«

Sie gingen schweigend durch das stille Dorf. Der Duft des regennassen Grases stieg von der Erde auf. Im Gras der Straßenränder zirpten Grillen, und eine Eule flog mit geisterhaft bleichen Schwingen von einer verfallenen Scheune auf. Als sie die Werkstatt erreichten, ging Cécile mit ihm hinein, wie er es geahnt hatte. Er wollte die Öllampe anzünden, aber sie hinderte ihn daran. Sie legte ihm die schlanken Hände auf die Schultern und küßte ihn. Ihr voller Busen drückte gegen seine Brust, und er schmeckte den Wein auf ihren Lippen. Er zog sie an sich und bedeckte ihr Gesicht mit Küssen, von einem Begehren erfaßt, das die Dunkelheit noch erhöhte, indem sie seine Sinneswahrnehmung noch verschärfte. Nach einer Weile sagte sie: »Max, meinst du nicht, wir sollten zu Bett gehen?«, und zerrissen von Begehren und Erschrecken, ließ er sie los.

»Max, was ist?«

Er zündete die Öllampe an. »Cécile – ich bin verheiratet.«

Sie sagte ganz ernst: »Das war mir klar.«

Er sah sie an. Sie war so anders als Tilda: kleiner und fülliger, ihr Gesicht insgesamt runder. »Ich meine, ich bin immer noch verheiratet. Nicht geschieden oder so was.«

»Aber du lebst hier seit über einem Jahr allein, Max, folglich bist du *so* verheiratet auch wieder nicht.« Sie trat näher an ihn heran. »Oder willst du mir sagen, daß du deine Frau immer noch liebst, auch wenn sie dich nicht mehr liebt?«

»Ja, nein, ach, verdammt, Cécile, *nein*, die Ehe besteht nicht mehr. Aber ich habe Kinder ... Bindungen. Ich versuche, dir klarzumachen, daß ich nicht frei bin.« Aufgebracht starrte er sie an, ein goldenes Bildnis im Licht der Öllampe. »Und daß ich Jahre älter bin als du. Einer von diesen netten Jungen, die bei der Lese geholfen haben, wäre viel besser für dich.«

»Aber ich will keinen von diesen netten Jungen«, entgegnete sie leise und trat noch ein Stück näher. »Ich will *dich*, Max.«

Im Schlafzimmer überfiel ihn eine neue Furcht. Es war lange her, seit er eine Frau geliebt hatte. Er erinnerte sich jener Nächte mit Tilda, wenn er sich über sie geneigt hatte, um sie zu liebkosen, und an ihrer Stelle die ausgemergelten, zerbrochenen Frauen von Bergen-Belsen gesehen hatte. Er fürchtete, er würde die Scham, bei Cécile zu versagen, nicht ertragen können.

Aber Frankreich hatte ihn verändert; er hatte jenen tief gequälten, von Zweifel erschütterten Teil seiner selbst hinter sich gelassen. Der Liebesakt mit Cécile, der Orgasmus führten zu einer so tiefen inneren Entspannung, daß er zum ersten Mal seit Jahren die Nacht durchschlief.

Am folgenden Morgen, nachdem sie sich noch einmal geliebt hatten und Cécile zur Arbeit gefahren war, schrieb Max an Melissa und fragte, ob sie ihn nicht besuchen und die kommenden Schulferien bei ihm verbringen wolle.

Zwei Tage bevor Hanna zurück nach Cambridge mußte, wippte sie auf dem tiefhängenden, dicken Ast der Buche auf und nieder, während sie sich mit einem Buch über das Lymphsystem quälte, als sie Erich mit zwei Terrakottatöpfen unter dem Arm zur hinteren Pforte huschen sah. Sie sprang zu Boden und lief ihm nach.

»Erich, was tust du da?«

Er fuhr so heftig zusammen, daß sie ihm die Hand auf den Arm legte, um ihn zu beruhigen. »Ich bin's doch nur.«

»Willst du ... soll ich dir mein Geheimnis zeigen, Hanna?«

Beinahe hätte sie eingedenk der bevorstehenden Prüfungen und all der Lernerei, die noch vor ihr lag, nein gesagt. Aber sie hatte immer, schon als Kind in Holland, ein Gespür für Erichs Zartheit gehabt.

»Aber ja, gern.«

»Dann komm mit.« Er rannte zur Pforte hinaus, und Hanna folgte ihm.

Er führte sie durch das Dorf, an Häusern und Geschäften vorbei, und blieb schließlich vor einem großen Haus stehen, das ein ganzes Stück zurückgesetzt von der Straße stand. »Hier ist es«, sagte er. Am Tor war ein Schild angebracht: »Das Rote Haus«.

»Erich ...«

»Nein, nein, es ist schon in Ordnung. Hier wohnt niemand. Komm, Hanna. Da drinnen kann einen kein Mensch sehen.«

Kleine Schauer von Regentropfen lösten sich aus den Buchsbäumen und sprenkelten Hannas Kleid, als sie durch die Allee hoher, weitausladender Büsche zum Haus gingen.

»Weißt du auch genau, daß es leer steht?« Hanna wurde sich bewußt, daß sie flüsterte.

»Hier gibt's nur Gespenster«, antwortete Erich.

Hanna sah gleich, daß das Rote Haus mehrere hundert Jahre alt sein mußte. Als Erich sie zur Terrasse führte, die sich hinter dem Haus befand, blickte sie in den Park hinunter und sagte nur: »Oh, Erich.«

Er lächelte. Er lächelte so selten, daß Hanna die Tränen in die Augen schossen. Sie sah, was er hätte sein können: ein hochgewachsener, dunkler, gutaussehender junger Mann. Die meisten Menschen sahen nur die furchtsam hochgezogenen Schultern, den nervösen Blick, hörten nur das Stottern und die ängstlich beschwichtigenden Töne. Mit Tränen in den Augen sah Hanna in den Garten hinunter.

Die Wege, angelegt aus altem verwitterten Backstein, verbanden sich zu einem kunstvoll verschlungenen Knoten. Jelängerjelieber und Kletterrosen neigten sich über die Wege, und auf den späten Blüten der Rose funkelten Regentropfen wie Diamanten. Überall im Park gab es kleine Teiche und Laubengänge, die architektonisch gestalteten Grünanlagen und die Fußwege waren frei von Unkraut.

»Oh, Erich«, sagte sie wieder. »Das hast du alles getan, nicht wahr?«

Er nickte. »Aber du darfst keinem Menschen was davon sagen, Hanna. Nicht einmal Tilda. Ich will es ihr erst zeigen, wenn es ganz fertig ist. Es soll eine Überraschung für sie werden.«

Blätter von Klematis streiften Hannas Gesicht, als sie durch den Park ging, und das Laub wilder Geranien und Wiesenfrauenmantels, die an den Wegrändern wuchsen, durchfeuchtete ihre Füße. In der Mitte einer mit Backstein gepflasterten Lichtung stand die Marmorstatue eines Mädchens mit einem Füllhorn. Flora, dachte Hanna. Oder Pomona.

»Caitlin«, sagte Erich, als hätte er ihre Gedanken gelesen. Er berührte den kalten weißen Kopf der Figur. Es fröstelte Hanna, als sie den Ausdruck in seinem Gesicht sah.

Im Herbsttrimester verliebte sich Melissa. Martin Devereux war neu in der sechsten Klasse des benachbarten Knabengymnasiums. Alle Mädchen waren in ihn verknallt, und Susan Morgan wurde allgemein beneidet, weil sie in einer Bonbondose ein Heftpflaster aufbewahrte, das Martin einmal an seinem Finger getragen hatte. Melissa sah ihn das erste Mal beim Hockeyspiel, als eine Schulkameradin sie auf ihn aufmerksam machte. Sie hatte von Liebe auf den ersten Blick gelesen, aber ihr selbst war sie bisher noch nicht begegnet. Später schrieb sie seinen Namen in ihrer schönsten Handschrift mit vielen Schnörkeln um das M auf ihr Federmäppchen. Jeder Tag, an dem sie Martin sah, war ein guter Tag, alle anderen waren einfach scheußlich. Der Tag, an dem er auf der Straße vor der Schule mit ihr zusammenstieß, war göttlich. So glücklich war sie nur einmal zuvor gewesen, an dem Tag, an dem ihr Vater aus dem Krieg nach Hause gekommen war.

Sie stand stundenlang vor dem Spiegel, um sich die Haare zu machen und ihre Pickel abzudecken, und war dennoch regelmäßig verzweifelt über ihr Aussehen. Sie drehte sich ihr glattes, feines dunkles Haar auf und schlief die ganze Nacht mit Lockenwickeln und weinte beinahe, als sie morgens die Wickel herausnahm, und das Haar eine einzige wilde Krause war. Sie ließ den Saum ihres Faltenrocks heraus, um ihm mehr modischen Schick zu geben, und quälte ihre Mutter so lange, bis sie Strümpfe statt Söckchen tragen durfte. Sie wußte genau, daß Martin Devereux ein Mädchen, das Söckchen trug, keines Blickes würdigen würde. Sie lag Stunden auf ihrem Bett und dachte an ihn. In ihrer Phantasie rutschte sie in seinem Beisein aus und verstauchte sich den Knöchel, und er mußte sie aufheben und tragen. Oder sie verlor etwas aus ihrem Ranzen und er lief ihr nach und begann ein Gespräch mit ihr. Weiter allerdings gediehen ihre Phantasien nie.

Irgendwann weihte sie Caitlin in ihre Gefühle für Martin Devereux ein, obwohl sie ziemlich sicher war, daß Caitlin sie auslachen oder irgendeine verächtliche Bemerkung machen würde. Aber Caitlin war voller Verständnis und erbot sich, Melissa dabei zu helfen, ihr Haar zu legen. Sie waren mitten in der Arbeit, das ganze Zimmer roch nach Festiger, als Caitlin sagte: »Möchtest du sein Autogramm haben?«

»Martins?«

»Natürlich, du Dummkopf. Ich besorg's dir, wenn du es möchtest.«

»*Kate* …«

Caitlin zuckte die Achseln. »Wenn du es nicht haben willst …«

»Doch, o doch!«

Mittwochs, erklärte Caitlin, hatten die Jungen aus der Sechsten nach der Schule Sport. Sie würde einfach durch das Loch im Zaun schlüpfen und Martin Devereux um sein Autogramm bitten. Ein Kinderspiel.

»Aber du sagst ihm doch nicht, daß es für mich ist?« Sie würde ja in den Boden versinken, dachte Melissa, wenn Martin erführe, wie sehr sie ihn liebte.

»Natürlich nicht.« Melissa, die Caitlins Bild im Spiegel beobachtete, sah, wie diese lächelte, während sie den letzten Lockenwickel befestigte.

Nach der Schule schlängelte sich Caitlin durch das Loch im Zaun, der die Mädchenschule von der Jungenschule trennte, und ging über den Fußballplatz. Vor dem Sportpavillon blieb sie stehen und erkundigte sich in blasiertem Ton: »Gibt es hier jemanden, der Martin Devereux heißt?« Ein hoch aufgeschossener, schlaksiger Junge sagte: »He, heut ist dein Glückstag, Devereux«, als Martin Devereux sich aus der Gruppe löste und auf sie zuging.

»Eine Freundin von mir möchte gern dein Autogramm«, erklärte Caitlin, während sie einen Zettel aus ihrer Tasche zog.

»Eine Freundin?« Er lächelte, als wüßte er Bescheid. »Ich bestimmt nicht. Solche Kleinmädchenschwärmereien sind nicht mein Fall. Schreib einfach, ›Für M, mit den besten Wünschen von Martin Soundso.‹ Irgendwas in der Art.« Sie gähnte.

Er kritzelte auf den Zettel. Caitlin lächelte. »Sie heißt Melissa Franklin und ist wahnsinnig in dich verknallt.«

»Wie nett«, sagte er und reichte ihr das Autogramm, aber sie sah ihm an, daß er geschmeichelt war.

»Das ist wirklich lieb von dir. Tschüs.« Caitlin begann, raschen Schrittes zum Rand des Spielfelds zurückzugehen.

Er holte sie ein, als sie das Loch im Zaun erreicht hatte. »Hör mal, ich wollte, hättest du Lust, mal abends mit mir ins Kino zu gehen? Äh, tut mir leid, aber ich weiß deinen Namen nicht.«

»Caitlin«, antwortete sie. »Caitlin Canavan. Die meisten Leute nennen mich Kate.« Sie überlegte. »Nicht ins Kino. Treffen wir uns doch morgen nach der Schule in der Milchbar in der Cornmarket Street.«

Melissa schlug das Herz bis zum Hals, als sie sich Martin Devereux' Autogramm ansah. »Für M, mit den besten Wünschen von Martin.« Er hatte eine so schöne geschwungene Handschrift.

Caitlin zog sich das marineblaue Band aus dem Haar. »Ich hab ihm gesagt, daß wir ihn morgen nach der Schule treffen.«

Im ersten Moment war Melissa sprachlos. Dann fragte sie: »Wir *beide?*«

Caitlin nickte. »Ich dreh dir heute abend die Haare wieder auf, Liss, damit du morgen richtig schön bist.«

Nach der Schule gingen Melissa und Caitlin zu Fuß in die Stadt. Melissa war überzeugt, daß Martin nicht kommen würde. Er hatte es sich bestimmt anders überlegt, oder Caitlin hatte ihn mißverstanden.

Aber sie sah ihn schon durch das Fenster der Milchbar. »Caitlin«, flüsterte sie und wäre plötzlich am liebsten davongelaufen, aber Caitlin hatte schon die Tür aufgemacht. Melissa folgte ihr hinein.

»Hallo, Martin«, sagte Caitlin. »Das ist Melissa.«

Martin warf nur einen kurzen Blick auf Melissa. »Hallo.« Er sah aus der Nähe genauso toll aus wie aus der Ferne. Die leicht herabgezogenen Mundwinkel gaben seinem Gesicht einen leicht schmollenden Zug, den Melissa mit ihrem Stift nicht einfangen konnte.

Martin holte noch zwei Milchshakes und setzte sich neben Caitlin. Melissa saß ihm gegenüber.

»Oxford ist ein fürchterliches Nest«, bemerkte Caitlin, während sie sich umsah und den Kopf schüttelte.

»Wir sind gerade erst aus London hierhergezogen. Ich kann es kaum erwarten, wieder wegzukommen. Man fühlt sich wie lebendig begraben.«

»Ich hab früher in den Fens gelebt, völlig ab vom Schuß.«

»Du lieber Gott«, sagte Martin. »Was hast du denn da *getan?*«

»Ich bin viel geritten. Und mein Vater und ich sind am Wochenende oft nach London gefahren.«

»Mir hat es in den Fens *gefallen*«, sagte Melissa unvermittelt. Sie starrten sie beide an; es war, dachte sie, als hätte plötzlich der *Tisch* begonnen zu sprechen. »Ich hab gern im Long Cottage gewohnt. Hier vermiß ich so vieles, Tante Sarah und meine Schaukel und unser gemütliches Wohnzimmer. Dir hat's doch auch gefallen, Kate. Und die Laube, die wir uns gebaut haben, weißt du noch, im Garten mit Winden und Waldrebe ...« Mit brennendem Gesicht brach sie ab, als sie merkte, daß die beiden ihr gar nicht zuhörten.

Martin griff in seine Hosentasche und zog eine Handvoll

Kleingeld heraus. »Ich hol nur schnell Streichhölzer. Ich brauch jetzt unbedingt eine Zigarette.«

Caitlin sagte, »Melissa holt sie dir schon, nicht wahr, Melissa?« und lächelte. Das Lächeln war herablassend und verschwörerisch, und es spiegelte sich in Martins Gesicht. Es weckte bei Melissa einen Verdacht, den zu haben sie kaum ertragen konnte. Sie nahm das Geld und stand auf, um zum Tresen zu gehen. Als sie die Streichhölzer verlangte, hörte sie kicherndes Gelächter. Sie fragte sich, ob die beiden über sie lachten. Sie war sich plötzlich ihrer albernen Zöpfe bewußt, und der Tatsache, daß sie noch kein bißchen Busen hatte. Die Bedienung legte die Streichhölzer auf den Tresen, und Melissa, die in diesem Moment Martin sprechen hörte, trat ein paar Schritte zurück und spitzte die Ohren.

»... *wahnsinnig* lästig ... kleine Mädchen in Turnhosen, die einem hinterherrennen.«

Dann Caitlin. »Sie ist ganz weg von dir. Fühlst du dich nicht geschmeichelt?« Und danach Kichern.

Die Münzen fielen Melissa aus der Hand und rollten über den Tresen. Er wußte Bescheid. Caitlin hatte Martin gesagt, daß sie, Melissa, in ihn verliebt war. Der Schock über Caitlins Verrat war beinahe so schrecklich wie die Scham darüber, daß Martin alles wußte. Einen Moment lang stand Melissa stocksteif da, wie vor den Kopf geschlagen. Am liebsten wäre sie schnurstracks aus der Milchbar hinausgerannt, aber sie hatte noch sein Wechselgeld und seine Streichhölzer. Sie ging also zum Tisch zurück und setzte sich.

Martin sagte zu Caitlin: »Nur noch ein Jahr Schule, Gott sei Dank. Ich fang natürlich gleich an zu studieren, aber dann gehören wenigstens die Wochenenden mir.«

»Ich geh so bald wie möglich von der Schule ab.« Caitlin schüttelte ihre dunklen Locken. »Ich sollte eigentlich in die Gesellschaft eingeführt werden, aber diese Geschichten sind ja heute ziemlich passé, nicht wahr? Ich denke, ich werde Schauspielerin werden oder Mannequin oder so was.«

Caitlin flirtete mit Martin Devereux. Sie warf ihr dunkles Haar, lächelte ihn an, lockte ihn mit schwarzgetuschten

Augenaufschlägen. Und Martin konnte den Blick nicht von ihr wenden.

»Du wärst toll als Mannequin, Caitlin. Und auf der Bühne erst.«

Caitlin lachte kokett. Martin Devereux sah auf seine Uhr. »Auf dem Marktplatz ist ein Rummel. Könnte vielleicht ganz lustig sein. Wollen wir hingehen?«

»Wenn du magst.«

»Vielleicht nimmt deine Freundin deinen Ranzen mit nach Hause. Da fällt nämlich leicht was raus, wenn man im Riesenrad auf dem Kopf steht. Würdest du uns den Gefallen tun, Süße?« Martin wandte sich lächelnd Melissa zu. Sein Lächeln, für das sie vor einer halben Stunde noch gestorben wäre, besaß jetzt keinen Wert mehr.

Melissa nahm Caitlins Schultasche und ihre eigene und ging zurück zur Bushaltestelle. Sie verlief sich in den schmalen, gewundenen Straßen und mußte zwanzig Minuten auf den nächsten Bus warten. Aber sie begann erst zu weinen, als sie ganz hinten im Bus saß, das Gesicht ans Fenster gedrückt.

»Du hast ja kaum ein Wort gesprochen«, sagte Caitlin später, während sie ihre Strümpfe auszog. »Er hat natürlich gedacht, du magst ihn gar nicht.«

Melissa wußte, daß Caitlin log. Sie waren in ihrem gemeinsamen Zimmer; Caitlin war um sechs nach Hause gekommen und hatte Tilda erzählt, sie hätte ein Korbballspiel gehabt.

Melissa wollte sich nur in ihr Bett verkriechen und schlafen und am liebsten nie wieder aufwachen. Sie hatte solche Kopfschmerzen, daß sie glaubte, sie wäre vielleicht krank. Sie hoffte, sie würde krank werden, so richtig schwer und lange, damit sie möglichst bis zu den Ferien nicht mehr zur Schule mußte, denn dort würde sie Martin Devereux sehen, und das wäre einfach zu schrecklich. Und sie konnte es kaum ertragen, mit Caitlin im selben Zimmer zu sein. Sie war nie sicher gewesen, ob Caitlin sie mochte – sie hatte, das gestand sie sich jetzt ein, stets auf ziemlich unterwürfige Art um Caitlins Beifall geworben –, aber die Erkenntnis, daß Caitlin überhaupt nichts an ihr lag, war dennoch ein tiefer Schock. Sie sah plötzlich, daß Caitlin ein bösartiger Eindringling war, der die Atmosphäre in der Familie vergiftete. Sie zog sich die Bettdecke über den Kopf, schloß die Augen und sah dennoch Martin Devereux' herablassendes Lächeln, hörte Caitlins spöttisches Gelächter.

»Kopf hoch«, sagte Caitlin unbekümmert, »du fährst doch sowieso bald nach Frankreich.«

Sie hatte Frankreich vergessen. Ihre frisch gewaschenen und gebügelten Kleider lagen in einem sauberen Stapel auf dem Stuhl und warteten darauf, eingepackt zu werden.

»Es gefällt dir bestimmt.« Caitlin saß am Toilettentisch und bürstete ihr Haar. »Es ist so warm und sonnig, ganz anders als das trübe alte England. Ich hab meine Ferien dort immer so genossen, daß ich am liebsten gar nicht mehr nach Hause gekommen wäre.«

Melissa hatte als Kind in Frankreich gelebt, in Paris, und auch wenn sie sich an Einzelheiten nicht entsinnen konnte, trieb ihr doch die verschwommene Erinnerung daran, sich dort glücklich und behütet gefühlt zu haben, die Tränen in die Augen.

»Überleg doch mal«, sagte Caitlin. »Du könntest dort sogar *leben*, wenn du wolltest. Bei deinem Vater. Du bist wirklich ein Glückspilz.«

# 13

»IN DER RÜCKSCHAU«, sagte Melissa, »wirkt die ganze Geschichte so trivial, nicht wahr? Aber ich kann mich noch heute daran erinnern, wie mir damals zumute war. Ich erkannte, daß ich für Caitlin überhaupt nicht zählte. Es ist sehr verwirrend, sich so deutlich mit den Augen eines anderen Menschen zu sehen.«

Wir saßen im eleganten Wohnzimmer von Melissa Parkers großem, modernem Haus in Surrey. Fotografien ihrer drei Töchter und ihrer Enkelkinder standen auf dem Sideboard und dem Kaminsims. Draußen mähte ihr Mann den Rasen in akkuraten Streifen; aus der Küche, wo Matty sich etwas zu essen machte, drang laute Musik.

Melissa bot mir ein Stück Kuchen zu meinem Tee an. Schon beim Anblick des glänzenden Gusses und der glasierten Kirschen wurde mir übel. Ich lehnte höflich ab.

»Sie sind dann also bei Ihrem Vater in Frankreich geblieben?« fragte ich.

»Ja. Jetzt, wo ich eigene Kinder habe, verstehe ich natürlich, wie sehr meine Mutter das verletzt haben muß. Aber damals schien es mir der einzige Ausweg zu sein, obwohl ich sie schrecklich vermißte.«

»Haben Sie Tilda oder Max erzählt, was geschehen war?«

Sie schüttelte den Kopf. »Erst viel später. Ich konnte noch nicht einmal daran denken. Eigentlich merkwürdig, nicht wahr, wenn man bedenkt, was man später alles an demütigenden Dingen über sich ergehen lassen muß – Entbindungen oder den Verlust der Arbeit oder die Blamage, wenn man mit dem Auto zurückstößt und rums gegen eine Zapfsäule prallt –, und trotzdem erscheint einem nichts je wieder so schrecklich wie die Kränkung, erst knapp dreizehn zu sein.« Sie sah auf ihre Uhr. »Ich muß leider bald weg, Rebecca. Ich muß zu einer Sitzung.«

Melissas Leben bestand aus Versammlungen und Ausschußsitzungen, langen Autofahrten, um ihre Tochter hierhin oder dorthin zu bringen, und Besuchen bei ihren vielen Verwandten, die im ganzen Land verstreut lebten. In Kürze wollte sie zehn Tage zu ihrer älteren Tochter Annabell fahren, die gerade ein Kind bekommen hatte. Ich bedankte mich bei ihr für den Nachmittag und vereinbarte einen weiteren Besuch in vierzehn Tagen.

Ich war mit der Bahn gekommen, weil der Fiesta wieder einmal in der Werkstatt stand. Bevor ich zum Bahnhof ging, erledigte ich endlich, was ich die ganze letzte Woche hinausgeschoben hatte, ich kaufte in einer Apotheke in Weybridge einen Schwangerschaftstest.

Auf der Rückfahrt nach London ließ ich mir noch einmal das Gespräch mit Melissa durch den Kopf gehen und glaubte zu verstehen, warum sie sich dafür entschieden hatte, bei ihrem Vater in Frankreich zu bleiben. Es gibt kaum etwas, das so tief verletzen kann wie eine unglückliche erste Liebe. Und Melissa besaß wie Tilda eine starke Fähigkeit zu lieben. Es mußte sehr weh getan haben, so herzlos zurückgestoßen worden zu sein.

Zu Hause sah ich erst einmal die Post durch. Rechnungen, eine Tantiemenabrechnung und eine Ansichtskarte von Lucy Lightman von den Bahamas. Und ein großer brauner Umschlag. Die ungezügelte schwarze Schrift darauf erkannte ich nicht. Ich schlitzte den Umschlag auf und entnahm ihm mehrere fotokopierte Blätter und ein kurzes Schreiben. Es war von Caitlin Canavan unterzeichnet. Sie hatte mir, wie versprochen, eine Kopie des Berichts von dem Privatdetektiv geschickt, den Joscelin Canavan beauftragt hatte, ihren verschwundenen Ehemann zu suchen.

Der Bericht war vom 30. Mai 1947 datiert, und als ich zu lesen begann, vergaß ich alles andere – Patrick und all die Gedanken, die mich quälten, sogar den Schwangerschaftstest, den ich immer noch in der Handtasche hatte.

Der Detektiv hatte Norman J. Oddie geheißen; seine Unterschrift zierte die letzte Seite des Berichts. Genau wie ich hatte Norman J. Oddie Max Franklin in Verdacht gehabt. Mr. Oddie war ein gewissenhafter Mensch gewesen und hatte Max' Tun am Abend und in der Nacht des 10. April gründlich überprüft. Nach dem bitteren Abschied von Tilda war Max zu Fuß nach Ely zurückgegangen und hatte von dort den Zug zum Bahnhof Liverpool Street genommen. Eine Lehrerin aus Joshs alter Schule war mit demselben Zug zu ihrer Schwester nach London gefahren und mit Max zusammengetroffen. Sie hatte Mr. Oddie erzählt, Max Franklin sei höflich, aber wenig mitteilsam gewesen. Er hatte die meiste Zeit geraucht und in ein Buch gestarrt, ohne umzublättern. Bei der Ankunft in London hatte Max den Koffer von Miss Parsons aus dem Gepäcknetz gehoben und ihr die Tür geöffnet, dann war er in der Menge verschwunden. Die Inhaberin der Pension, in der Max damals lebte, hatte bestätigt, daß er kurz vor sieben Uhr abends zu Hause angekommen war, zu Abend gegessen hatte und dann in sein Zimmer gegangen war. Am folgenden Morgen war er um sieben Uhr zum Frühstück erschienen.

Mr. Oddie schlußfolgerte genau wie ich, daß Max unmöglich Daragh Canavan getötet haben konnte. Ich war im Lauf der letzten Wochen zu der Überzeugung gelangt, daß die Art und Weise, wie Daragh ermordet worden war, Max als Täter ausschloß. Daß Max Daragh in einem fairen Kampf getötet hatte, vielleicht von blindem Zorn übermannt zu hart zugeschlagen hatte, das konnte ich mir vorstellen; aber nicht, daß er Daragh an Händen und Füßen gefesselt lebendig begraben hätte. Nach dem, was Max in Deutschland gesehen hatte, war er solcher rachsüchtiger Grausamkeit ganz sicher nicht mehr fähig gewesen.

Ich las weiter. Als nächstes listete Mr. Oddie Daraghs Gläubiger auf: die reputierlichen wie die Bank, Harrods und Tattersalls, und die weniger reputierlichen wie eine Anzahl zwielichtiger Geschäftemacher in Pubs, Clubs und auf verschiedenen Rennbahnen. Ich dachte an Mafia-Morde, Leichen, die in Betonbrücken eingemauert oder, mit Ketten beschwert, in den finsteren Tiefen eines Stausees versenkt wurden. Das war nicht viel anders als ein Begräbnis in einer Deichmauer. Ich schöpfte Hoffnung, bis ich umblätterte und las, daß Mr. Oddie nach vielerlei Bemühungen schließlich in einem Pub in Hackney einen gewissen Thomas Kenny ausfindig gemacht hatte. Thomas Kenny war einer der beiden Männer gewesen, die Daragh an jenem verhängnisvollen Abend nach der Überschwemmung halb totgeschlagen hatten. »Weshalb sollte ich ihn umbringen?« hatte Kenny gesagt. »Jetzt hab ich überhaupt keine Chance mehr, mein Geld wiederzukriegen.«

Der Privatdetektiv bestätigte, daß Daragh Canavan am Abend des 10. April in Southam nicht gesehen worden war. Er hatte weder das Pub aufgesucht noch einen seiner Arbeiter. Mr. Oddie, dem das Corpus delicti einer Leiche fehlte, hatte gefolgert, daß Daragh Canavan, mit Schulden belastet, die er nicht bezahlen konnte, außer Landes geflohen war.

Meine Schlußfolgerungen sahen notwendigerweise anders aus. Ich wußte ja, daß Daragh Southam nie verlassen hatte. Was hätte er, elegant gekleidet und in Wolken von Eau de Cologne gehüllt, um zu verbergen, daß er getrunken hatte, anderes vorhaben können, als Tilda, seine Geliebte, zu treffen?

Der Bericht schien alles zu bestätigen, was Caitlin mir erzählt hatte. Ich legte ihn weg und ging ins Badezimmer. Als die kleine blaue Linie in dem Teströhrchen mir anzeigte, daß ich Patrick Franklins Kind erwartete, wurde mir so schwach, daß ich mich setzen mußte. Eine Flut widerstreitender Gefühle stürzte über mich herein, so daß ich eine ganze Weile keinen klaren Gedanken fassen konnte. Die mühsam erworbene Ruhe der vergangenen Woche war dahin. Und dennoch spürte ich in all dem Schrecken und Entsetzen über das Dilemma, in das ich mich so leichtsinnig gebracht hatte, zu meiner Überraschung einen kleinen Funken Freude. Das Schicksal gab mir eine zweite Chance. Ich zog die Knie hoch bis zum Kinn und umschloß meine Beine mit beiden Armen.

Ich weiß nicht, wie lange ich so saß. Als ich schließlich meine steifen Glieder streckte, war mir klar, daß ich wenigstens versuchen mußte, den Bruch mit Patrick zu kitten. Das Kind war auch sein Kind. Ganz gleich, was Tilda getan hatte, ganz gleich, was Patrick hatte verheimlichen wollen, die Vergangenheit durfte nicht unserem Kind schaden. Ich legte meine von der Reise zerknautschten Kleider ab, zog mich um und nahm dann, wütend darüber, daß die Werkstatt meinen Wagen noch nicht fertig hatte, einen Bus nach Richmond.

Die grauen Dächer der Häuser leuchteten rot in den Strahlen der untergehenden Sonne, als ich aus dem Bus stieg. Ab und zu zogen dicke Wolken an der Sonne vorbei und warfen dunkle Schleier über die Straße. Unterwegs zu Patricks Haus überlegte ich, was ich ihm sagen würde. Ich würde ihm sagen, daß ich schwanger war, und ihm erklären, daß mir überhaupt nichts daran lag, aus Tildas unglücklicher Vergangenheit Kapital zu schlagen. Ich würde ihm klarmachen, daß mein letztes Buch eine eher wissenschaftliche Arbeit gewesen war, beileibe keine Sensationsgeschichte, und daß diese Biographie nicht anders werden sollte. Schließlich würde ich ihn noch daran erinnern, daß Tilda selbst mir erklärt hatte, es sei meine Aufgabe, die Wahrheit herauszufinden. Das war alles. Die Wahrheit.

Ich bog in die kleine Straße ein, in der Patrick wohnte. Ich sah den knallroten Sportwagen vor seinem Haus, sah, wie die Haustür geöffnet wurde und Patrick heraustrat, um die hochgewachsene, dunkelhaarige Frau zu begrüßen, die aus dem Wagen stieg. Und als ich sah, wie die beiden sich umarmten, machte ich kehrt und lief davon.

Natürlich verpaßte ich den Bus. Ich beschloß, ein Stück zu Fuß zu gehen, um an der nächsten oder übernächsten Haltestelle einen Bus zu nehmen. Ich hätte es nicht ertragen, hier zu stehen und zu warten, während nur wenige hundert Meter entfernt Patrick Franklin seine Frau küßte. Ich konnte die Eifersucht beinahe im Mund schmecken: bitter und beißend. Sie löste Zorn aus, keine Tränen. Ich ballte die Hände zu Fäusten und rannte im Laufschritt durch das Gewirr von Straßen zwischen der Richmond Road und der Twickenham Road.

Schneller, als ich gedacht hatte, wurde es dunkel. Die ersten dicken Regentropfen schlugen auf die Straße. Bald glänzte der nasse Asphalt tiefschwarz im Licht der Autoscheinwerfer. Ich hatte nur ein kurzes Kleid und eine Leinenjacke an, beides war bald durchnäßt, und das Haar klebte mir in feuchten Strähnen am Kopf. Ich blickte die Straße hinauf und hinunter, konnte aber weder einen Bus noch ein Taxi entdecken. In der Absicht, den Weg abzukürzen, bog ich in eine enge Gasse ein. Da hörte ich plötzlich die Schritte.

Ich begann zu laufen. Die Gasse war menschenleer und unbeleuchtet. Das Prasseln des Regens und das ferne Rumpeln des Verkehrs dröhnten mir in den Ohren. Ich erkannte, wie leichtsinnig es von mir gewesen war, ganz allein durch dunkle Straßen zu gehen. Ich dachte an das Kind in mir, noch winzig, nicht mehr als ein kleines zusammengerolltes Fragezeichen, aber ich schuldete ihm mehr Fürsorge. Die Schritte hinter mir wurden lauter und schneller, und auch ich begann schneller zu laufen, die Tasche mit meiner Geldbörse und meinen Kreditkarten an mich gedrückt. Stolpernd rannte ich über den von Schlaglöchern durchsetzten Asphalt. Einmal blickte ich über die Schulter zurück und glaubte, in der Dunkelheit Bewegung zu sehen, den flüchtigen Schimmer eines geisterhaft weißen Gesichts. Meine Beine waren bleischwer, und mein Atem ging pfeifend. Die hohen Häuser zu beiden Seiten schienen immer näher zu rücken, fremd und bedrohlich. Jedes Fenster war dunkel, jede Tür geschlossen. Ich bog um eine Ecke und überquerte eine Straße, versuchte, mich zu orientieren. Ich erkannte nichts: Ich hatte mich in dem London, das ich so gut zu kennen glaubte, hoffnungslos verlaufen. Schwarze Schatten hingen in Ecken und Winkeln, und der Regen warf einen eigentümlichen, glitzernden Glanz auf die Straßen und Häuser, während das Wasser sich in den Rinnsteinen sammelte und Treibgut aus Zigarettenkippen und weggeworfenen Kaugummihüllen mit sich riß.

Ich rannte in die nächste Gasse hinein, überquerte wieder eine Straße. Schließlich mußte ich anhalten. Nach Luft schnappend lehnte ich mich an eine Mauer und blickte zurück in die Dunkelheit. Ich konnte keine Verkehrsgeräusche mehr hören;

ich war umgeben von einer Stille, die nur vom Rauschen des Regens und vom rasenden Schlag meines Herzens erfüllt war. Ich war sicher, als ich zurückschaute, daß ich ein Gesicht sehen, daß ein Schatten sich aus der Dunkelheit lösen würde, aber es rührte sich nichts. Mich gruselte: Diese Stille, diese Fremdheit der städtischen Straßen waren unheimlich. Ich wartete, unfähig, mich von der Stelle zu bewegen, fest überzeugt, daß gleich der Schatten Daragh Canavans vor mir erscheinen würde, ein körperloser Geist, der keine Spuren auf dem Erdboden zurückließ.

Die Angst trieb mich schließlich weiter die Gasse hinunter und stieß mich durch die schmale Spalte zwischen zwei hohen Gebäuden auf die Hauptstraße hinaus. Als ich mich umsah, hätte ich beinahe gelacht und geweint zugleich. Was mir so fremd erschienen war, war wohlvertraut; ich hatte es nur aus einer fremden Perspektive gesehen. Ich befand mich in Isleworth; in den Monaten meiner gemeinsamen Arbeit mit Charles war ich jeden Tag diese Straße gegangen. In der Ferne konnte ich das Haus sehen, in dem Charles seine Firma hatte. Ich rannte los, raste über die vielbefahrene Straße, ohne auf das wütende Hupen und Schimpfen der Autofahrer zu achten, und drückte, inständig hoffend, Charles möge noch in seinem Büro sein, auf die Klingel der Firma Lighthouse Productions.

Charles' Stimme antwortete mir, merkwürdig körperlos. »Charles Lightman.«

»Charles, ich bin's, Rebecca«, stieß ich keuchend hervor. »Kann ich raufkommen?«

Der Türöffner summte, und ich drückte die Tür auf. Noch einmal blickte ich hinter mich, konnte aber niemanden sehen. Jede Stufe war eine Riesenanstrengung für meine todmüden Beine.

Ich war nicht mehr bei Charles im Büro gewesen, seit wir zusammen *Mondschwestern* produziert hatten. Als ich jetzt die Tür öffnete, war ich bestürzt über den Anblick, der sich mir bot. Charles ist nie ein sonderlich ordentlicher Mensch gewesen, aber ein Chaos dieses Ausmaßes hätte ich nicht erwartet. Berge von Akten, losen Papieren und Videokassetten häuften sich überall in dem kleinen Raum. Der Papierkorb quoll über, die Schreibtische waren mit Briefen und Faxen vollgepackt. Auf den Fensterbrettern standen leere Plastikbecher umgeben von Zellophanhüllen, die einmal belegte Brote enthalten hatten.

»Möchtest du was trinken?« Charles schwenkte eine Whiskyflasche. Er trug eine dunkle Hose und ein ziemlich angeschmuddeltes weißes Hemd. Sein Haar, um einiges zu lang, fiel ihm ständig in die Augen.

Ich schüttelte den Kopf. Ich war immer noch außer Atem.

»Ziemliches Durcheinander hier, wie? Mach dir einen Stuhl frei, Rebecca.« Er musterte mich neugierig. »Alles in Ordnung?«

»Bestens«, antwortete ich wenig überzeugend, während ich Akten und Papiere von einem Stuhl hievte und mich setzte. »Es regnet«, fügte ich hinzu. Ich kam mir jetzt ziemlich albern vor. »Und ich hatte keinen Schirm.«

»Aber du wirkst ein bißchen *verschreckt*.«

»Ich dachte, ich werde verfolgt.« Von Gespenstern sagte ich nichts; er hätte mich für verrückt gehalten. »Ich hab mir eingebildet, Schritte zu hören. Wirklich blöd. Meine Phantasie macht in letzter Zeit Überstunden. Nachts höre ich alle möglichen Geräusche.« Ich lachte und wechselte das Thema. »Und wie geht's dir, Charles? Du scheinst ja sehr beschäftigt zu sein.«

»Es läuft alles ganz prima. Ich hab eine Masse neuer Ideen. Die letzten Nächte hab ich durchgearbeitet, um alle meine Gedanken mal zu Papier zu bringen. Es ist komisch, nicht, manchmal hat man monatelang keinen einzigen anständigen Einfall, und dann kommt einem einer nach dem anderen.«

Charles sprach sehr schnell und ging dabei rastlos zwischen Schreibtisch und Fenster hin und her. Er erinnerte mich an ein aufgezogenes Spielzeug, das sinn- und ziellos durch die Gegend rattert. Während er mir in überhastetem Telegrammstil die Filme beschrieb, die er machen wollte, fragte ich mich, ob er betrunken war oder sich mit Amphetaminen wach hielt. Doch bei all meiner plötzlichen Besorgnis um Charles sah ich ständig das Bild von Patrick und Jennifer vor mir, wie sie einander umarmt hatten, und hätte meinen Schmerz und meine Enttäuschung am liebsten laut herausgeweint. Patrick und Jennifer liebten einander noch; das lag auf der Hand. Ich hatte Patrick nichts bedeutet, schlimmer noch, ich war eine Bedrohung. Und jetzt erwartete ich sein Kind.

»Was tust du eigentlich in dieser Gegend, Rebecca?«

Charles' Stimme brach in meine Gedanken ein; seine Frage hatte mich kalt erwischt.

»Ich wollte Patrick besuchen, aber er war nicht da«, log ich.

Er drehte mir den Rücken zu, als er sich bückte, um einen Aktenstapel vom Boden aufzuheben. »Ich wollte dich eigentlich anrufen. Ich wollte eine meiner Ideen mit dir durchsprechen. Aber wenn diese Geschichte zwischen dir und Patrick Franklin immer noch aktuell ist ...«

»Ist sie nicht mehr«, sagte ich trübe. »Es war ein Irrtum.«

Als er sich mir zuwandte, blitzten seine grünen Augen. »Bist du sicher?«

»Absolut.«

»Ja dann. Weißt du noch, als wir uns das letzte Mal gesehen haben, hast du gesagt, du hältst es für möglich, daß Tilda Franklin beim Tod ihres früheren Geliebten die Hand im Spiel hatte?«

Ich nickte vorsichtig. »Ja, so was in der Richtung. Charles.«

»Warte. Die Serie, von der ich dir eben erzählt habe ...«

Ich sah ihn verständnislos an. Ich hatte nicht zugehört.

»›Das dunkle Bild im Spiegel‹«, sagte er ungeduldig. »Zum Beispiel, daß Christopher Marlowe nicht ganz der elisabethanische James Bond war, als den wir ihn alle gerne sehen, und daß Florence Nightingale eine echte Nervensäge war. Mit anderen Worten, es geht um eine Demontage populärer Mythen.«

»Das Gerüst hinter der Fassade.« Ich dachte an Daragh.

»Genau!« Charles lächelte strahlend und begann achtlos, Akten in eine Schublade zu stopfen, die bereits übervoll war. »Na ja, und da hab ich mir gedacht, es wär doch prima, wenn wir uns ein mehr zeitgenössisches Mythos vornähmen.«

Ich konnte es kaum ertragen, ihm zuzusehen. Papiere schwebten zu Boden wie rieselnder Schnee. Ich ging zu ihm und nahm ihm die Akten aus der Hand. »Laß mich das machen.« Plötzlich begriff ich, was er mir da vorschlug. »Du hast doch nicht etwa vor, eine Enthüllungsstory über *Tilda* zu bringen, Charles?«

»Wir könnten die Sendung gleichzeitig mit der Veröffentlichung deines Buchs bringen. Das wäre doch tolle Publicity für dich. Stell dir vor, wie das Buch laufen würde. Wär das nicht toll? Vorausgesetzt natürlich, daß du noch der gleichen Meinung bist wie neulich. Wenn du immer noch glaubst, daß Tilda Franklin nicht unbedingt die Heilige ist, für die sie gehalten wird.«

Ich schüttelte heftig den Kopf. »Nein, Charles. Vergiß es. Das ist ja eine fürchterliche Idee.«

Als ich die Zettel mit den hastig hingeworfenen Notizen aufhob, die zu Boden gefallen waren, brauchte ich einen Moment, um zu erkennen, daß es sich um Ideen für Fernsehfilme handelte. Einige bestanden nur aus einem einzigen Wort »Wahnsinn«, oder »Eifersucht«. Auf anderen Blättern standen lange, wilde Sätze ohne Punkt und Komma. Meine anfängliche Besorgnis um Charles meldete sich wieder.

Er fuhr fort, als hätte ich nicht gesprochen. »Überleg doch mal. Bilder von nebelverhangenen Kanälen. Düstere Himmelslandschaften. Der Deich, wo die Leiche gefunden wurde – wir könnten im Winter filmen, vielleicht wenn es gerade schneit – Interviews mit dem Mann, der das Skelett gefunden hat, und mit der Polizei. Ich bin sicher, es würde funktionieren. Und ich würde natürlich jemanden brauchen, der die Recherchen macht.«

Ich schob den ganzen Zettelpack in einen großen Umschlag. »Ich hab's eben schon gesagt, Charles, vergiß es.«

»Wir arbeiten doch gut zusammen, findest du nicht, Becca?« Er sah mich an. »Oder hast du Angst vor den Konsequenzen?«

Jetzt lächelte er. Ich knallte die Schublade des Aktenschranks zu. »Wovon, zum Teufel, redest du, Charles?«

»Na ja.« Er goß sich wieder Whisky ein. »Patrick Franklin

hat eine Menge zu verlieren, oder nicht? Wie weit würde er gehen, um seinen guten Ruf zu wahren?«

»Sprichst du von Verleumdungsklagen?«

»Man kann nur die Lebenden verleumden.«

Ich hob den Kopf und sah ihn scharf an. Tilda war einundachtzig Jahre alt und hatte soeben einen Herzinfarkt erlitten. Ich verstand, was er mir sagen wollte: daß Tilda sterben könnte, bevor der Film gesendet wurde.

»Ja, also«, mit einer einzigen Handbewegung fegte er einen Haufen Papiere von seinem Schreibtisch, »eigentlich wollte ich wissen, ob du dich körperlich bedroht fühlst. Ich meine, Schritte, die dir folgen, Geräusche in der Nacht ...«

»Von Patrick?« Ich lachte. »Mach dich nicht lächerlich, Charles.« Aber seine Andeutungen trafen und setzten sich fest.

Als ich an diesem Abend schließlich nach Hause kam, fand ich auf meinem Anrufbeantworter eine Nachricht vor. Aber sobald ich Patricks Stimme hörte, hielt ich das Band an und löschte es. Ich sah alles mit gnadenloser Klarheit. Ich konnte die Biographie lassen, irgendwie den Vorschuß zurückzahlen und mich auf die Suche nach anderer Arbeit machen. Die Nachwehen der Rezession waren noch spürbar. Ich würde vielleicht monatelang arbeitslos sein, und weder meine Schwester noch mein Vater konnten mir unter die Arme greifen. Wer würde schon einer schwangeren, beschäftigungslosen Schriftstellerin, die auf Biographien spezialisiert war, Arbeit geben? Wenn ich dem Verlag meinen Auftrag zurückgäbe, würde ich auch mein Kind aufgeben müssen. Alles in mir wehrte sich gegen diesen Weg.

Die andere Alternative war, Charles' Angebot anzunehmen und mit ihm zusammenzuarbeiten. Ich würde dann mehr Geld verdienen, und Tildas Biographie hätte jede Chance, ein Erfolg zu werden. Ich würde mein Kind behalten können, in eine größere Wohnung übersiedeln, neue Aufträge an Land ziehen, ein anständiges Leben führen können. Damit würde ich aber Tilda und Patrick verraten. Ganz gleich, was sie getan hatten – ganz gleich, wie weit ihre Unaufrichtigkeit auch jetzt noch ging –, sie waren beide Blutsverwandte meines Kindes. Tildas Geschichte hatte mir die Bedeutung dieser Bindung gezeigt, die keine Kompromisse zuließ. Schon vor seiner Geburt würde das Kind Erbe von Verrat und Betrug sein. Wenn ich mit Charles zusammenarbeitete, würden sich alle verletzenden Beschuldigungen Patricks bestätigen.

Obwohl meine Gefühle für Patrick jetzt Haß näher waren als Liebe, wurde mir klar, was ich tun mußte. Daragh Canavan war in einer klaren Frühlingsnacht ermordet worden. Man hatte ihn an Händen und Füßen gebunden lebendig in einem Erdwall begraben. Das Verbrechen war achtundvierzig Jahre lang unentdeckt geblieben. Ich mußte herausfinden, wer ihn getötet hatte. Ich mußte die Fäden entwirren und die Wahrheit ans Licht bringen, weil mein Schicksal, und das meines Kindes, mit den Geheimnissen der Vergangenheit verflochten war.

Ich suchte die vor Wochen begonnene Liste all jener Menschen heraus, die Motiv und Gelegenheit gehabt hatten, Daragh Canavan zu töten. Max' Namen hatte ich bereits gestrichen, und nach der Lektüre von Mr. Oddies Bericht hatte ich ernste Zweifel daran, daß Daraghs Gläubiger es lohnend gefunden hätten, ihn zu töten. Mein Blick wanderte zum nächsten Namen. Jossy hatte allen Grund gehabt, Daragh zu töten. Ein Fünkchen Hoffnung regte sich in mir, als ich über sie nachdachte: Mr. Oddie hatte es offensichtlich nicht für seine Aufgabe gehalten, über Jossy Erkundigungen einzuziehen. Tilda hatte mir gesagt, Daragh sei ein zerstörerischer Mensch gewesen, hatte auch Jossy das schließlich erkannt? Hatte sie eingesehen, daß ihre Liebe aussichtslos war, und einen Schlußstrich gezogen?

Ich wollte es gern glauben, aber es gelang mir nicht. Vier Monate nach Daraghs Verschwinden war Jossy an einer Fehlgeburt gestorben. Hätte sie es wirklich fertiggebracht, den Vater ihres zweiten Kindes zu töten? Sowohl Tilda als auch Caitlin hatten mir Jossys Suche nach ihrem verschwundenen Ehemann geschildert. Nichts, was ich bisher über Jossy Canavan in Erfahrung gebracht hatte, gab mir Anlaß zu glauben, daß sie raffiniert genug gewesen wäre, eine solche Farce aufzuführen, während sie die ganze Zeit wußte, daß ihr Mann keine zwei Kilometer entfernt in der Deichböschung verscharrt war. Und sie hatte Daragh geliebt; selbst ihr Grabstein, in den sein Name eingemeißelt war, kündete von ihrer Liebe. Nein, Jossy hatte mit Daraghs Tod nichts zu tun.

Ich setzte einen neuen Namen auf meine Liste. Tildas. Tilda Franklin hatte sowohl die Gelegenheit als auch ein Motiv gehabt, Daragh Canavan zu töten. Sie hatte Grund gehabt, ihn zu hassen. Er hatte ihre Ehe zerstört und sie zweimal verraten. Ich, die solchen Verrat am eigenen Leib erfahren hatte, konnte mir vorstellen, wie sie sich gefühlt haben mußte. Hatte Tilda aber die Körperkraft besessen, einen kräftigen Mann wie Daragh Canavan zu töten? Viele Jahre ihres Lebens hatte sie schwere körperliche Arbeit geleistet; zuerst, als sie noch bei Sarah Greenlees gelebt hatte; dann, während des Krieges, als sie das Land bearbeitet hatte, um ihre Familie zu ernähren; und später als Haushälterin Colonel Renshaws. Tilda hatte ihre Brathühnchen nicht in Plastik eingeschweißt gekauft; sie hatte den Hühnern, die sie großgezogen hatte, mit eigenen Händen den Hals umgedreht und sie ausgenommen. Sie hatte die Tauben im Garten des Colonels geschossen, sie hatte vielleicht eigenhändig das Schwein geschlachtet, das zur Gewinnung von Fleisch und Schinken gemästet worden war. Sie war jetzt alt und hinfällig, aber eine Ahnung ihrer früheren Robustheit hatte sich in ihrer kerzengeraden Haltung, ihren straffen, kantigen Schultern gehalten. Im Vergleich zu Tilda kam ich mir schwächlich vor, verwöhnt, übermäßig abhängig von den zweifelhaften Annehmlichkeiten des späten zwanzigsten Jahrhunderts.

Tilda hätte Daragh mit Leichtigkeit überrumpeln können, denn er hatte nichts von ihr befürchtet. Wenn er, fein herausgeputzt, vorgehabt hatte, sie zu besuchen, war damit zweifellos die Absicht verbunden gewesen, sie zu verführen. Er wäre von seiner Unwiderstehlichkeit überzeugt gewesen: Er hatte sie einmal besessen, warum nicht ein zweites Mal? Mochte auch alles um ihn herum in die Brüche gehen, das Vertrauen in seine Wirkung auf Frauen hatte er gewiß nicht verloren. Ich stellte ihn mir vor, wie er mit geschlossenen Augen im Gras lag und Küsse erwartete. Ich stellte mir vor, wie Tilda zu ihm hinunterblickte und sich klarmachte, was er ihr angetan hatte, begriff, daß er es niemals verstehen, sich niemals einen Gedanken darüber machen würde. Ich stellte mir ihren Haß in diesem Augenblick vor. Vielleicht hatte sie ihn mit einem Stein geschlagen oder mit einer Schaufel, die die Arbeiter am Kanal zurückgelassen hatten. Wenn der Schlag hart genug gewesen war, um ihn bewußtlos zu machen, hätte sie ihn wie ein Suppenhuhn verschnüren und in der Erde verscharren können. Ich stellte mir vor, wie sie den Bewußtlosen über das Gras schleifte, gerade so wie sie die Leiche des deutschen Soldaten von der Straße geschleift hatte.

Der Mensch, mit dem es mich am meisten zu sprechen drängte, war natürlich nicht mehr erreichbar. Ich hätte eine Menge dafür gegeben, mit Daragh Canavan sprechen zu können, diesem Zerstörer von Träumen und Hoffnungen. Wieder betrachtete ich sein Foto und sagte seinen Namen, aber das sorglos lachende Gesicht behielt all seine Geheimnisse für sich, faszinierend noch im Tod.

*Könnt ich mit eines einst Geliebten Schatten sprechen, Der starb, bevor der Liebesgott geboren ward …*

# 14

»WAS IST ›GESCHLECHTSVERKEHR‹?« fragte sie. Sie mußte es wissen.

Er machte ein schockiertes Gesicht. Martin Devereux, dessen Ziel es seinen eigenen Worten zufolge war, das Leben in vollen Zügen zu genießen, sah tatsächlich schockiert aus. »Herrgott noch mal, Caitlin, was ist denn das für eine Frage.«

»Weißt du es nicht?«

»Doch, natürlich weiß ich es.«

»Dann sag's mir.«

Seine Lider waren gesenkt. Nur ein schmaler Streifen blauer Iris war sichtbar. »Ich würde es dir lieber zeigen.«

»Okay.« Sie zuckte die Achseln und sah sich um. »Wo?«

»Hier nicht«, sagte er errötend. Sie waren in einem Pub. »Mein Geld reicht nicht für ein Zimmer. Wir müssen das Auto nehmen.«

Er fuhr zu einem Wäldchen hinaus und lenkte den Wagen in die Bäume. Die tiefen Furchen im Weg waren mit welkem, kupferfarbenem Laub gefüllt, und während sie über das unebene Gelände rumpelten, riß der Wind die letzten Blätter, wie Fetzen rotglühenden Papiers, von den Bäumen. Es regnete. Dunkle, aufgeschwollene Tropfen glitten die nackten Zweige der Bäume hinunter und klatschten auf die Windschutzscheibe des Wagens. Martin hielt an und zog die Handbremse.

»Gehen wir lieber nach hinten.«

Auf dem Rücksitz des Wagens, der Martins Vater gehörte, knöpfte Caitlin ihre Bluse auf, und Martin begann, ihre Brüste zu küssen und zu drücken. Sie fand es ziemlich langweilig; bei früheren Ausflügen war alles ganz ähnlich verlaufen. Aber dann griff er ihr unter den Rock und begann, an ihrem Schlüpfer zu zerren. Sie stieß ihn weg; er atmete sehr schnell und laut, und in seinen Augen war ein starrer, wild entschlossener Ausdruck, der sie erschreckte. »Ich dachte, ich soll's dir zeigen«, murmelte er, und sie mußte ihre Scham und ihre Furcht hinunterschlucken und ihm sagen, er solle weitermachen. Sie kam sich lächerlich vor, fühlte sich nackt und bloß, wie sie da ohne ihren Schlüpfer gegen den Rücksitz des Wagens gedrückt wurde. Als er dann seine Hose und seine Unterhose herunterzog, und sie das gräßliche Ding darunter sah, schrie sie auf, aber er schien sie nicht zu hören.

Sie war froh, daß es nicht sehr lang dauerte. Er drang in sie ein, noch bevor ihr bewußt wurde, was er tat. Es tat weh, und sie schrie ihn an, und dann zitterte er plötzlich heftig und fiel aufheulend auf ihr nieder. Er lag ganz still. Einen wirren Moment lang glaubte sie, er wäre tot. Sie stellte sich vor, sie müßten auf ewig so liegen bleiben, Martin in sie hineingebohrt, bis schließlich die fallenden Blätter sie beide begruben. Der Regen prasselte immer noch auf die Windschutzscheibe, und endlich murmelte Martin: »Mensch, das war toll.«

Caitlin stieß ihn von sich, setzte sich auf und schlüpfte wieder in ihr Höschen. Zwischen ihren Beinen war eine unangenehme Feuchtigkeit, die sie erschreckte. Sie dachte, *Das also haben mein Vater und Tilda getan*, schob den Gedanken sofort weg und kletterte auf den vorderen Sitz. Sie beschloß, nicht wieder mit Martin auszugehen. Die Jagd machte Spaß, aber nicht der Abschuß.

Es war, dachte Tilda oft, als hätte sie auf einem Pier gestanden, der weit ins Wasser ragte, und jemand hätte plötzlich die Pfähle weggestoßen, die ihn trugen. Sie kämpfte sich durch stürmisches Gewässer auf der Suche nach einem Halt. Max zu verlieren, hatte sie verdient; aber sie konnte nicht verstehen, warum Melissa sie verlassen hatte.

Sie kümmerte sich weiter um die Kinder und den Colonel, besuchte jetzt aber nur noch selten die Vorträge in Oxford.

Freundschaftsangebote schlug sie aus, alle Einladungen, selbst ihrer ältesten Freunde – Anna und Professor Hastings, Emily van de Criendt – wies sie zurück. Sie war von ihrem Vater verlassen worden und von Max, und diese Verletzungen waren schwer genug gewesen, aber fast nichts im Vergleich zu der tiefen Wunde, die der Verlust ihres Kindes geschlagen hatte. Vor den anderen Kindern bemühte sie sich, ihr Elend zu verbergen; sie wußte, daß sie kein Recht hatte, ihnen ihren eigenen Schmerz zuzumuten.

Jetzt saßen Hanna und Rosi am Küchentisch und bastelten Weihnachtskarten, während Josh und Erich draußen im Wäldchen abgebrochene Äste als Brennholz für den Herd sammelten. Tilda sah auf ihre Uhr. Caitlin war bei einer Freundin. Sie hatte versprochen, spätestens um sechs zu Hause zu sein, und es war jetzt fast sieben. Tildas Unbehagen wuchs mit jeder Minute. Um halb acht zog sie ihren Regenmantel über und ging zur Bushaltestelle. Der kalte, feine Regen schlug ihr scharf ins Gesicht. Dann tauchte der Bus aus der Dämmerung auf, die Pfützen unter seinen Rädern spritzten auf, als er abbremste und anhielt. Drei Frauen und ein Junge stiegen aus.

Tilda ging zur Telefonzelle an der Straßenecke und rief Mrs. James an, die Mutter von Caitlins Freundin.

»Hier spricht Mrs. Franklin«, sagte sie. »Caitlin ist noch nicht zu Hause. Ist sie zum Abendessen bei Ihnen geblieben?«

Einen Moment blieb es still, dann sagte Mrs. James: »Caitlin ist nicht hier, Mrs. Franklin. Sylvia ist übers Wochenende mit den Pfadfindern weggefahren.«

Tilda murmelte etwas von einem Mißverständnis, hängte den Hörer ein und ging zum Haus zurück. Die Lampen am Weg tauchten die Straße in ein gelbliches Licht, aber Himmel, Bäume und Felder waren tiefschwarz. Die letzten drei Samstage hintereinander hatte Caitlin behauptet, sie träfe sich mit Sylvia. Von einer inneren Kälte erfaßt, gewiß, daß etwas Schreckliches geschehen sein mußte, ging Tilda nach Hause. »Vielleicht sollte ich die Polizei anrufen«, meinte sie, aber Rosi, die dabei war, rote Papierschleifen auf ihre Karten zu kleben, sagte: »Sie ist bestimmt ins Kino gegangen und hat vergessen, dir Bescheid zu sagen. Du weißt doch, wie sie ist.«

»Aber es ist schon fast …«, begann Tilda und sah plötzlich einen Schimmer von Bewegung zwischen den Hecken zu beiden Seiten des Wegs. Sie rannte zur Hintertür, außer sich vor Erleichterung und Zorn.

»Kate! Wo bist du gewesen?«

»Der Bus hat Verspätung gehabt.«

»Du bist nicht mit dem Bus gekommen. Ich war an der Haltestelle. Und du warst auch nicht bei den James'. Ich habe dort angerufen, als du nicht kamst.«

»Ach so«, sagte Caitlin und zuckte die Achseln. Tilda musterte Caitlin forschend und sah, daß sie geschminkt war und Nylonstrümpfe trug. Die Nylonstrümpfe hatten Laufmaschen, ihre Bluse war falsch geknöpft.

»Kate, warst du mit einem Jungen zusammen?«

Caitlin schüttelte den Kopf. Ihre Augen wirkten wie erloschen, und das erschreckte Tilda genausosehr wie die zerrissenen Nylonstrümpfe und der verschmierte Lippenstift. Fünfzehn, dachte sie. Sie war nur zwei Jahre älter gewesen, als sie Daragh kennengelernt hatte. Sie erinnerte sich der brennenden Sehnsucht und des süßen Schmerzes der ersten Liebe, dieses schrecklichen Drängens.

»Du bist für einen Freund noch sehr jung, Kate.« Sie zwang sich, sanfter und freundlicher zu sprechen. »Ich weiß, du bist sehr erwachsen für dein Alter, aber du bist trotzdem erst fünfzehn.«

In der Küche blieb Caitlin stehen. Regenwasser tropfte von den Ärmeln ihres Gabardinemantels. Daraghs Tochter, dachte Tilda. Sie konnte ihn in Caitlins eigensinnigem Stolz sehen.

»Wenn es einen Jungen gibt, den du gern hast, warum bringst du ihn dann nicht mal zum Abendessen mit? Dann können wir alle ihn kennenlernen.«

»Was?« zischte Caitlin. »Hierher? Damit Erich ihm einen Teller K-K-Kohl anbieten kann? Damit er erfährt, daß ich bei Dienstboten hause?« In den leeren Augen flammten Zorn und

Verachtung auf. »Im übrigen hab ich keinen Freund. Jedenfalls jetzt nicht mehr.«

Sie stürmte aus dem Zimmer. Tilda ging ihr ein paar Schritte nach, dann blieb sie stehen und sah an sich hinunter. Über ihrem Kleid trug sie eine schmutzige Schürze, ihre Hände waren rot und rauh, unter ihren Fingernägeln saß schwarzer Schmutz. Ihr Herz klopfte so rasend, daß sie kaum atmen konnte. Sie setzte sich auf die unterste Stufe und drückte den Kopf in ihre Hände.

»Es ist *angebrannt*«, sagte Melissa.

Es ist ein Steak, hätte Max gern gesagt. Es ist ein Steak, du kennst das wahrscheinlich gar nicht mehr, weil es im Krieg überhaupt nichts gegeben hat, und man auch jetzt so etwas kaum bekommt. Aber er nahm Melissa den Teller ab und stellte ihr seinen eigenen hin.

»Dann nimm mein's.«

Sie sah auf den Teller hinunter und seufzte gequält. »Du weißt doch, daß ich keine Zwiebeln mag, Daddy.«

Aber er wußte es nicht. Er hatte vergessen – oder nie gewußt –, daß seine Tochter keine Zwiebeln, keinen Kohl, keine Haut auf ihrer warmen Milch mochte. Er hatte vergessen, daß sie sich nie die Schuhe putzte, wenn er sie nicht daran erinnerte, und daß sie morgens stundenlang das Bad besetzte, so daß er in den ersten Tagen ihres Aufenthalts seine frühen Kunden unrasiert hatte bedienen müssen. Er hatte vergessen, daß sie nicht davon abzubringen war, an den Wochenenden lange Fahrradtouren ganz allein zu unternehmen, aber jeden Abend verlangte, das Licht nachts anzulassen. Ihre Unberechenbarkeit brachte ihn durcheinander.

Max leerte sein Weinglas. »Ich habe heute nachmittag mit der Schuldirektorin gesprochen, Melissa. Sie hat mir gesagt, daß du nach Weihnachten anfangen kannst.«

Melissa starrte ihn entsetzt an.

»Erst mal nur morgens«, fügte er überredend hinzu. »Bis du dich eingewöhnt hast.«

»*Daddy …*« Tränen sprangen ihr in die Augen.

»Du mußt zur Schule gehen, Schatz, hier ist allgemeine Schulpflicht. Auf dein Französisch werden sie fürs erste Rücksicht nehmen.«

Tränen tropften von Melissas Nase. Messer und Gabel fielen klirrend auf den Teller, sie stieß ihren Stuhl zurück und rannte hinaus. Er hörte den Knall der zufallenden Zimmertür, dann lautes Schluchzen. Seufzend schob er seinen Teller weg, der Appetit war ihm vergangen.

Er deckte den Tisch ab und trat vor die Küchentür ins Freie. Während er sich eine Zigarette anzündete, dachte er an seinen Anruf vor sechs Wochen in einer Telefonzelle in Oxfordshire, zu einer vorher vereinbarten Zeit. Der Klang von Tildas Stimme, der über die vielen Hunderte von Kilometern zu ihm getragen wurde, hatte überraschenderweise nicht den Groll und die Erbitterung in ihm ausgelöst, die er erwartet hatte. In ihrer Stimme war trotz des Rauschens und Knisterns in der Leitung ihre tiefe Verletztheit und Verwirrung zu hören gewesen, und nachdem er eingehängt hatte, hatte er noch einmal versucht, Melissa zur Rückkehr nach England zu bewegen. Aber sie hatte gesagt, »Willst du mich denn hier nicht haben, Daddy?« und dabei weinerlich das Gesicht verzogen, wie das ihre Art war. Da hatte er sie an sich gedrückt und gesagt: »Aber natürlich will ich dich hier haben, Schatz. Das weißt du doch.«

Draußen lag der erste Rauhreif auf den Grashalmen. Melissa, dachte Max, war wie ein frischer Wind in sein Dasein eingebrochen und hatte ihn gezwungen, sein Leben, das er bisher als durchaus befriedigend empfunden hatte, mit neuen Augen anzusehen. Nichts schien ihr daran zu gefallen. Das Haus (eine Zinnwanne, Daddy!), seine Arbeit (im Anzug hast du viel schicker ausgesehen, Daddy) und natürlich seine Kochkünste (schon wieder Brot und Käse), alles wurde herber Kritik unterzogen. Er hatte sein Leben plötzlich mit ihren Augen gesehen: spartanisch, eintönig, vielleicht sogar – der Gedanke erschreckte ihn – auf dem Weg in die muffige Verstaubtheit eines Junggesellendaseins.

Er hatte Melissa noch nicht mit Cécile bekannt gemacht. Cécile hatte sich während Melissas Ferienwoche taktvoll ferngehalten, und nach Melissas unerwarteter Entscheidung zu bleiben, hatte Max ihr in aller Eile geschrieben, um die Situation zu erklären. Er war sich im klaren darüber, daß er bisher Vogel-Strauß-Politik betrieben hatte. Es war lächerlich, sich von einem zwölfjährigen Mädchen derart in seinen Gewohnheiten einschränken zu lassen. Er beschloß, Cécile zum Essen einzuladen.

Er trat den Zigarettenstummel auf den Steinplatten aus und ging wieder ins Haus. Das Schluchzen war immer noch vernehmbar. Einen Moment lang dachte er mit Sehnsucht an die leichteren Tage der Kleinkinderzeit, dann klopfte er, Gott um Takt und Geduld bittend, bei Melissa an.

Max gab sich mit dem Abendessen größte Mühe. Bei der alten Frau auf dem Markt kaufte er eine Ente und schrieb sich ihre Zubereitungsanweisungen genau auf. In der Konditorei wählte er einen Pflaumenkuchen und entdeckte, daß man in Frankreich kein Vanillepuddingpulver bekam. In einem Geschäft in Saintes erstand er einen Satz zusammenpassender Teller und Kerzen für den Tisch, und am Abend trug er einen großen Korb Holzscheite ins Haus und machte im Wohnzimmer ein Feuer.

Cécile, elegant in Schwarz, traf pünktlich um acht Uhr ein. Max sah sich nach Melissa um.

»Sie ist wahrscheinlich immer noch im Bad. Sie braucht stundenlang für ihre Haare.«

Cécile lächelte.

»Ein Glas Wein?«

»Ach ja, gern, Chéri.«

Cécile hatte ihren Wein fast ausgetrunken, als Melissa endlich erschien. Sie hatte ihre ältesten Kleider an: einen Pulli, der an den Ellbogen Löcher hatte, und einen Rock, der so kurz war, daß er ihre knochigen Knie zeigte. Max hielt es für besser, nichts zu sagen.

»Melissa, das ist Cécile. Du weißt doch, ich hab dir erzählt, daß sie eine Freundin von mir ist. Cécile, das ist meine Tochter Melissa.«

Melissa murmelte mit gesenktem Blick ein paar Worte der Begrüßung. Max ärgerte sich und beschloß, gleich die Ente aufzutragen.

Noch bevor sie mit dem ersten Gang zu Ende waren, wußte er, daß der Abend ein Fehler gewesen war. Auf alle Bemühungen Céciles, ein Gespräch in Gang zu bringen, ebenso wie auf seine eigenen geduldigen Versuche antwortete Melissa mit Einsilbigkeit. Ihre herabgezogenen Mundwinkel drückten Verdrossenheit aus, und ständig fiel ihr der Pony, der längst geschnitten hätte werden müssen, in die Augen. Nicht einmal zur gewohnten beißenden Kritik seiner Kochkünste ließ sie sich herbei, sondern zog es vor, in trotzigem Schweigen zu verharren.

Nach dem Essen stapfte Melissa die Treppe hinauf, um zu Bett zu gehen, und Max goß sich und Cécile einen Kognak ein.

»Tut mir leid.«

»Was denn, Chéri?«

»Sie hat sich fürchterlich benommen.«

Cécile lächelte. »Sie ist dreizehn, Max.«

Er setzte sich neben Cécile und legte den Arm um sie. »Ist das eine Entschuldigung?«

»Sie sieht mich als Rivalin. Als Feindin.«

Max sagte aufgebracht: »Aber ich hab ihr doch erklärt, daß du eine Freundin bist und nicht mehr.«

Cécile wandte sich ab und griff nach ihrem Kognakglas. »Trotzdem, Max. Melissa liebt dich, und sie liebt ihre Mutter. Da sieht sie natürlich jede andere Frau als Eindringling.«

Wehleidig sagte er: »Ich kann überhaupt nichts richtig machen, Cécile. An allem hat sie etwas auszusetzen. Ich warte dauernd darauf, daß sie mir sagt, sie habe genug und wolle nach Hause.«

»Möchtest du das denn?«

Er schwieg einen Moment. »Nein«, antwortete er dann. »Nein, natürlich nicht. Sie treibt mich die Wände hoch, aber ...« Ihm war nie klar gewesen, daß seine Tochter ihn so sehr liebte. In ein Wirrwarr widerstreitender Gefühle verstrickt, war ihm bewußt geworden, daß er sich geehrt fühlte und gerührt war, daß sie sich entschieden hatte, bei ihm zu bleiben.

Cécile berührte seine Hand. »Möchtest du darüber sprechen?«

»Worüber?«

»*Max.*« Wenn sie ihn so ansah, schien es, als wäre sie fünfzehn Jahre älter als er und nicht umgekehrt. »Melissa liebt dich«, sagte sie geduldig, »sonst wäre sie nicht hier. Aber sie liebt auch ihre Mutter, sonst hätte sie sich heute abend nicht so benommen. Die einfachste Lösung wäre es, wenn du und – Matilda, richtig? – euch entschließen würdet, wieder zusammenzuleben.«

Max schüttelte den Kopf. »Das ist ausgeschlossen.«

»Warum?«

Er hatte nie darüber gesprochen. Es kostete ihn Anstrengung, die häßlichen Worte auszusprechen. »Tilda war mir untreu.«

»Im Krieg?«

»Danach. Sie hatte den Mann allerdings schon seit Jahren geliebt.«

Cécile schwieg eine Weile. Dann sagte sie: »Und deine Frau lebt immer noch mit diesem anderen Mann zusammen?«

»Nein, nein.« Max stand auf und legte ein frisches Scheit ins Feuer. »Sie hat nur einmal mit ihm ... Offenbar ist er bald danach weggegangen. Er hat Frau und Kind verlassen und ist irgendwo in der Versenkung verschwunden.«

Typisch für Daragh Canavan, dachte Max, eine schwangere Frau im Stich zu lassen und dem Tod auszuliefern. Typisch auch für Tilda, das Kind dieses Menschen bei sich aufzunehmen, und dann praktisch über Nacht Southam zu verlassen, um einem wildfremden Menschen den Haushalt zu führen. Max fühlte sich unbehaglich bei dem Gedanken an Tildas Arbeit und diesen sonderbaren Haushalt, den Melissa ihm beschrieben hatte. Das hörte sich nach harter Arbeit an. Er sagte sich zwar, daß Tilda wie gewöhnlich genau das getan hatte, was sie tun wollte, dennoch fühlte er sich irgendwie schuldig.

»*Einmal* ...?« wiederholte Cécile.

Er sah sie an. »Einmal, zweimal, fünfzigmal, das spielt doch keine Rolle. Betrug ist Betrug.«

Sie sah ihn nicht unbedingt mit Teilnahme an. Er hatte erwartet, daß sie ihn verstehen würde. Um sich zu rechtfertigen, sagte er: »Treue ist in einer Ehe ungeheuer wichtig. Meine Mutter hat meinen Vater mit sämtlichen seiner Kollegen betrogen. Ich habe gesehen, wie ihn das mitgenommen hat. So etwas hätte ich *niemals* ertragen können.«

»Du hast also deine Frau verlassen«, sagte Cécile langsam, »weil sie wie deine Mutter war?«

Er wurde brennend rot. So formuliert, hörte es sich absolut lächerlich an. »Nein, natürlich nicht. Tilda hat nicht die geringste Ähnlichkeit mit meiner Mutter. Es war nur, ach, verdammt noch mal, Cécile, ich hatte doch das Recht, Beständigkeit zu erwarten, oder nicht?«

»Natürlich, Max«, antwortete sie sanft.

Er holte die Kognakflasche und schenkte nach. Am liebsten hätte er weiter getrunken, bis die ungemütlichen Gedanken, die ihn bedrängten, sich verzogen; bis der Zwang aufhörte, zurückzublicken und sein eigenes Verhalten, das er bis vor kurzem für untadelig gehalten hatte, in Frage zu stellen. Cécile neigte sich ihm zu und küßte ihn. »Ich glaube, es ist besser, ich bleibe heute nacht nicht, Max. Wir müßten sehr leise sein, und ich käme mir wie eine Heimlichtuerin vor.«

Er sah ihr nach, als sie den Hügel hinunterradelte, dann ging er ins Haus zurück. Widerstrebend, in der Hoffnung, Melissa würde schon schlafen, stieg er die Treppe hinauf und klopfte an ihre Tür.

»Daddy?« rief sie leise.

Er öffnete die Tür. Im Licht der Nachtlampe sah er, daß ihre Augen gerötet waren. Sie tat ihm leid, aber er wappnete sich mit Härte.

»Cécile ist meine Freundin, Schatz. Und sie war bei uns zu Gast. Du schreibst ihr gleich morgen und entschuldigst dich.«

Zu seiner Überraschung erhob sie keine Einwendungen, sondern sah ihn nur an, ihre Augen groß und dunkel in dem blassen kleinen Gesicht, die Knie bis zum Kinn hochgezogen.

»Willst du, daß ich heimfahre, Daddy?«

»Aber nein, natürlich nicht. Wie kommst du denn darauf?«

»Als wir noch zu Hause waren ...« Ihre Stimme schwankte. »Als wir noch zu Hause waren, als wir bei Tante Sarah gewohnt haben, da wolltest du doch auch nicht bei uns sein.«

Ihre Worte trafen ihn wie Messerstiche. Er setzte sich zu ihr aufs Bett. Beinahe hätte er gesagt, das ist nicht wahr, statt dessen legte er seinen Arm um seine Tochter und blieb schweigend im Halbdunkel sitzen, den Blick auf einen zackigen Riß im Verputz der gegenüberliegenden Wand gerichtet, entsetzt, daß sie seine Abwesenheit als mangelnde Liebe interpretiert hatte. Aber was hätte sie auch anderes denken sollen? Er war ja während ihrer Kindheit fast nie zu Hause gewesen, wieso hätte sie das nicht als seine freie Entscheidung verstehen sollen?

Was konnte er ihr sagen? Zuerst mußte ich wegen meiner Arbeit weg, dann wegen des Kriegs und schließlich weil ich nicht ganz bei Sinnen war. Weil ihn, wie er jetzt, in der Rückschau erkannte, Erschöpfung und hoffnungslose Verzweiflung an den Rand eines Abgrunds getrieben hatten, und er das weder sich selbst noch irgendeinem anderen Menschen eingestanden hatte. Aber er wußte, daß es für Erklärungen zu spät war. Kinder brauchten Taten, nicht Worte. Melissas Verhalten hatte seine Gründe, sie wollte ihn herausfordern, auf die Probe stellen, sehen, wie weit seine Liebe zu ihr reichte.

Es war jetzt ganz dunkel geworden. Melissa war eingeschlafen, aber Max ging noch nicht. Ein ganz neuer Gedanke war ihm gekommen; vielleicht hatte auch Tilda seine Neigung, sich den täglichen familiären Pflichten zu entziehen, als Zeichen mangelnder Liebe ausgelegt. Die Vorstellung, die er zornig zu verwerfen suchte, daß er nämlich in gewissem Sinn Tilda geradewegs in Daragh Canavans Arme getrieben hatte, war bedrückend und nicht so leicht beiseite zu schieben.

Tilda hielt Caitlin einen peinlich unverblümten sexualkundlichen Vortrag, und Caitlin schwebte danach drei Wochen lang in Ängsten, weil sie fürchtete, ein Kind zu bekommen. Sie ging viel zur Kirche, um zu beten, und beichtete Pater O'Byrne ihr Vergehen in bewußt sehr vagen Worten. Sie war nicht schwanger; die Erleichterung war ungeheuer.

Sie widmete sich nun wieder ganz ihren Bemühungen, ihrem Vater auf die Spur zu kommen. Stundenlang saß sie über der Karte von Irland und versuchte verzweifelt, sich an den Namen des Dorfs zu erinnern, von dem er ihr erzählt hatte. Manchmal erschien er ihr in ihren Träumen und sagte den Namen, aber jedes Mal, wenn sie mit tränennassem Gesicht erwachte, hatte sie ihn wieder vergessen. Das Dorf konnte nicht weit vom Meer sein, ihr Vater hatte ihr erzählt, daß er oft am Strand Austern gesammelt hatte, und sie wußte, daß es von Hügeln und Seen umgeben war. Aber in Irland schien es kaum einen Ort zu geben, der mehr als zwei Stunden Fahrt vom Meer entfernt und nicht in Hügel eingebettet war. Mr. Oddie, der Privatdetektiv, hatte auch in Irland Erkundigungen eingezogen, aber es war ihm nicht gelungen, die Familie ihres Vaters ausfindig zu machen. Caitlin war entschlossen, ihre Sache besser zu machen.

Ziemlich sicher, daß es in jedem irischen Dorf einen Geistlichen gab, schrieb sie Briefe, in denen sie erklärte, daß sie auf der Suche nach ihren Verwandten sei, und adressierte sie, nachdem sie sich die Namen von Ortschaften und der dazugehörigen Grafschaften aus der Karte herausgeschrieben hatte, schlicht und einfach »An den Pfarrer«. Einige der Geistlichen antworteten ihr. Sie erfuhr, daß der Name Canavan in Irland häufig vorkam. Die Vornamen ihrer Großeltern wußte sie nicht, nur daß sie selbst nach der Schwester ihres Vaters genannt worden war. Dennoch ließ sie nicht locker, überzeugt, daß ihre Bemühungen schließlich zum Erfolg führen würden. Die meiste Zeit fand sie das Leben unerträglich langweilig. Sie langweilte sich in der Schule, nachdem ihre Leistungen nun so weit abgesackt waren, daß sie in der Klasse im unteren Drittel rangierte, und sie langweilte sich in Poona. Sie war froh, jetzt ein Zimmer für sich allein zu haben, aber manchmal, wenn sie es besonders langweilig fand, fehlte ihr sogar Melissa. Sie ging viel ins Kino, voll des Neids auf den Luxus und das leichte Leben, das die amerikanischen Filme zeigten. Sie begann den Gottesdienst zu schwänzen, obwohl sie seit ihrer frühesten Kindheit jeden Sonntag zur Kirche gegangen war. Wenn Gott ihr ihren Vater nicht zurückgebracht hatte, wozu war er dann überhaupt nütze?

Samstag morgens arbeitete sie im Pferdestall im Dorf und durfte dafür, daß sie die Boxen ausmistete, eine Stunde reiten. Tilda hatte das nach der Geschichte mit Martin Devereux arrangiert, und obwohl Caitlin sich eigentlich über nichts freuen wollte, was von Tilda kam, hatte sie dieser Gelegenheit nicht widerstehen können. Wenn sie dem Pferd die Zügel schießen ließ und über die Wiese galoppierte, fegte der frische Zugwind Schmerz, Leere und öde Langeweile weg.

Dann sah sie eines Tages den Anschlag im Schaufenster des Dorfladens. »Die Laienspielgruppe von Woodcott St. Martin plant die Aufführung einer Revue. Vorbereitungstreffen für alle Interessierten am Dienstag, dem 15. Februar, um 19 Uhr 30 in der Gedächtnishalle.« Unterschrieben war die Einladung von einem gewissen Julian Pascoe.

Die Gedächtnishalle war eine Katastrophe: ein eiskalter, höhlenartiger Raum mit ewig defekten Toiletten. Als Caitlin eintraf, waren ungefähr ein Dutzend Leute da. Mrs. Cavell, die Postbeamtin, dirigierte das Aufstellen der Stühle; ein dicker kleiner Mann mit kahlem Scheitel stellte wacklige Holzstühle im Halbkreis auf. Niemand nahm Notiz von Caitlin. Irgend jemand rief, »Wo bleibt eigentlich Julian?«, und eine Frau in einem roten Rock und mit knallroten Lippen sagte, »Auf der Flucht vor Margaret, nehme ich an«, worauf alle lachten. Sie schienen einander alle zu kennen, und Caitlin glaubte schon, es wäre ein Fehler gewesen herzukommen. Es war ja sowieso bloß Bauerntheater, wahrscheinlich genauso erbärmlich wie eine Schüleraufführung. Sie kehrte wieder um.

Gerade als sie die Tür erreichte, flog diese auf. Ein großer, schlanker Mann mit dunklem Haar, das ihm unordentlich um den Kopf flatterte, wäre beinahe mit ihr zusammengestoßen.

»Julian, Darling!« kreischte jemand.

Julian, der Mantel, Schal und Handschuhe trug und dennoch ganz verfroren aussah, warf einen Blick auf Caitlin und sagte: »Du willst doch nicht etwa davonlaufen?«

Sie schüttelte den Kopf.

Er bot ihr die Hand. »Julian Pascoe.«

»Caitlin Canavan.«

Er runzelte die Stirn. »Das ist doch Irisch. Eine schöne irische Maid. ›Nie hab ich ein Mädchen gesehen, wie die Maid so schön, damals in County Down.‹ Kommst du aus County Down, Caitlin Canavan?«

Sie schüttelte den Kopf. »Aus Cambridgeshire.«

Er lachte schallend, als hätte sie etwas Witziges gesagt. »*Cambridgeshire!* Du lieber Gott! So ein hinreißender Name, so eine gelungene Alliteration, so eine harmonische Aneinanderreihung von Silben, und da kommt sie aus *Cambridgeshire.*« Er sah sie an. »Ich wollte mich nicht über dich lustig machen, schöne Maid«, sagte er leiser. »Komm, schenk mir ein hübsches Lächeln, das ist schon besser, und jetzt geh und setz dich zu den anderen, ja?«

Sie setzte sich. Sie wußte nicht recht, ob sie sich ärgern oder geschmeichelt fühlen sollte. Die Stühle bildeten eine Art Hufeisen: Julian Pascoe saß zwischen den beiden Schenkeln des Hufeisens. Mrs. Cavell schenkte ihm aus einer Thermosflasche eine Tasse Tee ein, und er strahlte sie an. »Wirklich lieb von Ihnen, Schätzchen.«

Die Frau im roten Rock sagte: »Soll ich die Ölheizung anzünden, Ju?«

Er schüttelte den Kopf. »Genausogut könnte man versuchen, eine Tropfsteinhöhle zu heizen, Patricia, und die Dämpfe sind so schlecht für mein Asthma.« Julian warf einen Blick auf den Block, den er vor sich hatte. »Am besten nehmen wir zuerst einmal die Namen auf. Und wenn jeder von Ihnen mir vielleicht sagt, was ihn interessiert, Spielen, Singen, Requisite, was auch immer.«

Er fragte sie einen nach dem anderen ab. Mrs. Cavell – »Bühnenbild und Requisite. Du kennst mich ja, Julian, ich bastel gern herum.« Der Glatzköpfige – »Ein bißchen Stepptanz.« Darüber mußte Caitlin lachen. Ein magerer junger Mann mit einem vorstehenden Adamsapfel – »Gesang – hauptsächlich Balladen und dergleichen.« Dann war Caitlin an der Reihe.

»Und unsere schöne Maid?«

Sie zwang sich, ihm in die Augen zu sehen. »Ich kann spielen, singen und tanzen.«

»Donnerwetter«, sagte er, »das ist ja allerlei«, und nach einem Blick auf seine Uhr: »Vorsprechen beziehungsweise -singen oder -tanzen am Sonntag nachmittag, Herrschaften. Leider auch hier. So, und jetzt erzähl ich Ihnen, was ich vorhabe. Meine Pläne sind noch im Anfangsstadium, aber ...« Julian Pascoe zuckte die Achseln.

In den folgenden Tagen mußte Caitlin immer wieder einmal an Julian Pascoe denken. Er war ziemlich alt, bestimmt über dreißig, schätzte sie, und er war verheiratet. Patricia Cunningham hatte ihr von seiner Frau erzählt.

»Sie heißt Margaret. Eine fürchterliche Xanthippe. Sie macht dem armen Julian das Leben zur Hölle.«

Sie standen in der schmuddligen Küche der Gedächtnishalle und wuschen Tassen ab. »Warum hat er sie dann geheiratet?« fragte Caitlin. »Sie ist wohl sehr hübsch?«

Patricia lachte spöttisch. »Ein Pferdegesicht, Schätzchen. Aber sie schwimmt im Geld. Typisch neureich. Ju, der arme Kerl, kommt zwar aus besten Kreisen, aber die Familie hatte überhaupt kein Geld. Vor seiner Heirat mit Margaret mußte er an einer gräßlichen Privatschule in Oxford unterrichten. Er fand es natürlich fürchterlich, und seiner Gesundheit hat es auch nicht sehr gutgetan.« Patricia schüttelte den Kopf. »Er ist ein wahnsinnig künstlerischer Mensch, weißt du.«

Nachdem Caitlin eine Kostprobe ihres Könnens gegeben hatte, teilte Julian ihr Rollen in mehreren Sketchen zu. Außerdem sollte sie ganz allein »Nur ein Vogel im goldenen Käfig« singen. Einige der anderen Frauen der Gruppe hatten das mit bissigen Bemerkungen quittiert, da sie der Ansicht waren, sie hätte soviel Glanz nicht verdient, aber Caitlin war das gleichgültig. Nach den Proben gingen sie alle gemeinsam ins Pub. Caitlin, die auch mitkam, merkte, daß sie glaubten, sie wäre schon achtzehn. Sie tat deshalb so, als wäre sie in der sechsten Klasse, und vergaß nie, sich zu schminken.

Im Frühjahr 1949 wurde Colonel Renshaw krank. Tilda pflegte ihn, saß während der schlimmsten Fieberanfälle an seinem Bett und machte ihm kalte Kompressen, während er auf die Schlachtfelder von Flandern zurückkehrte.

Der Generator machte wieder einmal Mucken; als Josh am Wochenende nach Hause kam, nahm er ihn auseinander, reinigte ihn und baute ihn wieder zusammen. Ein Fuchs brach in den Hühnerstall ein und hinterließ eine blutige Spur von Federn und zerfleischten Hühnerleichen. Erich hackte unter Anstrengung eine Grube in die gefrorene Erde; Tilda half ihm, die toten Vögel zu beerdigen.

In den kurzen Zwischenferien fuhr Tilda mit Caitlin nach Cambridge. Während Caitlin den Nachmittag mit Kit de Paveley verbrachte, traf sich Tilda in einem schummrigen kleinen Kellercafé mit Rosi. Rosi trug einen weiten schwarzen Rock und einen engen schwarzen Pullover, und sie rauchte. Jedes Mal, wenn die Tür des Cafés geöffnet wurde, sprang sie auf und winkte den Neuankömmlingen zu.

»Charles! Maureen! Kommt ihr heute abend zu unserer Party?« Oder, »Stella! Hast du Finn gesehen?« Dann mit gesenkter Stimme zu Tilda: »Finn ist Ire – ein Dichter – unheimlich begabt. Manchmal lesen wir uns aus unseren Arbeiten vor.« Rosi, die kurz vor ihrem Abschluß in Anglistik stand, schrieb an einem romantischen Liebes- und Abenteuerroman. Tilda vermutete schmachtende Jungfrauen, gefährliche Straßenräuber und Rettungen in letzter Minute.

»Wie geht es Hanna, Rosi?«

Rosi verzog das Gesicht. »Hanna ist fader als fad. Die anderen Medizinstudenten amüsieren sich alle köstlich, aber Hanna paukt immer nur. Sie ist überzeugt, daß sie durchfällt.« Rosis Gesicht veränderte sich. »Tilda, ich möchte dich um einen Gefallen bitten. Kannst du mir mein Hochzeitskleid machen?«

Tilda stieß einen kleinen Freudenschrei aus, nahm Rosi in die Arme und küßte sie.

»Ich hab noch keinen Ring. Richard und ich wollen nächstes Wochenende nach London fahren und einen aussuchen.«

»Und was ist mit Richards Eltern? Sind sie einverstanden?«

»Sie sind ganz hingerissen von mir.« Rosi strahlte. »Erzähl mir doch mal, wie das so ist, wenn man verheiratet ist, Tilda.«

Tilda mußte sich abwenden bei der Erinnerung. Anfangs war es wunderbar gewesen, als Geldmangel und eine enge kleine Souterrainwohnung keine Rolle gespielt hatten. Sie erinnerte sich, wie sie und Max draußen im Hinterhof die Wäsche ausgewrungen hatten, jeder ein Ende des Lakens zusammendrehend, bis sie vor Lachen nicht mehr gekonnt hatten und zusammen ins Bett gefallen waren. Oft blickte sie zurück und fragte sich, was geschehen war.

»Das Eheleben entwickelt sich bei jedem anders, Rosi. Und ich bin ja wirklich kein Aushängeschild, nicht wahr?«

»Aber du liebst Max doch noch?«

Nur Rosi konnte eine solche Frage stellen, direkt und ohne Umschweife. Alle anderen schlichen um den heißen Brei herum und mieden das Thema taktvoll. Tilda rieb sich mit den Fingerspitzen die Stirn. Sie hatte Kopfweh. Dann sagte sie: »Ja. Ja, ich liebe ihn noch.«

»Warum sagst du's ihm dann nicht?«

Sie schüttelte den Kopf und schneuzte sich. »Es hat keinen Sinn. Er liebt mich nicht mehr.«

»Weißt du das so sicher?«

Sie dachte zurück an das letzte vernichtende Zusammentreffen mit Max auf der Straße in Southam. »Ja, das weiß ich mit Sicherheit.«

Danach schwiegen sie beide. Eine ganze Gruppe Studenten drängte sich lachend und laut redend in das kleine Café.

»Also, was ist?« sagte Rosi.

»Du meinst, ob ich dir dein Hochzeitskleid nähe?« Tilda lächelte. »Aber natürlich. Wenn du es wirklich möchtest. Wenn du nicht doch lieber eines in London kaufen möchtest?«

Rosi machte eine wegwerfende Handbewegung. »Nein, du mußt es mir nähen, Tilda. Das heißt«, ihre Miene wurde plötzlich besorgt, »wenn es dir nicht zuviel ist. Du siehst so müde aus. Und du hast eine ganz rote Nase.«

»Ich hab ewig gebraucht, um diese elende Erkältung loszuwerden. Und der Colonel ist noch immer nicht wieder auf dem Damm.«

»Du solltest mal Urlaub machen.«

Zum ersten Mal seit Monaten, wie es schien, lachte Tilda. »Urlaub? Rosi!«

»Wieso? Warum nicht? Du hast seit Jahren keinen Urlaub mehr gehabt.«

»Nein, seit vor dem Krieg nicht mehr.« Der Strand in Trouville, dachte sie, wohin sie in jenem verhängnisvollen August 1939 vor der unerträglichen Hitze in Paris geflohen waren. Sie und Max hatten eine Sandburg für den kleinen Josh gebaut ...

»Du fährst nach Frankreich«, sagte Rosi, als wäre es bereits abgemacht. »Du fährst rüber und besuchst Melissa. Hanna und ich bleiben über Ostern in Poona und kümmern uns um alles.«

Erich arbeitete jeden Tag im Gemüsegarten des Colonels. Um halb fünf Uhr pflegte er innezuhalten, um nach Caitlins Bus Ausschau zu halten. Auf einem der langen grauen Äste der alten Buche hockend, sah er sie aussteigen und den Hügel heraufkommen. Manchmal sah sie müde aus, dann wäre er ihr am liebsten entgegengelaufen, um ihr die Schultasche zu tragen, aber er tat es natürlich nie. Er sprach nur beim Abendessen bei seltenen Gelegenheiten mit ihr. Es tat ihm nicht weh, daß sie kaum Notiz von ihm nahm. Etwas anderes hätte er gar nicht erwartet. Sie schien einer anderen Welt anzugehören, die Häßlichkeiten dieses Lebens konnten sie, wie den steinernen Engel, nicht berühren.

Abends ging er zum Roten Haus, immer noch ganz damit beschäftigt, den Park in seinen früheren Zustand zu versetzen. Aus den Frühlingsblumen, die er dort gezogen hatte, band er für Caitlin einen kleinen Strauß. Aber der Draht, den er um die Stengel schlang, sah häßlich aus. Tilda hatte für ihn einen Termin bei einem Arzt in Oxford vereinbart; sie erbot sich, ihn zu begleiten, aber Erich, der mittlerweile achtzehn war, lehnte das Angebot ab. Er nahm den Bus, verlangte stotternd einen Fahrschein, ließ sein Wechselgeld fallen und mußte es auf dem Boden zusammensuchen, während der Busfahrer sarkastische Bemerkungen machte.

Beim Gespräch mit dem Arzt zwang er sich, zu lächeln und heiter zu sein, und erzählte nichts von seinen Träumen oder dem Gefühl, das ihn manchmal beschlich, daß Teile seines Lebens einfach ausgelöscht seien. Als der Arzt ihn nach Wien fragte, zeigte Erich lächelnd seine abgebrochenen Zähne und erklärte, das habe er alles längst vergessen. Dann stand er auf, verbeugte sich und ging.

Draußen waren zu viele Menschen auf der Straße. Er zog den Kopf ein, machte sich klein und versuchte, jede Berührung mit ihnen zu vermeiden. In einem Textilgeschäft sah er sich Seidenbänder an und griff schon nach einem schmalen scharlachroten, als er bemerkte, daß die Verkäuferin ihn beobachtete.

»Einen halben M-M-Meter, bitte.«

Die Frau schnitt ihm ein Stück Band ab, Erich bezahlte und steckte es ein. Dann rannte er zum Bus, Schweiß auf der Stirn, die Blicke der Beobachter im Rücken, den Klang der Schritte seiner Verfolger in den Ohren.

Zu Hause umwickelte er den Draht mit dem roten Band und schlich sich auf Zehenspitzen in Caitlins Zimmer. Es roch nach einem starken, schwülen Parfum, überall lagen Strümpfe und Unterröcke herum, und auf dem Boden waren von Körperpuder weiß gezeichnet ihre Fußabdrücke. Erich kniete nieder und küßte einen der Fußabdrücke, dann legte er das Sträußchen auf das Fensterbrett und lief wieder hinaus in den Garten.

Cécile war mit Melissa nach Saintes zum Einkaufen gefahren. Max hatte sie innerhalb von zwei drei Stunden zurückerwartet, und als sie nach vier Stunden immer noch nicht da waren, begann er, unruhig zu werden und blickte immer wieder von seiner Uhr zur Straße hinaus.

Endlich sah er sie und atmete auf. Ihre Fahrradkörbe waren

vollgestopft mit Tüten. Sobald sie den Vorplatz erreichten, sprang Melissa von ihrem Rad und fiel ihm um den Hals.

»Das war ein toller Tag, Daddy! Schau mal!« Sie begann, die Tüten aus ihrem Korb zu nehmen.

»Mach das im Haus, Melissa«, sagte Cécile und gab Max einen Kuß. »Du willst doch deine neuen Sachen nicht gleich mit Öl verschmieren.«

Im Wohnzimmer packte Melissa eine ganze Garderobe aus, wie Max scheinen wollte.

Cécile sagte: »Häng sie lieber gleich in deinem Schrank auf, Schatz, damit sie nicht zerknittern.« Und Melissa lief mit vollen Armen nach oben.

Als sie außer Hörweite war, sagte Cécile: »Das ist mein Geschenk für Melissa, Max. Ein sehr spätes Geburtstagsgeschenk.«

»Aber Cécile, das kann ich unmöglich ...«

»Melissa ist meine Freundin, Max. Du wirst mir doch nicht das Vergnügen verwehren wollen, einer Freundin ein Geschenk zu machen?«

Im ersten Moment sah er sie wütend an, dann kapitulierte er mit Würde. »Das ist wirklich sehr großzügig von dir, Cécile. Und so lieb, dir die Zeit zu nehmen.«

»Es war ein Vergnügen, Max. Wir haben einen sehr schönen Nachmittag zusammen verbracht. Und jetzt, mein Lieber, hätte ich unheimlich gern ein Glas Wein.«

Sie folgte ihm in die Küche und schloß die Tür. Während Max zwei Gläser Rotwein einschenkte, sagte Cécile: »Ich weiß jetzt, warum Melissa nicht nach England zurückwill.«

Er drehte sich überrascht herum. »Warum?«

»Ich mußte ihr versprechen, dir nichts zu erzählen, Max. Aber es ist so, wie ich mir schon dachte, es geht um einen Jungen.«

»Um einen *Jungen*?« Er sah sie ungläubig an. »Aber das ist ja lächerlich, Cécile, das mußt du mißverstanden haben. Melissa ist noch ein Kind.«

»Ach, Max«, sagte sie und sah ihn beinahe mitleidig an. »Das ist wieder mal typisch *englisch*.«

Einige der Dorfpfarrer, an die Caitlin geschrieben hatte, schickten ihr Adressen von Leuten namens Canavan in Irland. Sie schrieb jeder dieser Familien und erklärte, wer sie war. Eine der genannten Caitlin Canavans mußte doch die Lieblingsschwester ihres Vaters sein! Bald würde ihr Vater sich bei ihr melden und ihr eine Erklärung für seine lange Abwesenheit geben. Dann würde er sie aus diesem schrecklichen Haus abholen, und sie könnte endlich wieder glücklich werden.

In der Zwischenzeit hatte sie Probe bei Julian Pascoe. »Nur ein paar kleine Chassés und Pirouetten«, sagte Julian vage und schneuzte sich in ein großes rotes Taschentuch. »Keine komplizierten Schrittfolgen oder so was, dazu ist die Bühne nicht groß genug.«

Caitlin, die ihre Ballettschuhe trug und ein Kleid mit weitem Rock, tanzte um die vier Stühle herum, die den goldenen Käfig darstellen sollten, an dem sie und Patricia noch bastelten. Sie kam sich ziemlich albern vor, ganz allein dort oben, während Julian den Takt schlug und schniefend, weil er erkältet war, dazu sang. Als sie zum Ende gekommen war, wandte er sich ab und sagte: »Das reicht. Aber laß die Sprünge lieber weg. Du hast nicht die Figur einer Ballettänzerin, Schätzchen, und sie wirken ziemlich tolpatschig.«

Er setzte sich ans Klavier und legte die Noten auf. Caitlin biß sich auf die Lippe. Sie war auf ihre Figur immer stolz gewesen, aber jetzt sah sie sich mit seinen Augen: großbusig und kleingewachsen (gerade mal eins achtundfünfzig), lächerlich.

Er hatte zu spielen begonnen. Sie erwischte zwar ihren Einsatz genau richtig, aber sie wußte, daß die ganze Darbietung schauderhaft war: Ihre Stimme zitterte, ihre Schritte waren bleiern, und in der zweiten Strophe brachte sie den Text durcheinander. Nachdem er den Schlußakkord gespielt hatte, wartete sie niedergeschmettert auf den unvermeidlichen Sarkasmus.

Er kam prompt. Julian nahm die Hände von den Tasten, warf den Kopf zurück und schloß die Augen. »Du lieber Gott«, sagte er. »Diese beschissene Erkältung, dieses beschissene Nest hier ...« Er wirbelte auf dem Klavierhocker herum.

»Ich hätte an die Royal Academy of Dramatic Arts gehen können, hast du das gewußt, Caitlin Canavan? Anstatt hier in diesem gottverlassenen Kaff zu hocken und mir anhören zu müssen, wie kleine Mädchen ohne jeden Funken Talent grausige Schnulzen ...«

Sie hörte ihm nicht mehr zu, sondern rannte von der Bühne. Sie wollte ihre Jacke überziehen, aber sie hatte Schwierigkeiten hineinzukommen.

»Wo willst du hin?«

»Nach Hause«, sagte sie leise.

»Du weinst ja.«

Sie wollte ihm irgendeine sarkastische Bemerkung hinwerfen, aber sie brachte keinen Ton heraus. Er nahm ihr die Jacke aus den Händen und hängte sie wieder über den Stuhl. Dann drehte er sie herum und sah sie an.

Er berührte ihr Gesicht, wischte die Tränen ab und leckte sie sich von den Fingerspitzen. Sie schluchzte erstickt auf.

»Ich weiß, ich war gemein«, sagte er. »Du darfst nicht auf mich achten. Ich hab diese fürchterliche Erkältung, und zu Hause gibt's nichts als Schwierigkeiten.«

Endlich fand sie ihre Stimme. »Es macht ja nichts.« Aber sie weinte immer noch.

Dieses Mal neigte er sich zu ihr hinunter und küßte ihre Tränen weg. Eine kleine Weile stand sie ganz still, mit geschlossenen Augen, aber dann hob sie ihm ihr Gesicht entgegen und ließ sich von ihm auf den Mund küssen.

Die Erkältung ging einfach nicht weg. Tilda gurgelte mit Salbeitee, aber ihre Stimme blieb heiser und kratzig. Sie überredete den Colonel, eine Pflegerin zu engagieren, die nachts bei ihm wachte, aber schon nach weniger als einer Woche ging die Frau wieder, nicht bereit, das Zimmer mit einem Haufen ausgestopfter Tiere zu teilen, Produkte der neuesten Leidenschaft des Colonels.

Rosi schickte einen Ballen Stoff für ihr Hochzeitskleid, aber Tilda, die jeden Abend erschöpft ins Bett sank, hatte noch nicht mit dem Zuschnitt begonnen. Und sie schrieb auch nicht an Max, obwohl sie mehrere Anläufe nahm. Das Papier blieb immer leer.

Zögernd wich der Winter dem Frühling. Einen Tag Wind und Regen, am nächsten blauer Himmel und Sonnenschein. Im Garten glich der Boden bald einem Sumpf, bald war er so hart gefroren, daß man keinen Spaten einstechen konnte. Sie hackte gerade verbissen in der Erde herum, um nach verbliebenen Kartoffeln zu suchen, als jemand ihren Namen rief.

»Tilda?«

Als sie sich umdrehte, sah sie Archie Raphael am Tor stehen. Er stieß es auf und kam durch den Garten auf sie zu.

»Sie waren seit Wochen nicht mehr bei den Vorträgen.«

Sie legte den Spaten nieder. »Mein Arbeitgeber war krank. Ich mußte mich um ihn kümmern.«

»Ich wollte Ihnen eigentlich nur die hier vorbeibringen.« Er überreichte ihr einen großen Strauß Narzissen. »Und fragen, ob ich in Oxford etwas für Sie erledigen kann.«

Sie wünschte, er wäre nicht gekommen. Sie hatte so lange mit keinem Menschen außer dem Colonel und ihrer Familie gesprochen, daß es ihr Mühe machte, die Blumen entgegenzunehmen und ein Wort des Danks zu murmeln.

»Höllisch kalt hier draußen«, bemerkte Archie.

Widerstrebend folgte sie dem Wink und führte ihn ins Haus. In der Küche des Colonels ließ er einen Blick zur hohen Decke schweifen, musterte die schwitzenden Rohre und den riesigen, fauchenden Herd und sagte: »Du meine Güte!«

Sie stellte die Blumen in einen Krug und ließ Wasser in den Kessel laufen. Er berichtete ihr von den Vorträgen, die sie versäumt hatte. Einen hatte er völlig verschlafen, während eines anderen hatte er sich mit dem Dozenten herumgestritten. Es war ein Neuer zu der Gruppe gestoßen, der der Meinung war, die Vereinten Nationen seien nur eine Farce, weil innerhalb der nächsten Jahre entweder die Sowjetunion oder Amerika garantiert die Atombombe einsetzen würden. Und eine junge Frau war da, die die Überzeugung vertrat, alle zukünftigen Kriege würden im Weltall ausgetragen werden.

»Ich fand die Vorstellungen, daß sie dann sämtliche Panzer

und U-Boote und das ganze Zeug auf den Mond schleppen müßten, eigentlich ganz witzig«, meinte Archie vergnügt. Dann warf er Tilda einen scharfen Blick zu. »Sagen Sie mal, geht es Ihnen wirklich gut? Sie sehen ziemlich fertig aus.«

»Ich habe eine Erkältung gehabt«, erwiderte sie steif.

Er sah sich um. »Sie haben hier bestimmt einen Haufen Arbeit.«

»Ich komme zurecht.«

»Wissen Sie, ich hab einen Freund, der Anwalt in Oxford ist. Ich weiß, daß er dringend eine Sekretärin sucht.«

»Mir gefällt es hier, Archie.« Sie schickte sich an, das Teegeschirr abzudecken.

Schweigen folgte. Dann sagte er: »Ist wohl eine Art Selbstbestrafung?«

Tilda, die mit dem Rücken zu ihm am Spülbecken stand, war so wütend, daß sie im ersten Moment kein Wort hervorbringen konnte. Dann sagte sie: »In diesem Haus haben meine Familie und ich Obdach gefunden. Hier habe ich Arbeit, für die ich mich nicht schäme. Und jetzt habe ich zu tun, wenn Sie mich entschuldigen wollen.« Sie begann abzuspülen und schrubbte die Teller mit einer Verbissenheit, als wollte sie die Glasur entfernen. Aber dann zog sie plötzlich die Hände aus dem Wasser und drehte sich mit Schwung herum.

»Und wieso bilden Sie sich eigentlich ein, Sie hätten das Recht, uneingeladen hier hereinzumarschieren und meine Art zu leben zu kritisieren? Wir haben nicht alle eine vornehme Schule besucht, falls Sie das nicht wissen sollten. Wir haben nicht alle ein privates Einkommen.«

»Ich bin mit fünfzehn von der Schule abgegangen«, sagte er milde. »Meine Eltern hatten eine Schneiderwerkstatt im Eastend von London. Mir hat der Krieg geholfen. Ich war nicht fronttauglich und kam in eine Einheit, wo rührende kleine Filme gedreht wurden, um die Moral in der Heimat aufrechtzuerhalten. Sie wissen sicher, was ich meine – ›mit Wurzelgemüse können wir den Krieg gewinnen‹ – ›Spenden Sie Ihre Kochtöpfe für Flakgeschütze.‹« Archie lachte kurz. »Nach dem Krieg habe ich für den Nachrichtendienst gearbeitet, aber nach einer Weile habe ich das nicht mehr ausgehalten und mich selbständig gemacht. Und was mein Recht betrifft hierherzukommen: Ich dachte, ich wäre Ihr Freund.«

»Ich habe keine Freunde, Archie. Ich habe keine Zeit für Freunde.« Ihre Stimme war scharf.

Sein Schweigen dauerte länger, dann sagte er langsam: »Nein. Ich kann mir vorstellen, daß Sie sich die Menschen vom Leibe halten. Darauf verstehen Sie sich bestens, nicht wahr, Tilda? Ich habe Wochen gebraucht, um den Mut aufzubringen, Sie überhaupt anzusprechen, und ich weiß heute kaum mehr über Sie als vor sechs Monaten. Mir ist klar, daß Sie sich nicht zu mir hingezogen fühlen. Das habe ich auch nicht erwartet. Aber eine Freundschaft wäre schön gewesen.«

Er nahm seinen Hut und seine Handschuhe.

Sie sagte mit zitternder Stimme: »Archie, Sie verstehen das nicht. Sie wissen nichts über mich.«

Er lächelte flüchtig. »Genau das ist es ja. So wollten Sie es doch, nicht wahr? Nur ja keine Nähe.«

Er ging, und sie kehrte ans Spülbecken zurück. Aber einer der Teller glitt ihr aus der Hand und zersprang auf dem gefliesten Boden. Tilda blickte einen Moment starr auf die Scherben, dann lief sie nach oben. Im Badezimmer spritzte sie sich kaltes Wasser ins Gesicht, aber ihr Spiegelbild – rotgeränderte Augen, spröde Lippen, dunkle Schatten – sagte ihr, daß Archie recht hatte: Sie sah schrecklich aus. Alt und reizlos, um den Mund erste Spuren von Bitterkeit, Einsamkeit und Enttäuschung. Den Mantel um die Schultern gelegt, setzte sie sich im Wohnzimmer aufs Sofa und fragte sich, ob Archie auch in anderer Hinsicht recht hatte: War sie tatsächlich so kalt und unnahbar; hatte sie es sich mit der Zeit angewöhnt, keinen Menschen an sich heranzulassen? War Melissa fortgegangen, weil ihre Mutter sich so verändert hatte, lieblos und distanziert geworden war?

Sie wischte sich die Augen, nahm Feder und Papier zur Hand und begann zu schreiben: »Mein lieber Max ...«

# 15

WIEDERHOLTES LÄUTEN WECKTE mich. Ich stand taumelnd auf, schlüpfte in meinen Morgenrock und zog die Wohnungstür einen Spalt auf.

»Charles!« rief ich. »Heute ist *Sonntag*.«

»Hey, ich hab einen brillanten Einfall gehabt«, sagte er. »Aber zuerst das hier.« Er war beladen mit Croissants und Sonntagszeitungen und Orangensaftkartons. Mit zusammengekniffenen Augen musterte er mich. »Du siehst nicht gut aus, Schatz.«

»Mir geht's bestens«, entgegnete ich schwach und ließ ihn herein.

»Das ist gut. Dann mach ich uns jetzt erst mal Kaffee.«

Ich übergab mich so geräuschlos wie möglich im Badezimmer, während er in der Küche rumorte.

»Alles in Ordnung?« fragte er, als ich wieder herauskam. Er betrachtete mich aufmerksam; sein Blick bereitete mir Unbehagen. Ich sah, daß er Kaffee auf Arbeitsplatte und Boden verschüttet hatte.

»Ich hab dir doch gesagt, mir geht's gut. *Charles*, du wirst dich gleich verbrühen.«

Die Kaffeekanne lief über. Er lachte und goß etwas ab. Dann sagte er: »Ich wollte einen Ausflug mit dir machen.«

Ich starrte ihn verständnislos an. »Wohin denn?«

»Nach Cambridgeshire. Southam, genauer gesagt. Wir könnten schon mal erste Recherchen für den Film machen.«

»Charles«, begann ich, »ich weiß noch gar nicht ...«

»Nur um zu prüfen, ob es überhaupt funktionieren würde.« Er schenkte zwei Tassen Kaffee ein. »Bitte, Rebecca.«

Am liebsten hätte ich den Kopf geschüttelt und unter

irgendeinem Vorwand abgelehnt. Ich wollte einen Tag für mich allein haben, an dem ich nicht einmal an Tilda Franklin und ihre Familie zu denken brauchte. Southam hatte mir schon bei meinem ersten Besuch nicht besonders gefallen. Aber ich wußte, daß ich Charles' Angebot, mit ihm zusammenzuarbeiten, ernsthaft in Erwägung und mich sowohl in Hinsicht auf das Buch als auch auf das Kind entscheiden mußte. Das hing alles miteinander zusammen. Außerdem war es ja möglich, daß die Antworten auf einige meiner Fragen in Southam warteten. Vielleicht war ich bei meinem ersten Besuch nur nicht achtsam genug gewesen.

»Also gut«, sagte ich.

In Charles altem MG Midget fuhren wir nach Norden. Charles fuhr schnell und leichtsinnig. Ich wurde von Kopf bis Fuß gründlich durchgerüttelt und dachte sarkastisch, daß mir die Entscheidung, ob ich mein Kind behalten wollte oder nicht, auf diese Weise wahrscheinlich abgenommen werden würde. Da es seit Tagen nicht geregnet hatte, zogen wir eine dicke Staubwolke hinter uns her.

»Wollen wir in Ely was essen?« fragte Charles, als sich vor uns die mächtige Silhouette der Kathedrale erhob.

Ich schüttelte den Kopf. »Essen wir in Southam«, rief ich zurück. Ich erinnerte mich, daß man in dem Pub auch essen konnte. Ich wollte den *Pheasant* mit eigenen Augen sehen. Ich wollte wissen, ob Jossys Privatdetektiv sich vielleicht geirrt hatte und Daragh am Abend des zehnten April nicht doch unbemerkt dort getrunken hatte, um seine Sorgen zu vergessen.

Das Gelände wurde flach und eben, nachdem wir den Hang der Anhöhe hinuntergefahren waren, auf der Ely stand, und offenes Land erreichten. Charles fuhr etwas langsamer und blickte interessiert bald nach rechts bald nach links. »Irre«, sagte er, während er die rostenden landwirtschaftlichen Maschinen musterte, die windschiefen kleinen Häuser. »Das gibt doch Atmosphäre. Stell dir das mal im Winter vor. Wie fahren wir jetzt weiter?«

Ich wies ihn zu der Gabelung, wo die Straße nach Southam

abging. Wir kamen an jenen Punkten vorüber, die mir aus Tildas Erzählungen vertraut waren: der Brücke, wo sie und Daragh sich zum ersten Mal geküßt hatten; dem Fluß, auf dem die beiden in dem gestohlenen Boot gerudert waren. Das Dorf schien verlassen; wie ausgestorben stand es in der windstillen Hitze, ein Schleier schwarzen Staubs hing über Straßenschildern, Lampenmasten und weißgestrichenen Gartenpforten.

»Sieht ja aus wie ausgeräubert, dieses Nest«, bemerkte Charles schnoddrig. »Als hätte den Leuten hier jemand ein Kuckucksei reingelegt.« Er brach ab und sah mich an. »Entschuldige, Becca, ich war noch nie ein besonders taktvoller Mensch.«

Ich sah ihn nur wütend an.

»Wenn du nicht darüber reden willst, ist es auch gut«, fügte er hinzu. »Es geht mich ja nichts an. Leider.«

»Charles ...«

Er stoppte den Wagen mit quietschenden Bremsen vor der Kirche und sagte: »Na ja, – du bist doch schwanger, oder nicht?«

»Woher weißt du das?« fauchte ich.

»Du hast dich heut morgen im Bad übergeben, oder hast du gedacht, ich hätte das nicht gemerkt? Und du siehst ...«

»Strahlend aus?« fiel ich ihm sarkastisch ins Wort.

»Nicht unbedingt. Eher ein bißchen aufgedunsen. Im Gesicht.«

Ich schneuzte mich geräuschvoll und strengte mich an, nicht zu weinen, um nicht noch aufgedunsener auszusehen.

Nach einer kleinen Pause sagte Charles: »Sag mir nur, daß es nicht von diesem widerwärtigen Toby ist.«

Ich schüttelte den Kopf. »Es ist nicht von Toby«, murmelte ich.

»Dann vielleicht von einem Maurer mit knackigem Hintern, den du aufgelesen hast, als du vom Einkaufen zurückgekommen bist?«

»Idiot!«

»Es ist Patrick Franklins Kind, stimmt's?« sagte er, und ich nickte nur.

Ich setzte meine Sonnenbrille wieder auf, und wir gingen die Straße hinunter zum Pub. Drinnen standen ein paar Leute am Tresen oder saßen auf den Hockern rund um die Stehtische. Der Schankraum war nicht besonders groß, es gab keine Alkoven oder Nischen, und es schien unwahrscheinlich, daß Daragh Canavan hier hätte übersehen werden können, selbst wenn das Pub an dem fraglichen Abend voll gewesen wäre.

»Hast du mal über mein Angebot nachgedacht?« Wir hatten uns Brote bestellt. Charles zappelte herum, drehte sein Bierglas hin und her, spielte mit seinen Zigaretten und seinem Wagenschlüssel. Ich bemerkte, daß er kaum etwas aß.

Ich sah zum Fenster hinaus. Eine Frau schob einen Kinderwagen die Straße hinauf. Der Kinderwagen war alt und klapprig, und sie trug ein billiges Kleid und abgetretene Schuhe. Ich dachte an Deborah Greenlees, Tildas Mutter, die in diesem Dorf geboren war. Zur Strafe dafür, daß sie ein uneheliches Kind zur Welt gebracht hatte, war Deborah ihre Freiheit und schließlich ihr Leben genommen worden; der Preis, den Frauen heute bezahlen, ist die Armut.

»Ich meine, mit einem Kind – es sei denn, du denkst daran …« Er sprach nicht weiter.

Aber ich wußte, was er meinte. Das Kind austragen oder die Schwangerschaft vorzeitig beenden: Die Frage quälte mich unablässig. Es wäre viel leichter, das Kind zu behalten, wie ich mir das wünschte, wenn ich für Charles arbeitete. Und wenn ich eine Sensationsstory schriebe, die sich verkaufen würde.

Ich legte meine Hand auf die seine, um seine ruhelos trommelnden Finger ruhig zu halten. »Ich weiß es nicht, Charles. Es ist eine große Entscheidung.« Er zündete sich eine neue Zigarette an, kaum daß er die letzte ausgedrückt hatte. Unwillkürlich mußte ich an sein Büro denken, das Chaos von Papieren, die seltsamen Merkzettel. »Ist bei dir eigentlich alles in Ordnung, Charles?«

»Na klar«, antwortete er mit großer Geste und stieß dabei sein Glas um. Ich kramte Papiertaschentücher aus meiner Tasche und tupfte das Bier auf. »Ich hänge ständig am Telefon, ich hab wahnsinnig viele Ideen. Die Bank gibt mir bestimmt das nötige Kleingeld, sobald den Leuten klar ist, wieviel sie dabei verdienen können.«

Er sprach sich in Wut, und der Wirt schaute mißtrauisch zu uns herüber. Ich sagte hastig irgend etwas Beschwichtigendes und schleppte ihn aus dem Pub hinaus. Schweigend gingen wir die Straße hinunter und dann den Fußweg an der Kirche entlang bis zu dem großen Feld, auf dessen anderer Seite das Herrenhaus stand.

Der Erdwall hatte noch Narben von den Reparaturarbeiten des Sommers, ein dunkler Riß klaffte im Bewuchs der Böschung. Die Hitze hatte das Gras versengt, und auf den Blütenköpfen der Disteln schimmerte weißer Flaum. Die Deichmauer schien uns zu isolieren, von dem Dorf und dem umliegenden Land abzuschirmen und in der glühenden Sphäre von Feld und Himmel einzuschließen. Schwere blaugraue Wolken hingen tief am Horizont. Unsere Schritte machten kein Geräusch auf der ausgedörrten Erde. Ich fühlte mich an jenen Abend in Richmond erinnert, als ich von Patricks Haus weggelaufen war: das gleiche verwirrende Gefühl, aus Zeit und Raum herausgefallen, von allem Vertrauten abgeschnitten zu sein. Kein Grashalm regte sich, und in der Ferne schienen Feld und Himmel flirrend miteinander zu verschmelzen.

Als Charles sein Jackett auszog und die Hemdsärmel aufkrempelte, sah ich mit Schrecken, wie mager er war, seine Knochen schienen beinahe die Haut durchstechen zu wollen. Er war immer dünn gewesen, aber jetzt wirkte er skeletthaft. Er reichte mir die Hand, um mir den Hang hinaufzuhelfen, und hielt meine Finger umschlossen, während wir dastanden und ins Wasser hinunterschauten. Der Wasserstand war niedrig, und ein saurer Geruch stieg aus dem Schlamm auf. Fliegen schwirrten über der Fläche des trüben Wassers.

»Da ist das Herrenhaus«, sagte ich, den Blick auf das ferne Gebäude gerichtet. Es sah heute irgendwie kleiner aus; es schien etwas von seiner Stattlichkeit eingebüßt zu haben.

»Und das da?« Ich sah seinem ausgestreckten Arm nach zu dem schmutzigweißen Haus am Rand des Felds.

»Das ist das Verwalterhaus. Dort hat Kit de Paveley, Jossys Vetter, gelebt.«

»War er Bauer?«

»Er war Lehrer und Amateurarchäologe. Er hat sich sehr für die Geschichte dieser Region hier interessiert.«

»Da hat er vielleicht auch mal ein Buch geschrieben. Könnte für unseren Film zu gebrauchen sein.«

»Ja«, antwortete ich. Dann hob ich eine Hand an die Stirn, um meine Augen zu beschatten; ich glaubte, hinter den kleinen, dunklen Fensterscheiben den Schimmer einer Bewegung gesehen zu haben.

»Rebecca?«

Charles hatte mit mir gesprochen, und ich hatte nicht zugehört. Ich mußte ihn bitten, seine Worte zu wiederholen. Wieder hob ich die Hand über die Augen und blickte zum Verwalterhaus hinüber. Aber ich sah nichts. Vielleicht hatte mir das flirrende Licht einen Streich gespielt, vielleicht hatte ich nichts weiter gesehen als die Spiegelung eines Weidenzweigs, der sich im heißen, gewittrigen Wind bewegt hatte.

»Ich hab gesagt, du kannst mich ja heiraten, wenn du willst.«

Verblüfft fuhr ich herum. Ich hielt es für einen Scherz und lachte. »Ach, Charles, das ist doch absurd.«

Er murmelte, »Immer nur Zaungast«, aber in seinen Augen sah ich den Zorn. Beunruhigt hakte ich ihn unter, küßte ihn auf die Wange, und wir gingen zusammen zum Wagen zurück.

In der folgenden Woche besuchte ich Tilda im Krankenhaus. Diese letzte Krankheit hatte sie verändert, ihre Hinfälligkeit zeigte sich in der sichtbaren Zerbrechlichkeit ihres Körpers und in Momenten geistigen Abdriftens in die Vergangenheit. Unmöglich hätte ich sie fragen können, *Haben Sie Ihren Liebhaber getötet?* Das wäre grausam gewesen.

Ich erinnerte sie an den Brief, den sie Max 1949 geschrieben hatte, mit der Bitte, Melissa in Frankreich besuchen zu dürfen.

»Max hat postwendend geantwortet«, berichtete Tilda. »Mir machte das ein bißchen Hoffnung. Er schrieb, ich könnte kommen, wann immer ich wollte. Ich glaubte zwar, es ginge ihm nur um Melissa, aber trotzdem zeigte mir das, daß sein Haß nicht ganz unversöhnlich war.«

»Sie sind dann also aus England abgereist?« sagte ich.

»Ja, sobald Josh Osterferien hatte.«

»Nur sie beide?«

»Ja, nur wir beide. Erich wollte nicht von zu Hause weg, und Caitlin sagte, sie müsse zu den Proben für das Theaterstück da sein.« Sie warf mir einen Blick zu. »Sie sehen müde aus, mein Kind. Sollen wir Schluß machen?«

Ich wußte, daß ich schlecht aussah. Ich hatte seit Wochen nicht richtig geschlafen, und diese Schwangerschaft machte mir weit mehr zu schaffen als die letzte. Dennoch mußte ich lächeln. Tilda – die kranke, alte Tilda – machte sich um *mein* Wohlbefinden Sorgen.

»Sie sollten einmal eine Weile ausspannen, Rebecca«, meinte sie. »Melissa würde Ihnen sicher das Ferienhaus für eine Woche zur Verfügung stellen. Fragen Sie sie doch.«

»Ja, vielleicht tu ich das «, antwortete ich, um sie zu beschwichtigen. »Erzählen Sie mir von Frankreich, Tilda.«

»Es begann mir wieder besserzugehen«, sagte sie, bei der Erinnerung lächelnd, »als wir durch Frankreich nach Süden fuhren. Die Sonne, die Wärme. Max und Melissa holten uns am Bahnhof ab. Natürlich hab ich geweint, als ich Melissa sah. Ich konnte nicht anders.«

»Und Max? Wie war Max?«

»Kalt«, sagte sie. »Reserviert. Wir fuhren zum Abendessen in sein Haus. Er hat kaum ein Wort mit mir gesprochen. Ich schwankte ständig zwischen der Freude über das Wiedersehen mit Melissa und dem Kummer darüber, daß Max sich so weit von mir entfernt hatte. Josh sollte bei Max wohnen, ich in einem kleinen Hotel im Dorf ...«

Tilda sagte Melissa gute Nacht und nahm ihren Koffer. Der Himmel war tiefblau und bestirnt. Josh und Max standen auf dem Vorplatz, Max mit einer Taschenlampe in der Hand, während Joshua einen Automotor inspizierte.

»Ich gehe jetzt ins Hotel, Max«, sagte Tilda. »Wir sehen uns morgen, Josh.«

»Ich fahr dich hin«, sagte Max.

»Das ist nicht nötig. Es sind ja nur ein paar Schritte, und ich schnappe gern noch ein bißchen frische Luft.«

»Dann begleite ich dich.« Max wischte sich die öligen Hände an einem Tuch ab und nahm ihren Koffer, bevor sie ihn daran hindern konnte.

Immer der vollendete Gentleman. Manchmal hatte Tilda den Eindruck, daß das mit schuld war an ihren Schwierigkeiten. Sie waren so unterschiedlich aufgewachsen: sie wie eine Zigeunerin an der Seite Sarah Greenlees', die von der Hand in den Mund gelebt hatte; Max in einer Welt, in der die richtige Ausdrucksweise und die richtige Kleidung wichtiger waren als Gefühle.

Nebeneinander gingen sie die schmale, gewundene Straße hinunter. Hecken und hochwachsende wilde Blumen trennten sie von den Feldern. Die Luft war noch warm, und das Licht des Vollmonds lag hell auf den Feldern und Weingärten.

Max sprach zuerst. »Es hat mich traurig gemacht, von Sarahs Tod zu hören. Für Beileidsbekundungen ist es ein bißchen spät, ich weiß, aber es tut mir leid, daß ich nicht zu ihrer Beerdigung gekommen bin. Ich hätte kommen sollen. Sie war eine bemerkenswerte Frau.«

Er hielt den Blick geradeaus gerichtet, Licht und Schatten spielten über sein Gesicht. Seine Worte rissen Tilda aus der Benommenheit der Übermüdung, Folge der endlos langen Zugfahrt. Sie wußte, daß sie sich jetzt nicht einfach gehenlassen durfte, sondern eine Anstrengung machen und aus Reserven schöpfen mußte, die beinahe leer waren.

»Sarah hat dich gern gehabt, Max. Du, Josh und Erich, ihr wart die einzigen Männer, für die sie je ein gutes Wort hatte.«

Er lachte, und sein Gesicht hellte sich einen Moment lang auf. Er war in den zwei Jahren in Frankreich nicht gealtert. Das Grau in seinem dunklen Haar hatte sich nicht ausgebreitet, die Linien in seinem Gesicht hatten sich nicht vertieft.

»Sarah war ein Original«, sagte er. »Sie fehlt dir sicher sehr.«

»Ja. Ich denke oft an sie.«

»Rosi hat mir eine Einladung zu ihrer Hochzeit geschickt. Ich soll ihr Brautführer sein.«

Sie sah ihn an. Sie waren fast im Dorf. Es war nicht einfach, dachte Tilda, die Fäden zu entwirren, die sich in dreizehn Jahren Ehe verheddert und verknotet hatten. Immer lauerte irgendwo eine Schlinge, in der man hängenblieb, über die man stolperte.

»Du kommst doch, Max?«

»Natürlich.« Es war jetzt so dunkel, daß sie seinen Gesichtsausdruck nicht erkennen konnte. Er fragte: »Und wie geht es Hanna und Erich?«

»Hanna arbeitet Tag und Nacht, wie immer. Ich glaube, sie tut des Guten zuviel. Vielleicht hat sie das Gefühl, sie würde ihre Eltern, die beide Ärzte waren, enttäuschen, wenn sie die Prüfung nicht schafft. Erich wollte natürlich nicht mit hierherkommen. Er kann Menschenmengen immer noch nicht ertragen. Er hat mir nie erzählt, was damals in Wien passiert ist, Max. Er hat nicht ein einziges Mal mit mir darüber gesprochen.« Sie sprach voller Traurigkeit in Erkenntnis ihres Scheiterns. »Ich konnte ihn zwar überreden, einen Psychiater aufzusuchen, aber es ist nichts dabei herausgekommen.«

»Und was macht Caitlin? Wie geht es ihr? Ich dachte, du würdest sie vielleicht mitbringen.«

Es war das erste Mal, daß Max Caitlin erwähnte. Caitlin, die Tochter von Tildas Halbschwester und Tildas Geliebtem.

Sie sagte unbekümmerter, als ihr zumute war: »Kate spielt in einem Theaterstück mit, das die Laienspielgruppe im Dorf aufführt, und wollte die Proben nicht verpassen. Hanna und Rosi kümmern sich um sie.«

Sie überquerten den Platz. Über ihnen raschelten die Blätter der Linden im leichten Wind. Sie sagte Max nicht, daß sie erleichtert gewesen war, als Caitlin ihre Aufforderung, mit nach Frankreich zu kommen, ausgeschlagen hatte. Erleichtert und schuldbewußt. Und sie sagte ihm auch nicht, daß sie sich des Gefühls nicht erwehren konnte, daß Caitlins Haß gegen sie einen tieferen Grund hatte als den Groll, den ein verwaistes Kind seinen Pflegeeltern entgegenbringt.

Ein Muster bildete sich heraus: Während Tilda und Melissa sich im Hotel oder in Max' Haus oder in Saintes zusammen die Zeit vertrieben, unternahmen Max und Josh lange Fahrradtouren in die Umgebung.

Eines Morgens machten sie halt in einem Café, wo Max ein Bier trank und Josh eine Limonade. Im Schatten eines alten Feigenbaums dachte Max, wie sehr Josh sich verändert hatte, seit er ihn das letzte Mal gesehen hatte.

»Was macht die Schule?« fragte er.

»Ach, die ist ganz in Ordnung.« Josh wischte sich mit dem Handrücken den Mund. »Ich bin in der ersten Rugbymannschaft.«

»Und beim Kricket?«

»Mannschaftskapitän wird Symonds Major, aber ich werde vielleicht sein Stellvertreter.«

»Das ist ja großartig, Josh.«

Es war, dachte Max, ein Gespräch, wie er es ungefähr alle sechs Monate mit seinem Vater in der Bar des Savoy geführt hatte. Noch ein paar Jahre, und er und Josh würden sich über die Regatta und Twickenham unterhalten, und zum Schluß würde er Josh einen Scheck zustecken, weil er seine Zuneigung anders nicht zeigen konnte, und Josh würde ihn ablehnen. Er fragte sich, ob er das wirklich wollte, und dachte nein, nur das nicht.

»Und daß du nur die Woche über im Internat bist, stört dich nicht?« fragte Max. »Oder würdest du lieber auch übers Wochenende bleiben? Ich meine, manchmal fühlen die Wochenschüler sich ausgeschlossen und haben das Gefühl, was zu verpassen.«

Josh schüttelte den Kopf. »Ich muß an den Wochenenden nach Hause fahren, Dad, damit ich den Generator richten kann. Diesen Winter ist er dreimal kaputtgegangen. Die Nockenwelle tut's nicht mehr so richtig. Und außerdem mag's Mama nicht, wenn ich nicht nach Hause komme. Ich bin einmal übers Wochenende im Internat geblieben, weil wir ein Rugbyspiel hatten, und es war ihr gar nicht recht, das hab ich gemerkt.«

»Und dieser Colonel – ist er in Ordnung?«

»Er hat eine tolle Waffensammlung, ich meine, Schwerter und so. Manchmal darf ich mir eines nehmen und ein bißchen damit rumhauen. Und er hat mir gezeigt, wie man ein Kaninchen häutet. Es war ziemlich eklig, aber wenn ich später meine Weltreisen mache, kann ich das bestimmt gebrauchen. Ich find's übrigens gar nicht so schlimm, wenn der Generator spinnt, dann müssen wir nämlich Öllampen nehmen, und dann ist es richtig gespenstisch im Haus. Caitlin regt sich allerdings immer über die Kälte auf. Aber na ja«, Josh sah Max an, »so sind Mädchen nun mal, stimmt's?«

Max nickte zerstreut. Er stellte sich Tilda vor, wie sie wie eine Sklavin in einer unbeleuchteten, eiskalten Küche schuftete und dabei von einem martialischen alten Soldaten beaufsichtigt wurde, der offensichtlich nicht bei Trost war. Am liebsten hätte er Josh gefragt, *Behandelt er sie wie eine Dienstmagd?* Aber er tat es nicht. Jedoch schon bei dem Gedanken erfaßte ihn ein Zorn, der ihn überraschte.

Josh fügte hinzu: »Ich sorg immer dafür, daß genug Anzündholz im Haus ist, bevor ich sonntags ins Internat zurückfahre. Erich vergißt das Anzündholz nämlich manchmal.«

»Du bist ein guter Junge, Josh.« Max langte über den Tisch und zauste seinem Sohn das Haar. Sie holten die Karte heraus und planten die Heimfahrt.

Wieder zurück, schickte er den Dorfjungen nach Hause, der in seiner Abwesenheit die Zapfsäule bediente, und ging ins Haus. Tilda und Melissa waren von vollen Einkaufskörben umgeben in der Küche. Es war später Nachmittag, die Sonne schien direkt durch das niedrige Küchenfenster. Im hellen Licht sah Max die grauen Fäden in Tildas langem Haar und die feinen Fältchen an ihren Augenwinkeln. Sie war dünner als früher, und sie sah müde aus.

»Heute abend gehen wir zum Essen aus«, sagte er plötzlich. »Das Restaurant im Dorf ist sehr gut.«

»Wir alle zusammen, Daddy?« fragte Melissa.

»Ja, wir alle zusammen«, antwortete Max und half ihnen, die Einkäufe einzuräumen.

Im Restaurant, während sie aßen und tranken, mußte er an die Pargeter Street denken, wie er Tilda damals vom Küchenboden aufgehoben hatte, nachdem sie ohnmächtig geworden war. Wie zerbrechlich sie gewesen war; wie er ihr das Haar aus dem Gesicht gestrichen hatte, bevor sie wieder zu sich gekommen war. Er schenkte Wein nach und dachte, und jetzt schrubbt sie einem verschrobenen alten Kauz die Böden – nicht gerade das, was dir vorschwebte, nicht wahr, alter Junge, als du versprochen hast, sie zu lieben und zu ehren. Du hängst deinen Job an den Nagel, verdrückst dich wegen einer kleinen *Nervenkrise* nach London und erwartest von Tilda, daß sie brav zu Hause sitzt und auf dich wartet. Und als sie das nicht tut, sondern in den Armen dieses nichtsnutzigen Süßholzrasplers landet, der ihr seit Jahren hinterhersteigt, benimmst du dich, als hätte sie das schlimmste Verbrechen begangen, und läßt sie einfach sitzen.

Es war nicht so, daß ihm die Geschichte mit Daragh Canavan nichts mehr ausmachte. Er wußte, daß er sie nie ganz verwinden würde. Aber er konnte das Geschehene jetzt als Teil einer Kette von Ereignissen sehen, die von Schuld und Trennung und Liebe und Schmerz bestimmt worden waren, und an denen er genauso beteiligt war wie Tilda.

»Dad«, sagte Melissa. »Dad!«

Max blickte auf.

»Dad, ich hab dich jetzt schon dreimal gefragt, ob wir ein Eis haben können.«

Max schüttelte seine Gedanken ab. »Aber klar. Wir essen alle Eis. Und Schokoladensoße dazu. Und diese kleinen bunten Dinger.«

»Liebesperlen«, sagte Melissa in nachsichtigem Ton. »Sie heißen Liebesperlen, Dad.«

Am folgenden Morgen rief Max Tilda um neun in ihrem Hotel an und sagte, daß er mit ihnen allen nach Royan an den Strand fahren wolle. Er war in aller Frühe aufgestanden und hatte ein Picknick vorbereitet. Der Rolls mußte eingefahren werden; er würde sie in großem Stil nach Royan befördern.

Sobald sie am Strand waren, schlüpfte Josh in seine Badehose, während Melissa sich umständlich unter einem voluminösen Badetuch umzog. Max zündete sich eine Zigarette an.

»Gehst du nicht ins Wasser, Daddy?«

»Noch nicht. Ein bißchen später.«

Er sah ihnen nach, wie sie alle drei zum Wasser hinunterliefen. Es war Ebbe, und sie mußten erst über den breiten Streifen Sand, Kies und Muscheln. Josh flitzte voraus, Melissa hüpfte vergnügt neben Tilda her. Als sie das Wasser erreichten, rannte Josh schnurstracks hinein – bis zu den Knien, zur Taille, zu den Schultern. Melissa paddelte wie ein Hund hin und her, kreischend über die Kälte des Atlantiks.

Max ging langsam den Strand entlang. Der Sand war feucht und kalt, von der See gekräuselt. Er hatte sich noch nicht umgezogen, und die Wellen leckten an seinen Schuhen. Seine Zigarette brannte bis zu seinen Fingerspitzen hinunter, und der lange graue Aschenwurm fiel in den Sand. Josh und Melissa waren ungefähr fünfzig Meter weit draußen und tobten wie verspielte junge Seehunde im Wasser umher. Doch Max' Blick ruhte auf Tilda, die weiter landeinwärts war, ein paar Züge schwamm und sich dann aufrichtete, um nach ihren Kindern zu sehen. Ihr langes Haar lag dunkel und feucht wie brauner Seetang um ihren Kopf und auf ihrem Rücken. Ihr Badeanzug, altmodisch, noch aus der Vorkriegszeit, enthüllte die Konturen ihres schlanken Körpers. Wie ein Blitz durchfuhr Max die Erkenntnis, daß er sie immer noch liebte, sie stets geliebt hatte und stets lieben würde. Haß und Zorn waren Teile dieser Liebe gewesen.

Er hörte Melissa seinen Namen rufen, doch er machte kehrt und ging zurück zu ihrem Badeplatz, wo der Picknickkorb unter seinem alten Kricketschirm stand. Er kramte in seiner Tasche nach einer frischen Zigarette, legte dann aber die Packung ungeöffnet wieder weg. Lange stand er reglos in der Sonne, Tilda und den Kindern den Rücken zugewandt, und wünschte, er könnte diese plötzliche, überwältigende Erkenntnis einfach wegpacken und zu dem anspruchslosen Leben zurückkehren, das er sich geschaffen hatte. Aber er wußte, daß das nicht möglich war. Er hatte sich eine Weile aus dem Leben zurückgezogen, aber dann hatte das Leben von neuem nach ihm gegriffen: der Pfarrer mit seinen Schachpartien, Cécile mit ihrer Herzlichkeit und ihrem feinen Spott und vor allem Melissa. Sie hatte die Erinnerung an die Stürme und Gewitter des Lebens in der Familie mitgebracht, sie hatte ihm gezeigt, daß er noch eine Aufgabe hatte.

Sie kamen vom Meer zum Strand zurückgelaufen. Melissa kroch fröstelnd unter ihr Badetuch, Josh wälzte sich im Sand, bis sein ganzer Körper mit den hellen glitzernden Körnchen bedeckt war, und Tilda beugte sich vornüber und drückte das Salzwasser aus ihren Haaren. Max schenkte Tee aus der Thermosflasche ein, packte die belegten Brote aus und sprach wenig. Der Wind hatte aufgefrischt und peitschte das Wasser zu kleinen Kräuselwellen auf.

Nachdem sie gegessen hatten, gingen sie zum Wagen zurück. Sie fuhren durch Royan, wo Max kurz einen Kunden aufsuchen mußte. Royan war vor seiner Befreiung bei Kriegsende von den Alliierten schwer bombardiert worden, und er war entsetzt über die Verwüstungen, die selbst jetzt, vier Jahre später, noch sichtbar waren. Er sah Häuser ohne Dächer, die wie geköpft wirkten; Mauern, an denen die Böden ehemaliger Wohnungen wie über einer Schlucht hingen. Die Straßen waren voller Löcher und Krater. Im Herzen der Stadt, wo kaum ein Stein auf dem anderen geblieben war, hatte man begonnen, einige neue Gebäude hochzuziehen. Max fuhr langsam und sah sich das alles an. Diese Vernichtung, dachte er, hatte auch sie getroffen. Nicht er und Tilda allein hatten schuld gehabt, die Geschichte hatte ihren Teil dazu beigetragen. Sie hatte sie auseinandergerissen und ihnen so viel Grausamkeit und Menschenverachtung vorgeführt, daß sie eine Zeitlang die Fähigkeit verloren hatten, an das Gute zu glauben.

Am letzten Abend von Tildas Urlaub backten sie Crêpes in Max' kleiner Küche und schleuderten sie zum Wenden in der schweren Eisenpfanne abwechselnd in die Höhe.

»Den nächsten schnapp ich mir«, verkündete Melissa und lupfte mit Schwung die Pfanne. Sie verkalkulierte sich, und der Pfannkuchen klatschte gegen die Herdseite, um dann langsam zu Boden zu rutschen. Josh bog sich vor Lachen.

Tilda, die an den Küchenschrank gelehnt stand, hielt Max ihr Glas hin, um sich noch einmal einschenken zu lassen. »Eigentlich sollte ich gar nicht so viel trinken, sonst komm ich morgen nicht aus dem Bett.« Sie betrachtete die Bescherung. »Schade um deine Küche, Max.«

Sie und Josh wollten am folgenden Tag den Zug nehmen, der nachmittags um drei aus Saintes abfuhr. Max hatte darauf bestanden, ihnen zur Erleichterung der beschwerlichen Reise Schlafwagenplätze zu besorgen. Genau wie er darauf bestanden hatte, während Tildas Aufenthalt alles zu bezahlen, da er wußte, wie wenig Geld sie aus England hatte mitnehmen dürfen. Er war in diesen zehn Tagen ihr gegenüber stets ritterlich und liebenswürdig gewesen und hatte keine Spur seiner früheren Neigung zu Sarkasmus und Zynismus gezeigt. In den letzten ein, zwei Tagen hatte sie manchmal beinahe den Eindruck gehabt, die Zeit habe seinen Zorn gedämpft.

Josh schleuderte einen Pfannkuchen in die Höhe, er flog fast bis zur Decke hinauf, drehte sich einmal und landete genau in der Pfanne.

Tilda klatschte. »Du solltest Koch werden, Josh.«

»Ich werde mal Forscher und mache große Weltreisen.«

»Damit kannst du doch kein Geld verdienen«, meinte Melissa mit Verachtung.

»Doch, kann man schon, stimmt's, Dad? Du bist doch auch viel rumgereist, nicht wahr? Und Tante Sarah auch. Und Tante Sarah hatte einen Haufen Geld. Es war unter den Küchendielen versteckt.«

Max machte ein fragendes Gesicht.

»Sarah hat mir ungefähr ein Dutzend Sovereigns hinterlassen«, erklärte Tilda. »Ich vermute, einer ihrer Arbeitgeber hat sie damit bezahlt. Kit de Paveley hat sie für mich verkauft.«

»Wo hat deine Mutter eigentlich gelebt, Mama?«

Tilda war, als stünde sie plötzlich am Rand eines Sumpfes, und sie fragte hastig: »Gibt es noch einen Pfannkuchen? Ich habe schrecklichen Hunger.«

Josh goß Teig in die Pfanne. Melissa sagte: »Tante Sarah und Mamas Mutter haben in Southam gewohnt, Doofi. Sie waren Schwestern. Hast du das nicht gewußt?«

»Hat dein Dad auch da gewohnt?« Josh wendete den Pfannkuchen.

Und sie sah Edward de Paveley vor sich, wie er in seinem Wagen, dem großen alten Bentley, in dem Jossy gestorben war, durch Southam fuhr. Wie Hühner und kleine Kinder beim herrischen Klang der Hupe auseinanderstoben, während die Alten im Dorf ihre Mützen lupften. Keine zwanzig Jahre war das her. Es schien ihr eine Ewigkeit zurückzuliegen.

»Vorsicht, die Pfanne, Josh!« rief Max.

Das Fett an der Außenwand der Pfanne hatte Feuer gefangen. Melissa schrie laut, als die schmale, orangefarbene Flamme an dem schwarzen Eisen emporzüngelte. Tilda packte einen Krug Wasser und goß ihn über der Pfanne, dem Herd und Josh aus. Max warf ein feuchtes Tuch über den Herd, und die Flammen erloschen zischend. Josh stand klatschnaß in einer Wasserpfütze. »Mein *Pfannkuchen*.« Tilda mußte lachen.

Später, nach dem Essen, begleitete Max sie ins Hotel. Es war dunkel, tönende Stille lag über dem Land. Sie erinnerte sich, wie sie an ihrem ersten Abend in Frankreich diese Straße hinuntergegangen waren. Seitdem hatte sich die Beziehung zwischen ihr und Max verändert. Die eisige Höflichkeit war aufgetaut: Auch er hatte über Josh gelacht, und einen Moment lang waren sie wieder eine Familie gewesen.

Eine Zeitlang gingen sie schweigend nebeneinander her, vermutlich, dachte sie, weil sie beide Angst hatten, den unsicheren Frieden zu stören. Doch Max sagte schließlich: »Irgendwann mußt du ihnen von deinem Vater erzählen, das weißt du. Sie kommen jetzt in das Alter, wo sie Fragen stellen.«

Sie entgegnete ärgerlich: »Wie kann ich das, Max?«

Die Straße lag hell im Licht der Sterne, und vor ihnen waren die ersten Häuser des Dorfs zu sehen.

»Irgendwie werden sie es herausbekommen«, meinte Max nach einer Weile. »Genau wie du, Tilda.«

Sie dachte an den Tag, an dem Sarah ihr gesagt hatte, daß Edward de Paveley ihr Vater war. Wie sie aus Southam geflohen war; erinnerte sich des Klapperns der Schere, als sie sich in einem Abteil dritter Klasse die Haare geschnitten hatte.

»Ich kann es ihnen nicht sagen, Max«, sagte sie entschieden. »Wie soll ich meinen Kindern erzählen, daß mein Vater meine Mutter vergewaltigt und dann in eine Irrenanstalt gebracht hat? Wie soll ich ihnen das erklären? Und Caitlin ...« Ihre Stimme zitterte so stark, daß sie nicht weitersprechen konnte.

Sie hatten das Dorf erreicht. Die Linden auf dem Dorfplatz, geisterhaft grau in der Dunkelheit, umgaben sie. Tilda dachte an die Feindseligkeit und den Haß in Caitlins Augen. Sie war Caitlins Tante und hatte mit Caitlins Vater ein, wenn auch noch so kurzes, Verhältnis gehabt. Sie haßte sich für beides.

Max faßte sie am Ellbogen und führte sie zu dem kleinen Café auf der einen Seite des Platzes. Er hob einen der Metallstühle, die schon auf den Tischen gestapelt waren, herab und stellte ihn ihr hin. Er setzte sich neben sie, sagte »Hier« und gab ihr sein Taschentuch. Sie hatte gar nicht gemerkt, daß sie weinte. Sie schneuzte sich, und das Geräusch brach sich laut hallend an den stillen Häusern.

»Zigarette?«

Sie rauchte fast nie, aber jetzt griff sie zu. Mit immer noch zitternder Stimme sagte sie: »Weißt du, Max, es macht mich wütend, daß die Vergangenheit mich einfach nicht losläßt. Ich kann ihr nicht entrinnen. Alles, was ich tue, alles, was ich je getan habe – ich habe das Gefühl, daß sie mir ständig im Nacken sitzt und mich manipuliert. Es ist einfach ungerecht.«

»Bis zu einem gewissen Grad sind wir doch alle Gefangene

dessen, was unsere Eltern aus uns gemacht haben, Tilda. So ist das nun einmal.«

Sie wischte sich die Augen mit den Fingerspitzen. »Als Tante Sarah mir damals sagte, wer mein Vater war, hat sie die de Paveleys verflucht.« Sie sah ihn an. »Das habe ich nie vergessen, Max. Sie hat sie verflucht. Und hat dabei völlig vergessen, daß ich auch eine de Paveley bin.«

Er runzelte die Stirn. »Was willst du damit sagen, Tilda?«

Die Ellbogen auf den kalten Metalltisch gestützt, sprach sie zum ersten Mal von der Angst, die sie seit Jahren verfolgte. »Sie hat *mich* verflucht, Max, begreifst du? Und alles, was seither geschehen ist, erinnert mich daran.«

»Tilda, du willst mir doch nicht sagen, daß du diesen Unsinn glaubst? Ich weiß, daß Sarah einem ganz schön angst machen konnte, aber manches von dem, was sie geglaubt hat, war doch ziemlich verrückt. Reiner Aberglaube, wie er sich in so isolierten ländlichen Gegenden hält.«

»Aber Jossy«, sagte sie leise. »Denk doch mal daran, was Jossy geschehen ist. Und das Land ... das Haus ... Caitlin ist nichts geblieben, Max, gar nichts. Und sogar Daragh ...«

Sie brach ab. Das erste Mal, seit Max sie verlassen hatte, hatte sie Daraghs Namen ausgesprochen. Sie sah, wie seine Augen schmal wurden, aber er wandte sich ihr zu und berührte ihre Hand. »Tilda«, sagte er, »du bist nur müde. Auf solche Gedanken kämst du gar nicht, wenn du nicht völlig erschöpft wärst. Es ist spät, du gehörst ins Bett.« Er ließ seinen Zigarettenstummel aufs Pflaster fallen und trat ihn aus. »Dieser Colonel verlangt offensichtlich viel zuviel von dir. Du solltest solche Arbeit gar nicht tun müssen.«

Sie war drauf und dran zornig zu werden, wie damals bei Archie, aber sie sah plötzlich die Besorgnis in seinem Blick. Max sorgt sich um mich, dachte sie. Ich bedeute ihm immer noch etwas.

»Ich kann mir vorstellen, wie schwierig es für dich sein muß, über die Vergangenheit zu sprechen«, fügte er hinzu. »Aber ich denke, du mußt den Kindern eine Erklärung geben. Solche Geheimnisse kommen meistens im ungünstigsten Moment ans

Licht.« Er sah sie an. »Bist du nicht auch der Meinung, Tilda?« Wieder berührte er ihre Hand. »Dir ist kalt, entschuldige, diese Frühlingsabende ...«

»Nein, nein, ich fühle mich ganz wohl.« Sie versuchte zu lächeln.

»Nimm meine Jacke.« Er stand auf, zog seine Jacke aus und legte sie ihr um die Schultern. Sie hätte so gern den Stoff an ihr Gesicht gedrückt, aber sie wagte es nicht.

Sie sagte langsam: »Die Schwierigkeit ist, Max, daß ich mich genau erinnere, wie mir zumute war, als Sarah mir alles erklärte. Wie *beschmutzt* ich mich fühlte.«

Max schnaubte. »Sarah hat ja auch nicht gerade den besten Moment abgewartet, nicht wahr? Sie hat nie etwas davon gehalten, andere zu schonen. Sie war selbst ein zäher alter Haudegen und meinte, alle anderen müßten genauso sein.« Er zog die Brauen zusammen. »Vielleicht könntest du es den Kindern aus der Sicht der damaligen Zeit erklären. Vielleicht könntest du ihnen klarmachen, daß Edward de Paveley zwar in mancher Hinsicht ein mieser alter Kerl war, daß er aber auch seine guten Seiten hatte. Er war zum Beispiel ein sehr guter Soldat.«

»Er hat in Ypern und an der Somme gekämpft«, sagte Tilda. Das hatte Kit ihr erzählt, als sie ihn zum Tee eingeladen hatte. »Er ist für seine Tapferkeit ausgezeichnet worden.«

»Na bitte. Er hatte mehrere Gesichter, wie die meisten Menschen. Bei ihm waren sie nur ein bißchen extremer.« Max sah auf seine Uhr. »Es ist fast Mitternacht. Wir sollten lieber gehen, sonst sperren sie dich noch aus.« Er stand auf, half Tilda von ihrem Stuhl, und sie gingen über den Platz. »Ich spreche mit Melissa, wenn du möchtest.«

»Würdest du das tun, Max?«

Sie standen vor dem Hotel. Er läutete. Sie nahm seine Jacke von den Schultern und gab sie ihm zurück. Gleich, dachte sie, würde er ihr die Hand schütteln und ihr höflich gute Nacht wünschen, und morgen würde sie Frankreich verlassen und ihn monatelang nicht wiedersehen.

Die Tür wurde geöffnet. Max sagte: »Gute Nacht, Tilda.« Dann neigte er sich zu ihr hinunter und küßte sie.

Sie trat in den Flur. Er hatte sich bereits abgewandt und entfernte sich von ihr. Die Concierge hatte sich brummend in ihr kleines Kämmerchen zurückgezogen. Tilda lehnte sich im Flur an die Wand und schloß die Augen. Sie fühlte noch die Wärme seiner Lippen auf ihrem Gesicht und ihr eigenes überwältigendes und unerwartetes Verlangen.

»Ich muß bleiben und mich um Daddy kümmern«, erklärte Melissa.

»Ich weiß, Schatz.« Tilda, Josh und Melissa saßen in dem kleinen Garten hinter der Werkstatt im Schatten des Maulbeerbaums. Max war weggefahren, um den Rolls-Royce seinem Eigentümer zurückzubringen.

»Er sorgt nicht richtig für sich selbst, weißt du. Er ißt immer nur Brot und Käse.«

Tilda lächelte. »Dein Vater hat nie aufs Essen geachtet. Ich hab manchmal gedacht, er würde auch Nägel und Schrauben essen, wenn ich sie ihm hinstellte.« Schläfrig von der Wärme und von einer Zuversicht erfüllt, wie sie sie seit Jahren nicht mehr gekannt hatte, lehnte sie sich rückwärts an den Baum.

»Und seine Hemdkragen waren auf beiden Seiten durchgescheuert.«

Max' Hemden, die ihm seine Mutter vor Jahren gekauft hatte. Tilda selbst hatte die Kragen gewendet. Sie nahm Melissa bei der Hand. »Melissa, ich weiß doch, daß du bleiben mußt. Aber du kommst mich bald besuchen und bleibst dann ganz lange, ja?«

»Im Sommer. Ganz, ganz lange.«

»Dann lehre ich dich das Schießen mit dem Luftgewehr, damit du die Tauben abschießen kannst«, sagte Josh.

»Nein, danke«, entgegnete Melissa empört. »Ich mag Tauben.«

»Da kommt ein Auto.« Josh sprang auf. »Ich geh raus und helf Gaston.« Er lief hinaus.

Melissa schmiegte sich an Tilda. »Darf ich bei dir im Zimmer schlafen, wenn ich heimkomme, Mami?«

Tilda streichelte Melissas feines, glattes Haar. »Willst du denn nicht mit Caitlin das Zimmer teilen?«

Sie konnte Melissas Gesicht nicht sehen, spürte nur das Kopfschütteln. Melissas Stimme klang gedämpft.

»Früher hab ich immer gedacht, Kate wäre nett, weil sie hübsch war und schöne Kleider hatte und so, aber ich hab immer wieder drüber nachgedacht, und ich glaube, daß sie überhaupt nicht nett war.«

»Willst du mir das nicht erklären?«

Wieder ein Kopfschütteln. »Nein. Jetzt nicht. Erst wenn ich groß bin und geheiratet habe, weil es dann nicht mehr wichtig ist.«

Tilda sah auf ihre Uhr. Max hatte gesagt, er würde bis mittag zurück sein, aber mittlerweile war es bereits Viertel nach zwölf. Er wollte sie um zwei zum Bahnhof fahren. Zum tausendsten Mal an diesem Tag dachte sie, *Er hat mich geküßt.* Es war nur ein flüchtiger kleiner Kuß auf die Wange gewesen, aber dennoch ein Kuß. Das Sonnenlicht fiel in schmalen Streifen durch das dichte Blätterdach, und sie schloß die Augen.

Die Kinder verbanden sie miteinander, und diese Verbindung hatte nicht einmal Max, der die Einsamkeit gesucht hatte, zerreißen können. Max und Melissa würden im Juli nach England zurückkehren, um an Rosis Hochzeit teilzunehmen, und Melissa würde über die Schulferien in Woodcott St. Martin bleiben. Vielleicht würde auch Max ein oder zwei Wochen bleiben. Und wenn Max wieder ihr Freund wurde, dann würde aus der Freundschaft vielleicht, nur vielleicht, Liebe wachsen. Schon einmal war es so gewesen.

Die Sonne hatte ihren höchsten Punkt am Himmel erreicht. Tilda lehnte mit geschlossenen Augen dösend am dicken Stamm des Maulbeerbaums, Melissas Kopf in ihrem Schoß.

Aus der Küche schallte plötzlich Geschirrklappern. Tilda machte die Augen auf und hob den Kopf. Sie erwartete, Max zu sehen.

Durch das offene Fenster kam eine Frauenstimme. »Max, Chéri – ich bin wieder da. Annette geht es besser, und ihre Schwiegermutter ist gekommen und bleibt bei ihr. Ein fürchterlicher Drache! Ich hab mich so auf dich gefreut, deswegen bin ich gleich gekommen, um dir was Schönes zu kochen.«

Melissa setzte sich auf und rieb sich die Augen. »Cécile«, sagte sie.

Der Eigentümer des Rolls-Royce war entgegen ihrer Abmachung nicht zu Hause, als Max kam. In der glühenden Sonne geparkt, mußte Max über eine Stunde warten. Mehr als einmal dachte er daran, aufzugeben und einfach nach Hause zu fahren, aber er hatte mit dem Geld gerechnet, deshalb blieb er und wurde, während er etwa alle zehn Minuten auf seine Uhr schaute, immer wütender.

Er lehnte sich an die Kühlerhaube des Wagens, die jetzt von einer dünnen Staubschicht bedeckt war, und zündete sich eine Zigarette an. Und während er dort stand und rauchte, beschloß er, vor Tildas Abreise nach England einen Moment mit ihr allein zu suchen und ihr zu sagen, daß er sie liebte. Nur das. Ihre Antwort würde alles Weitere bestimmen. Als sie sich in Southam getrennt hatten, hatte sie ihm gesagt, daß sie ihn liebte. Damals hatte er ihr nicht geglaubt, aber jetzt erinnerte er sich ihrer Worte, und sie machten ihm Hoffnung. Er hatte in diesen vergangenen zehn Tagen nicht erkennen können, wie sie zu ihm stand. Nervös sah er wieder auf seine Uhr. Er würde diesem unzuverlässigen Burschen noch zehn Minuten geben.

Die zehn Minuten waren beinahe um, als er auf der Straße eine helle Staubwolke aufsteigen und dann einen Traktor über die Hügelkuppe rattern sah. Wenig später sprang der Eigentümer des Rolls von der Maschine herunter und tätschelte verliebt sein kostbares Auto. Dann schüttelte er Max die Hand und bestand darauf, ihm in der Küche des Hauses ein Glas Wein anzubieten. Das Geld wurde mit quälender Bedächtigkeit auf den Tisch gezählt, ein Bündel schmutziger Zehnfrancnoten. Dann holte Max sein Fahrrad aus dem Kofferraum des Rolls und strampelte wütend nach Hause.

Danach ging irgendwie alles schief. Kaum erreichte Max die Werkstatt, packte ihn Gaston und schleppte ihn zur Zapfsäule, die wieder einmal streikte, sehr zum Zorn eines ungeduldigen Autofahrers. Als Max die Panne endlich behoben hatte, saßen Tilda, Josh und Melissa schon wartend vor der Tür auf der Bank, um zum Bahnhof gefahren zu werden. Tilda hatte ihre Koffer bereits hinten im Wagen verstaut.

Max tippte auf seine Uhr. »Wir haben noch gut zwanzig Minuten Zeit.«

»Ich bin gerne ein bißchen früher dort, Max.«

»Aber ich hab doch Platzkarten für euch.«

Tilda sah ihn nicht an. »Ich möchte mir gern noch eine Zeitschrift kaufen, und Josh möchte sicher etwas Süßes.«

»Hast du gegessen?« fragte er, und sie schüttelte den Kopf.

»Ich hatte keinen Hunger. Aber die Kinder haben gegessen.«

Es war, als könnte sie es kaum noch ertragen, in seiner Nähe zu sein. Zornig und verwirrt machte er sich frisch, zog sich um, ließ den Wagen an und fuhr mit ihnen nach Saintes. Sie gönnte ihm weder ein Wort noch einen Blick; fast die ganze Fahrt herrschte drückendes Schweigen. Am Bahnhof, während sie auf den Zug warteten, nahm Max sich zusammen, verabschiedete sich liebevoll von Josh und steckte ihm einige der Scheine zu, die er von dem Bauern erhalten hatte. »Du hast mir mit dem Auto geholfen. Das ist dein Lohn«, sagte er und war gerührt, als Josh strahlte.

Niedergeschlagen sah er dann dem Zug nach, der aus dem Bahnhof rollte. Er gab Melissa sein Taschentuch, weil sie weinte, und hätte am liebsten mit ihr geweint. Als er sie bei der Hand nahm und mit ihr zum Wagen zurückging, wurde ihm klar, daß er zu lange gewartet hatte. Nun hatte er Tilda für immer verloren.

Als Caitlin die Straße zur Gedächtnishalle hinauflief, sah sie Julian draußen warten, seine Zigarette ein glühender Punkt in der beginnenden Dunkelheit.

»Macht es dir was aus, wenn wir heute abend bei mir zu Hause proben? Ich erwarte nämlich einen Anruf.«

Caitlin sagte: »Aber Mrs. Pascoe …«

Julian unterbrach sie. »Margaret mußte nach Eastbourne.

Ihre Mutter ist krank.« Er warf seinen Zigarettenstummel zu Boden.

Caitlin folgte ihm mit klopfendem Herzen. In der letzten Woche war nicht geprobt worden, weil Julian die Grippe gehabt hatte, und in den vierzehn Tagen, die seit ihrem letzten ungewöhnlichen Zusammentreffen vergangen waren, war sie ständig von Hoffnung und Zweifel hin und her gerissen gewesen. Manchmal war sie überzeugt, daß Julian sie liebte, sie für etwas ganz Besonderes hielt. Er hatte ihr gesagt, sie sei schön und, das Bedeutsamste, er hatte sie geküßt. Aber alle Frauen in der Theatergruppe, mit Ausnahme vielleicht von Mrs. Cavell, waren in ihn verliebt; und die Küsse waren vielleicht nur freundschaftliche Küsse gewesen. Angenehmer, aber weniger leidenschaftlich als Martin Devereux' Küsse zum Beispiel.

Sie gingen den Fußweg entlang, der von der Straße zu den Häusern hinter dem Postamt führte. Die Häuser waren groß, nichts Besonderes, zwischen den Kriegen erbaut. Julian öffnete das Tor zum Vorgarten eines dieser Häuser, und Caitlin war enttäuscht. Die Gewöhnlichkeit des Hauses schien auf ihn abzufärben.

Dann sah er sich nach ihr um und sagte: »Scheußlicher Kasten, findest du nicht auch? Margarets Vater hat uns das Haus zur Hochzeit geschenkt. Dazu ein Fischbesteck und eine Hausbar, die so geschmacklos ist, daß ich sie in die Garage gestellt habe und die Werkzeuge darin aufbewahre.«

Caitlin kicherte. Julian schob seinen Schlüssel ins Schloß und öffnete die Haustür. Drinnen nahm er ihren Mantel und führte sie in ein großes Zimmer mit drei tiefen Sofas, einem Panoramafenster mit Blick auf den Garten, und einem Stutzflügel.

»Möchtest du was trinken, Schätzchen?«

»Ach ja, gern. Einen Gin Tonic, bitte, Julian.«

Ihre Nervosität war verflogen. Sie kam sich vor wie in einem Theaterstück. Sie hatte sich mit großer Sorgfalt geschminkt, sie hatte ihr hübschestes Kleid an, und das Zimmer gab eine angemessene Kulisse ab. Sie hatte sogar ihren Text richtig gesprochen. *Einen Gin Tonic, bitte, Julian.*

Er ging nicht gleich zum Klavier, sondern setzte sich aufs Sofa und winkte Caitlin, neben ihm Platz zu nehmen. Er sagte: »Es tut mir leid, daß ich neulich so grob war, Schätzchen, aber ich hab mich wirklich mies gefühlt. Diese Hektik ... Ich bin froh, wenn dieses ganze kleine Theater hier vorbei ist.«

Caitlin starrte ihn an. Sie hatte noch gar nicht darüber nachgedacht, wie es nach der Aufführung der Revue weitergehen würde. Sie hatte plötzlich ein Gefühl schwarzer Leere. »Macht's dir denn keinen Spaß?«

Er stellte sein Glas ab. »Ach doch, einiges macht mir Spaß«, antwortete er und sah ihr in die Augen. »Ich hatte in letzter Zeit ziemliche Schwierigkeiten«, fügte er hinzu. »Mein Schwiegervater möchte unbedingt, daß ich in sein Geschäft eintrete.«

»Was ist denn das für ein Geschäft?«

»Er ist Holzimporteur.« Julian verdrehte die Augen. »Kannst du dir das vorstellen? Ich kann mit Müh und Not den Unterschied zwischen Mahagoni und Walnuß erkennen.«

Er nahm ihr Glas und stand auf, um es aufzufüllen. Während er mit dem Rücken zu ihr stand, sagte sie: »Was würdest du denn gern tun, Julian?«

»Ach, vielleicht ein Stück schreiben, einen Film machen. Vor allem möchte ich weg von hier. In diesem Nest ersticke ich.«

»Ja, es ist ziemlich öde«, stimmte sie zu.

Er drehte sich nach ihr um. »Ich dachte mir schon, daß du es so siehst. Du sehnst dich sicher nach deinen Hügeln und Seen, Caitlin Canavan.«

Sie verriet ihm nicht, daß sie Irland nur aus dem Atlas und von Ansichtskarten kannte. »Ich finde es gräßlich hier«, sagte sie schlicht und einfach.

Mißmutig starrte er zum Fenster hinaus. »Man fühlt sich wie in einem Käfig, völlig aus der Welt.«

Wie gut sie dieses Gefühl kannte! Es hatte sie seit dem Tod ihrer Mutter niemals verlassen, hatte keinen Deut an Intensität verloren.

Er setzte sich noch nicht, sondern ging rastlos im Zimmer hin und her. »Manchmal möchte ich am liebsten alles hinschmeißen … neu anfangen. Ein paar Sachen in einen Rucksack packen und auf und davon gehen.«

»Aber was ist mit deiner Frau?« fragte sie leise.

»Es war im Grunde eine Vernunftheirat«, antwortete er unbestimmt.

Caitlin sah sich mit Julian zusammen durchs Land reisen. Sie würden in Hotels übernachten, in kleinen Theatern arbeiten, sie würde mit ihm ausreiten, mit ihm tanzen. Er würde sie an sich drücken und ihr Haar küssen. *Wie eine kleine Prinzessin siehst du aus …*

Er ging zum Fenster und blieb dort stehen. Es hatte zu regnen begonnen, dicke Tropfen schlugen gegen das Glas und glitten die Scheibe hinunter. Er stand in merkwürdig niedergeschlagener Haltung, den Kopf gesenkt, die Arme um seinen Oberkörper geschlungen. Sie stand vom Sofa auf und berührte zaghaft seinen Unterarm. »Armer Julian«, sagte sie. »Es muß wirklich schlimm sein für dich.«

Er hob den Kopf und sah sie mit einem trüben Lächeln an. »Ich hatte gehofft, daß du mich verstehen würdest. Von den andern tut's keiner.« Dann breitete er seine Arme aus und zog sie an sich, drückte sachte ihren Kopf an seine Brust. Seit Jahren hatte sie sich nicht mehr so gut gefühlt, so geborgen. Das Empfinden, von sich selbst losgelöst zu sein, das sie die meiste Zeit begleitete, war fort. Lächelnd schloß sie die Augen und gab sich der Wärme seines Körpers hin. Ein Teil der Verhärtungen, die sich mit den Kämpfen, der Verwirrung und den Demütigungen der letzten zwei Jahre gebildet hatten, schien aufzuweichen, all das Schlimme in eine alptraumhafte Vergangenheit zurückzuweichen, vor der sie nur die Tür zuzumachen brauchte.

Lange Zeit sagte er gar nichts, aber sie spürte die Berührung seiner Lippen auf ihrem Haar und den Druck seiner Fingerspitzen auf ihrem Rücken. Schließlich sagte er: »Du bist schon eine Stunde hier, Süße. Um welche Zeit erwarten sie dich zu Hause?«

»Meine Pflegemutter ist verreist. Wenn ich später komme, merkt es keiner.«

»Ah.« Nach einer kleinen Pause: »Du weißt, daß ich dich wahnsinnig begehre, Caitlin?«

Sie erinnerte sich an Martin Devereux und dieses gräßliche Gerangel hinten in seinem Auto und fragte sich, ob sie so etwas noch einmal ertragen könnte. Sie wäre es zufrieden gewesen, einfach so mit ihm zusammenzubleiben, aber Männern reichte das anscheinend nicht. Es war ein Tauschgeschäft: diese glückselige Gewißheit von Liebe für jenen kurzen Moment der Erniedrigung. Sie sah zu ihm auf und lächelte.

Er führte sie in ein Zimmer in der ersten Etage. Dort wollte sie sich auskleiden wie damals mit Martin, aber er hinderte sie daran; jeden Handgriff mit Küssen und Liebesworten begleitend, öffnete er selbst Knöpfe und Reißverschlüsse. Und später, im Bett, zwischen kühlen Leintüchern, entflammte er sie mit Liebkosungen und süßen Worten so heftig, daß sie aufschrie vor Wonne, als er in sie eindrang und sie sich ihm hingab.

Als sie Julian Pascoe das nächste Mal zu Hause besuchte, führte er sie, nachdem er ihr die Tür geöffnet hatte, ohne ein Wort direkt ins Schlafzimmer hinauf. Im Bett mit ihr, spielte er seine ganze Erfahrung aus und trieb sie zu solchem Genuß, daß sie hinterher völlig erschöpft mit geschlossenen Augen niedersank, kaum fähig, ihre Glieder zu bewegen.

Dann sagte er: »Ende der Woche kommt Margaret nach Hause«, und sie fuhr hoch.

»Aber das ändert doch nichts?«

»Natürlich ändert es etwas«, versetzte er gereizt. Er begann sich anzuziehen. »Es ändert fast alles.«

»Aber du hast doch gesagt ...«

»Was?«

»Daß du sie verlassen wirst.«

Julian lachte. »Man geht nicht einfach auf und davon, Schätzchen. So was will geplant sein.« Er knotete seinen Schlips.

Später, in ihrem eigenen Zimmer, dachte sie darüber nach. Ihr Vater war einfach auf und davon gegangen. Ihr Vater hatte, soviel sie wußte, nicht geplant.

Caitlin gestand sich ein, daß sie sich Julians immer noch nicht sicher war. Er war ihr Liebhaber, und sie vergötterte ihn und beabsichtigte, ihn zu heiraten, aber immer wieder plagten sie Zweifel an seinen Gefühlen für sie. Bei den gemeinsamen Proben in der Gedächtnishalle behandelte er sie genauso wie alle anderen, höchstens stahl er sich ab und zu einmal einen Kuß hinter den Kulissen. Sie wußte, daß sie Margarets wegen vorsichtig sein mußten, aber die sarkastischen Spitzen, die er gelegentlich immer noch auf sie abschoß, verletzten sie tief. Sie wußte, daß sie hübsch war, aber seine Worte über ihre Tanzkünste (*ziemlich tolpatschig, Schätzchen*) brannten immer noch. Zwar hatte er ganz klar zum Ausdruck gebracht, daß Woodcott St. Martin und das langweilige Leben hier ihm nicht gefielen, aber bei genauerem Überlegen konnte sie sich nicht entsinnen, ob er ihr tatsächlich vorgeschlagen hatte, mit ihm gemeinsam wegzugehen. Wenn sie zusammen waren, war sie seiner Liebe gewiß; waren sie getrennt, bröckelte diese Gewißheit. Die Revue sollte Anfang Mai aufgeführt werden: Manchmal glaubte sie, dies sei der Moment, auf den Julian wartete, daß er sie am letzten Abend kurzerhand in die Arme nehmen und mit ihr fortgehen würde. Aber in den schlimmsten Momenten der Unsicherheit fürchtete sie, ihr Leben würde nach der Revue wieder in Langeweile und Leere versinken.

In Poona schrieb Rosi an ihrem Roman und wiederholte sporadisch den Stoff für die kommende Abschlußprüfung, die bedrohlich nahe vor der Tür stand. Sie fürchtete, daß sie ziemlich schlecht abschneiden würde. Aber dieser Gedanke bedrückte sie nicht weiter, im Juli würde sie heiraten, und außerdem ging es mit ihrem Buch gut voran. Der Heldin, entführt von einem besonders widerlichen Bösewicht, war gerade die glückliche Flucht gelungen, indem sie sich mit Hilfe zusammengeknoteter Bettücher, die sie an einen Pfosten ihres Himmelbetts gebunden hatte, an der Mauer des Schlosses abgeseilt hatte.

Wenn Rosi vom Schreiben steif und müde war, kochte sie phantasievolle Mahlzeiten und unterhielt den Colonel. Hausarbeit wurde vernachlässigt. Caitlin war die meiste Zeit unterwegs, entweder im Pferdestall oder bei den Proben für die Revue. Erich arbeitete im Garten, und Hanna lernte von früh bis spät. Bis zu dem Moment, als sie zufällig das Gespräch im Postamt mithörte, glaubte Rosi, alles liefe wie am Schnürchen.

Tilda und Josh wurden am folgenden Tag zurückerwartet. Rosi ging zur Post, wo gleichzeitig Zeitschriften und Bücher verkauft wurden, um Marken für ihre Briefe an Richard zu besorgen. Und als sie das erledigt hatte, trat sie hinter den Ständer mit den antiquarischen Büchern und schaute sich die Titel an, um zu sehen, ob etwas darunter war, was sie noch nicht kannte. Während sie noch stöberte, ging die Tür auf, und eine Frau trat ein. Ihre Stimme schallte durch den ganzen kleinen Laden.

»Hast du heute abend frei, Dorothy? Ich muß leider heute abend unbedingt noch die Kulissen fertigmachen, sonst steigt Julian mir gewaltig aufs Dach.«

»Ich dachte, Miss Canavan sollte dir helfen.« Der Ton war ironisch. Rosi, die hinter dem Bücherständer stand und lauschte, schob ein Buch zurück und nahm ein anderes heraus.

»Versprochen hat sie es, ja, aber sie läßt sich nie blicken. Diese jungen Mädchen … schrecklich unzuverlässig.«

»Ich glaube, Julian probt ganz intensiv mit ihr allein.«

Schweigen. Dann: »Dorothy, du willst doch nicht etwa sagen …?«

»Hast du das denn nicht gewußt, Patricia? Nigel hat die beiden hinter der Bühne gesehen, fest im Clinch. Das ganze Dorf redet schon darüber.«

»Aber sie ist doch noch ein Schulmädchen!« Patricias Stimme bebte. »Und die arme Margaret …«

Die Ladenglocke bimmelte, als ein neuer Kunde eintrat. Mrs. Cavell sagte, »Ach, die wird vergeben und vergessen, wie sie das immer tut«, und Rosi schob das Buch, einen Liebesroman mit dem Titel *Träume junger Liebe* verkehrt herum in den Ständer und lief aus dem Laden.

Als sie am Nachmittag die Schränke saubermachte, beschloß sie, Hanna vorläufig nichts zu sagen. Hanna machte sich immer gleich die größten Sorgen, und vielleicht war die ganze Geschichte ja nichts als übler Klatsch. Doch je mehr sie darüber nachdachte, desto besorgter wurde sie. Caitlin hatte in dieser Woche fast jeden Abend Probe gehabt. Rosi war aufgefallen, wie aufgedonnert sie immer wirkte, wenn sie aus dem Haus ging, kunstvoll geschminkt und extravagant gekleidet in Pelz und Seide, Sachen, die vermutlich ihrer Mutter gehört hatten. Hinzu kam, daß Caitlin eine ausgesprochen kokette kleine Person war, die mit jedem Mann flirtete; selbst Richard hatte sie bei seinem Besuch in Poona zu seiner Verblüffung und Verlegenheit schöne Augen gemacht. Rosi hielt nicht viel von Caitlin, ihretwegen konnte sie zum Teufel gehen, aber sie wußte, daß Tilda anders dachte. Sie überlegte, was sie tun könnte. Sie konnte natürlich Caitlin zur Rede stellen, aber sie vermutete, daß Caitlin einfach lügen würde. Oder sie konnte versuchen, der Wahrheit auf den Grund zu gehen.

Am Abend nach dem Essen kam Caitlin in Parfumwolken gehüllt aus ihrem Zimmer.

»Schon wieder Probe?« erkundigte sich Rosi scheinheilig, und Caitlin nickte.

»Ich komm wahrscheinlich erst spät nach Hause. Julian will alles noch mal durchgehen.«

Rosi wartete, bis sie die Haustür zufallen hörte, dann nahm sie ihre Jacke und rannte nach unten. Sie folgte Caitlin die Straße hinunter, die zu dem Fußweg an der Gedächtnishalle führte. Sie kam sich vor wie eine Spionin, bereit, sich sofort hinter einem Baum zu verstecken, aber Caitlin blickte nicht einmal zurück. Schließlich erreichte sie ein großes Haus, dessen Garten von einer Buchsbaumhecke umgeben war. Im Schutz der Hecke beobachtete Rosi, wie Caitlin läutete. Die Tür ging auf, und Caitlin schlüpfte ins Haus. Rosi öffnete die Gartenpforte und ging den Kiesweg hinauf, bemüht, keinen Lärm zu machen. Dann huschte sie um das Haus herum nach hinten. Unten brannte nirgends Licht, aber eines der oberen Fenster war erleuchtet.

»Du dummes, dummes Ding«, murmelte Rosi vor sich hin, als sie zur Haustür zurücklief. Dort läutete sie und ließ den

Finger so lange auf der Klingel, bis sie von drinnen polternde Schritte hörte und sah, wie im Flur das Licht anging.

Ein Mann riß wütend die Tür auf. »Was zum Teufel ...?«

Es konnte nur Julian Pascoe sein. »Ich komme, um meine Schwester abzuholen«, sagte sie und drängte sich an ihm vorbei zur Treppe.

# 16

VON NACHSCHLAGEWERKEN UMGEBEN, saß ich in der Bibliothek und arbeitete an einer Chronologie der Ereignisse zum Zeitpunkt von Daragh Canavans Tod: die Überschwemmung, Daraghs unerfreuliches Zusammentreffen mit Tom Kenny und seinen Schlägern, seine kurze Affäre mit Tilda, Jossys Erkenntnis, daß ihr Mann sie betrogen hatte, und ihr verzweifeltes Bemühen, ihn zu halten, das sie letztendlich das Leben gekostet hatte. Einige Tage später Max' kurze, katastrophale Rückkehr nach Southam und Daraghs Verschwinden am selben Abend.

Ich hatte Daraghs letzten Tag rekonstruiert. Er hatte getrunken. Er hatte Caitlin vorgeschlagen, am folgenden Morgen mit ihr auszureiten, und sie hatten alles für das Picknick vorbereitet. Bei Sonnenuntergang hatte Daragh das Haus verlassen und war direkt durch die Felder gegangen. Es war April, folglich mußte es meiner Schätzung nach zwischen sechs und sieben gewesen sein, als Daragh Southam Hall verlassen hatte. Caitlin, die ihm nachgeschaut hatte, war offenbar die letzte gewesen, die Daragh Canavan lebend gesehen hatte – abgesehen von seinem Mörder natürlich. Obwohl Daragh den Fußweg nach Southam genommen hatte, erinnerte sich keiner der Dorfbewohner, ihm an jenem Abend begegnet zu sein. Sein Skelett war achtundvierzig Jahre später im offenen Land zwischen Herrenhaus und Dorf gefunden worden.

Aber weder hatte ich eine blitzartige Erleuchtung, noch drängte sich mir plötzlich die Lösung eines alten Geheimnisses auf, während ich zwischen meinen Bücherstapeln an dem langen Bibliothekstisch saß. Ich konnte die Wahrheit nicht erkennen und gewann allmählich den Eindruck, daß ich der Aufgabe, die ich mir selbst gestellt hatte, nicht gewachsen war. Ich hatte keine Ahnung, ob Tilda die Heilige war, zu der sie die Zeitungen erklärt hatten, oder die heuchlerische Mörderin, als die Caitlin sie sah. Ich mußte an den Kristalleuchter im Wintergarten des Roten Hauses denken, wie er sich in der Zugluft leise bewegt und das geschliffene Glas im einfallenden Sonnenlicht in immer neuen Farben aufgeleuchtet hatte. Ich wollte so gern Tildas Version der Ereignisse glauben, aber die Caitlins war nicht einfach von der Hand zu weisen. Die Tagebücher schienen zu bestätigen, daß Tilda die fünfzehnjährige Caitlin kurzerhand auf die Straße gesetzt hatte. Caitlin war falsch und hinterhältig gewesen und wahllos im Umgang mit Männern, aber das war doch in Anbetracht des Verlusts, den sie erlitten hatte, verständlich. Sie war Melissa gegenüber grausam gewesen, aber viele halbwüchsige Mädchen gehen rücksichtslos miteinander um. Ich fand es ungerechtfertigt hart von Tilda, daß sie Caitlin deswegen völlig im Stich gelassen hatte.

Ich mußte wieder an meine Flucht durch London denken, als ich von Patricks Haus zu Charles' Büro gelaufen war. Ich hatte jetzt das gleiche Gefühl wie damals, als ich auf unbekanntem Weg in vertraute Gegenden gelangt war, ohne sie wiederzuerkennen. Ich starrte auf meine Notizen und massierte mir den schmerzenden Kopf.

Und wie so oft in letzter Zeit eilten meine Gedanken zu Patrick. War unsere Trennung die Folge eines Mißtrauens, das aus unseren vergangenen schlechten Erfahrungen entstanden war, oder hatte er sich von mir getrennt, weil ich nicht bereit war, mich seinem Willen zu beugen? War Patrick fähig, mich zu lieben, wie ich einmal geglaubt hatte, oder war er eine Bedrohung für mich, wie Charles unterstellt hatte? Alles, was wir getan hatten, alles, was er zu mir gesagt hatte, konnte so oder so gesehen werden, immer in einem anderen Licht, wie die sich unablässig drehenden Kristalltropfen des Leuchters im Roten Haus.

Es begann, dunkel zu werden, als ich an diesem Abend nach

Hause kam. Meine Nachbarn gaben eine Party, und ich mußte in einiger Entfernung vom Haus parken. Auf dem Weg dorthin hatte ich das unangenehme Gefühl, beobachtet zu werden. Ich drehte mich um, sah aber niemanden.

In meiner Wohnung fühlte ich mich wieder sicher. Es war zu heiß und zu spät, um noch zu kochen, ich schnitt daher Brot und Käse auf und öffnete ein Päckchen Oliven. Dann setzte ich mich an meinen Schreibtisch und spulte das letzte Band in meinem Kassettenrecorder zurück. Tildas Stimme füllte das Zimmer. Während sie von ihrem Urlaub in Frankreich im Jahr 1949 erzählte, begann ich, mir Notizen zu machen, aber die Augen wurden mir zunehmend schwerer, und ich hatte immer noch Kopfweh. Schließlich schaltete ich den Recorder ab, zog meine Schuhe aus und rollte mich auf dem Bett zusammen.

Ich träumte, ich müßte die offenen Kamine in einem großen alten Haus reinigen. Die Asche ausfegen, die die Feuerstelle schwärzte, um ein neues Feuer zu machen. Es dauerte endlos, die ganze Asche zu beseitigen, weil immer wieder kleine Rußschauer aus dem Rauchfang herabrieselten, ganz gleich, wie gründlich und gewissenhaft ich fegte. Ich lag auf den Knien und putzte und fegte mit fieberhafter Angst. Ich hatte ein langes, schwarzes, hochgeschlossenes Kleid an, eine weiße Schürze und Knopfstiefel. Mein Haar war hochgesteckt. Das Haus schien zunächst dunkel und still, aber nach einer Weile wurde ich auf ein Geräusch aufmerksam. Ein Klappern und Scheppern, als versuchte jemand, eine Tür zu öffnen. Meine Angst stieg, ich arbeitete wie eine Besessene, um fertig zu werden, aber immer noch fiel Ruß aus dem Kamin und beschmutzte von neuem die blitzenden Fliesen. Ich hörte, wie der Türknauf noch einmal umgedreht wurde, und wußte, drehte ich mich um, würde ich das Gesicht meines Arbeitgebers, Edward de Paveley, sehen. Und wenn der Kamin bis dahin nicht sauber war, würde er sich auf mich stürzen, und mir mit seinem Gewicht die Luft aus der Lunge pressen. Die Tür klapperte.

Verzweifelt nach Luft schnappend, erwachte ich. Wie zuvor überflutete mich Erleichterung, als mir bewußt wurde, daß dies das Jahr 1995 war und nicht 1913. Es war stockfinster, und als ich einen Blick auf meine Uhr warf, sah ich, daß es elf Uhr war. Dann hörte ich wieder das Geräusch. Ein Klappern: das Geräusch aus meinem Traum.

Ich konnte mich nicht rühren; ich war gelähmt vor Furcht. Gerade wollte ich mir mit aller Strenge sagen, daß mir wieder einmal die Phantasie durchginge, als ich ein dumpfes Knallen hörte. In der Küche war jemand vom Abtropfbrett der Spüle zu Boden gesprungen. Ich drückte meine Faust auf meinen Mund. Das war kein Schatten der Vergangenheit: Das war weder Edward de Paveley noch Daragh Canavan. Das war ein lebendiger Mensch, der da in meiner Küche war.

Ich setzte mich auf. Mit zitternden Fingern tastete ich auf dem Nachttisch herum, fand aber nur die Lampe und den Wecker. Mir fiel ein, daß ich das dicke Buch über die Fens in die Bibliothek zurückgebracht hatte. Aus der Küche hörte ich Schritte. *Eigentlich wollte ich wissen, ob du dich körperlich bedroht fühlst.* Ich wollte Patricks Namen rufen, aber mir versagte die Stimme.

Die Tür öffnete sich, Licht fiel ins Zimmer und blendete mich. »Charles«, sagte ich.

Im ersten Moment war ich tief erleichtert. Mein lieber alter Freund Charles. Vertraut, zuverlässig, keine Gefahr. Doch als ich ihn genauer ansah, wurde ich unsicher. Irgend etwas in seinem Blick, an seiner schmutzigen, unordentlichen Kleidung ...

»Charles«, sagte ich wieder. »Was um alles in der Welt tust du hier?«

»Du solltest dein Küchenfenster richten lassen, Rebecca.«

»Herrgott noch mal ...« Ich begann ärgerlich zu werden. »Es ist elf Uhr abends.«

»Ich hab gesagt, du solltest dein Fenster reparieren lassen. Da kann ja jeder einsteigen. Aber vielleicht willst du das ja.«

Sein Schritt war unsicher, als er ins Zimmer kam, und ich glaubte, er wäre betrunken. Als er sich meinem Bett näherte, stand ich auf, aber er streckte den Arm aus und stieß mich wieder zurück.

»Nein«, sagte er. »Bleib, wo du bist. Bleib da.«

Ich sagte hastig: »Wir können in der Küche reden, Charles. Komm, ich mach dir eine Tasse Tee.«

»Ich will nicht reden«, gab er zurück. »Deswegen bin ich nicht hier.«

Charles ist schmal und ziemlich schmächtig, aber er ist einen Meter achtzig groß, und ich bin nur knapp eins sechzig. Die Angst kehrte zurück.

»*Jahrelang* hab ich gewartet«, sagte er unvermittelt. »Aber damit ist jetzt Schluß.«

»Gewartet worauf?« fragte ich leise.

»Auf dich.«

Er war weder krank noch betrunken. In seinen Augen war Leere. Etwas fehlte da.

»Ich hab auf dich gewartet, Rebecca«, wiederholte er. Seine Hand lag immer noch auf meiner Brust; langsam glitt sie herab und streichelte meinen Körper. »Ich hab gewartet, als du diesen Trottel, Toby Carne, gebumst hast. Ich hab gewartet, als du das Kind verloren hast und er dich fallengelassen hat.«

»Du warst mir immer ein guter Freund, Charles«, sagte ich. Obwohl ich mich bemühte, ruhig und fest zu sprechen, schwankte meine Stimme. Ich konnte das Lärmen der Party nebenan hören: Musik und lautes Gelächter. Ich wußte, wenn ich schreien würde, könnte niemand mich hören.

»Danach hat es ein bißchen heller ausgesehen«, fuhr er fort, als hätte ich nichts gesagt, »und ich hab wieder angefangen, mir Hoffnung zu machen. Aber dann mußtest du in Patrick Franklins Bett hüpfen. Ich konnte es nicht glauben. Jahrelang hatte ich auf dich gewartet. Du bist so treulos. Aber ich hab dich nicht aus den Augen gelassen, Rebecca.«

Er zog seine Hand weg und sah mich an, mit einem so verschlagenen Ausdruck in den blaßgrünen Augen, daß ich begriff. »Du hast mich beobachtet, Charles. Du warst das!«

»Ganz recht. Ich seh dich gern an, wenn du schläfst, Rebecca, hast du das gewußt? Manchmal läßt du die Vorhänge einen Spalt offen, und ich kann zu dir reinschauen. Wenn

Patrick Franklin hier geschlafen hätte, hätte ich ihn umgebracht.«

Er sagte das mit einer Sachlichkeit, die mich einen Moment lang sprachlos machte. Aber dann faßte ich mich und sagte: »Charles, dir geht es nicht gut. Laß mich deinen Arzt anrufen. Oder Lucy ...«

»*Nein.*« Er sah zu mir hinunter. So viel Verlangen und so viel Schmerz spiegelten sich in seinem Gesicht, daß ich mich in diesem Moment selbst haßte. Ich hatte Charles' Liebesbeteuerungen nie ernst genommen. Ich hatte nicht geglaubt, daß irgend etwas ihn tiefer verletzen könnte.

»Dann hast du dich mit Patrick überworfen«, fuhr er fort. »An dem Abend durfte ich dich in den Armen halten – du hast an meiner Schulter geweint. Erinnerst du dich, Rebecca? Ich war so glücklich.«

Ich erinnerte mich, wie ich am Telefon geweint hatte, und Charles mit Wein und Rosen zu mir gekommen war. Jetzt neigte er sich zu mir hinunter und legte seinen Kopf auf meine Brust. Ich streichelte sein feines, wirres Haar und versuchte, ihn zu beruhigen.

Aber als er sich wieder aufrichtete, hatte sein Gesicht sich verändert. »Da dachte ich, du liebst mich. Ich hatte gewartet und gewartet, und du brauchtest jemanden, und ich war da. Darum habe ich dir angeboten, mich zu heiraten. Obwohl du das Kind dieses Kerls erwartest, wollte ich dich heiraten. Ich hatte sogar einen Ring dabei, Rebecca, wußtest du das?«

Ich schüttelte nur den Kopf. Ich dachte an Southam und die gläserne, unwirkliche Stille der Landschaft.

»Und du hast gelacht«, sagte er ungläubig. »Du hast gelacht.«

Die Liebe, die ich zuvor in seinen Augen gesehen hatte, war Zorn und Wut gewichen. Sehr langsam, beinahe unmerklich, schob ich mich vom Bett, um aufzustehen und zur Tür laufen zu können, wenn das nötig werden sollte.

»Ich wollte nicht lachen, Charles«, versicherte ich. »Ich hätte nicht lachen sollen. Es war nicht richtig von mir.«

Er fuhr plötzlich herum, packte mich bei den Schultern und

schüttelte mich. »Wieso bin ich nicht gut genug für dich, Rebecca?«

»Das ist es doch gar nicht.« Seine knochigen Finger bohrten sich in meine Schultern und taten mir weh. »Du weißt, daß ich dich sehr gern habe, Charles. Du bist mein ältester Freund.« Ich konnte selbst die Panik in meiner Stimme hören.

»Ich wollte nur das, was alle anderen auch bekommen haben. Und als wir dann in den Fens waren, ist mir klargeworden, daß du es mir nie geben würdest. Allen andern, ja, aber nicht mir. Und da hab ich mir eben gedacht, warum soll ich's mir nicht nehmen?«

Von draußen war ein Geräusch zu hören – nur der Wind, der das offene Fenster zugeschlagen hat, dachte ich –, und Charles drehte den Kopf. Ich sah meine Chance, entwand mich seinen Händen und rannte durch das Zimmer. Aber als ich die Türklinke packte, stürzte er sich von hinten mit solcher Wucht auf mich, daß mein Kopf gegen die Tür flog. Meine Knie gaben nach, und ich stürzte zu Boden. An der Zimmerdecke tanzten Sterne. Ich hörte jemanden meinen Namen rufen. »Patrick«, sagte ich schwach und dachte sogleich, wie dumm, mir einzubilden, Patrick wäre gekommen, um mich zu retten. Charles lag über mir und riß an meinen Kleidern. Mein schlimmster Alptraum schien wahr geworden.

Aber plötzlich war der Druck weg, und ich war frei. Ich machte die Augen auf und sah Patrick, der Charles durch das Zimmer stieß. Mit einem wütenden Faustschlag schleuderte Charles Patrick gegen meinen Schreibtisch. Mein Laptop, der Karton mit den Disketten und Stapel von Papieren fielen krachend zu Boden. Charles versuchte, sich auf Patrick zu stürzen, dem es irgendwie gelang, ihn wegzustoßen. Mir war klar, daß ich irgend etwas tun müßte – die Polizei anrufen oder Charles eine Blumenvase über den Schädel schlagen wie das die unerschrockenen Frauen im Film immer tun –, nur war ich leider wie gelähmt. Aber der Kampf war sowieso nicht filmreif. Er glich eher einer wüsten Schlägerei, bei der die Kontrahenten blind aufeinander losgingen und mit ihren Schlägen das Ziel häufiger verfehlten als trafen. Am Ende stieß sich Charles, der keuchend aufzustehen versuchte, den Kopf an der Unterseite meines Schreibtischs und sackte betäubt zusammen. Als Patrick die Faust schwang, um noch einen Schlag anzubringen, schrie ich: »Um Gottes willen, Patrick, hör auf! Das reicht.«

Patrick sah einen Moment zu Charles hinunter, der sich nicht rührte, dann ging er taumelnd zum Bett und setzte sich. Keuchend stützte er seinen Kopf in die Hände, und als er wieder zu Atem gekommen war, sagte er: »Ist dir auch nichts passiert?«

Ich schüttelte den Kopf, obwohl ich nicht ganz sicher war. Einen Moment war es still, dann hörten wir beide das schreckliche Geräusch. Charles weinte. Er lag unter dem Schreibtisch, die Knie zum Kinn hochgezogen und weinte. Mein ganzes verwüstetes Zimmer war von seiner Verzweiflung erfüllt. Ich schickte Patrick in die Küche, um Eis für seine geplatzte Augenbraue zu holen, und kroch durch das Zimmer zu Charles. Mit viel gutem Zureden lotste ich ihn unter dem Schreibtisch hervor. Wir setzten uns aufs Bett, Charles legte seinen Kopf in meinen Schoß und beteuerte weinend, daß er mir nichts hatte zuleide tun wollen. Mir taten sämtliche Glieder weh, aber viel schmerzhafter waren die Schuldgefühle. Charles hatte mich geliebt, und ich hatte seine Liebe nicht ernstgenommen. Wenn schon sonst nichts, hätte Tildas Geschichte mich eigentlich lehren müssen, wie tief Liebe den Liebenden verwunden kann. Jetzt glaubte ich Charles, wenn er sagte, daß er mir nichts hatte antun wollen. Als Patrick zum Telefon greifen wollte, um die Polizei zu rufen, hinderte ich ihn daran.

»Rebecca! Um Himmels willen. Er wollte dich vergewaltigen. Ich hab gehört, was er gesagt hat.«

»Er ist krank, Patrick.« Ich überlegte einen Moment. »Ich rufe seine Schwester an. Vielleicht kann seine Mutter ihn dazu überreden, in eine Klinik zu gehen.«

Er diskutierte noch ein wenig, aber ich gab nicht nach. Eine Nacht in einer Gefängniszelle hätte dem armen Charles den Rest gegeben. Es gelang uns, Charles' Mutter ausfindig zu machen, und dann ging alles sehr schnell. Vom Schrecken aus der kalten Unnahbarkeit gerissen, mit der sie sich gewöhnlich zu umgeben pflegte, traf Charles' Mutter prompt mit einem Spezialisten aus der Harley Street ein, der aus seiner Empörung darüber, zu nachtschlafener Zeit aus dem Bett gerissen worden zu sein, keinen Hehl machte. Charles war inzwischen völlig apathisch und folgte den beiden ohne Widerspruch. Patrick und ich blieben allein in den Trümmern meines Wohnzimmers zurück. Es war nach drei Uhr morgens.

»Danke, Patrick«, sagte ich. Meine Stimme zitterte. »Woher hast du gewußt ...?«

»Ich hatte keine Ahnung. Ich wollte zu dir, um dir etwas zu sagen. Ich versuche seit Wochen, dich zu erreichen. Ich hab mehrmals auf deinen Anrufbeantworter gesprochen, aber du hast dich nie gemeldet.«

»Ich hab die Nachrichten gelöscht«, gestand ich beschämt, »ohne sie mir angehört zu haben.«

»Oh.« Er sah mich an. Sein gutgeschnittenes Gesicht war etwas entstellt durch die Platzwunde über seiner Augenbraue. »Na ja, das war vielleicht gut so, sonst wäre ich heute abend nicht vorbeigekommen. Kurz und gut, ich habe heute abend länger gearbeitet und bin dann extra bei dir vorbeigefahren, weil ich dich sprechen wollte. Als ich vor der Tür stand, hörte ich von drinnen die Auseinandersetzung. Da bin ich nach hinten gegangen, um zu sehen, ob die Tür noch offen ist. Sie war abgesperrt, aber ich konnte durchs Fenster einsteigen.«

»Du wirst ein prächtiges Veilchen bekommen, Patrick. Warum wolltest du denn mit mir sprechen?«

»Das Ergebnis der DNA-Analyse ist da. Der Tote ist Daragh Canavan.«

Daran hatte ich nie gezweifelt. Eine Weile saßen wir da und sprachen kein Wort. Dann sagte er: »Rebecca, ich habe vorhin gehört, wie Charles gesagt hat, daß du ein Kind von mir erwartest. Ist das wahr?«

Ich nickte nur.

»Mein Gott.« Er starrte mich an. »Aber das muß ... wie lange ...«

Ich sah, wie er rechnete, und sagte rasch: »Es muß in Cumbria passiert sein. Ich bin fast drei Monate schwanger, glaube ich.«

»Glaubst du?« Sofort griff er das entscheidende Wort auf.

Ich kniff die Augen zusammen. Zum ersten Mal an diesem langen, schrecklichen Abend hätte ich am liebsten geweint. »Ich war noch nicht beim Arzt. Es wäre ganz überflüssig gewesen. Ich bin noch unentschieden.«

»Oh.« Er schien sich von mir zurückzuziehen. Das eine kurze Wort war ohne Ausdruck, völlig neutral.

»So einfach ist das nicht«, sagte ich ärgerlich. »Natürlich würde ich das Kind gern bekommen, aber du siehst doch selbst, wie klein meine Wohnung ist, und ich verdiene nicht besonders gut. Ich will nicht, daß mein Kind in Armut und Unsicherheit aufwächst. Wenn ich mit meiner Schriftstellerei nicht weiterkomme, muß ich entweder unterrichten oder als Sekretärin arbeiten oder so was, und dann wird es ein Schlüsselkind, und ...«

»Hör auf.« Er nahm mich in die Arme und zog mich an sich, und ich weinte in den Stoff seines maßgeschneiderten weißen Hemds.

Patrick ließ keinen meiner Einwände gelten und schleppte mich zu einer Untersuchung zur nächsten Notaufnahme. Während wir dort in Gesellschaft von gebrochenen Armen, blutigen Nasen und Verbrühungen warteten, sagte er: »Warum hast du mir das nicht früher gesagt?«

Müde erinnerte ich mich an die verpaßten Gelegenheiten und Mißverständnisse der letzten Wochen. »Es war irgendwie nie der richtige Moment. Außerdem dachte ich, du magst mich gar nicht, sondern liebst immer noch Jennifer.«

»Ich hab dich an dem Abend damals gesehen. Ich bin dir nachgelaufen, aber ich habe dich im Gewühl verloren.«

Ich fühlte mich völlig ausgelaugt und kam mir jetzt auch noch wie eine dumme Gans vor. Der Schatten, der mir an jenem Abend in Richmond gefolgt war, war Patrick gewesen. Ich hatte einer freundschaftlichen Umarmung, einer herzlichen Begrüßung zweier Menschen, die einmal verheiratet gewesen waren und ein Kind miteinander hatten, eine falsche Deutung gegeben.

»Wir müssen versuchen, freundschaftlich miteinander auszukommen«, erklärte er, meine Überlegungen bestätigend. »Ich möchte nicht, daß Ellie mit Eltern aufwachsen muß, die ständig miteinander streiten. Wenn wir Freunde bleiben können, ist das vor allem für sie das beste.«

Drei junge Leute stolperten herein, zwei von ihnen stützten ihren verletzten Freund, der eine gebrochene Nase hatte. Blut tropfte auf den Boden.

Ich schloß die Augen und holte tief Atem. »Patrick, ich will dir schon seit Wochen etwas sagen. Ich will Tilda auf keinen Fall schaden. Ich mag Tilda, ich habe sie sehr gern. Ich bin nicht der Mensch, der über Leichen geht, um beruflich etwas zu erreichen. So ehrgeizig bin ich nicht.«

Er sah mich nicht an. »Da hat Toby Carne aber etwas anderes angedeutet.«

»Toby?« Ich erinnerte mich, daß Patrick in der Weinbar kurz vor unserem Streit gesagt hatte, *Ich habe neulich übrigens zufällig einen Freund von dir getroffen.* Schon wieder Schatten der Vergangenheit, die mich nicht freigeben wollten.

»Wenn Toby so etwas zu dir gesagt hat, dann vermutlich, weil er wütend war, daß ich nicht postwendend zu ihm zurückgekehrt bin, als er gemerkt hat, daß ich ihm fehle. Zwischen uns ist es aus, Patrick, da ist überhaupt nichts mehr. Als ich ihn gebraucht habe, hat er mich im Stich gelassen. Toby kann einfach nicht akzeptieren, daß ich kein Interesse mehr habe. Er will immer gewinnen.«

Patrick lächelte flüchtig. »Ich weiß. Ich hatte bei Gericht mit ihm zu tun.«

»Und wer hat gewonnen?«

»Ich.«

Dann stellte ich ihm die Frage, die mich schon seit einiger Zeit bewegte. Ich sagte: »Du hast gewußt, daß Daragh tot ist, nicht wahr, Patrick?«

Er antwortete nicht.

»Sag es mir«, drängte ich. »Das war doch der Grund, weshalb du nicht wolltest, daß Tildas Biographie geschrieben wird.« Und als er immer noch nicht antwortete, sagte ich: »Patrick, bitte.«

Er streckte seine langen Beine aus. Der Junge mit der gebrochenen Nase klappte zusammen, und zwei Schwestern kamen angerannt, um ihn aufzuheben.

»*Gewußt* habe ich nicht, daß er tot ist, woher hätte ich das wissen sollen? Aber ich hielt es für wahrscheinlich, und mir war klar, daß er – wenn überhaupt – unter verdächtigen Umständen umgekommen sein muß. Nach allem, was ich über ihn gehört hatte, schien er mir nicht zum Selbstmord zu neigen.«

»Zu mir hast du aber gesagt, du hieltest es für wahrscheinlich, daß er einfach untergetaucht ist.«

»Ja, stimmt.« Er wirkte ein wenig verlegen. »Möglich gewesen wäre das natürlich auch.«

»Aber wirklich geglaubt hast du es nicht?«

Er seufzte. »Ich hielt es einfach für das Wahrscheinlichste, daß irgend jemand ihm eins über den Schädel gegeben und ihn dann im nächstbesten Graben verscharrt hatte. Tilda war der gleichen Meinung.«

Ich erinnerte mich, wie Tilda am Fenster gestanden und in den Garten hinausgeschaut hatte. *Er hätte seine Tochter nicht verlassen.*

»Ich habe natürlich nie geglaubt, daß Tilda etwas damit zu tun hatte«, bemerkte Patrick.

»Hat Caitlin mal mit dir über ihren Vater gesprochen?«

»Nur wenig. Für Caitlin war er ein Gott. Aber man braucht nur zwischen den Zeilen zu lesen, um zu erkennen, was er ihr angetan hat. Erst hat er sie nach Strich und Faden verwöhnt, und dann hat er sie ohne ein Wort im Stich gelassen. Aber ich war nicht nur Daraghs wegen gegen das Buch.«

Ich sah ihn fragend an. »Warum dann?«

»Ich konnte mir vorstellen, was für einen Eindruck die Geschichte mit Caitlin und Erich möglicherweise machen würde. Auch die Tatsache, daß Melissa damals nach Frankreich ging, um bei meinem Großvater zu leben. Das war alles so – vertrackt. Aber wahrscheinlich sind Familien so.«

Ich dachte an meine eigene Familie und beschloß, gleich am nächsten Tag meinen Vater anzurufen.

Patrick fügte hinzu: »Ich fürchtete, es würde Tilda mehr Schmerz bereiten, als sie vorausgesehen hatte. Sie ist in mancher Hinsicht so naiv. Ehrlich gesagt, mir ist es ziemlich gleichgültig, wer Daragh Canavan umgebracht hat. Er war ein Scheißkerl. Und Tilda hat genug gelitten.«

»Ich weiß«, sagte ich beschwichtigend. »Ich weiß ja.«

»Zieh mit mir nach Cumbria«, sagte er unvermittelt, die Augen, dieses lichte, klare Blau, unverwandt auf mich gerichtet. »Ich habe das Haus gekauft. Ich mußte wie verrückt jonglieren, aber vor zwei Tagen habe ich den Vertrag unterschrieben.«

Ich war verwirrt. »Ich dachte, es wäre ein Wochenendhaus.«

»Aber nein. Ich will schon seit Jahren aus London weg. Aber Jen war nie zu einer finanziellen Einigung bereit.«

»Du willst *Bauer* werden?« Ich konnte ihn mir nicht vorstellen in einem abgetragenen alten Barbour auf einer Weide, wo er die Schafe zusammentrieb.

Er lachte schallend. »Bauer? Nein, bestimmt nicht! Ich habe eine Kanzlei in Penrith gekauft. In Cumbria brauchen die Leute auch Anwälte, Rebecca. Die Arbeit wird vielleicht ein bißchen weniger abwechslungsreich sein, das ist alles.«

Die Eifersucht meldete sich wieder. »Du wirst also in der Nähe von Jennifer leben.«

»Ich werde in der Nähe von *Ellie* leben. Sie kommt im September zur Schule. Sie wird dann jedes zweite Wochenende bei mir verbringen.«

Er sah mich erwartungsvoll an. So gern hätte ich ja gesagt, aber ich wußte, daß ich das nicht konnte. Zu einer so festen Bindung war ich noch nicht bereit. So vieles war noch ungeklärt, nicht abgeschlossen. Ich wich seinem Blick aus.

»*Rebecca.* Ich weiß, daß ich schon einmal gescheitert bin, aber …«

»Das ist nicht der Grund. Der Grund bin ich.«

»Oh«, sagte er wieder. Es klang niedergeschlagen. »Die Liebe. Diese flüchtige kleine Sache, der alle hinterherjagen.«

Ich dachte an Tilda. Ich hatte lange gebraucht, um zu erkennen, daß Max Tildas große Liebe gewesen war, und nicht Daragh.

»Ich glaube, ich liebe dich.« Er sprach schnell, beinahe, als hätte er Angst, daß, wenn er sich Zeit zum Überlegen ließe, er die Worte zurückhalten und sich vor der Verletzlichkeit schützen würde, die eine solche Erklärung in sich birgt. »Ich glaube, ich habe mich in dich verliebt, als du mit diesem halb verwelkten Strauß Narzissen im Krankenhaus aufgetaucht bist, um Tilda zu besuchen. Du warst ganz erhitzt, und dein Haar war zerzaust ...«

»Ich hatte mich verlaufen«, warf ich ein, als müßte ich mich verteidigen. »Krankenhäuser sind ja die reinsten Irrgärten.«

»... und dann hast du Matty das Geld für die Cola gegeben, das sie unbedingt haben wollte. Irgend etwas an dir hat mich sofort angezogen.«

Die Unvernunft der Liebe, dachte ich. Eine Schwester rief meinen Namen. Ich sah Patrick an.

»Noch nicht«, flüsterte ich ihm zu, als ich aufstand. »Eines Tages vielleicht, aber jetzt noch nicht. Laß mir Zeit, Patrick. Ich habe noch soviel zu tun. Soviel zu verstehen.« Und ich muß, hätte ich sagen können, erst das Ende der Geschichte wissen. Ich gab ihm einen Kuß, und als ich davonging, wurde mir bewußt, daß ich das nächste Gespräch mit Melissa kaum erwarten konnte. Alles war offen. Ich hatte Tilda verlassen, als sie sich im Frühjahr 1949 auf die Heimreise nach England begab, überzeugt, daß Max sie nicht mehr liebte ...

# 17

MAX WAR FREUNDLICH und zuvorkommend zu ihr gewesen, aber nicht weil er sie immer noch liebte. Für den wohlerzogenen Max war es selbstverständlich, der Mutter seiner Kinder mit Höflichkeit zu begegnen, doch sein Herz gehörte dieser hübschen blonden Französin, die einfach in seine, ihr offensichtlich wohlvertraute, Küche spaziert war und verkündet hatte, daß sie ihm etwas Schönes kochen würde. Tilda wußte jetzt, daß Max sie aus Mitleid geküßt hatte. Max selbst hatte ja darauf hingewiesen, wie müde sie aussah. Er war zu ritterlich gewesen, um zu sagen, *wie alt*. Max war schließlich immer noch ein attraktiver Mann. Mit Männern, dachte Tilda voll Bitterkeit, während sie in der Damentoilette auf der Fähre ihr Gesicht in dem kleinen Spiegel musterte, ging das Alter eben freundlicher um.

Als sie später an Deck stand und zu den dunklen Wellen hinuntersah, vergoß sie Tränen der Demütigung und Enttäuschung. Die Fähre legte am frühen Abend an, und sie nahmen den Zug nach Oxford. Es war dunkel, als sie dort ankamen, und es regnete in Strömen. Während der Bus durch die gewundenen Straßen rumpelte, dachte Tilda an ihre anderen Kinder. Sie konnte es kaum erwarten, sie wiederzusehen, und sie sehnte sich danach, in ihr Bett zu kriechen und zu schlafen.

Zu Hause angekommen, umarmte sie Rosi, Hanna und Erich und übergab ihnen Geschenke und Briefe von Max und Melissa. Dann sah sie sich um. »Wo ist Caitlin?«

»In ihrem Zimmer«, antwortete Rosi.

Tilda zog ihren nassen Regenmantel aus. »Ich geh zu ihr.«

»Tilda.« Rosi zog sie beiseite. »Tilda, ich muß erst mit dir sprechen.«

Erich betrachtete sein Geschenk, ein Buch über Blumen, und Hanna war nach oben gelaufen, um die Bluse anzuprobieren, die Tilda ihr mitgebracht hatte. Josh saß am Tisch und aß.

Sie folgte Rosi in die Küche. Rosi schloß die Tür. Angst beschlich Tilda.

»Rosi, ist mit Caitlin alles in Ordnung? Ist sie krank?«

»Nein, nein. Caitlin geht es gut. Sie trotzt nur, das ist alles. Aber während du weg warst, ist etwas passiert, Tilda. Ich muß es dir erzählen. Bitte, setz dich.«

Als Rosi ihre Geschichte beendet hatte, war Tilda froh, daß sie sich gesetzt hatte, so heftig zitterten ihre Beine. Sie sagte: »Vielleicht ist die Sache gar nicht sehr weit gegangen, vielleicht war es nur ein Flirt ...«

»Sie war in seinem Bett«, unterbrach Rosi grimmig. »Ich bin raufgelaufen und hab sie aus dem Bett gezerrt. Sie hat geschrien und gestrampelt und mich gekratzt.«

Caitlin, Daraghs geliebte einzige Tochter, die noch nicht einmal sechzehn Jahre alt war, hatte eine Affäre mit einem verheirateten Mann. »Dieser Mann ...«

»Julian Pascoe.«

»Wie ist er?«

»Anfang Dreißig. Gutaussehend. Ich kann mir vorstellen, daß er Caitlin gefällt.«

»Liebt er sie?«

Rosi schüttelte den Kopf. »Er schien hauptsächlich besorgt zu sein, daß die Nachbarn was mitbekommen würden. Caitlin hat einen Heidenkrach gemacht, als ich sie da wegholte.«

»Mein Gott«, sagte Tilda leise. Sie stand auf. »Wo wohnt er, Rosi?«

Rosi machte ein besorgtes Gesicht. »Du solltest erst was essen, Tilda. Du siehst todmüde aus. Das hat doch Zeit.«

»Nein, das hat keine Zeit«, entgegnete sie und zog ihren nassen Regenmantel wieder über. Rosi erklärte ihr den Weg, und sie ging. Eine Wut, an der sie fast zu ersticken meinte, begleitete sie auf ihrem Weg. Dreißig. Verheiratet. *Gutaus-*

*sehend ... Ich kann mir vorstellen, daß er Caitlin gefällt.* Sie rannte den Fußweg zu Julian Pascoes Haus hinunter, ohne auf die Pfützen zu achten, in die sie achtlos trat, oder die Brennesseln und das Gestrüpp, die ihr an die Beine schlugen. Sie riß das schmiedeeiserne Gartentor auf und lief zur Tür, wo sie läutete.

»Ja?« Eine Frau stand an der offenen Tür. Mrs. Pascoe war gut gekleidet. Sie hatte gepflegtes dunkles Haar und ein hochmütiges Gesicht.

»Ich würde gern Mr. Pascoe sprechen.«

»Julian? Hier ist jemand, der dich sprechen möchte.« Mrs. Pascoe bat Tilda nicht herein.

Sobald sie Julian Pascoe sah, wußte sie, warum Caitlin sich zu ihm hingezogen fühlte. Groß, schlank und dunkelhaarig; es bestand eine oberflächliche Ähnlichkeit mit Daragh, dem Vater, den Caitlin geliebt und verloren hatte.

Tilda sagte: »Mein Name ist Tilda Franklin. Ich möchte mit Ihnen über Caitlin sprechen.«

Julian Pascoe warf einen furchtsamen Blick zurück. »Nicht hier«, murmelte er. Dann hob er die Stimme und rief: »Ich hab noch eine Probe, Darling!« Er nahm ein Jackett vom Haken in der Garderobe und trat aus dem Haus.

»Ihre Frau weiß also nichts von Caitlin?« sagte sie.

»Nein.« Er warf ihr einen raschen Blick zu. »Und es wäre mir lieber, wenn es dabei bliebe. Wollen wir ein Stück gehen?«

Sie gingen den Weg hinunter zur Straße. Er fragte plötzlich: »Sind Sie ihre Mutter?«

Es war offensichtlich, daß er überhaupt nichts von Caitlin wußte. »Caitlins Eltern sind tot«, antwortete sie frostig. »Ich kümmere mich seit dem Tod ihrer Mutter um sie.«

»Aha.« Auf der Straße blieben sie stehen. Er nahm ein Zigarettenetui aus seiner Tasche. »Ich habe sie nicht verführt, nur damit Sie das wissen«, sagte er, nachdem er sich eine Zigarette angezündet hatte. »Sie war willig.«

Eine Welle des Zorns schoß in Tilda hoch, so mächtig, daß sie kaum sprechen konnte. »Sie haben ihre Unschuld ausgenutzt, Mr. Pascoe. Sie befanden sich in einer Machtposition und haben die Situation ausgenützt, um sich an einem verwirrten jungen Mädchen zu vergreifen.«

»Sie wußte genau, was sie tat.«

»Wie alt sind Sie?«

»Einunddreißig.« Er zwinkerte verwirrt.

»Caitlin ist fünfzehn. Hat sie Ihnen das gesagt, Mr. Pascoe?«

Zum ersten Mal wirkte er erschrocken. »Fünfzehn?«

»Ja. Ich glaube man nennt das Unzucht mit Abhängigen.«

»Du meine Güte! Ich hatte ja keine Ahnung ... Sie hat mir erzählt, sie wäre achtzehn. Ja, ich bin sicher, sie hat gesagt, sie wäre achtzehn.« Er lachte und strich mit einer eleganten Geste, von der Tilda vermutete, daß er sie regelmäßig vor dem Spiegel übte, die Locke zurück, die ihm in die Stirn gefallen war. »Wenn ich das gewußt hätte, hätte ich sie natürlich nicht angerührt. Ich ziehe sowieso ältere Frauen vor.« Er sah Tilda mit treuherzigem Blick an und lächelte jungenhaft. »Sie werden doch meiner Frau nichts sagen?«

Einen Moment lang antwortete sie nicht. Dann sagte sie leise: »Mr. Pascoe, wenn Sie auch nur den Versuch machen, noch einmal mit Caitlin zu sprechen, werde ich die Geschichte überall ausposaunen. Dann wird nicht nur Ihre Frau es erfahren, dann werden auch Ihre Freunde, Ihre Kollegen und Ihre Nachbarn davon hören. Und ich werde mich an die Polizei wenden. Haben Sie mich verstanden?«

»Ja.« Schweiß stand auf seiner Oberlippe; er wischte ihn mit dem Handrücken ab. »Ja.«

Sie machte auf dem Absatz kehrt und ging davon. Hinter sich hörte sie ihn sagen: »Sie war nicht mehr unschuldig, damit Sie das wissen!« Mit einem Ruck fuhr sie herum und schlug ihm mit der flachen Hand ins Gesicht.

Wieder zu Hause, ging sie sofort in Caitlins Zimmer. Caitlin lag auf dem Bett. Als sie Tilda sah, setzte sie sich auf.

Tilda sagte: »Rosi hat mir von Julian Pascoe erzählt.«

»Das gemeine Luder. Überall muß sie ihre Nase reinstecken. Sie hat überhaupt kein Recht ...«

»Rosi hatte jedes Recht dazu, Caitlin. Sie war während meiner Abwesenheit für dich verantwortlich.«

»Ich kann auf mich selbst aufpassen.«

»Bis zu dem Tag, an dem du einundzwanzig wirst, bin ich für dich verantwortlich, Caitlin. Du bist gerade erst fünfzehn. Mr. Pascoe weiß das jetzt.«

Caitlin schnappte nach Luft. »Du hast mit Julian gesprochen?«

»Ja.« Tilda setzte sich auf die Bettkante. Der kurze Energieschub, den ihr Zorn hervorgebracht hatte, war vorbei. Ihr schwindelte fast vor Erschöpfung. »Ich habe ihm gesagt, daß er dich in Zukunft in Ruhe lassen soll.«

Caitlins hübsches Gesicht verzog sich vor Wut. »Wie kommst du dazu? Julian *liebt* mich.«

Nein, das tut er nicht, dachte Tilda, aber sie wußte, wie grausam es wäre, dem Kind das zu sagen. »Mr. Pascoe ist verheiratet«, bemerkte sie ein wenig sanfter.

»Julian will seine Frau verlassen.«

Tilda sah auf ihre Hände hinunter, sie wußte, daß sie ihre Worte jetzt vorsichtig wählen mußte. »Ich glaube nicht, daß er das tun wird, Kate. Außerdem bist du nicht alt genug, um zu heiraten.« Sie holte tief Atem. Sie fühlte sich alt und müde und ohne Hoffnung. Sie hatte Caitlin gegenüber völlig versagt. »Kate, ich sehe doch, wie unglücklich du hier bist. Was möchtest du denn gern? Möchtest du vielleicht auf ein Internat?«

»Ein Internat?« Caitlin lachte schrill. »Das wäre eine praktische Lösung für dich, stimmt's, Tilda?«

Ihr stockte der Atem. Sie sah auf. »Was meinst du damit?«

Einen Moment lang trafen sich ihre Blicke, dann schüttelte Caitlin den Kopf und sagte brummig: »Gar nichts.«

Es folgte ein kurzes Schweigen. Tilda seufzte. »Kate, wenn du so weitermachst, bringst du dich unweigerlich in Schwierigkeiten. Ich kann dich nicht einsperren. Wenn du Pech hast, stehst du am Ende mit einem Kind und ohne Ehemann da. Möchtest du das denn?«

Caitlin sah weg. Tilda ließ nicht locker. »Glaubst du, daß dein Vater und deine Mutter sich das für dich gewünscht hätten?«

»Was weißt du denn schon davon, was mein Vater gewünscht hätte? Du weißt *nichts!*« Caitlin ging zu ihrem Toilettentisch und begann sich zu kämmen. Ihre Hand zitterte.Sie schlüpfte in einen Mantel.

»Wo willst du hin?«

»Weg. Ich hab Probe. Ich hab schon die gestrige wegen der blöden Rosi verpaßt. Ich will nicht noch eine verpassen.«

»Mr. Pascoe weiß, daß du bei dem Stück nicht mitmachen kannst.«

»Ich kann nicht mitmachen?« Caitlins Augen blitzten zornig. »Aber natürlich mache ich mit. Du willst mir immer nur alles wegnehmen, was mir gehört, und mir jeden Spaß verderben!« Sie riß die Tür auf. »Ich hasse dich! Ich hasse dich, Tilda Franklin, und ich werd's dir heimzahlen.«

Caitlin stieß die Tür zur Gedächtnishalle auf und lief hinein. Es war eine Kostümprobe; da standen sie alle in ihrem grellen Make-up und ihren schäbigen Kostümen und starrten sie an.

Julian sagte, »Entschuldigt mich einen Moment«, und sprang von der Bühne. Gedämpftes Gelächter folgte ihm.

Er packte Caitlin beim Handgelenk und führte sie aus dem Saal in die kleine Küche. »Warum zum Teufel bist du noch hergekommen?«

»Weil ich dich sehen wollte, Julian. Tilda hat mir gesagt, daß sie mit dir gesprochen hat.«

»Ja, natürlich. Die schöne Mrs. Franklin.« Er lächelte grimmig. »Sie ist einfach bei mir zu Hause reingeplatzt. Das wird noch eine Riesenauseinandersetzung mit Margaret geben.«

»Sie hat gesagt, daß ich dich nicht mehr sehen darf«, jammerte Caitlin.

»Nein, das geht auch nicht mehr. Und wenn ich gewußt hätte, daß du noch ein Teenager bist, Süße, hätte ich nie was mit dir angefangen. Alles hat seine Grenzen.«

Sie sagte hastig: »Aber ich werde im Oktober sechzehn. Du wartest doch auf mich, Julian?« Etwas wie geringschätzige Erheiterung breitete sich auf seinem Gesicht aus. »Auf dich warten? Mach dich nicht lächerlich, Caitlin.«

»Aber ich liebe dich!«

Er sah auf seine Uhr. »Du schwärmst mich an, das ist alles. Es kommt oft vor, daß kleine Mädchen sich in ältere Männer vergucken. Das wird sich geben.«

»Julian.« Sie hielt ihn am Jackenärmel fest und zog ihn näher zu sich. »Ich liebe dich. Wirklich. Und du liebst mich doch auch, das weiß ich.«

»Nein«, entgegnete er mit großer Bestimmtheit. »Nein, das habe ich dir gegenüber nie behauptet. Ich bin vielleicht ein Schweinehund, aber das hätte ich nie zu dir gesagt. Du warst ein nettes kleines Abenteuer für mich, Caitlin. Du bist ganz hübsch und du warst willig, und ich hab mich gelangweilt. Das ist alles.«

Ihre Hand fiel von seinem Arm herab. Sie flüsterte: »Aber das Stück ...«

»Ich habe Veronica gesagt, daß sie deinen Part übernehmen kann«, erklärte er. Dann lächelte er. »Sie hat mir eine Ohrfeige gegeben, deine Pflegemutter. Mitten ins Gesicht.« Er fügte hinzu, »Und weißt du was, das hat mir richtig gutgetan«, und dann ging er in den Saal zurück.

Caitlin ging nur deshalb nach Hause, weil sie nicht wußte, wohin sonst sie hätte gehen können. Hätte sie nur zehn Shilling in ihrer Tasche gehabt, sie wäre in den nächsten Bus gestiegen und davongefahren, um nie wieder zurückzukehren. In ihrem Zimmer hockte sie sich zusammengekauert auf ihr Bett. Sie wickelte ihr Federbett um sich und starrte, eine Faust an ihren Mund gepreßt, das kleine Blumensträußchen in dem Marmeladenglas auf ihrem Fensterbrett an.

Am folgenden Tag stöberte Caitlin Erich im Garten auf, wo er dabei war, den Beerensträuchern Netze überzuziehen. »Erich«, sagte sie, »bei meinem Fahrrad ist die Kette rausgesprungen. Kannst du mir das vielleicht richten?«

Er sprang errötend auf und folgte ihr aus dem Garten zum Schuppen hinaus. Sie fand ihn abstoßend mit seinen langen, lose hängenden Armen, dem strähnigen Haar, den schiefen, teilweise angeschlagenen Zähnen. Aber sie zeigte ihm ihr Fahrrad. »Kannst du es richten?«

Ohne etwas zu sagen ging er in die Hocke und machte sich an der öligen Kette zu schaffen.

»Diese kleinen Blumensträuße sind doch von dir, stimmt's?« fragte sie neugierig.

Die Fahrradkette glitt ihm aus den ungeschickten Händen. »E-e-e-entschuldige«, stammelte er.

»Dafür brauchst du dich doch nicht zu entschuldigen, Erich. Die Blumen sind wunderschön.«

Er drehte den Kopf und sah sie ungläubig an. »Sie gefallen dir, Caitlin?«

»Aber natürlich.« Sie lächelte.

Aus dem Zweifel in seinem Gesicht wurde Freude, und da wußte sie, daß sie es schaffen würde. Sie würde es schaffen, Erich Wirmer dazu zu bringen, sie zu lieben. Eine bessere Rache hätte sie sich nicht vorstellen können. Sie würde Erich in sich verliebt machen, weil Tilda ihr Julian weggenommen hatte. Tilda hatte ihr ihren Vater und ihren Geliebten genommen, und dafür wollte Caitlin nun ihr etwas wegnehmen.

Max war auf dem Rückweg zur Werkstatt, nachdem er Melissa zum Schulbus gebracht hatte, als er seinen Namen hörte. Er drehte sich um.

»Cécile!«

»Max, Chéri.« Sie küßte ihn.

»Ich habe dich erst nächste Woche zurückerwartet.«

Sie runzelte die Stirn. »Hat Melissa dir nicht gesagt, daß ich früher zurückgekommen bin?« Sie legte die Fingerspitzen an den Mund und schüttelte den Kopf.

Max war verwirrt. »Melissa hat kein Wort gesagt. Wann warst du denn da?«

»Sie hat es wahrscheinlich vergessen.« Cécile nahm ihn bei der Hand. »Komm, trinken wir einen Kaffee zusammen, Chéri.«

Sie gingen ins Café am Platz. Max bestellte schwarzen Kaffee. Cécile sagte: »Ich war vor ein paar Tagen bei dir, gleich nachdem ich wieder zurück war. Ich wollte für dich kochen. Ich hatte keine Ahnung, daß deine Frau da war.«

Er warf ihr einen scharfen Blick zu. »*Tilda?*«

Sie nickte. »Ich bin einfach reinmarschiert, tut mir leid. Ich hab Melissa im Garten gesehen und hab sie gerufen. Matilda hab ich zuerst nicht gesehen, sie saßen unter dem Baum.«

»An welchem Tag war das, Cécile?« fragte er drängend.

Sie dachte zurück. »Am Mittwoch. Gegen Mittag, vielleicht auch ein bißchen später.«

Max fluchte. Der Mittwoch war Tildas letzter Urlaubstag gewesen. Am Mittwoch mittag hatte er den Rolls-Royce zurückgebracht und ewig auf diesen saumseligen Bauern gewartet.

Sie berührte seine Hand. »Max, ich wußte nicht, daß deine Frau zu Besuch da war, sonst wäre ich nicht vorbeigekommen.«

»Du kannst nichts dafür«, sagte er zerstreut. »Es ging alles ziemlich plötzlich. Tilda hat mir geschrieben und gefragt, ob sie Ostern kommen könnte. Da warst du bereits zu deiner Cousine gefahren.« Er konnte sich vorstellen, wie Céciles unangemeldeter Besuch auf Tilda gewirkt haben mußte. Kein Wunder, daß sie an diesem letzten Nachmittag so kalt und distanziert gewesen war.

»Ich hab dir alles verpfuscht, stimmt's?« sagte Cécile.

Er zuckte die Achseln. »Ich weiß es nicht.«

Sie schwiegen beide. Cécile rührte ihren Kaffee um und beobachtete ihn. »Und du«, sagte sie dann langsam, »du liebst sie immer noch, nicht wahr, Max?«

Er sah auf den Platz hinaus, zu den Bäumen, die die Pflastersteine mit Schatten sprenkelten.

»Sag es mir!«

Er wandte sich ihr wieder zu. »Ja. Ich habe eine Ewigkeit gebraucht, um es zu merken, aber ich liebe sie immer noch.«

Jetzt war sie es, die wegsah. »Dann wirst du wohl nach England zurückkehren.«

»Das weiß ich noch nicht.« Seit drei Tagen fühlte er sich hin und her gerissen zwischen der bitteren Überzeugung, daß er Tilda für immer verloren hatte, und dem Wunsch, den nächsten Zug nach Calais zu nehmen.

»Aber sicher wirst du zurückkehren. Das mußt du.«

»Vielleicht.«

»Und ich?« sagte sie.

Er nahm ihre Hand. »Cécile, ich schulde dir so viel. Du warst mir eine so gute Freundin.«

»Aber du liebst mich nicht.« Ihr Ton war schroff.

»Du bist meine liebste Freundin.«

»Ich liebe dich, Max.«

Er starrte sie an. Sie lachte. »Hast du das nicht gewußt?«

»Cécile.« Er haßte sich selbst. »Ich wollte nie ...«

»Das weiß ich. Und jetzt mußt du wählen, Max. Für wen entscheidest du dich?«

Er antwortete nicht. Nach einer Weile sagte sie ruhig: »Mach dir keine Sorgen, ich weiß, daß es keine Wahl gibt. Du wirst zu Tilda zurückkehren.« Er sah, daß sie Tränen in den Augen hatte.

»Cécile«, sagte er. »Es tut mir so leid. Ich bin ein fürchterlicher Idiot gewesen. Ein absolut selbstsüchtiges Schwein.«

»Ach, Max!« Sie lachte wieder. »Wie typisch *englisch*.«

Hanna war sicher, daß sie die Prüfungen nicht schaffen würde. Sie hatte sich einen Plan gemacht, um den ganzen Stoff noch einmal zu wiederholen und hatte reichlich Zeit eingeplant, aber als sie sich an diesem Morgen ihre Aufzeichnungen über die Leber angesehen hatte, ein Gebiet, das sie schon vor Wochen wiederholt hatte, stellte sie fest, daß sie überhaupt nichts mehr wußte. Nur ein wüstes Durcheinander war in ihrem Kopf. Sie fürchtete, sie würde nichts als Unsinn schreiben, wenn sie erst im Examen saß, oder womöglich schlagartig ihr ganzes Englisch vergessen und die Antworten in Deutsch niederschreiben.

Sie hatte fast ständig Kopfschmerzen und konnte abends nicht einschlafen. Wenn sie endlich schlief, hatte sie schreckliche Träume von Holland und Deutschland, die lang verdrängte Erinnerungen weckten. Sie hörte die Stimmen ihrer Eltern und ihrer Schwestern, die nach ihr riefen, und beim Erwachen, oft in Tränen aufgelöst, wurde sie von Schuldgefühlen überwältigt.

Eines Tages nach dem Abendessen sprach sie mit Tilda. »Ich glaube, ich fahre früher zur Uni zurück, Tilda. Ich muß in der Bibliothek arbeiten.«

Tilda war gerade dabei, Tee zu machen. Sie schenkte Hanna eine Tasse ein. »Du siehst müde aus, Hanna.«

Leicht gereizt erwiderte Hanna: »Ich hab ja auch viel zu arbeiten. Und mein Hirn ist wie ein Sieb, ich schütte alles rein, und unten fällt alles wieder raus.«

Tilda reichte ihr den Zucker. »Vielleicht«, meinte sie behutsam, »arbeitest du *zuviel*, Hanna.«

Hanna sagte nichts, rührte nur mit finsterer Miene den Zucker in ihren Tee.

»Tante Sarah hat immer zu mir gesagt, ich sollte jeden Tag etwas für meinen Kopf, für meine Füße und für mein Herz tun. Das war ein guter Rat.«

»Dafür hab ich keine Zeit.«

»Ich wollte damit ja auch nur sagen ... Mach doch mal einen Spaziergang. Oder füttre die Enten. Oder setz dich eine halbe Stunde in die Kirche. Da ist es angenehm kühl, da vergehen deine Kopfschmerzen vielleicht. Dann kommst du frisch wieder nach Hause und kannst besser arbeiten.«

Hanna war mißtrauisch. Ihr Tutor in Cambridge hatte ihr ähnliches geraten: daß sie nicht mehr als einige Stunden am Tag arbeiten sollte.

»Komm, Hanna«, redete Tilda ihr zu. »Es braucht ja keine Riesenwanderung zu sein, nur ein kleiner Spaziergang.«

Brummig zog Hanna ihre Jacke an. Draußen hatte es geregnet, und die Luft duftete frisch und süß. April und Mai waren ihre Lieblingsmonate, aber in diesem Jahr hatte sie kaum den Wechsel der Jahreszeiten bemerkt. Sie ging durch den Garten zur Hauptstraße hinaus. Der leichte Wind berührte kühl und angenehm ihre Stirn. Sie versuchte, sich die Knochen des Fußes aufzusagen, aber die zarte Schönheit der Glockenblumen im Wäldchen und der Anemonen mit ihren sachte nickenden Köpfen lenkte ihre Aufmerksamkeit ab. Sie schob die Hände in die Taschen und ging ziellos vor sich hin. Morgen, dachte sie, würde sie nach Cambridge zurückfahren. Rosi, die die

Trennung von ihrem Verlobten nicht länger ausgehalten hatte, war schon dort.

Sie gelangte auf die Straße, die zum Roten Haus führte. Als sie aufblickte, sah sie in der Ferne zwei Gestalten. Erich erkannte sie sofort, aber sie mußte zweimal hinsehen, um zu glauben, daß das Mädchen an seiner Seite Caitlin war.

Aus der Ferne beobachtete sie, wie Erich das Tor öffnete. Sie erinnerte sich an den Park des Roten Hauses, an seine wilde Schönheit und die alten Anlagen, die Erich mit liebevoller Hand wieder ans Licht gebracht hatte.

Dann sah sie auf ihre Uhr. Mit Schrecken stellte sie fest, daß sie schon vierzig Minuten unterwegs war. Sie machte kehrt und eilte zurück nach Poona zu ihren Büchern.

Erich zeigte Caitlin die Buchsbäume, den Rasen mit der Rotbuche, den Obstgarten, Büsche und Sträucher. Zuletzt führte er sie in den Park hinter dem Haus. Seite an Seite folgten sie unter den hängenden Ranken der Kletterrosen den gewundenen Wegen. Erich erzählte, wie er den Park entdeckt hatte, wie er die Wege freigelegt, den Teich gesäubert, die Blumen aus ihrem Gefängnis aus totem Laub und Unkraut befreit hatte. Es war, als hätte seine Zunge sich gelöst. Er stotterte fast gar nicht. Als Caitlin lächelte, war er überglücklich, und als sie auf der kleinen Lichtung stand, neben dem Mädchen aus Marmor, das ihr Zwilling war, stockte ihm fast der Atem vor Glück.

Er pflückte ihr einen Blumenstrauß, Glockenblumen, Rosen und lange Ranken Jelängerjelieber. Sie drückte ihr Gesicht in den Strauß, um den Duft einzuatmen, dann blickte sie auf und lächelte. »Sie sind himmlisch, Erich«, sagte sie, und er war wieder Teil der Welt. Nicht mehr ausgeschlossen, nicht mehr Gefangener seiner Schüchternheit, seiner Erinnerungen, seiner Geschichte.

Tilda hatte das Gefühl, alles zerfiele in Chaos. Hanna arbeitete zuviel, und Rosi arbeitete überhaupt nicht. Josh war zur Schule zurückgekehrt, und er fehlte ihr entsetzlich. Sie weinte jeden Abend um Melissa, die ihr fern war. Sie war Daraghs Tochter eine Rabenmutter gewesen, und sie hatte Max verloren. Nur Erich schien seltsamerweise glücklich zu sein. Sein glückseliger Überschwang ängstigte sie. Sie hätte sich so gern darüber gefreut, aber sie konnte es nicht. Er schien ihr von einem Extrem ins andere gefallen; aus tiefem Unglück in eine Euphorie, die anscheinend grundlos war und die Zerbrechlichkeit seines Körpers und seiner zerrütteten Seele hervorhob. Zu den Mahlzeiten aß er kaum etwas, stand früh auf und ging spät zu Bett. Er konnte keinen Moment stillsitzen, schien wie getrieben von einer ständigen Rastlosigkeit. In der Befürchtung, er sei vielleicht von einem Fieber befallen, fühlte sie eines Abends seine Stirn, aber sie war kühl. Auf ihre Frage sagte er: »Ich habe ein Geheimnis, Tilda, ein ganz wunderbares Geheimnis«, und lachte. Mit schlechtem Gewissen schlich sie sich in sein Zimmer, als er außer Haus war, und öffnete seinen kleinen Koffer, fand aber keine Essensvorräte, wie er sie anzulegen pflegte, wenn er sehr unglücklich war. Nur seine wenigen Andenken waren darin: die zerbrochene Armbanduhr seines Vaters, die Fotografie seiner Mutter. Aus der Telefonzelle im Dorf rief sie den Psychiater in Oxford an und vereinbarte einen Termin.

Sie erledigte die täglichen Arbeiten mit einer lustlosen Stumpfheit, die selbst dem Colonel auffiel. »*Frankreich!*« sagte er ätzend. »Ein abscheuliches Land. Ich war von '14 bis '17 dort. Sie hätten lieber in Weymouth Urlaub machen sollen, meine Liebe.«

Ständige Sorge um Caitlin quälte sie. Zorn und Groll hatten eiskalter Höflichkeit Platz gemacht. Aber sie konnte nicht vergessen, wie Caitlin sie angesehen hatte. Mit blankem Haß in den Augen, der in ihr eine Ahnung hervorgerufen hatte, daß sie am Rand einer schrecklichen Gefahr standen, vor einer drohenden Wahrheit, die nur noch ein dünner Schleier verdeckte. Tilda holte Auskünfte über Internate ein. In einer neuen Schule würde Caitlin einen neuen Anfang machen können. Sie fragte sich, wie sie das bezahlen sollte. Aber vielleicht würde Kit helfen.

Sie fürchtete, Caitlin könnte schwanger sein, und atmete auf, als Caitlin das verneinte. Sie versuchte noch einmal, mit

Caitlin zu sprechen, sie vor den Gefahren des Wegs zu warnen, den sie eingeschlagen hatte, aber Caitlin sagte nur mit steinerner Miene: »Julian will mich nicht mehr sehen. Du hast, was du wolltest, Tilda.« Tilda wußte, daß andere Männer kommen und Caitlins Verletzlichkeit, ihre Unfähigkeit, für sich selbst zu sorgen, ausnützen würden.

Nachts, wenn sie nicht schlafen konnte, dachte sie an Max. Sie schrieb ihm einen förmlichen kleinen Brief, um sich für den schönen Urlaub zu bedanken. Sie wußte, daß sie ihn ziehen lassen, ihm die Freiheit geben mußte, ein neues Leben zu beginnen.

Sie saßen auf der Terrasse und blickten zum Park hinunter, der ihr Geheimnis war. Erich sagte: »Die Buchsbäume vor dem Haus sollen wie Schachfiguren werden. Die schwarze Dame und der weiße Springer.«

Caitlin warf einen Blick auf die hohe Hecke, mit deren Gestaltung Erich schon begonnen hatte. »Sind es denn genug?«

»Es sind acht. Ich pflanze einfach noch ein paar um den Rasen herum, das werden dann die Bauern.«

Caitlin hatte eine Tafel Schokolade in der Tasche. Sie gab Erich ein Stück davon. Es war Abend, und die untergehende Sonne tauchte die gewundenen Wege und die blühenden Büsche in mildes Licht. »Aber die brauchen doch ewig, bis sie groß werden, oder nicht?«

»O ja, viele Jahre. Aber nur eine k-k-kurze Zeit im Vergleich zum Alter dieses Gartens«, erklärte er. »Wer den Park hier angelegt hat, der wußte, daß er ihn nicht vollendet erleben würde. Das ist ja gerade das Besondere an solchen alten Gärten.«

Caitlin hatte die Dinge lieber vollendet, wollte den Ausgang kennen. Sie saßen schweigend nebeneinander, und Caitlin wurde sich bewußt, daß sie eine Weile ganz vergessen hatte, zu welchem Zweck sie sich mit Erich angefreundet hatte. Sie ärgerte sich über sich selbst und rief sich streng ins Gedächtnis, daß es einzig darum ging, Tilda seine Liebe wegzunehmen und für sich zu gewinnen. Sie verstand sich darauf, Männer um den Finger zu wickeln. Manchmal glaubte sie, es sei das einzige, worauf sie sich verstand.

Sie sah ihn an und fragte neugierig: »Was ist eigentlich mit deinen Zähnen passiert, Erich?« Einer fehlte ganz, ein zweiter war abgebrochen.

»Da hat mich ein Soldat geschlagen.«

»In Wien?«

Er nickte. »Als sie meinen Vater umgebracht haben.«

Sie starrte ihn an. »Hast du *gesehen*, wie sie ihn umgebracht haben?«

»Ja. Sie sind am Abend gekommen. Ich habe mich vor ihnen versteckt.« Er begann, an seinen Fingernägeln zu knabbern.

Einen Moment tat er ihr leid. Sie sagte: »Mein Daddy ist in Irland. Aber ich werde ihn finden.« Sie erzählte von den Pfarrern, an die sie geschrieben hatte, und den drei Frauen namens Caitlin Canavan, deren Adressen sie danach erhalten hatte. Erich hörte ihr aufmerksam zu und stellte vernünftige Fragen. Ihr wurde klar, daß er längst nicht so dumm war, wie sie immer angenommen hatte.

»Zwei von den Frauen haben mir schon geschrieben, sie waren nicht die richtigen. Jetzt warte ich noch auf die Antwort von der dritten Frau. Ich bin sicher, sie ist meine Tante. Sie wohnt in County Wicklow, und ich kann mich erinnern, daß mein Daddy von County Wicklow erzählt hat.«

»Und was tust du, wenn du deinen Vater findest?«

Sie stellte sich ein stattliches Herrenhaus vor, mit Säulen und einer großen Rasenfläche davor. Sie sah sich mit ihrem Vater durch die Hügel reiten.

»Dann ziehe ich natürlich zu ihm.«

Erich stand auf und begann, Unkraut aus den Steintöpfen auf der Balustrade der Terrasse zu zupfen. Caitlin blieb auf der Treppe sitzen. Es war so friedlich, im warmen Abendsonnenschein in den Park hinunterzublicken. Ihr war lange nicht mehr so wohl gewesen. Ein Teil der inneren Rastlosigkeit, des ewigen unglücklichen Verlangens schmolz dahin. Das Zusammensein mit Erich war einfach, er verlangte nichts von ihr. Sie hatte geglaubt, Männer wollten immer etwas haben – ein Lächeln, Küsse, Sex –, aber Erich verlangte nichts. Erich schien sie zu mögen, ohne irgend etwas von ihr zu erwarten. Die Arme um ihre hochgezogenen Knie geschlungen, sah Caitlin einer Biene zu, die in die goldenen Trompeten des Jelängerjeliebers tauchte.

Hinter ihr sagte Erich: »Ich habe den Garten für Tilda gemacht. Als Überraschung.« Caitlin sprang auf und stieß mit der Schuhspitze gegen den bröckelnden Stein der Treppe.

Wenn Hanna überhaupt daran dachte zu essen, aß sie mit einem aufgeschlagenen Lehrbuch neben sich. In der Badewanne balancierte sie *Grays Anatomie* auf den Wasserhähnen, aber das blöde Buch fiel ins Wasser und wurde ewig nicht wieder trocken. Sie fuhr Rosi wütend an, als diese ihre Platten zu laut hörte, und lehnte eine Einladung von Richard zu einer Bootsfahrt auf dem Cam ab. Sie hatte beschlossen, jeden Tag bis Mitternacht zu arbeiten, dennoch wachte sie jeden Morgen früher auf, und die kurzen Stunden des Schlafs wurden von Alpträumen gestört.

Eines Nachts, wenige Tage, nachdem sie nach Cambridge zurückgekehrt war, fiel Hanna in einen kurzen, unruhigen Schlaf, aus dem sie fröstelnd und niedergeschlagen erwachte. Sie schüttelte ihr Kissen auf und zog sich Socken über, weil sie kalte Füße hatte, und versuchte es noch einmal. Erneut hatte sie einen sehr lebhaften Traum. Sie war in Wien und ging mit ihrer Mutter und ihren Schwestern in einem Park spazieren. Den Park erkannte sie nicht; die gewundenen Wege unter den ausladenden Bäumen waren bedrohlich und fremd. Die herabhängenden Zweige schienen sie umschlingen und ins dunkle Dickicht ziehen zu wollen. Schließlich gelangten sie zu einer Lichtung, wo sie ein Standbild aus weißem, geschliffenem Stein sah. »Ist es nicht wunderschön?« sagte Hanna zu ihrer Mutter, aber noch während sie sprach, begann der Stein der Statue zu bröckeln. Das schöne Gesicht zerfiel. Hanna wandte sich um zu ihrer Mutter, aber die war fort. Auch ihre Schwestern waren verschwunden; ihre Schritte waren kaum noch hörbar, während sie durch den Park liefen, der sich in einen finsteren Wald tief herabhängender schwarzer Äste und verschlungener Ranken verwandelt hatte. Hanna glaubte schon, sie wäre mutterseelenallein, als plötzlich eine Hand sie bei der Schulter faßte und sie schüttelte und fortziehen wollte. »Hanna, Liebling, wein doch nicht.«

Sie fuhr hoch und sah sich mit aufgerissenen Augen gehetzt im Zimmer um. Ihr Gesicht war tränennaß. Rosi stand im Nachthemd und mit Lockenwickeln im Haar über ihr Bett gebeugt.

»Es war nur ein Traum«, sagte sie tröstend und nahm Hanna in die Arme.

»Mach das Licht an.«

Rosi knipste die Lampe an. »Besser so? War es derselbe Traum wie immer?«

Hanna schüttelte den Kopf. »Nein, er war anders.« Sie zog die Knie bis zur Stirn hoch, beinahe überwältigt von ihrer Angst.

»Erzähl ihn mir. Ist das kalt hier drinnen. Moment mal, ich hol nur meine Zigaretten.« Rosi kramte in einer Schublade und kuschelte sich dann zu Hanna ins Bett.

»Da war eine Statue …« Hanna versuchte, sich zu erinnern, wo sie die Statue schon einmal gesehen hatte. »Jetzt weiß ich es. Ich hab sie im Garten des Roten Hauses gesehen.«

»Was ist denn das, das Rote Haus?«

»Ein leerstehendes Haus daheim, in Woodcott St. Martin. Gleich beim Fluß. Erich hat dort einen Garten angelegt. Er hat ihn mir gezeigt, es ist schon ewig her. Er sagte, es wäre ein Geheimnis. Er hatte dort eine Statue gefunden.«

Die Figur einer Nymphe. Mit zierlichen, ebenmäßigen Zügen und lockigem Haar.

»Und?« sagte Rosi. Sie riß ein Streichholz an und zündete sich ihre Zigarette an. »Eine Statue?«

»Erich fand, sie sähe aus wie Caitlin.« Bei der Erinnerung erfaßte Hanna tiefes Unbehagen. »Rosi, Erich ist in Caitlin verliebt.«

»Aber nein«, entgegnete Rosi mit Entschiedenheit. »Bestimmt nicht. Sie redet doch kaum mit ihm.«

»Ein Mensch wie Erich«, meinte Hanna, »kann sich leicht in jemanden verlieben, der nie mit ihm spricht. Erich erwartet nicht, daß die Menschen gut zu ihm sind.«

»Aber selbst wenn er in sie verliebt wäre, würde sie ihn doch überhaupt nicht beachten. Er sieht nicht gut genug aus.«

»Aber ich hab die beiden gesehen, Rosi«, insistierte Hanna. Ihre Stimme zitterte. »Ich hab gesehen, wie sie beim Roten Haus in den Park gegangen sind.«

»Dann sind sie vielleicht Freunde. Das wäre doch nicht ...« Rosi brach ab.

Hanna warf ihr einen Blick zu. »Was ist, Rosi? Hey, du verstreust überall deine Asche. Gleich setzt du noch mein Bett in Brand.«

»Tilda hat mir gesagt, daß sie sich um Erich Sorgen macht.« Rosi runzelte die Stirn. »Glaubst du, daß Caitlin sich an Erich ranmacht, um Tilda zu ärgern?«

Hanna sah sie verdutzt an. »Weshalb sollte sie Tilda ärgern wollen?«

»Weil sie es Tilda übelnimmt, daß sie der Affäre mit diesem gräßlichen Julian Pascoe ein Ende gemacht hat. Und weil sie Tilda haßt.«

Hanna dachte an den Tag, an dem ihre Pflegeeltern in Amsterdam sie mit Erich Wirmer bekannt gemacht hatten. Erich war damals neun Jahre alt gewesen, sein kleiner Koffer vollgepackt mit gehamstertem Brot und Käse, das meiste davon schimmelig. Fast einen Monat lang hatte er mit keinem in seiner Pflegefamilie gesprochen. Er hatte nicht im Bett geschlafen, sondern darunter.

»Wenn Caitlin sich wirklich an ihn ranmacht«, sagte Hanna langsam, »und so tut, als hätte sie ihn gern, und ihn dann fallenläßt, würde er daran kaputtgehen, glaube ich.«

Ein paar Minuten lang schwiegen sie beide. Dann drückte Rosi ihre Zigarette in einer leeren Teetasse aus und sagte: »Vielleicht sollten wir es Tilda schreiben.«

Tilda nahm den Bus um neun. In Oxford führte der Psychiater, ein gutaussehender Mann namens Dr. Marriott, sie in sein Sprechzimmer.

»Sie sagten am Telefon, Sie wollten mit mir über Ihren Sohn sprechen, Mrs. Franklin.« Dr. Marriott warf einen Blick in seine Notizen. »Erich. Ich habe ihn einmal gesehen. Vor etwa zwei Monaten.«

»Ich hatte gehofft, daß Erich regelmäßig zu Ihnen kommen würde, Dr. Marriott.«

Er wies auf einen Stuhl, und Tilda setzte sich.

»Erich war nicht der Meinung, daß ihm irgend etwas fehlt«, sagte er. »Ich kann einen Patienten nicht zwingen, mit mir zu sprechen, wenn er das nicht will.«

»Nein, natürlich nicht. Das sehe ich ein.« Sie schwieg, ratlos und bedrückt.

»Sie sorgen sich um ihn?«

Sie versuchte, ihre Ängste in Worte zu fassen. »Er hat sich in letzter Zeit verändert. Er ist – beinahe euphorisch. In Hochstimmung. Aber er will mir nicht sagen, wieso. Er hat mir erklärt, er hätte ein Geheimnis.«

»Ein Geheimnis?«

Tilda schüttelte den Kopf. »Ich habe keine Ahnung.«

»Könnte es vielleicht ein Mädchen sein?«

»Sie haben ihn doch gesehen, Dr. Marriott. Ist das wahrscheinlich?« Und doch wurde ihr unbehaglich bei dem Gedanken. »Wenn er wirklich ein Mädchen kennengelernt hat, dann sollte ich mich nicht einmischen. Er ist schließlich neunzehn Jahre alt, beinahe erwachsen. Aber mir kommt er manchmal immer noch wie ein kleiner Junge vor. Ein verängstigter kleiner Junge.« Sie sah auf. »Ich dachte mir, wenn er nicht zu Ihnen kommt, würden Sie vielleicht zu ihm kommen.«

»Sie denken an einen Hausbesuch?«

Sie nickte, den Blick auf sein wie gemeißelt wirkendes Gesicht gerichtet. Am liebsten hätte sie heimlich die Daumen gedrückt, ihren Zauberspruch gemurmelt. *Hilf, daß kein böser Geist sich nahe, kein Teufel aus der Hölle fahre.*

Aber Dr. Marriott sagte: »Ich mache nur sehr selten Hausbesuche, Mrs. Franklin. Ich habe die Erfahrung gemacht, daß es besser ist, Patienten auf neutralem Boden zu sehen.«

Sie schluckte ihre Enttäuschung hinunter, stand auf und bot ihm die Hand.

»Und es ist auch möglich«, fügte er hinzu, als er sie zur Tür brachte, »daß Erich für eine Psychoanalyse nicht der richtige ist. Eine Konfrontation mit seinen verdrängten Erinnerungen könnte zu schlimm für ihn sein. Vernichtend vielleicht sogar.«

Der Brief kam mit der zweiten Post. Caitlin klopfte das Herz bis zum Hals, als sie den irischen Poststempel sah. Sie rannte durch den Garten zum Wäldchen hinaus, wo das Schwein und die Hühner sich tummelten. Sie setzte sich in die Astgabelung der Buche und riß den Umschlag auf. Zuerst las sie die Unterschrift des Briefes, »Caitlin Kinsella, geborene Canavan«.

Dann begann sie zu lesen. *Meine liebe Caitlin, ich kann Dir nicht sagen, wie sehr ich mich über Deinen Brief gefreut habe. Zu erfahren, daß ich eine Nichte im Alter meiner ältesten Tochter habe, war wirklich eine schöne Überraschung.*

In Romanen hatte Caitlin die Wendung gelesen, *Ihr Blut geriet in Wallung*, aber sie selbst kannte dieses Phänomen bisher nicht. Jetzt jedoch, als ihr klar wurde, daß ihre Suche sich dem Ende näherte, schien plötzlich ihr ganzer Körper lebendig zu werden, in einem herrlichen Moment die Teilnahmslosigkeit und Kälte der langen Jahre seit dem Verschwinden ihres Vaters abzuschütteln. Es war, als hätte sie einen elektrisch geladenen Draht berührt, oder als wäre sie durch einen Knopfdruck in das zurückverwandelt worden, was sie einmal gewesen war.

Tante Caitlin fuhr fort: *Es war eine Freude, von Daragh zu hören und zu erfahren, daß er es in seinem Leben so weit gebracht hat. Ein großes Haus, Pferde, ein Gut – es ist schön, daß mein Bruder alle seine ehrgeizigen Ziele erreicht hat.*

Caitlin blätterte um. *Ich verstehe nicht recht*, schrieb ihre Tante Caitlin, die Lieblingsschwester ihres Vaters, weiter, *wieso Du glaubst, Dein Vater wäre nach Irland zurückgekehrt.*

*Er besitzt ein schönes Haus und große Ländereien, weshalb sollte er hierher zurückkommen wollen? Brendan hat Großvaters Hof geerbt, und Dad hat den Laden schon vor Jahren, nach Mutters Tod, verkauft. Daragh erwartet hier nichts.*

Das Schwein schnüffelte grunzend an Caitlins Sandale; zornig stieß sie es weg.

*Daragh würde niemals nach Irland zurückkommen, mein Kind. Ich fürchte, das könnte er gar nicht.* Das »könnte« war dick unterstrichen. *Ich vermisse meinen Bruder auch heute noch, aber ich muß Dir sagen, daß er hier nicht willkommen wäre. Er hat damals Geld von unseren Nachbarn geliehen und es nie zurückgezahlt. Ich habe seit siebzehn Jahren nichts mehr von Daragh gehört.*

Danach folgte ein kurzer Bericht über die Familie, eine Einladung an Caitlin, sie zu besuchen, aber Caitlin überflog das nur flüchtig. Sie las noch einmal den zweiten Absatz, nahm jedes Wort unter die Lupe.

*Ich habe seit siebzehn Jahren nichts mehr von Daragh gehört.*

In ihrem Kopf tobte es, während sie verzweifelt nach einer Erklärung suchte, die sie trösten würde. Der Brief fiel ihr aus der Hand. Nichts als die vertraute öde Leere blieb, als die Hoffnung starb und die letzte ihrer Illusionen zerbrach. Zum ersten Mal überhaupt sah sie der Tatsache ins Auge, daß ihr Vater entweder tot war oder sie aus freien Stücken verlassen hatte. Sowohl das eine als auch das andere waren unerträglich, aber es gab keine Alternativen. Wenn er wirklich tot war, wußte sie nicht, wie sie mit einem solchen Verlust leben sollte. Wenn er sie willentlich verlassen hatte, dann zweifellos nur, weil sie seiner nicht wert gewesen war. Er hatte sie durchschaut und gewußt, daß sie schlecht war. Weshalb sonst wäre er fortgegangen? Sie war ja wirklich ein schlechter Mensch. Caitlin, die sich selten den Spiegel vorhielt, tat es jetzt und bekannte vor sich selbst, daß sie hinterlistig und selbstsüchtig und liederlich war. Nur um das Zimmer für sich allein zu haben, hatte sie Melissa so schikaniert, daß diese zu ihrem Vater nach Frankreich gezogen war. Obwohl sie noch nicht einmal sechzehn war, hatte sie schon mit zwei Männern geschlafen. Sie sah sich auf dem Rücksitz von Martin Devereux' Wagen, den Schlüpfer zu ihren Füßen, den Rock zur Taille hochgeschoben. Oder in Julian Pascoes Bett. Was er mit ihr gemacht hatte. Solche Dinge machten Männer nur mit liederlichen Mädchen. Anständige Mädchen sagten nein. Anständige Mädchen warteten, bis sie heirateten.

Jemand sagte ihren Namen, aber sie blickte nicht auf. Vorsichtig berührte eine Hand ihre Schulter. »Caitlin – nicht w-w-weinen.«

Sie sprang auf, als hätte er sie geschlagen. »Rühr mich nicht an!«

»Ent-sch-schuldige.« Erich wich zurück.

Die Leere war zurückgekehrt, und sie wußte, daß sie niemals vergehen würde. Caitlin starrte Erich an, der mit eingezogenem Kopf vor ihr stand, und erinnerte sich, daß sie seine Liebe, sogar seine hatte gewinnen wollen. Ihr wurde fast übel bei dem Gedanken.

Er zog ein Taschentuch heraus. »Hier«, sagte er und hielt es ihr hin. »N-n-nimm es.«

»Laß mich *allein*.«

Aber er ging nicht. Tolpatschig und häßlich in seiner schmutzigen Hose und dem selbstgestrickten Pullover mit Löchern an den Ellbogen stand er da und starrte sie mit hündischer Trauermiene an. Sie hätte ihn am liebsten weggestoßen, mit geballter Faust auf ihn eingeschlagen, aber sie sagte nur leise: »Warum gehst du nicht, Erich? Ich will dich hier nicht haben. Keiner will dich. Auch Tilda nicht. Sie hat nur Mitleid mit dir.«

Als sie sah, wie er zusammenzuckte, freute es sie. »Geh doch in deinen blöden Garten«, zischte sie. »Er gehört dir ja sowieso nicht. Irgendwann kauft jemand das Haus und gräbt den ganzen Garten um, und du darfst da nicht mehr rein.«

»Nein«, sagte Erich. Sein Gesicht war weiß.

»Doch. Das Haus gehört nicht dir, Erich. Und der Park auch nicht. Tilda wird ihn nie zu sehen kriegen, weil irgendwelche gräßlichen Leute ihn kaufen werden. Und dann machen sie ihn so, wie sie ihn haben wollen. Die werden deine blöden Buchsbäume umhauen und deine doofen Blumen ausgraben und Garagen und einen Tennisplatz und solches Zeug bauen. So machen das die Leute. Hast du das nicht gewußt?«

Er machte ein so merkwürdiges Gesicht, daß sie lachen mußte. »Weißt du denn nicht, wie dumm das alles ist, Erich?« rief sie lachend. »Das hab ich gedacht, als du's mir gezeigt hast, dumm, dumm, dumm. Und Tilda wird genau das gleiche denken. Was für eine dumme Überraschung, jemandem was zu schenken, was einem gar nicht gehört! Natürlich wird sie sagen, wie schön sie das findet, sie ist ja so scheinheilig, aber in Wirklichkeit wird sie denken, wie *dumm.*«

Caitlin rutschte vom Baum herunter, ließ sich in die Bucheckern fallen und lachte und konnte gar nicht mehr aufhören zu lachen. Sie zog die Knie hoch bis zum Kinn und wiegte sich vor und zurück, vor und zurück, während ihr Lachen in Tränen überging. Als Lachen und Weinen versiegt waren, sah sie auf. Erich war weg.

Hanna hatte nach ihrem Traum von der Statue nicht wieder einschlafen können. Die Furcht, daß ein schreckliches Unheil sich zusammenbraute, war stärker geworden, anstatt nachzulassen. Sie verwünschte den Colonel, der kein Telefon hatte, sie wußte, daß sie in den kurzen abgehackten Worten eines Telegramms nicht sagen konnte, was sie sagen mußte. Ein Brief würde mindestens ein oder zwei Tage brauchen, viel zu lang. Das Gefühl, daß höchste Eile geboten war, ließ sich nicht abschütteln.

Am folgenden Tag stand sie früh auf, aber sie brachte beim Frühstück keinen Bissen hinunter. Sie versuchte zu arbeiten, aber statt dessen starrte sie zum Fenster hinaus und dachte an Erich und den Ausdruck in seinem Gesicht, als er ihr diese verdammte Statue gezeigt hatte. Sie hatte höllische Kopfschmerzen, und wenn sie versuchte zu lesen, verschwammen ihr die Buchstaben vor den Augen. Schließlich stopfte sie wütend ein Lehrbuch und ihre Zahnbürste in ihre Tasche und radelte zum Bahnhof.

Im Zug gestand sie sich mit schlechtem Gewissen ein, daß sie viel zu sehr mit ihrer Arbeit beschäftigt gewesen war, um Erich eine gute Schwester zu sein. Sie hätte mit ihm sprechen müssen, nachdem sie ihn mit Caitlin gesehen hatte; sie hätte sich vergewissern müssen, daß ihm nichts fehlte. Sie wußte, daß Caitlin fähig war, ihn zu verletzen; Caitlin ging mit den Gefühlen anderer achtlos um. Das Buch aufgeschlagen auf dem Schoß, starrte Hanna zum Fenster hinaus, an dem sommerlich leuchtende Felder und Bäume quälend langsam vorüberglitten.

Erich ging zum Roten Haus. Als er das Tor aufstieß und in den Park trat, wußte er, daß Caitlin ihm die Wahrheit gesagt hatte. Der Park gehörte nicht ihm, irgend jemand würde kommen und ihn ihm wegnehmen. Fremde Leute konnten einem Haus und Wohnung wegnehmen, das wußte er; sie konnten einfach hereinstürmen und lachend Fenster, Bilder und Geschirr zerschlagen, ohne daß jemand sie daran hinderte.

In seinen Ohren mischte sich Caitlins Gelächter mit dem der Soldaten vor langer Zeit. Seit jenem Tag, als sie mit schweren Stiefeln in das Haus gekommen waren, in dem er und sein Vater lebten, wußte er, daß alles im Leben Willkür war, vorhersehbar einzig seine gleichgültige Grausamkeit. Seit jenem Tag war er nie mehr sicher, was Menschen dachten oder fühlten. Mochte er auch beginnen, ihnen zu vertrauen, so konnten sie sich doch jeden Moment ändern, ganz andere werden.

Er ging zwischen den Buchsbaumhecken hindurch. Die hohen, dunklen Wände erinnerten ihn an die stattlichen Häuser Wiens. Nachdem die Soldaten sein Zuhause überfallen hatten, hatte er beinahe drei Monate lang allein auf der Straße gelebt. Wie eine Ratte, ein Geschöpf der Dunkelheit, hatte er gestohlen und geplündert, sich hinter Mauern oder in der Kanalisation versteckt, wenn er braune Uniformen sah oder die klirrenden Stimmen der Soldaten hörte. Eines Tages schließlich hatte eine Frau ihn ertappt, wie er in ihrer Mülltonne nach etwas Eßbarem gewühlt hatte, und wenige Wochen später hatte er mit Hunderten anderer Kinder in einem Zug gesessen, der quer durch Deutschland rollte. Die Angst von damals war heute noch lebendig. Als an der holländischen Grenze die Männer von der Gestapo durch die Waggons gegangen waren, hatte er sich tief über seinen Koffer gebeugt und versucht, sich unsichtbar zu machen.

In Holland war er Hanna begegnet und später Tilda. Er erinnerte sich an die Fahrt nach Ijmuiden, wo sie das Schiff verpaßt hatten, und er sich auf der Erde zusammengerollt und zu sterben gewünscht hatte. Wenn man tot war, war alles vorbei, dann gab es keine Angst und keine Schuldgefühle mehr. Er erinnerte sich, wie der deutsche Fallschirmjäger direkt vor das Auto gesprungen war, in dem er neben Tilda gesessen hatte. Er sah die blubbernden Bläschen, die an die Oberfläche des Kanals gestiegen waren, nach dem der tote Soldat ins Wasser geglitten war. Dann die Überfahrt mit dem Boot – Felix an den Segeln, Tilda am Ruder. Flugzeuge waren zu dem kleinen Boot hinuntergestoßen, der Himmel von Leuchtspurgeschossen erhellt. Viel später, als er im Halbdunkel des heraufziehenden Tages an Deck gelegen hatte, war das Meer leer gewesen, der Himmel frei. Keine Schiffe, keine Flugzeuge. Stille. Ein rauchgrauer Friede. Wie Sterben.

Erich ging über die Terrasse und blieb auf der Treppe stehen. Er sah in seinen geheimen Garten hinunter und stellte sich vor, wie sie kommen würden, um die Wege mit Hacken aufzuschlagen und die Blumen zu entwurzeln. Wie sie das Standbild vom Sockel stoßen und entzweibrechen würden. Das Gute in seinem Leben war vorbei: von seiner Mutter in den Armen gehalten zu werden; mit seinem Vater auf dem Fahrrad zu fahren. Tilda: Bei Tilda hatte er sich manchmal geborgen gefühlt.

Und Caitlin. Er hatte neben Caitlin auf dieser Treppe gesessen und danach verlangt, ihr nachtdunkles Haar zu berühren, seine Lippen auf ihre weiche Haut zu drücken. Er wußte, daß er es niemals tun würde. Seine Vergangenheit hatte ihn ausgesondert, zu einem Fremden gemacht. Was er gesehen hatte, spiegelte sich in seinen Augen. Es waren Dinge, an die andere nicht erinnert werden wollten.

Er holte Spaten und Forke von dem Platz, an dem er sie am vergangenen Abend zurückgelassen hatte. Er würde sie nie wieder benützen. Er verabschiedete sich vom Roten Haus und ging zurück in den Garten des Colonels. Dort öffnete er die Tür des Schuppens und hängte die Geräte an ihre Haken. Ordnung war ihm immer wichtig gewesen. Er betrachtete die Terrakottatöpfe, den Petroleumkanister, die Gläser mit Nägeln und Schrauben, die Seilrollen. Er nahm sich, was er brauchte. Und während er dort stand, rief er sich den Abend ins Gedächtnis, an dem sein Vater gestorben war.

Sie hatten beim Abendbrot gesessen, als die Männer von der SS hereingestürmt waren. Fisch mit Kartoffeln und Bohnen. Das Radio war eingeschaltet gewesen, der Sender hatte Operettenmelodien gespielt. Erichs Vater hatte die Operette geliebt, er hatte Erich in *Die lustige Witwe* mitgenommen, als dieser erst sechs Jahre alt gewesen war. Erich erinnerte sich des lauten Klopfens an der Tür, des kurzen Aufschreis der Empörung des Dienstmädchens, ihrer Schreie. Erich war mehr überrascht als erschrocken gewesen. Er hatte Messer und Gabel weggelegt und seinen Vater angesehen. Das Radio hatte weiter heitere Lieder gedudelt. Die Tür war aufgeflogen, und die Soldaten waren ins Eßzimmer gekommen. Sie hatten die Kristallgläser an die Wand geworfen und die Kredenz umgekippt. Aus dem anderen Zimmer hatte Erich das Klirren splitternden Glases gehört, das sich mit dem Trampeln schwerer Stiefel und lautem Gelächter mischte. Einer der Männer hatte angefangen, Teller aus der Vitrine zu nehmen und sie auf die Marmorplatte vor dem Kamin fallen zu lassen. Erich hatte ihn angesehen und, ehe sein Vater ihn daran hindern konnte, gefragt: »Warum tun Sie das?« Mit einem Faustschlag hatte der Mann seinen Kopf gegen die glänzende Mahagoniplatte des Tischs geschmettert. Blutend, benommen und verwirrt, erschrocken über den Wutschrei seines Vaters, hatte er zum ersten Mal Angst bekommen.

Danach verwischte sich der Ablauf der Ereignisse. Er hatte gesehen, wie die Männer seinen Vater geschlagen und getreten hatten. War unter den Tisch gerutscht und zur Tür hinausgekrochen, als sie nicht hingesehen hatten. Wollte zu seinem Vater und hatte sich nicht getraut. Als er in seine offene Hand gespuckt hatte, hatte er die blutigen kleinen Zahnsplitter gesehen. Dann das dumpfe Knallen von Stiefeln, die weiches Fleisch trafen. *Dreckiger Jude. Dreckiger Jude.* Zuviel Angst, um seinem Vater zu Hilfe zu eilen. Das Versteck im Schrank unter der Treppe. Die Schreie seines Vaters, dann sein Betteln. Er hatte durch den schmalen Spalt zwischen den Schranktüren hinausgespäht und in dieser langen, dünnen Linie von Licht, die auf beiden Seiten von Dunkelheit begrenzt war, den Soldaten mit der Wäscheleine in der Hand gesehen. »Wir machen's damit. Das ist einfacher.« Er merkte, daß er sich naßgemacht hatte wie ein kleines Kind. Die Scham darüber. Die Scham darüber, nichts zu tun.

Sie hatten seinen Vater am Treppengeländer aufgehängt. Sie hatten den Strick an einem der Pfosten verknotet, und seinem Vater die Schlinge um den Hals gelegt. Wenn Erich hätte nach oben schauen können, hätte er seinen Vater im Treppenschacht strampeln und zucken und dann erschlaffen sehen. Im Schrank versteckt, hatte er das Röcheln seines Vaters gehört und das Johlen der Soldaten. Und das Radio, das diesen netten kleinen Ohrwurm spielte. Ihre Schritte schallten durch das Haus, als sie gingen. Nach einer endlos langen Zeit hatte er die Schranktür geöffnet und war herausgekrochen. Er war die Treppe hinaufgestolpert und hatte sich ans Geländer gehockt, dem leise hin und her schwingenden Leichnam so nahe wie möglich. Er hatte nicht die Kraft besessen, seinen Vater heraufzuziehen. Das Radio brachte Nachrichten. Erich blieb auf dem Flur sitzen, einen Arm zwischen den Geländerpfosten hindurchgeschoben, um den Kopf seines Vaters berühren zu können, und summte vor sich hin, was er zuletzt gehört hatte, diese hübsche kleine Melodie.

Als Erich, der normalerweise sehr pünktlich war, nicht zum Mittagessen erschien, fragte Tilda Caitlin, ob sie ihn am Morgen gesehen hätte. Caitlin schüttelte den Kopf und sagte nichts. Ihre Augen, fiel Tilda auf, waren stark gerötet.

Sie fragte den Colonel, als sie ihm das Essen servierte, nach Erich. »Unser kleiner Hunne? Den hab ich vor ungefähr einer Stunde weggehen sehen. Dabei hätte ich ihn dringend gebraucht, um die Ziege einzufangen. Das verdammte Biest trampelt mitten im Spargel herum.«

Tilda fing die Ziege ein und machte den Abwasch. Von Erich war immer noch nichts zu sehen. Sie dachte, er hätte vielleicht die überschüssigen Eier zum Verkauf in den Laden gebracht. Sie hatte ihn schon früher ein- oder zweimal mit dem Korb in der Hand vor dem Geschäft angetroffen, zu schüchtern, um hineinzugehen.

Erich war nicht im Laden und war, wie sie auf ihre Frage erfuhr, an diesem Tag auch nicht dort gewesen. Sie warf einen Blick ins Postamt und blickte suchend die Straße hinauf. Der Bus aus Oxford hielt gerade am Marktplatz. Tilda überlegte, ob Erich vielleicht nach Oxford gefahren war, verwarf den Gedanken aber gleich wieder. Die Fahrgäste stiegen aus: ein alter Mann mit Spazierstock, zwei Frauen mit kleinen Kindern und ein junges Mädchen, das wie Hanna aussah. Tilda starrte das Mädchen an, dann begann sie zu laufen.

»Hanna«, rief sie, als sie die Bushaltestelle erreichte, »Hanna, warum hast du mir nicht geschrieben, daß du heimkommst? Du bist doch nicht krank?«

»Nein, nein, mir geht's gut«, versicherte Hanna. »Ich habe mir nur Sorgen gemacht.«

»Wegen deiner Arbeit?«

»Wegen Erich«, sagte sie leise.

»Erich? Hanna, weißt du denn, wo er ist?«

»Ist er nicht hier?«

»Er hat heute morgen mit mir gefrühstückt, aber zum Mittagessen ist er nicht nach Hause gekommen. Du weißt, das sieht ihm gar nicht ähnlich. Ich suche ihn schon die ganze Zeit.«

Hanna verzog das Gesicht, als wollte sie weinen. Tilda sagte vorsichtig: »Hanna, sag mir, warum du nach Hause gekommen bist.«

Sie setzten sich auf die Bank am Ententeich, Hanna schluckte ihre Tränen hinunter und erzählte von ihrem Traum und ihrer Befürchtung, daß Erich in Caitlin verliebt war. Und von Rosis Verdacht, daß Caitlin Erich benutzen wollte, um Tilda eins auszuwischen.

Dann zog sie Tilda am Ärmel von der Bank und sagte drängend: »Ich glaube, ich weiß, wo er ist. Komm.«

Hanna lief voraus. Ihr langer Zopf schlug im Rhythmus ihrer Schritte auf ihren Rücken. Durch das Dorf, hinaus zum Fluß. Dann stieß sie ein Tor auf und rannte einen Fußweg hinunter. Tilda folgte ihr. Der Park war groß und verwildert und sehr schön, und das Haus war alt und verwildert. Hanna drehte sich zu ihr um und rief: »Erich hat ihn angelegt. Er hat den Garten für dich angelegt, Tilda.«

Hier, sagte sie sich, müsse er sein, an diesem Zufluchtsort, den er sich geschaffen hatte. Jedes Mal, wenn sie um eine Ecke bog oder einem tiefhängenden Zweig auswich, meinte Tilda, jetzt müßte sie ihn sehen, auf dem Rasen sitzend vielleicht oder bäuchlings am Teich. Neben der Angst um ihn verspürte sie noch etwas anderes: tiefe Bewunderung für das, was er hier geschaffen hatte. Eine Wildnis in zauberhafte Schönheit verwandelt. Dieser arme, traumatisierte Junge, den sie aus der Gefahr gerissen und in eine Art von Sicherheit verpflanzt hatte, hatte dies geschaffen.

Aber der Park war leer. Von Hanna gefolgt machte Tilda kehrt und ging den Weg zwischen den Buchsbäumen zurück. Hanna, die damals, auf der langen gefährlichen Reise über die Nordsee, kaum eine Träne vergossen hatte, weinte. »Hoffentlich ist ihm nichts zugestoßen«, jammerte sie immer wieder. »Ich bin schuld. Ich ganz allein.«

Als Tilda das Tor des Roten Hauses hinter sich schloß, erinnerte sie sich an Erichs euphorischen Überschwang während der letzten Woche. Und wie Caitlin ihr ins Gesicht geschrien hatte, *Ich hasse dich! Ich hasse dich, und ich werde es dir heimzahlen.* In Poona suchte sie systematisch den ganzen Garten ab. Sie suchte im Gemüsegarten, in der Obstplantage, im Schweinestall, in den Schuppen, im Sommerhäuschen und schließlich im Wäldchen, das den großen Garten von den Feldern dahinter trennte.

Das Laub der Buchen schimmerte wie grüne Spitze vor dem tiefblauen Himmel. Als sie hinaufblickte, glaubte sie, einen schwarzen Sack hängen zu sehen, den der Wind in den Baum geweht hatte. Oder eine Jacke, die Josh vergessen hatte, nachdem er den Baum hinaufgeklettert war. Dann sah sie den Strick.

# 18

MELISSA WEINTE. ICH schluckte krampfhaft, um nicht mit zu weinen.

Sie sagte: »Ich war in Frankreich, als er starb. Wir bekamen ein Telegramm. Wir sind gleich am nächsten Tag nach England gefahren.« Ihre Tränen zogen kleine Bäche durch die Schminke, aber sie tupfte sie nicht ab. »Von der Rolle, die Caitlin gespielt hatte, wußte ich zunächst nichts. Rosi hat es mir erst nach der Beerdigung erzählt. Da war Caitlin schon weg. Hanna war krank, und meine Mutter – ich hatte sie nie vorher so erlebt. Sie schien wie *zerbrochen*.«

Sie blickte auf. »Ich habe ein Foto von Erich. Möchten Sie es sehen?«

Während sie davonging, um es zu holen, sah ich aus dem Fenster in den Garten hinaus. Eine Woche war seit dem Zwischenfall mit Charles vergangen. Man hatte mich über Nacht im Krankenhaus behalten, aber mein Körper hatte an diesem ungeplanten, unerwarteten Kind festgehalten. Charles war jetzt in einem privaten Sanatorium, um sich von einem Nervenzusammenbruch zu erholen. Von seiner Schwester erfuhr ich, daß seine Produktionsfirma Bankrott gemacht hatte. Bei den Gedanken an die Ereignisse jenes Abends empfand ich immer noch Scham, aber auch schuldbewußte Erleichterung darüber, daß Charles noch keinen Besuch empfangen durfte.

Hohe Bäume standen rund um den samtigen Rasen in Melissas Garten, aber ich wagte nicht, zu ihnen zu sehen, ich fürchtete, in ihren Ästen einen dunklen Schatten zu erblicken.

»Hier.« Melissa war wieder da und reichte mir den Schnappschuß. »Das ist Erich.«

Schmal und dunkel, mit einem Blick, der etwas Gehetztes hatte, sah er mich an. Das Schwarzweißbild erinnerte mich an die Zeitungsaufnahmen anderer verlorener Jugendlicher: Ausreißer, Strichjungen, die Insassen von Besserungsanstalten. Ich fragte Melissa, ob ich mir das Foto ausleihen dürfe.

Sie bejahte, und dann hörten wir draußen die Haustür zufallen. »Mama!« rief jemand.

»Matty!« Melissa sprang auf und lief hinaus.

Ich hörte, ohne es zu wollen, das Gespräch mit ihrer Tochter, während ich meine Sachen zusammenpackte.

»Matty, ich habe dich gestern erwartet.«

»Ich hab die Fähre verpaßt, Mama.«

»Und du bist so braun, und so dünn, hast du auch ordentlich gegessen?«

»Jetzt reg dich nicht auf, Mama.«

»Ich will nicht, daß du dir eine Anorexie holst.«

»Anorexie kann man sich nicht holen, Mama, das ist keine ansteckende Krankheit. Außerdem geht's mir prima – ich hab einen Riesenhunger.«

Matty trug wie immer Doc Martens und ein langes schwarzes T-Shirt. Die Haare flogen ihr in Dreadlocks um den Kopf, und der Nasenring hatte Gesellschaft bekommen: In der einen Augenbraue blitzte ein kleiner silberner Stecker.

Ich dankte Melissa, verabschiedete mich und fuhr sehr vorsichtig nach Hause. Die Ereignisse der letzten Woche und Melissas Erzählung hatten mir die Zerbrechlichkeit menschlichen Lebens bewußt gemacht.

Zu Hause tippte ich, nachdem ich gegessen hatte, meine Notizen ab. Kein Wunder, daß es Tilda schwergefallen war, mit mir über die Nachkriegsjahre zu sprechen. Ihr Mann und ihre Tochter hatten sie verlassen, das Kind, das sie unter großem persönlichen Risiko retten konnte, hatte sich das Leben genommen. Die Tochter ihres Geliebten – ihre eigene Nichte – hatte, wenn auch vielleicht nicht die Schuld, so doch erheblichen Anteil an Erichs Selbstmord gehabt.

Als ich meinen Laptop ausschaltete und auf meine Uhr sah, war es Mitternacht. Ich starrte die Fotos an meiner Pinnwand an. Daragh, Caitlin, der arme Erich und Tilda, umgeben von Kindern im Park des Roten Hauses.

Einige Tage später erhielt ich von der Bibliothek eine Mitteilung, daß die von mir bestellten Bücher eingetroffen seien. Ich holte sie noch am selben Tag ab, und als ich nach Hause kam, war auf dem Anrufbeantworter eine Nachricht. Ich schaltete ein und wartete. Erst war es still, dann folgte Räuspern und Gemurmel, und schließlich rief eine mir bekannte Stimme: »Ach, verdammt, ich hasse diese Dinger.«

Caitlin Canavan. Ich hörte aufmerksam zu.

»Treffen wir uns zu einem Drink, Rebecca. Wir könnten ein bißchen schwatzen. Äh – rufen Sie mich an. Ich wohne nicht mehr im Savoy, der Service ist nicht mehr das, was er früher mal war. Warten Sie, ich gebe Ihnen meine Adresse ...« Sie nannte den Namen eines Hotels im Süden Londons.

Ich sah auf die Uhr; es war drei. Über die Auskunft erfragte ich die Nummer des Hotels, aber als ich dort anrief, meldete sich niemand. In aller Eile wusch ich mir das Gesicht und kämmte mich, dann ging ich los.

Ich brauchte über eine Stunde, um auf die andere Seite der Stadt zu gelangen, und eine weitere halbe Stunde, um in dem Wirrwarr schmutziger kleiner Straßen voller heruntergekommener Häuser das Hotel »Blenheim« zu finden. Es hatte mit der Großartigkeit des Namens nichts gemein. An Fenstern und Türen blätterte der Anstrich, und als mir auf mein Läuten hin endlich geöffnet wurde, schlugen mir Essensdünste entgegen.

Ich wollte gerade nach der Nummer von Caitlins Zimmer fragen, als ich sie durch eine offene Tür in der Bar an einem Fenstertisch sitzen sah. Der Tresen hatte eine Resopalplatte, dahinter standen vor einem großen Spiegel Batterien von Flaschen aufgereiht. Ein junger Mann wischte gelangweilt mit einem schmutzigen Lappen über das Resopal, und Caitlins Stimme übertönte das leise Gedudel eines Radios.

»... unbedingt nach Dublin kommen, Darling. Sie werden begeistert sein. Und ich könnte Sie mit Unmengen interessanter Leute bekannt machen.«

Ich trat in die Bar. »Caitlin?«

Sie sah auf. »Schätzchen! Wie reizend, Sie zu sehen.« Sie blies mir einen Kuß entgegen. »Sie trinken doch ein Glas mit mir, Rebecca?« Sie winkte dem Jungen an der Bar. »Barry?«

Ich sah, daß sie schon ziemlich betrunken war, und mir war klar, daß sie knapp bei Kasse sein mußte, wenn sie in dieser Bruchbude wohnte. »Ich würde Sie gern einladen, Caitlin.«

»Wie reizend von Ihnen. Einen Gin Tonic, Schätzchen.«

Ich holte den Gin Tonic und einen Orangensaft und setzte mich ihr gegenüber. Das Fenster neben uns war offen, der Tisch bebte vom Dröhnen des Verkehrs. Caitlins Hand zitterte ein wenig, als sie ihr Glas hob. Sie war stark geschminkt, aber die Röte ihrer Augenlider ließ sich nicht verbergen.

»Ich dachte«, sagte sie, »Sie würden vielleicht zur Beerdigung meines Vaters kommen wollen.«

Ich sah sie überrascht an. »Ist der Leichnam freigegeben?«

Sie nickte und kramte in ihrer Handtasche nach einem Papiertuch, als ihr die Tränen in die Augen schossen. »Die Trauerfeier findet in Cambridge statt, aber er wird neben meiner Mutter in Southam begraben. Darauf habe ich bestanden.« Sie gab mir Datum und Uhrzeit an.

»Caitlin, es tut mir so leid.«

»Mir nicht«, versetzte sie heftig und schneuzte sich. »Ich bin froh, daß ich ihn endlich gefunden habe.«

Sie schwieg, und ich wartete auf wilde Beschuldigungen gegen Tilda, aber sie kamen nicht. Statt dessen sagte sie: »Ich habe nie aufgehört, ihn zu suchen. Auf jeder Straße, die ich gegangen bin, in jedem Raum, den ich betreten habe, habe ich sein Gesicht gesucht. Einmal bin ich sogar nach Amerika gereist, wußten Sie das? Und die ganze Zeit -« sie lachte brüchig – »war er in Southam. Jetzt brauche ich endlich nicht mehr zu suchen.«

Sie hatte ihn, dachte ich, auch auf andere Art gesucht. In der Abfolge von Liebhabern, in den mißglückten Ehen, die Patrick erwähnt hatte. In der Nachahmung des Lebensstils ihres

Vaters: der Vorliebe für den Alkohol, der Verschwendungssucht, der strahlenden Unbekümmertheit.

»Ich habe mit Melissa gesprochen«, bemerkte ich. »Sie hat mir von Erich erzählt.«

Ich rechnete damit, daß sie alles leugnen und Melissas Version der Ereignisse wütend widersprechen würde. Aber sie kramte wieder in ihrer Tasche, nun auf der Suche nach Zigaretten und Feuerzeug, und fragte mißtrauisch: »Was hat Melissa denn gesagt?«

»Daß Erich sich erhängt hat.«

»Ich nehme an, sie hat Ihnen erklärt, es wäre meine Schuld gewesen.« Ein Aufblitzen ihres alten Zorns. »Er war labil, Rebecca. Seelisch krank.«

»Melissa sagte, Erich sei nie über das hinweggekommen, was er in Österreich erlebt hat.«

Caitlin zündete ihre Zigarette an. »Er war ein seltsamer Mensch. Ziemlich merkwürdig und unattraktiv. Er *roch* beinahe nach Angst und Gebrochenheit. Ich bin ihm immer tunlichst aus dem Weg gegangen. Er war mir unheimlich.«

»Aber er hat Ihnen den Park des Roten Hauses gezeigt, nicht wahr?«

Sie blieb einen Moment still, die Zigarette zwischen ihren Fingern. »Ja«, sagte sie dann, und ihre Stimme war kaum vernehmbar. »Er war wunderschön. Sie haben ihn ja sicher gesehen?«

Ich nickte. »Melissa sagte, daß Sie nach Erichs Tod von zu Hause weggegangen sind. Wohin?«

»Ich bin nach London gegangen. Tilda wollte mich in ein Internat stecken, da bin ich lieber weggelaufen. Wir hatten einen ganz entsetzlichen Krach, müssen Sie wissen. Ich fand Arbeit in einer Bar und dann beim Film.«

»Sie waren Schauspielerin?«

Sie zwinkerte. »Na ja, es war nicht ganz das, was ich mir erträumt hatte. Ein bißchen – *frivol*, wenn Sie verstehen, was ich meine, Schätzchen. Aber ich konnte regelmäßig die Miete bezahlen. Und dann hab ich einen wunderbaren Mann kennengelernt, der mich auf Händen getragen hat. Aber er bekam irgendwelche Schwierigkeiten mit der Polizei, und danach bin ich nach Irland gegangen.«

»Um Ihren Vater zu suchen?«

»Ich dachte, selbst wenn es Daddy nicht möglich gewesen war, Tante Caitlin aufzusuchen, müsse er doch Freunde gehabt haben. Mein Daddy hatte immer wahnsinnig viele Freunde. Jeder hat ihn geliebt.«

Nicht ganz, dachte ich. Jemand hatte Daragh Canavan so sehr gehaßt, daß er ihn an Händen und Füßen gefesselt lebendig begraben hatte. Eine Tat bewußter Grausamkeit.

»Aber ich konnte ihn nicht finden. Da bin ich nach England zurückgekehrt. Ich habe dann in einem kleinen Klub gearbeitet – très chic, Schätzchen –, und dann habe ich Graham kennengelernt. Vierzehn Tage später haben wir geheiratet. Leider nur standesamtlich – Graham war geschieden, darum konnten wir uns nicht kirchlich trauen lassen. Anfangs war es paradiesisch. Wir hatten ein entzückendes kleines Haus, und Graham behandelte mich wie eine Prinzessin.« Sie seufzte. »Aber er war schrecklich langweilig, ja, wirklich. Entsetzlich langweilig. Und knauserig.«

Ich konnte mir vorstellen, daß die Rolle der Hausfrau für Caitlin schnell allen Glanz verloren hatte. »Haben Sie eigentlich Kinder?«

Sie schüttelte den Kopf und starrte in ihr leeres Glas. »Ich konnte keine bekommen, Schätzchen. Ich hab mich gleich am Anfang, als ich nach London kam, ein bißchen in die Nesseln gesetzt. Ich hab's wieder hingekriegt, aber anscheinend ist dabei was schiefgegangen.«

Mich schauderte innerlich. Eine Stricknadel vielleicht oder ein Quacksalber.

»Sie kommen doch, nicht wahr?« fragte sie plötzlich in beinahe flehendem Ton und faßte meine Hand.

»Zur Beerdigung Ihres Vaters? Aber natürlich.«

Ich schob meinen Block wieder in meine Handtasche. Als ich aufstand, um zu gehen, sagte sie: »Ich wollte ihm nichts antun. Ich hatte ihn am Ende sogar ganz gern.« Sie lallte ein wenig, und ich brauchte einen Moment, um zu verstehen, daß sie von Erich sprach. »Ich wußte nicht, daß er *so etwas* tun würde.« Schmerz und Bedauern lang vergangener Jahre schwangen in ihrer Stimme. »Ich wollte ihm nicht weh tun.«

Zwei Monate waren vergangen, seit ich das letzte Mal im Roten Haus gewesen war. In dieser Zeit war die leuchtende Sommerblüte des Parks der staubigen Blässe des Spätsommers gewichen. Der Rasen war gelb und welk, und die dürren Stengel der verblühten Pflanzen warfen filigranartige Schatten. Dicke graue Wolken schoben sich immer wieder vor die Sonne, aber es regnete noch nicht.

Ich hatte am Morgen angerufen, um mich zu vergewissern, daß Tilda sich wohl genug fühlte, um mit mir zu sprechen. Sie erwartete mich im Sonnenzimmer. Trotz der Hitze eine Decke über den Beinen. Auf dem Tisch vor ihr lag ein aufgeschlagenes Fotoalbum.

»Die Kinder vom Roten Haus.« Sie wies auf das Album. »Da ist Joan.« Ein dunkelhaariges Mädchen in einem Baumwollkleid. Joan, die jetzt Tildas Haushälterin war. »Joan war eine der ersten«, erklärte sie. »Das sind Luke und Tom, die Zwillinge, und das ist Brian, und Annie, und ...« Während sie Seite um Seite umblätterte, nannte sie mir die Namen der Kinder.

Eine Zeitlang hörte ich ihr ruhig zu, aber dann konnte ich nicht umhin zu fragen: »Hat es Ihnen keine angst gemacht? Hatten Sie nicht Angst um die Kinder? Hätten Sie sie nicht lieber abgewiesen und sich eine andere Aufgabe gesucht?«

Sie sah auf. »Nach Erich, meinen Sie? Doch, natürlich. Als er gestorben ist, ist auch ein Teil von mir gestorben. Das ist ein Klischee, aber es ist wahr. Ich wollte mich nur noch verkriechen. Ich dachte, ich könnte nie wieder ein ganz normales Leben führen.«

»Und warum haben Sie dann trotzdem die Kinder aufgenommen?«

»Max hat mich dazu gebracht.« Sie klappte das Album zu. »Aber losgelassen hat es mich nie. Ich meine, nicht die Frage, warum er sich das Leben genommen hatte. Ich verstand, daß er das Leben nicht ertragen konnte. Aber mein Anteil daran. Der Anteil der de Paveleys.«

»Der de Paveleys?« Ich verstand sie nicht. »Was haben die damit zu tun? Sie sind doch alle tot.« Die de Paveleys waren, so wie ich es in den ersten fertigen Kapiteln meines Buchs geschrieben hatte, das schlagende Beispiel für den Untergang des Adels im zwanzigsten Jahrhundert.

»Nicht alle«, verbesserte mich Tilda tadelnd. »Caitlin ist noch da. Und ich selbst bin auch eine halbe de Paveley. In den Adern meiner Kinder fließt das Blut dieser Familie, und Kit haben Sie offenbar ganz vergessen.«

Kit de Paveley, dieser einsiedlerische, unattraktive Hagestolz, war leicht zu vergessen.

»Er schickt mir immer noch jedes Jahr Blumen zum Geburtstag«, sagte Tilda, und ich starrte sie verblüfft an.

»Kit lebt noch?«

»Aber ja.« Es schien sie zu überraschen, daß ich etwas anderes vermutet hatte. »Er ist ungefähr ein Jahr jünger als ich. Er hat Southam nie verlassen.«

Ich erinnerte mich, wie ich mit Charles auf dem Deich gestanden und zu dem fernen, verwahrlosten weißen Haus hinuntergesehen hatte. Hinter einem der blinden Fenster hatte ich einen Schimmer von Bewegung wahrzunehmen geglaubt.

»Ich habe ihn seit Jahren nicht gesehen«, fuhr Tilda fort. »Es würde mich interessieren, ob Caitlin Kontakt zu ihm hält. Wahrscheinlich nicht. Sie haben einander nie nahegestanden.« Sie hielt einen Moment inne, dann sagte sie bekümmert. »Ich habe gemeint, daß die de Paveleys mich und meine Familie immer verfolgt haben, Rebecca. Selbst Erichs Schicksal war von ihnen beeinflußt. Caitlin wußte von Daragh und mir, verstehen Sie. Darum hat sie mich so gehaßt.«

Ich erinnerte mich an den Bericht des Privatdetektivs, der jetzt zu Hause in meinem Schreibtisch lag.

»Hätte Sarah die de Paveleys nicht für das bestrafen wollen, was sie ihrer Schwester angetan hatten, dann hätte Daragh

Jossy nie geheiratet. Und Caitlin hätte nicht Jahre später den Wunsch gehabt, mich zu bestrafen.«

Ich stand auf und ging zum Fenster. Der Himmel war dunkel, aber es regnete immer noch nicht. Die Buchsbäume in ihren kunstvoll geschnittenen Formen erhoben sich schwarz über dem vergilbten Rasen.

»Schachfiguren«, sagte ich hinunterblickend. Jetzt verstand ich: Läufer, Dame, König und, halb verborgen von einer Rotbuche, die Mähne des Springers.

»Ja, natürlich. Wußten Sie das nicht?«

»Ich hatte sie mir von hier aus noch nie richtig angesehen. Und wenn man sich unten auf dem Weg befindet, kann man es nicht erkennen.« Die Bäume standen so dicht aneinandergedrängt, daß man genau hinsehen mußte, um ihre Formen zu erkennen. Ich begann zu ahnen, warum sich Tilda am Ende ihres Lebens entschlossen hatte, ihre Biographie schreiben zu lassen. Nicht aus dem Grund, den sie mir zunächst genannt hatte – um die vergessene Geschichte ihrer Mutter zu erzählen –, und nicht, um der Nachwelt eine retuschierte Version ihres Lebens zu hinterlassen, wie ich in letzter Zeit vermutet hatte.

»Erich und ich haben oft miteinander Schach gespielt«, bemerkte Tilda. »Max hat mir das Spiel beigebracht.«

Die Sonne kam wieder hinter den Wolken hervor. »Es ist ein Rätsel, nicht wahr, Tilda?« sagte ich. »Ich sollte ein Rätsel lösen.«

Ruhig und fest sah sie mich mit ihren grauen Augen an. »Sie verstehen sich doch aufs Rätselraten, Rebecca, das erkannte ich, als ich mir *Mondschwestern* ansah.«

Bei den Recherchen für den Film hatte ich vier Monate gebraucht, um Ivy Lunns Kind aufzuspüren, das seiner Mutter 1920 gleich nach seiner Geburt im Armenhaus genommen worden war. Die Tochter selbst hatte einige Jahre zuvor nach ihrer leiblichen Mutter gesucht, aber ohne Erfolg. Sie war adoptiert worden, und die Adoptiveltern hatten ihr einen anderen Namen gegeben. Sie war später zweimal verheiratet gewesen. Es war nicht leicht gewesen, ihr auf die Spur zu kommen, aber die Suche hatte mir Spaß gemacht. Eine spannende Angelegenheit ohne innere Beteiligung. Ich hatte die Freuden und Kümmernisse anderer beobachten können, ohne sie selbst zu erleben. Ja, Rätsel zu lösen, fand ich sehr befriedigend.

»Sie haben sich für mich entschieden«, sagte ich langsam, »weil Sie dachten, ich würde vielleicht herausfinden, was aus Daragh geworden war?«

»Wenn er nicht umgekommen wäre, wäre Erich vielleicht am Leben geblieben.« Leidenschaft loderte flüchtig auf und erlosch wieder. Ruhig sagte Tilda: »Ich möchte Gewißheit haben, bevor ich sterbe. Ich weiß nicht, wie ich sonst in Frieden ruhen soll. Ich habe natürlich nicht vorausgesehen, daß man Daraghs Leichnam finden würde. Das war ein großer Schock für mich, aber es war Bestimmung, glauben Sie nicht auch, Rebecca? Es war Bestimmung.«

»Und Ihre Familie ...« Ich dachte an Patricks Feindseligkeit. »Was hat Ihre Familie dazu gesagt?«

»Melissa und die Mädchen haben mich verstanden. Und Max hätte es sicher auch verstanden. Josh ist mit seinen eigenen Angelegenheiten beschäftigt wie immer. Patrick hat versucht, mir das Vorhaben auszureden. Ich habe mich bemüht, ihm zu erklären, wie wichtig es für mich ist, aber er kann manchmal ausgesprochen stur sein.« Sie lächelte. »Patrick erinnert mich oft an Max. Sie haben ihn gern, nicht wahr, Rebecca?«

Sie sah mich an, und ich spürte, wie ich rot wurde.

»Er hatte solche Schwierigkeiten mit dieser unglückseligen Jennifer«, fügte sie hinzu. »Ellie ist das einzig Gute, was aus dieser Ehe hervorgegangen ist. Für Jennifer war immer nur das Beste gut genug, und Patrick mußte Tag und Nacht arbeiten, um ihr das bieten zu können. Sie haben sich fast nie gesehen, und die Ehe ging in die Brüche. Aber Patrick hängt sehr an Ellie.«

Ich erinnerte mich, wie Patrick mit seiner dunkelhaarigen kleinen Tochter in den Armen den Fußweg vom Roten Haus hinuntergelaufen war.

»Ich hoffe schon seit langem«, bemerkte Tilda vielsagend,

»daß Patrick eine nette Frau kennenlernt. Eine vernünftige, liebevolle, kluge Frau.« Wieder sah sie mich an. »Die Vorstellung, daß er ganz allein da oben in Cumbria hausen soll, gefällt mir gar nicht, Rebecca. Er hat mir ein Foto von dem Haus gezeigt. Es wirkt so trist. Wie fanden Sie es? Er hat mir erzählt, daß er es Ihnen gezeigt hat.«

Ich mußte wieder ans Fenster gehen und eine unverbindliche Antwort geben. Die alten Fragen quälten mich immer noch, aber ich sah sie jetzt in einem anderen Licht.

Selbst wenn Tilda Daragh getötet hatte, selbst wenn ihre Behauptung, sie habe mich beauftragt, damit ich das Rätsel löse, eine Finte war: Konnte das alles Gute auslöschen, das sie in ihrem Leben getan hatte? Ihr Engagement für die Kinder, jene, die mit den Kindertransporten ins Land gekommen waren, die evakuierten, die Kinder vom Roten Haus. Ihren späteren Einsatz für wohltätige Organisationen wie UNICEF und Rotes Kreuz. Ihre Initiative zur Einrichtung von psychiatrischen Kliniken für traumatisierte Kinder. Wenn sie tatsächlich in einem Moment der Verzweiflung und der Wut Daragh getötet hatte, verdiente sie es, von mir bloßgestellt zu werden?

Ich sah es nicht so. Was das Buch anging – was das Kind anging –, reifte in mir allmählich ein Entschluß. Aber ich brauchte noch ein wenig Zeit.

Hinter mir sagte Tilda: »Patrick hat mich gestern angerufen. Daraghs Leichnam ist zur Beerdigung freigegeben worden.«

»Ja, Caitlin hat es mir gesagt.«

Ihre Lider zuckten. »Sie haben mit ihr gesprochen?«

»Gestern.«

»Wie geht es ihr?«

»Sie ist unglücklich. Und einsam.«

»Arme Caitlin.«

»Sie bat mich, zur Beerdigung ihres Vaters zu kommen. Ich habe zugesagt.«

»Das freut mich. Ich würde Blumen schicken, aber das wäre Caitlin nicht recht.«

Danach schwieg sie so lange, daß ich glaubte, sie wäre eingeschlafen. Aber dann blickte sie plötzlich auf und sagte: »Sie bleiben doch zum Abendessen, Rebecca? Joan kann Ihnen ein Bett richten. Sie sind schon lange nicht mehr über Nacht geblieben.«

Sie schien einsam zu sein, wie Caitlin, aber ich mußte ablehnen. Ich neigte mich zu ihr hinunter und küßte sie.

»Nächste Woche, hoffe ich, Tilda. Ich melde mich.«

Tilda klappte das Album zu. Ihr war das Herz schwer von all den Erinnerungen. Sie hätte Rebecca an diesen Abend gern bei sich gehabt; das hätte sie ein wenig abgelenkt von den Gedanken an früher, die auf sie einzustürmen pflegten, sobald sie allein war. Sie hatte die Wirren der Vergangenheit gelöst sehen wollen; dazu hatte sie Rebecca gebraucht, die unbeteiligte Außenseiterin. Aber sie hatte nicht vorausgesehen, wie tief die Vergangenheit immer noch schmerzen konnte; sich zu erinnern hatte ihr beinahe mehr abverlangt, als sie sich zu geben imstande fühlte. In letzter Zeit hatte sie manchmal gefürchtet, ihr würde die Zeit nicht reichen.

Den blanken Schrecken der Tage nach Erichs Tod hatte sie nie vergessen. Ihr Leben war aus den Fugen geraten. Die gerichtliche Untersuchung; die furchtbare Auseinandersetzung mit Caitlin. *Du warst die Geliebte meines Vaters!* Das quälende Wissen, von diesem Moment an, daß auch sie Anteil an Erichs Tod hatte.

Max war nach Hause gekommen. Tilda lächelte flüchtig. Max und Melissa waren heimgekommen, und Max hatte alles in die Hand genommen. Er hatte Hannas Tutor an der Universität angerufen und ihm mitgeteilt, daß Hanna erst im Herbst ihr Studium fortsetzen würde. Er hatte eine Frau eingestellt, die für den Colonel kochte und saubermachte. Er hatte die Polizei in Oxford aufgesucht, um Caitlin suchen zu lassen.

Max hatte die Beerdigung ausgerichtet. Tilda erinnerte sich, wie sie in der ersten Reihe gesessen und zum hellen farbigen Licht des Rosettenfensters hinaufgeblickt hatte. Unfähig, in Gebete und Hymnen einzustimmen. Manchmal sogar unfähig, auf den Füßen zu stehen. Wäre Max nicht an ihrer Seite gewesen, sie hätte nicht durchhalten können. Hinterher hatte sie sich von einem Meer vertrauter Gesichter umgeben gesehen. Die van de Criendts waren aus Holland gekommen, und mit ihnen das alte Ehepaar, das sich in den Monaten vor der Invasion um Erich gekümmert hatte. Anna und Professor Hastings und Michael waren dagewesen. Harold Sykes mit Frau und Töchtern. Archie Raphael und die alten Nachbarn aus Southam. Sie hatte nicht gewußt, daß so viele mitfühlten.

Es begann, dunkel zu werden. Als sie aus dem Fenster sah, warfen die Buchsbäume tiefe violette Schatten auf den Kies. Sie erinnerte sich, wie sie Max zum ersten Mal das Rote Haus gezeigt hatte. Es war ein oder zwei Wochen nach der Beerdigung gewesen – lange, dunkle Tage, die ineinanderflossen. Sie hatte endlich den Mut gefunden, Erichs Sachen durchzusehen und hatte, in einer Schublade, seine Pläne für den Park entdeckt. Am selben Abend hatte sie Max zum Roten Haus geführt und ihm gezeigt, was Erich geschaffen hatte, und was er noch geschaffen hätte, wenn ihm die Zeit geblieben wäre. Und während sie dort im Park auf der Treppe der Terrasse gesessen und zu den gewundenen Wegen und den herabfallenden Rosen hinuntergesehen hatte, hatte sie Erichs friedvolle Anwesenheit gespürt. Im leisen Rascheln des Flieders. In einem beinahe vernommenen Schritt. Endlich von Furcht und Angst befreit, war er durch seinen Garten gestreift.

Ein Buch schreiben heißt, ein Muster anzulegen, aber im wirklichen Leben gibt es natürlich kein Muster. Die Menschen handeln nicht logisch, sie sind nicht wie Computer darauf programmiert, auf gleiche Ereignisse stets gleich zu reagieren.

Viele Menschen hatten Tilda besser gekannt als ich sie je kennen würde, und doch hatten selbst diese sie vielleicht niemals ganz verstanden. Die Dinge, die ihr Leben geprägt hatten – die grausame Art ihrer Zeugung, ihre traurige Geburt, die frühe Kindheit in einer Anstalt –, waren zweifellos ihr Antrieb, all jenen anderen vernachlässigten und verlassenen Kindern zu Hilfe zu kommen, aber sie hatten sie auch von uns distanziert. Je extremer individuelle Erfahrungen sind, desto weniger gelingt es anderen, sich mit ihnen zu identifizieren. Darum meiden Menschen die Verletzten. Weil sie, bis zu dem Moment, da es ihnen selbst geschieht, nicht wissen, was sie sagen oder tun sollen. Ihr Unverständnis veranlaßt sie, sich zurückzuziehen.

Ich arbeitete lange an diesem Abend. Ich konzentrierte mich auf die spätere Hälfte von Tildas Leben, schrieb über die Fünfziger, Sechziger und Siebziger, als Tildas persönliches Leben leichter geworden und hinter ihrer Arbeit zurückgetreten war. Ich hatte Fotos: Tilda mit einem großen Blumenstrauß vor der neueröffneten Erich-Wirmer-Klinik; Tilda bei der Auszeichnung durch die Königin. Ich ordnete die aufgezeichneten Interviews und die Briefe ehemaliger Pflegekinder Tildas; ich ging die Liste der Enkel durch und hakte die Namen derer ab, mit denen ich gesprochen hatte.

Obwohl ich erst kurz vor ein Uhr morgens die Arbeit niederlegte, konnte ich danach nicht schlafen. Bilder rasten durch meinen Kopf wie ein zu schnell laufender Film. Die Buchsbaumhecke in Tildas Park, ihr Gesicht, als sie mir ihr Fotoalbum gezeigt hatte. Patrick im Krankenhaus. *Zieh mit mir nach Cumbria.* Ich fragte mich, ob ich das könnte. Die Vorstellung machte mir angst. Ich lebte seit sieben Jahren in London, würde ich einfach auf und davon gehen und an diesem einsamen, schönen Ort neu anfangen können? Meine Wohnung war klein und wenig luxuriös, ich war viel allein, doch mein derzeitiges Leben bot eine gewisse Geborgenheit, die Geborgenheit des Vertrauten. Mit Patrick nach Cumbria zu gehen, setzte eine so enorme Bereitschaft zu vertrauen und sich zu öffnen voraus, daß ich bei dem Gedanken innerlich zurückzuckte.

Meine unablässig kreisenden Gedanken ermüdeten mich, und dennoch blieb ich wach. Schließlich nahm ich das dickste und älteste der Bibliotheksbücher, die auf meinem Schreibtisch lagen, und begann zu lesen. Das Buch war 1926 herausgegeben worden; das erste Kapitel befaßte sich mit der Geschichte der Fens: ein sicheres Mittel gegen Schlaflosigkeit. In mein Federbett gehüllt las ich von den Römern, ihrer Kolonisierung East Anglias, ihren Bemühungen, das Land trockenzulegen, ihrem schließlichen Niedergang und ihrer Verdrängung durch ein weniger entwickeltes Volk. Es folgten die Angelsachsen, und diese Geschichte führte mich zum Mittelalter.

Nun waren mir doch die Lider schwer geworden. Ich war nahe daran, das Buch wegzulegen, aber dann sah ich, beim Vorausblättern, daß es bis zum Kapitelende nur noch zwei Seiten waren, und zwang mich, weiterzulesen. Als ich zu der Passage kam, in der die mittelalterlichen Strafen für Landbesitzer beschrieben wurden, die die Sicherung ihres Landes gegen die See vernachlässigt hatten, mußte ich sie zweimal lesen. Ich war plötzlich wieder hellwach.

Ich setzte mich auf. Ich wußte jetzt, wer Daragh Canavan getötet hatte.

Seit einiger Zeit erwachte sie unweigerlich um vier Uhr morgens, kurz bevor die Vögel zu zwitschern begannen. Max war dann an ihrer Seite: Wenn sie sich im Bett herumdrehte und den Arm nach ihm ausstreckte, war sie immer wieder erstaunt, daß er nicht da war.

Oft gelang es ihr, wieder einzuschlafen; aber heute nicht. Das Gespräch mit Rebecca, die Erinnerungen, die es geweckt hatte, gingen ihr noch im Kopf herum, so daß die Ereignisse von vor vierzig Jahren lebendiger erschienen als der dunstig graue Spätsommermorgen. Tilda stand auf. Leise ging sie durch das Haus, darauf bedacht, Joan nicht zu stören.

Jedes Zimmer war voller Erinnerungen, aber am nächsten war er ihr im Sonnenzimmer. Flüsternde Stimmen umgaben sie, als sie am großen Fenster stand.

»Ich nehme an, er ist für diese Tür.« Er wies auf die morsche Haustür, an der kaum noch ein Blättchen Farbe war.

Tilda sah den Schlüssel an, den Max ihr gegeben hatte.

»Ich habe ihn heute nachmittag beim Makler abgeholt. Ich kaufe das Rote Haus, Tilda. Es wird ungefähr sechs Wochen dauern, aber sie haben mir den Schlüssel gegeben, damit wir uns das Haus inzwischen schon mal anschauen können.«

»Du kaufst das Haus?«

»Für dich. Ich weiß, du liebst es. Für uns, wenn du willst, Tilda.«

Sie rührte sich nicht. Sie sagte nur: »Und was ist mit Cécile, Max?«

»Cécile? Cécile war eine Freundin, eine gute Freundin.«

Er log. »Cécile war deine Geliebte«, sagte sie.

Als er zustimmend den Kopf neigte, fuhr sie ärgerlich fort: »Du solltest zu ihr zurückkehren, Max. Du brauchst nicht hierzubleiben, nur weil ich dir leid tue.«

Er nahm ihr den Schlüssel aus der Hand und schob ihn ins Schloß. Die Tür öffnete sich knarrend, Spinnweben zerrissen. Im Foyer lagen verdorrte Blätter. Max hielt ihr seine Hand hin. »Komm.«

Sie zögerte nur einen Moment, dann folgte sie ihm. Die Zimmer waren genau so, wie sie es sich vorgestellt hatte, von einer verblichenen Schönheit, mit offenen Kaminen aus goldenem Stein und abgetretenen Steinplatten auf den Böden.

»Cécile verkauft die Werkstatt für mich«, bemerkte Max. »Und ich war heute morgen bei meinem Vater. Er hat mir das Geld für eine Anzahlung auf das Haus geliehen. Der Preis ist anständig, es steht ja schon seit Jahren leer, und heutzutage will kein Mensch ein Haus dieser Größe. Hier muß natürlich viel gemacht werden, aber wir werden das schon schaffen. Und wenn alles fertig ist, können wir es mit Kindern vollstopfen.«

»Max«, sagte sie.

Sie standen in einem Zimmer mit Blick auf den Vorgarten. Das große, mit Stein eingefaßte Fenster war fast ganz von den Ranken einer Kletterpflanze verhangen. »Mit unseren eigenen Kindern oder deinen Waisen und Obdachlosen. Es spielt keine Rolle. Du findest sie schon, Tilda, das weiß ich. Dafür hast du ein Talent.«

Sie schüttelte heftig den Kopf. »Nein, ich habe offensichtlich kein Talent dafür, Max. Ich habe bei Erich versagt. Ich habe bei Caitlin versagt. Selbst Hanna ...«

»Hanna kommt schon wieder auf die Beine«, meinte er. »Sie ist stark. Und für Erich und Caitlin hast du dein Bestes getan, Tilda. Niemand hätte mehr tun können.«

»Ich habe nie vergessen, was du mir vor Jahren gesagt hast. Es war an deinem Geburtstag. Es hatte angefangen zu schneien. Erinnerst du dich? Du hast gesagt, ich mache mir etwas vor. Ich wollte Wunden verpflastern, die viel zu tief seien. Du hattest recht, Max, das weiß ich jetzt. Ich habe gedacht, ich könnte Erich helfen, aber ich konnte es nicht.«

»Ich erinnere mich«, versetzte er, »daß ich arrogant und hochmütig war. Ich erinnere mich, daß ich glaubte, niemand außer mir könnte verstehen, was Schmerz ist.«

»Ich habe Angst«, sagte sie leise.

Er legte den Arm um sie. »Lieben heißt riskieren. Die Liebe ist gefährlich.«

Dann küßte er sie. Als sie schließlich den Kopf hob, sah sie, daß die untergehende Sonne den Garten in leuchtende Rosa- und Goldtöne getaucht hatte. Endlich, dachte sie, waren sie angekommen.

Langsam, nach und nach, waren sie zu ihr gekommen. Die Verletzten und die Vergessenen. Die Kinder, die niemand haben wollte.

Joan war die erste gewesen. Sie war im Juli 1949 ins Rote Haus gezogen, einige Tage bevor Rosi und Richard heirateten. Archie hatte sie aufgelesen, als sie an einem Stand auf dem Markt zu stehlen versucht hatte, zwölf Jahre alt, ein Opfer zahlreicher Aufenthalte in wechselnden Heimen. Tilda hatte ablehnen wollen, es sei noch zu früh, aber sie hatte es nicht über sich gebracht. »Ich will es *versuchen*«, hatte sie schließlich gesagt, und als Rosi und Richard ihr Gelübde abgelegt hatten, stand eine nervöse, füßescharrende Joan neben ihr in der Kirche.

Luke und Tom, die Zwillinge, hatte man mit ihrer geistig zurückgebliebenen, sterbenden Mutter in einem Zimmer eingesperrt gefunden. Sie sprachen ihre eigene, selbsterfundene Sprache, die niemand verstand, und als Tilda von ihnen hörte, war gerade beschlossen worden, sie in einer Nervenheilanstalt unterzubringen. Der riesige Park und die großen, luftigen Räume des Roten Hauses hatten sie zuerst in Angst und Schrecken versetzt. Aus Leintüchern und Decken bauten sie sich in einer Ecke ihres Zimmers eine Höhle, in der sie sich in den ersten zwei Wochen ihres Aufenthalts verkrochen.

Andere Kinder waren ihnen gefolgt. Halbwüchsige Mädchen, viel zu jung, den Kindern, die sie erwarteten, Mütter zu sein; Jungen mit Vorstrafen wegen Einbruchs und mutwilliger Sachbeschädigung. Das Geld, das Max als selbständiger Journalist verdient hatte, reichte anfangs kaum aus, um sie alle zu ernähren.

Aber das Kind, nach dem sie sich sehnte, die zweite Tochter, war ihr verwehrt geblieben. Als sie Ende Vierzig war und die Hoffnung aufgegeben hatte, hatte sie an Erichs Grab gesessen und um den Sohn geweint, den sie verloren, und die Tochter, die sie nie gehabt hatte. Dann war sie ins Rote Haus zu ihren Kindern zurückgegangen.

Am Nachmittag von Daragh Canavans Beerdigung bewölkte sich der Himmel, und der böige Wind zeigte den Übergang an vom Sommer zum Herbst. Gerade eine Handvoll Trauergäste hatten sich zu der kurzen Feier auf dem Friedhof von Southam eingefunden. Caitlin kannte ich, die Frau neben ihr war, vermutete ich, die Tochter von Jossys Köchin. Ich fragte mich, ob die beiden Männer in dunklen Anzügen, die etwas im Hintergrund standen, von der Polizei waren. Ich stellte fest, als ich mich umsah, daß *er* nicht gekommen war.

Als die Erde auf den Sarg geschaufelt wurde, stahl ich mich davon und ging den Fußweg von der Kirche zum Deich hinunter. Die Äste der Bäume, deren Laub sich zu färben begann, bildeten ein Dach über mir. Als ich auf das freie Feld hinaustrat, erinnerte ich mich an das Gefühl, als ich mit Charles hiergewesen war: Ich hatte mich vom Dorf abgeschnitten gefühlt, aus Zeit und Raum herausgerissen.

Das Feld war frisch gepflügt. Regenschwere Wolken drängten von Osten herein. Schwarzer Staub setzte sich auf meine Schuhe, als ich auf dem Weg zum Verwalterhaus über die Furchen ging. Der Wind schlug das Gartentor, das keinen Riegel mehr hatte, auf und zu, während ich den Weg entlang zur Haustür ging. Der Verputz, der von den Mauern des Hauses abgesprungen war, bildete kleine Häufchen im Gras. Die Fensterscheiben waren dunkel und blind, und der blasige Lack an

Tür- und Fensterrahmen war so verwittert, daß seine einstige Farbe nicht mehr zu erkennen war.

Ich klopfte. Es klang dumpf und gab kein Echo. Ich wartete und lauschte dem Wind, der die Blätter der Weiden schüttelte. Als ich zum Kanal zurückblickte, sah ich, daß Gras über die Narbe in der Böschung gewachsen war, die einmal Daragh Canavans einsames Grab gekennzeichnet hatte. Ich klopfte noch einmal und neigte mich zum Briefkastenschlitz hinunter und rief Kit de Paveleys Namen. Wenig später hörte ich schlurfende Schritte, das Klirren von Metall, als die Sicherheitskette abgenommen wurde.

»Ja?«

Man erwartet wahrscheinlich, im Gesicht eines Mörders das Böse zu sehen oder die Schuld. Aber ich sah durch den schmalen Spalt zwischen Tür und Pfosten nur einen sehr alten und sehr kranken Mann. Das Geräusch seines pfeifenden Atems, das Tilda mir schon beschrieben hatte, war beinahe schmerzhaft zu hören.

»Mein Name ist Rebecca Bennett«, brüllte ich in der Vermutung, zu der wir alten Menschen gegenüber arroganterweise neigen, er sei schwerhörig. »Ich schreibe Tilda Franklins Biographie und hätte mich gern einmal mit Ihnen unterhalten, wenn es Ihnen paßt.«

»Tilda?« sagte er, und sah mich mit seinen hellen Augen, in denen das Weiß gelblich schimmerte, mißmutig an.

Ich holte tief Atem. »Ich bin zu Mr. Canavans Beerdigung nach Southam gekommen, Mr. de Paveley, und würde mich mit Ihnen gern über ihn unterhalten.«

Einen Moment lang sagte Kit de Paveley gar nichts, machte keine Bewegung. Aber dann zog er endlich die Tür auf. »Kommen Sie herein.«

Mir drehte sich fast mein immer noch empfindlicher Magen um bei dem Geruch nach Muff und Moder und ungewaschener Kleidung. Ich folgte Kit de Paveley durch einen düsteren grau-braunen Flur mit zerrissenen Tapeten und Sprüngen in den Mauern. Stapel stockiger Bücher lehnten an den Wänden, und in einer Ecke lag ein Haufen zerfledderter Regenschirme und schmutzverkrusteter Gummistiefel. Es war so ein Haus, in dem ein alter Rentner monatelang tot liegen konnte, ehe zufällig jemand auf den Geruch des Todes aufmerksam wird, und alle sich schämen. Das Haus und sein Eigentümer waren in stetigem Verfall begriffen.

Er führte mich in ein Zimmer im hinteren Teil des Hauses. Auch hier Bücherstapel und Berge vergilbter Zeitungen und Zeitschriften. Auf dem Tisch stand ein Tablett mit einer Milchflasche, geschnittenem Weißbrot und einem Glas Marmelade. »Setzen Sie sich, Miss Bennett.«

Ich setzte mich, obwohl ich lieber stehen geblieben wäre. In diesem Haus wollte man nichts berühren; als wären Krankheit, Alter und Verbrechen ansteckend.

Kit de Paveley nahm mir gegenüber Platz. Er hatte eine ausgebeulte Tweedhose und ein Hemd ohne Krawatte an, darüber eine Strickjacke von undefinierbarer Farbe. Der zerschlissene Hemdkragen schimmerte grau. Sein Gesicht hatte eine ähnliche Färbung, grau und durchscheinend. Ich hätte gern gewußt, ob er Angst hatte.

»Sie waren also auf Daragh Canavans Beerdigung«, sagte er. »Zweifellos ein erbauliches Ereignis. Waren viele Leute da?«

Ich schüttelte den Kopf. »Sehr wenige.«

Er lachte, und dann begann er zu husten. Es war ein grauenvolles Geräusch, das das ganze düstere Zimmer füllte. Mein Mund war trocken. Ich sagte: »Ich hatte eigentlich gedacht, daß Sie auch kommen würden, Mr. de Paveley.«

»Und warum?« fragte er lächelnd.

»Aus Schuldgefühl vielleicht. Sie haben Daragh getötet, Mr. de Paveley, nicht wahr?«

»Guter Gott«, sagte er. »Sie haben ja eine blühende Phantasie.« Doch er schien weder empört noch betroffen.

Ich sah mich im Zimmer um. So viele Bücher. »Sie sind Historiker, nicht wahr, Mr. de Paveley?« sagte ich.

»Ich wüßte nicht« – wieder dieses dünne Lächeln – »daß es ein Verbrechen ist, Historiker zu sein. Nicht einmal in diesen unkultivierten Zeiten.«

»Ich habe mir ein Buch aus der Bibliothek ausgeliehen.« Ich

griff in meine Tasche und zog es heraus. »Ich nehme an, Sie kennen es, Mr. de Paveley. Wahrscheinlich besitzen Sie es sogar. Sie haben sich ja immer für die Geschichte der Fens interessiert, nicht wahr?« Ich schlug das Buch an der gekennzeichneten Stelle auf. »In diesem Teil ist von den Strafen die Rede, die den Leuten drohten, die die Deiche und Abwässerungsgräben auf ihrem Land vernachlässigten. ›An Händen und Füßen gefesselt wurde der Übeltäter in die im Deich aufgebrochene Lücke versenkt und dort lebendig begraben. So wurde er im Tod zu einem Teil des Bollwerks der Fens gegen das Meer.‹« Ich sah auf. »Das haben Sie mit Daragh Canavan getan, nicht wahr, Mr. de Paveley? Sie haben ihn an Händen und Füßen gefesselt und lebendig im Deich begraben.«

Er begann wieder zu husten. Als der Anfall vorüber war, sagte ich: »Ich verstehe nicht, *warum* Sie ihn getötet haben. Ich verstehe nicht, warum Sie ihn so sehr gehaßt haben. Soweit ich sehen kann, hatten Sie doch kaum mit ihm zu tun.«

Ein langes Schweigen folgte. Eine Fliege kroch um den Rand des Marmeladenglases herum. Dann sagte Kit de Paveley leise: »Es ist grotesk, was junge Leute sich einbilden. Angenommen, ich wäre wirklich für Mr. Canavans Tod verantwortlich – weshalb sollte ich das nach so vielen Jahren des Schweigens ausgerechnet Ihnen preisgeben?«

»Nicht mir«, entgegnete ich. »Tilda.«

Die hochmütig überlegene Maske verzerrte sich ein wenig. »Tilda?«

»Tilda ist alt und gebrechlich, Mr. de Paveley. Sie möchte die Wahrheit wissen, bevor sie stirbt.«

»Sie konnte froh sein, ihn los zu sein«, zischte er plötzlich. »Er hätte ihr Leben zerstört!«

*Er schickt mir immer noch jedes Jahr Blumen zum Geburtstag.* Ich glaubte zu verstehen. »Sie haben sie geliebt?«

»Natürlich habe ich sie geliebt. Sie war eine schöne Frau. Und sie war liebenswürdig zu mir. Sie war zwar nur die uneheliche Tochter einer Hausmagd, aber sie war eine Dame.«

Als er lächelte, sah ich die Ähnlichkeit zwischen ihm und Tilda. Beide hatten die gleiche lange, gerade Nase, die hohe

Stirn und die hellgrauen Augen. Bei Tilda war die Schönheit selbst jetzt noch durchatmet von Kraft und Mitgefühl; bei Kit de Paveley waren die gleichen schönen Züge durch Bitterkeit und Apathie abgestumpft.

»Was ist?« fragte er. »Warum starren Sie mich so an?«

Ich wandte mich ab und überlegte, ob ich ihm sagen sollte, daß Tilda Franklin seine Cousine war, seine Blutsverwandte. Der Impuls verging rasch.

Er stand auf, scheuchte die Fliege vom Marmeladenglas und verschloß es. Dann trat er neben mich, sein Schatten fiel über mich, und zum ersten Mal hatte ich Angst.

»Tilda will es wissen? Gut, dann werde ich es Ihnen sagen. Ich habe ja nichts mehr zu verlieren.«

In der kurzen Pause, die folgte, hörte ich die ersten Regentropfen an das Fenster schlagen.

»Ich habe ihn getötet, weil er mich ausgelacht hat.«

Ich fuhr mir mit der Zunge über die Lippen. Er erinnerte mich plötzlich an Charles. »Tildas wegen?«

»Zuerst nicht.« Er blieb neben mir stehen, eine fleckige, blaurote Hand auf der durchgescheuerten Armlehne des Sofas. »Ich hatte den ganzen Tag versucht, die Stelle wiederzufinden, wo ich vor der Überschwemmung gearbeitet hatte. Es war Abend geworden. Ich war dabei, meine Sachen zu packen, um nach Hause zu gehen. Es war hoffnungslos gewesen. Schlick und Schlamm hatten alles zugedeckt, alte Münzen und Geräte waren weggespült worden. Plötzlich kam Daragh Canavan. Er war betrunken. Er war widerlich. Prahlte und lachte.« Kit de Paveleys Stimme wurde leise, ich neigte mich näher zu ihm und mußte mich zusammennehmen, um nicht zu schaudern. »Wollen Sie wissen, was er zu mir gesagt hat?«

Ich nickte stumm. Er ist verrückt, dachte ich. Einsamkeit, Enttäuschung und Bitterkeit hatten ihn verrückt gemacht.

»Er sagte, *Hat das Wasser deine Sandkuchen weggespült?*«

»Und da haben Sie zugeschlagen?«

»Nicht gleich. Er war größer als ich. Kräftiger. Er war wie ein Tier. Er hat kopuliert wie ein Tier – ich habe ihn einmal gesehen, als er mit irgendeinem Flittchen aus dem Dorf auf dem Feld lag. Er hat mich für einen Schwächling gehalten. Bei der Heimwehr hat er sich immer über mich lustig gemacht – vor den anderen. Und bei der Überschwemmung hat er mich mit den Frauen zusammen in die Kirche geschickt.«

Ich mußte mich abwenden, ich konnte diesen brennenden Blick nicht aushalten. Das Zimmer hatte sich mit dem einsetzenden Regen verdunkelt.

»Möchten Sie wissen, wie ich ihn getötet habe, Miss Bennett? Damit Sie in Ihrem Buch darüber berichten können.«

Wieder nickte ich nur, und atmete heimlich auf, als er von mir wegging und sich setzte.

»Er sagte, *Hat das Wasser deine Sandkuchen weggespült?*, aber ich habe mich nicht aus der Reserve locken lassen. Ich habe weiter meine Sachen zusammengesucht. Er trank aus einer Taschenflasche. Er bot mir die Flasche an, und ich lehnte ab. Alkohol bekomme mir nicht, sagte ich. Er sagte, ihm bekäme er sehr gut, er sei dann im Bett viel besser. Er könne stundenlang weitermachen, wenn er was getrunken hätte, und das würde die Dame, zu der er jetzt gerade wollte, sehr glücklich machen.«

Er hustete wieder. Es hörte sich an, als würde jeden Moment seine angegriffene alte Lunge bersten. Ich ging aus dem Zimmer und öffnete eine Tür nach der anderen, bis ich die Küche gefunden hatte. Dort füllte ich eine Tasse mit Wasser und brachte sie ihm.

Das vom Husten hochrote Gesicht war wieder bleich geworden. Er ist nicht nur verrückt, dachte ich, er ist dem Tod nahe. Ich hätte vielleicht loslaufen und einen Arzt holen sollen, aber meine Neugier hinderte mich daran. Ich sagte: »Wußten Sie, daß Daragh zu Tilda wollte?«

»Er war seit Jahren hinter ihr her. Konnte sie einfach nicht in Ruhe lassen. Ich hab ihn gefragt. Er hat es mir gesagt. Und da –« Kit de Paveleys Stirn war schweißnaß; er betupfte sie mit einem Taschentuch – »da hat er erraten, daß ich sie liebte. Und hat mich ausgelacht. Ich hab den Spaten genommen und zugeschlagen. Beim ersten Schlag war er betäubt und stürzte zu Boden. Und als er da lag, habe ich noch einmal zugeschlagen.«

Er begann zu lächeln. Das Lächeln war schlimmer als alles andere. »Es war ein Kinderspiel«, sagte er. »Er war betrunken und hat überhaupt nicht damit gerechnet, daß ich so etwas tun würde. Er hielt mich für einen Weichling ohne Mumm. Einen Schwächling. Aber ich habe kräftige Arme, Miss Bennett. Vom vielen Graben.«

»Sie haben ihn mit dem Spaten niedergeschlagen und getötet?«

Er unterdrückte ein Husten. Immer noch prasselte der Regen an die Fenster. Wasser quoll durch die Ritzen.

»Nicht gleich.« Er trank von seinem Wasser. »Zuerst wußte ich nicht, was ich tun sollte. Ich hätte beinahe Hilfe geholt, aber dann wurde mir klar, daß wir alle ohne ihn besser dran wären. Tilda – Jossy – ich – alle. Er war ein Gauner und Verschwender. Ich hatte eine Laterne bei mir, und ich erinnere mich, wie ich mich umgeschaut und den gebrochenen Deich gesehen habe, der ausgebessert wurde. Wie passend, dachte ich, absolut perfekt. Natürlich kenne ich dieses Buch. Daragh Canavan hatte sein Land nicht so gewissenhaft verwaltet, wie er es hätte tun müssen. Ich hatte schon Jahre vorher versucht, ihm klarzumachen, daß in den Fens vieles anders ist. Aber er hat natürlich nicht auf mich gehört. Ich fesselte ihm die Hände und die Füße mit meinen Schnürsenkeln, solange er noch bewußtlos war. Es waren gute Lederbänder, ich hatte sie gekauft, als ich 1936 zu Ausgrabungsarbeiten nach Kreta gereist war. Ich wußte, er würde sie nicht zerreißen können. Dann habe ich ihn zu der Bruchstelle im Deich geschleppt. Ich wußte nicht, ob er schon tot war. Das läßt sich nicht so leicht feststellen, wie Sie vielleicht glauben. Aber als ich die Erde auf ihn schaufelte, sah ich, daß er sich bewegte. Ein Fuß zuckte. Aber ich habe weitergeschaufelt.«

Er schwieg. Mir war übel. Meine Furcht war verflogen. Er war nichts weiter als ein verrückter, erbärmlicher alter Mann. Ich wollte fort aus diesem schmutzigen, stickigen Haus voll von altem Haß und alter Eifersucht.

Aber er begann wieder zu sprechen. Vielleicht tat es ihm gut, sich nach so langer Zeit erleichtern zu können.

»Ich glaubte, sie würden ihn finden. Den ganzen folgenden Tag habe ich auf das Klopfen an meiner Tür gewartet. Wochen und Monate war ich sicher, daß man ihn finden würde. Ich träumte, seine Gebeine erhöben sich aus dem Gras. Ich träumte, ich höbe einen Graben aus und sah plötzlich seinen Schädel vor mir. Ich konnte nicht mehr *graben.*« Er lachte. »Nun, das konnte ich ja wirklich nicht, nicht wahr? Nachts, wenn ich allein war – und ich war immer allein –, hörte ich ihn an die Tür klopfen und hereinkommen, und dann sah ich ihn vor mir stehen und sich die Erde aus den Kleidern klopfen.«

Ich mußte aufstehen und zum Fenster gehen. »Haben Sie es bereut?«

»Natürlich nicht! Denken Sie doch nur, wieviel Schaden er angerichtet hatte. Denken Sie an die arme Jossy.«

»Jossy hat Daragh *geliebt.* Und was ist mit Caitlin? War Ihnen nicht klar, wie schlimm Daraghs Tod für sie sein würde?«

Er murmelte etwas Unverständliches. In der Stille war nur das Summen der Fliege, das Trommeln des Regens zu hören.

»Und was werden Sie jetzt tun, Miss Bennett?« fragte er. »Werden Sie zur Polizei gehen? Sie war damals hier. Ich habe gelogen – so getan, als wüßte ich nichts. Also, was haben Sie vor?«

Ich schüttelte den Kopf. »Ich weiß es nicht.«

»Mit einem Sensationsprozeß sollten Sie lieber nicht rechnen. Ich werde bald sterben, Miss Bennett, nur darum habe ich Ihnen die Geschichte erzählt. Ich habe Krebs. Meine Lunge verfault langsam. Der Arzt sagt, ich hätte vielleicht noch sechs Monate, aber ich glaube nicht, daß ich noch so lange leben werde. Ich werde das nächste Jahr nicht mehr erleben.« Er sah sich in dem schäbigen Zimmer um. »Ich habe meine Zeit überlebt. Die Welt ist mir fremd geworden.«

Er stand auf. »Wie viele Leute waren bei Daragh Canavans Beerdigung, Miss Bennett?«

»Fünf.«

»Glauben Sie, daß zu meinem Begräbnis wenigstens so viele kommen werden?«

Seine Worte folgten mir, als ich durch den Korridor ging.

Und als ich die Haustür öffnete, sagte er: »Grüßen Sie Tilda von mir, Miss Bennett.«

Ich ging über das Feld zum Deich. Der Regen durchnäßte mein dünnes Kleid und meine Jacke, aber mir war dieses Bad nur recht. Es reinigte mich. Ich stieg die Böschung hinauf und blieb oben im nassen Gras stehen. Die Regentropfen zogen konzentrische Kreise auf dem schwarzen Wasser des Kanals. Ich sah zum fernen Herrenhaus hinüber, das sich kantig vom grauen Himmel abhob, und wußte plötzlich, was ich tun mußte. Ich pflückte die letzten Wiesenblumen, die am Hang blühten, und ging mit dem Strauß in der Hand zurück zum Dorf.

Auf dem Friedhof kniete ich neben Jossy Canavans Grab nieder und steckte die Blumen in die Metallvase. Obwohl ich nicht gläubig bin, sprach ich ein Gebet für Jossy, die ihre Kindheit in Angst vor ihrem Vater zugebracht und ihr ganzes Erwachsenenleben lang an der Liebe zu ihrem Mann gelitten hatte. Ich wünschte ihr, daß sie jetzt, da der Geliebte an ihrer Seite lag, in Frieden ruhen möge.

Dann stand ich auf, die Hände schützend um meinen noch flachen Bauch. Ich wußte, daß ich mein Kind behalten würde. Ich warf einen letzten Blick auf das Grab von Tildas Schwester und Tildas Geliebtem, dann ging ich zu meinem Wagen.

# 19

IHRE TOTEN BLIEBEN bei ihr, freundliche Gefährten meist. Eines Nachts träumte sie von Daragh. Seit Jahren war das nicht mehr geschehen. Sie ritten über die Fens, sie saß hinter ihm auf dem bloßen Rücken des Pferdes und hielt ihn umschlungen. Sie spürte den Wind in ihrem Haar und die Wärme seiner Schulter an ihrem Gesicht.

Als sie erwachte, setzte sie sich zu hastig auf, und Schmerz durchzuckte ihre Brust. »Max«, flüsterte sie schwach und blieb einen Moment zusammengekauert sitzen, um zu warten, bis der Schmerz verging. Als sie sich besser fühlte, stand sie auf und ging langsam ins Badezimmer. Die Unwürdigkeiten des Alters – Steifgliedrigkeit, eine schwache Blase, Vergeßlichkeit – empörten sie mehr als sonst. Im Innern war sie immer noch das junge Mädchen, das mit ihrem Geliebten über die Felder galoppierte, aber das Licht trübte sich, der Körper verlor immer mehr an Kraft. Als sie sich beim Händewaschen in dem Spiegel sah, konnte sie sich nicht erinnern, wie sie einmal gewesen war, und warum man sie einst geliebt hatte. Daraghs Gesicht, das ihr im Traum erschienen war, verblaßte, doch der Mann, den sie geliebt hatte, war lange vor jener verhängnisvollen Nacht im Jahr 1947 gestorben, zugrunde gerichtet durch seine eigene Schwäche. *Sie haben bekommen, was Sie verdienen*, flüsterte Sarahs Stimme. Die Habgier hatte Daragh schon zerstört, lange bevor er an jenem Abend über das Feld nach Southam ging und mit Kit de Paveley zusammentraf.

Und auch Kit war tot, im vergangenen Oktober gestorben. Der letzte, der den Namen de Paveley getragen hatte, war dahin. *Ich verfluche die de Paveleys und alle ihre Nachkom-*

*men* – Wieder Sarahs Stimme. Sarah hätte vielleicht frohlockt über das Erlöschen einer Linie; Tilda konnte es nicht.

Sie machte Morgentoilette, kleidete sich an und ging wie immer ins Sonnenzimmer. Ein erster Entwurf der Anfangskapitel von Rebeccas Buch lag auf dem Tisch. Sie hatte über Rebeccas Titel gelächelt, mit Bleistift auf die oberste Seite hingeworfen: *Tildas Geheimnis – Das Leben Dame Tilda Franklins*. Als sie zum großen Fenster hinausblickte, sah sie, daß auf Rasen und Buchsbäumen Reif lag. Das blasse Winterlicht sagte ihr, daß der Morgen noch nicht ganz heraufgezogen war. Sie fühlte sich sehr allein. Der Februar war ein so toter, stiller Monat. »Max«, flüsterte sie wieder, aber er war nicht da. Drohend ballte sich der Schmerz in ihrer Brust zusammen, und sie drückte die Faust gegen ihre Rippen und lehnte die Stirn an die Fensterscheibe. So lange war er schon tot: beinahe fünfzehn Jahre. Über einen solchen Verlust kam man nicht hinweg, man gewöhnte sich nur an ihn.

Oft spürte sie ihn hier, aber heute genügte das nicht. Das einzige, was sie sich je gewünscht hatte, war, mit ihrer Familie zusammensein zu können. Nach Reichtum, Rang und Ruhm hatte sie nie verlangt. Und doch war sie in ihrem Leben immer wieder von denen, die sie liebte, getrennt worden, und jeder Abschied war schwerer gewesen als der vorangegangene. Manches Scheitern hatte sie hinnehmen müssen. Erich hatte sich das Leben genommen, Caitlin das ihre vergeudet. Mit siebzehn war Josh das letzte Mal aus der Schule fortgelaufen und durchstreifte seither die Welt.

Der Schmerz wurde stärker. Sie holte ihre Tabletten aus der Tasche ihrer Strickjacke. Sie durfte nicht krank werden. Melissa und Matty wollten sie heute besuchen. Melissa hatte ihr einen Überraschungsgast angekündigt. Eines der Kinder vom Roten Haus vielleicht, und sie lächelte, während sie überlegte, wer es sein könnte.

Aber das Gefühl des Scheiterns blieb. Tilda setzte sich aufs Sofa, schloß die Augen und nickte ein. Es war Krieg, und sie ging durch London. East End brannte, und die Feuer erleuchteten den Nachthimmel wie in grausamer Verhöhnung des

Tageslichts mit greller Pracht. Trümmer lagen auf der Straße, aber sie eilte weiter, stieg über die Hindernisse hinweg, zerriß sich die Strümpfe an zerbrochenen Steinen. Sie roch den Ziegelstaub, hörte das Wasser aus den Feuerwehrschläuchen auf dem brennenden Holz zischen. Sie kam in eine Straße, wo die Fassaden der Häuser abgerissen worden waren, so daß man von draußen in die Zimmer hineinschauen konnte. Es erinnerte sie an ein Puppenhaus: Klapp es auf, und du siehst die gemusterte Tapete, die dreiteilige Couchgarnitur, das Spülbecken in der Küche. Die Leere machte ihr angst, aber sie lief weiter, vorbei an herabgestürzten Balken, zerschmetterten Möbeln und einer Badewanne, die wie eine Riesenschildkröte mitten auf der Straße lag. Am Ende der Straße stand Max. Sie lief ihm entgegen. Er breitete die Arme aus und sagte: »Ich habe auf dich gewartet.«

Als sie erwachte, war ihr wohler. Das Gefühl des Scheiterns und der Vergeblichkeit hatte nachgelassen. Sie war schließlich nur ein winziges Teilchen der Geschichte. Sie hatte über die Ereignisse, die ihr Leben bestimmt hatten, so wenig die Kontrolle gehabt wie über jene, die zu ihrer Geburt geführt hatten. Nicht die unselige kurze Liebesbeziehung, die letztendlich zu Daraghs Tod geführt hatte, war die wahre Tragödie ihres Lebens gewesen. Die größte Tragödie war der Krieg gewesen. Der Krieg hatte Rosi und Hanna ihrer Familien beraubt, er hatte dem Kind Erich alle Hoffnung auf die Zukunft gestohlen. Er hatte Max von ihr entfernt und ihm Dinge gezeigt, die ihm angst gemacht hatten, wieder zu lieben, weil mit der Liebe die Möglichkeit des Verlusts verbunden war. Tilda blieb noch eine Weile sitzen. Sie fühlte sich in Frieden mit sich selbst und ihrer Vergangenheit. Sie konnte sich verzeihen. Dann hörte sie draußen eine Autotür zuschlagen.

Die Sonne hatte den Dunst aufgelöst. Schritte auf dem Kies. Tilda stand auf, aber sie konnte die Besucher noch nicht sehen; sie waren hinter den Buchsbäumen verborgen. Sie hörte Melissas Stimme, Mattys Lachen. Das Krähen eines Kindes, dann eine tiefere Stimme. Ihr Herz schlug schneller, und sie drückte das Gesicht an die Scheibe. Sie traten aus dem Säulengang der hohen Bäume hervor. Zuerst Melissa und Matty. Dann Max. Nein, nicht Max. Er war groß und schlank und hatte einen federnden Gang wie Max, aber sein Haar war hell, nicht dunkel. Patrick. Und an seiner Seite Ellie und Rebecca. Rebecca, die sie wegen ihres Abstands gewählt hatte, gehörte jetzt zur Familie. In den Armen trug sie Tildas jüngstes Urenkelkind. »*Sarah*«, flüsterte Tilda beim Anblick des Kindes und fühlte sich nicht mehr allein.

Sie ging nach unten, um sie zu begrüßen.

## Judith Lennox

### *Das Winterhaus*

*Roman. Aus dem Englischen von Mechtild Sandberg. 541 Seiten. SP 2962*

Die drei jungen Freundinnen Robin, Maia und Helen schwören, sich ein Leben lang alles anzuvertrauen – aber das Schicksal läßt sie ganz unterschiedliche Wege gehen. In der Tradition von Margaret Mitchell erzählt Judith Lennox diese große englische Saga: Die bewegte erste Hälfte unseres Jahrhunderts bildet den Hintergrund für diese drei spannenden Frauenschicksale, die immer wieder in ein idyllisches Gartenhaus der Fenlands zurückführen.

Der Gartenpavillon der Familie Summerhayes – genannt das »Winterhaus« – ist ein Ort der Zuflucht für drei Freundinnen, die zwischen den Weltkriegen in der idyllischen Umgebung von Cambridge aufwachsen. Da ist die idealistische, kluge Robin, die in der nahegelegenen Universitätsstadt studieren soll. Da ist Maia, die schönste und ehrgeizigste der drei, auf der Suche nach einem reichen Mann, und da ist die stille Helen, die von ihrem scheinbar gutherzigen Vater, dem Vikar der Gemeinde, mehr als vereinnahmt wird. Dramatisch, romantisch und voller Warmherzigkeit erzählt Judith Lennox, wie sich diese drei jungen Frauen in einer Welt behaupten lernen, die rauher und aufregender ist als das grüne Paradies der Kindheit.

»Judith Lennox' Winterhaus steht in bester Tradition des romantisch-realistischen Gesellschaftsromans.«
Brigitte

## Angela Huth

### *Brombeertage*

*Roman. Aus dem Englischen von Renate Zeschitz.*
*382 Seiten. SP 2607*

England im Kriegsjahr 1941: Drei junge Frauen haben sich als Landmädchen zur Arbeit auf einer abgelegenen Farm verpflichtet. Die Farmerfamilie steht den jungen Städterinnen zunächst skeptisch gegenüber: Mit Mistgabel, Melkeimer und Overall bieten sie ein eher komisches Bild. Doch die unternehmungslustige Prue, die in puncto Männer nichts anbrennen läßt, die ernste Cambridge-Studentin Agatha, die mit dem Farmersohn Joe nicht nur geistigen Gedankenaustausch sucht, und die verträumte, schöne Stella, die nur an ihren Verlobten Philipp denkt, erweisen sich bald als geschickte, zupackende Kräfte. Dabei sorgen allerlei amouröse Verwirrungen um den attraktiven Joe für Spannungen, für Liebe und für Leidenschaft zwischen Kornfeldern und Kuhställen.

### *Septembergold*

*Roman. Aus dem Englischen von Renate Zeschitz.*
*348 Seiten. SP 6012*

Einen Tag und eine Nacht dauert die Party der Farthingoes auf ihrem viktorianischen Landsitz in England. Sie ist der gesellschaftliche Höhepunkt der Saison. Die geladenen Ehepaare und Junggesellen, die Söhne und Töchter kennen sich zum Teil flüchtig, zum Teil sehr gut. Für eine Nacht und einen Tag umkreisen sie die Gäste wie die Gestirne am Himmel der Liebe, alte Bindungen werden in Frage gestellt, geheime Lieben gestanden – natürlich alles unter der Norm der englischen Etikette.

### *Meeresleuchten*

*Roman. Aus dem Englischen von Regina Keller und Angelika Felenda.*
*378 Seiten. SP 3051*

»Eine bittersüße Geschichte um Verlust und Trauer, um Hoffnung und den Versuch, das eigene Glück zu verteidigen.«
Norddeutscher Rundfunk

SERIE PIPER

## Susanna Kearsley

### *Mariana*

*Roman. Aus dem Englischen von Karin Diemerling. 350 Seiten. SP 2769*

«Das ist mein Haus«, erklärte die fünfjährige Julia Beckett ihren Eltern, als sie zum ersten Mal »Greywethers« sah, das große Bauernhaus aus dem 16. Jahrhundert. Julia, inzwischen dreißig und erfolgreiche Illustratorin, erfüllt sich ihren Kindheitstraum und kauft das Haus. Sie liebt ihr neues Leben auf dem Land und findet schnell gute Freunde unter den Dorfbewohnern. Doch kaum ist Julia eingezogen, geschieht Seltsames mit ihr und läßt sie an ihrem Verstand zweifeln: Sie meint, das Leben von Mariana zu führen, einer unglücklich verliebten Dienstmagd, die 1665, zur Zeit der großen Pest, in diesem Haus gelebt hatte. Julia fällt es immer schwerer, zwischen Vergangenheit und Gegenwart zu unterscheiden. Susanna Kearsley ist mit diesem Buch eine spannende Mischung aus romantischer Liebesgeschichte und Historienroman gelungen.

### *Glanz und Schatten*

*Roman. Aus dem Englischen von Leon Mengden. 395 Seiten. SP 3048*

Der Historiker Harry hat es sich in den Kopf gesetzt, die Juwelen zu suchen, die die unglückliche Königin Isabelle Plantagenet vor achthundert Jahren auf ihrer Flucht in den unterirdischen Gängen von Schloß Chinon versteckt hatte. Harry überredet seine junge attraktive Cousine Emily, ihm von London aus an den malerischen Adelssitz im Loire-Tal zu folgen. Bei Emilys Ankunft fehlt jedoch jede Spur von ihm, so daß sie sich einer Clique von Weltenbummlern anschließt und es genießt, von charmanten Männern umschwärmt zu werden. Die Urlaubsidylle zerbricht, als ein Mord geschieht. Auf der Suche nach Harry, dem Schatz und dem geheimnisvollen Drahtzieher im Hintergrund gerät Emily in höchste Gefahr. – In »Glanz und Schatten« verknüpft Susanna Kearsley gekonnt Geheimnis, Verbrechen und romantische Liebe und führt die Frauenschicksale verschiedenster Epochen in einem ebenso überraschenden wie furiosen Finale zusammen.

SERIE PIPER

Anita Shreve

## *Das Gewicht des Wassers*

*Roman. Aus dem Amerikanischen von Mechtild Sandberg. 292 Seiten. SP 2840*

»Anita Shreve ist eine clevere Mischung aus schaurigem Kriminalfall und psychologisch ausgefeiltem Beziehungsdrama gelungen.«
Der Spiegel

## *Gefesselt in Seide*

*Roman. Aus dem Amerikanischen von Mechtild Sandberg. 344 Seiten. SP 2855*

Maureen, die junge Journalistin, lebt mit ihrem Mann Harrold und ihrem kleinen Töchterchen Caroline in einer trügerischen Idylle. Denn niemand ahnt, wieviel Gewalt und Mißhandlung Maureen von ihrem Mann ertragen muß. Und sie schweigt, vertraut sich niemandem an, entschuldigt seine Handlungen vor sich selbst. Erst nach Jahren flieht sie vor ihm. Für eine kurze Zeit findet sie in einem kleinen Fischerdorf Unterstützung, Zuneigung und Liebe. Aber Harrold spürt sie auf, und die Tragödie nimmt ihren Lauf.

## *Eine gefangene Liebe*

*Roman. Aus dem Amerikanischen von Mechtild Sandberg. 253 Seiten. SP 2854*

Durch Zufall stößt Charles Callahan in der Zeitung auf das Foto einer Frau, die ihm seltsam bekannt vorkommt. Es ist Siân Richards, die er vor einunddreißig Jahren als Vierzehnjähriger bei einem Sommercamp kennengelernt hatte und die seine große Sehnsucht blieb. Überwältigt von den Erinnerungen schreibt er ihr und bittet um ein Treffen. Auch für Siân war die Geschichte mit Charles nie beendet, sehr zart sind die Bilder der Vergangenheit, sehr heftig das Verlangen. Und aus der unerfüllten Liebe von einst wird eine leidenschaftliche Affäre. Aber beide sind inzwischen verheiratet, haben Kinder und leben in verschiedenen Welten. Sie geraten in einen Strudel von Ereignissen, die unaufhaltsam auf einen dramatischen Höhepunkt zusteuern. Am Weihnachtsabend entschließt sich Charles zur Wahrheit – und zwingt damit Siân zu einer lebenswichtigen Entscheidung, die tragische Folgen hat.

## Anita Shreve

### *Die Frau des Piloten*

*Roman. Aus dem Amerikanischen von Christine Frick-Gerke. 277 Seiten. SP 3049*

Für Kathryn war klar, daß sie zu niemandem auf der Welt ein so inniges, so vertrautes Verhältnis hatte wie zu ihrem Ehemann Jack. Bis zu seinem plötzlichen Unfalltod: denn nun tut sich für sie ein Abgrund an schrecklichen Vermutungen und Gewißheiten auf.
Eigentlich war ihre Ehe glücklich, ja sogar leidenschaftlich gewesen. Ihre Geschichte hatte begonnen in jenem Haus am Meer, mit seinen hohen Fenstern, durch die man den blaugrünen Atlantik sehen kann. Eines Tages hatte Jack ihr dieses Haus tatsächlich geschenkt – als Besiegelung ihrer großen Liebe.
Unfaßbar ist für Kathryn daher die Nachricht seines plötzlichen Todes – Jack, Pilot bei einer großen amerikanischen Fluggesellschaft, ist mit einer vollbesetzten Passagiermaschine vor der irischen Küste abgestürzt. Die Medien munkeln von Selbstmord – aber Kathryn will es einfach nicht glauben. Was könnte ihr Mann vor ihr verborgen haben? Eine rätselhafte Londoner Telefonnummer, die sie in einem seiner Kleidungsstücke findet, weckt einen furchtbaren Verdacht in ihr …

### *Verschlossenes Paradies*

*Roman. Aus dem Amerikanischen von Heinz Nagel. 348 Seiten. SP 2897*

Die Nachbarskinder Andrew und das Adoptivkind Eden verband zuerst eine tiefe Freundschaft und dann innige, fast mystische Liebe. Doch ein entsetzliches Verbrechen, das Eden für immer zeichnete, setzte ihrer unbeschwerten Jugendzeit ein jähes Ende. Siebzehn Jahre später, die beiden haben sich inzwischen aus den Augen verloren, kehrt Andrew an den Ort des Geschehens zurück, eine ländliche Kleinstadt unweit von New York. Und erst jetzt beginnt er, diese unheilvolle, seltsam magische Liebesbeziehung zu entschlüsseln. Als die gespenstische Wahrheit über Edens Vergangenheit zur Gewißheit wird, erkennt Andrew die Gründe seiner Beziehung zu diesem Mädchen aus verlorener Zeit. Ein meisterhaft komponierter, poetischer Roman voll tiefgründiger Spannung.

PIPER ORIGINAL

## Judith Lennox

## *Am Strand von Deauville*

Roman. Aus dem Englischen von Mechtild Sandberg.
655 Seiten. Klappenbroschur.

Als die behütete Poppy 1920 in der Sommerfrische in Deauville dem Vagabunden Ralph begegnet, ist sie von seinem Charme überwältigt und schlägt alle Warnungen in den Wind. Die beiden heiraten und bekommen drei Kinder, mit denen sie ein unstetes Leben zwischen französischen Weingütern und italienischen Palazzi führen. Nur Faith, die älteste, sehnt sich nach einem echten Zuhause. Doch 1940, als die Deutschen in Frankreich einmarschieren, ist die Familie gezwungen, zu ihren Wurzeln zurückzukehren und sich in der Heimat England eine Existenz aufzubauen. Faith, die ohne jede Ausbildung versucht, in Londen Fuß zu fassen, wird Ambulanzfahrerin und kümmert sich selbstlos um die Verwundeten. Dann begegnet sie Guy wieder, ihrer Jugendliebe, den sie in all den Turbulenzen nie hat vergessen können. Guy ist Arzt geworden – und unglücklich verheiratet...